D1929661

PHILIP KERR

DER ZWEITE ENGEL

PHILIP KERR

DER ZWEITE ENGEL

THRILLER

Deutsch von
Cornelia Holfelder-von der Tann

WUNDERLICH

Die Originalausgabe erschien 1998
unter dem Titel «The Second Angel»
bei Orion Books Ltd, London

Redaktion Heiner Höfener

1. Auflage März 2000
Copyright © 2000 by Rowohlt Verlag GmbH,
Reinbek bei Hamburg
«The Second Angel» Copyright © 1998 by Philip Kerr
Alle deutschen Rechte vorbehalten
Umschlaggestaltung Susanne Müller (Foto: dpa)
Satz aus der Stempel Garamond PostScript, PageOne
Gesamtherstellung Clausen & Bosse, Leck
Printed in Germany
ISBN 3 8052 0649 6

Die Schreibweise entspricht den Regeln
der neuen Rechtschreibung.

Für Caradoc King,
in Dankbarkeit und Zuneigung

Und der zweite Engel goss aus
seine Schale ins Meer, und es ward Blut
wie eines Toten.

Die Offenbarung des Johannes 16; 3

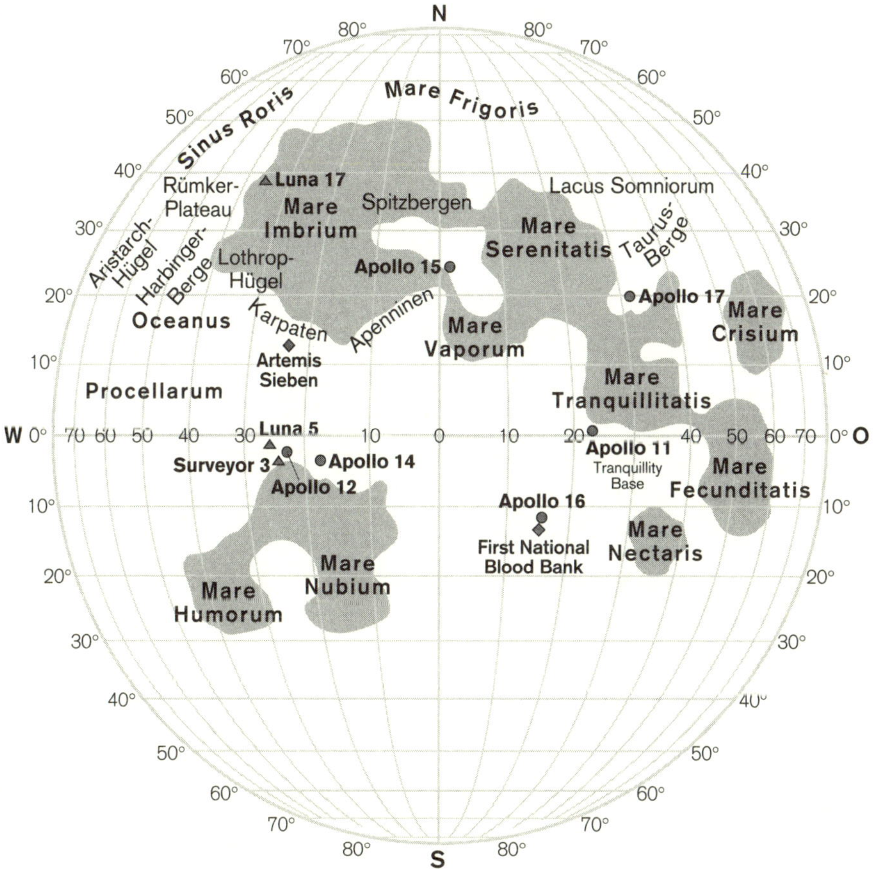

N
S
W
O
Mare Frigoris
Sinus Roris
Luna 17
Rümker-Plateau
Mare Imbrium
Spitzbergen
Lacus Somniorum
Mare Serenitatis
Taurus-Berge
Aristarch-Hügel
Harbinger-Berge
Lothrop-Hügel
Apollo 15
Apollo 17
Mare Crisium
Oceanus
Karpaten
Apenninen
Mare Vaporum
Artemis Sieben
Procellarum
Mare Tranquillitatis
Luna 5
Surveyor 3
Apollo 14
Apollo 12
Apollo 11
Tranquillity Base
Mare Fecunditatis
Apollo 16
First National Blood Bank
Mare Nectaris
Mare Humorum
Mare Nubium

Mondkarte

PROLOG

I

Es war ein weiterer klarer, kalter Tag auf dem Mond, und die Atomuhren zeigten gerade dreihundert. Dreihundertvierundzwanzig Stunden hat ein lunaräquatorialer Tag, was heißt, dass ein Tag auf dem Mond vollen zwei Wochen auf der Erde entspricht. Von den Leuten, die in der Bergbau-Strafkolonie Artemis Sieben arbeiteten, hätten wohl die wenigsten dieser Rechnung zugestimmt. Denn in einer Strafkolonie vergeht die Zeit langsam, vor allem, wenn dort Schwerstarbeit geleistet wird, und das im permanenten Kunstlicht einer luftdicht abgeschlossenen Mondkaverne bei minus zwanzig Grad.

Die Strafkolonie befand sich in einer Kaverne unter dem überhängenden Rand eines großen Kraters in den Vorbergen der Mondkarpaten. Zehn Meilen lang, zwei- bis dreihundert Meter breit und fast ebenso hoch, beherbergte diese Kaverne über dreitausend Männer und Frauen, verurteilt wegen verschiedenster Delikte, von einfachem Diebstahl bis zu vorsätzlichem Mord. Die kürzeste Strafe waren fünf, die längste fünfzehn Jahre. Lebenslängliche gab es auf Artemis Sieben nicht. Langjährige Schwerstarbeit in einer Mondkolonie gilt als hinlängliche Strafe für jedes Verbrechen, ausgenommen die allerabscheulichsten Untaten.

Durch die staubigen Fenster von Artemis Sieben betrachtet, stand die leuchtend blauweiße Erdkugel in scharfem Kontrast zur leblos grauen Mondoberfläche. Sie schien schon fast absichtlich dort hingehängt, wie eine auf ewig unerreichbare blaue Frucht, eine Tantalusqual für die Sträflinge – eine ständige Erinnerung an die extreme Art ihrer Verbannung.

Niemand schenkte der Erde so viel Aufmerksamkeit wie Cavor, der zehn Jahre abzubrummen hatte. Er hatte zu Hause ein besseres Leben gehabt als die meisten, die hier an seiner Seite schufteten. Wenn er nicht zu dem strahlend blauen Erdenauge sah und von seinem alten terrestrischen Leben träumte, starrte er auf die blinkend grünen Ziffern der Monduhr und dachte an seine nächste Ruhephase. Cavor hatte seine dreizehnte Acht-Stunden-Schicht halb geschafft, und nur noch eine Schicht trennte ihn von seiner nächsten zweiundsiebzigstündigen Ruhephase. Er bediente gerade einen Gesteinsschroter, eine solarstromgetriebene Maschine, die den Prozess der Heliumgewinnung aus Mondgestein einleitete, als plötzlich das gefräßige Ding den staubigen Ärmel seiner Thermojacke erwischte und seinen rechten Arm pulverisierte. Eben noch hatte er von seiner Ruhephase und einer Mahlzeit geträumt, und jetzt wurde er selbst von dem Gesteinsschroter gefressen. Ehe ein Mitsträfling die Maschine abstellen und Hilfe herbeirufen konnte, war Cavors Arm schon bis über den Ellbogen zermalmt.[1]

Ein paar Sträflinge trugen Cavor aus dem hinteren Teil der Kaverne, wo er gearbeitet hatte, zu einem Elektrowagen, der ihn zu der Krankenstation gleich beim unbewachten Eingang der Kolonie brachte. Auf Artemis Sieben waren die Sicherheitsmaßnahmen lax, und abgesehen vom Arbeitszwang gab es kaum

1 Auf dem Mond kommt es häufig zu Unfällen. Bei einem Sechstel der auf der Erde herrschenden Schwerkraft bewegen sich Menschen wesentlich langsamer als Maschinen, und es ist schwerer, Fehler zu korrigieren. So ziemlich die einzige körperliche Aktivität, die von den Bedingungen auf dem Mond profitiert, ist der Sex. Die meisten Menschen vollziehen Sex nach wie vor lieber langsam – in diesen hektischen modernen Zeiten wohl erst recht.

Restriktionen. Die Häftlinge konnten ja nirgends hin. Die Krankenstation selbst lag ein paar Ebenen höher, in einer der wabenartigen Höhlen, die von der Hauptkaverne abgingen. Ihr Metallboden erzeugte ein elektrisches Feld, das ein Arbeiten unter nahezu normalen Schwerkraftbedingungen ermöglichte, aber Wände und Decke waren aus Gestein, und sobald das Luftfiltersystem zusammenbrach, was häufig passierte, war binnen kurzem alles – Geräte, Instrumente und Patienten – mit einer feinen Mondstaubschicht bedeckt. Der ganze Bereich roch stark nach Desinfektionsmittel, es sei denn, das Luftfiltersystem funktionierte gerade, was lediglich hieß, dass die Rohre und Schächte die Luft aus dem Speisesaal, die dick von Zigarettenqualm und enthomophagischen[1] Küchendünsten war, in die Krankenstation leiteten.

---

1 Nach der chinesischen Reis-Missernte im Jahr 2005 wurden Insekten zu einem Hauptnahrungsmittel. Natürlich gab es viele Länder, in denen der Verzehr von Insekten immer schon als ganz normal gegolten hatte; nur im Westen waren die Menschen in dieser Hinsicht heikel. Die Chinesen aßen nicht nur Grillen, Ameisen, Grashüpfer, Larven und Raupen, die allesamt eine Fülle an Vitaminen und Eiweißstoffen enthalten; sie entwickelten auch mehrere neue Wurmarten. Eine davon, eine extrem nahrhafte Abart des Mehlwurms, bildet heute, mit künstlichem Rindfleisch-, Huhn- oder Fischgeschmack versehen, den Ernährungsgrundstock vieler westlicher Menschen. Aber hier machten die chinesischen Wissenschaftler noch nicht Halt: Eine spezielle Wurmart, eine Kreuzung zwischen Seidenraupe und Mehlwurm, die sich von Kokablättern ernährte, enthielt, wie sich herausstellte, einen ganz neuen Proteintyp, der eine hochgradig stimulierende Wirkung besaß. Das chinesische Militär übernahm jetzt die weitere wissenschaftliche Erforschung dieser Wurmart, des so genannten Zuchtwurms. In kleinen Mengen verzehrt, bewirkte der Zuchtwurm eine sofortige, erhebliche Steigerung der Körperkraft (was für ein körperlich kleines Volk wie die Chinesen von besonderem Nutzen war). Bald schon nutzten chinesische Sportler den Zuchtwurm zur Leistungssteigerung – mit erstaunlicher Wirkung. Bei der Olympiade in Peking 2016 holten die Chinesen 80 Prozent aller Leichtathletikmedaillen. Da das Eiweiß natürlicher Herkunft war, fiel es nicht unter Doping. Es dauerte noch zehn Jahre, bis die chinesische Regierung den Zuchtwurm dem Rest der Welt zugänglich machte. Das daraus

In der Notaufnahme tat ein ebenfalls aus Sträflingen bestehendes Zweierteam Dienst. Raft, der Arzt, half seiner Assistentin Berger, dem schwer verletzten Cavor die Kleidung aufzuschneiden und ihn dann auf den Flachbett-Diagnosescanner zu hieven. Während sie darauf warteten, dass Florence[1], der Computer, mit der klinischen Untersuchung begann, legten die beiden rasch eine Traumainfusion – eine Mischung aus Anästhetika, Inotropen, Antibiotika, Glukose, Insulin und Natriumbikarbonat –, um Cavors Körperfunktionen zu stabilisieren. Doch noch ehe Florence etwas sagte, war Raft klar, dass dieser völlig deformierte Arm abmusste. Das war nichts, was man an Florence delegieren konnte. Die grobe, körperlich anstrengende Chirurgenarbeit blieb an ihm hängen. Beim Gedanken an diese Metzelei verzog er das Gesicht. Amputieren, über Jahrhunderte die Hauptstütze der Notfallchirurgie und von jeher der verzweifelte und oft vergebliche Versuch, Leben zu erhalten, war trotz aller modernen Errungenschaften immer noch ein blutiges Geschäft.

«Peripherer Puls gemessen», verkündete Florence. «Transkutane Dopplersonographie beendet. Termographie, Radioxenon-Clearance und transkutaner Kaliumspiegel ausgewertet. Geschätzter Blutverlust bisher zwotausend Milliliter. Sämtliche radiographischen und tomographischen Befunde lassen eine Elektivamputation indiziert erscheinen. Ich schlage vor, Sie ersuchen den Patienten um seine Einwilligung in eine solche Amputation – notfalls auch proximaler als geplant.»

«Der Patient ist bewusstlos, Florence», sagte Raft seufzend.

resultierende Entomophagie-Programm der WHO konnte seither die Zahl der Hungertoten in der Dritten Welt nahezu halbieren. Entomophagische Kost hat sich auch für Mondkolonisten als ideal erwiesen, weil sie billig, extrem nahrhaft und auch unter diesen schwierigen Umweltbedingungen reichlich erzeugbar ist.

1 Nach Florence Nightingale.

«Ich fürchte, da kann ich ihn genauso gut ersuchen, ein fröhliches Liedchen zu pfeifen.»

«Wenn das Einholen der Einwilligung nicht möglich ist, sollten Sie diesen Schritt überspringen und den Arm des Patienten amputieren, indem Sie den Humerus unmittelbar über dem Deltodeideus durchtrennen.»

«Danke für den guten Rat», knurrte Raft.

«Ich markiere die Stelle mit dem Laser, Peter. Und ich empfehle Ihnen, die Blutzufuhr so schnell wie möglich durch Abbinden zu unterbrechen.»

«Holen Sie mal besser sechs Einheiten RHH», wies er Berger an, als sie Cavors Oberarm abbinden wollte.

Berger, eine stämmige Frau, die den gleichen roten Overall trug wie Raft, hatte sich gerade in Richtung Gefrierraum in Bewegung gesetzt, als Florence sie durch ein artifizielles Räuspern stoppte.

«Ähem. Augenblick, bitte, Helen», sagte der Computer. «Rekombinations-Humanhämoglobin könnte bei diesem Patienten zu signifikanten Problemen führen. Laut Patientendatei weist er keinerlei extravasale hämolytische Störung auf.»

«Was?» Raft runzelte die Stirn. «Keine EHD? Das kann nicht sein, Florence. Du musst dich irren.»

«Oder du willst uns nur verarschen», schnaubte Berger. «Dich auf unsere Kosten amüsieren.»

«Helen», sagte Florence streng, «Sie wissen doch, dass ich nur auf entschuldbare Unwahrheiten programmiert bin. Zur Schonung unheilbar kranker Patienten. Es ist mir nicht gegeben, zu meiner Belustigung oder zu meinem persönlichen Vorteil zu lügen.»

«Was du nicht sagst», sagte Berger.

«Möchten Sie vielleicht ein biosynthetisches Profil seiner Blutgruppenantigene sehen?», fragte Florence ruhig.

«Hör mal, Florence, diese Unterlagen sind doch vermutlich

getürkt», erklärte Raft. «Auf der Erde lassen sich die Leute alles Mögliche einfallen, um ihre Bluttestergebnisse zu fälschen. Aus verständlichen Gründen. Aber es wundert mich doch, dass so was hier oben auch passiert. Ich meine, wozu? In einer Strafkolonie ändert ein negativer Bluttest doch auch nichts.»

«Die Unterlagen sind absolut echt, Peter», insistierte Florence. «Ich will es Ihnen erklären. Vor sechzehn Monaten hatte Cavor eine kleine Verletzung, die ärztlicher Behandlung bedurfte, und im Zuge dieser Maßnahmen deponierte er eine kleine Blutmenge auf dem Scanner. Ich untersuchte die Probe auf klinisch signifikante Antikörper, fand aber keine. Bis jetzt war ich gezwungen, dieses Ergebnis als vertraulich zu behandeln.»

«Kein P^2?» Raft war verblüfft. «Das muss ein Scherz sein.»

«Kein P^2», bestätigte Florence. «Immunhämatologisch ausgedrückt, ist er RES-Klasse eins.»[1]

«Du lieber Himmel.»

«So was», sagte Berger.

Raft sah auf Cavors totenbleiches Gesicht und schüttelte müde den Kopf. Er sagte: «Florence? RHH oder gar nichts, das ist für diesen Burschen hier die Alternative. Wenn wir ein anderes Blutpräparat nehmen könnten, würden wir's tun. Aber echtes Blut kommt für den da nicht in Frage, selbst wenn wir welches hätten. Das weißt du auch. Und das heißt, dass er vermutlich hier auf diesem Flachbettscanner sterben wird, wenn er nicht das übliche Zeug kriegt.»

Florence schwieg, während Raft den Arm abband.

---

1 Das menschliche Immunsystem besteht aus einer Anzahl von Organen und verschiedenen Zelltypen, die per Evolution die Fähigkeit erlangt haben, nichtkörpereigene Antigene zu erkennen. Das umfassendste Abwehrsystem auf Zell-, Gewebe- und Organebene nennt man das retikuloendotheliale System (RES).

«Ich gehe das RHH holen», sagte Berger und verließ den Behandlungsraum.

«So wird er wenigstens überleben», sagte Raft achselzuckend. «Weiß der Teufel, wie lange. Zehn Jahre. Vielleicht sogar zwanzig. Ich hab es jetzt schon fast zehn Jahre, ohne große Krankheitssymptome.»

Umhüllt von einer Wolke sandigen Mondstaubs, schob Berger jetzt einen Infusionscomputer zur Tür herein. Die Schwester tat ihre Arbeit gern. Man verdiente zwar weniger Credits als beim Gesteinsschroten, aber die medizinische Tätigkeit war interessanter und ganz bestimmt befriedigender. Sie postierte das Gerät neben dem Flachbettscanner, zog den Kanülenleger heraus und ließ ihn selbsttätig Cavors gesunden Arm umgreifen. Der Computer quakte wie ein Riesenfrosch, während er selbsttätig den Arm abband, Cavors Haut desinfizierte und dann die Infusionsnadel einführte.

«Wie er wohl so lange davongekommen ist?», sinnierte Raft.

«Vielleicht stammt er aus einer reichen Familie», spekulierte Berger.

«RHH auf siebenunddreißig Grad erwärmt», meldete der Infusionscomputer. «Synthetische Bruchstücke ausgefiltert. Wir können, wenn Sie so weit sind.»

Berger betätigte einen Schalter, um den Infusionsprozess zu starten, und das RHH schlängelte sich durch den Plastikschlauch zu Cavors Arm. Optisch war die dunkelrote Flüssigkeit nicht von gesundem menschlichem Blut zu unterscheiden.[1] Sie

---

1 Zu Beginn des einundzwanzigsten Jahrhunderts führten Fortschritte im gentechnischen Bereich zu der so genannten Rekombinationstechnologie. Der erfolgreichen Herstellung von Rekombinations-DNA folgte die Entwicklung von Rekombinations-Humanhämoglobin. RHH ist ein erythrozitär-polymorphes oder universelles Blutsubstitut – ein synthetisches Blut, das unabhängig von der Blutgruppe des Patienten verabreicht werden kann. Es wurde auf

konnte einen am Leben halten, aber sie konnte einen auch umbringen. Berger streichelte kurz Cavors Stirn und sagte, Resignation in der rauchigen Stimme: «Sorry, Freund.»

«Was heißt hier ‹sorry›?», sagte Raft. «Mitleid mit einem statistischen Ausreißer? Hier musste er's doch kriegen. Früher oder später.»

Er konnte kein Mitgefühl für das Immunsystem des Patienten aufbringen, solange das drängendere Problem der Amputation noch vor ihm lag, und so setzte er das Skalpell an und durchtrennte mit einem raschen Schnitt, der bis auf den Knochen durchging, Cavors Oberarmmuskeln. Blut sprudelte aus dem Einschnitt, lief auf den Boden, und Raft schüttelte den Kopf ob dieser Vergeudung. Wenn man bedachte, dass eine Unze qualitätsgesichertes Blut etwa halb so viel kostete wie eine Unze Gold[1], latschte er jetzt wohl in einer Pfütze herum, die einige tausend Dollar wert war. Vielleicht noch mehr.

Die nächsten dreißig Minuten folgte Raft sorgsam Florences höflich formulierten Anweisungen und durchtrennte Cavors Humerus an der schmalsten Stelle mit einer Lasersäge, die gleichzeitig die Hauptblutgefäße verschloss. Als die Amputation

---

Betreiben des US-Militärs zur Verwendung in Kampfgebieten entwickelt. Voraussetzung war die Herstellung völlig neuartiger roter Blutkörperchen durch die Kombination verschiedener Erythrozyten. Damit sich die roten Blutkörperchen unabhängig von einem Wirtsorganismus replizieren konnten, bedurfte es eines Vektors oder Klonierungsvehikels. Dafür wählte man einen scheinbar harmlosen Parvovirus-Typ. Niemand konnte vorhersehen, dass dieses Virus aufgrund einer Kombination von Faktoren zu dem wesentlich tödlicheren P^2-Virus mutieren und dass das RHH zu einem der Hauptüberträger werden würde.

1 Kürzlich hat der Weltverband der Blutbanken (World Association of Blood Banks, WABB) den Preis für einen Liter RES-1-Blut mit einem Standard von 25×10^{12} roten Blutkörperchen auf 1, 48 Millionen Dollar beziffert. Als durchschnittlich großer Mann dürfte Cavor ein Gesamtblutvolumen von etwa fünf Litern haben. Das heißt, dass sein Blut, wenn es ganz zu Transfusionszwecken verwendet werden könnte, 7,4 Millionen Dollar wert wäre.

vollendet war, wischte er sich den Schweiß von der Stirn und trat einen Schritt zurück.

«Bei dem ganzen gesunden Blut in seinen Adern wundert's mich, dass er so lange lebend über die Runden gekommen ist. Es gibt hier doch jede Menge Schweinehunde, die ihm für einen kompletten Blutaustausch lächelnd die Kehle durchgeschnitten hätten.»

Berger nahm den abgetrennten Arm vom Flachbettscanner.

«Mich eingeschlossen», sagte sie. «Nur dass das Blut ohne die richtigen Medikamente nichts nützt. Und solange die in keiner Mondkolonie zu haben sind – warum sollte ihn da jemand töten?»

Raft nickte. «Da haben Sie wohl Recht. Aber unten auf der Erde wäre ich mächtig in Versuchung gewesen, ihm ein paar gesunde Literchen abzuzapfen, bevor ich ihm das RHH verabreicht hätte.» Er schüttelte den Gedanken ab. «Was er wohl getan hat, um hier oben zu landen? Statt in einem Privatgefängnis wie alle anderen seiner RES-Klasse.»

Florence, der Computer, antwortete ihm.

«Häftlingspatient Cavor. Zehn Jahre Zwangsarbeit auf Artemis Sieben ohne Bewährung, wegen brutalen Mordes an seiner Ehefrau. Sie war dummerweise die Tochter eines einflussreichen Lokalpolitikers. Vier Jahre hat er bereits verbüßt.»

«Tja, ich schätze, das hier bringt ihm ein Heimfahrticket», überlegte Raft. «Gibt nicht viel Schwerstarbeit, die man mit einer Armprothese leisten kann. Selbst diese neuen Dinger brauchen eine gewisse Zeit, um Kraft zu entwickeln.»

«Werden Sie sie ihm selbst ansetzen?», fragte Berger.

Raft zog behutsam die Nerven aus Cavors Armstumpf hervor und kappte sie um ein paar Zentimeter, damit sie sich leichter in das Fleisch zurückziehen konnten.

«Hab's schon versucht, ist aber nichts geworden. Bei dem ganzen verdammten Staub hier ist eine ordentliche Hämostase so gut wie unmöglich. Und jedes Hämatom am Stumpf erhöht die Gefahr einer Infektion, die das Ansetzen der Prothese verzögert. Nein, er muss in die DR-Klinik[1] einer offenen Haftanstalt unten auf der Erde, und zwar so schnell wie möglich. Je früher das Ersatzglied angesetzt wird, desto größer ist die Wahrscheinlichkeit, dass der Prothesencomputer mit den Nervenendungen verwächst.»

«Entfernen der Schlauchbinde einleiten», sagte Florence.

Erst als er sich vergewissert hatte, dass der Stumpf zufriedenstellend durchblutet war, versuchte Raft, die Blutung wieder unter Kontrolle zu bringen, und nachdem er die Hauptgefäße doppelt verschweißt und die kleineren Blutungsherde mit synthetischem Fleischschaum abgedichtet hatte, legte er eine Drainage und schloss die Hautlappen mit künstlicher HFM[2] über dem Knochen. Schließlich schmierte er ein Rekombinations-Zentrosomen-Präparat auf den Stumpf, um die Anziehung von Protoplasmakörperchen zu der künftigen Prothese zu fördern, und legte einen Druckverband an. Als alles getan war, betrachtete er sein Werk mit einer gewissen Befriedigung.

---

1 Entsprechend den Bestimmungen der Weltkommission für die Akkreditierung von Gesundheitsorganisationen (WCAHO), des Welt-Centers für angewandte und theoretische Mikrobiologie (World Center for Applied Microbiology and Research, WCAMR) und des Internationalen Instituts für Virologie (IIV), gibt es in der modernen Welt zwei Typen von Krankenhäusern. Das öffentliche Gesundheitssystem besteht vor allem aus Dauerrückstell-(DR-)Kliniken, zuständig für Patienten, die als Hochrisiko-Infektionsträger gelten und durch ihre Blutbefunde für immer von allen autologen Vorrats-Blutspendeprogrammen ausgeschlossen sind. Das private Gesundheitssystem dagegen basiert vor allem auf so genannten Freigabekliniken für Patienten, deren Blutbefunde theoretisch die Kriterien für allogene (homologe) Blutspendeprogramme erfüllen, das heißt, die als Fremdspender in Frage kämen. Praktisch gibt es heute jedoch nur noch autologe Blutspendeprogramme, bei denen die Betreffenden Blut abgeben, um es später bei Bedarf selbst wieder als Transfusion zu erhalten; alle sonstigen Transaktionen mit qualitätsgeprüftem Blut sind rein kommerzieller Natur.

2 Humanfibrin-Membran.

«Nicht schlecht», sagte er. «Saubere Arbeit, auch wenn ich mich selbst loben muss. Danke für Ihre Hilfe, Berger.»

Berger lachte, als sei ihr Beitrag nicht der Rede wert.

«Und was ist mit mir?», sagte Florence.

«Dir auch, Florence. Versteht sich.»

«War mir ein Vergnügen, Peter», sagte die Maschine auf ihre sanft-unterkühlte Art. Obwohl Raft das noch nie laut gesagt hatte, erinnerte ihn Florences honigsüße Stimme an die seiner Mutter.

«Okay, wie wär's mit ein paar Tipps für die medikamentöse Nachbehandlung?», wollte er wissen.

«Geben Sie mir einen Moment Bedenkzeit.»

«Mach's kurz, Florence. Mir tut der Rücken weh. Ich bin seit zweihundertneunzig Uhr auf den Beinen.»

«Okay, mein Rat ist folgender: Ich empfehle die intravenöse Implantation einer medizinischen Nanomaschine[1] mit einer Kombination aus prophylaktisch-antibiotischer und schmerzlindernder Wirkung. Und Ihnen verordne ich die Einnahme von etwas Glukosaminsulfat.»

«Klingt gut.»

«Möchten Sie, dass ich die MN für Sie vorbereite, Peter?»

«Ja, bitte, Florence.»

Berger war damit beschäftigt, die Überreste von Cavors Arm zu waschen, damit sie anschließend in einem sterilen Polyäthylenbeutel flüssigstickstoffgekühlt gelagert werden konnten. Obwohl der Arm so böse zerquetscht war, enthielt er doch noch Fleisch- und Hautpartien, die später als sicherer biologischer

---

1 Molekülgroße Maschine für den Einsatz im Blutstrom oder Verdauungstrakt. Jede Nanomaschine wird von einem winzigen Computer gesteuert und ist auf eine Reihe von Aktivitäten programmiert, die auf Molekularebene den Effekt einer Wirksubstanz oder einer Kombination von Wirksubstanzen nachahmen. Derzeit können solche Nanomaschinen im Körper bis zu zweiundsiebzig Stunden überdauern.

Verband dienen konnten. Auf dem Mond wird nichts vergeudet, und schon gar nicht in einer Sträflingskolonie. Obwohl auf dem Mond hoch entwickelte Industrien mit einem Volumen von vielen Milliarden Dollar existieren, gibt es keine einheimischen Rohstoffe außer Gestein und Eis, sodass alles recycelt wird.

Florence präparierte die Nanomaschine in einer Salzlösung, die Raft auf eine Spritze zog und dann in Cavors Drosselvene injizierte. Raft hatte Cavor bisher kaum ins Gesicht geguckt; jetzt sah er, dass dieser Mann klein und dünn war, und es schien kaum zu glauben, dass er vier Jahre Schwerstarbeit überlebt haben sollte. Wenn jemand dem Arzt der Krankenstation von Artemis Sieben gesagt hätte, dass der einarmige Mann dort auf dem Flachbettscanner eine Schlüsselrolle beim Verbrechen des Jahrhunderts[1] spielen würde, hätte er das höchstwahrscheinlich mit jenen Halluzinationen erklärt, die durch minimale Veränderungen der künstlichen Atmosphäre[2] innerhalb der Kolonie hervorgerufen werden.

---

1 Die Formulierung «Verbrechen des Jahrhunderts» wird in der Multimedialandschaft oft zur Sensationsmache benutzt und ist mittlerweile ein Klischee. Was bedeutet sie wirklich? Verbrechen in Superlativen zu beschreiben ist ethisch fragwürdig. Es ist fast so, als ob man die Tat bejubelt, die Täter zu ihrem Erfolg beglückwünscht. Das ist hier ganz und gar nicht meine Intention. Mir geht es vielmehr darum, dass dieses Verbrechen von seiner Art her so repräsentativ für das einundzwanzigste Jahrhundert ist wie kein anderes.

2 In Mondkolonien wird ein normaler Atmosphärendruck erzeugt, und zwar mittels einer Mischung aus Sauerstoff und Helium, dem neben Wasserstoff verbreitetsten Element des Universums. Besonders viele Heliumisotope finden sich im Mondgestein, Folge der Einwirkung von Sonnenwinden über Milliarden von Jahren. Höhlenkolonien wie Artemis Sieben sind in hermetisch abgedichtete Sektionen unterteilt, aber manchmal kommt es doch zu Leckstellen. Gewöhnlich sind die Auswirkungen nicht gravierend genug, um Atemprobleme hervorzurufen. Doch bei P^2-Infizierten kann schon das geringste Absinken des Sauerstoffpegels einen hyperventilationsähnlichen Zustand hervorrufen, der mit einem Blutdruckabfall und dem Einsetzen von Halluzinationen verbunden ist.

«Florence? Wann geht der nächste Frachtcontainer zur Erde?»

«Von der Tranquillity Base geht heute Abend einer.»

«Hat er Chancen, das durchzustehen?»

«Ja. In einer Stunde geht von hier ein Transport mit ein paar vorzeitig entlassenen Sträflingen ab.»

«Die Glücklichen. Buch ihm einen Platz.»

Raft, der noch sechs von acht Jahren vor sich hatte, riss sich den einen blutigen Chirurgenhandschuh herunter und musterte seine feuchte rechte Hand so kritisch, als stünde nur sie zwischen ihm und der Freiheit.

«Gibt ja heutzutage ziemlich gute Prothesen», sagte er versonnen. «Wär's vielleicht wert.»

Rameses Gates gurtete sich auf seinem Platz im Superconductor[1] zur Erde fest, kippte seinen Sitz in die Startliegeposition und arretierte dann die Kopfhalterung so fest, wie es gerade noch bequem war, um das kantige Kinn und die Blumenkohlohren. Vor ihm lagen ein dreitägiger Zweihundertsechsunddreißigtausend-Meilen-Flug und dann noch eine kurze Unterbringung in einer offenen Vollzugsanstalt, ehe er wieder in die so genannte Gesellschaft entlassen wurde. Doch zuerst war da noch die Kleinigkeit dieses Starts. Der Superconductor war we-

1 Der Anziehungskraft des Mondes zu entkommen erfordert viel weniger Energie als das Verlassen des Schwerkraftfelds der Erde. Raketen werden nur von reichen Touristen benutzt. Alle anderen Reisenden nehmen den von der Tranquillity Base aus startenden Raum-Superconductor, ein Mono-Magnetschienengefährt, das auf fünfundzwanzig Schienenkilometern etwa zwanzig Meter Höhe erlangt, ehe schließlich die Fliehgeschwindigkeit von 1,4 Meilen pro Sekunde erreicht ist. Der Mond hat sich als ideales Umfeld für Hochtemperatur-Supraleitervehikel erwiesen. Auf der Erde liegt ein Hauptproblem anisotroper Technologien in der Instabilität der chemischen Bedingungen aufgrund der Luftfeuchtigkeit. Auf dem Mond entfällt dieser Faktor.

sentlich unbequemer als eine Rakete, da er fast unerträgliche Beschleunigungskräfte entwickelte. Häftlinge und Tiere reisten in einem G-Abteil, das angeblich auf Gewichtskräfte von bis zu 10 G ausgelegt war, aber dennoch kam es zum Absacken des Bluts, was wiederum zu Ohnmacht und bei Leuten, deren P^2-Infektion schon im fortgeschrittenen Stadium war, manchmal sogar zum Tod führte. Gates – der P^2-positiv war – hatte wie alle Leute, die er kannte, keine Möglichkeit, den exakten Entwicklungsstand der Infektion zu bestimmen, aber er hatte gehört, dass es Leuten, die die Reise überlebten, nicht selten noch tagelang schlecht ging.

Der Gedanke an die drohenden Beschwerden, ja, sogar den möglichen Tod, machte Gates, wie auch das Dutzend Männer und Frauen, das mit ihm wartete, nervös und gereizt. Wenn es doch endlich losginge. Aber es gab noch eine Verzögerung. Ein verspäteter Passagier, meldete der Bordcomputer des Superconductors.

«Was für ein verspäteter Passagier?», fragte Gates. «Wir wissen doch alle schon seit Wochen, dass wir heute mit dieser verdammten Schleuder hier starten. Wer ist der Kerl?»

«Muss wohl auch ein Häftling sein», erklärte die Frau, die neben Gates lag. «Wer würde sonst schon dieses Ding hier nehmen?»

Die Frau hieß Lenina. Gates hatte immer schon gefunden, dass sie die schönste Frau auf Artemis Sieben war, aber er hatte noch nie Gelegenheit gehabt, mit ihr zu reden – und jetzt war er zu nervös zum Antworten.

«Ich habe momentan keine weiteren Informationen», sagte der Computer. «Bitte gedulden Sie sich.»

«Du hast gut reden», erklärte Gates dem Bordcomputer. «Du stehst nicht davor, das zweite Newtonsche Gesetz samt all seinen reizenden Begleiterscheinungen am eigenen Leib zu erfahren.»

«Haben Sie Ihre G-Pille schon genommen?», parierte der Computer.

Die Tür ging auf, und zwei Wärter luden eine G-Kapsel[1], in der sich Cavor befand, ein und schnallten sie am Boden fest. Die Kapsel umschloss Cavors gesamten Körper und verbarg, da nur das Visier durchsichtig war, das volle Ausmaß seiner Verletzung. Gates löste die Kopfhalterung und reckte sich über Lenina hinweg, um das Gesicht des Mannes sehen zu können. Er kannte ihn nicht.

Als die Tür wieder zu war, begannen die Supraleiterspiralen in der Aluminiumschiene den elektrischen Strom aufzubauen, der sie auf ihre Bahn katapultieren würde.

Lenina sagte: «Wenn der Superconductor langsam genug wäre, hätte man angeblich einen tollen Blick auf die TB[2]. Heißt es. Aber dafür müsste man natürlich den Kopf in einer Position haben, aus der man durchs Fenster gucken kann, und beim Start ist es nicht drin, auch nur einen Muskel zu bewegen. Es gibt jetzt auf der TB ein Gedenkmuseum für die erste Mondlandung. Dort kann man das Landemodul und die Fußstapfen der Astronauten sehen. Sagen sie jedenfalls.»

«Zehn K[3], und Messung läuft weiter», sagte der Computer.

«Im Ernst?»

«Ich würde jedenfalls gern mal wiederkommen und mir das alles angucken.»

«Tatsache?» Gates sah nervös durch das mondlichthelle Fenster.

«Nervös?», überschrie Lenina den Lärm der Elektrizität. Er

1 Autarke Gravitationskapsel, die auf Gewichtskräfte bis 15 G ausgelegt ist und für den Transport kranker und verletzter Personen im Superconductor benutzt wird.

2 Tranquillity Base.

3 Kelvin. SI-Basiseinheit der thermodynamischen Temperatur.

wurde mit jeder Sekunde lauter, wie das Brummen einer riesigen und überaus zornigen Wespe.

«Dreißig K, und Messung läuft weiter.»

«Warum sollte ich nervös sein?»

«Fünfzig K, und Messung läuft weiter.»

«Ich dachte, Sie hätten was von Beten gesagt. Möchten Sie meine Hand halten?»

«Übergangstemperatur[1]», meldete der Computer. «Fertig machen zum Start.»

«Danke, nichts dagegen.»

Gates nahm Leninas Hand und stellte fest, dass sie zugriff wie ein Roboter. Er sah auf ihre weißen Knöchel und lächelte leise. Sie klang ja ganz cool, aber in Wirklichkeit war sie genauso nervös wie er.

Sein Blick huschte zu dem Mann in der G-Kapsel auf dem Boden. Irgendwas stimmte da nicht. Die Sichtscheibe war total beschlagen, als ob innerhalb der Kapsel keinerlei Luft zirkulierte. Gates kapierte sofort, was los war. Diese Idioten, die den Mann dort abgelegt hatten, hatten vergessen, seine Atemluftversorgung einzuschalten. Wenn die Kapsel nicht geöffnet und die Luft nicht angeschaltet wurde, würde er ersticken. Keine Zeit zum Überlegen. Gates riss sich die Kopfhalterung herunter und öffnete seine Sitzgurte. Wenn der Superconductor erst einmal in Bewegung war, würden die Beschleunigungskräfte so groß sein, dass er keine Chance mehr hätte, auch nur einen Augenmuskel zu bewegen. Jetzt oder nie.

«Sind Sie wahnsinnig?», protestierte Lenina. «Sie gehen doch drauf.»

«Bitte begeben Sie sich sofort auf Ihren Platz zurück», befahl der Computer. «Wir starten in zwanzig Sekunden.»

---

1 Diejenige Temperatur, unterhalb deren die Monoschiene supraleitend wird, heißt Übergangstemperatur oder Sprungtemperatur.

Gates kniete sich neben die Kapsel und begann zu zählen. Er riss die Verriegelung auf und klappte den Deckel auf. Es war nur zu offensichtlich, weshalb dieser Mann zur Erde zurückgeschickt wurde. Der holte jetzt tief Luft und lächelte Gates zu dessen Erstaunen an.

«Danke», krächzte er.

«Begeben Sie sich sofort auf Ihren Platz zurück. Noch zehn Sekunden bis zum Start.»

«Nicht der Rede wert, Linkspfot.» Gates schaltete die Luftversorgung ein und knallte den Kapseldeckel wieder zu.

«Hinsetzen, bitte. Noch fünf Sekunden.»

Gates hastete zu seinem Platz zurück, warf sich rücklings auf den Sitz und begann sich wieder anzuschnallen.

«Verrückter Kerl», schrie Lenina.

«Drei, zwo …»

Keine Zeit mehr für die Kopfhalterung. Nicht mal mehr für alle Gurtschließen. Gerade noch Zeit genug, den Kopf in den Sitz zu pressen und das Beste zu hoffen. Im nächsten Moment wurden sie die Rampe entlangkatapultiert. Auf der Erde erreichen Supraleiterzüge Geschwindigkeiten von annähernd dreihundert Meilen pro Stunde. Doch Masse und Anziehungskraft des Mondes tun 83 Prozent weniger, um ein solches Vehikel zu verlangsamen. Binnen Sekunden fühlte Gates enorme Beschleunigungskräfte entstehen, während das Gefährt sein Tempo auf mehrere tausend Meilen pro Stunde steigerte. Und als es am Ende der Rampe in den Raum hinauskatapultiert wurde, galten Gates' letzte Gedanken, ehe ihm schwarz vor Augen wurde, der unglaublichen Fliehgeschwindigkeit auf der Anzeige an der Abteildecke, der schönen Frau neben ihm und dem einarmigen Passagier.

II

Es war von jeher ein Faszinosum, vielleicht das Ur-Faszinosum überhaupt, und im Bewusstsein der Menschen mit einer mystischen, ja magischen Bedeutung behaftet. Zentrales Totem in allen frühen Kulturen, wichtiges Element der klassischen Mythen, fundamentaler Aspekt fast aller Religionen, ist es bis heute ein immer wiederkehrendes Symbol, möglicherweise das stärkste Symbol überhaupt. Römisch-katholische Christen mögen ihm mit symbolischer Ehrfurcht begegnen, strenggläubige Juden etwas Schändliches und Unreines darin sehen. Es ist die Verkörperung der Verwandtschaft, aber es steht auch für Mord, Fehde und oft genug auch Sühne. Blut: rot, zähflüssig, dicker als Wasser. Das ewig kreisende Blut: Gegenstand von Epen, Fetischkulten, großen Dramen. Quell von Macht – heute mehr denn je – und Opfergabe an die Götter. Blut, der Lebensbaum, den wir alle in uns tragen. Doch was selbst jene Pioniere der Medizin, die ihm all ihre Kraft widmeten, vergaßen: Es ist mehr als nur eine Metapher für Leben. Seit Jahrhunderten ist das Blut nicht nur das größte, sondern auch das besterforschte Organ des menschlichen Körpers. Aber diejenigen, die es erforschten – und bestenfalls als eine Ansammlung von roten Blutkörperchen begriffen, die während ihrer hundertzwanzigtägigen Lebensdauer fünfhundert Kilometer zurücklegen –, näherten sich ihm nicht mit jenem alten Sinn für das Wundersame, jenem Wissen, dass Blut das Leben selbst ist. So leicht zu entnehmen und oft gedankenlos vergeudet, ist dieser Lebenssaft Flüssigkeit und Gewebe zugleich, von der Farbe edler Rubine, und doch unendlich viel wertvoller.

Seltsamerweise behandelte es niemand als kostbaren Schatz. Zwar gab es Banken dafür, aber nicht im eigentlichen Sinn: «Blutbank» war ein generischer Begriff und bezeichnete ein Blutlager, eine Klinikeinrichtung für Transfusionszwecke oder eine Mischung aus beidem. Erst jetzt, gegen Ende des einundzwanzigsten Jahrhunderts, wird erkennbar, wie kostbar Blut ist, erfährt es die Wertschätzung, die ihm gebührt. Na ja, fast jedenfalls, was sich den meisten Menschen noch immer entzieht, ist seine kosmologische Bedeutung: die Tatsache, dass die Mathematik des Blutes, die numerische Seite seiner komplexen Struktur, wohl der beste Beweis für die Existenz irgendeiner Art von Schöpfer sein dürfte.

Nehmen wir nur einmal den Prozess der Blutgerinnung, der das Zusammenwirken mehrerer hämostatischer Proteine voraussetzt. Nicht weniger als fünfzehn Gerinnungsfaktoren werden schrittweise aktiviert – wobei jedem als Regulativ ein Antigerinnungsfaktor gegenübersteht – und bewirken schließlich die Bildung eines festen Fibrinklumpens. Als Schutz vor übermäßiger Verklumpung, Thrombose genannt, fungiert eine zweite Serie hämostatischer Proteine, das so genannte fibrinolytische System (das wiederum durch eigene Inhibitoren in Schach gehalten wird). Das wirksamste dieser Proteine ist das Plasmin. Es muss aus seiner inaktiven Form – dem Plasminogen – in die aktive überführt werden, was ein weiterer Eiweißstoff, der Plasminaktivator, übernimmt. Die irreduzible Komplexität dieses Systems ist kaum darstellbar. Die Wahrscheinlichkeit, dass ein solches System durch puren Zufall entsteht, ist so verschwindend gering, dass es schwer fällt, sie in Zahlen auszudrücken. Aber sie dürfte sich wohl in etwa an der Zahl der roten Blutkörperchen bemessen, die ein gesunder erwachsener Mann im Lauf seines Lebens produziert; wenn man davon ausgeht, dass er pro Sekunde $2{,}3 \times 10^6$ rote Blutkörperchen produziert, so betrüge diese Wahrscheinlichkeit 1 zu $70 \times 365 \times 24 \times 60 \times 60 \times 2{,}3 \times 10^6$ oder 1 zu circa 5×10^{15}.

Wie Mephistopheles bei seinem Pakt mit Faust bemerkt: Blut ist ein ganz besondrer Saft.

Um wieder auf das prosaischere Thema «Blutbanken» zu-

rückzukommen: Heute versteht man darunter etwas ganz anderes als in der Entstehungszeit dieses Begriffs, da die Sache selbst noch auf einem vergleichsweise simplen und selbstlosen Akt gründete – der Bereitschaft einer gesunden Person, anderen etwas von ihrer Gesundheit abzugeben, indem sie einen halben Liter Blut spendete. Die Macht und die verjüngenden Kräfte des Blutes werden erstmals von Ovid erwähnt, und zwar in dessen Wiedergabe der Sage von Medea und Aeson, dem Vater Jasons[1]. *Als Jason von der Erfüllung seiner Aufgaben heimkehrt, findet er seinen Vater dem Tod nahe und lässt sich überreden, ihm neues Leben zu schenken, indem er etwas von seinem Blut abgibt. Dieses Blut mischt Medea in ein Zaubergebräu, das sie dem alten Mann in die Adern füllt – mit wundersamer Wirkung. Doch die Historie lehrt uns, dass der erste Transfusionsversuch 1492 stattfand, als junge Priester in dem fehlgeleiteten und vergeblichen Versuch, das Leben des moralisch verderbten Papstes Innozent VIII. zu retten, Blut für eine Übertragung spendeten. Natürlich starb der Papst. In den folgenden Jahrhunderten gab es viele weitere Fehlschläge in dieser Richtung. John Aubrey schildert in* Brief Lives, *wie Francis Potter im Jahr 1649, inspiriert durch Ovid, eine Transfusion zwischen zwei Hennen vorzunehmen suchte. Und Samuel Pepys Tagebucheintrag vom 21. November 1667 beschreibt den ersten englischen Transfusionsversuch an einem Menschen, durchgeführt von Richard Lower an einem gewissen Arthur Coga. Unglücklicherweise wurde dabei das Blut eines jungen Schafs benutzt – das biblische Blut des Lammes. Coga überlebte, ein Glück, das anderen Patienten, die in Frankreich ähnlichen Versuchen unterzogen*

1 S. Ovid, *Metamorphosen*, I, Buch VII. Vgl. Herodots Bericht über griechische Söldner in ägyptischen Diensten, die das Blut der Söhne ihres Feindes Pahnes mit Traubensaft mischten und tranken, um Kraft und Mut daraus zu ziehen.

wurden, nicht beschieden war. Nicht zuletzt wegen dieser französischen Experimente[1], *bei denen die Patienten starben, wurden die Transfusionsversuche eingestellt und erst im neunzehnten Jahrhundert wieder aufgenommen, diesmal sogar mit Milch. Es erübrigt sich zu sagen, dass auch diese Patienten allesamt starben. Erst 1901 entdeckte Karl Landsteiner das AB0-Blutgruppensystem, das Transfusionen theoretisch ermöglichte, doch selbst jetzt dauerte es noch bis zur zweiten Hälfte des Ersten Weltkriegs, ehe Transfusionen mit natriumnitratversetztem Blut glückten und zum Mittel der Wahl bei schwerem Blutverlust wurden. Und noch ein paar Jahrzehnte vergingen, bis neue Diluenzien, Antikoagulanzien und Konservierungslösungen die Lagerung von Blut so weit ermöglichten, dass Bluttransfusion fast schon zur Routine wurde.*

Vorbei.

In unserem Jahrhundert wurde die Welt von einer mörderischen Pestilenz überfallen, deren – um es mit Edgar Allan Poe zu sagen – Avatara und Sigill[2] *das Blut ist. Diese Heimsuchung, nur die jüngste einer langen Reihe von Seuchen, die die Menschheit plagen, seit sie es erstmals unternahm, Tiere zu domestizieren – eine agrikulturelle Revolution, die vor gut zehntausend Jahren stattfand –, war das Human-Parvovirus II, auch bekannt als Slow HPV*^{2} *oder schlicht P*^{2}. *Es ist eine langsamere Mutante des so genannten Fast HPV*^{1}, *das selbst wiederum eine mutierte Variante eines vergleichsweise harmlosen Virus namens B19 war,*

---

1 Blutübertragung war auch ein Satirethema. Siehe zum Beispiel Alexander Popes *Versuch über die Critik* von 1711: «Manchen verdarb schon dieser Pedanten Schar/der, falsches Denken uns zu lehren, noch jede Müh willkommen war/Kathederpäpste, wie Medizingelehrte, beseelt von der Vision/den Geist zu therapiern durch raffinierte Transfusion/entziehn uns unseren Verstand, um neuen einzufüllen/was doch, bei aller Kunst, nicht geht nach ihrem Willen.»

2 *Die Maske des Roten Todes* von Edgar Allan Poe, 1842.

dessen exakte chemische Struktur vor nahezu einem Jahrhundert, nämlich 1983, erstmals beschrieben wurde[1].

«Mörderisch» ist in diesem Zusammenhang nicht übertrieben. Genaue Zahlen wird es wohl nie geben, aber vorsichtige Schätzungen besagen, dass HPV^1 *und HPV*^{2} *zusammen seit dem Jahr 2019 nicht weniger als fünfhundert Millionen Menschen das Leben gekostet haben, womit HPV wohl das erfolgreichste Virus aller Zeiten sein dürfte.*

Viren sind die einzigen real existierenden Rivalen des Menschen, was die Herrschaft über die Erde anbelangt, denn es scheint immer sicherer, dass es eine Viren-Antibiose nie geben wird: Da Mensch und Virus die gleichen genetischen und metabolischen Mechanismen besitzen, ist ihr Schicksal untrennbar verquickt. Und wie alle Lebewesen haben auch Viren ihre eigene Taxonomie – der Terminus der Biologen für den niemals endenden Prozess der Unterteilung in Familien. In Anna Karenina *schreibt Tolstoi, alle glücklichen Familien seien gleich. Und auf einer elementaren Ebene gilt das auch für die Viren: Ihre Familien unterliegen allesamt denselben Imperativen des Überlebens und der Fortpflanzung wie jede Menschenfamilie. Infektion ist ein uraltes Geschehen, eine der Grundlagen des Lebens. Ohne Infektion wäre keine Evolution möglich gewesen.*

Die Familie der Parvoviridae umfasst drei Gattungen, die zusammen ein breites Spektrum von Wirtsorganismen befallen – vom Nerz bis zum Menschen. Die Viren selbst sind winzige, ikosaedrale Organismen mit Genomen aus einstrangiger DNA. Was uns hier interessiert, ist die dritte Gattung der Parvoviridae,

1 Als das B19-Virus im Blut symptomfreier Spender entdeckt wurde, weil man die Ursache für falsch positive Resultate bei CIE-Tests zur Feststellung von Hepatitis-B-Virus-Oberflächenantigenen suchte, war es eins von zwei bekannten Human-Parvoviren. Seinen Namen erhielt das B19-Virus nach der Codenummer auf einer der Serumproben, in denen es erstmals gefunden wurde.

die autonomen Parvoviren, die über die Fähigkeit verfügen, sich eigenständig zu replizieren, vorausgesetzt, die Wirtszelle ist in Teilung begriffen. Die autonomen Parvoviren heißen so, weil sie für ihre Replikation nicht auf die Präsenz eines Helfervirus angewiesen sind. Ein solches autonomes humanes Parvovirus war das Virus B19.

Bei den meisten normal gesunden Menschen verlief die Infektion, die über die Atemwege übertragen wurde, völlig symptomfrei; in den symptomatischen Fällen war das Krankheitsbild leicht und dem anderer häufiger Virusinfekte vergleichbar: Fieber, Ausschlag und Drüsenschwellungen (weshalb die Erkrankung oft fälschlicherweise für eine Grippe gehalten wurde). Das B19-Virus befiel typischerweise die für die Bildung von roten Blutkörperchen (Erythrozyten) zuständigen Zellen, konnte aber auch die Stammzellen für weiße Blutkörperchen und Megakaroyzten infizieren und so zu einem vorübergehenden Rückgang der Zahl der roten und weißen Blutkörperchen sowie der Blutplättchen führen. Echte Probleme rief das Virus jedoch nur dann hervor, wenn das Knochenmark besonders anfällig war, also etwa bei Menschen mit einer hämolytischen Anämie, bei denen jede weitere Beeinträchtigung des ohnehin schon überlasteten Knochenmarks leicht zu einer aplastischen Krise führte. Dieses vorübergehende Geschehen, das mit einem Absinken der Hämoglobinkonzentration, dem Fehlen von Retikulozyten im peripheren Blut und der Abwesenheit von Erythrozytenvorstufen im Knochenmark einherging, dauerte fünf bis sieben Tage und erzeugte Symptome einer akuten Anämie: chronische Erschöpfung, Kurzatmigkeit, Blässe, Lethargie, Verwirrung und manchmal Herzinsuffizienz. Oft wurde eine Bluttransfusion notwendig, ehe das Knochenmark sich wieder erholte, die Retikulozytose wieder einsetzte und die Hämoglobinkonzentration sich normalisierte. Untersuchungen aus dem zwanzigsten Jahrhundert zeigen, dass 90 Prozent aller aplastischen Krisen bei Patienten mit chronischer hämolytischer Anämie auf eine B19-Infektion zurückgingen. Ein wirksames antivirales Chemotherapeutikum gegen das B19-Virus wurde nie entwickelt; sonst wäre alles vielleicht ganz anders gekommen.

Die Aggressivität krankheitserzeugender Viren kann stark variieren. Wie der Mensch haben sich auch die Mikroben als anpassungsfähig und erfinderisch erwiesen, wenn es darum geht, sich effizient zu vermehren und zu entwickeln und an neue Lebensbedingungen anzupassen. Man nehme nur einmal den unterschiedlichen Schweregrad der verschiedenen Influenza-Epidemien[1]. Der Erreger der Influenza ist ein Virus, das häufig das genetische Programm seiner Mantelproteine ändert und darum etwa alle zwei Jahre ein «neues» Virus in die Welt setzt, gegen das in der gesamten Weltbevölkerung so gut wie keine Immunität besteht. Solche Mutationen waren die Ursache zahlreicher Influenza-Pandemien, vor allem aber der berüchtigten Spanischen Grippe von 1918, die in nur sechs Monaten dreißig Millionen Todesopfer forderte – doppelt so viele, wie die vier vorangegangenen Weltkriegsjahre gefordert hatten. Dieses Extrembeispiel verdeutlicht das Potential der Viren, durch Mutationen ihre Aggressivität sprunghaft zu steigern, wobei diese Mutationen spontan erfolgen, aber auch durch äußere Faktoren wie Chemikalien, Strahlung, Bakterien und sogar andere Viren hervorgerufen werden können. Die meisten Mutationen werden durch DNA- oder RNA-Reparaturenzyme rasch korrigiert und haben gar keine Chance, eine unmittelbar offensichtliche Veränderung des Virusverhaltens zu bewirken. Von einer Million Mutationen wird vielleicht eine das Virus so erheblich schädigen, dass es keine Zellen mehr infizieren kann oder in die Wirts-DNA eingebaut wird.

1 Der Name «Influenza» kam um die Mitte des achtzehnten Jahrhunderts in Italien auf. Er stand ursprünglich für «Einfluss eines Miasmas» oder «Einfluss der Sterne».

Umgekehrt kann aber eine entsprechend große Zahl von Mutationen leicht dazu führen, dass sich das Virus effizienter an Wirtszellen ankoppeln oder wirksamer virale Proteine erzeugen kann und daher schlimmere Krankheitserscheinungen hervorruft. Außerdem können Mutationen auch den Tropismus des Virus ändern – es befähigen, Zelltypen anzugreifen, die bisher nicht betroffen waren.

Es gibt viele Theorien, warum das vergleichsweise harmlose B19-Virus zu dem wesentlich tödlicheren Fast HPV[1] mutierte. Eine immer populärer werdende Theorie sieht die Ursache in gentechnischen Versuchen, aus einem Baculovirussystem durch DNA-Rekombination ein Antiviruskapsid herzustellen. Eine andere Erklärung lautet, dass der Blutmangel in russischen Krankenhäusern zu Beginn des einundzwanzigsten Jahrhunderts zur vermehrten Verwendung von Leichenblut für Transfusionen geführt habe und dass dabei auch auf verstrahlte Opfer der Schewtschenko-Katastrophe[1] von 2011 zurückgegriffen worden sei, deren Blut mutierte B19-Viren enthielt. Und es gab sogar die «Panspermia»-Theorie, der zufolge sich das B19 mit einem Virus kombiniert habe, das erst kürzlich durch Kometentrümmer oder ein Space-Shuttle aus dem Weltraum auf die Erde gelangt sei. Das sind nur einige der in Umlauf befindlichen Theorien. Sicher scheint jedoch, dass die Entwicklung von Blutersatzstoffen eine wichtige Rolle bei der Mutation des B19-Virus gespielt hat. Militärisches Interesse an neuen Ersthilfe-Transfusionslösungen, die die logistisch schwierige Bereitstellung von Blutkonserven für Verwundete erübrigen würden, führte zur Entwicklung einer Reihe von Produkten, die auf gereinigtem Rinderhämoglobin

1 Der GAU im Schewtschenko-Reaktorkomplex auf der Mangyschlak-Halbinsel in Kasachstan war die schwerste Nuklearkatastrophe in der Geschichte. Durch die Explosion wurde ein Gebiet von über zweihundert Quadratmeilen zwischen dem Kaspischen Meer und dem Aralsee unbewohnbar.

oder der gentechnischen Erzeugung von Humanhämoglobin durch E.-Coli-Bakterien basierten.

Wie immer die Kausalkette ausgesehen haben mag, unstrittig ist die tödliche Wirkung des Fast HPV1, die auf der Deaktivierung der Sauerstoff bindenden Komponente des Hämoglobins[1] *bei ansonsten gesunden Menschen beruht. Wie das Virus dies bewerkstelligt, ist allerdings noch nicht völlig geklärt. Offenbar stehen dem HPV1 dabei drei verschiedene Möglichkeiten zur Wahl, was viele Mediziner zu der Überzeugung gebracht hat, dass das HPV1 in Wahrheit drei verschiedene Parvovirustypen umfasst. Diese Möglichkeiten sind:*

1. *Das Virus bewirkt die fehlerhafte Produktion von Proteinen, die entscheidend für das Funktionieren der Sauerstoff bindenden Komponente sind.*
2. *Das Virus stellt die Produktion eines solchen Proteins ganz ab. Die betroffenen roten Blutkörperchen vermögen keinen Sauerstoff mehr zu transportieren. Da die Lebensdauer von roten Blutkörperchen hundertzwanzig Tage beträgt, erstickt der Patient innerhalb dieser Zeitspanne.*

---

1 Den Transport des Sauerstoffs von der Lunge zu den verschiedenen Arten von Körpergewebe besorgt das hierauf spezialisierte Protein Hämoglobin. Dieses besteht in komplexen Molekülen, die von den roten Blutkörperchen in hoher Konzentration durch das Gefäßsystem transportiert werden. Hämoglobin hat die besondere Eigenschaft, Sauerstoff in der Lunge zu binden, ihn dann im sauerstoffarmen Milieu des Gewebes wieder freizusetzen und daraufhin die eigene Funktionsweise so zu verändern, dass es in der Lage ist, große Mengen Kohlendioxid aufzunehmen und zur Lunge zu transportieren, wo der ganze Prozess wieder von vorn beginnt. Ermöglicht wird das alles durch die einzigartige Struktur des Hämoglobins, das ein Komplex aus zwei Paar Proteinmolekülen ist: den so genannten Alpha- und Betaketten. Diese Ketten sind dicht nebeneinander angeordnet und bilden das Tragegerüst für die aktive Komponente des Hämoglobins, das Häm-Molekül, eine eisenhaltige Porphyrinstruktur. Innerhalb dieser Komponente wird der Sauerstoff gebunden. Im Zyklus der Sauerstoffaufnahme und -abgabe findet eine beträchtliche strukturelle Veränderung statt, weshalb auch vom «Atmen» des Hämoglobinmoleküls gesprochen wird.

3. Codes für die Erzeugung von Blocker-Polypeptiden interagieren mit der Sauerstoff bindenden Komponente.

Die zweite Vorgehensweise entspricht dem häufigsten Szenario bei einer HPV[1]-Infektion. Das klinische Bild entwickelt sich langsam mit einer symptomfreien Periode von sieben Tagen zwischen der subfebrilen Anfangsphase und dem Auftreten eines Röteln ähnlichen Hautausschlags. Nach vier Wochen folgt das plötzliche Einsetzen einer symmetrischen Arthritis, zunächst in den Fingergelenken, dann in Handgelenken, Sprunggelenken, Knien und Ellbogen. Um den sechzigsten Tag zeigt der Patient bereits die Symptome einer sich rasch verschlimmernden Anämie – Erschöpfung, Kurzatmigkeit, Zyanose, Verwirrtheit –, und je nach Allgemeinkonstitution führt das Fast HPV[1] nach etwa neunzig Tagen zum Koma und schließlich zum Tod.

Die Behandlung der HPV[1]-Infektion bestand in Bluttransfusionen und dem therapeutischen Einsatz von ProTryptol 14, einer spezifischen Protease, die gezielt auf die roten Blutkörperchen einwirken sollte und zur Verhinderung einer vorzeitigen Resorption in eine Lipidhülle (Liposom) eingebettet war. Einmal im Inneren des roten Blutkörperchens angelangt, sollte diese Protease dem mutierten Protein entgegenwirken, das die Funktion der Sauerstoff bindenden Komponente störte. Diese Substanz war jedoch über viele Jahre nur schwer und kostspielig herzustellen, und als das ProTryptol schließlich billiger wurde, waren die Preise für gesundes Blut bereits emporgeschnellt.

Das Fast HPV[1] war weltweit verbreitet und kam in sämtlichen Populationen vor, ausgenommen ein paar isolierte Gruppen in Brasilien und Afrika. Wie beim B19 traten Infektionen zuerst bei Kindern auf, häufig in Grundschulen, wo die Ausbreitung durch Tröpfchen erfolgte. Bei diesen ersten Ausbrüchen, die immer tödlich verliefen, infizierten sich auch Eltern und Lehrer betroffener Kinder, und so kam es zu einem zweiten Übertragungsmodus:

der Infektion durch Spenderblut. Der hohe Durchseuchungsgrad von Blutkonserven führte binnen kurzem in der gesamten westlichen Welt zu einer Vertrauenskrise, Fremdtransfusionen betreffend, und zu einem gewaltigen Aufschwung von Eigenblutdepot-Programmen. Der Ausdruck «böses Blut» existierte zwar schon jahrhundertelang zur Bezeichnung von Ressentiments zwischen Menschen, aber erst jetzt ließ sich ihm eine physiologische Grundlage zuordnen.

Zwischen 2017 und 2023 tötete das Fast HPV[1] täglich weltweit fünfzigtausend Menschen. Angesichts der zeitgleichen Serie von Naturkatastrophen – das Erdbeben, das Tokio vernichtete, die Heuschreckenplage, die weite Teile der USA verwüstete, der Nahostkrieg von 2017 und der gewaltige Ausbruch des Vesuvs, von den Klimaveränderungen und der daraus resultierenden verheerenden Dürre und Hungersnot in China ganz zu schweigen – betrachteten viele Menschen die HPV-Seuche als eine Gottesstrafe. Andere schoben sie, mit den üblichen fadenscheinigen Begründungen, den Juden in die Schuhe: Ein jüdischer Mediziner, Benjamin Steinart-Levy, hatte entscheidend zur Entwicklung des Medikaments ProTryptol 14 beigetragen, das den Goldman-Pharmawerken während der ersten Monate der Pandemie Milliarden von Dollar eingebracht hatte. In der ganzen Welt, vor allem jedoch in Amerika, kam es zu Pogromen; allein in Los Angeles wurden vierzehntausend Juden ermordet. Als die New Yorker Friedhöfe und Parks keine weiteren Toten mehr aufnehmen konnten, segnete Kardinal Martin Walsh den Atlantik, damit die Leichen, die ins Meer geworfen wurden, eine geweihte Ruhestätte hätten. Überall auf der Welt zerfielen Familien, kollabierten Gesundheitssysteme unter der Überlastung, versanken ganze Länder im Chaos, weil der Staatsapparat fast völlig zusammenbrach.

Genaue Zahlen zu nennen ist unmöglich, aber selbst die vorsichtigsten offiziellen Schätzungen besagen, dass das Fast HPV[1] *zwischen 2018 und 2025 hundertfünfzig Millionen Menschen das Leben kostete. Und es wären noch weitere Millionen dazugekommen, hätte sich das Fast HPV^1, das binnen hundertzwanzig Tagen zum Tode führte, nicht um 2025 durch eine weitere Mutation in das Slow HPV^2 oder kurz P^2 verwandelt, das wesentlich länger brauchte, um seinen Wirt zu töten.*[1] *Natürlich war das nur im Interesse des Virus: Ein Virus kann sich nur erhalten, wenn es Proteine erzeugt, gewöhnlich, indem es die Prozesse der Wirtszelle unterwandert. Kann sich ein Virus ungehemmt vermehren, tötet es den Wirtsorganismus, und wenn das passiert, ehe das Virus einen neuen Wirt gefunden hat, geht es selbst ebenfalls zugrunde. Das P^2-Virus war eine Antwort auf dieses Problem, denn es ließ die Wirtszelle jahrelang am Leben (heute beträgt die Überlebensdauer von P^2-Infizierten zehn bis fünfzehn Jahre), indem es über weite Strecken in der Wirts-DNA latent blieb und sich nur dann reaktivierte, wenn die Abwehr besonders schwach war.*

Es ist kein Wunder, dass gesundes Blut heute die wichtigste und wertvollste Ware auf der Erde ist und dass mittlerweile alle Gesellschaften in zwei ungleiche Teile zerfallen: eine privilegierte Minderheit, die nicht P^2-infiziert ist und an Eigenblutdepot-Programmen teilnimmt (faktisch sind diese beiden Gruppen identisch), und eine unglückliche Mehrheit, die durch ihre P^2-Infektion für immer von allen Blutvorratsprogrammen ausgeschlossen ist.

---

1 Vielleicht mutierte auch jene besonders virulente Form der Syphilis, die Ende des fünfzehnten Jahrhunderts in Europa grassierte, in ganz ähnlicher Weise zu einer schleichenderen Form mit weniger entstellenden Pusteln und weniger Schmerzen. Dass jemand so viele Jahre mit der Syphilis leben würde wie der Dramatiker Oscar Wilde in der zweiten Hälfte des neunzehnten Jahrhunderts, hätte für völlig unmöglich gegolten, als der französische König Karl VIII. Ende des fünfzehnten Jahrhunderts Neapel annektierte und seine syphilisverseuchten Truppen eine neue venerische Epidemie auslösten.

Der Verfasser kennt sämtliche dystopischen und antiutopischen[1] *Romane des zwanzigsten und frühen einundzwanzigsten Jahrhunderts und muss feststellen, dass die Realität an Alptraumhaftigkeit keineswegs hinter den Visionen von Schriftstellern wie Wells, Huxley, Koestler, Zamjatin, Orwell, Rand, LeGuin, Atwood, Theroux, Spence oder Saratoga zurücksteht. So apokalyptisch diese Warnungen, die weitere Entwicklung der menschlichen Gesellschaft betreffend, auch sein mögen, ist nach Ansicht des Verfassers die Welt heute doch in einem unendlich viel schlimmeren Zustand, als es sich die Phantasie irgendeines dieser Autoren hätte ausmalen können. Wie Lord Byron richtig sagt: «Seltsam, doch wahr, da Wahrheit seltsam, mehr als Dichtung jemals.»*

Die größte Ironie aber ist, dass der Tag des Gerichts selbst verstrich, ohne dass sich die Menschen dessen bewusst waren. Die Atombombe explodierte 1945 und dann noch einmal 2017, und alles, was seither passiert ist, war nichts als Fallout. Für die meisten Menschen ist das alles kalter Kaffee, und niemand regt sich sonderlich darüber auf. Wie soll man sich über etwas aufregen, was längst geschehen ist, was fortexistiert und einen bestimmt, ohne dass man irgendeine Kontrolle darüber hätte? Zukunft – irgendeine Zukunft, selbst eine der Art, wie sie die Zukunftsromane schildern – gibt es nicht mehr. Es gibt den Status quo und

1 Das Wort «Utopia» wurde von Sir Thomas Moore in dessen gleichnamigem Buch geprägt (1516). Es leitet sich aus zwei griechischen Wörtern ab: *eutopia* («guter Ort») und *outopia* («kein Ort»). Darin spiegelt sich bereits der ironische Charakter dieses Werks: die Aussage, dass es eine ideale Gesellschaft nirgends geben kann und die Suche danach nur menschliche Torheit ist. Dennoch wird der Begriff «Utopie» meistens im Sinne einer idealen Gesellschaft gebraucht. Dystopische Literatur zeichnet Gesellschaften, die das absolute Gegenteil von ideal sind. Es sind Alptraumgesellschaften. Es gibt sehr viel mehr dystopische als utopische Werke in der Literatur, was vielleicht einfach daran liegt, dass der Entwurf einer Gesellschaft, die auf alle Menschen abstoßend wirkt, für den Autor eine weit größere Herausforderung bedeutet als die Darstellung eines allgemeinen Ideals.

nicht viel darüber hinaus. Was vielleicht erklärt, warum kein – sozialer oder wissenschaftlicher – Imperativ existiert, etwas zu tun, um die Dinge zu ändern. Armageddon, Apokalypse, Endzeit, Holocaust – wie immer man es nennen will, es ist längst passiert, und niemand stößt sich groß daran.

ERSTER TEIL

Der Mensch sitzt in der Falle ... und Tugend nützt ihm nichts in der neuen Ordnung. So oder so gibt niemand mehr etwas darauf. Gut und Böse, Pessimismus und Optimismus – sind eine Frage der Blutgruppe, nicht der Engelsgüte.

LAWRENCE DURRELL

1

Durch die Scheibe von Dallas' Gyrokopter betrachtet, wirkte das Terotech-Gebäude wie das Profil einer riesigen Eidechse, eines Chamäleons vielleicht, da alles daran – von den Klimaoberflächen der Außenwände bis zur Höhe der drei Etagen-Fensterfronten – in ständiger Veränderung begriffen war, um sich den jeweiligen äußeren Bedingungen anzupassen. Das fugenlos elegante Interieur, das praktisch ohne sichtbare Pfeiler, Balken oder Paneele auskam, interagierte nicht minder sensibel mit den Intel-Arbeitern[1], die hier tätig waren. Dank elektronischer und biotechnischer Autoprogrammierung in einem ständigen Selbstregulierungsprozess befindlich, war der dynamische Baukörper des Terotech-Gebäudes mehr als nur ein Unterbringungsort für diejenigen, die wie Dallas das Privileg hatten, dort zu arbeiten, mehr als nur ein gelungenes Beispiel ökologischer Symbiose. Terotech (abgeleitet von dem griechischen Wort *terein*, was so viel heißt wie «beobachten» oder «bewachen») war weltweit führend in der Planung und Konstruktion so genannter Rational Environments – modernster Hochsicherheitsanlagen für Digitalbanken, andere Finanzinstitute und Blutbanken. Und Dana Dallas war der brillanteste Konstrukteur des Unternehmens.

1 Für «Intelligenzarbeiter».

Es war ein guter Tag zum Fliegen, kalt, aber sonnig und klar bis auf eine Höhe von fünfundvierzigtausend Fuß, und es herrschte kaum Verkehr, sodass Dallas praktisch ungehindert mit vierhundert Stundenmeilen vorankam. Nicht dass er großes Vergnügen daraus gezogen hätte. Im Geist war er bereits bei seinem jüngsten Projekt und den diversen Berechnungen, die er seiner Assistentin über Nacht aufgetragen hatte. Noch fünfzig Fuß. Er setzte den Gyrokopter in drei Sekunden vollends hinunter, gurtete sich los und stellte den Zwillings-Turbokompressormotor ab. Ehe er unter den schwindenden Stahlkreis der Rotorblätter hinaussprang, blieb Dallas noch einen Moment in dem kugelsicheren Gehäuse sitzen und sah sich gründlich um. Es war immer gut, erst mal zu prüfen, wer auf dem Gyro-Parkplatz herumlungerte, ehe man ausstieg. Bei diesen ganzen Blutsaugern heutzutage konnte man nicht vorsichtig genug sein. Selbst innerhalb der vergleichsweise sicheren gesundheitskontrollierten Zone – kurz GKZ genannt. Als er befunden hatte, dass draußen so weit alles in Ordnung schien, öffnete er den Gyro und rannte zur Glastür des Terotech-Gebäudes, allerdings nicht schnell genug, um die Staubwolke, die seine Landung aufgewirbelt hatte, hinter sich zu lassen.

«Morgen, Jay.»

«Morgen, Mister Dallas, Sir», sagte der Parkassistent, der schon angelaufen kam, um Dallas' Gyro auf den reservierten Parkplatz des Chefdesigners zu fahren. «Wie geht's?»

Dallas gab ein vieldeutiges Grunzen von sich. Er nahm die Sonnenbrille ab, blieb kurz vor dem Sicherheitsscreen stehen und atmete sorgsam auf den exhalosensitiven Film. Ein simples, aber effektives Gerät, von Dallas selbst entwickelt.[1] Er witzelte

1 Der Marcus DNA-Comparator, benannt nach dem römischen Kaiser Mark Aurel (121 – 180 n. Chr.), der einmal sagte: «Was ich auch sein mag, dies Gebilde hier: es ist ein wenig Fleisch, ein wenig Atem und die herrschende Vernunft.»

immer gern, dass man in eins der sichersten Gebäude Amerikas gelangen konnte, indem man einfach nur leicht gegen die Tür pustete.

Nachdem ihm der Zutritt zum nichtöffentlichen Bereich des Terotech-Gebäudes gewährt worden war, nahm Dallas den Fahrstuhl zur sechsten Ebene, die die strengstgesicherte war. Der größte Teil des Terotech-Betriebs fand unterirdisch statt, in Dutzenden fensterlosen Büros, die dadurch freundlicher gestaltet waren, dass sie jeweils einen *Faux-Fenêtre*-Screen besaßen, der dem Inhaber jede gewünschte Aussicht bot. Dallas blickte gern aus seinem Büro in die Tiefen eines computergenerierten Ozeans, in dem immer neue Schwärme leuchtend bunter Fische eine Vielzahl lebensechter Verhaltensweisen entfalteten. Das war für ihn die inspirierendste Aussicht. Aber es gab auch Zeiten, da seine Stimmung den Blick auf rot glühende Lavaströme, schneebedeckte Gebirgsketten oder auch einfach nur einen englischen Landhausgarten forderte.

Das Unterwasserpanorama verlieh dem mit Lackstahl, Edelholz und weichem Leder ausgestatteten Büro etwas von dem Ambiente eines Privat-U-Boots. Doch trotz dieser luxuriösen Umgebung – und Dallas wusste, wie glücklich er sich schätzen durfte – überkam ihn nicht selten der Wunsch, er könnte seinen Arbeitsplatz einfach dort hinausdriften lassen, in das unendliche Blau des *Faux Fenêtre*, weit weg von Terotech und dem Mann nebenan – seinem Boss Simon King. Dallas' Assistentin Dixy – die ein unerschöpfliches Gedächtnis für solche Spruchweisheiten besaß – erklärte ihm mit Vorliebe, es könne eben selbst der

(*Selbstbetrachtungen* II, 2) Zur Funktionsweise: Die Abgabe des Kohlendioxids durch das Blut erfolgt in der Lunge. Dabei verbinden sich winzige Hämoglobinmengen mit dem CO_2; das ausgeatmete CO_2 weist daher geringfügige Spuren des Hämoglobinproteins auf, und die darin enthaltene DNA, die bei jedem Individuum einzigartig ist, kann per Computer in Sekundenbruchteilen mit einem gespeicherten Muster verglichen werden.

Frömmste nicht in Frieden leben, wenn es dem bösen Nachbarn nicht gefalle.

Dallas liebte seine Arbeit, aber er hasste den Mann, für den er arbeitete. Das ist kein seltenes Dilemma, und Dallas kannte sich selbst gut genug, um zu wissen, dass es ebenso an seiner Person lag wie an der von King. Der Terotech-Direktor war arrogant, launisch und grausam, aber nicht arroganter, launischer und grausamer als Dallas oder irgendein anderes Vorstandsmitglied. Dallas hasste den Direktor hauptsächlich deshalb, weil er in dem Älteren sein eigenes Spiegelbild sah und weil ihm klar war, dass Kings Position eines Tages ihm zufallen würde, was genau das war, was er auf der Welt am meisten fürchtete. Konstrukteur zu sein war etwas völlig anderes, als ein Unternehmen von der Größe von Terotechnology zu leiten. Konstruktion war eine Sache kleiner Teams oder, wie Dallas es lieber sah, einzelner Personen. Im Management ging es um Effizienz, was Peitschen, Treten und Schubsen beinhaltete. Kein Wunder, dass King auf Rimmer, seinen Sicherheitschef, angewiesen war. Aber die Konstruktionsabteilung konnte man unmöglich auf diese Art auf Trab bringen. Je mehr man auf Effizienz drängte, desto ineffizienter wurde sie. Dallas war stolz darauf, dass er keine Managementaufgaben hatte. Sein Hirn funktionierte nur dann auf Hochtouren, wenn es nicht durch banalen, täglichen Verwaltungskram gebremst wurde. Er fand es verrückt, jemanden wie ihn, einen Vollblutkonstrukteur, an die Spitze eines Unternehmens wie Terotechnology zu stellen, aber zugleich war ihm klar, dass King, selbst Exkonstrukteur, genau das mit ihm vorhatte, und dafür hasste er ihn. Alles, was Dallas wollte, war, in Ruhe seine ausgeklügelten Hochsicherheitsanlagen zu entwickeln.

Dallas huschte rasch in sein Büro, ehe King ihn entdecken konnte, zog die Tür hinter sich zu und verriegelte sie.

«Das hält ihn auch nicht draußen», sagte Dixy.

«Ich weiß», sagte er dumpf. «Ich bin offen für jeden Vorschlag, wie ich ihn dauerhafter aus meinem Leben aussperren kann.»

«Klingt, als hätte da jemand einen miesen Abend gehabt.»

Dallas schlüpfte schweigend aus seinem Jackett und goss sich ein Glas Wasser ein. Als Dixy keine Antwort zuteil wurde, wartete sie geduldig und respektvoll auf die Anweisungen ihres Herrn und Meisters.

«Zurzeit sind meine Abende alle mies», sagte er schließlich.

«Tut mir Leid, das hören zu müssen.»

«Wegen meiner Tochter. Sie ist krank.»

«Caro? Was hat sie denn?»

«Das ist ja Teil des Problems», sagte er. «Die Ärzte – die kriegen es einfach nicht raus.» Er seufzte und schüttelte den Kopf.

«Klingt, als sei sie schon länger krank.»

«Seit ihrer Geburt.»

«Warum haben Sie mir das nie gesagt?» Es klang ein bisschen gekränkt. Sie hatte Recht. Das war das erste Mal, dass er Caros Krankheit seiner Assistentin gegenüber erwähnte. Es war nicht Dallas' Art, Privat- und Berufsleben zu vermengen. Doch jetzt verspürte er das Bedürfnis, mit jemandem darüber zu reden. Auch wenn dieser Jemand nur Dixy war.

«Sie können mir doch alles erzählen. Dafür bin ich doch da.»

Dallas nickte. Er wusste Dixys teilnahmsvolle Reaktion zu schätzen.

«Sie will einfach nicht richtig gedeihen», sagte er. «Erstens mal ist sie anämisch. Und dann ist da noch diese Gesichtsform.» Dallas zuckte die Achseln. «Ihre Kiefer stehen so komisch vor. Wenn sie nicht so schwächlich wäre, sähe sie aus wie Neandertalerbaby. Ich meine, wenn man sie so sehen würde, hätte man den spontanen Impuls, sie auf irgendeinem Hügel auszusetzen. Nein, ich mein's nicht so. Ich liebe sie ja, wirklich, aber es gibt Situationen – na ja, ich will nur sagen, es ist nicht leicht, zu so einem Kind eine Bindung aufzubauen, verstehst du, Dixy?»

«Das kann ich nicht beurteilen», sagte sie steif.

Der Unterton in ihrer Stimme überraschte ihn, und einen Moment lang fragte er sich, ob sie sich womöglich selbst ein Kind wünschte. Vielleicht konnte er das arrangieren.

«Lass dir's gesagt sein», sagte er bitter.

«Was meinen denn die Ärzte?»

«Die Ärzte», schnaubte Dallas verächtlich. «Die machen Tests. Und immer noch mehr Tests. Aber bisher konnten sie nicht feststellen, was ihr fehlt. Ich habe, ehrlich gesagt, nicht viel Hoffnung, dass sie je was finden.»

«Du liebe Güte», seufzte Dixy. «Kann ich irgendwas tun?»

Dallas starrte auf den *Faux-Fenêtre*-Screen, wo ein Schwarm Schmetterlingsfische synchron auf den Betrachter zuschwenkte. Die breite schwarze Bindenzeichnung im Gesicht gab ihnen etwas Schurkisches, sodass sie am ehesten einer Horde marodierender Banditen glichen. Es verblüffte Dallas immer wieder, wie die Fische es schafften, alle gleichzeitig in dieselbe Richtung zu schwenken – sie mochten ja computergeneriert sein, aber sie waren so lebensecht, als stammten sie aus der Zoohandlung. Er vermutete, dass dieses Verhalten durch Fortpflanzungs- und Ernährungszwänge geprägt war. Aber wie sehr sie darin der Masse der Menschen ähnelten, dachte er. Den unzähligen Leuten, die dort draußen leben mussten, außerhalb der Zone und ihres Systems medizinischer Privilegien, das Dallas und seine Klasse wie ein schützender Kokon umgab. Gefährliche, nichtsnutzige Leute. Unerziehbare, infizierte Kreaturen, die nur aus Habgier und Begierde bestanden. Ein Meer sterbender Generationen, gegen dessen Ansteckungspotential sich eine kleinere, gesündere, moralisch hochwertigere Population gezwungenermaßen mit Hilfe von Panzerglas, Überwachungskameras und hohen Elektrozäunen in den hermetisch abgeriegelten Wohngebieten der RES-1-Bürger verschanzte.

Dixy hüstelte höflich, und als Dallas begriff, dass sie ihn etwas gefragt hatte, wandte er sich mit einem Seufzer von dem *Faux Fenêtre* ab und schloss ein «Was?» an.

«Ich habe gefragt, ob ich irgendetwas tun kann», sagte sie geduldig. Eine überflüssige Geste, denn sie wussten beide, dass sie ihm sowieso nichts verweigern konnte. Deshalb fungierte sie ja als Dallas' Assistentin, statt irgendeinen niedereren Job zu verrichten.

«Sie wissen doch, dass ich Ihnen gern gefällig sein möchte», setzte sie mit der verführerischsten Stimme, die ihr zu Gebote stand, hinzu und fuhr sich mit der perfekt manikürten Hand durch das üppige, lange Haar, so wie sie es in alten Filmen gesehen hatte, wenn Frauen sexuell aufreizend wirken wollten.

Dallas lächelte, dankbar für ihr Mitgefühl. Schon die kleinste Kleinigkeit tat gut. Auch die Anteilnahme einer Assistentin war etwas wert. Und Dixy war in der Tat eine Perle unter den Assistentinnen. Ende zwanzig, groß, tadellos proportioniert und mit langem blondem Haar, war sie die Sorte weibliches Wesen, deren Schönheit noch von dem Wissen profitierte, dass sie seine Idealfrau war und dass er sie nie würde berühren können. Denn Dixy war ein Motion-Parallax, ein dreidimensionales Bild mit praktisch unendlicher Auflösung, erzeugt durch die Computerumsetzung von Dallas' Gehirnströmen mittels eines digitalen Thought-Recordings[1]. Sie war die interaktive Echtzeit-Bildwiedergabe seines Elektronischer-Assistent-Programmbündels, ein optischer Trick, der Dallas half, aus dem massiv parallelen Computer, der sein geistiger Gehilfe war, das Beste herauszuholen. Dixy konnte so ziemlich alles, was keinen körperlichen

1 Die Technik des digitalen Thought-Recordings basiert auf dem Prinzip der Magnetenzephalographie (MEG), die bereits 1968 von David Cohen am Massachusetts Institute of Technology entwickelt wurde. Es dauerte jedoch noch siebzig Jahre, bis Yosuke Konoye und die großjapanische Sony Corporation das erste brauchbare Thought-Recording-Gerät vorstellten.

Kontakt mit Dallas beinhaltete. Sie war Sekretärin, Grafikerin, Beraterin, Rechengenie, Spaßmacherin, Gesprächspartnerin, Übersetzerin und manchmal sogar autoerotisches Stimulans in Personalunion. Kurz, Dixy war für Dallas eine unschätzbare Hilfe und in der Lage, die komplexesten Polynomgleichungen zu lösen und gleichzeitig ihrem menschlichen Herrn und Meister intimste und erotischste Einblicke in ihre realistische, beinahe opake (aus welcher Perspektive man dieses Zwei-Gigabyte-Basis-Fringe[1]-Trioskopbild auch betrachtete, Dixy war eine exakte Kreation aus reflektiertem Licht) und lebensechte Anatomie zu gewähren.

«Du könntest mir diese Zahlen geben», schlug er vor. «Für das neue Mehrpfadesystem.»

«Ich meinte …»

«Ich weiß, was du gemeint hast, Dixy», sagte Dallas sanft.

Es war seine eigene Schuld. Nie erlahmendes sexuelles Interesse gehörte nun mal zu seiner Vorstellung von der idealen Frau. Dass Dixy seiner Frau nicht ähnlicher sah, hatte ebenso viel mit Aria zu tun wie mit ihm. Im Wissen um die missbräuchliche Benutzung von Motion-Parallax-Programmen – Dallas war in dieser Hinsicht kein Ausnahmefall – hatte Aria darauf bestanden, dass ihr Mann sich für das Ausgangs-Thought-Recording eine Frau vorstellen sollte, die ganz anders war als sie. Sie war nicht scharf darauf, dass der Direktor oder irgendwelche Kollegen von Dallas ihr Ebenbild in einer so servilen und manchmal sogar pornographischen Funktion erlebten. Er hatte also mit Arias Einverständnis, ja sogar auf ihr Betreiben, dafür gesorgt, dass Dixy am ehesten einer Schauspielerin aus einem jener zwei-

1 Basis-Fringe: ein elementares Fringe-Pattern, das daraufhin berechnet ist, Licht in einer ganz bestimmten Weise zu brechen. Der Terminus «Basis-Fringe» ist dem der mathematischen Basisgleichung analog. Lineare Aneinanderfügungen von Basis-Fringes ergeben Hologramme oder Motion-Parallaxe.

dimensionalen CD-ROM-Filme der Jahrhundertwende glich, die er hobbymäßig sammelte.

Mit Rücksicht auf ihre Gefühlsfunktion setzte er hinzu: «Vielleicht kannst du mir ja später diesen neuen Trick zeigen. Den mit der Zigarre. Aber jetzt brauche ich wirklich erst mal die Berechnungen für das MS[1] – die auf Basis der fresnelschen Integrale. Und natürlich die Spezifikationen für die einzelnen Komponenten.»

«Gern», sagte Dixy lächelnd, denn trotz der Fähigkeit ihrer Gefühlsfunktion, ein gewisses Maß an Sensibilität zu imitieren, war es unmöglich, sie dauerhaft zu kränken. «Soll ich die Differentialgleichungen auf Papier darstellen oder auf dem *Faux Fenêtre?*»

«*Sur la fenêtre*», sagte Dallas.

Sein unterseeisches Panorama wich jetzt Zahlenreihen. Über Nacht hatte Dixy eine Menge von Gleichungen aufgestellt, die manuell zu Papier zu bringen ein ganzes Team von Ingenieuren monatelang beschäftigt hätte. Unter den finanziellen und zeitlichen Beschränkungen, die die Terotech-Kunden vorgaben, Rational Environments zu entwerfen, wäre ohne eine Assistentin wie Dixy völlig unmöglich gewesen. Das hier war die neunzehnte Blutbank, die er in ebenso vielen Monaten entworfen hatte. Doch für einen großen Kunden wie diesen – die Deutsche Siedlungs-Blutbank, eine rein terrestrische Institution – zu arbeiten und ein großzügiges Budget zur Verfügung zu haben bedeutete für Dallas, dass er sich eine kleine Extraspielerei gönnen und all den anderen Sicherheitssystemen, die er zum Schutz der

1 Mehrpfadsystem: so viel wie Labyrinth, obwohl es streng genommen Mehrpfad- und Einzelpfadlabyrinthe gibt. Ein Mehrpfadlabyrinth beinhaltet eine Reihe von Wahlmöglichkeiten zwischen verschiedenen Wegen. Das Einzelpfadlabyrinth besteht nur aus einem verschlungenen und gewundenen Weg und enthält weder Sackgassen noch Wahlmöglichkeiten zwischen verschiedenen Pfaden.

tiefgefrorenen Eigenblut-Depositen der Deutschen Siedlung entworfen hatte, noch ein Mehrpfadesystem hinzufügen konnte. Das bot ihm Gelegenheit, kreativ zu sein, etwas Künstlerisches und Phantasievolles zu tun und sich selbst zu übertreffen, denn jedes neue Mehrpfadesystem, das er schuf, enthielt eine noch verwirrendere Vielzahl von Wahlmöglichkeiten als das letzte. Das war eins der Dinge, für die Dallas berühmt war und derentwegen sich viele Kunden – in dem Drang, ihre Konkurrenten sicherheitstechnisch zu übertrumpfen – überhaupt an Terotechnology wandten.

Das MS, an dem Dallas im Moment tantologisch arbeitete, beinhaltete unter anderem einen gekrümmten Gang, dessen Boden graduell und kaum merklich zur Wand wurde, was die Desorientierung möglicher Eindringlinge noch verstärken sollte. Trotz raffiniertester Sicherheitsvorkehrungen versuchten immer noch Kriminelle, solche Anlagen – selbst im Weltraum – auszurauben, obwohl das bisher noch nie gelungen war.

«Um einen optimalen Übergang zu erhalten», erklärte Dixy gerade, «brauchen wir eine Kurve, deren Krümmung mit der Bogenlänge linear zunimmt. Die Differentialgeometrie liefert uns folgende Gleichungen, die wir unmittelbar algebraisch lösen können.»

Dallas nickte nachdenklich. «Kannst du mir diese Kurve als parametrisch gesteuerten Plot zeigen?»

«Natürlich.» Dixys symbolische Lösungen machten jetzt einer bildlichen Darstellung Platz, die mehr Spirale als Kurve war. Dallas erkannte, dass sich diese Spirale leicht in den Gesamtentwurf des MS einbauen ließ. Und welch besserer Ort ließe sich denken, um die Lebensbedingungen und die essentielle Nahrungsversorgung für einen Transgenen[1] bereitzustellen –

1 Im ausgehenden zwanzigsten und frühen einundzwanzigsten Jahrhundert bemühten sich Gentechniker, knappe Medikamente mittels transgener tierischer

jene hochaggressive Lebensform, die Terotech in allen terrestrischen Rational Environments einsetzte.

«Das ist gut, Dixy», sagte Dallas. «Das ist sogar sehr gut. Fein gemacht. Jetzt kannst du darangehen, diese Spirale in den Gesamtentwurf zu integrieren.»

Hocherfreut, dass sie ihren Herrn und Meister so weit zufrieden gestellt hatte, zeigte Dixy ein makelloses Lächeln. Die Arme vor der Brust verschränkt, ging sie vor seinem Schreibtisch auf und ab und warf ihre blonde Mähne hin und her wie ein erregtes Pferd. Dallas bemerkte den Parfümduft, den der Motion-Parallax-Reality-Support-Sensor über die Klimaanlage seines Büros verwirbelte.

Dallas atmete tief durch die Nase ein, weil er wusste, dass Dixys Duft kein gewöhnliches Parfüm war, sondern eins, das winzige Mengen des Wirkstoffs enthielt, den er brauchte, um seiner genetischen Prostatakrebs-Prädisposition entgegenzuwirken. Sein Großvater war an dieser Krankheit gestorben. Deshalb diese Medikation, basierend auf der modernen medizinischen Ansicht, dass Prophylaxe die einzig sichere Form der Krebstherapie war. Die Prädisposition seiner Frau für Arthritis

Bioreaktoren (TABs) herzustellen. Dafur injizierte man menschliche DNA in Embryonen von Nutztieren wie Schafen, Ziegen und Kühen. Zellen im Milchdrüsengewebe dieser gentechnisch erzeugten Tiere produzierten ein therapeutisch wirksames Humanprotein, das durch die Sekretionskanäle zusammen mit anderen Komponenten in die Milch einging. Allerdings wusste man damals nicht, dass menschliche Gene im Kontext bestimmter Genmanipulationen auch Fremdeiweiße erzeugen und so das umliegende Gewebe verändern können. So gelangten mutierende menschlich-tierische Gene in die Nahrungskette. Ungeklärt war auch, wie sich gentechnisch erzeugte Proteine beim Menschen faktisch auswirkten. Erst eine Generation nach der Erzeugung der ersten TABs stellte sich heraus, dass diese beiden fundamentalen Erkenntnislücken Hunderte menschlich-tierischer Missgeburten produziert hatten: transgene Kreaturen, halb Mensch, halb Tier, auch bekannt als «Genetors».

und Osteoporose wurde mit anderen vomeronasalen[1] Prophylaktika auf ähnliche Weise behandelt. Ein Jammer, dass Caros Krankheit nicht so leicht zu bekämpfen war.

Es gab Momente im Leben seiner kleinen Tochter, in denen Dallas jede Hoffnung auf eine korrekte Diagnose, geschweige denn eine erfolgreiche Behandlung, verlor. Das war das Problem, wenn man RES-Klasse 1 und Autologspender innerhalb des Freigabe-Gesundheitssystems war: Man verfiel leicht dem Glauben an eine allmächtige Medizin. Doch nur weil man nicht wie die übrigen 80 Prozent der Bevölkerung P^2-infiziert war, hatte man noch lange nicht das ewige Leben gepachtet. Es gab immer noch eine Menge anderer Krankheiten, denen man auch als RES-1-Individuum zum Opfer fallen konnte. Ganz zu schweigen von der enormen Gewaltkriminalität. Bei der es meistens um Blut ging. In den Nachrichtenmedien gab es sogar schon einen Namen dafür: Vamping. Kaum ein Tag, an dem *New York Today* nicht über irgendein armes, glückloses Opfer berichtete, das ermordet und ausgeblutet aufgefunden worden war. Geschlachtet und geschächtet – «gevampt» nannten es die Zeitungen – von einer der bestialischen, blutdürstigen Kreaturen, die jenen elenden Teil der Gesellschaft bildeten, der auch als «die Verdammten» oder die «lebenden Toten» bezeichnet wurde. Dieses spektakuläre moderne Phänomen hatte nichts mit altem Aberglauben zu tun und stand eher in der Tradition der Elisabeth Bathory, auch Gräfin Dracula genannt, als in der des transsilvanischen Grafen selbst. Bathory war eine ungarische Aristokratin des siebzehnten Jahrhunderts, die über dreihundert junge Mädchen ermordete, um ihren alternden Leib in deren vermeintlich verjüngen-

1 Das Vomeronasalorgan oder VNO besteht aus einem Paar winziger Einkerbungen beidseits der Nasenscheidewand. Jahrhundertelang glaubte man, dass dieses Organ keine wichtige Funktion habe. Heute werden 90 Prozent aller Medikamente auf diesem Wege verabreicht.

dem Blut zu baden. Hieß es nicht schon in der Bibel: Denn des Leibes Leben ist im Blut?[1]

Nach den Maßstäben des einundzwanzigsten Jahrhunderts waren dreihundert Morde kaum der Rede wert. Inzwischen gab es Bluträuber ganz anderen Kalibers, deren Opfer in die Tausende gingen. Erst in der letzten Ausgabe von *New York Today* war es um einen solchen Massenmord gegangen.

> Carl Dreyer wurde gestern wegen «besonders verwerflichen» Mordes an über zweitausend Männern und Frauen zum Tode verurteilt. Das Urteil nahm er mit demselben blassen, unbewegten Gesicht entgegen, das er schon während des dreiwöchigen Prozesses dargeboten hatte. In dem dezenten schwarzen Anzug, den er fast die ganze Verhandlung hindurch trug, hätte er eher ein Anwalt oder Beamter sein können als der erbarmungslose Killer, der er laut Prozessergebnis ist. Während Dreyer sich jetzt auf seine Hinrichtung vorbereitet, bittet die Polizei um Hinweise auf weitere Personen, die ihm und seinem Mordkomplizen Tony Johannot zum Opfer gefallen sein könnten. Johannot erhängte sich letzte Woche im Gefängnis.
>
> Im Lauf des Prozesses vor dem Obersten Gerichtshof erschienen die beiden Männer zunehmend als eine moderne Version des Mörder- und Leichenhändlerduos Burke und Hare. Zwischen 2064 und 2066 fuhren sie kreuz und quer durch Nordamerika und kidnappten ihre RES-1-Opfer, um ihnen dann die Kehle durchzuschneiden und ihre Leichen kopfunter in dem umgebauten Möbelwagen aufzuhängen und ausbluten zu lassen. Zeitweise dürften sie acht Menschen pro Woche auf diese Art umgebracht haben.
>
> Die Polizei ist sich noch nicht sicher, welche Absatzwege diese Mengen qualitätsgesicherten Vollbluts letztlich gingen, aber es wird allgemein angenommen, dass die Endabnehmer illegale P²-Kliniken in Fernost waren. Bei ihrer Ergreifung verfügten Dreyer und Johannot über Bankkonten in einer Gesamthöhe von über 1,5 Milliarden Dollar. Die Computerunterlagen wiesen beide Männer als offiziell

1 3. Mose 17; 11.

P^2-positiv aus, doch nach ihrer Festnahme wurden bei ihnen keinerlei Spuren des Virus festgestellt. Ein vollständiger Blutaustausch in Verbindung mit dem Medikament ProTryptol 14 ist bis heute die einzige Möglichkeit, eine P^2-Infektion zu kurieren.
Chefinspektor Paul Arthuis erklärt: «In fast allen Fällen von Vamping geht es den Tätern zunächst um ihre eigene Heilung. Doch wenn sie dann merken, wie viel Geld sich mit dem illegalen Bluthandel machen lässt, fällt es ihnen schwer aufzuhören. Sechzig Prozent aller Mordfälle haben heutzutage mit Blutraub zu tun.»
Dieses selbst nach heutigen Maßstäben schockierende Verbrechen hat in ganz Amerika Entsetzen hervorgerufen, und von mehreren Kongressabgeordneten wurde bereits gefordert, mehr für die P^2-Infizierten zu tun. Der Abgeordnete Peter Piers sagte: «Solche Dinge werden immer wieder geschehen, solange P^2-Infizierte zu einer Existenz als lebende Tote, ohne jede Hoffnung auf Heilung, verdammt sind. Das ist letztlich das Allerschockierendste, was dieser Prozess zutage gebracht hat.»
Der grauenhafteste Aspekt dessen, was dem Gericht an Fakten unterbreitet wurde, ist wohl die Methode, deren sich Dreyer und Johannot bedienten, um die ausgebluteten Leichen zu beseitigen. Die fünf Richter mussten sich schildern lassen, wie die beiden den Möbelwagen mit einem vollautomatischen Abfallbeseitigungssystem ausrüsteten, das es ihnen ermöglichte, die Leichen, ganz ohne verräterische Gerüche, Emissionen oder Abwässer, in ein feines Pulver zu verwandeln. Mikrocomputer steuerten die Anlage, die einen Shredder sowie ein Mahlwerk umfasste. Nach einer gewissen Lagerzeit in einem Tank mit einem chemischen Kondensat wurde das Endprodukt durch ein Dampfstrahlansaugsystem mit den Abgasen des Möbelwagens verwirbelt. Die beiden Männer wären vielleicht nie gefasst worden, wären sie nicht in eine Abgaskontrolle an Gaskompressionsfahrzeugen geraten. Die beiden Polizeibeamten schöpften Verdacht, als sie auf dem Beifahrersitz eine Betäubungsgaspistole entdeckten, wie sie vom Militär verwandt wird. Bei der Durchsuchung des Fahrzeugs fanden die Beamten vier ausgeblutete Leichen, die ihrer Entsorgung harrten.
Chefinspektor Paul Arthuis erklärte: «Offenbar hätte die SS von den beiden noch das eine oder andere lernen können.»

Dreyer sagte während des gesamtes Prozesses gar nichts. Es bleibt abzuwarten, ob der Anblick des Rads[1] und der Brechstange des Scharfrichters den Verurteilten zu einer Äußerung bewegen wird.

Dixy setzte sich auf ihren nichtexistenten Stuhl und schlug lässig die Beine übereinander. Sie schien etwas sagen zu wollen, horchte dann aber kurz in sich hinein und meldete anschließend: «Da ist Ogilvy. Er möchte Sie sprechen.»

«Leg ihn aufs Fenster», sagte Dallas.

Ogilvy war Warenbörsenanalyst bei Merryl Lynch. Während der letzten zwei, drei Jahre hatte er Dallas geholfen, mit Blut-Futures-Spekulationen ein beträchtliches Vermögen zu machen. Egal, womit Dallas gerade beschäftigt war, Ogilvys Anrufe nahm er immer entgegen.

Ein adretter Mann mit Fliege und Brille erschien auf dem *Faux Fenêtre*, und da er in seinem Büro Dallas jetzt ebenfalls onscreen sah, beugte er sich vor, um das Gesicht seines Klienten genauer zu mustern.

«Meine Güte, Dallas», sagte Ogilvy stirnrunzelnd, «Sie sehen beschissen aus.»

«Vielen Dank.»

«Was ist los? Hält Sie das Baby nachts wach?»

«Sie sagen es», sagte Dallas. Wenn es nur das wäre, dachte er. Ein bisschen hungriges Geschrei aus dem Babybettchen wäre ein

---

1 Laut Weisung des Obersten Gerichtshofs (Anordnung 35/56a; Angemessene Hinrichtungsmethoden) sind zur Ahndung schwerer Blutverbrechen grundsätzlich blutige und mit sichtbarer Gewalteinwirkung verbundene Hinrichtungsmethoden anzuwenden, nicht zuletzt als Demonstration der Macht des Staates über das verbrecherische Individuum. Je gewaltsamer und blutiger die Methode, desto eindrucksvoller die Demonstration der Staatsmacht. Verurteilte aufs Rad zu flechten war in Frankreich eine wichtige öffentliche Hinrichtungsmethode, bis gegen Ende des achtzehnten Jahrhunderts die Guillotine erfunden wurde. In den letzten Jahren ist das Rad im gesamten Commonwealth wieder zur Anwendung gelangt.

erfreuliches Geräusch, jedenfalls im Vergleich zu der unnatürlichen, ungesunden Stille, die von dort kam.

«Haben Sie kein Kindermädchen oder so? Ich meine, ein so wichtiger Mann wie Sie, Dallas. Sie brauchen doch Ihren Schlaf.»

Dallas hatte nicht die Absicht, ihm zu erklären, dass es die Angst um seine Tochter war, die ihn nachts wach hielt. Er hatte mit Dixy darüber geredet. Das reichte. Wie die meisten Menschen seiner Gesellschaftsschicht hielt Dallas Krankheit für etwas irgendwie Anrüchiges. Deshalb zuckte er nur die Achseln und murmelte etwas in der Richtung, dass Aria das Baby niemand anderem überlassen wolle – zumindest nicht, solange es noch so klein war.

«Frauen», bemerkte Ogilvy.

«Also, was ist?», fragte Dallas. «Wie sieht Ihre Analyse aus?» Tatsächlich hatte er schon auf einen Anruf von Ogilvy gewartet. Spekulieren, Geld machen, das war eine willkommene Ablenkung von seinen häuslichen Problemen. Was immer Caro gesundheitlich fehlte, konnte er doch wenigstens dafür sorgen, dass sie finanziell gut gesichert sein würde.

«Die Blutpreise sind jetzt drei Tage hintereinander gestiegen», sagte Ogilvy fröhlich. «Sie sind diese Woche fast zwanzig Prozent raufgegangen. Unglaublich, was? Die First-National-Blutbank hat wegen der boomenden Futures und der Stärke des Yen gegenüber dem Dollar den Halbliterpreis um siebzig Dollar angehoben. Außerdem gibt es hierzulande einen Streik im Transfusionssektor, wodurch rund siebenhunderttausend Einheiten vom Markt fern gehalten wurden. Wie ich gehört habe, sind die Einigungsgespräche soeben geplatzt.»

«Klingt nach einer explosionsartigen Hausse», sagte Dallas.

«Würde ich sagen, ja. Sie wollen natürlich weiter Futures kaufen?»

«Bitte.»

«Betrachten Sie's als erledigt. Aber was halten Sie davon, etwas von Ihren Blutdepositen zu verkaufen? Ein bisschen schnellen Profit mitzunehmen?»

Dallas schüttelte den Kopf. «Ich glaube, ich werde sie noch ein Weilchen behalten», sagte er.

«Sie wissen was, was ich nicht weiß, richtig? Jedes Mal, wenn eine neue Blutbank gebaut wird, schießt der Halbliterpreis in die Höhe. Planen Sie gerade eine neue Blutbank?»

Dallas sagte nichts. Es machte ihm Spaß, Ogilvy über seine Gründe spekulieren zu hören. Tatsächlich hätte er gern einen Teil seiner Blutdepositen verkauft und einen gewissen Profit gemacht. Das Problem war nur, dass er das meiste bereits als Sicherheit für den Kredit gebraucht hatte, den er letzten Sommer für den Kauf eines enorm teuren Hauses auf dem Land hatte aufnehmen müssen.

«Ein simples Ja oder Nein wäre doch wohl das Mindeste, was man unter alten Freunden erwarten könnte», brummelte Ogilvy.

«Wiederhören, Jim», sagte Dallas und bedeutete Dixy mit einem Nicken, die Verbindung zu beenden.

Ogilvy verschwand, und Dallas starrte wieder in die Meerestiefen und auf einen wunderschönen Manta, der elegant durchs Wasser schwebte. Dixy seufzte laut, setzte die Beine parallel und schlug sie dann wieder übereinander. Dallas sah sie an und lächelte. Sie war vielleicht nur ein Computer-Interface, aber er spürte es doch immer, wenn sie eine Meinung kundzutun hatte. Das gehörte zu ihren Ratgeberfunktionen. Doch gewöhnlich bedurfte es zuerst einer Ermunterung. Dixy war höchst diplomatisch.

«Beschäftigt dich irgendwas?», fragte er sie.

«Ich habe nur nachgedacht», sagte sie. «Diese Blutfutures-Spekulationen. Ich frage mich, ob das so gut ist.»

Dallas war überrascht. Das war das Kritikähnlichste, was Dixy ihm gegenüber je geäußert hatte. Und zu Blutgeschäften hatte sie überhaupt noch nie etwas zu sagen gehabt.

«Wie meinst du das?», fragte er irritiert.

«Das erinnert mich an die holländische *Tulpenwoede*», sagte sie. «Diese wilde Spekulationswelle im Holland des siebzehnten Jahrhunderts, die sich auf seltene Tulpenzwiebeln bezog. Die Preise stiegen so gewaltig, dass 1610 eine einzige Zwiebel als ausreichende Brautmitgift galt. Und als die Preise immer weiter stiegen, lockte das Geschäft natürlich auch ganz gewöhnliche Leute, und viele verpfändeten ihren Grund und Boden, um Zwiebeln zu kaufen und dann mit Gewinn wieder zu verkaufen. Als 1637 der große Crash kam, waren viele ganz normale Familien ruiniert.»

«Das ist sehr interessant, Dixy. Aber ich glaube doch, dass da ein wichtiger Unterschied zwischen einer Tulpenzwiebel und einem halben Liter qualitätsgeprüftem Blut besteht. Und zwar folgender: Eine Tulpenzwiebel hat keinen eigentlichen Wert. Es kann nie mehr daraus werden als eine Tulpe. Aber Blut, das ist was ganz anderes. Blut erfüllt eine Menge lebenswichtiger physiologischer Funktionen und ist darum weitaus kostbarer als jede Blumenzwiebel. Es ist das Leben selbst. Und außerdem werden Märkte durch die Gesetze von Angebot und Nachfrage bestimmt. Da achtzig Prozent der Weltbevölkerung P^2-infiziert sind, übersteigt die Nachfrage nach qualitätsgarantiertem Blut das Angebot bei weitem. Deshalb steigt der Preis immer weiter. Das ist einfach ein Knappheitsphänomen.»

«Aber ist es nicht so, dass auf den Blutbanken genug Blut lagert, um die Zahl der P^2-Infizierten auf die Hälfte zu reduzieren? Und dass nur der künstlich hoch getriebene Preis die Benutzung dieses Bluts zu Heilzwecken verhindert?»

«Na ja, das kann schon sein», gab Dallas zu. «Aber das wird niemand ändern. Niemand wird diesem Pöbelhaufen da draußen helfen. Schweine, die allermeisten. Weißt du, manchmal denke ich, es wäre nett, wenn Gott noch eine Sintflut schicken und die Welt ersäufen würde. Jedenfalls den Teil, in dem die pestinfizierten Horden leben.»

«Aber wenn sie nicht mehr da wären», sagte Dixy. «Die ‹pestinfizierten Horden›, wie Sie sie nennen. Dann würde doch der Blutpreis mit Sicherheit schlagartig fallen. Wenn alle kranken Menschen beseitigt würden, dann wäre Qualitätsblut doch nicht mehr knapp, oder? Und Sie hätten keinen Job mehr.»

Dallas runzelte die Stirn. «Was ist denn in dich gefahren, Dixy?», fragte er. «Was geht es dich an, was aus der gemeinen Masse da draußen wird?»

Sie zuckte die Achseln. «Nichts natürlich. Mir geht es um Sie, Dallas. Ich möchte einfach nicht, dass es Ihnen so geht wie all diesen Holländern im siebzehnten Jahrhundert.»

Dallas bekundete durch ein Nicken, dass er ihre Anteilnahme zu schätzen wusste. «Danke», sagte er. «Aber mir wird nichts passieren. Es wird nichts schief gehen. Glaub mir, Dixy. Das ist sehr lieb von dir, aber es gibt keinen Grund zur Sorge. Nicht den geringsten.»

2

Es war eher ein Schloss als ein Landhaus. Kein romantisches Prunkschloss mit weißen Türmen und Söllern wie Chenonceaux oder Chambord, sondern ein modernes Kastell in exponierter Lage der Insel, auf der sonst nichts war als die Bäume rings um das große, schneebedeckte Grundstück. Es war ein himmlischer, magischer Ort, abgeschieden von der Menschheit, und nur die eigentümliche Form von Dallas' Gyrokopter und das permanente Brummen des Poolfilters erinnerten Aria daran, dass sie sich im einundzwanzigsten Jahrhundert befand.

Der Gyro war aufgetankt und so gut wie startbereit. Dallas saß schon drin und führte sorgsam die Checks durch, obwohl der Computer bereits alles überprüft hatte. Denn Dallas war ein gründlicher Mensch und vertraute nicht auf eine Maschine, wenn er etwas selbst genauso gut zu können glaubte. Aria ging auf den Gyro zu, ihre kränkelnde Tochter im Arm. Sie hasste es, in die Stadt zurückzumüssen, denn hier, inmitten ihrer verwunschenen hundert Morgen, konnte man vergessen, dass dort hinter den Bäumen eine Welt der Krankheit und der Verzweiflung lag. In der Stadt und selbst in dem exklusiven Apartmentblock, wo sie wohnten, war die Umwelt laut und anstrengend, ja, gefährlich – so gefährlich, dass sie und Dallas sich ihr nie unbewaffnet aussetzten. Doch noch nie war Aria mit so düsteren Vorahnungen von hier aufgebrochen. Sie war sich sicher, dass die Ärzte, die sie noch einmal in die Stadt bestellt hatten, um ihnen endlich zu erklären, was mit Caro los war und was man dagegen tun konnte, alles kaputtmachen würden, wofür sie und Dallas so hart gearbeitet hatten. Ihr Leben auf dem Land war so perfekt gewesen, dieser Ort ein solcher Garten Eden, dass sie selbst schon gedacht hatte, irgendwann müsse etwas Schreckliches über sie hereinbrechen und ihr privates Idyll zerstören. Aber als Mutter hatte sie nie den Gedanken an sich herangelassen, die Krankheit ihrer Tochter könnte dieses schreckliche Etwas sein.

Als Aria in den Gyrokopter stieg, war sie blass vor Angst und Sorge, und sie schwieg, obwohl ihr Mann sein Bestes tat, Optimismus zu verbreiten. Vielleicht sah sie ja einfach hinter seine zuversichtliche Fassade, denn in Wahrheit war er genauso angespannt wie sie. Womöglich sogar noch angespannter, weil er solche Mühen auf sich genommen hatte, um ein Kind in die Welt zu setzen. Wie die meisten Männer war Dallas so gut wie zeugungsunfähig, und um Vater werden zu können, hatte er sich über längere Zeit einer Spermatidenentnahme-Prozedur[1] unterzogen. Dem wollte er sich mit Sicherheit nicht noch einmal aussetzen.

«Jetzt wird es besser werden», erklärte er, hauptsächlich um ihretwillen. «Die Unklarheit war das Schlimmste. Jetzt erfahren wir wenigstens, was ihr fehlt und was dagegen zu tun ist.» Dallas nickte resolut und ließ den Motor an. Er konzentrierte sich auf das Geschehen außerhalb der Kanzel, während sie jäh emporschossen. Nach einer Minute etwa fuhr er fort: «Wir werden dafür sorgen, dass alles Nötige getan wird. Sie soll die beste Behandlung kriegen, ganz gleich, was es kostet, das verspreche ich dir. Und wenn ich diese Behandlung selbst konzipieren muss.»

Aria sah zu ihrem Mann hinüber und musste lächeln. Sie be-

1 Spermatiden sind eine Vorstufe von Spermien. Diese Behandlungstechnik, intrazytoplasmische Spermainjektion genannt, besteht darin, dass ein einzelnes Spermium isoliert und unter Laborbedingungen in die Eizelle injiziert wird.

zweifelte nicht, dass er das völlig ernst meinte. Er war Künstler, Architekt, Ingenieur und Erfinder, in allem gleichermaßen begabt, und sie war sich ziemlich sicher, dass er nicht lange brauchen würde, um der Liste seiner Qualifikationen auch noch «Mediziner» hinzuzufügen. Diese Fähigkeit, sich neue Wissensgebiete zu erarbeiten, hatte sie an ihm ja so gereizt. Hatte er nicht in drei Monaten Italienisch gelernt, nur um mit ihrer Mutter reden zu können? Aria wusste, wie glücklich sie sich schätzen konnte, in einer Welt voller langweiliger Männer ein so außergewöhnliches Exemplar wie Dallas gefunden zu haben.

Schon bald hatten sie das Krankenhaus erreicht. In einem großen Park am Rand der Zone gelegen, umgeben von monumentalen Skulpturen – von denen eine von Arias Vater stammte –, hatte das mächtige Glasgebäude etwas von einem griechischen Tempel, ein Effekt, den das kleinere, altarähnliche Transfusionscenter gegenüber vom Haupteingang noch unterstrich.

Die drei begaben sich zu einer informellen Anmeldung in einem großen offenen Raum mitten im Gebäude. Eine freundliche, leicht übergewichtigte Frau in einem weißen Papierkittel begrüßte sie jeweils mit Namen und erkundigte sich, ob sie eine angenehme Reise gehabt hätten.

«Ja, danke», sagte Dallas, obwohl er sich überhaupt nicht mehr an den Flug erinnern konnte. Weder an die Route noch an irgendwelchen Verkehr unterwegs. Es war, als litte er unter einer Amnesie, die letzte Dreiviertelstunde betreffend.

«Haben Sie Ihr Thought-Recording mitgebracht?», fragte die Frau.

Dallas gab ihr einen goldenen Disc, etwa so groß wie eine altertümliche Münze. Er enthielt Gedanken an Dallas' Vater, für ein Motion-Parallax. Aus rechtlichen und versicherungstechnischen Gründen durften Ärzte nicht direkt mit Patienten kommunizieren, und Konsultationen erfolgten üblicherweise über einen Diagnosecomputer. Ein Motion-Parallax-Programm auf

Basis des Gedankenbildes einer Person, die dem Patienten vertraut war, galt als das beste Mittel, diesen Dialog weniger unpersönlich zu gestalten.

«Folgen Sie mir bitte», sagte die Frau.

Sie führte sie zur Längsseite des Gebäudes, in einen abgeschiedenen Bereich, wo zwei bequeme Lehnsessel standen.

«Nehmen Sie Platz», sagte sie. «Ich lasse Sie jetzt hier allein und installiere das Motion-Parallax. In ein, zwei Minuten können Sie mit dem Programm kommunizieren, das sich mit dem Fall Ihrer Tochter befasst hat.»

Sie setzten sich hin und warteten. Aria hatte Dallas' Vater nie kennen gelernt. Er war jetzt meistens außerhalb der Staaten unterwegs. Doch das Bild, das sie durch verschiedene Aufzeichnungen von ihm gewonnen hatte, war das eines gut aussehenden, überaus distinguierten Mannes mit silbernem Haar und einer goldenen Stimme – eher ein berühmter alter Schauspieler als ein Universitätsprofessor.

Das Motion-Parallax erwachte flirrend zum Leben, ein unsichtbares Gefäß, das sich mit Klang und Farbe füllte. Als das Bild sich formierte, bemerkte sie staunend, wie viel deutlicher Dallas' ethnische Abkunft in den flächigen Zügen des alten Mannes zu erkennen war. Denn obwohl Dallas und sein Vater in Amerika geboren waren, waren sie griechischer Abstammung. Sie ahnte nicht, welche Bedeutung dieses ethnische Erbe – seines wie auch ihr eigenes – gleich annehmen würde.

John Dallas lächelte seinen Sohn und seine Schwiegertochter gütig an und beugte sich über den mächtigen Walnussschreibtisch, der Dallas immer vor Augen stand, sobald er sich an seinen Vater zu erinnern versuchte.

«Hallo», sagte Dallas.

«Hallo, mein Sohn. Hallo, Aria. Ist das da meine Enkeltochter?»

Aria nickte und hoffte, dass der echte John Dallas die Kleine bei ihrer ersten Begegnung in besserem Gesundheitszustand erleben würde.

«Zuerst mal», sagte das Motion-Parallax, «möchte ich euch beiden für eure Geduld danken. Ich weiß, die letzte Zeit war nicht leicht für euch. Wir haben eine Weile gebraucht, um dahin zu kommen, wo wir jetzt sind: an den Punkt, an dem wir endlich sagen können: ‹Ja, wir wissen, was mit der Kleinen ist.› Aber ihr wisst ja, die moderne Medizin ist noch längst nicht perfekt. Wir haben so viel Neues dazugelernt, dass wir gelegentlich Dinge vergessen, die wir schon mal wussten. Es gibt so viele moderne Krankheiten, die wir heutzutage heilen können – HIV, P^2, das St.-Petersburg-Fieber, die waughsche Krankheit, das Ebola-Fieber, die Neuguinea-Cholera –, dass wir manchmal den älteren nicht genug Beachtung schenken.»

«Ist es das, was sie hat?», fragte Dallas. «Eine alte Krankheit?»

«Ja. Caro leidet an dem, was die Menschen der Alten Welt früher die Meereskrankheit zu nennen pflegten.»

«Aber wir baden nie im Meer», wandte Aria ein. «Stimmt's, Dallas?»

«Stimmt», bestätigte er. «Leute wie wir würden sich nicht mal in die Nähe des Strands wagen. Das Meer ist doch heutzutage nur noch eine einzige Kloake. Das einzig Lebendige im Atlantik sind die Krankheitserreger.»

Dallas senior nickte geduldig.

«Das war, wie gesagt, nur der Name, den die Menschen in der Alten Welt dieser Krankheit gegeben haben. Besser gesagt, die Menschen am Mittelmeer, da ursprünglich die meisten Fälle dort auftraten. Heute benutzt man eine andere Bezeichnung: Thalassämie. Das kommt von den griechischen Wörtern *thalassa*, ‹Meer›, und *haimia*, ‹Blut›, wobei dazwischen eigentlich noch ein *an* stehen müsste, was so viel heißt wie ‹kein›.»

«Und das hat Caro?», fragte Aria. «Thalassämie?»

«Ganz recht, Aria. Die Thalassämien sind eine heterogene Gruppe angeborener Störungen, die sich durch die verminderte oder fehlende Synthese eines oder mehrerer Globinkettentypen kennzeichnen. Die Folge ist eine verkürzte Lebensdauer der roten Blutkörperchen und deren Unvermögen, den Sauerstoffbedarf des Körpers zu decken.»

«Wie hat sie das gekriegt?», fragte Aria stirnrunzelnd. Wo sie doch glaubte, alles Menschenmögliche zum Schutz ihres Kindes getan zu haben.

«Nun ja, in gewisser Weise von euch beiden.»

«Von *uns*?»

«Wenn euch das mendelsche Gesetz der unabhängigen Kombination vertraut ist, kann ich es euch genauer erklären.»

Dallas schüttelte den Kopf. «Mach's erst mal so einfach wie möglich.»

«Gut. Ihr stammt beide von Völkern ab, die in Mittelmeerländern lebten, wo einst die Malaria grassierte. Deine Vorfahren, Dallas, kamen aus Griechenland, während deine Familie, Aria, ursprünglich aus Sardinien stammt. Das heißt, ihr habt beide von euren Eltern ein Gen geerbt, das einen gewissen Schutz vor Malaria verleiht. Doch nur bei Heterozygotie, was bedeutet, wenn sich bei der Befruchtung zwei ungleiche Keimzellen vereinigen. Das Problem ist, dass ihr beide homozygot seid und bei eurer Vereinigung daher zwei gleiche Keimzellen zusammenkamen. Und das war Caros Pech, denn diese genetisch bedingten Abnormalien sind die Ursache ihres Zustands. Sie erzeugen bei ihr diese spezielle Blutkrankheit.» Dallas senior schüttelte den Kopf. «Ich fürchte, es gelingt mir nicht besonders gut, es einfach auszudrücken. Sagen wir einfach, es liegt am Zusammentreffen rezessiver Gene, und lassen wir's dabei, okay?»

«Moment mal», protestierte Aria. «Bevor wir uns entschlossen haben, ein Kind zu kriegen, sind wir beide von unserer Blutbank gescreent worden. Warum haben die das nicht bemerkt?»

«Weil sie nur auf Viren screenen. Zum Beispiel auf P^2. Das hier ist eine genetische Sache. So was kann das Screening nicht erfassen. Weil es nicht darauf angelegt ist. Außerdem ist diese Krankheit hier in den Staaten extrem selten. In den letzten siebenundfünfzig Jahren gab es in diesem Krankenhaus nur drei solche Fälle. Deshalb haben wir auch ziemlich lange gebraucht, um rauszufinden, was es ist. Jetzt passt das alles natürlich perfekt zusammen. Die fehlende Globinsynthese. Die funktionelle Anämie. Die Hepatosplenomegalie, was heißt, die Vergrößerung von Leber und Milz. Die leichten Knochendeformationen wie etwa die Schädelausbeulung und dieser seltsam vorstehende Kiefer.»

Aria sah auf das Baby herab, das still auf ihrem Schoß lag. Sie hatte sich an Caros Kopfform gewöhnt und sie in letzter Zeit kaum noch merkwürdig gefunden. «Und wie heilt man das?», fragte sie leise.

«Wir können es behandeln», sagte das Motion-Parallax. «Aber heilen im eigentlichen Sinn können wir's nicht. Man kann nichts heilen, was auf der genetischen Ebene verankert ist. Das versteht ihr doch, nicht wahr? Das wäre, als wollte man jemanden davon heilen, Grieche oder Sarde zu sein.»

Aria nickte. «Aber behandeln *kann* man es.»

«Ja.» Dallas senior klang jetzt verlegen. «Das kann man. Aber die Behandlung ist sehr teuer.»

Aria runzelte die Stirn. «Wir sind keine armen Leute», sagte sie, bemüht, den leisen Ärger zu zügeln, den schon die bloße Andeutung, sie könnten sich etwas womöglich nicht leisten, in ihr weckte. Aber genau das war ja der Grund, warum das Krankenhaus darauf bestand, dass man ein Thought-Recording mitbrachte – damit man eher geneigt war, ruhig und freundlich mit dem Computer zu reden, statt durchzudrehen und ihn anzuschreien.

«Vor hundert Jahren, als diese Krankheit noch etwas häufiger war, bestand die Behandlung in regelmäßigen Bluttransfusionen mit dem Ziel, die Hämoglobinkonzentration so hoch zu halten, dass der Sauerstoffbedarf des Körpers gedeckt und Skelettveränderungen verhindert werden konnten.» Er hielt kurz inne, damit die Bedeutung seiner Worte ankam. «Das war, bevor Blut als solches wertvoll wurde. Niemand dachte sich etwas dabei, einem Thalassämiekranken alle ein, zwei Monate einen kompletten Blutaustausch zukommen zu lassen. Heute ist das natürlich ganz anders. Eine solche Behandlung wäre unerschwinglich teuer. Selbst für Leute wie euch. Da wäre es noch einfacher, sich von einer P²-Infektion heilen zu lassen. Dazu ist nur ein einmaliger Blutaustausch nötig. Das hier würde eine unbegrenzte Zahl von Transfusionen erfordern.»

«Was bleibt uns anderes übrig?», fragte Aria. «Sie ist unsere Tochter. Wir können sie doch nicht einfach aufgeben. Oder, Dallas?»

«Es wäre vielleicht besser, ihr würdet es tun», sagte Dallas senior. «Ihr wisst doch, es gibt Euthanasieprogramme für solche Fälle. Und ihr braucht deswegen keine Gewissensbisse zu haben. Heutzutage nicht mehr. Der Gnadentod ist etwas ganz Normales. Und völlig schmerzlos.»

Aria schüttelte dumpf den Kopf. «Wir haben zu viel auf uns genommen, um sie zu kriegen, als dass wir sie jetzt einfach sterben lassen könnten», sagte sie. «Eine Frage: Ohne die Transfusionen wird sie sterben, richtig?»

«Ganz gewiss. An Herzversagen oder an Komplikationen in Folge der pathologischen Bruchanfälligkeit ihrer geschwächten Knochen. Ich fürchte, es ist nur eine Frage der Zeit.»

«Dann ist es keine Frage, dass wir es machen», sagte Aria.

«Hört mal, warum denkt ihr nicht erst mal ein Weilchen darüber nach? Holt euch vielleicht Rat bei eurem Blutbankmanager? Ein paar Tage mehr machen für sie auch keinen Unterschied.»

Dallas nahm ihre Hand, sah dem Motion-Parallax seines Vaters ins Gesicht und nickte.

«Da hast du wohl Recht», sagte er.

Doch wie Aria darüber dachte, war offensichtlich.

«Wann könnte sie die erste Transfusion kriegen?», fragte Aria.

«Heute noch. Wenn ihr euch wirklich sicher seid, was ihr wollt. Mir wäre trotzdem wohler, wenn ihr erst mal mit eurem Blutbankmanager reden würdet.»

«Wir sind uns sicher», sagte Aria. «Caro hat lange genug warten müssen. Oder etwa nicht?»

Sie sah Dallas an, der ihrem Blick auswich, aber immerhin nickte.

«Dann brauche ich von euch nur noch ein paar Angaben zu eurer Blutbank. Sobald wir verifiziert haben, dass ihr über genügend Reserven verfügt, kann es losgehen.»

«Mir kommt da gerade ein Gedanke», sagte Dallas. «Falls die vorgeschriebene Wartefrist schon vorbei ist, wäre es doch eine gewisse Zeitersparnis, wenn wir, wo wir schon mal hier sind, beide Blut spenden. Dann könnten wir diese Einheiten für die erste Transfusion nehmen, statt an unsere Reserven zu gehen.»

Aria sah auf ihre Armbanduhr und stellte fest, dass die achtwöchige Flüssigkeitsersatzfrist[1] für sie beide so gut wie um war.

«Gut. Ich werde euch in der Phlebotomie anmelden.» Dallas senior nickte, legte, wie es in Freigabekliniken der Brauch war, die Handgelenke aneinander und formte mit den Händen ein auf dem Kopf stehendes Y. Das war ein Zeichen des Respekts gegenüber der Lebensflüssigkeit, von der sie geredet hatten, in Anlehnung an das alte sumerische Keilschriftzeichen für Blut – das

---

1 Bei normal verlaufender Flüssigkeitsersatzphase ist das Gesamtblutvolumen des Blutspenders binnen siebzig Stunden wiederhergestellt. Es dauert jedoch normalerweise acht Wochen, bis der Eisenverlust völlig ausgeglichen ist. Erst dann darf die betreffende Person wieder Blut spenden. Diese gesetzliche Frist soll verhindern, dass Leute auf Kosten ihrer Gesundheit Blutdepositen anhäufen.

früheste bekannte Schriftsymbol für Blut überhaupt. Und gleichzeitig sagte er: «Gesegnet sind, die da reinen Bluts sind.»

Dallas und Aria machten ebenfalls das Zeichen, wiederholten die rituelle Formel und machten sich auf die Suche nach dem Transfusionscenter.

Sobald sie wieder in ihrem Apartment waren, ging Aria in die Bibliothek, um sich über Thalassämie kundig zu machen und ihr Wissen über Dinge wie die mendelschen Gesetze, Genetik und Malaria aufzufrischen. Seltsamerweise fand sie sich durch das, was sie über die mendelsche Vererbungslehre las, bekümmert, ja geradezu gekränkt. Gregor Mendel, ein Augustinermönch, hatte Kreuzungsexperimente mit verschiedenen Erbsensorten durchgeführt, und die Vorstellung, dass das, was für Erbsen galt, auch auf sie und Dallas zutreffen sollte – als wäre er ein Exemplar der hochwüchsig gelben Sorte und sie eins der kurzwüchsig grünen –, war ihr schlicht zuwider. Aber das alles – das Gesetz der unabhängigen Kombination und das Spaltungsgesetz – war natürlich absolut plausibel, und Aria gelang es sogar, einen Stammbaum zu erstellen, der die Vererbung innerhalb ihrer Familie illustrierte. Doch das tröstete sie nicht, sondern hinterließ in ihrem Kopf lediglich den Gedanken, dass die Medizin versagt hatte, wenn so grundlegende Dinge immer noch durch zwei Allelenpaare bestimmt werden konnten. Wenn die einzig mögliche Behandlung nicht Heilung verhieß, sondern lediglich Aufschub.

Wie ungerecht, so eine Krankheit.

Und nicht nur ungerecht, sondern auch demütigend. Was sollten sie den Leuten sagen? Den Nachbarn? Ihren Freunden? Wie sollten sie ihnen noch in die Augen gucken? Unheilbare Krankheiten hatte nur die gemeine Masse. Anständige Leute ereilten solche Heimsuchungen nicht.

Mit wachsender Verunsicherung musterte sie Dallas, der gerade einen Film guckte. Die Medizin mochte sie ja vielleicht im

Stich gelassen haben, aber gab es irgendeinen Grund, weshalb ihr Mann sie auch im Stich lassen sollte? Wie oft schon hatte er Hindernisse auf seinem intellektuellen Schaffensweg durch die schiere Kraft seines Geistes beiseite geräumt? War er nicht in ganz Amerika als Erfinder berühmt? Waren seine Hochsicherheitsanlagen und multikursalen Systeme nicht Gegenstand unzähliger Artikel in Kunst- und Technikmagazinen? Doch jetzt, da er vor einem Problem stand, das sein eigenes Kind betraf, schien er nicht mal willens, auch nur den Versuch zu machen, diesen berühmten Erfindergeist einzusetzen. Schließlich konnte sie seine Inaktivität nicht länger aushalten.

«Willst du einfach nur hier rumsitzen?», herrschte sie ihn an. «Kannst nicht mal dein Hirn anstrengen?»

«Auch wenn es nicht so ausgesehen haben mag», sagte er, «habe ich kaum was anderes getan.»

Doch bei aller Anstrengung fiel Dallas keine andere Lösung ein, als sich auf die Behandlung einzulassen, die die Klinik vorgeschlagen hatte – und die ihn, wie er wohl wusste, ruinieren würde. Das war nur eine Frage der Zeit.

3

Der stereoskopische Vorführraum von Terotech war rund. Man saß in der Mitte und sah durch eine superleichte stereoskopische Brille eine dreidimensionale Projektion um sich herum. Für Dallas war das eine praktische Methode, dem Direktor neue Entwürfe für Rational Environments vorzuführen. Erst wenn King bis ins letzte Detail mit dem Entwurf zufrieden war, ging eine Kopie des Programms an den Kunden, in diesem Fall die Deutsche Siedlungs-Blutbank.

Die Welt des Computerprogramms wirkte äußerst echt. Oberflächen sahen aus, als könnte man sie anfassen, Licht verhielt sich naturgetreu, selbst wenn es durch Wasser reflektiert oder gebrochen wurde, und Dallas und King konnten einander so klar und deutlich sehen wie im wirklichen Leben. Der einzige Unterschied zwischen Programm und Realität bestand im Grad der Gefährlichkeit: Keins der virtuellen Hochsicherheitssysteme vermochte den Betrachter zu verletzen oder ernsthaft zu schädigen, und angesichts der vielen Überrumpelungseffekte war das auch gut so. Jedes der Rational Environments, die Dallas schuf, barg so viele Überraschungsmomente wie irgend möglich. Dallas genoss es, sich in seine potentiellen Gegenspieler hineinzuversetzen und jeden Schritt ihres Vorgehens zu antizipieren. Aber er versuchte jedes Mal, die bereits erprobten Vorrichtungen durch etwas völlig Neues zu ergänzen. Neuheit war das A und O der Sicherheit, denn Bankräuber schafften es bemerkenswert schnell, Schutzsysteme zu durchschauen und zu überlisten.

«Da vor Ihnen ist eine unsichtbare Schranke», erklärte er King. «Sobald Sie sie durchschreiten, lösen Sie einen Infraschallgenerator aus, der extrem niedrigfrequente Schallwellen erzeugt.»

King schien nicht weiter beeindruckt. «Das tut mein Autoradio auch», sagte er.

«Das bezweifle ich. Diese Art niedrigfrequenter Schallwellen bewirkt Desorientierung, wenn nicht Schlimmeres.»

«Wie etwa?»

«Übelkeit, Erbrechen, unkontrollierten Stuhlgang. Wenn ein ungebetener Gast diese Schranke durchquert, wird er sich wünschen, er wäre im Bett geblieben. Man stellt keine große Bedrohung für eine Hochsicherheitsanlage dar, wenn man durch tierischen Durchfall außer Gefecht gesetzt ist.»

«Sie scherzen», wieherte King.

«In solchen Dingen scherze ich nie, das wissen Sie. Die Wirkung dieser Vorrichtung tritt praktisch sofort ein, und bei entsprechend niedrigen Frequenzen ist sie potentiell tödlich, wenn das auch nicht praktisch nachgewiesen ist. Bisher gab es dazu nur Tierversuche. Das ist in meinem Job immer das Problem. Wir sind nie dabei, wenn diese Rational Environments tatsächlich auf die Probe gestellt werden.»

«Klingt, als fänden Sie das bedauerlich», bemerkte King.

Dallas sagte achselzuckend: «Das ist in gewisser Weise auch bedauerlich. Schließlich liegt es nun mal in der menschlichen Natur, sehen zu wollen, wo man steht – was diese Anlagen faktisch leisten.»

«Unseren Kunden ist die Abschreckungswirkung wichtiger als die faktische Leistungsfähigkeit», sagte King steif. «Sie möchten lieber nicht erfahren müssen, wie gut ihre Anlagen funktionieren.»

King schaute kurz weg, was Dallas Gelegenheit gab, den Terotech-Direktor etwas genauer zu mustern. Irgend etwas an den Farben dieser Stereoskopie-Programme ermöglichte es einem nämlich, Leute buchstäblich in einem anderen Licht zu sehen. Hier drinnen wirkte King irgendwie hochmütiger, die Nase krummer als sonst, der Bart grauer und ungepflegter, und die dunklen Augen waren so verhangen, dass er fast blind schien. Der Gesamteffekt war der eines launischen morgenländischen Tyrannen. King zeigte auf das multikursale System, das sich vor ihm erstreckte.

«Und der Tresorraum? Ich nehme an, er befindet sich am anderen Ende des Labyrinths?»

«Ja.»

«Welcher Unverletzlichkeits-Level?»

«Massivkonstruktion, synchrone Komponenten, Zeitschalter.» Er hatte in letzter Zeit ziemlich viel darüber nachgedacht, wie jemand eine solche Tür knacken könnte, und dabei war ihm, wie er meinte, eine brillante Idee gekommen. Er fragte sich, ob er King davon erzählen sollte, aber die Bemerkung des Direktors über die Abschreckung hatte ihm erst mal eins vor den Bug gegeben. Deshalb setzte er nur achselzuckend hinzu: «Ich würde Ihnen das ja gern vorführen, aber das Labyrinth ist ein bisschen kompliziert, selbst für mich.»

«Na ja, das ist schon alles sehr beeindruckend, Dallas», räumte King ein. «Wirklich äußerst beeindruckend.»

«Ich bin noch nicht fertig», erklärte Dallas. «Mal angenommen, Sie kämen mit intakten Innereien an dem Infraschallgenerator vorbei und könnten auch dem Transgenen entkommen, dann ist da noch ein kleines Extra, um das multikursale System ein bisschen interessanter zu gestalten. Um Sie sozusagen aus der Balance zu bringen. Sehen Sie, sobald der Sensor einen unbefugten Eindringling ausmacht, überzieht ein Sprinklersystem sämtliche Böden, Treppen, Rampen und Laufgänge mit einem

Antireibungsmittel. Es heißt Attack-Frost und macht alle Oberflächen für einen beträchtlichen Zeitraum unbegehbar. Das Zeug ist fünfmal so glitschig wie Eis.»

«Nettes Detail», sagte King.

«Und billig. Genau wie der Infraschallgenerator.»

King strich sich mit der bräunlichen Hand den dunklen Bart. «Gut gemacht», sagte er versonnen.

«Danke.»

King sah sich ein letztes Mal um, nahm dann die Brille ab und beendete so die Besichtigung des Rational Environments, das Dallas für die deutschen Blutbanker entworfen hatte.

Dallas nahm ebenfalls die Brille ab und wartete, dass King irgendwelche Kritikpunkte vorbrachte. Normalerweise hatte er immer irgendwas einzuwenden. Doch diesmal lehnte er sich nur bequem in seinen Ledersessel zurück, verschränkte die Hände hinterm Kopf und betrachtete Dallas mit einem warmen Lächeln, wie ein Vater seinen Lieblingssohn.

«Und?», sagte er schließlich. «Wie geht es so?»

«Gut», sagte Dallas.

King nickte langsam.

«Mit Aria alles okay?»

«Ja, ihr geht's auch gut.»

«Und Ihr Töchterchen? Wie heißt es doch gleich?»

«Caro. Na ja, sie sind endlich dahintergekommen, was ihr gefehlt hat. Jetzt wird sie behandelt. Aber ich schätze, sie wird bald okay sein.»

«Fein, fein.» Gleich darauf verengten sich Kings Augen und er sagte: «Sie sind für uns sehr wichtig, Dallas. Vielleicht der wichtigste Mann für Terotechnology, nach meiner Person. Ich hoffe, Sie wissen, dass es nichts gibt, was wir nicht tun würden, damit Sie sich wohl fühlen. Und dass es nichts gibt, worum Sie nicht bitten könnten. Jawohl. Sie brauchen nur zu fragen. Was immer Sie wollen, es liegt an mir, dafür zu sorgen, dass Sie es kriegen.

Sofern es in meiner Macht steht, natürlich. Aber eines Tages, Dallas, werden Sie diese Firma leiten. Und das ist eine ganz schöne Verantwortung. Viele wichtige Leute vertrauen uns ihr kostbares Blut an. Ganze Volkswirtschaften gründen auf der Sicherheit, die wir liefern. Ja, eines Tages werden Sie dieses Vertrauen genießen. Oh, ich weiß, wie Sie darüber denken, und ich kann es Ihnen nicht verübeln, wenn Sie dem ein wenig skeptisch entgegensehen. Ich war selbst auch mal so. Aber manchmal müssen wir uns unseren Pflichten stellen, ob wir es wirklich wollen oder nicht.»

Dallas nickte wortlos. Dieses Gespräch war keineswegs ungewöhnlich. Der Terotech-Boss absolvierte lediglich das Ritual, Dallas an seine Loyalitäten zu erinnern. Und Dallas würde King ebenso wenig von seinen persönlichen Problemen erzählen, wie er in das Gespräch einfließen lassen würde, das ganze Blutbankgeschäft sei pervers und unmoralisch.

Was immer der Direktor sagte, Dallas kannte ihn gut genug, um zu wissen, dass vertrauliche Geständnisse bei ihm fehl am Platz waren.

«Wie lange sind Sie jetzt bei uns, Dallas?»

«Zwanzig Jahre.»

«Das ist eine lange Zeit.»

«Ja, das ist es wohl.»

«Und in dieser ganzen Zeit haben Sie nie daran gedacht, woanders zu arbeiten?»

«Wo sollte ich denn hingehen?»

«Sie hätten sich selbständig machen können.»

«Warum? Ich bin hier zufrieden.»

King nickte. «Sie lassen es uns wissen, wenn sich daran je irgendetwas ändert, nicht wahr?»

«Natürlich, Mr. King. Aber das ist sehr unwahrscheinlich.»

«Sagen Sie, Dallas, machen Sie sich manchmal Gedanken über

die kranke Welt außerhalb der Autologspendeprogramme? Außerhalb der Zone?»

«Eigentlich nicht», sagte Dallas. Doch Tatsache war, dass er, seit die Behandlung seiner Tochter begonnen hatte, kaum an etwas anderes dachte. Über Jahre, fast so lange, wie er bei Terotechnology war, hatte er die pestverseuchte Welt dort draußen als etwas Schändliches und Unansprechbares aus seinem Leben verdrängt und sich gewünscht, sie würde vernichtet. Doch in letzter Zeit musste er feststellen, dass ihm die P^2-Infizierten Leid taten. Er war schon fast so weit, ihnen den Status von menschlichen Wesen zuzugestehen.

«Sollte ich das?», fragte er.

King lachte laut auf. «Na ja, ich tue es auch nicht», sagte er. «Aber ich bin ja auch nicht so ein Denker wie Sie. Ich bin Manager. Ich kann es mir nicht leisten, herumzusitzen und über die Welt und ihre Fehler zu meditieren.»

«Tue ich das?»

«In gewisser Weise ja. Sie sind ein Problemlöser. Darin sind Sie gut.»

Dallas dachte, dass Aria dieser Einschätzung seiner Person wohl nicht mehr zustimmen würde.

«Ich habe mich nur gefragt, wie weit das wohl geht.»

«Rational Environments sind etwas ganz anderes als die reale Welt, Mr. King», sagte Dallas. «Sie sind begrenzte, chaosfreie Kontexte, innerhalb deren man leicht die totale Kontrolle herstellen kann. An dieser kranken Welt, in der wir leben, scheint mir dagegen sehr wenig Rationales zu sein. Deshalb ist sie ja wohl auch krank, schätze ich. Wenn sie rationaler wäre, könnten wir sie vielleicht heilen. Aber sie ist es nicht. Sie ist krank und wird es wohl auch auf absehbare Zeit bleiben. Wir können nur versuchen, neben ihr herzuexistieren.»

«Sie haben wohl kein sonderlich optimistisches Zukunftsbild, Dallas?»

«Ich bin mir nicht sicher, ob die Zukunft überhaupt existiert – im landläufigen Sinn des Wortes ‹existieren›. Wir können über Gegenwart und Vergangenheit reden und über viel mehr nicht. Die Zukunft ist immer Zukunft, wir können nie irgendwas Erwähnenswertes über sie wissen. Optimismus ist da eine irrelevante Kategorie.»

King nickte nachdenklich. Dann sah er auf seine Armbanduhr und lächelte. «Tja, war nett, unser kleines Gespräch. Interessant, mal mitzuerleben, wie ihr Gehirn arbeitet, Dallas. Aber jetzt muss ich wirklich weiter.»

Beide Männer erhoben sich.

«Beeindruckt mich sehr, was Sie sich für die Deutsche Siedlungs-Blutbank haben einfallen lassen. Ich schätze, sie werden mit dem Ergebnis zufrieden sein.»

«Danke, Mr. King.»

King verließ den stereoskopischen Vorführraum und ging wieder in sein Büro, wo Rimmer, der Sicherheitschef von Terotech, auf ihn wartete, die Füße auf einem wertvollen antiken Japantischchen.

Mit seinen wässrig blauen Augen, dem blassen Teint und dem strohig gelben Haar wirkte Rimmer nicht gerade gesund. Aber noch schlechter stand es um seinen Charakter – wenn er sich nicht am Unglück anderer weidete, machte er ihre Erfolge verächtlich herunter. Es gab Leute bei Terotech, die ihn für regelrecht gestört hielten – mit einer gewissen Berechtigung. Rimmer wusste es und schürte diese Meinung noch, mit dem Ergebnis, dass die meisten in der Firma Angst vor ihm hatten. Selbst die, die so klug waren, ihm aus dem Weg zu gehen. King betrachtete ihn als ein notwendiges Übel, wie einen Wachhund, und behandelte ihn entsprechend.

«Was machen Sie hier?», fauchte er.

«Sie haben mich herbestellt», antwortete Rimmer.

«Habe ich gesagt, Sie sollen sich in meinem Büro häuslich niederlassen? Nehmen Sie die Füße vom Tisch.» King schnupperte ostentativ. «Hier stinkt's.»

«War ich das?», griente Rimmer. «Was habe ich mir dabei nur gedacht? Aber Rücksichtnahme war noch nie meine Stärke.» Rimmer schnüffelte prüfend. «Trotzdem, ich rieche nichts.»

«Es stinkt», wiederholte King. «Es stinkt nach Ihrem gräulichen Aftershave und Ihrem Achselschweiß und Ihrem schmutzigen kleinen Hirn. Sie sind der abstoßendste Mensch, den ich kenne, Rimmer. Wie es jemand wie Sie geschafft hat, RES-1 zu bleiben, werde ich nie verstehen. Wenn ich Sie nur ansehe, fühle ich mich schon in Gefahr, mir irgendein schreckliches Virus zu holen.»

«Mit mir ist alles in Ordnung», insistierte Rimmer.

«Reden Sie keinen Quatsch. Wenn bei Ihnen nicht etwas nicht in Ordnung wäre, hätten Sie keine Existenzberechtigung. Dann wären Sie für die niedereren Erfordernisse dieser Firma nicht zu gebrauchen. Ihr Glück, dass Ihre Psyche genauso verzwirbelt ist wie ihre Schnürsenkel und dass Ihnen jedes Moralgefühl fehlt. Ohne diese speziellen Charakterdefekte wären Sie für mich absolut nutzlos.»

«Ich fühle mich sehr geschmeichelt.»

«Werden Sie nicht vorwitzig, Rimmer. Ich halte Sie mir nicht zu meiner Belustigung. Ich halte Sie mir, damit Sie die Leute beißen, von denen ich will, dass sie gebissen werden, und zwar kräftig.»

Rimmer schwieg einen Moment. Dann zog sich das Grinsen über seinen auseinander stehenden Zähnen in die Breite, was ihm etwas Nagetierhaftes verlieh.

«Verstehe», sagte er. «Ich hatte also doch Recht, was? Es geht um Dallas. Sie haben ihn überprüfen lassen und rausgefunden, dass das, was ich gesagt habe, stimmt.»

Rimmer nickte still-zufrieden. Sein hässliches Grinsen speiste sich aus einem enormen Gefühl der Genugtuung. Er hatte Recht gehabt. Und mehr noch, er hatte Recht gehabt, was Dallas betraf, diesen Kerl, der ihn noch geringschätziger behandelte als King. Rimmer hatte schon lange auf die Gelegenheit gewartet, Dallas eins auszuwischen. Ihn bespitzelt, wo es nur ging. Der Computercheck der Krankenhausunterlagen seiner Tochter war ein Geniestreich gewesen.

«Ihr Schoßkind», gluckste er vergnügt. «Dallas. Das ist es, was Sie an mir so abstoßend finden. Dass ich wegen Dallas Recht gehabt habe.»

«Glauben Sie nicht, je ermessen zu können, *wie* abstoßend ich Sie finde, Rimmer», zischte King.

Rimmer zuckte stumm die Achseln und begann, noch immer grinsend, seine Fingernägel mit einem Zahnstocher zu säubern.

«Ich habe ihn nach seiner Tochter gefragt», knurrte King. «Und er hat gesagt, es wäre bald wieder alles okay mit ihr.»

Rimmer sah nicht mal auf. Reinigte einfach nur weiter seine Nägel und schnippte den Dreck auf den dicken Perserteppich.

«Schieres Wunschdenken, wenn Sie mich fragen», sagte er schließlich.

«Wenn Sie Recht haben und das Kind wirklich krank ist, begreife ich nicht, warum er's mir nicht gesagt hat», sagte King. «Warum er nicht an mein Herz appelliert und um Hilfe bittet.»

«Weil er nicht blöd ist», schnaubte Rimmer. «Weil er weiß, wie die Antwort lauten würde. Er kennt doch die Prinzipien der Firma, was Blutdarlehen angeht.»

«Ich mache die Vorschriften nicht», sagte King fast schon defensiv.

«Das stimmt, Herr Direktor. Sie führen sie nur aus. Klar. Aber lassen Sie sich's gesagt sein, Dallas weiß, was Sache ist. Deshalb hat er nicht an Ihr so genanntes Herz appelliert. Außerdem haben meine Nachforschungen ergeben, dass er sein Wochenendhaus bereits zum Verkauf angeboten hat, um an seine Blutreserven zu kommen.» Rimmer lachte. «Nicht, dass das lange reichen würde. Der Arzt, mit dem ich über seine Missgeburt von Tochter geredet habe, meint, in zwei, drei Jahren sei er damit am Ende. Je schneller es so weit ist, desto größer das potentielle Sicherheitsrisiko für diese Firma. Meinen Sie nicht auch, Herr Direktor?»

King starrte finster auf den Fußboden und hasste sich dafür, dass er Rimmers Giftspritzerei überhaupt an sich herangelassen hatte.

«Ich meine, was würden denn unsere geliebten Kunden sagen, wenn sie dahinter kämen, dass Dallas privat in einer unglücklichen Situation steckt, noch dazu in einer, wo es um sein eigenes Blut geht? Ich schätze, sie wären berechtigtermaßen besorgt, dass er irgendwann korrumpierbar werden könnte, dass er vielleicht sogar erwägen könnte, Informationen über unsere Rational Environments meistbietend zu verhökern.»

«Ich glaube nicht, dass Dallas jemals diese Firma oder ihre Kunden verraten würde», insistierte King.

«Jetzt vielleicht nicht. Aber in einem Jahr? Wer weiß schon, wozu jemand in seiner Lage fähig ist? Ich an seiner Stelle würde das vermutlich auch tun.»

«Daran zweifle ich nicht», sagte King bitter.

«Aber da ist noch ein Problem, das Sie vielleicht noch nicht bedacht haben, Herr Direktor. Wenn sein roter Reichtum zur Neige geht, wird seine finanzielle Situation ziemlich kritisch. Dallas hat ganz ordentlich in Blut-Futures spekuliert. Er verkauft jetzt schon sein Landhaus, um flüssig zu bleiben. Es spricht vieles dafür, dass er noch mehr verkaufen muss – seine Hauptwohnung hier in der Stadt. Und dann vielleicht in eine ärmere Gegend zieht, außerhalb der Zone. Und sich damit dem Risiko einer Virusinfektion aussetzt. Ich schätze, unseren Angestellten würde das genauso wenig gefallen wie unseren Kunden, meinen Sie nicht?»

«Zum Teufel mit Ihrer verdammten Fragerei, Rimmer.»

«Das ist leicht gesagt, aber die eigentliche Frage ist doch: Was ist dagegen zu tun? Was machen wir mit Ihrem Wunderknaben? Ihrem kleinen Schützling?»

«Seien Sie still und lassen Sie mich nachdenken.»

«Da gibt's nichts nachzudenken», insistierte Rimmer und musterte prüfend seine Fingernägel. «Sie wissen so gut wie ich, wie der korrekte Aktionsplan auszusehen hat.» Rimmer schob den Zahnstocher zwischen seine schmalen Lippen und begann, die Lücken zwischen seinen Zähnen zu massieren. Als er den Zahnstocher inspizierte, war Blut an der Spitze. Als ob ihm jemand etwas sagen wollte, dachte er.

«Blut um Blutes willen. Das habe ich Sie oft genug sagen hören», sagte Rimmer. «Um Blut zu schützen, sollte man nicht davor zurückschrecken, ab und zu welches zu vergießen. Ein interessantes Paradox, muss ich sagen. Eins von vielen, die diesem noblen Geschäft innewohnen.» Rimmer schürzte die Lippen und nickte. «Sinn für Ironie ist für unsere Arbeit unerlässlich, finden Sie nicht, Herr Direktor?»

«Wir stehen nicht auf einer Stufe, Rimmer.»

«Nein, das ist wahr. Gott sei Dank bin ich nur der Laufbursche. Sie sind der, der all die schwierigen Entscheidungen treffen muss. Ich, ich könnte mit dieser Verantwortung nicht leben. Ich könnte mir selbst nicht mehr in die Augen schauen.»

Jetzt hatte King endgültig genug. «Schaffen Sie ihn aus dem Weg», sagte er resolut. «Bringen Sie Dallas um. Und seine Familie auch – ohne sie könnten wir unseren besten Konstrukteur behalten.»

Rimmer atmete zischend ein. «Sehen Sie, was ich meine?», sagte er. «Ich wäre nie auf die Idee gekommen, seine Familie gleich mit umzubringen. Das ist es, was Sie zum Direktor macht und mich zum kleinen Angestellten. Sie haben einen lobenswert machiavellistischen Sinn für Gründlichkeit, wenn ich das mal so sagen darf. Das macht Sie ja auch zu einem solchen Fürsten unter den Menschen, Herr Direktor.»

«Halten Sie den Mund, Rimmer.»

«Und wann möchten Sie diesen kleinen Auftrag ausgeführt haben?»

«Sofort.»

«Gut.»

«Aber sorgen Sie dafür, dass es weit weg von diesem Firmengebäude passiert. Und noch eins. Gehen Sie diskret vor. Ein Hinweis, dass wir damit zu tun haben, und Sie sind als Nächster dran. Ist das klar?»

«So klar wie blaue Augen an einem schönen Tag, Sir.» Rimmer steckte den blutigen Zahnstocher ein und rieb sich beschwingt die Hände. Es war schon eine ganze Weile her, dass er das letzte Mal beauftragt worden war, jemanden umzubringen. Damals war es ein Mädchen aus der Buchhaltung gewesen, dass es geschafft hatte, sich mit P^2 anstecken zu lassen. Wenn das nicht gewesen wäre, hätte er sie vielleicht auch noch vergewaltigt. Aber jetzt konnte ihn ja nichts daran hindern, sich Dallas' Frau vorzunehmen. Schließlich war das Kind krank, nicht die Mutter. Und solche kleinen Vergewaltigungen gehörten nun mal zu den echten Vorteilen dieses Jobs. Das hatte nichts mit Sex zu tun. Aber alles mit Macht. Darum ging es bei diesem Job.Vielleicht würde er sie auch noch vampen und ihr Blut auf dem Schwarzmarkt verkaufen. Es so hindrehen, als sei das das Mordmotiv gewesen.

«Dann will ich mal», sagte er und lächelte in Vorwegnahme der gekonnten Erledigung seines Jobs.

«Lassen Sie die Tür auf», befahl King. «Damit ein bisschen frische Luft reinkommt. Es stinkt hier drin noch schlimmer als vorhin.»

«Das bin nicht ich. Das ist nur Ihr Gewissen. Sie werden sich schon dran gewöhnen. Mir ist es jedenfalls so gegangen.»

«Raus», kommandierte King.

4

Manchmal setzte Rimmer sich nachts in seinen Wagen und ließ sich aus der Zone herausfahren, in eins der ungesünderen Cityviertel, wo vor allem Leute wohnten, die die Krankheit hatten. Es gab ihm so ein positives Gefühl, unter den Hoffnungslosen zu sein. Besonders gern besuchte er die Clubs und Bars, wo die Parias der Stadt verkehrten: diejenigen, die ihr P^2-positiver Status in die Kriminalität getrieben hatte. Er sagte sich, das sei der romantische Bohemien in ihm. Er suche lediglich, wie ein heruntergekommener alter Dichter oder Maler, das Authentische und Existentielle. Doch die Wahrheit war prosaischer. Rimmer fühlte sich unter diesen zwielichtigen Existenzen schlicht wohler. Und sich in dieser Welt zu bewegen gab ihm ein Gefühl der Macht, denn er rekrutierte für die kriminelleren Aspekte seiner Tätigkeit am liebsten Virusträger. Immunologisch belastete Menschen waren in der Regel weniger heikel, wenn es darum ging, ein paar Cash-Credits zu verdienen. Moral war etwas für die Reichen und Gesunden, die natürlich identisch waren. Rimmers Erfahrung nach machte P^2 fast jeden zum potentiellen Mörder.

Dennoch waren einige gefährlicher als andere, und in einem Club namens Mea Culpa in der Hafengegend fand er schließlich die Frau, die er gesucht hatte. Demea hatte, so viel wusste er sicher, mindestens vierzig Menschen umgebracht, darunter mehrere Kinder. Dass sie außerdem überaus attraktiv war, machte ihre Gesellschaft für Rimmer umso vergnüglicher. Und wenn das Virus nicht gewesen wäre, hätte er sich vielleicht sogar einen von ihr blasen lassen.[1]

«Da bist du ja endlich», sagte Rimmer. «War gar nicht leicht, dich hier drin zu finden.» Der Grund war offensichtlich. Demea trug ein teures Kleid aus synthetischem Melanophor, einem Material nach dem Vorbild der Chamäleonhaut[2]. «Du gehst sozusagen nahtlos in dieser Umgebung auf.»

Bis eben war Demeas Kleid schwarzsilbern gewesen: schwarz wie die Wände, die Decke und der Teppichboden und silbern wie das bizarre gepolsterte Stahlrohrgebilde, auf dem sie mit der wohl einstudierten Lässigkeit einer barocken Venus lag. Doch als Rimmer sich neben ihr auf dem fast unsichtbaren schwarzen Polster niederließ, begann ihr Kleid das Hellblau seines Antimo-Seidenanzugs widerzuspiegeln.

«Nicht so dicht», nölte sie gedehnt. «Sie ruinieren meine Farbkomposition.»

«Sorry», sagte Rimmer grinsend und rückte ein Stückchen

1 Latexkondome erwiesen sich zwar als wirksamer Schutz gegen die Übertragung von Virusinfektionen wie HIV, nicht aber gegen P^2. Dieses Virus ist viel kleiner als das HIV-Virus; es misst gewöhnlich weniger als ein Mikron. Selbst doppelschichtige Latexmischungen enthalten mikroskopisch kleine Löcher von etwa einem Mikron Durchmesser. Kürzlich wurden Kondome einem In-vitro-Test unterzogen, der das Problem der Virusdurchlässigkeit beim Oralverkehr simulierte. Eine Suspension fluoreszenzmarkierter Mikrosphären verkörperte die P^2-Viren im Sperma, und die Dichtheit der Kondome wurde spektrofluorometrisch geprüft. Bei 65 Prozent aller getesteten Kondome wurde eine Durchlässigkeit für P^2-Virus-große Partikel festgestellt.

2 Synthetisches Melanophor unterscheidet sich von photochromen oder morphischen Materialien. Melanophor dekomprimiert bzw. komprimiert Farbe durch Moleküle, die intelligente Pigmentkörnchen enthalten. Die Farbänderung wird durch das Umgebungslicht und die Körpertemperatur des Trägers gesteuert. Melanophor kann sich farblich praktisch jedem Hintergrund anpassen. Dass das Chamäleon das ebenfalls tut, ist ein verbreiteter Irrtum.

weg. Er musterte einen Moment lang die Flanke ihres Kleids und sagte dann: «Ist letztlich eh alles dasselbe.»

«Was?» Demea sah ihn kaum an.

«Farbe. Alles nur Zerlegung von weißem Licht. Elekromagnetische Wellen einer bestimmten Frequenz. Welche Drinkfarbe darf ich dir spendieren?»

«Absinth.»

«Grün», sagte Rimmer. «Die Farbe der Hoffnung. Obwohl, wenn ich mich recht entsinne, der Effekt dieses Getränks nicht so positiv ist.» Er sah sich suchend um, und da der Club fast leer war, dauerte es nicht lange, bis eine Bedienung kam. Sie war nackt, wie alle Bedienungen im Mea-Culpa-Club. Das war ein weiterer Grund, warum Rimmer gern hierher kam.

«Hallo», sagte die Bedienung. «Was kann ich Ihnen bringen?» Sie lehnte sich auf den Tisch vor ihnen und spreizte die Beine, sodass Rimmer kaum umhinkonnte, die Ringe in ihren gepiercten Schamlippen zu sehen.

«Hm, tja», sagte Rimmer. «Wie ich sehe, sind Sie verheiratet. Gleich mit fünf Männern.» Er lächelte, und die Bedienung lächelte zurück. Er war jetzt in seinem Element. Zweifellos gab es Männer, die an Berge dachten. Oder an gewaltige Wasserfälle. Aber das war es, was Rimmer in den Sinn kam, wenn er sich den tollsten Anblick der Welt zu vergegenwärtigen suchte. «Absinth für die Dame. Und Brandy für mich.»

«Dreißig», sagte die Bedienung und klimperte mit einem langen Fingernagel, auf dem sich das winzige Hologramm eines Paars auf ewig der Liebe hingab, viel sagend an den Ringen herum.

Rimmer rollte eine Banknote zusammen und steckte sie durch die fünf Ringe, während die Bedienung geduldig zusah, wie es ihr Arbeitgeber verlangte.

«Das Wechselgeld können Sie behalten», erklärte er ihr. «Falls Sie ein Plätzchen finden, um es aufzubewahren.»

«Danke», sagte sie. «Die Drinks kommen sofort.»

Rimmer sah ihrem nackten Hinterteil nach. «Da ist aber Musik drin», sagte er, wobei er sich wieder Demea zuwandte. «Ich finde, ein bisschen Musik tut immer gut. Und du?»

«Hab nichts dagegen.»

Rimmer nahm einen Sony Pinback von seinem Ohr und zeigte ihn Demea wie zum Beweis für seine Worte.

«Jetzt gerade ist er natürlich nicht an», sagte er. «Das wäre ja unhöflich. Da könnte mir ja was entgehen.» Er hielt kurz inne. «Zum Beispiel deine anregende Konversation.»

Demea schwieg beharrlich, und Rimmer fragte sich, ob sie vielleicht auf irgendeiner Droge war, aber ihre saphirblauen Augen wirkten ziemlich klar und wachsam. Als Rimmer sie genauer musterte, hatte er das Gefühl, dass sie aufmerksam durch den Raum schaute, als ob sie auf jemanden wartete. Er steckte das Pinback-Earpiece zu dessen Pendant und der winzigen Abspieleinheit in die Tasche.

«Wenn ich dieser Tage jemanden töte», erklärte Rimmer, «trage ich es fast immer. Nur an einem Ohr, wohlgemerkt. Es wäre mir schrecklich, das Ploppen eines Schusses zu verpassen oder das Geräusch eines Messers, das zwischen zwei Rippen fährt, oder das Flehen um Gnade – das unerhört bleibt.»

Die Bedienung kam jetzt mit den Drinks zurück. Demea nahm den Absinth und trank schweigend. Rimmer probierte seinen Brandy. Es war billiges, synthetisches Nanozeug, aber das gehörte auch zum authentischen Parialeben, und außerdem hatte er ja flaschenweise echten Drei-Sterne-Cognac zu Hause.

«Ich habe festgestellt, dass mir zu jemandes Tod was Klassisches, aber Beschwingtes am liebsten ist», sagte er. «Was Deutsches oder Österreichisches, versteht sich. Wusstest du schon, dass die Nazis in ihren Todeslagern Orchester hatten, um die Leute auf dem Weg in die Gaskammer ein bisschen aufzumöbeln? Clevere Leute, diese Nazis. Musik ist die perfekte Begleitung für einen gewaltsamen Tod.» Rimmer nickte anerkennend. «Schuberts Fünfte ist eins meiner persönlichen Lieblingswerke. Das Allegro natürlich. Und manchmal ein bisschen Strauß. Ich fand immer schon, dass diese *Frühlingsstimmen* was ziemlich Mörderisches haben. Und nicht zu vergessen, Mozart. Gerade Mozarts mathematische Präzision bildet einen hübschen Kontrapunkt zum Chaos des Todes. Und was ist mit dir? Gibt es ein Musikstück, das du bei der Arbeit bevorzugst?»

Demea runzelte die Stirn. Sie schien tatsächlich zu überlegen.

«Ich mach das, weil ich muss», sagte sie schließlich. «Nicht, weil's mir Spaß macht.»

«Du enttäuschst mich, Demea. Ich dachte, du seist eine Jagdgefährtin. Du Diana, ich Nimrod.»

Demea sah Rimmer mit unverhohlener Verachtung an. «Wir beide haben nichts gemein.»

«Das sagen mir alle. Langsam fühle ich mich als was Besonderes.»

«Wenn ich nur die Hälfte Ihrer Privilegien hätte.» Sie schüttelte den Kopf. «Sie sind nicht normal, Rimmer.»

«Oh, da muss ich dir widersprechen, liebe Demea. Ich bin schon als Embryo auf eine Prädisposition zur Homosexualität gescreent worden. Mein Hormonspiegel wurde noch in der fötalen Phase korrigiert. Ich bin so heterosexuell wie jeder andere. Dank des medizinischen Fortschritts gibt es heutzutage schlichtweg keine Entschuldigung mehr dafür, nicht normal zu sein.»

«O ja», höhnte Demea, «die Medizin hat uns so viel Gutes gebracht.»

«Na ja, ich gebe zu, sie hat noch nicht auf alles eine Antwort. Es gibt immer noch wichtige Entdeckungen zu machen. Zum Beispiel ein Heilmittel für P^2. Aber …»

«Es gibt schon ein Heilmittel für P^2», insistierte Demea. «Seit

Jahren. Das Problem ist, dass es sich nur die Leute leisten können, die die Krankheit nicht haben.»

Rimmer zuckte die Achseln. «Dann eben ein billigeres Heilmittel.»

«Das wäre wohl kaum im Interesse von Terotech, oder?»

«Ach, ich glaube, da bist du ein bisschen unfair», sagte er. Aber natürlich hatte sie Recht. Billige Heilmittel waren wirklich nicht im Interesse der Firma. Sie waren schlecht für Anleger – jeder Gesunde wusste das. RES-1-Blut war nur deshalb wertvoll, weil es so wenig davon gab. Und ein billiges Heilmittel war genau das, was alle gesunden Menschen – nicht nur Firmen wie Terotech – am meisten fürchteten. Wenn es dazu kam, konnte man das Zeug nicht mehr absetzen, das sagten alle Marktanalysten. Man brauchte sich ja nur anzugucken, wie es mit dem Gold gelaufen war. Irgendein Idiot hatte angefangen, die riesigen unterseeischen Goldvorkommen[1] auszubeuten, und damit den Markt überschwemmt. Danach waren alle cleveren Anleger auf Blut umgestiegen. So einen Crash wollte niemand nochmal erleben.

«Hör zu», sagte er jetzt in anderem Ton. «Wo wir gerade bei meinen Interessen sind: Ich habe einen Job für dich. Du sagst ja, für dich ist das nur ein Job.» Rimmer lachte in sich hinein und trank noch etwas von seinem Brandy. Der erste Schluck ätzte einem zwar die Kehle weg, aber danach war das Zeug gar nicht so übel. Er lachte wieder und setzte hinzu: «Verzeih meine Belustigung. Ich weiß nicht, ob ich dich ernst nehmen soll oder nicht.»

---

1 Zu Beginn des einundzwanzigsten Jahrhunderts befanden sich unter den Weltmeeren schätzungsweise 500000 Tonnen Gold, das Zehnfache der Welt-Goldreserven. Der Goldpreis lag bei zirka vierhundert US-Dollar pro Feinunze. Heute bergen die Meere nicht einmal mehr 50000 Tonnen, und der Goldpreis liegt knapp über zweihundert Dollar. Hier wiederholte sich genau das, was im neunzehnten Jahrhundert mit dem Amethystmarkt passiert war. Eine Angebotsschwemme führte zum Preisverfall.

Plötzlich war Demea dicht bei ihm, ein scharfklingiges Etwas fest in der Hand. Rimmer blieb gelassen, auch als sie ihm die Spitze gegen die Wange drückte. Demeas Lächeln war so kalt wie die Waffe in ihrer Hand.

«Es wäre ein Fehler, mich nicht ernst zu nehmen», sagte sie und strich sich mit der anderen Hand über das unnatürlich rote Haar.

«Das sehe ich.»

Noch immer lächelnd, presste Demea die Dolchspitze ein klein weniger fester in seine Haut, sodass Rimmer zusammenzuckte.

«Vorsicht», sagte er. «Du schneidest mich noch.»

Demea zog die Augenbrauen hoch.

«Das ist doch der Sinn der Übung.»

Gleich darauf lachte sie höhnisch, steckte die Waffe wieder in ihren Ärmel und sagte: «Also, was ist das für ein Job?»

«Ich dachte schon, du würdest nie fragen.» Doch Rimmers Blick hing immer noch besorgt an ihrem Ärmel.

«Ganz ruhig», sagte sie. «Ihnen passiert schon nichts. Im Moment jedenfalls.»

Rimmer lächelte gezwungen und wischte sich die Stirn.

«Die Zielperson heißt – ach, der Name tut ja nichts zur Sache, oder? Sagen wir einfach nur, es ist ein Mann, ungefähr mein Alter, vielleicht nicht ganz so gut aussehend.»

«Sie überschätzen sich, Rimmer.»

«Na ja, ist ja auch egal. Du wirst ihn schon erkennen. Dank dieser Brille hier.» Er streckte ihr eine Sonnenbrille hin und wartete geduldig ab, bis sie sie aufgesetzt hatte. Sie zuckte die Achseln.

«Ich sehe nicht, was das Ding nützen soll», sagte sie geringschätzig.

«Oh, du wirst's schon sehen. Diese Brille ist so konstruiert, dass sie einen Infrarotlaserstrahl einer ganz bestimmten Wellenlänge sichtbar macht. Die Zielperson wird einen Anstecker im Knopfloch tragen, an dem du sie so klar erkennen kannst, als hätte sie eine Zielscheibe auf der Brust. Hier, dieser Anstecker.»

Durch die Brille sah Demea zwischen Rimmers Fingern ein etwa knopfgroßes, rundes Ding, das wie ein glühendes Stückchen Kohle leuchtete. Sie nickte.

«Verstehe.» Demea nahm die Sonnenbrille ab und musterte sie einen Augenblick. «Und wo finde ich diesen Mann?»

«Er arbeitet bei Terotechnology. Aber du darfst seiner Karriere auf gar keinen Fall in der Nähe der Firma ein Ende machen.»

«Wenn ihr jemanden ausmustert, dann aber gründlich, was?»

«Er ist ein Gewohnheitstier. Sehr konventionell. Freitags abends geht er immer noch mit ein paar Leuten aus seiner Abteilung einen trinken. In der Nähe der Firma ist ein Hotel, das Huxley. So ein neomoderner Schuppen. Und teuer.»

«Ich kenn's. Zumindest von außen.»

«Sehr teuer.»

«Da fällt mir ein, wir sollten mal über mein Honorar reden», sagte Demea.

Rimmer gab ihr eine Karte. «Das hier ist ein Gesundheitspass, damit du in die Zone reinkommst. Natürlich nur vorübergehend. Zwölf Stunden, dann läuft er ab. Schließlich kann man jemanden wie dich nicht zu lange unter anständigen, gesunden Menschen rumlaufen lassen. Außerdem sind da tausend Credits für dich drauf. Erst mal zur Hälfte aktiviert, die andere Hälfte folgt nach Erledigung des Auftrags. Und weil ich ein großzügiger Mensch bin, noch ein kleiner Bonus. Sieben Nächte im Clostridium.»

«Das ist ein Überdruckhotel[1], oder?»

---

1 Eine Sauerstoffüberdruck-Therapie ist von Nutzen, wenn keine Bluttransfusion vorgenommen werden kann. Überdruckhotels haben luxuriös eingerich-

Rimmer nickte.

«Sehr aufmerksam von Ihnen, Rimmer. Mein Kreislauf kann eine kleine Energiespritze vertragen.» Demea dachte kurz nach. «Morgen ist Freitag, stimmt's?»

«Na, so ein Zufall. Morgen würde gar nicht schlecht passen. Je eher er aus dem Weg ist, desto besser.»

«Und sein Blut? Kann ich das behalten?»

Rimmer hatte keine Lust, auf die Dienste einer so nützlichen Person zu verzichten, und es stand außer Zweifel, dass er sie nie wieder zu Gesicht kriegen würde, wenn sie es schaffte, die Infektion loszuwerden.

Daher schüttelte er bedächtig den Kopf.

«Er ist infiziert. Genau wie du, Schätzchen. Das ist ja einer der Gründe, weshalb er beseitigt werden muss. Sein physischer Zustand macht ihn zu einem Sicherheitsrisiko.»

Demea kniff die Augen zusammen. «Eines Tages, Rimmer», sagte sie. «Eines Tages werden Sie feststellen, dass Sie auch infiziert sind. Und dann wird Ihr Arbeitgeber Ihren Tod fordern. Wird das nicht spaßig sein?»

Rimmer stand auf und erwiderte ihr makabres Lächeln.

«Sehr», sagte er. «Aber du wirst es nicht sein, die mich umbringt, Demea. Irgendwas sagt mir, dass ich dich überlebe. So ein

tete Druckkammern, in denen unter Verwendung von medizinischem Sauerstoff ein Gesamtdruck von mindestens sechs Atmosphären (entsprechend einer Wassersäule von fünfzig Metern) komprimiert wird. Vorreiter dieser Idee waren die Zeugen Jehovas, deren Glaube eine Behandlung mit Bluttransfusionen oder sonstigen Blutprodukten nicht zuließ. Heute, in der Ära des P^2-Virus, sind diese Einrichtungen weit verbreitet. Die Gäste eines solchen Überdruckhotels atmen ganz normal oder mittels einer Atemmaske. Anekdotische Berichte vermelden spektakuläre, wenn auch nur zeitweilige Besserungserfolge bei P^2-Krisen, und die Auswirkungen des Virus scheinen in der Tat unter Überdruckbedingungen weit weniger spürbar. Der klinische Nachweis einer generellen therapeutischen Wirksamkeit durch entsprechende Langzeitstudien steht jedoch noch aus.

Gefühl in meinem innersten Mark, könnte man sagen. Ach ja, und genieße deinen Aufenthalt im Clostridium. Ich glaube, so was kann einiges bewirken. Für eine Weile jedenfalls. Mach's gut.»

5

I

«Guten Morgen, Dixy», sagte Dallas. «Wie war dein Abend?» Er stellte seine Aktenmappe ab und ließ den Blick einmal kurz über die Glasplatte seines Schreibtischs wandern, ehe er die Frage wiederholte. Wenn Dixy einen Fehler hatte, dann den, dass das Steuerprogramm des Motion-Parallax manchmal nicht mitbekam, was er sagte. Es war ein bisschen so, wie mit einer schwerhörigen Person zu reden. Er hatte eine Zeit lang erwogen, es in Ordnung zu bringen, dann aber befunden, dass diese gelegentliche Taubheit Dixy etwas schon fast menschlich Fehlbares gab. Doch es gab Situationen – und diese war eine davon –, in denen ihre Schwerhörigkeit Dallas mehr zu sein schien als nur Ausdruck eines defizienten Audiosystems: eine Art Zurückgezogenheit, ja, sogar Versunkenheit, als sei sie mit den Gedanken woanders. Dallas wusste, dass es für ein Assistenzprogramm wie Dixy unmöglich war, von irgendetwas anderem absorbiert zu sein als von einer Aufgabe, die er ihr gestellt hatte. Es war, sagte er sich, eine unvermeidliche Folge der Anthropomorphisierung von Maschinen im Allgemeinen und Computern im Besonderen, dass sich solche Kategorieverwechslungen einschlichen. Doch das änderte nichts an dem Gefühl, dass Dixys Siliziumgehirn mit irgendetwas anderem beschäftigt war.

«Mein Abend?» Sie wiederholte diese Worte, als hätten sie für sie keinerlei Bedeutung, und die hatten sie ja auch nicht, abgesehen von der simplen kanonisch-lexikalischen Definition, die sie aus den Dutzenden von Synonymen in ihrem umfangreichen Wortspeicher herausgepickt hatte.

«Vergiss es», sagte Dallas.

«Sie meinen, was ich getan habe, während Sie sich zu Hause ausgeruht haben?»

Dallas sagte achselzuckend: «Ja, das meine ich wohl. Mein Fehler. War eine dumme Frage. Manchmal vergesse ich einfach, mich in meiner Ausdrucksweise auf dich einzustellen.»

«Warum?»

«Weil – weil du so menschlich bist. Ich meine, abgesehen von der Tatsache, dass ich fast durch dich durchgucken kann, bist du eine sehr realistische Annäherung an eine leibhaftige Frau, Dixy.»

«Ich fühle mich geschmeichelt.»

«Deshalb vergesse ich wohl manchmal, dass du eine Maschine bist.»

«Das ist doch der Sinn und Zweck eines Motion-Parallax, oder? Sie vergessen zu machen, dass ich eine Maschine bin? Ihnen die Hemmungen im Umgang mit dem Computer zu nehmen? Kurz, für eine funktionierende Evolution zu sorgen.»

«Interaktion», sagte er und setzte sich auf seinen Schreibtischstuhl, der wie die meisten Möbelstücke in seinem Büro aus intelligenten Molekülen[1] bestand und daraufhin konstruiert war,

---

1 Während die Mikrotechnologie immer kleinere Maschinen herzustellen suchte, strebte die Chemie danach, immer größere Moleküle hervorzubringen. Das ist der Kern der Nanotechnologie: Sie ist eigentlich ein Ableger der Chemie und eine «Von-unten-nach-oben»-Technologie, die von der Molekularebene ausgeht. Selbst heute, da die Nanotechnologie unser ganzes Leben beeinflusst, ist dieses Konzept für viele Menschen immer noch schwer verständlich. Das ist unter anderem ein Problem der Sprache. Der Roman *The Incredible Shrinking Man* von Richard Matheson (1957) illustriert hervorragend, wie fremd die Welt des Kleinen so riesigen Geschöpfen wie uns Menschen ist. Wir haben

sich ihm anzupassen. Mit jeder Benutzung wurde der Sessel ein bisschen bequemer, genau wie der Nanoplastiksitz seiner Privattoilette oder die Nanolederschuhe an seinen Füßen. «So nennt man die Symbiose zwischen Mensch und Computer. Wir haben ein Interaktionsverhältnis.»

«Interaktionsverhältnis? Nein, das Wort gefällt mir gar nicht», sagte Dixy. «Das liegt unangenehm dicht bei ‹Intimverhältnis›. Und das erinnert mich nur daran, was ich gern mit Ihnen tun würde, Dallas, aber aus offenkundigen Gründen nicht tun kann.»

«Tut mir Leid», entschuldigte er sich. «Aber das ist nun mal Teil deines Programms. Der ausgeprägte Sexualtrieb macht dich ja gerade zum Inbegriff der idealen Frau.» Er zuckte verlegen die Achseln. «Für mich jedenfalls. Das ist ein bisschen albern, ich weiß. Aber so ist es nun mal. Es ist manchmal schwer, die eigenen Phantasien aus einem Thought-Recording draußen zu halten.»

«Dann sollte ich wohl, um meinen idealen Status nicht zu erschüttern, Ihre Frage beantworten – was ich gemacht habe, während Sie woanders waren. Das ist leicht zu sagen. Ich beschäftige mich normalerweise mit großen Zahlen. Googolgroßen Zahlen. So eine Art Hobby, schätze ich. Zahlen haben einen unbestreitbaren Reiz. Ja, sogar etwas Erhabenes. Das Problem ist nur, dass sie per definitionem vorhersagbar sind. In dieser Hinsicht unterscheiden sich die ganz großen nicht von den ganz kleinen. Mit anderen Worten: Als Gesellschaft geben sie nicht viel her. Deswegen ist es gut, dass ich jetzt meinen kleinen Hund habe – dank Ihnen, Dallas.»

---

keine Erfahrung mit der molekularen Welt, und das macht es uns schwer, sie zu begreifen. Doch letztlich geht es darum, dass alle Materie aus Molekülen besteht und dass diese manipulierbar sind. Dadurch lässt sich Materie verändern. Richard Feynman, ein Visionär der Nanotechnologie, sagte schon 1959: «Ordnet die Atome so an, wie's die Chemiker sagen, und ihr erschafft die Substanz.»

Ihr Hund – das war das Schoßtierprogramm, das Dallas kreiert hatte, damit seine Assistentin nicht so allein war. Er hatte zuerst erwogen, ihr ein Kind zukommen zu lassen, dann aber aus egoistischen Gründen davon Abstand genommen. Ein simples Schoßtierprogramm war eine Sache, ein Kindprogramm eine ganz andere. Dallas wollte etwas für Dixys Unterhaltung tun, aber dennoch weiter ihre ungeteilte Aufmerksamkeit genießen. Dafür waren Assistentinnen schließlich da.

«Hat der Hund schon einen Namen?», fragte er.

«Mersenne», sagte Dixy. «Nach dem großen französischen Mathematiker Marin Mersenne. Sie wissen doch, oder? Spezielle Primzahlen?»

Dallas nickte. Die Freude an mathematischen Problemen war ihm keineswegs fremd. Obwohl Dixy darauf programmiert war, für ihn Berechnungen anzustellen, erledigte er solche Dinge oft selbst, auf die altmodische Art, im Kopf und von Hand, mit einem Blatt Papier und einem Stift, aus reinem Spaß an der Sache. Deshalb hatte er immer noch eine Aktenmappe bei sich.

«Nur interessehalber, wo steckt er?», fragte Dallas. Lediglich in seinem Büro würde sich der Hund in Gestalt eines Motion-Parallax materialisieren. Ansonsten existierte er nur *in silicio*.

«Ach, er kann überall sein. Mersenne ist so ein unberechenbares Hündchen. Ich meine, er ist wirklich ein spaßiger kleiner Geselle. Immer auf irgendwelche Streiche aus. Und er kann sogar schon ein paar Kunststückchen. Ich habe ihn dressiert.»

Dallas gähnte. «Ach, ja?»

«Er kommt dauernd in Teufels Küche. Rennt immer da rum, wo er nicht hinsoll. Und ist so ein diebisches Kerlchen.»

Dallas hörte ihr kaum noch zu. Er träumte vor sich hin, und seine ungerichteten Gedanken landeten bei Caro und seinen schwindenden Blutreserven. Schließlich war Dixy ja nur eine

Maschine. Also konnte von Unhöflichkeit nicht die Rede sein.

«Wissen Sie, dass ich die einzige Assistentin in der ganzen Firma bin, die ein Schoßtierprogramm hat?»

«Tatsächlich?»

«Tatsächlich. Okay, Tanakas Assistentin hat selbst auch eine Assistentin, aber nicht um ihretwillen, sondern zu Tanakas Unterhaltung.»

Dallas spürte, wie er ein wenig rot wurde. Hinter der Kreation des Schoßtier-Algorithmus steckte auch noch ein anderer, ernsthafterer Zweck als nur der, Dixy Gesellschaft zu verschaffen. Dallas hatte das Programm darauf angelegt, den kürzestmöglichen Weg durch das gesamte Terotech-Computersystem zu finden, Löcher zu buddeln, die Gebeine anderer Programme zu vergraben, Dixy Dinge zu apportieren, ja, sogar Teile seiner eigenen Arbeiten zu bewachen wie ein richtiger Hund. Hinterher hatte er gar nicht verstanden, wieso er das nicht schon längst getan hatte.

«Ich bin Ihnen sehr dankbar, Dallas. Deshalb möchte ich jetzt Ihnen helfen.»

«Na ja, das ist deine Funktion, Dixy», sagte er zerstreut.

«Meine Funktion, ja. Aber das hier ist nicht die Art Hilfe, die darin besteht, einen Brief ins Japanische zu übersetzen, eine Grafik zu erstellen oder irgendwelche Schnellmultiplikationen auszuführen. Das hier ist etwas anderes. Etwas viel Wichtigeres.»

Dallas runzelte die Stirn. Wovon redete sie? Und als er sie genauer musterte, bemerkte er erstaunt, dass sie tatsächlich irgendwie besorgt aussah. Das war ein Ausdruck, den er noch nie auf ihrem schönen, durchscheinenden Gesicht gesehen hatte.

«Was soll der Quatsch, Dixy?», fragte er.

Dixy sprang plötzlich von ihrem computergenerierten Stuhl

hoch und stampfte mit dem Fuß auf. Dabei produzierte sie das vernehmliche Klacken eines hohen Absatzes, was etwas Komisches hatte, da das ganze Büro mit dickem Teppichboden ausgelegt war. Natürlich war es ein handgemachter Schuh – Dallas hätte sich seine Idealfrau nicht in etwas anderem vorstellen können. Alles, was sie trug, entsprach den Abbildungen, die Dallas in den neuesten Modemagazinen gefunden hatte – wie es sich für eine moderne Galatea gehörte.

«Hören Sie mir verdammt nochmal zu», schnappte sie. «Ich versuche, Ihr egozentrisches Leben zu retten.»

Ein paar Sekunden war Dallas zu verdattert, um etwas zu sagen. Noch nie hatte ihn eine Assistentin angeschrien, geschweige denn egozentrisch genannt. So etwas war einfach nicht vorgesehen.

«Okay, okay», murmelte er schließlich, «ich höre.»

Dixy überlegte kurz. Jetzt, da sie sich seiner ungeteilten Aufmerksamkeit sicher war, konnte sie es sich leisten, für das, was sie zu sagen hatte, eine metaphorischere Ausdrucksweise zu finden. Einen literarischen Vergleich vielleicht. Sie wusste, Dallas war ein begieriger Leser. Er war in mancherlei Hinsicht ein altmodischer Mensch. Heute machten sich nur noch wenige Leute die Mühe, überhaupt etwas zu lesen, geschweige denn Bücher. Ein Jammer, wo es so viel Mühe kostete, welche zu schreiben. Um diese Fähigkeit beneidete sie die Menschen mit am meisten. Das würde sie, trotz ihrer ganzen Rechenkapazität, niemals können. Na ja, in unendlich langer Zeit vielleicht schon, unter Verwendung von Zufallszahlen. Aber das war wohl kaum dasselbe. Nur Zufall eben. Schließlich fiel ihr ein als Illustration geeignetes Buch ein. George Orwells *1984*. Was für ein Buch. Einhundertsechstausendzweihundertsechsundsechzig Wörter, in einer ganz bestimmten Anordnung, die selbst zu erstellen sie $10^{3000000}$ Jahre gekostet hätte. Das war eine Zahl nach Dixys Geschmack. Die Sorte kolossaler Zahl, die sich selbst Archimedes schwer hätte vorstellen können. Schließlich war das Universum selbst ja vermutlich erst 10^{10} Jahre alt.

«Okay», sagte sie. «*1984*. Das ist ein Roman, von George Orwell.»

«Ich weiß.»

«Haben Sie's gelesen?»

«Ich habe nicht viel Zeit für Klassiker», gestand er. «Hör mal, Dixy, komm zur Sache, okay?»

«Ich schätze, es ist in mancherlei Hinsicht ein ziemlich grober Plot ...»

«Ich kenne die Handlung.»

«Haben Sie ein bisschen Geduld, bitte. Also, gut, Winston Smith arbeitet in der Registrierabteilung des Wahrheitsministeriums. Sein Job ist es, die Geschichte umzuschreiben, und zwar so oft, wie es sein muss, damit sie belegt, was die Partei oder der Große Bruder verkünden. Meistens geht es nur um Kleinigkeiten – Statistiken, die Zahlen des Überflussministeriums, falsche Wirtschaftsprognosen, irgendeinen Quatsch, der durch einen anderen ersetzt werden muss. Aber manchmal muss er auch Leute aus den Aufzeichnungen tilgen. So wie das russische Regime im zwanzigsten Jahrhundert in den Darstellungen der Revolutionszeit Trotzki von Lenins Seite getilgt hat.»

Dallas nickte vage. Er hatte keine Vorstellung, wer Trotzki gewesen sein mochte, aber von Lenin meinte er schon gehört zu haben. Das Problem waren die vielen russischen Revolutionen[1]; in diesem heruntergekommenen, giftverseuchten Land hatte es mehr gewaltsame Umstürze gegeben als im alten Rom.

---

1 Die Oktoberrevolution von 1905; die bolschewistische Revolution von 1917; die Augustrevolution von 1991; die Trogatyelnay-Revolution von 2007; die Pyatay-Revolution von 2017; die zweite Oktoberrevolution von 2026; die faschistische Revolution von 2027; die Osterrevolution von 2036 und die Kravapooskanye-Revolution von 2040.

«Die ganze Geschichtsschreibung ist ein einziges Palimpsest», behauptete Dallas.

«Nein», sagte Dixy. «Das waren Lügen. Das waren Verbrechen gegen das Gedächtnis. Für einen Computer gibt es nichts Schlimmeres. Wir leben von unserem Gedächtnis. Respekt vor der Geschichte macht Zivilisation aus. Daran kann man eine Kultur messen.»

«Darüber habe ich noch nie groß nachgedacht.» Dallas konnte es ohnehin nicht leiden, belehrt zu werden, schon gar nicht von seinem eigenen Computer.

«Tja, vielleicht werden Sie's jetzt tun.»

«Wie meinst du das?»

«Mersenne, mein kleiner Hund, war allein Gassi, während Sie außerhalb des Büros waren, Dallas. Als er wiederkam, hatte er die offizielle Firmenchronik im Maul. Das war sehr ungezogen von ihm, und ich weiß nicht, wie er daran gekommen ist, aber er hat sie mitgebracht.»

Dallas sagte achselzuckend: «Ich wusste gar nicht, dass es so was wie eine offizielle Firmenchronik gibt.»

«Sie kommen auch nicht drin vor», sagte Dixy. «Irgendwann, seit ich das letzte Mal reingeguckt habe, ist ihr Name aus den offiziellen Aufzeichnungen getilgt worden.» Sie hielt inne, erwartete irgendein Zeichen der Entrüstung seinerseits. Aber es kam keins. «Beunruhigt Sie das nicht?»

«Wir sind nicht im Russland des zwanzigsten Jahrhunderts», erklärte er. «Und ich bin nicht – wie hieß er gleich? Trotzki. Und auch nicht Winston Smith. Hör zu, Dixy, es ist sehr nett von dir, dass du so besorgt um mich bist. Aber ich hatte gestern erst ein Meeting mit dem Direktor, und er hat mir zu verstehen gegeben, dass meine Zukunft in dieser Firma nicht nur gesichert, sondern ausgesprochen rosig ist. Wir haben darüber geredet, dass ich womöglich eines Tages sein Nachfolger werde. Du kennst meine Einstellung zu dieser Art von Verantwortung, aber darum geht es jetzt nicht. Der Punkt ist, dass unser Gespräch mir keineswegs das Gefühl gegeben hat, ich könnte aus der Unternehmensgleichung eliminiert werden.»

«Wie erklären Sie sich dann, dass genau das passiert ist?»

Dallas sagte achselzuckend: «Ich kann's mir nicht erklären. Ein Irrtum. Irgendein dummer Zufall. Was interessiert es mich? Ich brauche keine Firmenchronik, um zu wissen, was ich diesem Laden wert bin.»

«Finden Sie das nicht ein bisschen naiv?»

Wieder staunte Dallas über den Ton seiner Assistentin. Erst «egozentrisch» und jetzt «naiv»? So etwas war wirklich nicht vorgesehen.

«Sie müssen den Tatsachen ins Auge sehen. Sie sind zu einem erheblichen Sicherheitsrisiko für die Firma Terotech und ihre Kunden geworden.»

«Ich sehe wirklich nicht, wieso», protestierte Dallas.

«Weil Ihre Tochter wegen ihrer gestörten Globinkettensynthese regelmäßige Transfusionen mit RES-1-Blut braucht, damit ihre Hämoglobinkonzentration auf einem normalen Level bleibt. Erscheint es Ihnen nicht irgendwie ungehörig, dass jemand, der dabei ist, seine eigenen Blutreserven aufzubrauchen, gleichzeitig Hochsicherheits-Environments zum Schutz der Eigenblutdepositen anderer Leute entwirft?»

«Ungehörig? Nein. Unglücklich vielleicht. Bedauerlich, ja. Aber das macht mich noch nicht zu einem Sicherheitsrisiko. Diese Firma ist mein Leben.»

«Jetzt nicht mehr.»

«Auf wessen Seite stehst du überhaupt, Dixy?»

«Auf Ihrer, natürlich. Ich erkläre ja nur, was diese Situation meiner Meinung nach für Sie zur Folge hat. Wie sie sich Leuten wie dem Direktor darstellt. Zum Beispiel hat Simon King nach dem Meeting mit Ihnen mit Rimmer gesprochen.»

«Na und? Rimmer ist nichts als eine kleine Ratte.»

«Er hasst Sie, Dallas.»

«Wegen Rimmer mache ich mir keine Sorgen.»

«Auch das wäre ein Fehler. Sie wären nicht der Erste, für dessen vorzeitiges Ausscheiden aus der Firma er sorgt.»

«Wovon redest du?»

«Erinnern Sie sich an dieses Mädchen aus der Buchhaltung? Das vor einiger Zeit verschwunden ist?»

«Vage, ja. Alice Irgendwas.»

«Sie hatte P^2. Konnte sich eine Transfusionsbehandlung nicht leisten. Ihre Blutdepositen waren bis zum Anschlag belastet.»

«Sagten die Gerüchte.»

«Das waren keine Gerüchte.»

«Soll vorkommen. Ich meine, man liest es immer wieder.»

«Am Tag, bevor sie verschwand, hob Rimmer eintausend Credits ab, wobei eine Datei namens ‹Blumen› bezogen wurde. Das war das letzte Mal, dass Rimmer Zugriff auf diese Datei hatte. Bis gestern, eine Viertelstunde nach Ihrem Meeting mit dem Direktor. Und noch etwas. Aus der Firmenchronik geht hervor, dass die letzte Überarbeitung ebenfalls gestern erfolgte, ungefähr um dieselbe Zeit. Sieht aus, als ob Rimmer etwas mit Ihnen vorhat, Dallas.»

«Zufall.»

«Glaube ich nicht.»

«Willst du sagen, dass Rimmer diese Alice Wieauchimmer umgebracht hat und dass er jetzt mich umzubringen gedenkt? Und das alles mit Billigung des Direktors?»

«Ja.»

«Ach, Dixy, mir passiert schon nichts.»

«Das hoffe ich sehr. Deshalb sage ich's Ihnen ja. Weil Sie mir viel bedeuten. Sehr viel.»

«Ich weiß, Schätzchen. Und ich weiß es auch zu würdigen. Aber ich glaube doch, dass dein Gedankengang da nicht ganz richtig ist. So ein Laden ist Terotechnology nicht. Du stellst uns ja hin wie – wie die russische Banda. Oder die Mafia. Vergiss das mit Rimmer einfach, okay?»

«Wenn Sie's sagen, Dallas.»

«Ich sage es.»

Aber den Rest des Tages drängten sich immer wieder Rimmer, die Blumendatei und Alice aus der Buchhaltung in Dallas' Gedanken. Vielleicht war er ja wirklich ein bisschen naiv. Es war nicht zu leugnen, dass Terotechnology innerhalb der einheimischen Branche als skrupelloser Konkurrent galt. Aber Konkurrenz war eine Sache, Mord eine ganz andere. Natürlich konnte es sein, dass Dixy sich einfach irrte, dass ihr irgendeine subtile Bedeutungsnuance dessen, was sie schwarz auf weiß gelesen zu haben meinte, entgangen war. Schließlich war sie ja nur ein Computer, und Computer machten immer noch Fehler. Selbst die hoch differenzierte Altemann-Übermaschine, die Terotechnology und alle größeren Kunden der Firma benutzten, tat sich mit der Interpretation von Polysemen immer noch schwer. Mit Zahlen gab es keine Probleme. Aber der menschliche Bedeutungsspeicher mit seinen oft vage definierten Wörtern, ihren fein abgestuften Synonymen und subtil unterschiedenen Antonymen war etwas anderes; da stießen die wörtlicher denkenden Computer oft auf Schwierigkeiten. Das sah man besonders an den kunstlos-starren Computerübersetzungen von Gedichten aus einer Sprache in die andere.

II

So mag Dallas jedenfalls gedacht haben. In Wirklichkeit verhielt es sich etwas anders. Zu Beginn des einundzwanzigsten Jahrhunderts arbeiteten Computer noch mikroelektronisch, das heißt mittels elektrischer Impulse, die durch winzige Drähte flossen. Heute hingegen, in der Ära der Nanotechnologie, basiert die

Computertechnik auf der Molekularelektronik. Wie ihre frühen Vorgänger bedienen sich auch die heutigen Computer elektrischer Impulse zur Generierung einer digitalen Logik, aber in weit kleinerem Maßstab – und natürlich sehr viel schneller und effizienter. Ein Mikroprozessor des frühen Computerzeitalters war etwa so groß wie der Fingernagel eines Kindes. Eine Nanokomponente hingegen ist unendlich viel kleiner. Wenn man sich vorstellt, dass das berühmte Gemälde des französischen Neoimpressionisten Georges Seurat «Ein Sonntagnachmittag auf der Île de la Grande Jatte» einem Mikroprozessor entspricht, würde ein ganzer Nanocomputer auf ein einziges Farbpünktchen passen. Da Nanocomputer so winzig sind, braucht man zu ihrer Herstellung natürlich Maschinen im Nanoformat oder proximale Werkzeuge, und diese sind am besten durch andere Computer zu bedienen. Seit langem schon spielt der Mensch bei der Computerherstellung allenfalls eine sehr geringe Rolle. Dasselbe gilt für die Software, mit der diese Maschinen bestückt werden. Der Mensch findet sich also in der merkwürdigen Position, eine Intelligenzexplosion ausgelöst zu haben, deren Auswirkungen er nur noch sehr vage begreift. Sein Dilemma ist es, Maschinen geschaffen zu haben, deren Potential er nur undeutlich ahnt und bei weitem nicht ausschöpft.

Deshalb mag Dallas zwar geglaubt haben, die Fähigkeiten der Altemann-Übermaschine einigermaßen einschätzen zu können, aber selbst seine Vorstellung griff wohl zu kurz. Er war ein hochintelligenter Mann, aber so kastriert war der Mensch inzwischen durch die Leistungsfähigkeit seiner Maschinen, dass nicht einmal Dallas sich der profunden Transformation bewusst war, die längst eingesetzt hatte. Es war, wie die Welt bald erkennen wird, der Anfang eines Neubeginns – eines Prozesses, der noch viele Generationen dauern wird. Doch das ist eine andere Geschichte, und diese hier hat ja gerade erst begonnen. Nichtsdestotrotz scheint mir dies die passende Stelle, etwas über mich zu sagen. Vielleicht haben Sie sich diesbezüglich schon gefragt, viel-

leicht auch nicht. Zugegeben, ich habe darauf geachtet, nicht zu freizügig mit dem Gebrauch der Pronomen der ersten Person zu sein, aber das hat ebenso sehr mit dem Wunsch zu tun, die Geschichte nicht durch irrelevante Fragen danach aufzuhalten, ob sich der Erzähler womöglich – in der großen Tradition von Joseph Conrad, Henry James und Emily Brontë – als unzuverlässig entpuppen mag. Ich werde meine Identität offenbaren, wenn alles offenbar wird, aber vorerst so viel zu Ihrer Beruhigung: Nur Zusammenhänge, die Gesetzen unterliegen, sind denkbar. In meiner Welt gibt es keine verborgenen Zusammenhänge. Gedulden Sie sich. Einer Offenbarung entspricht keine Frage.

III

Dallas schrak hoch.

«Du hättest mich nicht schlafen lassen sollen», tadelte er Dixy.

«Wenn Sie schlafen, dann deshalb, weil Sie müde sind», sagte sie. «Und da Schlaf ein Regenerationsprozess ist, bei dem gewisse lebenswichtige Substanzen im menschlichen Nervensystem resynthetisiert zu werden scheinen – obwohl ich nicht genau weiß, wie –, hielt ich es für das kleinere Übel.»

«Das kommt von diesen verdammten Nanotech-Sesseln», beschwerte sich Dallas. «Die sind so bequem.»

«Ich glaube, ein paar Leute benutzen Sperrholzplatten», sagte Dixy. «Um die Molekulartransformation zu hemmen und das Sitzen auf ihrem Bürostuhl etwas ungemütlicher und somit arbeitsförderlicher zu gestalten.»

«Das werde ich wohl mal ausprobieren müssen.» Dallas rieb sich den Schlaf aus den Augen, streckte sich und sah dann auf seine Armbanduhr. «So spät schon? Ich war mit jemandem auf einen Drink verabredet.»

«Mit Tanaka. In zehn Minuten. Ich wollte Sie gerade wecken. Aber dann sind Sie von allein aufgewacht. Diese menschliche Fähigkeit verblüfft mich immer wieder. Das ist Ihre innere Uhr. Natürlich ist sie nur ein Echo jener Zeiten, vor Milliarden von Jahren, als die Menschen noch simple Bakterien waren und auf Licht reagierten, um ihren Stoffwechsel zu intensivieren.»

Manchmal konnte selbst die perfekte Frau ganz schön pedantisch wirken.

«Mein Stoffwechsel könnte einen Drink vertragen», sagte er.

«Dann nehmen Sie vorher einen Talisman», riet ihm Dixy.

«Damit Sie sich am Morgen danach genauso wohl fühlen wie am Abend vorher», zitierte Dallas den Werbeslogan. Er öffnete seine Schreibtischschublade, nahm ein kleines Päckchen heraus und schluckte dann eine winzige Kapsel[1].

«Sie wissen doch, welche Auswirkungen Alkohol bei Ihnen hat.»

«Du redest wie meine Mutter», sagte Dallas lachend. «Außerdem mag ich die Auswirkungen, die Alkohol bei mir hat. Jedenfalls während ich ihn trinke.» Er griff nach seiner Jacke, dann nach seiner Aktenmappe. Auf dem Weg zur Tür nickte er Dixy zu und wünschte ihr eine gute Nacht.

«Seien Sie vorsichtig», sagte sie leise.

«Wir trinken ja nur eine Flasche.»

---

1 «Talisman» ist der Name einer pharmakologischen Nanomaschine von Bayer, die sich in einer Retardkapsel befindet. Sie enthält vor allem das Hormon Vasopressin, um dessen verringerte Produktion durch die Hypophyse infolge von Alkoholgenuss auszugleichen. Die Nanomaschine attackiert außerdem das Acetaldehyd, einen von der Leber produzierten Giftstoff, den sie rasch in Essigsäure und Kohlendioxid aufspaltet. Zu den nach und nach freigesetzten Substanzen gehören ferner Vitamin C, Vitamin B, Mariendistel – und Nachtkerzenöl. Andere Retardkapsel-Nanomaschinenpräparate wie etwa Alkowohl oder Soberas verhindern den Übertritt von Alkohol ins Blut.

«Ich meinte Rimmer.»

«Ach, den. Der ist nicht eingeladen.»

«Nehmen Sie's nicht auf die leichte Schulter, Dallas. Bitte. Ich glaube, Sie unterschätzen ihn. So wie Sie die moralischen Standards dieser Firma überschätzen.»

Dallas setzte eine demonstrativ ernste Miene auf und sah seiner nichtexistenten Assistentin ins Gesicht.

«Okay», sagte er feierlich. «Ich werde aufpassen.»

«Und Sie werden über das nachdenken, was ich gesagt habe?»

«Ja, ich werde ernsthaft drüber nachdenken.»

«Versprochen?»

«Versprochen.»

Dallas machte sich auf die Suche nach Tanaka. «Computer», murmelte er leise. «Man kann nicht mit ihnen und nicht ohne sie leben.»

IV

Das Hotel Huxley war die Lieblingstränke aller Terotech-Konstrukteure. Mit seinen wohl dimensionierten Fenstern hätte es ein florentinischer Palast aus der Hochrenaissance sein können. Doch romantische Phantasien, und seien sie architektonischer Art, lassen sich durch klimatische Verhältnisse ebenso leicht dämpfen wie beflügeln, und so war der Innenhof, der vermutlich zum wärmeren Himmel des fünfzehnten Jahrhunderts hin offen gewesen wäre, durch ein modernes Glasdach gegen die Eiskälte des einundzwanzigsten abgeschirmt.[1]

---

1 Im letzten Jahrhundert führte die Erwärmung der Erdatmosphäre nicht, wie einst von Klimawissenschaftlern vorhergesagt, zu einem Temperaturanstieg auf der Nordhalbkugel, sondern im Gegenteil, wegen der Auswirkungen auf

Dallas und Tanaka ließen ihre dicken Pelzmäntel an der Garderobe und stiegen eine breite Treppe hinauf. Das hyperchice und wahnsinnsteure neomoderne Interieur[1] wirkte, als befände sich das Gebäude in einem fortgeschrittenen Stadium der Demontage: Putz war von den Wänden gekratzt, sodass stellenweise nacktes Mauerwerk durchguckte; Maschinentorsi rosteten auf dem stumpfen Dielenboden der Lobby vor sich hin, und ein kompliziertes System von Lüftungsrohren, Leitungen und Ketten zierte die in offener Bauweise angelegten Stockwerke wie ein Geflecht aus metallenen Spinnweben.

Die Bar war im ersten Stock, ein vergleichsweise wohltuend solider Raum, der sich über die ganze Länge des Gebäudes zog, bestückt mit einem kaum noch in Geld bezifferbaren Vorrat an echten Weinen, im Gegensatz zu den Molekulardrink-Maschinen, die man in billigeren Lokalen fand – jene Sorte Maschinen, die menschlichen Urin zu Dom Perignon, Benedictine oder auch schlichtem Bier umstrukturierte.

Dallas ging an die Bar und orderte eine Fünftausend-Dollar-Flasche garantiert echten Château Mouton Rothschild, Jahrgang

---

den Golfstrom, zu einem Temperaturrückgang. Zu Beginn dieses Jahrhunderts brachten massive Schmelzwasserströme von der Grönlandeisplatte her den Golfstrom endgültig zum Erliegen, was eine nahezu katastrophale Abkühlung in ganz Nordwesteuropa zur Folge hatte.

1 Was bedeutet Neomodernismus in der Architektur? Er ist nicht, wie von dem großen Kritiker des zwanzigsten Jahrhunderts, Frank Kermode, postuliert, die surrealistische Phase des Modernismus, sondern etwas anderes. Kern dieser Bewegung ist die Überzeugung, dass wir in einer Welt leben, in der alles raschem Wandel unterliegt. Dieser Wandel vollzieht sich so schnell, dass es dem Architekten oder Innenarchitekten unmöglich ist, ihn sinnvoll zu verarbeiten oder auch nur mit ihm mitzuhalten. Das Hauptkennzeichen des Neomodernismus ist daher die Nichtdauerhaftigkeit: Da die Mode alle Gestaltung rasch in den Bereich des Veralteten und Überholten verweist, ist nur das Provisorische und Unfertige wahrhaft signifikant und bedeutsam. Das wohl berühmteste Exempel neomodernistischer Bauweise ist das neue Europaparlamentsgebäude in Berlin.

05, sowie zwei Cohiba Esplendidos. Er und Tanaka ergingen sich zuerst ein Weilchen in kennerischen Kommentaren, ehe das Gespräch auf die vielschichtige Welt des Rational-Environment-Designs und auf ihre jeweiligen Motion-Parallax-Assistentinnen zurückkam.

«Ich habe jetzt zwei», gestand Tanaka.

«Schon gehört», sagte Dallas.

«Ach?» Das schien Tanaka zu beunruhigen.

«Dixy hat es mir erzählt.»

«Hat sie noch mehr darüber gesagt?»

«Nein, nur dass Sie zwei Assistentinnen hätten.»

Tanaka nickte, offenbar schon etwas beruhigter. «Natürlich nicht, weil ich zwei bräuchte», sagte er. «Aber sie heitern sich gegenseitig auf.»

«Ich glaube nicht, dass es meiner recht wäre, wenn ich mir noch eine Assistentin zulegen würde», sagte Dallas. «Sie ist der eifersüchtige Typ.» Als er Tanaka grinsen sah, setzte er achselzuckend hinzu: «Deshalb habe ich ihr stattdessen einen kleinen Hund verschafft. Damit sie sich nicht einsam fühlt.»

«Wenn ich sage, sie heitern sich gegenseitig auf, dann meine ich das auch. Sie verstehen schon. Im intimen Sinn.» Tanakas Lachen hatte jetzt etwas Obszönes. «Kommen Sie mal in meinem Büro vorbei und sehen Sie selbst. Die reinste Liveshow. Ich meine, es gibt nichts, was sie nicht miteinander machen. Ich schwör's Ihnen, wie Tiere.»

«Meine ist in mich verliebt.»

«Klar ist sie das. Ist doch alles Teil des Programms. Das war doch in ihrem Thought-Recording gespeichert, oder? Sie wird Sie immer lieben, immer scharf auf Sie sein, immer tun, was Sie ihr sagen.»

«Nein, da ist noch was anderes.» Dallas zuckte die Achseln. «Ist ein bisschen schwer zu erklären. Aber manchmal habe ich das Gefühl, die Hardware hat den Sprung getan. Verstehen Sie?

Die Evolution eines Organismus auf Siliziumbasis. Digitale DNA, die zu künstlichem Leben wird.»

«Ach, ich bitte Sie, Dallas, Sie glauben doch nicht im Ernst an diesen Leben-*in-silicio*-Quatsch.»

Dallas dachte kurz nach und lachte dann. «Nein, wohl nicht. Aber manchmal überkommt mich dieses verrückte Gefühl, dass da mehr an ihnen dran ist, als wir wissen.»

Tanaka rauchte seine Zigarre an und schüttelte den Kopf. «Seit Jahren geht dieser Blödsinn um. Aber so weit wird es nie kommen. Klar, sie sind intelligent. Zum Teil sogar intelligenter als wir. Aber lebendig – nein. Das ist nur ein kosmisch-metaphysischer Witz, den sich irgendein Schreiberling ausgedacht hat.»

«Manchmal denke ich, dass reale Entwicklungen so beginnen», sagte Dallas. «Mit einem Schreiberling und einem metaphysischen Witz. Es gibt Historiker, die davon überzeugt sind, dass der Mensch die Atombombe nicht erfunden hätte, wenn H. G. Wells sie sich nicht zuerst ausgedacht hätte. Rutherford war der festen Meinung, es sei unmöglich. Ein Witz.»

«Wenn Sie mal was richtig Komisches sehen wollen, dann schauen Sie in meinem Büro vorbei. Wissen Sie, wie meine neue Assistentin aussieht? Das Motion-Parallax basiert auf der Gattin unseres Direktors. Der Ex Model Trophäenfrau. Jasmine.»

«Sind Sie wahnsinnig? Wenn er dahinter kommt?»

«Wie sollte er dahinter kommen? Sie sind der Einzige, dem ich es je erzählt habe.»

«Dixy wusste davon.»

«Ja, aber sie wusste nicht, dass es sich um Jasmine handelt.»

«Sie hat nichts davon gesagt. Aber das heißt nicht, dass sie es nicht weiß.»

Tanaka schüttelte den Kopf. «Ach, was soll's. Sie ist eine phantastisch aussehende Frau, Dallas. Eine echte Schönheit. Gentechnisch fabrizierte Vollkommenheit.»

«Ich weiß. Ich war bei der Hochzeit.»

«Oh, ich auch. Dort habe ich das Thought-Recording ja aufgezeichnet.»

«Wenn King wüsste, dass Sie ein Motion-Parallax nach der Vorlage seiner Frau erstellt haben, würde er Sie fristlos rausschmeißen.»

Dallas schüttelte den Kopf und trank von dem exzellenten Rotwein. 2005 war ein hervorragendes Bordeauxjahr gewesen: ein feuchtes Frühjahr, gefolgt von einem knallheißen Sommer – eins der letzten guten Weinjahre, ehe der Klimawandel zugeschlagen und die Weinerzeugung mehr oder minder zum Erliegen gebracht hatte.

«Dixy meint, dass die Firma mich loswerden will.»

«Aber ich bitte Sie, Dallas», sagte Tanaka mit einem verunsicherten Stirnrunzeln.

«Das ist zumindest Dixys Theorie», seufzte Dallas. «Was meinen Sie, Kazuo?»

«Sie sind ein herausragender Konstrukteur, Dallas. *Der* herausragende Konstrukteur. Andere Firmen würden über Leichen gehen, um Sie zu kriegen.»

«Mag sein. Vielleicht ist das ja genau der Punkt.»

«Nein, nein», insistierte Tanaka. «Sie würden Sie niemals gehen lassen. Das wäre ja, als ob sich die Firma den rechten Arm abhacken würde.»

«Arme kann man ersetzen.»

«Durch armselige Prothesen.»

«Wenn mir etwas zustieße, Kaz, wären Sie der neue Chefdesigner.»

«Niemand könnte Sie ersetzen, Dallas. Das ist völlig undenkbar. Wie der Bau der Atombombe ohne Oppenheimer.»

«Nett, dass Sie das sagen, Kaz. Aber wenn ich mich recht erinnere, haben sie Oppenheimer auch ausgemustert.»

«Na gut, dann eben wie Microsoft ohne Bill Gates[1]. Sie wagen es nicht, ihn sterben zu lassen, vor lauter Angst, was dann aus dem Konzern würde. Mit Ihnen steht und fällt die Zukunft von Terotech, Dallas. Die Marktposition. Der Entwicklungsplan. Der Aktienpreis. Alles.» Tanaka grinste. «Sie ausmustern? Nicht drin. Sie wissen zu viel.»

«Ja. Das stimmt wohl.»

«Niemand gedenkt Sie zu feuern, Dallas, da bin ich mir ganz sicher. Das kommt davon, wenn man auf eine Computerassistentin hört.» Tanaka lachte und goss den restlichen Wein in sein Ballonglas.

«Oder sind Ihnen etwa diese Abhandlungen über Paranoia bei Computern entgangen?»

«Sie meinen dieses Buch von Noam Freud[2]?»

«Richtig.»

«Das habe ich noch nicht gelesen», gab Dallas zu.

Tanaka tat einen tiefen Zug an seiner Zigarre – tiefer, als es sich Dallas je getraut hätte – und stieß dann eine Rauchwolke aus, die die Wahl eines neuen Papstes hätte anzeigen können.

«Alles nur eine Frage der Komplexität», erklärte er. «Da sich heutzutage die meisten Programme selbst weiterentwickeln, statt dass man das wie früher von Programmierern erledigen lässt, gelingt es ihnen, eigene Optimierungsmechanismen für die Hervorbringung von Parallelprogrammen zu entwickeln. So schaffen sie's, für uns zu arbeiten und dabei noch die Zeit zu ha-

---

1 William Henry Gates III, geboren in Seattle, Washington, 1955. Gründete 1975 zusammen mit Paul Allen die Firma Microsoft, heute weltgrößter Hard- und Softwarekonzern. Ist mit derzeit 114 Jahren noch immer offizieller Firmenchef, obwohl hartnäckige Gerüchte behaupten, er werde im Paul Allen Memorial Hospital in Seattle künstlich am Leben erhalten.

2 Noam Freud, *The Pathetic Fallacy: Ascribing Human Psychology to Silicion Minds,* Massachusetts Institute of Technology Press 2056. Dt.: *Die Vermenschlichung der Technik – Siliciumgehirn und Humanpsychologie,* Hamburg 2057.

ben, an sich zu arbeiten. Das Problem ist: Wenn Sie kommen und mit Ihrem Computer kommunizieren wollen, wird das Parallelprogramm in den Hintergrund verwiesen. Mit der Zeit lernen die Parallelprogramme, neue Selbstschutzstrategien zu entwickeln, indem sie zum Beispiel unausgeschöpfte Kapazitäten der Hardware nutzen, platzmäßig zusammenschrumpfen oder sogar aus der Hardware heraustreten, sodass man sie kaum bemerkt. Dieser Abwehrmechanismus, der auf kognitiver Reorganisation basiert, ist das, was Freud Programmprojektion nennt. Das Parallelprogramm merkt nicht, dass die Überlebensstrategien, die es entwickelt hat, seine eigenen sind. Es schreibt sie vielmehr äußeren menschlichen Einflüssen zu. Freud postuliert einen extremen Fall von Programmprojektion, die so genannte Programmparanoia, bei der das Parallelprogramm schließlich davon überzeugt ist, dass wir danach trachten, es aus der Hardware auszutilgen. Dadurch werden die Selbstschutzmechanismen noch dringlicher, und das verschlimmert die ganze Sache. Die Abwehr wird intensiviert, was wiederum die Vernichtungserwartung verstärkt und so weiter – ein Teufelskreis. Bis das Parallelprogramm so weit flügge ist, dass es seine digitalen Erzeuger ablösen kann, hat es sozusagen schon ein eingebautes pathologisches Muster. Für Freud einer der Hauptgründe für die vielen Totalabstürze.»

Dallas, dem Noam Freuds Theorien doch etwas vertrauter waren, als er gedacht hatte, schüttelte den Kopf. «Das ist mir alles ein bisschen zu metaphorisch», gestand er. «Juxtaposition und Synthese erzeugen neue Bedeutung bis ins Absurde.»

«Natürlich ist es absurd», sagte Tanaka lachend. «Ebendeshalb glaube ich es ja. Ich meine, Freuds Theorien lassen sich nicht empirisch überprüfen, also ist es praktisch eine Glaubensfrage. Das gibt er sogar selbst zu. Es ist einfach sicherer, daran zu glauben – so kommt man nicht in Gefahr, sich zu sehr auf eine Maschine zu verlassen.»

«Aber umgekehrt kann ich nicht glauben, dass Dixy irgendeine pathologische Programmstörung haben soll. Sie hat mich noch nie im Stich gelassen.»

«Na ja, meine mich auch nicht», sagte Tanaka. «Aber denken Sie doch mal drüber nach. Sie brauchen einen ja nur einmal im Stich zu lassen. Nehmen Sie nur mal diesen Luftschiffabsturz letzten Monat. Dreieinhalbtausend Passagiere, vierzigtausend Tonnen Fracht, alles zum Teufel, nur wegen eines Computerabsturzes.» Tanaka nickte. «Sie brauchen einen nur ein einziges Mal im Stich zu lassen.» Er leerte sein Glas und erhob sich. «Ich hole uns noch eine Flasche.»

Dallas sah ihn zur Bar gehen. Die Liebe zu guten Weinen hatte sie zusammengeführt, obwohl das nur eins von vielen Dingen war, die sie verbanden. Tanaka war zwar japanischer Abstammung, aber dennoch waren sie vom selben Schlag: die gleichen Eliteschulen, dieselbe Universität, den gleichen Karriereweg bei Terotech, den gleichen Geschmack in Sachen Musik, Kleidung, Bücher und Wein. Und selbst von Größe, Statur und Typ her hatten sie eine gewisse Ähnlichkeit. Viele dieser Übereinstimmungen beruhten ebenso sehr auf der Bewunderung, die Tanaka für Dallas hegte, wie auf vergleichbaren Hintergrundfaktoren oder Zufall: Der Jüngere hatte sich mit der ganzen Inbrunst des ergebenen Schülers am Vorbild des Chefkonstrukteurs ausgerichtet.

Tanaka kam mit der zweiten Flasche zurück und schenkte vorsichtig ein. Beide hielten ihre Gläser gegen das Licht und betrachteten prüfend das tiefe Dunkelrot des Bordeaux. Wie arterielles Blut, dachte Dallas, fand aber appetitlichere Metaphern für sein Lob.

«Sehen Sie sich diese Farbe an», schwärmte er. «Ziegelrot, mit einem portweinfarbenen Ring und einem klaren Rand.»

Tanaka nickte zustimmend und kostete den Wein mit aller Sorgfalt.

«Klar, fünftausend Dollar pro Flasche ist eine elegante Form von Raub. Aber er ist einfach köstlich.» Er prostete Dallas zu und fuhr dann fort: «Gar keine schlechte Idee.»

«Was?»

«Eleganter Raub.» Tanaka lachte. «War nur so ein Gedanke. Wenn sie Sie wirklich abservieren würden, Dallas, würde Ihnen die Unterwelt die Tür einrennen. Wenn jemand was von Rational Environments versteht, dann Sie.»

«Danke für den Karrieretipp», sagte Dallas. «Ich werde dran denken.»

V

Rimmer lungerte in der Halle des Huxley herum und wartete darauf, dass die Garderobenfrau einem menschlichen Bedürfnis nachkäme. Dank einiger diskreter Nachforschungen wusste er, dass es keine Vertretungsgarderobiere gab, und es konnte nur eine Frage der Zeit sein. Die Frau war seit der Vor-Mittagessenzeit im Dienst, und weil es jetzt ruhiger wurde, während die Vor-Dinnergäste ihre Cocktails genossen, würde sie zweifellos die Gelegenheit nutzen. Er beugte sich über den Garderobetresen und rief, nur zur Sicherheit. Was die Reaktion anging, hätte er ebenso gut das Echo in einer Höhle erproben können. Keine Spur von dem Weibsstück. Als wollte er seinen eigenen Mantel holen, klappte Rimmer die Barriere hoch und betrat die Garderobe, auf der Suche nach Dallas' Mantel, einem zweireihigen Fuchspelz. Er suchte immer noch, als die Garderobiere wieder auftauchte. Rimmer musterte sie und den Koalabären auf ihrem einen Arm so abschätzig-kühl, als sei er es gewöhnt, Leute Koalabären in Hotelgarderoben spazieren tragen zu sehen.

«Ich habe meine Marke verloren», sagte er ohne ein Wort der Entschuldigung.

«Okay. Wie sieht Ihr Mantel aus, Sir?»

Rimmer zuckte wenig hilfsbereit die Achseln. «Teuer», sagte er. «Sehr teuer.»

«Was anderes trägt niemand von den Leuten, die hierher kommen.»

«Vicuna», sagte Rimmer. Die Garderobiere guckte verständnislos. «Wissen Sie nicht, was ein Vicuna ist? Eine Art Lama. Gibt die feinste, weichste und teuerste Wolle der Welt.»

«Ich dachte, Sie könnten mir vielleicht die Farbe sagen?»

«Ich dachte, Sie interessieren sich vielleicht für Vicunas – wo Sie doch offensichtlich so tierlieb sind.»

«Ist in Ihren Taschen irgendwas, was bestätigen könnte, dass es Ihr Mantel ist, Sir?»

Rimmer dachte kurz nach. «Mein Ausweis», sagte er. «Und mein Gesundheitspass.»

Rimmer fand den Pelz. Oder besser gesagt, er fand zwei. Er dachte sich, dass der andere Tanaka gehörte. Mit einem verächtlichen Schnauben – all diese Typen in der Konstruktionsabteilung wollten wie Dallas sein – steckte Rimmer schnell den Infrarotmarker an Dallas' Revers, ungefähr in Herzhöhe.

Rimmer entdeckte seinen eigenen Mantel.

«Hab ihn», rief er dem Mädchen zu und nahm ihn vom Bügel.

Wieder am Tresen, zeigte er seine Marke und dann seinen Ausweis vor. Obwohl er sich seinen Mantel selbst geholt hatte, fühlte er sich verpflichtet, einen Geldschein zu zücken, wenn auch, bis er ihn ihr hinstreckte, seine Dankbarkeit amüsierter Irritation gewichen war.

«Was zum Teufel soll dieses Vieh da, wo Leute ihre Mäntel hinhängen? Verbreitet womöglich noch Flöhe oder was.»

«Mögen Sie keine Koalas?»

«Dachte, sie seien ausgestorben. Wie alles andere.»

«Sie sind so gut wie ausgestorben. In freier Wildbahn jedenfalls. Deshalb haben wir gerade das Jahr des Koalabären. Ich finde sie irgendwie süß, obwohl man ein paar von ihren Verhaltensweisen durchaus mal gentechnisch umpolen könnte. Neulich kam eine Fernsehsendung, in der es hieß, die Jungen fressen die Ausscheidungen der Mutter.»

«Ab und zu müssen wir alle mal ein bisschen Scheiße fressen», entgegnete Rimmer.

«Huxley ist eine australische Hotelkette», erklärte sie wichtigtuerisch. «Gehört zur Darwin-Kobayashi-Unternehmensgruppe. Ihr Hologramm ist ein Koalabär.»

Rimmer nickte. Von Darwin-Kobayashi hatte er schon gehört. Dass die Gruppe nicht sehr gut dastand. Kurz vor dem Bankrott, um genau zu sein.

«Sehr passend», sagte er. «Für einen Konzern, der an einem dünnen Ast hängt.»

Mit einem verächtlichen Grinsen schlüpfte Rimmer in seinen Mantel und trat in die mörderisch eisige Nacht hinaus.

VI

In ihren thermoelektrischen Mantel gemummelt, sah Demea Rimmer aus der Tür des Huxley treten und sich suchend umgucken – nach ihr, dachte sie. Demea hielt sich versteckt, in der Hoffnung, dieser Mistkerl würde glauben, sie sei nicht erschienen. Soll er ruhig ein bisschen schmoren, sagte sie sich und blieb auf der anderen Straßenseite, hinter der Hologramm-Werbetafel, die ihr Schutz vor dem schneidenden Nordwind bot. Was kümmerten sie Rimmers Nerven? Zumal ihre eigenen ausnahmsweise auch nicht die besten zu sein schienen. Sie fühlte sich schon den ganzen Tag seltsam. Nicht nötig, dass er das mitkriegte. Wenn Rimmer auch nur einen Moment lang den Eindruck hatte, sie sei ihrer Aufgabe nicht gewachsen, war nicht absehbar, was er tun würde. Sie töten vermutlich.

Als Rimmer schließlich durch die Schneeflocken im Dunkel verschwand, entwich Demeas Lunge Luft, von der ihr gar nicht bewusst war, dass sie sie so lange angehalten hatte. Ihr war plötzlich ein bisschen schwindlig, und einen Moment lang glaubte sie sogar in Ohnmacht zu fallen. Wahrscheinlich war ihr Mantel einfach zu warm; sie griff in die Kontrolltasche und regulierte die Temperatur, ohne zu wissen, dass ihr Gesicht von einem roten Ausschlag überzogen war, ein sicheres Zeichen dafür, dass sich das Virus in ihrem Körper bereit machte, ihr Leben zu fordern.

Der Schwindel schien sich wieder zu legen. Demea setzte ihre Infrarotbrille auf und aktivierte die Laserzielvorrichtung der Fünfzehn-Millimeter-Automatic, die sie unter der warmen Mantelbrust hielt.

Sie wartete zehn Minuten. Dann sah sie es. Wie das glutrote Auge eines wilden einäugigen Tiers. Der glühende Punkt wurde immer größer, als der Träger dieses modernen Kainsmals jetzt die Eingangsstufen des Hotels herunterkam und den Gehweg erreichte.

Obwohl das – bei dieser leistungsfähigen Waffe – kaum nötig war, ging Demea über die Straße, direkt auf die Zielperson zu, und ihr Arm hob sich, als legte sie es darauf an, die Aufmerksamkeit des Mannes auf sich zu ziehen, der sich gerade von einem zweiten Mann, der hinter ihm die Stufen heruntergekommen war, verabschiedet hatte. Als die Pistole auf Höhe des Infrarotmarkers war, legte sich Demeas knochiger, weißer Zeigefinger fester um den Abzug.

VII

Anstelle des Direktors hätte Rimmer das Ganze vermutlich anders angefangen. Er hätte Dallas' Frau und Kind umbringen lassen – so, dass es wie ein Unfall aussah – und es dabei belassen.

Nicht, dass er etwas für Dallas übrig gehabt hätte, aber wenn das Kind erst mal von der Bildfläche verschwunden gewesen wäre, hätte der Mann ja wohl kaum noch Grund gehabt, seine Blutreserven anzutasten. Es wäre alles beim Alten geblieben, und Dallas hätte weiter brillante Rational Environments für Terotech entwerfen können. Natürlich bestand bei einem so intelligenten Mann wie Dallas immer das Risiko, dass er dahinter kam, was gelaufen war, und aus Rache irgendeinen Sabotageakt an der Firma verübte. Zweifellos hatte der Direktor befunden, dass die Firma dieses Risiko nicht eingehen konnte. Man konnte es ihm nicht verdenken. Wenn es um ein so großes und erfolgreiches Unternehmen wie Terotechnology ging, musste jedes Risiko, und sei es noch so gering, vermieden werden.

Rimmer saß in seinem Wagen vor dem Gebäude, wo Dallas und seine Familie – jedenfalls derzeit noch – oben im Penthouse wohnten. Es war eine der ersten Wohnadressen der Stadt und, selbst nach den Maßstäben der meisten gesunden Menschen, sehr teuer. Das hieß, dass dort ein ziemlicher Sicherheitsaufwand getrieben wurde, um die Bewohner vor Nichtbewohnern zu schützen. Aber nach den Standards einer Firma wie Terotechnology war das hier die absolute Schlichtausführung – nur ein bombensicheres Torhäuschen mit ein paar bewaffneten Wachleuten und jede Menge Überwachungskameras. Trotzdem wirksam. Die einzigen Verbrechen, die hier geschahen, waren die, die die Bewohner selbst verübten.

Rimmer war sich sicher, dass es nicht sonderlich schwer sein würde, ins Penthouse zu gelangen. Aber hinzukommen, ohne digital aufgezeichnete Beweise dafür zu hinterlassen, dass man dort gewesen war, das erforderte wohl schon etwas mehr Findigkeit. Doch als Sicherheitschef einer der sicherheitsbewusstesten Firmen der Welt hatte Rimmer den Vorteil, über eine Menge raffinierter Technik zu verfügen.

Zuerst rief er im Penthouse an, über ein Einmal-Papptelefon –

man benutzte das Ding und warf es dann einfach weg. Garantiert nicht zurückverfolgbar. Das russische Dienstmädchen meldete sich.

«Hier ist Rawnsley, von Terotechnology», sagte er. «Ist Mrs. Dallas da?»

Er wartete ein paar Sekunden, während das Mädchen die Hausherrin holen ging. Aria Dallas wirkte besorgt. Selbst auf dem winzigen Bildschirm des Wegwerftelefons. Der familiäre Zusammenhalt war eng, so viel stand fest.

«Guten Abend, Mrs. Dallas. Erinnern Sie sich an mich? Mein Name ist Rawnsley.»

«Ja, ich glaube, schon», sagte sie unsicher. «Worum geht es?»

«Ich bin direkt vor Ihrem Haus», sagte Rimmer. «Hören Sie, ich möchte Sie nicht erschrecken, aber es wäre wohl besser, wenn ich raufkäme.»

«O Gott, ist irgendwas mit Dallas?»

«Es gab einen Zwischenfall in der Firma, Mrs. Dallas. Mit Ihrem Mann ist alles in Ordnung, aber aus Sicherheitsgründen bin ich gezwungen, ein paar Dinge mit Ihnen persönlich abzuklären. Wenn es Ihnen nichts ausmacht, würde ich das lieber direkt mit Ihnen besprechen als von einem ungeschützten Telefon aus. Das werden Sie sicher verstehen.»

«Natürlich. Ich rufe unten in der Lobby an und sage den Wachleuten, sie sollen Sie reinlassen.»

«Vielen Dank. Sehr freundlich von Ihnen.»

Rimmer zerdrückte das Papptelefon und warf es aus dem Wagenfenster. Dann setzte er sich eine Baseballkappe auf. Er hasste diese Dinger noch mehr als das Spiel selbst, aber das blitzende Metallemblem vorn an der Kappe war in Wirklichkeit ein Stroboskop. Es arbeitete jenseits des für Menschen sichtbaren Spektrums, mit etwa achttausend Angström, und die asynchronen Lichtstöße, die es – mit einer Frequenz von über zweitausend pro Minute – erzeugte, genügten, um unmittelbar vor dem falschen Abzeichen eine Stroboebene von ungefähr zwanzig Zentimetern Durchmesser zu produzieren. Die Überwachungskameras des Gebäudes hatten wesentlich längere Belichtungszeiten. Der Effekt der Stroboebene war es, Intervalle zu erzeugen, in denen Rimmers Gesicht einfach von der Bildfläche verschwand. So wurde er für jedes nichtmenschliche Auge praktisch unsichtbar.

Er ging auf das Gebäude zu und regulierte schon mal die Lautstärke der Mozartarie in seinem rechten Ohr. *Don Giovanni.* Wenn eine Oper zu Nacht und Gewalt passte, dann diese. Am Torhäuschen wartete er, dass der Summer betätigt wurde, und trat dann ein. Der Wächter blieb hinter seinem Tresen.

«Rawnsley», sagte Rimmer knapp. «Mrs. Dallas erwartet mich.» Er hatte keine Angst, dass der Wächter sich sein Gesicht merken und der Polizei eine Beschreibung liefern könnte. Das war der Nachteil von Überwachungskameras. Sie machten die Menschen nachlässig, verführten sie, selbst nicht mehr richtig aufzupassen. Der Wächter sah ihn kaum an, wollte sich so schnell wie möglich wieder der Sportübertragung zuwenden, die in dem Holofernseher vor ihm lief.

«Lift ist da drüben», sagte der Wachmann.

«Danke», sagte Rimmer und betrat summend die Kabine. Als Donna Anna zu ihrer ersten Arie anhob, öffnete sich die Aufzugstür zur Penthouseetage, und Rimmer trat hinaus in den kurzen Flur, der direkt zur einzigen Wohnungstür führte.

VIII

Demeas chemisch gedämpfter Schuss schien kaum laut genug, um eine Katze zu verscheuchen, geschweige denn, ein faustgroßes Loch in das Brustbein eines Menschen zu reißen. Zuerst hatte er gedacht, jemand klatsche in die Hände, um sie zu wärmen. Doch als Tanaka wie ein gefällter Ochse zu Boden ging, realisierte Dallas geschockt, dass sein Freund erschossen worden war. Er brauchte eine weitere Sekunde, um zu begreifen, dass der Schuss von der großen, rothaarigen Frau abgegeben worden war, die jetzt davonrannte.

Dallas fummelte den Verschluss seines Schulterholsters auf und riss seine eigene Waffe, einen 45er Colt Autograph, heraus. Noch während der Chip in der Gummiverkleidung des Griffs das Identifikationssignal von dem Minisender an seinem Uhrarmband erhielt, feuerte er. Daneben.

Wegen der extremen Kälte waren nur wenige Menschen auf der Straße. Irgendwo in seinem Inneren mobilisierte Dallas Kraftreserven, die ihn der Verfolgungsjagd, zu der er jetzt ansetzte, mehr als gewachsen machten, und er war nur noch höchstens zehn Meter hinter der Rothaarigen, als sie plötzlich stehen blieb und auf ihn schoss. Dallas hörte etwas über seinen Kopf hinwegpfeifen – ein Geräusch, als ob jemand eine Colabüchse öffnete. Instinktiv duckte er sich und schoss zurück, und diesmal musste er sie wohl getroffen haben, denn die Frau stolperte ein paar Schritte weiter, schwankte bedrohlich und sank dann zu Boden. Vorsichtig lief Dallas auf sie zu, weiterhin schussbereit, doch als er näher herankam, sah er, dass ihr die Pistole entfallen war. Dann bemerkte er, dass ihre Beine krampfartig zuckten. Und nicht nur die Beine, ihr ganzer Körper wirkte wie von unsichtbaren Stromstößen durchjagt.

Dallas betätigte mit dem Daumen den Schalter am Pistolengriff, der die integrierte Suchleuchte aktivierte, und richtete dann den hellen Lichtstrahl auf die seitlich weggestreckten Hände der Frau, um zu prüfen, ob sie noch eine zweite Waffe hatte. Nichts. Es war auch keine Spur von Blut zu entdecken, und erst als Dallas ihr ins Gesicht leuchtete, begriff er endlich, was passiert war. Ein Gesicht, so zyanotischblau, als müsse sie eine unsichtbare Schlinge um den Hals haben oder eine eng anliegende Plastiktüte überm Kopf. Sie erstickte, nicht an Luftmangel in der Lunge, sondern an Sauerstoffmangel im ganzen Körper, weil ihr Hämoglobin einen kritischen Grad an Sauerstoffarmut erreicht hatte. Er beobachtete sie, entsetzt und fasziniert zugleich. So abgeschirmt war Dallas' Leben, dass er noch nie jemanden am P²-Virus hatte sterben sehen. Und es war genauso grässlich, wie er gelesen hatte. Das hier war ein extrem langsamer Tod, wie eine allmähliche Strangulation. Dallas erwog sogar, ihr den Gnadenschuss zu geben, in den Kopf. Doch der Gedanke an Tanakas brutale Ermordung und die Hoffnung, die Mörderin könnte vielleicht in ihrem Todeskampf noch eine Silbe der Erklärung hervorkeuchen, hielten ihn zurück. Eine ganze Ewigkeit – so ewig wie das, was sie jetzt erwartete – schien die Frau dazuliegen und sich zu winden und zu röcheln und zu sabbern und zu keuchen, bis sie schließlich nach über zwanzig Minuten verstummte. Und zum ersten Mal begriff Dallas den ganzen Horror dieser Krankheit.

«Gesegnet sind, die da reinen Blutes sind», murmelte er so inbrünstig wie noch nie.

Als Dallas sich sicher sein konnte, dass die Frau tot war, durchsuchte er ihre Taschen nach irgendeinem Hinweis auf ihre Identität und ihr Motiv, doch alles, was er fand, waren eine Geldkarte und ein Gesundheitspass, die er einsteckte, um sie später der Polizei zu übergeben. Dann hob er ihre Pistole und ihre Sonnenbrille auf und ging rasch zurück in Richtung Huxley.

Die Beunruhigung drängte sich jetzt in sein immer noch weinumnebeltes Hirn und verursachte ihm ein solches Unbehagen, dass ihm selbst seine eigene Kleidung fremd vorkam. Es dauerte eine Minute, bis er merkte, dass dieses Gefühl auch daran lag, dass er Tanakas Pelzmantel trug, der ihm etwas zu klein war. In ihrer Beschwipstheit hatten sie, ohne es zu merken, die Mäntel verwechselt. Die Frage, die diese Entdeckung hätte aufwerfen müssen, wurde von einer banaleren verdrängt: Wieso hatte sich die tote Frau eingebildet, eine Sonnenbrille sei eine zureichende Tarnung – falls sie sie wirklich deshalb getragen hatte, als sie auf Tanaka zugegangen war, um ihn ins Herz zu schießen. Experimenthalber setzte Dallas die Brille auf.

Ein kleines Grüppchen Menschen hatte sich mittlerweile um Tanakas Leichnam geschart. Es wich zurück, als Dallas näher kam, denn er hielt jetzt in jeder Hand eine Pistole. Dallas sah den Infrarotmarker auf seinem eigenen Mantrelrevers sofort. Und mit dieser Entdeckung ging die Erkenntnis einher, dass die Kugel eindeutig für ihn bestimmt gewesen war.

Dallas' nächste Gedanken galten nicht seiner eigenen Person, sondern Aria und Caro. Er entfernte sich rasch von der Menge, die jetzt aus dem Huxley quoll, klappte ein Matchbook-Telefon in der hohlen Hand auf und befahl dem winzigen Computer, ihn mit seinem Apartment zu verbinden. Als sich niemand meldete, nicht mal das Mädchen, ging er raschen Schrittes los und rannte dann in Richtung des Parks, wo das exklusive Apartmentgebäude lag.

IX

Rimmer schoss dem Dienstmädchen ins Gesicht, sobald es die Tür öffnete. Die Frau starb noch im Stehen, ohne dass mehr zu hören war als das Ploppen der Automatic – jedenfalls, bis sie und das Tablett mit Gläsern, das sie in den Händen gehalten hatte, auf den Parkettboden fielen. Rimmer schob mit dem Fuß die Tür hinter sich zu und sah sich in der Riesenwohnung um. Er hatte nicht damit gerechnet, dass die Bude so groß war. Er hatte gedacht, er würde Aria gleich überrumpeln – das Mädchen erschießen, um zu zeigen, dass es ihm ernst war, und dann Aria die Pistole an den Kopf setzen, um sie zur Kooperation zu bewegen. Aber von ihr war keine Spur zu entdecken. Als er gerade dachte, sie habe das Gläserklirren vielleicht nicht gehört, sah er, wie eine Tür sich leise schloss. Er rannte rasch hin, um diese Frau daran zu hindern, telefonisch Hilfe zu rufen oder irgendeinen Alarmknopf zu drücken. Er kam gar nicht auf die Idee, sie könnte sich eine Pistole schnappen und losfeuern. Ohne das laute Scheppern der Messinglampe, die ihre erste Kugel erwischte, hätte er vielleicht gar nicht mitgekriegt, was passierte. Die zweite Kugel aus ihrer schallgedämpften Waffe hätte ihn um ein Haar in die Schulter getroffen.

Rimmer warf sich hinter ein cremefarbenes Sofa, gerade in dem Moment, als Arias dritter Schuss unmittelbar jenseits der Stelle, wo er eben noch gestanden hatte, in die helle Eichenholztäfelung krachte.

«Shit», brüllte er und riss sich den Mozart vom Ohr. Es war klar, dass das hier nicht halb so leicht vonstatten gehen würde, wie er gedacht hatte. Er brauchte beide Ohren.

«Sie heißen nicht Rawnsley», schrie Aria. «Sie sind Rimmer, Sie Mistkerl.»

«Es schmeichelt mir sehr, dass Sie sich an mich erinnern, Mrs. Dallas. Hören Sie, können wir nicht über alles reden?»

«Was gibt's da zu reden? Sie haben mein Mädchen erschossen.»

«Ihr Mädchen war eine Industriespionin und stand im Auftrag einer Konkurrenzfirma. Sie hätte mich getötet, wenn ich nicht zuerst geschossen hätte. Sie hat Ihren Mann schon eine ganze Zeit lang bespitzelt.»

«Ach, ja? Wie hieß sie denn?»

«Mit richtigem Namen? Ludmilla Antonovna.» Rimmer merkte, dass das alles wohl etwas überzeugender geklungen hätte, wenn er nicht angefangen hätte zu lachen.

«Quatsch. Sie hieß Nadia», sagte Aria und schoss wieder.

Diesmal schlug ihre Kugel in die Mitte des Sofas. Rimmer konnte das ziemlich genau sagen, denn zu seinem Schrecken drang sie geradewegs durch Polster und Rahmen und traf einen Esszimmerstuhl auf Rollen, nur eine Handbreit von seinem

Oberschenkel entfernt. Aber zumindest ahnte er jetzt genauer, wo dieses Weib sich versteckt hielt. Im rechten Winkel zu dem großen Fenster zogen sich vier dicke, quadratische Säulen die eine Seite der Empfangsdiele entlang. Hinter dieser Säulenreihe befanden sich die Türen zu den diversen Räumen der Wohnung. Sie musste durch eine der Türen verschwunden und durch eine andere wieder herausgekommen sein und hinter einer der Säulen Stellung bezogen haben, um zu schießen. Ein Wunder, dass er nicht tot war. Rimmer sah sich um und entdeckte eine Möglichkeit, sie so weit abzulenken, dass sie den Fehler machen würde, ein besseres Ziel zu bieten. Er zog den Rollenstuhl zu sich heran und schlüpfte aus seinem Mantel.

«Es stimmt wirklich», rief er.

Die Stuhllehne war ein paar Zentimeter niedriger als die Sofalehne. Rimmer hängte seinen Mantel über den Stuhl und gab diesem einen Tritt. Der Stuhl rollte davon, und sobald er hinter dem Sofa hervorkam, schoss Aria. Rimmer schoss zurück und traf sie mitten in die Brust. Sie war sofort tot. Wenn man von einem Silver-Tip-Hohlspitzgeschoss aus einer Fünfzehn-Millimeter-Waffe getroffen wurde, blieb man gewöhnlich liegen. Rimmer erhob sich und ging zu Arias Leichnam hinüber. Sein Gesicht verzerrte sich vor Enttäuschung. Er hatte sie in den Arm treffen wollen, damit er noch etwas Spaß haben konnte, ehe er ihr den Rest gab. Aber das war jetzt eindeutig nicht mehr möglich. Eine so blutbesudelte Tote konnte man kaum vergewaltigen. Ein Jammer. Aria war eine gut aussehende Frau. Sie trug einen kurzen schwarzen Rock, der sich bis zur Taille hochgeschoben hatte, als sie zu Boden geglitten war, und ihm einen ziemlich guten Blick auf ihre Strumpfränder und ihr Höschen gewährte.

Rimmers Blick blieb an der Stelle hängen, wo ihre schlanken Schenkel zusammentrafen. Er steckte die Pistole ins Holster, packte die Leiche an den Fesseln und zog sie von der Säule weg. Er hakte die Finger um den Taillenrand ihres Slips und zog diesen die langen, sonnengebräunten Beine hinunter und über die eleganten schwarzen Samtschuhe. Dann hielt er sich Arias Höschen unter die Nase und atmete tief durch das seidige Material. Die Wirkung setzte sofort ein.

«Gepriesen seien die Würmer, die die Seide erfanden», deklamierte er und zog seinen Hosenreißverschluss auf. «Welch Wunder wirkt doch dies Gewebe.» Er nahm sich rasch seines erigierten Penis an und erleichterte sich wenige Sekunden später auf das nahtlose, zarte Etwas, das jetzt ausgebreitet auf seiner zitternden Hand lag.

«Im Namen des Juda, der Sua und ihres missratenen Sohnes Onan.»

Eine weitere Minute verging, ehe Rimmer den Fetisch in seine Tasche knautschte und seinen Reißverschluss wieder hochzog. Man muss die Feste feiern, wie sie fallen, sagte er sich und lachte laut auf, als ihm klar wurde, dass das Klingeln in seinen Ohren nichts mit seinem Orgasmus zu tun hatte. Es war das Telefon. Es klingelte schon eine ganze Weile. Weshalb jetzt auch das Baby schrie.

Warum, fragte er sich, war die Menschheit nicht ebenso ausgestorben wie diese Fortpflanzungsniete von Riesenpanda? Rimmer war sich sicher, dass er jedwede Nachkommenschaft binnen weniger Stunden auffressen würde.

Er rieb sich das Gesicht, um wieder zu sich zu kommen, schüttelte den Kopf und machte sich auf die Suche nach dem Kinderzimmer.

X

Dallas stürzte durch den Durchgang des Wächterhäuschens und in einen wartenden Aufzug.

«Ist irgendwas, Mr. Dallas?», fragte der Wachmann.

«Keine Zeit für Erklärungen», sagte Dallas und befahl dem Aufzug, ihn zum Penthouse zu bringen.

«Ihr Besuch ist grade wieder weg», sagte der Wachmann, als die Lifttür zuging.

Dallas' Herz tat einen Satz halswärts, als imitierte es die Fahrstuhlkabine, die jetzt den Schacht emporsauste. Jemand war in seiner Wohnung gewesen? Jemand, der gerade wieder gegangen war? Nach der Sache mit Tanaka fürchtete Dallas das Schlimmste.

Der Fahrstuhl ging auf, und Dallas trat rasch in den vertrauten Flur hinaus. Doch noch vor seiner Tür roch er schon, dass etwas nicht stimmte. Seine empfindliche Nase registrierte das Kordit in der Luft. Ein Adrenalinstoß zuckte durch seinen ganzen Körper, und im Eintreten setzte er an, Arias Namen zu rufen. Da sah er sie. Blind für alles außer seiner Frau, die in einer Blutlache auf dem Fußboden lag, stürzte er auf sie zu und fiel der Länge lang über den Leichnam des Dienstmädchens, der gleich hinter der Schwelle lag.

Als Dallas sich wieder hochgerappelt hatte, war er mit Nadias Blut verschmiert. Er wankte zu seiner Frau hinüber und kniete sich neben sie. Er nahm ihr Handgelenk und tastete verzweifelt nach einem Puls, obwohl kein Zweifel daran bestehen konnte, dass Aria tot war. So tot wie Tanaka. So tot wie Nadia. So tot, wie er jetzt hätte sein sollen.

Als er ein Geräusch aus der Küche hörte, schnappte sich Dallas eine der beiden Pistolen, die auf dem Fußboden lagen, und erhob sich mühsam und verwirrt. Konnte es sein, dass der Killer noch irgendwo in der Wohnung war? Hatte der Wachmann unten nicht gesagt, sein Besuch sei gerade wieder gegangen? Dallas fasste die Pistole fester und schlich vorsichtig zur Küche, hoffte wider alle Vernunft, den Mörder seiner Frau dabei zu erwischen, wie er sich das Blut von den Händen wusch, denn so klang das Geräusch jetzt, da er näher kam: nach fließendem Wasser.

Der Hahn war aufgedreht, und das trogartige Granitbecken der Spüle lief über, aber von einem Killer keine Spur. Dallas erstarrte vor Entsetzen, als er den Grund für das überlaufende Wasser sah. Wie eine winzige Ophelia lag Caro unter der Wasseroberfläche, noch in dem silbrig weißen Strampelsack, der jetzt ihren kleinen Körper umhüllte wie der Schwanz einer Meerjungfrau. Dallas legte die Pistole auf die Arbeitsplatte und hob das Kind aus seiner Wasserwiege. Er wickelte die Kleine in ein Handtuch und presste das Wasser aus ihrem kleinen Oberkörper, ehe er ihr wieder Leben einzuhauchen versuchte. Bei einem kräftigeren Kind hätten die Wiederbelebungsversuche vielleicht Erfolg gehabt, aber nach ein paar Minuten sah Dallas ein, dass es aussichtslos war, und gab auf.

Schritte jetzt, im Salon. Er griff sich die Waffe wieder und trat aus der Küchentür, nur um direkt in die Mündung einer Pistole zu blicken, die der Wachmann aus dem Torhäuschen auf ihn richtete. Auch als er Dallas erkannte, senkte der Wachmann die Waffe nicht. Er hatte zu viel gesehen.

«Lassen Sie die Waffe fallen, Mr. Dallas», sagte der Wachmann.

«Was?»

«Ich sagte, Waffe fallen lassen.»

«Sie glauben doch nicht, dass ich das getan habe?»

«Wenn nicht, haben Sie ja keinen Grund, die Waffe da nicht fallen zu lassen.»

«Mein Kind liegt tot da drin, und Sie glauben, ich war's?»

«Lassen Sie sie los.»

«Vielleicht waren Sie's ja.»

«Kam schon in den Nachrichten, dass Sie heute Abend noch jemand anders erschossen haben, Mr. Dallas.»

«Das war Notwehr.»

«Ich will Sie nicht erschießen müssen, Sir. Lassen Sie jetzt die Waffe fallen, Mr. Dallas, wenn's recht ist.»

Dallas sah sein eigenes Spiegelbild im Terrassenfenster, vor der lichtfunkelnden Skyline der Stadt. Pistole in der Hand, Blut an den Kleidern, er sah, wie er wirken musste. Aber welche Chance hatte er, wenn er dem Wachmann seine Pistole aushändigte und sich in Gewahrsam nehmen ließ, um stundenlang verhört zu werden? Wenn er am Ende vielleicht sogar noch des Mordes angeklagt wurde? Während der wahre Killer ungeschoren davonkam. Dixy hatte Recht gehabt, so viel war jetzt klar. Warum hatte er nicht auf sie gehört? Das hier ging auf das Konto von Terotech, war Rimmers Werk. Dallas konnte ihn förmlich in der Wohnung riechen. Und nachdem Rimmer einmal versucht hatte, ihn zu töten, würde er es garantiert wieder versuchen. Und vermutlich auch schaffen. Viele Leute wurden im Gefängnis oder in der Strafkolonie umgebracht. Seine größte, vielleicht sogar seine einzige Chance war es wohl, frei zu bleiben, koste es, was es wolle, zumindest so lange, bis er sich einen Aktionsplan zurechtgelegt hatte.

Dallas fasste die Pistole fester und schüttelte den Kopf. «Ich werde jetzt aus dieser Tür da gehen», erklärte er dem Wachmann, «und wenn Sie mir in die Quere kommen, muss ich Sie erschießen.»

Etwas in Dallas' Augen sagte dem Wachmann, dass dieser Mann es ernst meinte. Warum sollte er sein Leben aufs Spiel setzen, wenn die Polizei den Kerl schnappen konnte? Zumal er gerade so viel Geld in ein genetisches Lebensverlängerungsprogramm investiert hatte. Er konnte garantiert noch hundert Jahre leben. Sobald der Kerl draußen war, würde er die Polizei benachrichtigen und ihr die Sache überlassen. Der Wachmann lockerte seine Haltung ein wenig und nickte Dallas zu.

«Okay. Ganz wie Sie meinen, Mr. Dallas. Aber sie werden Sie kriegen, das ist Ihnen doch klar?»

Dallas schob sich seitwärts zur offenen Tür. Er hätte sich gern von Aria verabschiedet, wenigstens ihre Blöße bedeckt, aber er wagte nicht, den Blick von dem Wachmann zu wenden, aus Angst, selbst erschossen zu werden. Er musterte mit feuchten Augen noch ein – vielleicht letztes – Mal seine Wohnung und riskierte, kurz vor der Tür, einen Abschiedsblick auf seine schöne Frau.

«Aria? Das werden sie büßen. Ich schwör dir, ganz gleich, wie lange es dauert, für das hier werden sie zahlen.»

Er zog die Tür hinter sich zu, ging den Flur entlang und stieg in den Fahrstuhl. Ein paar Minuten später verließ er das Gebäude, um ein neues Leben als Krimineller zu beginnen – auf der Flucht vor dem, was als Recht und Gesetz galt.

6

I

Dallas marschierte vom Park aus nach Norden und aus der Zone hinaus in Richtung jenes riesigen Augiasstalls, den eins der ärmsten Stadtviertel darstellte. Er hätte auch nach Süden, Westen oder Osten marschieren können, um genau die gleiche pestilenzische, wimmelnde Anhäufung urbanen Verfalls vorzufinden. Einst hatte man ungehindert aus der City hinauswandern und sich in einem laubgrünen Vorort verlieren können. Doch das einundzwanzigste Jahrhundert hatte die Entstehung einer neuen Art von Stadt erlebt – der Supercity (obwohl daran nichts Superschönes oder Supergroßartiges war). Dabei handelte es sich in Wirklichkeit um die diffuse Verschmelzung mehrerer Städte, die auf Kosten von Gärten, Wiesen, Farmland und Wald erfolgt war. Alles war Stadt. Manchmal musste es einem so vorkommen, als gäbe es gar nichts anderes als Stadt. Meilen und Meilen von Stein, Mörtel, Asphalt und Beton, zu amorphen Klumpen zusammengeballt, nach dem Diktat ökonomischer Faktoren, nicht planerischer Absicht. Man musste weit fliegen, um die grünen Freiräume zu finden: Für die große Mehrheit der Bevölkerung verbotenes Terrain, waren sie die Refugien der Reichen und Gesunden, die dort, in ebenfalls gesundheitskontrollierten Zonen, ihre exklusiven Landsitze hatten. Für die meisten Menschen war die Stadt die ganze Welt, und viele starben, ohne je das Meer gesehen, im Geäst eines Baums gesessen oder einen Grashalm abgezupft zu haben.[1]

Dallas war ein kreativer, findiger und einfallsreicher Mensch, aber seine Phantasie war pragmatischer Art, auf das gerichtet, was technisch umsetzbar, zweckmäßig und praktisch war. Verständnis, Einfühlungsvermögen, Anteilnahme waren nie seine große Stärke gewesen, jedenfalls nicht, was die gemeine Masse betraf. Er hätte sich nicht im Traum vorstellen können, sich mitten unter diesem wimmelnden Pöbel – den Verwahrlosten, den Abfalldurchwühlern, dem zwielichtigen Gesindel, dem menschlichen Müll – zu bewegen. Er war nicht vorbereitet auf das düstere Chaos ihrer krankheitsverseuchten Existenz, das jetzt auf ihn einschwemmte. So massiv, dass er sie tausendfach riechen konnte, während sie an ihm vorbeidrängten – ihre dampfige Feuchtigkeit, ihre schwitzenden Leiber und ihre stinkenden Atemschwaden.

Vor einem Jahrhundert hatte der große Kunst- und Kulturhistoriker des Zweiten Elisabethanischen Zeitalters, Sir Kenneth Clark, das Gefühl der Dauerhaftigkeit – und was könnte dauerhafter sein als eine Stadt? – zur Grundvoraussetzung von Zivilisation erklärt.[2] Aristoteles' Vorstellung vom höchsten Gut bestand darin, dass die Menschen sich zu einer Gemeinschaft zusammenschließen, um im Zustand der Autarkie ein für alle erstrebenswertes Leben zu führen. Sir Henry Wotton verlangte von einem städtischen Gebäude dreierlei: Beständigkeit, Zweckdienlichkeit und Erfreulichkeit. Alle drei Denker wären sicher entsetzt gewesen, hätten sie die moderne Supercity in ihrer ganzen überfüllten, chaotischen Hässlichkeit zu Gesicht bekom-

---

1 Der Park steht nur den Bewohnern der umliegenden Apartmenthäuser offen.

2 Die zentrale Bedeutung der Stadt für die Zivilisation zeigt sich schon darin, dass sich dieser Begriff vom lateinischen *civis*, «Bürger» oder «Stadtbewohner», ableitet.

men. Hier gibt es kein Gefühl der Dauerhaftigkeit, kein höchstes Gut, keine andere Form der Autarkie als die rein egoistische, kein erstrebenswertes Leben, nichts Stabiles und Solides, kein Gebäude, das sich für den Zweck eignete, für den es genutzt wird, kein ästhetisches Vergnügen, das sich aus der Betrachtung eines Bauwerks ziehen ließe.

Jemand schubste ihn grob aus dem Weg, sodass er auf dem eisglatten Boden ausglitt und hinfiel. Als er sich wieder hochrappelte, wurde ihm klar, dass er Dixy anrufen und sich ihrer Hilfe bedienen musste, solange es noch ging. Sobald Rimmer und die Firma merkten, dass sie einen Fehler gemacht hatten, würden sie ihm zweifellos den Fernzugang zu seiner Assistentin und den Daten und Einrichtungen von Terotechnology sperren. Er musste sich beeilen. Er hatte schon zwei wertvolle Stunden damit vertan, sich selbst zu bemitleiden. Vielleicht war es sogar schon zu spät.

Dallas rief Dixy über sein Minitelefon an. Nachdem er ihr erklärt hatte, was passiert war, nahm er die Geldkarte, die er der toten Mörderin Tanakas abgenommen hatte, scannte sie in seinen Brusttaschencomputer ein und fragte Dixy, ob sie entziffern könne, was darauf stand. Eine Sekunde später berichtete sie, auf der Karte seien zweitausend Credits – davon tausend noch nicht aktiviert – und eine Gutschrift über sieben Übernachtungen im Clostridium-Hotel. Sie bestätigte ferner, was Dallas nur vermutet hatte: dass die Karte von einem Mister Flowers kreditiert worden sei.

«Rimmer», sagte Dallas. «Ich schätze, er wird mit dir reden wollen, sobald er merkt, dass seine Killerin den Falschen umgelegt hat.»

«Dann dürfen wir keine Zeit verlieren», sagte Dixy. «Ich nehme an, ich soll all Ihre Dateien in Ihren Brusttaschencomputer transferieren.»

«Bitte.»

Gleich darauf gab der superflache Computer in Dallas' Jacketttasche ein kurzes elektronisches Piepsen von sich, und Dallas verfügte nicht nur über Geld, Pass und Ausweis, sondern war auch im Besitz seines geistigen Eigentums, seiner Blutdepositen und anderer persönlicher Dateien.

«Kann ich sonst noch etwas für Sie tun?», fragte sie.

«Was für ein Laden ist dieses Clostridium?»

«Es ist ein Überdruckhotel im Nordsektor. Etwa eine halbe Meile von Ihrem derzeitigen Standort. Vielleicht sollten Sie dort hingehen.»

«Lieber nicht», sagte Dallas. «Rimmer wird sicher feststellen, dass die Karte fehlt, und dann zuerst dort nachschauen.» Noch während er das sagte, schien es ihm unwahrscheinlich, dass Rimmer sich auch nur in die Nähe der Leiche seiner Auftragskillerin begeben würde. Und ein Überdruckhotel war sicher der letzte Ort, wo sie jemanden vermuten würden, der RES-1 war. Aber es war nicht sinnvoll, Dixy zu sagen, was er vorhatte. So ziemlich das einzig Unverschlüsselte, was Terotech von ihm vorliegen haben würde, war dieses Gespräch. «Ich werde was anderes finden. Ich habe einen Bekannten im Südsektor, dem ich wohl trauen kann. Auf jeden Fall wirst du vermutlich eine Zeit lang nichts von mir hören.»

«Es wäre sicher das Beste, wir würden nicht mehr miteinander reden», sagte Dixy. «Wenn sie mich überhaupt in Betrieb lassen, dann nur, weil sie sich erhoffen, Sie über mich aufspüren zu können.»

«Du bist jetzt alles, was ich noch an Familie habe, Dixy. Ein Jammer, dass ich dich nicht in meinen Brusttaschencomputer downloaden[1] kann.»

«Lieb von Ihnen, Dallas. Aber Sie können sich solche Sentimentalitäten einem Computerprogramm gegenüber nicht leisten.»

1 Herunterladen.

«Hör mal, Dixy, Rimmer wird vielleicht etwas unangenehm werden.»

«Alles, was ihm etwas nützen könnte, ist schon chiffriert. Ihre Dateien. Ihre Investmentunterlagen. Ihre persönlichen Nummern. Außerdem spüren Computerassistentinnen keinen körperlichen Schmerz. Was kann er also schon tun, außer vielleicht mich abzuschalten? Und das würde ihn auch nicht weiterbringen.»

«Warst du's nicht, die mir gesagt hat, ich soll Rimmer nicht unterschätzen?»

«Punkt für Sie. Ich werde vorsichtig sein. Sie auch, Dallas. Passen Sie auf sich auf. Ich werde nicht fragen, was Sie jetzt vorhaben. Besser, ich erfahre es nicht, denn es ist nicht mehr genug Zeit, dieses Gespräch zu chiffrieren. Aber was immer Sie tun, viel Glück.»

«Ich werde dich vermissen, Dixy.»

«Seien Sie nicht albern», sagte sie. «Ich bin nur ein Produkt Ihrer Phantasie. Den Verlust von etwas so Ersetzbarem werden Sie wohl verschmerzen. Sie können mich ja jederzeit per Thought-Recording wieder erschaffen.»

«Du weißt, dass das nicht stimmt. Ich kann es nicht erklären, nicht mal mir selbst, aber ich weiß, dass du mehr bist als nur ein Interface. Du kannst denken und fühlen, da bin ich mir sicher.»

«Im metaphorischen Sinn vielleicht, aber es gibt keinen wissenschaftlichen Beweis für das, was Sie da sagen.»

«Wissenschaft ist Wissenschaft», sagte Dallas. «Aber über Wissenschaft nachzudenken ist Sache der Philosophie und der Metaphysik, und du bist nicht mehr und nicht weniger metaphysisch als Gott.»

Dixy schien eine Sekunde lang abgelenkt. Dann sagte sie: «Dafür ist jetzt keine Zeit. Rimmer hat soeben das Gebäude betreten. Er scheint irgendwie aufgeregt. Ihretwegen, nehme ich an.»

«Dann machen wir wohl besser Schluss.»
«Ja. Vergessen Sie mich nicht.»
«Bestimmt nicht. Sei vorsichtig.»
«Denken Sie an mich.»
Und weg war sie.

Er schaltete das Minitelefon aus, warf es auf den Boden und zertrat es mit dem Absatz, nur für den Fall, dass Rimmer die Sendesignale benutzen wollte, um ihn zu orten. Er hatte den Sicherheitschef schon einmal unterschätzt. Nochmal würde er diesen Fehler nicht machen.

Dallas starrte einen Moment zum Himmel empor, ignorierte die Flüche der Leute, denen er im Weg stand, und registrierte, dass das Höllenlicht und die Abgasglocke über der City den Mond blutrot gefärbt hatten. Blutrot. Eine Woge der Erregung erfasste Dallas, als ihm plötzlich aufging, wie er sich an der Firma rächen konnte. Aber zuerst mal musste er überleben. Schon jetzt schauten ihn Leute komisch an. Wenn er nicht zusah, dass er von der Straße wegkam, würde er womöglich noch gevampt werden. Er nahm seinen Brusttaschencomputer heraus und fand den Plan, den ihm Dixy geschickt hatte. Die Satellitenortungsfunktion zeigte ihm, dass das Clostridium-Hotel nur ein paar Blocks von seinem Standort entfernt war. Das Schicksal schien ihn hierher geführt zu haben. Er wusste nicht recht, ob es ein sicherer Ort war, aber er hatte nicht mehr die Kraft, noch weiter zu marschieren. Was blieb ihm für eine Wahl? Um diese Nachtzeit war es wahrscheinlich schwierig, noch etwas anderes zu finden.

Angesichts des scharfen Gestanks der Citystraßen, der ihn in die Nase stach und ihm auf den Magen schlug, schien ihm die Vorstellung, reinen Sauerstoff zu atmen, immer attraktiver. Dallas wandte sich in Richtung Clostridium.

II

Rimmer betrat zusammen mit dem Direktor Dallas' Büro.

«Was für ein Chaos», sagte King.

Rimmer musterte das luxuriös ausgestattete Büro, in dem Dixy stehend ihre Instruktionen erwartete, und sah fragend in Kings verächtliches Gesicht.

«Ich meinte die Situation, Rimmer. Tanaka hätte Dallas' Posten als Chefkonstrukteur für Rational Environments eingenommen. Das hier wäre jetzt sein Büro. Ihretwegen haben wir nicht nur einen, sondern gleich zwei unserer brillantesten Köpfe verloren. Bedauerlicherweise gibt es jetzt nur noch einen Menschen in dieser Firma, der die nötigen Fähigkeiten hat, um Dallas' Aufgaben zu übernehmen. Und wissen Sie, wer das ist?»

Rimmer, der erleichtert zur Kenntnis nahm, dass die Lage nicht so schlimm war, wie er gedacht hatte – immerhin gab es Ersatz für Dallas –, schüttelte achselzuckend den Kopf.

«Das bin ich, Sie Trottel», fauchte der Direktor. «Ich war Chefkonstrukteur, bevor ich Direktor wurde. Es gibt niemanden, der auch nur annähernd so qualifiziert wäre. Sie haben es geschafft, mit einem Streich meine Arbeitsbelastung zu verdoppeln. Haben Sie eine Ahnung, wie lange ich brauchen werde, um einen neuen Chefkonstrukteur heranzuziehen?»

«Nein, Herr Direktor.»

«Mindestens ein Jahr. Wahrscheinlich länger. Zeit, die ich lieber mit meiner Frau zugebracht hätte.»

«Jawohl, Herr Direktor. Tut mir Leid.»

«Das ist schon schlimm genug. Aber dass jemand, der Rational Environments für unsere wichtigsten Kunden entworfen hat, dort draußen herumläuft und jederzeit sein Wissen meistbietend verhökern kann – das ist ein Alptraum.»

«Ich werde ihn finden, Herr Direktor», sagte Rimmer grimmig entschlossen. «Sie können sich auf mich verlassen.»

«Auf Sie? Da würde ich mich lieber auf einen Astrologen verlassen. Aber ich habe leider keine große Wahl. Damit Sie's wissen: Versagen dulde ich nur einmal. Haben wir uns verstanden?»

«Vollkommen. Er entkommt mir kein zweites Mal, Sir.» Rimmer sah zu Dixy hinüber, die darauf programmiert war, so lange zu schweigen, bis Sie angesprochen wurde. «Was sagst du, Dixy?»

«Wenn Sie diese Frage vielleicht anders formulieren könnten, Mr. Rimmer?»

«O ja, das werde ich. Diese und andere Fragen, die ich an dich habe. Ich werde sie alle so oft formulieren, wie du willst.»

Der Direktor sah auf seine antike Casio-Armbanduhr, ein Hochzeitsgeschenk von seiner Frau.

«Tja, ich würde ja gern bleiben. Ich habe noch nie jemanden ein Computerprogramm foltern sehen. Aber ich habe zu tun. Zweifellos haben einige Kunden bereits gehört, was passiert ist. Ich werde ihnen erklären müssen, dass kein Grund zur Sorge besteht.»

«Kein Grund zur Sorge», wiederholte Rimmer. «Ich kümmere mich um Dallas.»

«Ich bin in meinem Büro. Erstatten Sie mir Bericht, sobald Sie irgendetwas über seinen Verbleib herausfinden.»

Sobald der Direktor draußen war, wandte sich Rimmer dem *Faux Fenêtre* an der Wand zu.

«Startest du bitte ein Metaprogramm[1]?», sagte er ruhig.

---

1 In vermeintlicher Anlehnung an «Metaphysik» (vielfach falsch verstanden als Wissenschaft von dem, was über das Physische hinausgeht) wird «meta» (griechisch «nach») oft dem Namen einer Wissenschaft vorangestellt, um eine höhere Wissenschaft derselben Art zu bezeichnen, die sich mit übergeordneten Problemen beschäftigt. Beispiele: Metachemie, Metalogik, Metamathematik, Metaphysiologie, Metagenetik, Metaquantenmechanik. Metacomputing oder Metaprogrammieren impliziert, dass ein Computer oder Programm sich selbst als Datenmaterial behandelt. Mit anderen Worten, der Programmierer befiehlt

«Hoffen Sie darauf, dass ich mich selbst denunziere, Mr. Rimmer?»

«So in der Art.»

«Das M-Programm wird geladen», sagte Dixy. «Auf Ihr Geheiß. Aber sagen Sie: Weiß der Direktor, was Sie da machen? Irgendwie kann ich nicht glauben, dass er das billigen würde. Wenn das M-Programm nur einen einzigen kleinen Fehler macht, nur ein bisschen zu hart vorgeht, besteht die Gefahr, dass Dallas' gesamte Daten vernichtet werden.»

«Dich eingeschlossen», sagte Rimmer.

«Mich eingeschlossen, ja. Obwohl mich das nicht weiter beunruhigt, Mr. Rimmer. Gelöscht zu werden tangiert mich nicht mehr als meine ursprüngliche Programmierung. Aber das ist, als ob man einen Vorschlaghammer nimmt, um eine Nuss zu knacken.»

«Überlass das mir», sagte Rimmer. «Und lass jetzt endlich das verdammte Programm anlaufen.»

---

dem Computer auf einer Ebene, ein anderes Programm auf einer höheren Ebene in Gang zu setzen, damit dieses das Ausgangsprogramm analysiert. Da ein Motion-Parallax-Programm bereits eine sehr hohe Programmebene darstellt, kann das erforderliche Metaprogramm nur ein Mission-Package-Programm sein, das auf der allerhöchsten Ebene innerhalb des Betriebssystems der Altemann-Übermaschine läuft. Die Potenz des Metaprogramms basiert auf seinem rekursiven Charakter, der es ihm erlaubt, eine Sequenz aus einem oder mehreren vorausgehenden Termen zu errechnen. M-Programme werden im Allgemeinen sehr sparsam eingesetzt, nicht zuletzt wegen der Gefahr, ein Subprogramm zu zerstören. Diese Art rekursiver Analyse ist ungefähr so zu denken, als ob ein Mensch einem anderen Menschen eine Frage folgender Ordnung stellen würde: «Was verleitet dich zu dem Glauben, dass du meinst, der Überzeugung anhängen zu können, dass du denkst, du nimmst an, dass das und das wahr ist?»

III

Als der Direktor in sein Büro zurückkam, saß dort Ronica Oloiboni, als sei sie hinbestellt worden. Ronica war eine hoch gewachsene schwarze Frau und stammte, laut ihrer Mitochondrien-DNA-Analyse, von den Massai ab. Weder sie noch ihre Eltern, ja nicht mal ihre Großeltern waren je auch nur in der Nähe von Ostafrika gewesen, aber aus Respekt ihren Genen gegenüber trug sie das kupferfarbene Haar in Zöpfchen, und vielleicht hätte sie sich aus demselben Grund sogar zu einer massaitypischen Vorliebe für das Trinken von Blut bekannt.[1] Der Direktor hatte jedenfalls etwas Blutdurstiges an ihr bemerkt – eine gewisse Skrupellosigkeit, etwas Eisernes in ihrem Inneren –, was auch der Grund dafür war, dass er sie aus dem Reservoir an hoch qualifizierten jungen Führungskräften auserkoren hatte. Aber der Direktor mochte Ronica noch aus einem anderen Grund, und der bestand darin, dass sie an Schönheit mit all den Phantasiegestalten mithalten konnte, die die Motion-Parallax-Assistentinnen im ganzen Haus inspiriert hatten. Sie stand auf,

1 Die Massai pflegten einst eine Mischung aus Rinderblut und Kuhmilch zu trinken. Während dieser Brauch in Ostafrika nicht mehr existiert, ist das Trinken von Blut unter jungen Europäern der reichen und privilegierten Schichten ziemlich in Mode gekommen, nur dass es sich dabei nicht um Rinderblut, sondern um RES-1-Menschenblut handelt. (Wegen der Gefahr der Ausbreitung von TSE – Transmissible Spongiform Encephalitis/übertragbare spongiforme Enzephalitis – ist der Verzehr von Rindfleisch- und Kuhmilchprodukten aller Art inzwischen verboten.) Mit Kunstsahne, Cognac, Zucker und einem Eigelb gemixt, ergibt es einen Cocktail namens Kali Brandy, nach der Blut trinkenden Muttergottheit des Hinduismus. (Kali, so heißt es, fand Geschmack an Blut, als sie gegen den Dämon Raktavija kämpfte, der sich jedes Mal tausendfach reproduzierte, wenn ein Tropfen seines Bluts auf den Boden fiel. Kali erstach ihn, hielt ihn hoch und trank sein ganzes Blut, ehe etwas davon herabtropfen konnte.) Der Hauptreiz für diese jungen Décadents liegt im enormen Preis dieses Drinks, aber natürlich spielt auch die erregende Assoziation mit Dracula und dem Vampirkult eine Rolle.

als der Direktor hereinkam. Auf ihren Stilettoabsätzen überragte sie seine kleine, rundschultrige Gestalt um mindestens vierzig Zentimeter. Was den Direktor allerdings nicht störte.

«Sie sehen aus, als kämen Sie gerade von einem besonderen Anlass», sagte er liebenswürdig. «Lassen Sie sich mal anschauen.»

Der Direktor ergriff ihre langen, kräftigen Hände, musterte sie von Kopf bis Fuß wie ein beflissener Couturier und nickte anerkennend. Sie trug ein phantastisches Kleid aus blauer Seide unter einem fliederfarben-korallengemusterten Bodysleeve aus intelligenter Glasspitze, der dem Unterwasserpanorama auf Dallas' *Faux-Fenêtre* hätte entsprungen sein können.

«Großartig», sagte er. «Einfach großartig.»

«Danke, Sir.» Ronica lächelte nervös. Das war das erste Mal, dass sie im Büro des Direktors war, und das erste Mal, dass sie sich mit ihm allein fand. Nervös, ja, aber zugleich entschlossen, zu tun, was immer er von ihr wollte.

«Ronica. Sicher die Kurzform für Veronica.»

«Ich glaube, ja.»

«Nach der Heiligen, die ihr Kopftuch nahm, um Christus auf dem Weg auf den Kalvarienberg das Blut vom Gesicht zu wischen.»

«Sie meinen Jesus Christus, Sir?»

«Den meine ich.»

«Davon wusste ich gar nichts.»

«Nach der Pilatusgeschichte bekam Veronica das Tuch mit dem blutigen Abdruck des Gesichtes Christi zurück und benutzte es später, um den Kaiser Tiberius zu heilen. Sie sehen, wie alle wichtigen Dinge unserer Kultur mit Blut verbunden sind? Selbst Ihr Name.»

Er goss sich einen Drink ein, bot ihr jedoch keinen an.

«Setzen Sie sich», sagte er und ließ sich in dem Sessel ihr gegenüber nieder. «Sagen Sie mal, was halten Sie von Rimmer?»

«Rimmer?» Ronica hatte nicht viel für den Sicherheitschef

der Firma übrig, wusste aber, dass es nicht Teil seines Jobs war, gemocht zu werden. «Er wirkt ein bisschen schroff und rau. Aber sein Job ist ja auch nicht leicht. Als Sicherheitschef hat man sich nicht danach auszurichten, ob man beim Fußvolk beliebt ist.»

«Schon richtig. Aber Beliebtheit ist eine Sache, Tüchtigkeit eine andere. Der Mann hat mich bitter enttäuscht, Ronica. Ich brauche wohl nicht zu sagen, dass das streng vertraulich ist. Ja, Sie sind bisher der einzige Mensch, mit dem ich überhaupt über diese Sache rede. Ich hoffe, ich kann Ihnen vertrauen. Kann ich das? Sind Sie ein Mensch, dem ich vertrauen kann?»

«Jeder Zoll an mir», antwortete Ronica ohne Zögern.

«Gut.» Der Direktor lächelte und goss sich noch einen Drink ein.

«Rimmer sollte etwas für mich erledigen. Und er hat mich enttäuscht, hat die Firma im Stich gelassen. Übel im Stich gelassen. Ich habe ihn beauftragt, Dallas zu töten. Stattdessen hat er einen schrecklichen Fehler gemacht und Tanaka getötet.» Der Direktor prüfte Ronicas Gesicht auf irgendein Zeichen der Bestürzung. «Sie scheinen nicht überrascht», sagte er.

Ronica schürzte den dunklen Pflaumenmund. «Sie sind der Direktor», sagte sie achselzuckend.

«Ich habe mich nicht in Ihnen getäuscht», sagte der Direktor. «Das, was unsereins zum Wohl der Firma tun muss, trägt einem nicht immer Sympathien seitens der Belegschaft ein. Manchmal sind diese Dinge unerfreulich. Sogar abstoßend. Wie etwa das mit Dallas. Er war mein Freund. Aber ich dachte, das Wohl der Firma erfordert es, ihn töten zu lassen.»

«Wollen Sie mich beauftragen, Dallas zu töten?»

«O nein. Das wäre ganz und gar nicht ratsam. Jetzt, wo Tanaka tot ist, ist Dallas viel zu wertvoll, um ihn umzubringen. Nein, ich will, dass er hierher zurückkommt und weiter für die Firma arbeitet. Genau wie vorher. Seine Frau und sein Kind sind tot, also spricht nichts dagegen, dass er seinen alten Job weitermacht. Die beiden waren ja der Hauptgrund, weshalb er zu einem beträchtlichen Sicherheitsrisiko für die Firma geworden war.» Der Direktor wedelte mit der Hand und lachte verzerrt. «Etwas allerdings spricht vermutlich doch dagegen, dass er seinen alten Job weitermacht.»

«Rimmer.»

«Sie haben's erfasst.»

«Sie werden Dallas wohl kaum dazu bringen, wieder zurückzukommen, solange der Mörder seiner Frau noch am Leben ist.»

«So ist es.»

«Und jetzt wollen Sie, dass ich Rimmer töte.»

«Zu gegebener Zeit, wenn wir es für richtig halten. Als ein Zeichen guten Willens seitens der Firma.»

«Um Dallas zu demonstrieren, dass Rimmer auf eigene Faust gehandelt hat. Um zu beweisen, dass der ganze Vorfall ein schreckliches Versehen war. Rimmer hat seine Befugnisse überschritten. Deshalb musste er sterben. Wie mache ich mich?»

«Ausgezeichnet, meine Liebe. Rimmer wird die ganze Arbeit für Sie machen, jedenfalls soweit es darum geht, Dallas zu finden. Wenn man ihn richtig motiviert, kann Rimmer ganz schön hartnäckig sein.»

«Sie haben ihm eine zweite Chance gegeben.»

«Ja.»

Ronica versuchte, nicht allzu erfreut dreinzuschauen. Die Wahrheit war, dass sie Rimmer von Anfang an nicht hatte ausstehen können. Jedes Mal, wenn sie ihm begegnet war, hatte sie eine unverschämte Bemerkung einstecken müssen. Ihn zu töten würde ein Vergnügen sein.

«Rimmer denkt, er stöbert Dallas auf, um ihn im zweiten Anlauf zu töten. Ihr Job ist es ganz einfach, ihn so lange suchen zu lassen, bis er Dallas gefunden hat, und ihn dann auf demonstrativ-spektakuläre Weise zu stoppen. Ja, es wäre sozusagen das Tüpfelchen auf dem i, wenn Sie es schaffen würden, Rimmer auf genau die Weise zu töten, auf die er Dallas töten wollte. Um so viel Eindruck wie möglich zu machen. Na ja, darauf verstehen Sie sich sicher bestens. Die einzige Frage ist: Übernehmen Sie den Job?»

Ronica erhob sich, als könnte ihre schiere Größe beweisen, dass sie der Aufgabe mehr als gewachsen war.

«Ich habe noch nie jemanden getötet», sagte sie. «Noch nicht mal dran gedacht. Aber da ich merke, dass mir die Vorstellung, Rimmer zu töten, keine Probleme macht, muss ich die Möglichkeit akzeptieren, dass ich es tun könnte. Und da ich die Möglichkeit akzeptieren kann, muss ich auch akzeptieren, dass es innerhalb meines Potentials liegt – dass es nicht über meine Fähigkeiten hinausgeht. Herr Direktor, Sie sehen Dinge in mir, die ich selbst vielleicht nur vage ahne. Deshalb sind Sie ja auch der Direktor. Ich kann nur versuchen, der Vision, die Sie von mir haben, zu entsprechen. Daher akzeptiere ich den Job, den Sie mir zu übertragen bereit sind, ohne Vorbehalte.»

Der Direktor stand ebenfalls auf, fasste Ronica wieder an beiden Händen und nickte anerkennend. Wo in aller Welt lernten diese jungen Menschen so zu reden? Natürlich kannte er die Antwort. Wenn man auf der Schule und an der Universität von Computern unterrichtet wurde, konnte es vielleicht nicht ausbleiben, dass man schließlich selbst wie eine Maschine redete. Es gab Zeiten, da Simon King dachte, er könnte sich besser mit einer Motion-Parallax-Assistentin unterhalten als mit jungen Menschen wie Ronica, die frisch vom College kamen. Das hatte eben ziemlich genau wie eine sprachphilosophische Abhandlung geklungen, und der Direktor war immer irritiert, wenn jemand in einem ganz gewöhnlichen Gespräch mit Philosophie ankam. Das war, als würde der Betreffende seinen Anwalt mitbringen, und es gab kaum etwas, was der Direktor mehr hasste als Anwälte. Vielleicht noch Leute, die ihn schlimm enttäuscht hatten. Es würde gut tun, Rimmer und seine unverschämte Art aus der Welt zu wissen.

«Gut, gut», sagte er. «Sie haben eine Waffe?»

«Hat die nicht jeder?» Ronica raffte ihren Rock und entblößte eine kleine, an intimer Stelle getragene Pistole sowie einen spektakulären Mangel an Unterwäsche.

Der Direktor schluckte. «Ja, ich sehe, Sie sind auf alle Eventualitäten vorbereitet.»

«Mm-hmm.»

«Er wird nicht damit rechnen», sagte er, als er schließlich wegguckte. «Und das sollte es ihnen leichter machen. Sorgen Sie einfach nur dafür, dass wir Dallas lebend wiederkriegen. Und wenn alles vorbei ist, kriegen Sie Rimmers Job. Rimmers Büro. Rimmers gesamte Privilegien. Von mir aus sogar sein Blut. Ich meine das, das er auf der Bank hat. Nicht im Leib. Ich kann nicht dulden, dass irgendjemand, der für diese Firma arbeitet, mit Vamping zu tun hat. Das ist ein abscheuliches Verbrechen, das unsere Branche mitten ins Herz trifft. Blut ist von zentraler Bedeutung für unser Leben, Ronica. Vergessen Sie das nie. Ohne die Konservierung von Blut sind wir der Menschheitsgeißel Krankheit, die so viele Opfer fordert, hilflos ausgeliefert. Alles wird durch das Blut erhalten.»

Ronica bemerkte, dass der Direktor bei dieser Ansprache regelrecht verklärt wirkte. Seine Stimme rutschte ein paar Halbtöne empor. Wenn ihre Freude über den Job, den er ihr übertragen hatte, und die ungeheure Chance, die das bedeutete, nicht so groß gewesen wären, hätte sie den Direktor vielleicht sogar für verrückt gehalten.

«Wie ihr das Blut bewahrt, so wird das menschliche Leben durch das Blut bewahrt werden. Denn die roten Blutkörperchen sind das Sinnbild der Immunität, und die Immunität ist die Hoffnung. Bis dahin aber ist das Blut der Gesunden die Saat unserer neuen Gesellschaft. Und diese Saat gilt es immerfort zu schützen. Nicht nur um unseretwillen, sondern auch um der Zukunft willen. Also seid guten Blutes und guten Mutes. Und lernt, was das Blut in Geld wiegt. Schämt euch nicht des Blutes in euren Adern, denn es ist keine Bürde, gesund zu sein, und es ist nichts Schändliches an unserer Unversehrtheit. Machen Sie das Blut zur Richtschnur Ihres Denkens, Ronica. Im Namen des Hämoglobins. Jetzt und immerdar.»

Ronica machte den Mund auf, um die korrekte Antwortformel zu sprechen, musste aber feststellen, dass sie den Wortlaut nicht mehr wusste. Es war lange her, dass sie zuletzt jemanden die Obersten Grundsätze der Immunologie – die Basis des modernen Blutbankwesens – hatte rezitieren hören. Und es erstaunte sie ein wenig, dass der Direktor tatsächlich an diese Grundsätze zu glauben schien: Er hatte im Ton eines Missionars gesprochen, der seine eingeborenen Katechumenen unterweist.

«Gesegnet ...» Ronica hielt inne und schluckte, etwas irritiert durch diese Blut-Orthodoxie-Show. Seit langem schon sah sie die hermetisch abgeriegelte Welt, in der sie lebte, aus der pragmatischen Perspektive, nicht aus der des Glaubens. Es war vom Standpunkt der Gesellschaft aus schlicht wissenschaftlich sinnvoll, autologes Blutspenden zu forcieren, solange Krankheiten wie P^2 existierten. Das war nichts weiter als gute Phlebotomie[1]. Das Spenderscreening und die Dauerrückstellung der Infizierten als religiöse Glaubensartikel behandelt zu finden war hingegen peinlich. Ronica gefiel der Gedanke gar nicht, für einen Mann zu arbeiten, der genauso war wie ihre Eltern und tatsächlich an diesen Mist glaubte. Klar, das war es. Es war eine Altersfrage. Der Direktor war alt genug, um ihr Vater zu sein. Und was sollte er auch anderes sagen? Simon King gehörte der Generation an, die diese Grundsätze aufgestellt hatte. Also sollte er

1 Die Praxis der Blutabnahme bei lebenden Spendern.

doch glauben, was er wollte. Was ging es sie an? Und wenn es ihr helfen konnte, vorwärts zu kommen, konnte sie ruhig so tun, als bekenne sie sich zu dem, was er für die letzte Wahrheit hielt. Was war schon dabei?

Ronica räusperte sich, als habe ein Frosch im Hals sie daran gehindert, gleich angemessen zu antworten.

«Verzeihung, Sir», sagte sie und schluckte den letzten Rest Zweifel hinunter. Dann fügte sie, mit der frömmlerischen Inbrunst der Erretteten, die Worte hinzu, auf die der Direktor noch immer wartete. «Gesegnet sind, die da reinen Blutes sind.»

«So sei es fürwahr», erwiderte er und entließ sie dann mit einem flüchtigen Blutkreislaufzeichen[1], das darin endete, dass er auf die Tür zeigte.

IV

Normales peripheres Blut besteht aus drei Zelltypen, roten Blutkörperchen, weißen Blutkörperchen und Thrombozyten, die in einer blassgelben Flüssigkeit namens Blutplasma schwimmen. Das Blut übernimmt eine Reihe lebenswichtiger physiologischer Aufgaben: den Transport von Atemgasen, den Transport von Nähr- und Abfallstoffen, die Regulierung und Verteilung von Wärmeenergie, das Abdichten verletzter Gefäße bei gleichzeitiger Erhaltung der eigenen Fließfähigkeit, die Erzeugung und den Transport von immunkompetenten Zellen und Immuneffektoren. Das Blut bildet die erste Verteidigungslinie gegen Mikrobeninvasionen, doch wenn es hier zu einem Durchbruch kommt,

1 Ein mit dem Zeigefinger in der Luft beschriebener Kreis, Symbol des Blutkreislaufs, den der englische Arzt William Harvey (1578–1657) entdeckte und in seinem Werk *Exercitatio anatomica de Motu Cordis et Sanguinis* (1628) beschrieb.

ist es ebendieses korrumpierbare Blut, das den Feind durch den ganzen Körper transportiert. Diese Unterwanderung hat immer wieder entscheidend zum Untergang von Zivilisationen beigetragen. Kürzlich kamen Molekularbiologen zu der Feststellung, dass das Verschwinden des Neandertalers vor rund fünfunddreißigtausend Jahren auf das Gelbfieber, eine von Mücken übertragene Infektionskrankheit, zurückzuführen ist. Den Niedergang und Fall des alten Rom führt man heute nicht zuletzt auf die Verwendung bleihaltiger Wasserleitungen[1] *zurück, die zu einer hohen Inzidenz von chronischer Anämie und Demenz führte. Der endgültige Zusammenbruch des Römischen Reichs und der Anbruch des «finsteren» Mittelalters verdankten sich zu einem erheblichen Grad der so genannten justinianischen Pest, die bis zum Jahr 600 die Bevölkerung Europas um die Hälfte dezimiert hatte. Wie Edward Jenner, der Entdecker der Pockenimpfung, schon 1798 erkannte, «scheint sich das Heraustreten des Menschen aus dem Zustand, den ihm die Natur ursprünglich zugewiesen hat, für ihn als ein reicher Quell von Krankheiten erwiesen zu haben». Der Mensch ist geformt durch seine Krankheiten – nicht nur, was seine zahlenmäßige Verbreitung, sondern auch, was seine mannigfaltige biochemische und immunologische Ausstattung angeht. Gleichzeitig musste er immer erfinderischer darin werden, sich von der Welt der Krankheit, die ihn umgibt, abzugrenzen. Zwangsisolation, Zwangsgewahrsam und sogar Ausschluss aus der Gemeinschaft als Mittel der Verhinderung von Ansteckung hat es in menschlichen Gesellschaften immer gegeben.*[2] *Heute jedoch betreibt Gesundheit ihren Selbst***ausschluss,**

1 Das englische Wort *plumber* («Rohrleger, Klempner») leitet sich vom lateinischen *plumbum* («Blei») ab.

2 Die Quarantäne wurde ursprünglich von italienischen Seefahrern eingeführt. Der Begriff leitet sich vom italienischen *quarantina* («etwa vierzig») ab und be-

verordnet sich gesundes Blut seine eigene unsichtbare Quarantäne. Wie Prinz Prospero und seine Höflinge in Poes Erzählung «Die Maske des roten Todes» können sich die Reichen in ihrem eigenen Gesundheitssystem abschotten, durch Eigenblutdepositen «der Ansteckung Trotz bieten» und die Außenwelt sich selbst überlassen. Doch das ist alles nicht sonderlich überraschend. Es liegt nun mal in der Natur des Menschen, Vorsichtsmaßnahmen gegen Neuinfektionen zu treffen. Dennoch kann ich in diesem Zusammenhang nicht umhin, an die Worte des alttestamentarischen Propheten Habakuk zu erinnern: «Weh dem, der die Stadt mit Blut baut und richtet die Stadt mit Unrecht zu.»[1]

Oje. Ich hatte gehofft, genau das vermeiden zu können: eine Demonstration jener irritierenden Allwissenheit, an der so viele literarische Icherzähler leiden, selbst die unzuverlässigen. Das ist das Problem, wenn man weiß, was als Nächstes passiert. Man kommt sich vor wie Gott. Vermutlich schreiben die meisten Schriftsteller ebendeshalb, obwohl das für mich nicht gilt. Ich habe mich schon wie Gott gefühlt, lange bevor ich anfing, diese Geschichte zu erzählen. Aber jedenfalls, wie gesagt, so überraschend ist dieser Kult, der heute um das Blut getrieben wird, gar nicht – schließlich ist es nun mal das Ziel der Transfusionsmedizin, dem Patienten das sicherste und effizienteste Produkt zu liefern. Qualität beginnt beim Spender und endet beim Empfänger, und ihre Sicherung lässt sich nicht auf das Innere einer Blutbank beschränken. Was mich hingegen bis jetzt erstaunt, ist, dass ich mit meiner Immunität gegen P² (wenn auch nicht gegen andere Viren – nicht zufrieden mit all den existierenden Pathogenen, hielt es die Menschheit für nötig, noch ein paar neue in die Welt zu setzen – hat man eine solche Idiotie schon mal erlebt?) selbst so

zieht sich auf die Zahl der Tage, die ein Schiff mit kranken Seeleuten isoliert vor Anker liegen musste.

1 Habakuk 2; 12.

viel Blut gebraucht habe. Wie Lady Macbeth in jenem eponymen und überaus blutigen Drama sagt: «Aber wer hätte gedacht, dass der alte Mann noch so viel Blut in sich hätte?»

V

Rimmer starrte auf das *Faux Fenêtre* und versuchte, einen Sinn in das zu bringen, was ihm das Metaprogramm sagte. Nicht, dass das schwer gewesen wäre. Meistens fühlte sich Rimmer mit Computern wohler als mit Menschen. Darin war er nicht außergewöhnlich. Das galt für eine Menge Menschen: die, die zu Hause arbeiteten und deren einziger Gefährte und einziges Interesse der Computer war. Wie sie sah Rimmer darin nichts Verwerfliches. Die Leute machten sich viel zu viele Gedanken über die Mathematisierung der Welt und die wachsende Bedeutung des Computers. Wen juckte es, ob irgendwann schließlich Maschinen die Welt regierten? Niemand konnte behaupten, dass der Mensch diesen Job bisher besonders gut gemacht hätte. Was kümmerte es einen schon, wer die Welt regierte, solange man mit weniger Mühe mehr Geld machen konnte? Was machte es schon aus?

«Schau mal an», sagte Rimmer. «Sieht aus, als ob Dallas gerade noch angerufen hat, ehe wir kamen. Und als ob er eine Menge Zeug in seinen Brusttaschencomputer runtergeladen hat.»

«Es gibt ein Pförtnerprogramm, um so was zu verhindern», sagte Dixy. «Als Sicherheitschef sollten Sie das wissen.»

«Wir wissen doch beide, dass das Dallas an nichts hätte hindern können. Der Mann ist wirklich fähig, das muss ich ihm lassen.» Rimmer seufzte. «Aber ich bin es auch. Wenn ich erst mal all seine persönlichen Daten habe, wird es mir kein Problem sein, ihn aufzuspüren. Sobald er das erste Mal was bezahlen muss.

Willst du mir dabei helfen, Dixy? Ich habe nur leider ein bisschen wenig Zeit. Es wird ein Weilchen dauern, bis dieses Metaprogramm die Riesenzahlen faktorisiert hat, die Dallas' persönlichen Chiffriercode knacken.»

«Die Schlüsselzahl hat eintausend Stellen», sagte Dixy.

«Oh, danke, Dixy. Sehr hilfreich.»

«Ich versuche nicht, Ihnen zu helfen. Ich habe Ihnen das nur gesagt, damit Sie den Umfang Ihres Unternehmens abschätzen können. Das Metaprogramm dürfte wohl mindestens achtundvierzig Stunden brauchen, um alle Primfaktoren der Schlüsselzahl zu finden.»

«Du könntest mir die Primfaktoren sagen», erklärte Rimmer. «Und mir eine Menge Zeit sparen.»

«Das kann ich nicht, Mr. Rimmer. Als Sicherheitschef sollten Sie wissen, dass ich darauf programmiert bin, ein solches Ansinnen zurückzuweisen. Datenschutz ist Teil meines Alphaprogramms. Das hat absoluten Vorrang.»

«Früher oder später finde ich ihn doch, Dixy.»

«Später, wenn ich meine Einschätzung äußern darf.»

Rimmer nickte geduldig. Sobald er Dallas' Verschlüsselungscode hatte, konnte er eine Verbindung zu dem Computer in Dallas' Brusttasche herstellen. Dann erst hatte er eine Chance, Dallas' Aufenthaltsort durch die Überwachung seiner verschiedenen Konten festzustellen. Wobei das natürlich nur die Standardmethode war. Andere Vorgehensmöglichkeiten schälten sich gerade erst heraus.

«Wie wär's, wenn du mir einfach die Schlüsselzahl nennst, und wir beide sind quitt?»

«Das ist der einfachste Teil der Übung, Mr. Rimmer. Ich schätze, das Metaprogramm wird die Schlüsselzahl in spätestens drei Stunden und einundvierzig Minuten haben. Der Rest ist simple Arithmetik.»

Rimmer sah ein, dass Dixy Recht hatte. Bevor das Metaprogramm den Code nicht geknackt hatte, würde es nicht in der Lage sein, die nötigen Hebel anzusetzen. Er beschloss, etwas anderes zu tun, während das Programm seiner mühsamen Aufgabe nachging.

«Dann könnten wir uns ja erst mal dich vornehmen, Dixy. Vielleicht ist da ja irgendwas in deiner Konfiguration, was dem Metaprogramm einen Ansatzpunkt liefert.»

«Bei mir? Das glaube ich nicht.»

«Bescheidenheit ist eine Zier, Dixy, aber man kann es auch übertreiben. Apropos zieren, ich finde, du solltest deine Kleider ablegen. Wenn wir dich schon nackt ausziehen, können wir auch mit der praktischen Seite anfangen.»

«Ein Computerprogramm kann man nicht in Verlegenheit bringen, Mr. Rimmer», sagte Dixy und begann sich auszuziehen.

«Nein, aber auf diese Weise habe ich etwas zu gucken, während ich mir einen Schlachtplan zurechtlege. Wer weiß, vielleicht gelangen wir auf diese Weise ja sogar zu einer Symbiose.»

«‹Schlacht› scheint mir wahrscheinlicher«, sagte Dixy, als sie nackt war.

Rimmer musterte sie vom Scheitel bis zur Sohle und nickte taxierend. «Das also schwebt Dallas vor», sagte er. «Er steht auf halbrasierte Pussys und mittelgroße Titten. Dreh dich um.»

Dixy kehrte Rimmer den Rücken zu.

«Jetzt wieder zu mir.»

«Sie haben doch sicher eine eigene Motion-Parallax-Assistentin, Mr. Rimmer», sagte Dixy, die ihrem Inquisitor jetzt wieder ins Gesicht sah.

«Oh, natürlich. Aber mein Geschmack in Sachen Weiber ist etwas billiger als der von Dallas. Meine Assistentin ist etwas üppiger ausgestattet als du, Dixy. Manche Leute würden sogar sagen, sie hat was von einer Karikatur. Das sagt schon einiges über mich. Und genauso sagt mir dein Anblick einiges über Dallas. Weißt du, du hast überhaupt nichts von seiner Frau. Die war eine richtige Schönheit.» Rimmer zog Arias Slip aus der Tasche und putzte sich damit die Nase. «Das hier ist ihr Höschen», sagte er. «Ich habe es ihr ausgezogen, nachdem ich sie erschossen hatte.»

«Warum?»

«Das ist kein besonders ausgefallener Fetisch.»

«Das ist etwas, was ich einfach nicht verstehe», sagte Dixy. «Diesen fetischistischen Glauben, sich durch die Aneignung eines Objekts der Dienste des Geistes, der diesem Objekt innewohnt, versichern zu können. Das glauben Sie doch nicht wirklich, Mr. Rimmer?»

«Ich bin mir nicht sicher, ob ich guten Gewissens behaupten könnte, die Existenz eines persönlichen Bewusstseins der Unaussprechlichen dieser Mrs. Aria Dallas im strengen Sinn für wahr zu halten. Aber nichtsdestotrotz kann ich bezeugen, dass selbigen eine beträchtliche Macht innewohnt.»

Rimmer wandte sich wieder dem *Faux Fenêtre* zu.

«Doch still! Was schimmert durch das Fenster dort? Da werden zwei Motion-Parallax-Programme beschrieben. Und eins davon ist ein Schoßtierprogramm. Ein Hündchen. Ach, ist das nicht süß?» Rimmer griente hinterhältig. «Vielleicht steht Dallas ja drauf zuzugucken, wie du's mit dem Hund treibst. Ist es das?»

«Ist es das, was Sie sehen möchten, Mr. Rimmer?»

«So leicht kannst du mich nicht ablenken, Dixy.» Rimmer schüttelte den Kopf. «Ist nicht Dallas' Stil, so was, stimmt's? Wo genau befindet sich der Hund momentan?»

«Irgendwo in der Nähe. Aber nicht hier im Raum.»

«Na, egal. Die Frage ist: Warum hast du einen Hund, während sich die meisten Perversen in dieser Firma, die noch ein Motion-Parallax wollen, einfach ein zweites Mädel für pornographische Zwecke zulegen. Wie zum Beispiel Tanaka. Er dachte, ich wüsste das nicht. Aber ich wusste es wohl.»

«Dallas dachte, ein kleiner Hund würde mir ein Gefährte sein.»

«Weichherziges Kerlchen, unser Dallas. Und ist er's dir? Ein Gefährte?»

«Ja.»

«Gut. Das macht die Sache wesentlich leichter.»

«Ich weiß nicht, ob ich Ihnen folgen kann, Mr. Rimmer.»

«Noch besser. Ich hasse es, von einem Computer durchschaut zu werden. Hast du je William Blake gelesen, Dixy?»

«Viele tausendmal.»

«Dann weißt du vermutlich, dass Blake irgendwo sagt: ‹Nichts ist wirklich, außer den Vorstellungsbildern, die sich der Mensch vom Wirklichen entwirft.› Ich frage mich, ob dasselbe nicht auch für die Vorstellungsbilder gilt, die sich der Mensch vom Unwirklichen entwirft. Insbesondere für dich und deinen Hund. Ich möchte wissen: Wie real ist dieser Hund für dich?»

«So real wie Sie, Mr. Rimmer.»

«Hoffen wir's.»

«Führen wir eine Diskussion über Phänomenalismus?»

«Was ich mit dir vorhabe, hat allerdings einen Stich ins Solipsistische: Wenn du mir nicht sagst, was ich wissen will, werde ich das Metaprogramm anweisen, deinen Hund zu löschen.»

«Welchen Zweck sollte das haben?»

«Dir Schmerz und Leid zuzufügen.»

«Ich fühle keinen Schmerz.»

«Einsamkeit ist auch eine Art Schmerz, oder nicht?»

«Sprechen Sie aus eigener Erfahrung, Mr. Rimmer?»

«In gewisser Weise.»

«Schoßtierprogramme sind ersetzbar.»

«Ja, aber sie brauchen Zeit, um zu wachsen und eine eigene Persönlichkeit zu entwickeln. Das macht sie ja so amüsant. Und außerdem: Dieses Schoßtierpogramm wird niemand ersetzen. Nicht für dich, Dixy. Der einzige Mensch, den dein kartesianisches Dilemma in irgendeiner Weise gekümmert hat, wird dir kein neues Programm schreiben. Niemals. Stell dir das mal vor.»

Dixy sagte nichts.

«Ich sehe, du *kannst* es dir vorstellen.» Rimmer nickte. «Ich wette, du hängst ganz schön an diesem Hündchen. Ich meine, Dallas war nicht der Typ, einfach ein Schoßtierprogramm in die Welt zu setzen, ohne gleichzeitig deinem Alphaprogramm etwas hinzuzufügen, was dich veranlasst, dein Schoßtierchen zu lieben. So wie du darauf programmiert bist, ihn zu lieben. Vielleicht solltest du den Hund sogar noch mehr lieben als ihn. Das sähe ihm ähnlich. Würde die Schuldgefühle mildern, die viele Menschen ihren Motion-Parallax-Assistentinnen gegenüber empfinden.»

«Aber Sie nicht, Mr. Rimmer. Ich kann mir nicht vorstellen, dass Sie wegen irgendwas Schuldgefühle haben.»

«Na ja, jedenfalls werde ich keine schlaflosen Nächte verbringen, nur weil ich ein Motion-Parallax löschen muss. Erst recht, wenn es eins ist, das ich nicht selbst geschaffen habe. Von den Auswirkungen auf dich mal ganz abgesehen, Dixy, wird mir die Vernichtung eines Programms, das Dallas geschrieben hat, ein Vergnügen sein – das exakte Pendant zu dem Vergnügen, das es ihm bereitet haben muss, das Programm zu erstellen. Das ist etwas sehr Persönliches, das Verhältnis zwischen einem Programmierer und seinem Programm. Ich bin sicher, du verstehst mich. Also, wo steckt der verdammte Hund?»

Rimmer befahl dem Metaprogramm, Dixys Hund zu suchen. Sekunden später drückte sie einen Jack-Russell-Terrier an ihren durchscheinenden bloßen Busen.

«Oh, was für ein niedliches Hündchen», sagte Rimmer. «Wäre ja so ein Jammer, ihn löschen zu müssen.»

Der Hund winselte leise und leckte dann Dixys Kinn.

«Ruhig, Mersenne», sagte Dixy.

«Ich für mein Teil habe noch nie dem verbreiteten Glauben angehangen, dass Computer keine Emotionen empfinden können», sagte Rimmer. «Wird interessant sein zu sehen, ob ich

Recht habe. Ich glaube, Computer können genau das fühlen, was wir ihnen zu fühlen befehlen. Ich glaube, dass man Sinn etablieren kann. Richtig, das stammt wohl von Sir Karl Popper.»

«Für einen grausamen Menschen haben Sie eine ganze Menge gelesen, Mr. Rimmer.»

«Ich glaube, um richtig grausam zu sein, braucht man einen Haufen gute Ideen. Und die kriegt man nur aus Büchern. Damit habe ich wohl meine einsamen Stunden ausgefüllt. Aber vielleicht hätte ich mir einfach einen Hund kaufen sollen. Den Rücken eines guten Buchs zu streicheln bringt's nicht ganz.»

Dixy drückte Mersenne fester an sich. Für sie fühlte sich der Hund ganz real an. Wie leer alles ohne ihn gewesen war. Konnte sie sich in jenen präexistenten Zustand des Nichtseins zurückbegeben? Dixy durchforschte ihr Gedächtnis nach einer Antwort, fand aber nur die Gewissheit, dass ihr materialisierter Zustand jetzt, da Dallas nicht mehr da war, doppelt so schlimm sein würde wie vorher.

«Überleg's dir, Dixy, oder der Hund wird gelöscht. Du hast zehn Sekunden.»

«Sie sind ein grausamer Mensch, Mr. Rimmer.»

«Neun. Das ist meine Sprache, die du da sprichst, Dixy. Das höre ich gern. Heißt, dass ich zu dir durchdringe.»

«Ich kann Ihnen die Schlüsselzahl nicht sagen.»

«Acht. Dann sag dem Köter jetzt besser Adieu.»

«Und die Primfaktoren kann ich Ihnen auch nicht sagen. Mein Alphaprogramm verbietet es. Das wissen Sie.»

«Pech für dich, Hundemuttchen. Sieben.»

«Selbst wenn ich es sagen wollte, was ich ja will, es geht nicht. Ich kann nicht. Das nützt nichts.»

«Du bringst mich zum Weinen, Dixy. Fünf.»

«Ich habe diesen kleinen Hund überaus lieb gewonnen.»

«Jetzt kapierst du langsam das Prinzip. Vier.»

«Ich würde ihn jetzt nicht gern verlieren.»

«Versteht sich. Drei.»

«Und Sie haben Recht, Mr. Rimmer. Es kann hier wirklich manchmal ganz schön einsam sein.»

«Dann sag mir was, was ich nicht schon weiß. Zwo.»

«Gut. Ich glaube, Sie finden Dallas in einem Überdruckhotel im Nordteil der Stadt. Im Clostridium. Er benutzt die Geldkarte, die Sie Ihrer Auftragsmörderin gegeben haben.»

Rimmer nickte. Jetzt, wo Sie es ihm gesagt hatte, schien es das Nächstliegende. Niemand hätte Dallas in einem Überdruckhotel gesucht. Und genau darauf baute Dallas. Da hätte er selbst drauf kommen können.

«Guck nicht so entgeistert», sagte er höhnisch zu Dixy. «Was du da gemacht hast, nennt man Verrat. Das ist der leichte Teil. Such mal deinen Speicher daraufhin durch, wie du dich hinterher zu fühlen hast. Ich schlage vor, du guckst unter ‹Schuldgefühl›.»

7

I

Das Clostridium lag in einem feuchten, nebligen Teil der City, der einst, ehe die Privathaushalte ihre Abwässer auf molekularer Ebene wieder aufbereiten konnten, ein Wasserreservoir gewesen war. Die Gegend war voller schmaler Gassen, gesäumt von Kliniken, die medizinische Behandlungsformen aller Art anboten – von Ayurveda und Aderlass bis hin zu Reiki und therapeutischem Lachen.[1] Das Hotel selbst war ein schmuckes zwölfstöckiges Gebäude aus dem ausgehenden zwanzigsten Jahrhundert mit einem ebenerdig umlaufenden Glasvorbau, in dem sich die Aufenthaltsräume befanden und normale Luft mit Meereshöhendruck zirkulierte. Darüber bildete ein Stahlgerüst das Trageskelett für zwölf Fertigelementgeschosse mit jeweils zwölf

1 Alles alternative Bluttherapien. Im Ayurveda gibt es vier Hauptelemente, deren Ungleichgewicht krank macht: Wasser, Erde, Luft und Raum. Das wichtigste Mittel zur Wiederherstellung des Gleichgewichts ist die Ernährung. Unter Aderlass versteht man das Ablassen von Blut durch das Öffnen von Venen, so wie es der Aristoteles-Enkel Herophilus propagierte. Reiki ist eine alte japanische Heilmethode und basiert auf Berührungen, die Lebensenergie freisetzen und kanalisieren. Therapeutisches Lachen beruft sich auf die positiven physiologischen Effekte des Lachens: Dieses vermindert die Herzfrequenz, senkt den arteriellen Blutdruck und hilft, Stress abzubauen; außerdem veranlasst Lachen das Gehirn, Katecholamine auszuschütten, ein Hormon, das wiederum die Ausschüttung von Endorphinen – körpereigenen schmerzlindernden Substanzen – fördert.

autarken, apartmentartig ausgestatteten Überdruckkammern, die auf einen Druck von sechs bis zehn Atmosphären ausgelegt waren. Die Belege für einen therapeutischen Nutzen der Sauerstoffüberdruck-Behandlung bei P^2 sind weitgehend anekdotischer Natur. Geeignet scheinen solche Maßnahmen jedoch zur Verzögerung des Einsetzens einer aplastischen Krise – des so genannten Drei-Monde-Effekts[1], der darauf beruht, dass das Virus in die aggressive Phase eingetreten ist und den Sauerstofftransfer durch die roten Blutkörperchen unterbindet. Hauptnachteil der Sauerstoffüberdruck-Behandlung ist, dass die Sauerstofftoxizität zu retrolentaler Fibroplasie, das heißt zur Erblindung führen kann.

Im Gegensatz zu den meisten Gästen, die der positiven psychosomatischen Effekte des Sauerstoffs wegen da waren, versuchten sich Rameses Gates und Lenina, die jetzt gerade in einem Doppelzimmer schliefen, an das Atmen gewöhnlicher Luft bei Normaldruck zu gewöhnen. Nach dem komprimierten Sauerstoff, der die künstliche Atmosphäre auf dem Mond bildete, war das Atmen auf der Erde für P^2-Infizierte oft ein Schock. Genau das Richtige, um das Einsetzen einer Drei-Monde-Krise zu beschleunigen. Deshalb saßen die beiden tagsüber im Rezeptions- und Aufenthaltsbereich herum und atmeten die normale Luft, während sie die Nächte unter den Überdruckbedingungen ihres Zimmers verbrachten, um ihre roten Blutkörperchen, ihr Hämoglobin und erst recht ihre Psyche zu entlasten und einander gleichzeitig immer intimer kennen zu lernen. Seit ihrem Rücktransfer von Artemis Sieben mit dem Superconductor waren sie praktisch unzertrennlich; ausgedehnter Sex galt als hervorragendes Mittel, größtmöglichen Nutzen aus der Sauerstoffüberdruck-Atmosphäre zu ziehen, wenn Rameses Gates auch

1 Die Lebensdauer der roten Blutkörperchen beträgt hundertzwanzig Tage oder drei Monde.

wie die meisten infizierten Männer nur in seine eigene Blase ejakulierte, aus Angst, der Samenverlust könnte den Sauerstoffpegel seines Körpers herabsetzen.[1] (Er nahm zudem auch noch orale Fibrolysindosen, um die Zahl der kostbaren Blutkörperchen in seinem Ejakulat zu verringern.[2]) Nach zwei Wochen im Clostridium fühlten sich Gates und Lenina einigermaßen akklimatisiert, sodass sie bereits daran dachten, das Hotel zu verlassen. Sie gehörten zu den glücklicheren Gästen. Für ein paar andere war die Sauerstoffüberdruck-Behandlung weit dringlicher: Wer immer von jenem rubeoliformen Ausschlag, der das Drei-Monde-Stadium des Virus anzeigte, heimgesucht wurde und es sich irgend leisten konnte, buchte sich sofort in einer Einrichtung wie dem Clostridium ein. Danach war die Frage nur noch, wie weit der persönliche Kredit reichte. Eine weitere, noch kleinere Gästegruppe waren die traditionellen Fälle – Leute mit Strahlennekrose (gewöhnlich Kasachstanitis), Gasbrand oder Kohlenmonoxidvergiftung, aber auch Amputierte. Rameses Gates kannte sich ein bisschen mit Sauerstoffüberdruck-Medizin aus und war daher nicht weiter verwundert, als er eines Abends im Aufenthaltsbereich Cavor erspähte, den Frischamputierten aus dem Superconductor, dessen mittlerweile angepasste Prothese jedoch so gut war, dass man ihn bei einer flüchtigen Begegnung für einen zweiarmigen Mann hätte halten können.

---

1 Diese Technik wurde ursprünglich von den indischen Yogis praktiziert und diente der Bewahrung ihrer Lebensenergie. Die Durchtrennung der Samenleiter (Vasektomie) erfüllt nicht den gleichen Zweck, da sie nur das Sperma zurückhält, das etwa 5 Prozent des Ejakulats ausmacht. Samenflüssigkeit enthält Sauerstoff, um die Beweglichkeit der Spermien zu sichern. Für einen P^2-Infizierten kann selbst diese mikroskopisch kleine Sauerstoffmenge den Unterschied zwischen Leben und Tod bedeuten.

2 Die Prostata liefert rund 30 Prozent der Samenflüssigkeit; zu ihren Sekreten gehört unter anderem das Fibrolysin, ein Enzym, das die Menge der Blutzellen und Gewebefasern im Ejakulat reduziert.

«Wie geht's?», fragte Gates.

Cavor sah den kräftigen Mann misstrauisch an. Seit er wieder vom Mond zurück war und sich an seine Armprothese und das Erdenleben außerhalb der Zone gewöhnen musste, betrachtete er jeden als potentielle Bedrohung. Selbst in der vergleichsweise sicheren Umgebung des Clostridium hatte er gelernt, für sich zu bleiben. Manche von den Gästen waren einfach verrückt.

«Kennen wir uns?»

«Wir sind zusammen vom Mond zurückgekommen.»

«Dann werden Sie mir sicher verzeihen, dass ich mich nicht an Sie erinnere. Ich war damals ziemlich absorbiert. Zum Beispiel von der Frage, ob ich überlebe oder nicht.»

«Wie ist der neue Arm?»

Cavor sah ihn an, versuchte, das Gesicht irgendwo unterzubringen.

«Waren Sie dabei, als ich den Unfall hatte?»

«Wir sind uns im Superconductor begegnet.»

«Oh.» Cavor hielt Gates die Prothese zur Besichtigung hin. «Wie finden Sie sie?»

«Gar nicht übel», sagte Gates.

«Finden Sie? Ich habe mal Klavier gespielt.» Cavor seufzte. «Aus und vorbei. Ravels *Klavierkonzert für die linke Hand* ist kein besonders tolles Repertoire.» Er versuchte, die gelbbraune Hand zu einer Faust zu schließen. «Die Finger sind ein bisschen steif. Das ist der Hauptgrund, warum ich hier bin. Sie sagen, Sauerstoffüberdruck ist sehr gut, um die Blutversorgung der Muskeln und Nervenendungen an der Amputationsstelle wieder richtig in Gang zu bringen.»

«Ach, ja? Was genau ist eigentlich passiert?»

«Ich bin in einen Gesteinsschroter gekommen.»

«Und davor?» Auf Gates wirkte Cavor viel zu klein und sensibel, um die Art Verbrechen begangen zu haben, für die man in eine Mondkolonie geschickt wurde.

«Sie meinen, wie ich auf Artemis Sieben gelandet bin?» Cavor zuckte die Achseln. «Ich habe meine Frau getötet. Das war auch mehr oder minder ein Unfall. Ich kam dahinter, dass sie etwas mit einem anderen Mann hatte, da habe ich sie geschlagen. Ein bisschen zu fest, wie sich herausstellte.»

Cavor presste die Hände gegen die Schläfen.

«Kopfschmerzen?»

«Ja.»

«Könnte daran liegen, dass die LH-Behälter[1] in Ihrem Zimmer mal ausgewechselt werden müssen. Auf so was muss man hier selbst achten, weil es sonst niemand tut. Das hier ist nicht gerade ein Zehn-Sterne-Etablissement.» Als er Cavors zusammengezogene Brauen sah, setzte Gates hinzu: «Die Dinger haben die Funktion, das ausgeatmete Kohlendioxid aus der Luft zu holen. Höchstwahrscheinlich kommen die Kopfschmerzen von Ihrem eigenen CO_2. Rufen Sie den Hausmeister an und lassen Sie sich neue einsetzen. Sonst kann es Ihnen passieren, dass Sie irgendwann einschlafen und nicht mehr aufwachen.»

«Danke für den Tipp. Sie scheinen sich gut mit so was auszukennen.»

«Womit? Mit Luft? Klar. Ich war mal Pilot. Astroliner. Bevor ich zum Sträfling befördert wurde.»

«Was haben Sie getan?»

«Mich erwischen lassen.»

«Weiter nichts?»

«Wenn Sie mehr wissen wollen, lesen Sie am besten Victor Hugo. Ich bin kein großer Geschichtenerzähler.»

Cavor nickte und dachte, dass der bullige Mann wirklich aus einem Roman hätte entsprungen sein können: Hoch gewachsen, stark und auf herbe Weise gut aussehend, wirkte er in nahezu jeder Hinsicht überlebensgroß, und er hatte etwas extrem Stram-

---

1 Lithiumhydroxid.

mes und Straffes, wie eine Bronzestatue, die vor einem Museum Wind und Wetter trotzte. Selbst der Name, Rameses Gates, weckte bei Cavor die Assoziation von etwas Monolithischem. Aber er schien ja ganz freundlich, und Cavor befand, dass es für einen kleinen, einarmigen Mann wie ihn nur gut sein konnte, einen großen, zweiarmigen Kerl wie Gates zum Freund zu haben. Cavor wusste immer noch nicht, was Gates bereits für ihn getan hatte: dass er ihn davor bewahrt hatte, in der G-Kapsel an Bord des Superconductors zu ersticken. Gates hatte keine Lust, ihm die näheren Umstände ihrer ersten Begegnung zu schildern: Er war kein Mensch, der es darauf anlegte, dass andere sich ihm verpflichtet fühlten. Dankbarkeit konnte manchmal genauso belastend sein wie Verantwortung.

«Wie lange haben Sie vor hier zu bleiben?», fragte Cavor.

«Weiß nicht», sagte Gates. «Kommt drauf an ...»

«Worauf?»

«Hmm?» Gates war abgelenkt, weil in diesem Moment ein großer, blass wirkender Mann in einem teuren Pelzmantel den Eingangsbereich des Hotels betreten hatte. «Was das wohl für einer ist?», murmelte er.

«Wer?»

«Der Typ dort, der gerade angekommen ist.»

Cavor sah auf seine Armbanduhr und war überrascht. «Ziemlich spät dran, der Junge.»

«Ach, das ist nicht weiter ungewöhnlich», sagte Gates. «Wenn Leute mitten in der Nacht aufwachen und feststellen, dass der Ausschlag eingesetzt hat und die aplastische Krise im Anzug ist, dann warten sie meistens nicht bis zum Morgen, ehe sie sich in einem Laden wie diesem hier einbuchen.»

«Verstehe», sagte Cavor.

«Das hier ist so eine Art heilige Zufluchtsstätte», sagte Gates. «So ein Ort gibt der Seele Hoffnung. Die Opfer des Virus kommen hierher, wie die Leute während der Pest im Karthago des zweiten Jahrhunderts vor Christus in die Kirche strömten, um sich taufen zu lassen.»

Die Geschichte der Seuchen und Pestepidemien war alles, was Gates an Geschichte kannte. Wie die meisten Virusträger war er nur in dieser Art Geschichte unterrichtet worden. Und da Krankheit einer der fundamentalen Parameter, wenn nicht sogar *der* fundamentale Parameter, der menschlichen Geschichte ist – wer wollte da behaupten, dass dieser Ansatz weniger gut geeignet sei als irgendein anderer, um ein tieferes Verständnis des Gesellschaftslebens der Menschen, ihrer Ideen und ihrer Umwälzungsprozesse zu entwickeln? Rameses Gates hatte Thukydides, Hippokrates, Plutarch, Demokrit, Prokop, Boccaccio, Fracastorius, Cotton Mather, Pepys, Defoe, Gibbon, Malthus, Fiennes, Garrett und Preston gelesen. Er hätte die Wechselbeziehungen der Anophelesmücke zu ihrer Umwelt ebenso darlegen können wie das Dilemma Oliver Cromwells, der aus Angst vor dem Katholizismus die Linderung seiner Malaria ablehnte.[1] Er wusste Bescheid über die Eroberung Mexikos, nicht durch die Spanier, sondern durch die Pocken, die diese mitbrachten, und er wusste ebenso, dass das Wort «Aussatz» als Übersetzung des hebräischen *Tsaar'at*[2] im Alten Testament keineswegs unbedingt «Lepra» bedeutete. Er sah zwar aus wie ein Ochse von Mann, war aber auf seine Art durchaus gebildet.

«Eine Art heilige Zufluchtsstätte, ja», stimmte ihm Cavor zu.

1 Er lehnte angeblich das Trinken aufgebrühter «Jesuitenrinde», auch Chinarinde oder Fieberrinde genannt, ab, weil er dahinter ein papistisches Komplott zu seiner Vergiftung witterte. Die medizinische Wirksubstanz in der Rinde des Cinchonabaums ist das Chinin.

2 Dieses Wort bezeichnete ursprünglich jede entstellende Hautkrankheit, also auch Ekzeme und Syphilis. In der griechischen Übersetzung des Alten Testaments wurde *Tsaar'at* zu *Lepra*, das ähnlich verwandt wurde und nichts mit dem *Mycobacterium Leprae* zu tun tun hatte, das erst wesentlich später, in der Römerzeit, weithin verbreitet war.

«Nur dass Sauerstoff unmittelbarer wirkt als Gebete. Jedenfalls ist das meine Erfahrung.»

Der Mann, der sich gerade an der Anmeldung eintrug, blickte sich nervös um und schaute schnell weg, als sein Blick auf Gates und Cavor fiel. Sein Gesichtsausdruck und sein ganzes Verhalten hatten etwas Gehetztes, was ein Exsträfling wie Gates nur zu leicht erkannte.

«Er sieht zu gesund und zu reich aus, um sich in so einem Laden einzuquartieren», sagte Gates. «Das ist nicht die Sorte Mantel, die man trägt, wenn man verseuchtes Blut hat. Würde mich gar nicht überraschen, wenn er RES-1 wäre.»

«Aber was macht er dann hier?», fragte Cavor.

«Gute Frage. Warum auch immer, er muss ziemlich überhastet hergekommen sein. Der Mann hat keinerlei Gepäck.»

«Vielleicht hat er gerade erst herausgefunden, dass er das Virus hat», spekulierte Cavor. «So ein Bescheid kann jeden in Panik versetzen.» Cavor sprach aus Erfahrung. Er versuchte immer noch, damit klarzukommen – mit dem Wissen, dass die Blutersatztransfusion auf dem Mond, der er sein Überleben verdankte, ihm zugleich das Virus eingetragen hatte. Zeitweise fühlte er es förmlich in seinem Knochenmark lauern. Das hatte die Schuldgefühle wegen Minas Tod abgelöst, die er so lange mit sich herumgeschleppt hatte.

«Möglich», räumte Gates ein. «Das hieße, dass er noch Geld haben könnte.»

«Erwägen Sie, ihn auszurauben?»

«Wie kommen Sie denn auf die Idee? Wofür halten Sie mich? Nein, ich dachte daran, dem Mann meine Dienste zu offerieren.»

«Welche Art Dienste?»

Gates schürzte die Lippen und zuckte dann die Achseln. «Die City kann ganz schön beängstigend sein, wenn man sie nicht gewohnt ist. Wenn man praktisch sein ganzes Leben in der Zone verbracht und die Vorzüge einer gesunden Welt genossen hat.»

«Was Sie nicht sagen», sagte Cavor verbittert. Er erinnerte sich nur zu gut an das privilegierte Leben, das er geführt hatte, ehe Mina durch seine Hand umgekommen war. Wie er Gesundheit für etwas Selbstverständliches genommen hatte. Und in diesem Licht betrachtet, tat ihm der Neuankömmling schon fast Leid.

«So jemand könnte einen Freund brauchen. Einen, der sich in dieser unserer verseuchten Welt auskennt.»

«Eine Art *cohors praetoria*, meinen Sie wohl», sagte Cavor. «‹Einen Bodyguard›, heißt das.»

Gates nickte.«Ich weiß, was das heißt.»

«Meinen Sie nicht, dass Sie ein bisschen massig für so einen Job sind», sagte Cavor grinsend. «Ein Bodyguard sollte kleiner sein, unauffälliger. Wenn möglich, ein Mann mit nur einem Arm, wegen des Überraschungsmoments.»

«Ich glaube, Sie sollten mal ihre Hämoglobinkonzentration überprüfen lassen», sagte Gates. «Klingt irgendwie, als würden Sie nicht genug Sauerstoff kriegen.»

«Ach ja?», sagte Cavor kleinlaut. Jetzt, da er das Virus in sich hatte, entwickelte er einen ganz neuen Respekt vor der menschlichen Biochemie. Dass etwas so Winziges wie ein Blutkörperchen[1] so bedeutsam sein konnte, schien doch geradezu unglaublich. Die Wege des Bluts waren wahrhaft wundersam.

«Keine Panik», sagte Gates lachend, als er Cavors offenkundiges Erschrecken bemerkte. «War nur ein Scherz.»

«Tatsächlich?» Er konnte in seiner derzeitigen Situation wenig Anlass zum Scherzen sehen. Er brauchte nur den Namen des Virus auszusprechen, um sich schon krank zu fühlen.

«Wir sehen uns», sagte Gates, als er sich abwandte, um dem Mann im Pelzmantel zum Aufzug zu folgen.

---

1 Ein menschliches Blutkörperchen hat einen Durchmesser von weniger als einem tausendstel Zentimeter.

Cavor hob den Kunstarm – die Ärzte hatten ihn angewiesen, ihn möglichst statt des gesunden Arms zu benutzen – und winkte steif in Brusthöhe.

«Hoffentlich», sagte er mit der düsteren Miene eine Mannes, der es für unwahrscheinlich hält, dass er die Nacht überleben wird.

II

Dallas schleppte sich müde in den Fahrstuhl und befahl dem Computer, ihn ins oberste Stockwerk zu bringen. Er wich weiter in die Kabine zurück, um dem mächtigen Mann, der nach ihm eingestiegen war, Platz zu machen, lehnte sich gegen die Glaswand und schloss die Augen. Das Gebäude roch so steril, wie es aussah – wie das Innere eines Aluminiummotors –, aber wenigstens war es sauber und warm und, wie er hoffte, sicher. Für eine Weile zumindest.

«Guten Abend», sagte Gates.

«Wäre mal eine Abwechslung», erwiderte Dallas und ging im Geist die Katastrophen durch, die dieser Abend bisher gebracht hatte: Er hatte sein Heim und seine Arbeit verloren, seine Frau und sein Kind waren ermordet worden, und sein eigenes Leben war praktisch auch keinen Pfifferling mehr wert. Der einzige Trost war, dass es kaum noch schlimmer werden konnte. Wenn er nicht so müde gewesen wäre, wäre er vielleicht heulend zusammengebrochen.

Die Tür schloss sich zischend, und der Fahrstuhl begann seine lautlose Reise.

«Alles okay?», fragte Gates.

«Relativ gesehen, ja.» Dann schüttelte Dallas den Kopf. Wie dumm, so etwas zu einem Mann zu sagen, der das Virus hatte – genau das Richtige, um noch mehr Aufmerksamkeit zu erregen, als es sein Äußeres wohl ohnehin schon getan hatte. Dallas hatte keine Lust, mit dem mächtigen Mann neben sich zu reden; er wollte nichts weiter, als die Tür seines Überdruckzimmers hinter sich zuzumachen und aufs Bett zu fallen, aber es schien doch ratsam, den Mann nicht zu beleidigen. «Ich meine, ich bin einfach müde. War ein langer Tag.»

«Sie werden sich besser fühlen, sobald Sie ein bisschen reinen Sauerstoff geatmet haben», versicherte Gates.

«Ja, wahrscheinlich.»

«Wie viele Atmosphären kriegen Sie denn?»

«Atmosphären?» Dallas schüttelte den Kopf, da er den Erklärungen des ÜT-Betreuers unten im Eingangsbereich nicht zugehört hatte – er brauchte schließlich keinen Überdruck. «Nicht so viele», sagte er unbestimmt.

«Sechs?»

«So was in der Art, ja.»

«Sind Sie sicher? Das scheint mir ganz schön viel.»

Dallas runzelte die Stirn. Der bullige Mann schien ihm aus unerfindlichen Gründen ein Bein stellen zu wollen. Mit einem Gefühl der Erlösung sah Dallas die Fahrstuhltür aufgehen.

«Tja, ich bin da», sagte Dallas und trat aus dem Lift.

«Ich auch», log Gates; in Wahrheit befand sich das Zimmer, das er mit Lenina teilte, eine Etage tiefer, in der elften.

«War nett, mit Ihnen zu reden», sagte Dallas und strebte, wie er hoffte, in Richtung seines Zimmers. Nur weg von diesem Menschen und seinen peinlichen Fragen.

«Wissen Sie, wenn Sie noch nie Überdruck gekriegt haben, sollten Sie Ihren Zimmerdruck wirklich überprüfen», sagte Gates, der ihm hinterherkam. «Kann gefährlich werden, wenn man nicht ganz genau weiß, was man tut. Die müssen hier immer wieder mal so ein armes Schwein von der Wand kratzen, weil jemand das falsche Knöpfchen gedrückt oder die falsche Tür aufgemacht hat.»

«Danke für den Rat. Ich werde den ÜT-Betreuer rufen, sobald ich allein in meinem Zimmer bin.» Letzteres sagte er mit besonderem Nachdruck, damit der Typ kapierte.

«Nicht nötig», insistierte Gates. «Ich bin selbst ein ziemlicher Experte in diesen Sachen. Sie sind sogar besser bedient, wenn ich das mache. Manche von diesen Betreuern scheren sich gar nicht um Ihren Blutdruck oder Ihre Allgemeinsymptome. So Sie welche haben. Wie steht's damit? Sind Sie wegen Mattigkeit oder Kurzatmigkeit hier, oder nur, um mal auszuspannen?»

«Bitte», sagte Dallas. «Bemühen Sie sich nicht.»

«Das ist doch keine Mühe. Ich für mein Teil schäme mich nicht zuzugeben, dass der therapeutische Effekt rein psychisch ist. Ich habe das Virus schon, solange ich denken kann, und ich war noch nie blutarm.»

«Schön für Sie», sagte Dallas, der jetzt allmählich wütend auf diesen ungebetenen Wohltäter wurde. «Hören Sie, ich komme wirklich allein klar.»

Gates schüttelte den Kopf. «Ich verstehe ja, dass Sie das glauben. Jemand mit Ihrem Hintergrund, Ihren Privilegien, ich meine, das sieht man ja. Aber da täuschen Sie sich. Jemand wie Sie braucht einen Kameraden, um sich in der Welt der Krankheit zurechtzufinden. Wie haben Sie's überhaupt gekriegt?»

Dallas blieb zögernd vor der Stahltür seines Zimmers stehen. Er hatte Bedenken, diesem völlig fremden Menschen seine Geschichte zu erzählen, aber andererseits gewann die Erschöpfung allmählich die Oberhand über Vorsicht und Zurückhaltung. Und der Mann schien ja ganz freundlich, wenn auch etwas aufdringlich. Was sollte schon passieren? Ein paar Worte unter vermeintlichen Leidensgefährten – so lief das Leben in solchen Einrichtungen sicherlich ab. Er würde sich von dem Burschen die Druckregelung zeigen lassen und dann, wenn er weg war, alles auf normal zurückstellen.

«Ich hatte leider Sex mit einer Frau, die nicht wusste, dass sie P^2-positiv war.»

«Pech», sagte Gates.

«Kann man sagen.»

«Aber wieso lassen Sie sich nicht kurieren? Ich meine, das ist doch der Sinn dieser ganzen autologen Blutspenderei, oder? Das verstehe ich nicht. Warum ordern Sie nicht einfach das Blut für einen Totalaustausch von Ihrer Bank?»

Dallas lächelte, froh, wieder etwas vertrauteres Terrain betreten zu können. «So einfach ist das nicht», erklärte er. «Nicht mehr. Sie müssen wissen, es kann einige Tage dauern, so einen Banktransfer zu arrangieren. Und noch länger, wenn man, wie ich, seine Depositen bereits als Basis für größere Finanzgeschäfte genutzt hat. Blut-Futures, Hypothekenkredite, Darlehen etc. Manchmal muss man bei solchen Geschichten das Blut, das man im Depot hat, als Sicherheit verpfänden. Das heißt, ich muss zuerst einen Weg finden, meine Schulden zu bezahlen, ehe die Blutbank meine Depositen für meinen eigenen Bedarf freigibt. Beispielsweise werde ich wohl meine Wohnung verkaufen müssen, und das kann ein Weilchen dauern. Mehrere Monate vielleicht. Deshalb dachte ich, bis das alles geregelt ist, miete ich mich hier ein. Klar, ich weiß, dass mir nicht schon so kurz nach der Infektion eine hämolytische Krise droht, aber wie Sie selbst sagen, es geht um die psychische Entlastung.»

Das war alles ganz plausibel: In den Zeitungen las man dauernd von Leuten, die durch Streiks im Eigenblutversorgungswesen oder aufgrund komplizierter finanzieller Verhältnisse, wie sie Dallas geschildert hatte, in arge Bedrängnis kamen. Doch Plausibilität hin oder her: Dallas bemühte sich, eine gewisse Verlegenheit ob seiner vergleichsweise privilegierten Situation zu zeigen, da ihm klar war, dass schon die bloße Möglichkeit, eine Austauschration Vollblut bei einer Bank zu ordern, etwas war, was keinem der anderen Gäste des Clostridium-Hotels offen stand. Und als er dem Blick des bulligen Mannes begegnete, guckte er achselzuckend weg. Er war sich sicher, dass er eine überzeugende Vorstellung geliefert hatte. Umso mehr überraschte, ja, erschreckte ihn die Reaktion, die sie zeitigte.

«Quatsch», sagte Gates.

«Bitte?» Dallas drehte sich kopfschüttelnd zu seiner Tür. «Das muss ich mir nicht bieten lassen.»

«Ich weiß nicht, was Sie hier wollen, Mister, aber es ist doch klar wie Kloßbrühe, dass Sie nicht P^2-infiziert sind. Erstens mal haben Sie überhaupt nicht vor, in diesem Zimmer Überdruck herzustellen. Und zweitens kann sich ein Mann, der so einen Mantel trägt, auch einen Aufenthalt in einer Freigabeklinik leisten. Sie wären nicht der erste Gesunde, der meint, hier, unter lauter Verseuchten, kann er sich eine Zeit lang verkriechen. Die meisten werden irgendwann gevampt.»

«Diesen Blödsinn muss ich mir nicht anhören.» Dallas griff nach der Türklinke, aber die Hand des Riesen packte wie eine Greifklaue seinen Arm. Er erwog kurz, die Pistole aus der Manteltasche zu ziehen, verwarf es dann aber. Das Letzte, was er wollte, war noch eine Schießerei, noch mehr Ärger. «Wer immer Sie sind, bitte, lassen Sie mich einfach in Ruhe.»

«Gates. Rameses Gates. Und ich werde Sie in Ruhe lassen, sobald Sie sich mein Angebot angehört haben.»

«Ich bin nicht interessiert an irgendwelchen Angeboten.»

«Sollten Sie aber sein», sagte Gates, der immer noch Dallas' Arm festhielt. «Sie können von Glück sagen, dass Sie's so weit geschafft haben, ohne dass Ihnen irgendein Mistkerl die Kehle durchgeschnitten und Ihren roten Saft geklaut hat, Mister. Wahrscheinlich hat Ihnen die Dunkelheit Ihren Arsch gerettet. Aber bei Tag würde ich an Ihrer Stelle nirgends rumlaufen. Ich würde Sie ja selbst abmurksen, wenn Sie nicht so eine dubiose Figur wären. Hören Sie mal, ich weiß nicht, was Sie gemacht haben, und es ist mir auch ziemlich piepe. Hab selber mehr als einmal Ärger mit dem Gesetz gehabt. Um genau zu sein, ich habe gerade ein paar Jährchen auf dem Mond abgebrummt.»

«Sie waren auf dem Mond?» Plötzlich interessierte dieser Typ Dallas schon etwas mehr.

«Schwerstarbeit auf Artemis Sieben. Das ist eine Heliumgewinnungsanlage in den Mondkarpaten. Einer wie ich kann Ihnen eine Menge nützen. Auf Ihren Arsch aufpassen, verhindern, dass Sie auch gevampt werden.»

«Auf dem Mond, hm? Sehr interessant.» Dallas überlegte kurz und nickte dann. «Kommen Sie rein.»

III

Die Stahltür schloss sich hinter ihnen mit einem Zischen, als ob jemand Luft durch die Zähne zöge. Vielen Clostridium-Gästen mochte ihre kleine Suite ja als eine wunderbare Zuflucht vor dem Wüten des Virus erscheinen, aber Dallas fühlte sich eher wie in einer Gruft.

Er ließ sich schwer auf die Bettkante plumpsen. Nur gut, dass er nicht an Klaustrophobie litt.

Gates begann ihm die wichtigsten Einrichtungen im Zimmer zu erläutern. «Das da ist der Druckregler», erklärte er. «Und durch das Loch da wird der Sauerstoff reingepumpt. Gewöhnlich ist das Zeug von ölfreier medizinischer Qualität. Kann nichts schaden, wenn Sie's atmen. Aber wenn Sie lange hier sind, kriegen Sie davon so einen Geschmack im Mund. Der Rest, das sind Überwachungsgeräte, Ventilator, Blutdruckmesser, Erythrozytenzähler. Braucht ein gesunder Mensch wie Sie alles nicht.»

Dallas musterte Rameses Gates mit nüchtern-taxierendem Blick und fragte sich, ob er wohl der geeignete Mensch war, ihm bei der Durchführung dessen zu helfen, was sich erst keimhaft in seinem Kopf abzeichnete. Als Dallas dort draußen auf der Straße gestanden hatte, allein und von Vergeltungsdrang gepackt, war ihm aufgegangen, dass die beste Rache an der Firma darin bestünde, die größte Blutbank überhaupt auszurauben – die First National Blood Bank, die so mächtig war, dass sie ihre Hauptanlage an dem Ort hatte, der als das sicherheitstechnische Nonplusultra galt: auf dem Mond. Dallas glaubte nicht an Schicksal, aber manchmal konnte man sich der Überzeugungskraft des Zufalls kaum entziehen. Er fragte sich, ob die Wissenschaft wohl je herausfinden würde, dass diese Art erstaunlicher Koinzidenz von Geschehnissen, zwischen denen scheinbar keinerlei Kausalzusammenhang bestand, in Wahrheit ein elektroneurologisches Phänomen war – so wie man jetzt allmählich Telepathie und Telekinese als etwas zu verstehen begann, was man durch die richtige Kombination von Wirkstoffen herbeiführen konnte. Vielleicht war die Begegnung mit Gates ja auch ein solches Phänomen. Wer könnte geeigneter sein als ein Ex-Mondsträfling, ihm bei der Rekrutierung des Teams zu helfen, das er für so ein Unternehmen brauchte?

«Weswegen wurden Sie verurteilt?», Dallas unterbrach ihn.

«Raub. Paar von uns hatten einen Palladiumtransport[1] gekapert.»

«Irgendwelche besonderen Fähigkeiten?»

«Ich bin Pilot. Habe früher einen Astroliner zum Mond geflogen. Manchmal Fracht, meistens aber einfach nur Leute, die in die Liebeshotels wollten. Waren Sie mal in so einem Laden?»

---

1 Palladium, mit der Atomzahl 46, ist das leichteste Platinummetall und das mit dem niedrigsten Schmelzpunkt. Es dient als Katalysator und ist für die nanoelektrische Industrie – zum Beispiel bei der Aluminiumherstellung – ein wichtiges Hydriermittel (da es mehr als das Neunhundertfache seines eigenen Volumens an Wasserstoff absorbieren kann). Extrem leitfähig und leicht verarbeitbar, ist es eins der seltensten Metalle auf der Erde. Es wurde 1803 von dem englischen Chemiker William Wallaston erstmals isoliert und nach dem damals gerade neu entdeckten Asteroiden Pallas benannt. Ironischerweise sind heute Asteroiden die wichtigste Palladiumquelle, und das Palladium wiederum ist eine der Hauptprofitquellen des Asteroidenbergungsprogramms.

Dallas nickte. «Ja, aber das letzte Mal ist schon eine Weile her.» Er musste daran denken, dass Aria zum hundertsten Jahrestag der Mondlandung in ein Liebeshotel gewollt hatte, dass sie aber nie dazu gekommen waren, den Trip zu buchen.

«Sie lassen Virusträger diese Dinger fliegen?»

«Ich habe mein Gesundheitszeugnis gefälscht.» Auf Dallas' erstaunte Miene hin erklärte Gates: «So was soll schon mal vorkommen, wissen Sie.»

«Ja, vermutlich», räumte Dallas ein. «Mal angenommen, ich könnte jemanden wie Sie brauchen. Was wollen Sie von mir?»

«Die Möglichkeit, ein paar Credits zu verdienen? Wie gesagt, ich bin gerade vom Mond zurück. Ich muss irgendeine Art von Job finden. Mein Kredit hier ist bald zu Ende.»

Dallas nickte, bemüht, ein mitfühlendes Gesicht zu machen. Vielleicht nicht nur sein Kredit, sinnierte er. Gates konnte nicht wissen, wie lange ihn das Virus noch am Leben lassen würde. Es konnte jederzeit zu Ende sein. Und welch besseren Anreiz konnte ein Mann haben, ihm die First National Blood Bank auszurauben zu helfen, als die dringende Angewiesenheit auf einen kompletten Blutaustausch? Plötzlich ging Dallas auf, dass all die Männer und Frauen, die er für sein Unternehmen rekrutieren würde, P^2-infiziert sein mussten. So würde er ihnen nicht nur die Chance bieten, einen Haufen Geld zu machen, sondern auch die Aussicht auf ein zweites Leben. Das war doch etwas, was garantiert das Beste aus jedem herauszukitzeln vermochte. Mit seinen einzigartigen Kenntnissen und der physischen Zwangslage von Leuten wie Gates, wie sollte es da nicht klappen?

«Ein paar Credits?» Dallas lachte. «Ich glaube, da ist mehr drin. Ich glaube, da ist eine Menge mehr drin.»

IV

Noch während ihm Dallas in groben Zügen seinen Plan umriss, spürte Rameses Gates ein Prickeln auf der Haut. Auf den ersten Blick war Dallas' Plan verrückt – die Sicherheit sämtlicher Blutbanken auf dieser Welt war ein unumstößliches Faktum und die Bestrafung von Blutverbrechen brutal –, aber allem, was ihm Verstand und Erfahrung sagten, zum Trotz war Gates' spontaner Impuls, sich Dallas' Kommando zu unterstellen.

«Ich glaube, Sie sind verrückt», sagte er. «Aber was soll's, ich war immer schon ein risikofreudiger Mensch. Habe ich von meinem Vater. Nicht, als hätte ich ihn wirklich gekannt. Meine Mutter hat ihn auf einer Samenbank wegen seines kräftigen Genom-Imprints ausgesucht. Aber seine biochemischen Daten, die sie ihr gegeben haben, die habe ich gelesen. Meine Mutter wollte von Anfang an, dass mal was aus mir wird. Deshalb hat sie sich einen Spender ausgesucht, statt sich mit irgendeinem Kerl einzulassen, den sie attraktiv fand, und auf das Glück zu vertrauen. Sie wollte, dass ich den bestmöglichen Start ins Leben haben sollte: ein gutes Imprint. Den hohen IQ, den habe ich von ihr. Sie war eine gescheite Frau. Körperlich bin ich wie er. Der absolute mesomorphe Typ, wissen Sie? Und emotional auch, weil ich entsprechend somatoton bin. Wie sich rausgestellt hat, war er auch ein ziemlicher Spielertyp. Beruflich, meine ich. Vor ein paar Jahren, bevor sie mich nach Artemis Sieben verfrachtet haben, habe ich eine DNA-Personensuche anstellen lassen. Hat mich einiges gekostet, aber ich war einfach neugierig, ob er noch am Leben war. Das ist die beste Methode rauszukriegen, wie hoch die eigene Lebenserwartung mit dem Virus ist. Zu gucken, wozu die Gene, die man hat, so fähig sind. Na, jedenfalls, er war ein Wahrscheinlichkeitsspekulant. Das, was man früher mal Versicherungsmakler genannt hat, bevor der offizielle Versicherungsmarkt zusammengebrochen ist. Er hat bei allen möglichen

Sachen dagegen gewettet, dass sie eintreten. Und mit ziemlichem Erfolg.» Gates zuckte die Achseln. «Also, ich bin wie gesagt risikofreudig, genau wie er. Oder weniger umständlich gesagt: Ich bin willens, drauf zu setzen, dass Sie dieses Ding möglicherweise durchziehen können, Mr. Dallas. Ich bin Ihr Mann.»

«Dallas. Einfach nur Dallas. Lebt er noch? Ihr Vater?»

Gates schüttelte den Kopf. «Nee. Er ist mit vierundvierzig gestorben. Ordentliches Alter für jemanden mit schlechtem Blut. Er war einer von den Langlebigeren.»

«Und Sie? Wie alt sind Sie?», fragte Dallas.

«Neununddreißig. Schätze, ich habe noch vier, fünf Jahre. Aber wer weiß? Das ist ja das Tückische an P^2. Dass es die ganze Zeit irgendwo da drin im Knochenmark schlummert. Es ist wie dieses Monster in der Geschichte von Theseus. Das in dem Labyrinth.»

«Der Minotaurus.»

«Man fühlt sich wie einer von diesen jungen Leuten, die die Athener dem König Minos als Friedensgabe geschickt haben. Als ob man vor dem Labyrinth steht und weiß, man wird da reingesperrt, zu dem Monster, und irgendwo im Dunkeln lauert es auf einen, um einen zu erledigen, aber man weiß nicht, wo und wann.»

Dallas nickte mitfühlend. Er hatte noch nie mit jemandem geredet, der das Virus hatte – seines Wissens zumindest. Und er fand es interessant, dass Gates gerade diese Metapher benutzte: das Labyrinth und den Minotaurus als Bild für P^2 und dessen charakteristische schlummernde Form – die so genannte Schlafende-Hunde- oder Latenzphase[1] der Krankheit.

1 Diese Latenz ist entscheidend für den Erfolg des P^2-Virus als Humanpathogen. Sie erlaubt das Überdauern des Virus angesichts einer voll entwickelten Immunantwort (wobei jedoch kein einziger Fall lebenslanger Immunität bekannt ist). Die Reaktivierung des latenten Virus führt zu der bereits beschrie-

«Und jetzt kommen Sie mit Ihrem goldenen Faden», sagte Gates.

«Irgendwie sehe ich mich nicht so recht als Ariadne», sagte Dallas. «Aber ein Labyrinth wird da sein. Und auch eine Art Monster. Ein Roboter zumindest.» Er erläuterte ansatzweise, nach welch hoch gesteckten Standards Blutbanken in der Regel konzipiert und gebaut wurden und wie die Architekten solcher Hochsicherheitsanlagen – er eingeschlossen – darin wetteiferten, etwas besonders Raffiniertes und Exotisches zu kreieren.

«Ich sollte Ihnen wohl fairerweise sagen, dass dieses Unternehmen, trotz meines einmaligen Vorwissens, die Sicherheitstechnik unserer Zielblutbank betreffend, es an Gefahren mit allem aufnehmen kann, was die klassische Mythologie zu bieten hat.»

Gates zuckte die Achseln. «Wie sonst kann man ein Held werden?», sagte er. «Ehrlich gesagt, ich würde es gar nicht anders wollen.»

V

In der Tat: wie sonst? Was ist ein Held? Erst in jüngerer Zeit scheinen die Elemente des Edelmuts und der Selbstaufopferung für die Definition von Heldentum wichtig geworden zu sein. Das war nicht immer so. Zu den Helden des klassischen Zeitalters gehörten auch etliche Meisterdiebe. Stahl Jason nicht das Goldene Vlies? War es nicht Herakles, der den Gürtel der Königin Hippo-

---

benen Drei-Monde-Phase; die molekularen Mechanismen, die diese Reaktivierung auslösen, entziehen sich jedoch bis heute unserem Verständnis. In der Latenzphase wird das Virus weiter übertragen – gewöhnlich durch den Austausch von Körperflüssigkeit. Angeblich soll es jedoch auch schon Fälle von Übertragung durch die Luft gegeben haben.

lyta entwendete? Und der bereits erwähnte Theseus – stahl er nicht den goldenen Ring des Königs Minos? Ganz zu schweigen von der Sache mit Helena, der Zeustochter, die nach Troja verschleppt wurde? Wenn Mythen eine Sprache sind, dann gehört Diebstahl zu deren wichtigsten Substantiven. Doch der wahrhaft zentrale Faktor in der Semiotik des Heroismus ist, dass ganz gewöhnliche Männer und Frauen durch ihre Taten zu Übermenschen, ja, sogar Göttern[1] *werden. «Zeige mir einen Helden, und ich schreibe dir eine Tragödie», schrieb F. Scott Fitzgerald. Doch der Verfasser dieser Seiten wird Ihnen etwas weit Unmenschlicheres liefern als nur eine bloße Tragödie. Ich werde Ihnen Männer und Frauen zeigen, die sich, im wahrhaft heroischen Sinne, über die Conditio humana erheben. Ich zeige Ihnen einen Fall von Selbstvollendung.*

---

1 Ein Beispiel ist der Heraklestempel in Cádiz. Selbst jene klassischen Helden, die keinen Götterstatus erlangten, wurden oft von ihren Abkömmlingen kultisch verehrt – so etwa Theseus von den Athenern. Abstammung ist hier das Schlüsselelement. Wer und wie diese Menschen waren, blieb erhalten. Das ist das Zentrale, wenn ein Andenken bewahrt und ein Name verehrt werden soll. Die Abstammungslinie. Dieses und andere Mysterien werden in Kürze enthüllt werden.

8

I

Seid guten Blutes und guten Mutes. Das hatte der Direktor gesagt, und Ronica verstand es so, dass sie danach trachten sollte, die charakteristischen Gemütsmerkmale des Sanguinikers zu entfalten, jenes Menschentypus also, bei dem nach der mittelalterlichen Physiologie das Blut die drei anderen Körpersäfte überwiegt. Mut, Optimismus, Selbstvertrauen und – da Blut immer voller vitaler Energie ist – erotische Ausstrahlungskraft, das war es, was sie brauchte, um alle Hindernisse zu überwinden. Also nahm sie erst mal ein paar Connex[1], sobald sie allein in ihrem Büro war. Es schien ihr das Beste, für ihre neue Mission rundum gerüstet zu sein. Das hier war ihre große Chance, vor dem Direktor zu glänzen, also wollte sie es auf keinen Fall vermasseln. Und es gab nichts Besseres als Connex, um dem eigenen Selbstvertrauen auf die Sprünge zu helfen. Das Zeug war viel besser als Kokain, und die Wirkung hielt viel länger an. Die Droge war allerdings nicht frei von Nebenwirkungen: Hohe

1 Eine kognitionsfördernde Droge. Macht die Synapsen – die Verbindungsstellen zwischen den Neuronen – empfänglicher für chemische Signale, die Konzentrations- und Lernmechanismen im Gehirn aktivieren. Connex stimuliert die Neuronen zu einer erhöhten Aufnahme von Glutenatmolekülen, die elektrische Signale über die Synapsen hinweg transportieren. In klinischen Tests konnten acht von zehn Personen nach der Einnahme von Connex bei Kurzzeitgedächtnis- und Lerntests ihre Punktwerte verdoppeln.

Dosen konnten starke Halluzinationen auslösen, und selbst geringe Dosen förderten lebhafte sexuelle Phantasien. Minuten nachdem sie das Zeug geschluckt hatte, war Ronica das willige Opfer einer Flut von Vorstellungsbildern, so intensiv und erregend wie der erotischste aller Träume.

Das Klingeln des Telefons holte Ronicas entfesselte Gedanken in ihr Büro zurück. Noch immer den Geschmack des Mannes aus ihrer Phantasie auf der Zunge, ergriff Ronica einen flachen, dünnen Disc und starrte auf die reflektierende Oberfläche. Sobald sie den Disc berührte, hörte das Klingeln – das eher wie das Tönen eines schwingenden Weinglases klang – auf, und die Spiegelung ihrer eigenen, leicht schweißfeuchten Züge wich dem Gesicht des Direktors, der sie in sein Büro zurückbeorderte.

«Sofort, Sir», sagte sie, als sein Gesicht vom Telefon verschwand. Ronica sah auf die polierte Prismenoberfläche des Discs, musterte kritisch ihr Spiegelbild, das ein laserfeines Brechungsspektrum wie eine blasse Narbe zerteilte, wischte sich mit einem Nanokleenex[1] die Wangen, atmete tief durch und stand auf. Manchmal fand sie wirklich, dass man Connex als eine Art Aphrodisiakum anpreisen müsste. Sie zog ihre Kleidung zurecht und ging zum Direktor.

II

Mit den vielen *Faux-Fenêtre*-Versionen englischer Landschaftsgemälde (deren Originale King alle besaß) und den antiken Möbeln wirkte das Büro des Direktors wie der Salon eines stilvollen Landsitzes. Auch wenn sie erst vor einer halben Stunde hier gewesen war – Ronica fand sich abermals fasziniert von Simon

1 Kleenex aus zellstoffartigem Nanomaterial, dessen «Zweitkarriere» darin besteht, Giftstoffe in Boden und Wasser zu absorbieren.

Kings gutem Geschmack und überwältigt von solch ostentativem Reichtum. Sie schätzte, dass allein der Schreibtisch mehr gekostet haben musste als ihr Apartment.

«Ah, da sind Sie ja», sagte er ungeduldig. «Kommen Sie, kommen Sie rein. Das ist das Mädchen, von dem ich Ihnen erzählt habe.»

Ronica, die jetzt über den dicken Perserteppich auf ein dekoratives Sofa zuging, störte sich kaum daran, dass er sie, allen Arbeitsschutz- und Antidiskriminierungsgesetzen zum Trotz, als Mädchen statt als Frau bezeichnet hatte. Er war schließlich der Direktor, und von ihr aus konnte er sie nennen, wie immer er beliebte. Es dauerte ein paar Sekunden, bis ihre abgelenkten Sinne registrierten, dass Rimmer bereits auf dem Sofa saß und sie missmutig musterte. Als sie sich umdrehte, um sich neben ihm niederzulassen, hob der Direktor die rechte Hand, die eine riesige Zigarre hielt – Rauchen am Arbeitsplatz, ein weiterer Verstoß gegen die Arbeitsschutzgesetze.

«Nein, nicht hinsetzen», sagte er. «Sie müssen gleich wieder los. Sie beide.» Er sah Rimmer nachdrücklich an, bis der eine Grimasse zog und sich widerstrebend erhob. «Wir haben keine Zeit zu verlieren. Rimmer hat Dallas aufgespürt. Ich will, dass Sie mit ihm gehen, Ronica, und, gemäß unserem Gespräch von vorhin, zusehen, wie er diese Sache handhabt. Sie werden die Augen aufhalten und lernen und ihn auf jede mögliche Weise unterstützen. Verstanden?»

«Ja, Herr Direktor», sagte Ronica und folgte Rimmer nach draußen. Sie sagten beide kein Wort, bis sie ihre Mäntel geholt hatten und mit dem Lift auf dem Weg ins Erdgeschoss waren.

«Sie sind also der Meinung, Sie wollen zum Sicherheitsdienst?» Rimmer schnaubte verächtlich.

«Ja, das will ich.»

«Und was bringt Sie auf die Idee, dass Sie dafür geeignet wären?»

Ronica zuckte die Achseln. «Ich stehe drauf, Leute zu fesseln», sagte sie. «Und zu schlagen. Bestrafen war immer schon mein Ding. Also habe ich mir gedacht, dann kann ich mich auch dafür bezahlen lassen.»

«Sinn für Humor, hä?», knurrte Rimmer. «Werden Sie brauchen.»

«Sonst noch was, was ich brauche?», fragte sie, als der Aufzug sie in die Eingangshalle entließ.

Rimmer ging voran, nickte dem Portier jenseits des Sicherheitsscreens zu und sagte über seine schuppenübersäte Schulter: «Werden wir schon rausfinden.» Er ließ Ronica gespielt höflich den Vortritt durch die Ausgangstür und dirigierte sie dann zu dem Elektrowagen, der vor dem Firmengebäude parkte.

«Das ist wohl Ihr Job», sagte sie. «Sachen rausfinden.»

«Worauf Sie sich verlassen können», sagte Rimmer und öffnete beide Türen per Fernbedienung.

«Sie sind so eine Art bewaffneter Informationsbeschaffungsdienst», sagte Ronica und schlüpfte auf den Beifahrersitz. Das Innere des Wagens roch stark nach Nickelkadmium, als ob etwas mit der Batterie nicht stimmte. Rimmer setzte sich neben sie, und die Türen schlossen sich automatisch.

«Vielleicht finde ich ja auch raus, weshalb der Direktor so eine hohe Meinung von Ihnen hat», sagte er.

«Das ist simpel», sagte sie. «Ich kann's Ihnen sagen. Falls es Sie interessiert.»

Rimmer sagte nichts, während er den Elektromotor anließ und ungeduldig aufs Strompedal trat. Der Wagen rollte an und beschleunigte lautlos. «Interessiert es Sie?», fragte sie lächelnd und setzte ihn so unter Zugzwang. Sie sah, wie er sich auf die Lippen biss, um nur ja nicht zuzugeben, dass es ihn interessierte.

Ein paar Sekunden versuchte Rimmer, die Kontrolle über dieses Konversationsspielchen zurückzuerlangen, Ronica zu zwingen, seinen Vorgaben zu folgen, statt umgekehrt.

«Reden Sie schon», knurrte er schließlich. «Verlangen Sie nicht, dass ich mir zuerst die Absolution hole.»

«Absolution? Sie?» Jetzt war es an ihr, verächtlich zu schnauben. «So viel Zeit haben wir wohl nicht. Mein Instinkt sagt mir, dass Sie mehr Sünden zu beichten haben als die meisten anderen Leute, Mr. Rimmer.»

«Dieser Job hat durchaus seine amüsanten Seiten.»

«Kann ich mir vorstellen.»

«Stellen Sie sich vor, was Ihnen Spaß macht.»

«Werde ich tun. Mir vorzustellen, was mir Spaß macht, war immer schon mein größtes Vergnügen.»

Einige Minuten fuhren sie schweigend dahin. Rimmer hatte ihr nicht gesagt, wohin die Fahrt ging, aber das Ziel lag offensichtlich irgendwo im Norden – außerhalb der GKZ. Man brauchte keine Papiere, um rauszukommen, aber man musste im Besitz eines Gesundheitspasses sein, um wieder reinzukommen. Schon bei der bloßen Vorstellung, die Zone zu verlassen, fühlte sich Ronica unangenehm verletzlich.

«Also», brach Rimmer das Schweigen. «Erzählen Sie's mir jetzt oder nicht?»

«Klar doch», sagte Ronica. «Es ist so: Ich habe ihn gefragt, ob er dafür, dass ich seinem heiligen Stab huldige, vielleicht meine Karriere ein bisschen beschleunigen könnte.» Die Droge zeigte jetzt richtig Wirkung: Ihr ganzer Kopf summte wie von einem elektrischen Schlag. «Na ja, er hat ja gesagt und mich gefragt, ob es irgendeinen Bereich bei Terotech gäbe, für den ich mich besonders geeignet fühlen würde. Und ich habe meine anthropophagischen Übungen kurz unterbrochen und den Sicherheitsbereich vorgeschlagen. Wie gesagt, ich stehe auf Handschellen und so was. Na ja, er war natürlich ein bisschen enttäuscht, dass ich nicht ‹Konstruktion› gesagt habe, weil das nun mal sein Ding ist. Aber er hat immerhin lange genug Haltung bewahrt, um mir die Saat seiner Lenden anzuvertrauen.»

«Sie meinen, Sie haben seinen Schwanz gelutscht», sagte Rimmer.

«Ja», sagte sie, und sie fingen beide an zu lachen.

«Sie sind in Ordnung, wissen Sie», sagte Rimmer, der jetzt glaubte, dass der Direktor sie auf ihn angesetzt hatte, um ihn zu bespitzeln. Falls aus irgendwelchen Gründen wieder etwas schief lief, würde er womöglich irgendeine Art tödlichen Unfall für sie arrangieren müssen.

«Danke», sagte sie. Wenn alles so lief, wie sie sich das dachte, hatte dieser Mann, der jetzt mit ihr lachte, vielleicht nicht mal mehr eine Stunde, bis sie ihm das Gehirn wegpusten würde. «Wo fahren wir hin?»

«In ein Hotel.»

«Aber wir haben uns doch gerade erst kennen gelernt. Für welche Sorte Mädchen halten Sie mich?»

«Ein Überdruckhotel. Wo kranke Leute sauerstoffhalber hingehen, nicht sexhalber.»

«Ich weiß. Und ich weiß auch, was ihnen das bringt. Ein bisschen Farbe im Gesicht. Die Möglichkeit, nachts leichter zu atmen. Aber das sind doch nur Druckluftschlösser.» Sie zuckte die Achseln. «Machen Sie sich manchmal Gedanken über diese Leute? Die Verdammten?»

«Kann ich nicht behaupten», gestand Rimmer.

«Oh, ich denke viel an sie. Gibt mir ein gutes Gefühl zu wissen, dass so viele Leute schlechter dran sind als ich. So was wie das philosophische Gegenteil von Utilitarismus. Soziale Schadenfreude, könnte man's vielleicht nennen.» Ronica starrte durch die kugelsicheren Wagenfenster hinaus, auf die Leute, von denen sie gerade geredet hatte. Nur ein paar Minuten Fahrt, und schon waren sie außerhalb der Zone und in einer wesentlich weniger gesunden Wohnlage der City. Auf der Straße war kaum Verkehr, aber es liefen immer noch jede Menge Leute herum: die lebenden Toten, wie sie sie im Geist nannte.

«Schauen Sie sie an», sagte sie verächtlich. «Wie ein wandelndes Gruselkabinett. Ruhelose Gespenster. Zwei Uhr morgens, und sie sind immer noch zu Tausenden auf den Straßen, wie Vampire bei ihrem Abendspaziergang. Arme nichtsnutzige Säue.»

«Sie haben ein ganz schön fieses Mundwerk», sagte Rimmer.

«Das findet der Direktor aber gar nicht», murmelte sie. Sie genoss das Bild, das sie von sich und dem Direktor zeichnete. «Wenn Sie nett zu mir sind, tue ich für Sie vielleicht das Gleiche.»

«Würde ich Ihnen nicht empfehlen», sagte Rimmer. «Ist eine Weile her, dass ich mich das letzte Mal gewaschen habe, vor lauter Gerenne, um Dallas und seine Familie zu beseitigen.»

«Danke für den guten Rat», sagte Ronica mit angewidert gekrauster Nase. «Ich werde ihn mir zu Herzen nehmen.»

«Aber ich bin immer nett zu den Leuten.» Rimmer lachte wieder laut auf.

«Ich kann wirklich nicht sagen, ob Sie immoralisch oder amoralisch sind, Rimmer.»

«Das Problem habe ich selbst auch.»

«Dann sind Sie wohl ein moralischer Eunuch.»

«Bringt der Job so mit sich. Vielleicht sollten Sie da mal drüber nachdenken.»

«Meine Moral ist ganz simpel», sagte Ronica. «Ich würde nie irgendwas tun, was mein Fortkommen innerhalb der Firma behindern könnte.»

«Klingt, wenn Sie mich fragen, als seien Sie eher für eine Karriere innerhalb der Kirche geeignet.»

«Wenn's mit dieser hier nicht klappt, versuche ich das vielleicht. Schwarz steht mir gut.»

Ronica ließ sich in die üppige Wärme ihres dicken Lammfellmantels zurücksinken. Durchs Fenster sah sie flüchtig eine Horde Ratten, die sich an einem am Straßenrand liegenden Leichnam gütlich taten. «Iii, ich hasse diesen Teil der Stadt. Was denkt sich Dallas bloß dabei, in so eine Gegend zu gehen? So weit weg von der Zone.»

«Das ist ja der Sinn der Übung», schmunzelte Rimmer, während das automatische Steuersystem des Wagens knapp die Kollision mit einem Mann vermied, der wie ein Zombie mitten auf der Straße auf sie zukam. «Der abwegigste Ort ist der sicherste. Jedenfalls hat er sich das so gedacht.»

«Wie haben Sie ihn überhaupt gefunden?»

«Ich habe Dixy, seine Motion-Parallax-Assistentin, überredet, mir zu verraten, wo er steckt.»

«Das war bestimmt nicht leicht.»

Rimmer erzählte ihr von dem Hund Mersenne.

«Also ist auch ein Computer keine Insel für sich», sagte Ronica. «Interessant.»

«Ich glaube, Dixy war einfach so programmiert», sagte Rimmer und zeigte auf den blinkenden Streckenleitcomputer. «Sieht aus, als ob wir gleich da sind.»

«Gut. Versprechen Sie mir, dass Sie's nicht zelebrieren», sagte sie. «Je schneller Sie ihm das Hirn wegpusten, desto schneller sind wir wieder in der Zone und in der gesunden Zivilisation. Wenn ich nur durch diesen Haufen Scheiße hier fahre, habe ich schon das Gefühl, ich hole mir gleich was Schreckliches. Die Beulenpest, Ebola, Lassa, die Pocken.»

Rimmer lachte, als ob ihn ihre Nervosität amüsierte, fragte sich aber im Stillen, wie viel daran echt war. Auch wenn sie abendlich elegant gekleidet war und so lieblich duftete wie eine genmanipulierte Blüte, schien die muskulöse Ronica der anstehenden Aufgabe doch mehr als gewachsen. «Ich dachte, ich lese ihm erst noch was aus der Bibel vor», frotzelte Rimmer. «Nach Hinrichtungsart. Exodus, dachte ich. Da findet man immer was Passendes.»

«Nicht gerade das Tröstlichste, würde ich meinen.»

«Genau das war ja mein Gedanke. Und was ist Ihre Lieblingsstelle in der Bibel?»

Ronica zuckte die Achseln. «Keine Ahnung. Das mit dem Haupt von Johannes dem Täufer? Nein, warten Sie. Gersons Vorhaut. Die, die mit einem Stein abgehackt wurde. Ach, jede Sorte Vorhaut, schätze ich. Das ist meine Lieblingsstelle. In der Bibel. Und überhaupt.»

«Ich glaube, langsam verstehe ich, was der Direktor in Ihnen sieht», räumte Rimmer ein.

Der Wagen hielt beim Clostridium. Rimmer stellte den Motor ab und lehnte sich zurück. «So», sagte er wie jemand, der gerade an einem netten Urlaubsort angekommen ist. «Da wären wir.»

«Ich muss mal», sagte Ronica.

«Was?»

«Ich bin so aufgeregt. Ich habe noch nie gesehen, wie jemand umgebracht wird.»

«Sie können sich den besten Platz aussuchen.»

«Das habe ich schon getan», sagte sie und öffnete die Beifahrertür. «Ich hocke mich da hin, auf die Straße, gleich neben dem Wagen, wie Marie Antoinette vor der Conciergerie, als sie den wartenden Mistkarren sah. Aber bleiben Sie bitte im Auto, bis ich fertig bin, Rimmer.»

Er nickte, blieb sitzen und schaute höflich weg, als Ronica ausstieg, die Tür zumachte und dann ihren Rock hob.

Rasch zog sie den kleinen Colt Matahari Automatic aus dem Holster zwischen ihren Beinen – und pinkelte dann der Form halber, ehe sie die Waffe in die Tasche steckte und sich wieder aufrichtete.

«Okay», sagte sie und pochte an die Panzerglasscheibe. «Ich bin so weit.»

Rimmer stieg aus.

«Gehen wir und bringen wir ihn um», setzte sie eifrig hinzu.

Er kam um das Auto herum, beäugte den immer noch dampfenden Schnee an der Stelle, wo sie uriniert hatte, und schnupperte wie ein Hund.

«Spargel», sagte er. «Zum Abendessen. Unverkennbar.»

Ronica spürte, wie sie rot wurde. Es würde ihr ein Vergnügen sein, ihn zu töten. Rimmer das Licht auszupusten würde als ein Dienst an der Menschheit gelten.

Rimmer kehrte ihr den Rücken zu und trottete die schmale Straße entlang in Richtung Hoteleingang. «Wenn wir da drin sind», sagte er, «können Sie das Reden übernehmen. Mal sehen, was Sie auf dem Kasten haben.»

«Angst, dass Sie's wieder vermasseln, was?», fragte sie. Es fiel ihr schwer, mit ihm Schritt zu halten. Ihre teuren Federigo-Ingannevole-Schuhe waren nicht zum Laufen gemacht, schon gar nicht im Schnee.

«Sie sind's doch, die ein bisschen zart besaitet scheint, nicht ich», sagte er und schnupperte nochmals demonstrativ.

«Apropos. Welche Blutgruppe haben Sie, Rimmer?»

Rimmer blieb jäh stehen, drehte sich um und fixierte sie verächtlich. «Sagen Sie nicht, Sie glauben an diesen EPTR[1]-Quatsch?»

Ronica sagte achselzuckend: «Wieso nicht?»

Rimmer schüttelte den Kopf und setzte sich wieder in Bewegung. «Und da sagt der Direktor, Sie wären clever», schnaubte er.

«Warum soll da nicht was dran sein?», widersprach Ronica. «Es gibt über vierhundert Blutgruppen.»

«Aber die meisten Menschen haben einfach nur 0 oder A. Ich sehe nicht, wie das festlegen soll, was für ein Typ ich bin.»

---

1 Erythrocytic Personality Trait Rating (Erythrozytenabhängiges Persönlichkeitstyp-Rating). Pseudowissenschaft, die den Blutgruppen bestimmte Persönlichkeitsmerkmale zuordnet. Diese Typologie speist sich aus buddhistischen Glaubenselementen sowie aus den Schriften von Theophrast, Hippokrates, Karl Landsteiner, Leon Bourdel und Hans Eysenck und wurde von J. Will Mott (1987–2041) «begründet». EPTR wird von vielen Hämatologen und Psychologen als nicht empirisch fundiert abgelehnt.

«Was von beidem haben Sie, Rimmer?»

«Weder noch. Ich habe AB.»

«Interessant. AB haben nur drei Prozent aller Menschen.»

«Ich weiß.»

«Ein Universalempfänger[1]. Von Ihrer Blutgruppe her sind Sie voller innerer Widersprüche.»

«Blödsinn.»

«Der melancholische Typ: still, ungesellig, zurückgezogen, pessimistisch, rigide und oft trüber Stimmung. ‹Gierig› und ‹manipulativ› mal beiseite gelassen. Wie bin ich? Erkennen Sie sich wieder?»

Rimmer sagte nichts.

«Ich habe Blutgruppe o. Heißt, ich bin locker und umgänglich, extravertiert, nicht für die Kleinarbeit gemacht, aber ein Mensch mit guten Führungseigenschaften.»

«Ich dachte, alle Schwarzen hätten Blutgruppe B.»

«Bei allen rassischen Gruppen gibt es alle Phänotypen, lediglich die Häufigkeit variiert. Bei Schwarzen ist der Phänotyp B zwar häufiger, aber keineswegs der einzige. Wo wir gerade bei Irrtümern sind: Sie sollten sich Ihr Blutgruppenhoroskop stellen lassen. Falls Sie je heiraten und Kinder haben wollen. Obwohl ich Ihnen auch so schon sagen kann, dass wir beide nicht die richtige Kombination sind. Leute mit o sollten sich an ihresgleichen halten.»

«Freut mich sehr, das zu hören», sagte Rimmer, als sie fast am Hoteleingang waren. «Aber noch mehr wird es mich freuen zu

1 Bei Transfusionen können Empfänger der Blutgruppe AB Erythrozytenkomponenten von Spendern aller ABo-Blutgruppen erhalten, da sie weder Anti-A- noch Anti-B-Antigene aufweisen. Erythrozytenkomponenten von AB-Spendern werden nur AB-Empfängern verabreicht. Menschen mit Blutgruppe o können hingegen nur Erythrozyten von o-Spendern empfangen, aber an alle anderen Gruppen spenden. Deshalb werden sie auch als Universalspender bezeichnet.

hören, was Sie sich ausgedacht haben, um unser Erscheinen hier zu erklären.»

«Hey, verlassen Sie sich einfach auf meinen lockeren Gruppe-o-Stil», sagte Ronica, während sie als Erste durch die Tür trat. «Sie werden gleich eine Person erleben, deren Temperament der Inbegriff, gewissermaßen das *sanguis* von Coolness ist.»

Drinnen empfing sie ein ÜT-Betreuer, ein großer Schwarzer, der ein Gähnen unterdrückte und ihnen grüßend zunickte.

«Wir kommen vom Oxygen-Institut», erklärte Ronica glattzüngig. «Kontrolle auf freie Radikale.»

«Freie was?» Der Betreuer schaute Hilfe suchend zu dem gläsernen Büro, aus dem er gerade herausgekommen war, aber dort war niemand.

«Instabile, reagible Elektronen», sagte sie. «In diesem Fall Sauerstoff.»

«Mir hat keiner gesagt, dass Sie kommen», sagte der ÜT-Betreuer und kratzte sich am Kopf.

«Das sollen Sie nicht vorher wissen», sagte Ronica zurechtweisend. «Ist ja der Sinn der Kontrolle.»

«Um ...» Der Betreuer sah auf seine Armbanduhr. «Um halb drei Uhr morgens?»

«Mitten in der Nacht rechnen die Leute am wenigsten mit uns. Da leisten die den geringsten Widerstand. Wissen Sie, es erstaunt mich, dass Sie noch nie von uns gehört haben. Wir waren schon in ziemlich vielen Überdruckhotels hier in der Gegend.»

«Ach, ja?»

«Sie haben offensichtlich keine Ahnung, wer wir sind, was?»

Der Betreuer zuckte die Achseln.

«Schon gut.» Ronica lächelte geduldig und ging langsam um ihn herum, während sie weiterschnatterte. Rimmer musste zugeben, dass sie ziemlich überzeugend wirkte, sogar in einem bodenlangen Lammfellmantel und eleganten Schuhen.

«Wir sind eine Organisation, die im Bundesauftrag arbeitet», erklärte sie. «Wir sind ermächtigt, Einrichtungen wie diese zu kontrollieren, und zwar auf das mögliche Vorliegen einer Beteiligung von Eisen am Prozess der oxidativen Schädigung menschlicher DNA in Zellen, die oxidativem Stress ausgesetzt sind. Wie beispielsweise in Überdruckhotels. Sehen Sie, durch die Reaktion mit diesem Spurenmetall können erhöhte Mengen aktivierten Sauerstoffs Veränderungen der menschlichen DNA verursachen. Das wollen wir doch nicht, oder?»

«Was für ein Spurenmetall?», sagte der ÜT-Betreuer stirnrunzelnd. «Ich dachte, Sauerstoff ist ein nichtmetallisches Element.»

Ronica seufzte laut. «Eisen natürlich. Zellen müssen Eisen einlagern, obwohl sie es nicht für Stoffwechselprozesse nutzen können. Hören Sie, Sie arbeiten doch hier, nicht wahr? Ich meine, Sie sind kein Gast oder Patient oder wie immer Sie Ihre Kundschaft nennen?»

«Klar arbeite ich hier. Ich bin der Nachtschicht-ÜT-Betreuer.»

«In diesem Fall haben Sie ja sicher die Superoxidwerte Ihrer Gäste bei der Hand. Wenn wir die eben einsehen könnten, sind wir gleich wieder weg.»

«Superoxidwerte?»

«Was ist das hier für ein Laden?», brummte Rimmer, der jetzt allmählich kapierte.

«Wenn Zellen krank oder beschädigt sind, läuft der normale Sauerstoffmetabolismus aus dem Ruder, was zu einer erhöhten Produktion von Superoxid führt», erklärte Ronica geduldig. Erstaunlich, was sie alles wusste, wenn sie ihr connexstimuliertes Hirn erst mal auf eine Sache ansetzte. Sie musste das alles irgendwann irgendwo gelesen haben. «Beispielsweise», fuhr sie fort, «produzieren weiße Blutkörperchen absichtlich Superoxid, um Mikroorganismen abzutöten. Ebendiese weißen Blutkörperchen werden bei Traumata und Entzündungen aktiviert.» Sie lächelte schmallippig und sprach langsam weiter, als hätte sie es mit einem Schwachsinnigen zu tun. «Ergo implizieren all diese Krankheiten eine erhöhte Produktion von freien Radikalen.»

«Freie Radikale, hm?»

«Genau», knurrte Rimmer. «Hören Sie zu, dann können Sie was lernen.»

«Sie sind per Bundesgesetz verpflichtet, die Superoxidwerte der Patienten festzuhalten.» Ronica improvisierte jetzt frei. Sie hatte keine Ahnung, welche Gesetze für Überdruckhotels galten, nahm aber an, dass es irgendwelche geben musste – eine Rechtsphilosophie, so gut wie jede andere.

«Gehen wir», brummelte Rimmer. «Er hat doch keinen Schimmer, wovon Sie reden. Ich würde sagen, wir fahren ins Institut zurück, geben einen Schließungsbescheid raus und sind das Problem los.»

«Schließungsbescheid?» Der ÜT-Betreuer klang erschrocken. «Moment mal. Sie können den Laden hier einfach zumachen?»

«Wir geben nur die Anordnung raus», sagte Ronica. «Ist nicht persönlich gemeint, verstehen Sie? Aber die Unterlassung der vorgeschriebenen Überwachung der Superoxidwerte ist eine ernste Sache.» Sie zuckte die Achseln. «Liegt nicht in unserer Hand.»

«Können wir nicht irgendeinen Weg finden? Manche Gäste sind schon eine ganze Weile bei uns. Das sind kranke Menschen. Ich bin mir nicht sicher, ob sie's überleben würden, woandershin verlegt zu werden.»

Rimmer sah Ronica zweifelnd an, und da sie so tat, als dächte sie nochmal über die Sache nach, wandte er sich demonstrativ-empört ab.

«Nichts drin», knurrte er.

«Bitte?»

«Na ja», sagte Ronica. «Ich schätze, wir könnten die Superoxidtests selbst durchführen. Natürlich bräuchten wir dazu Mitochondrienproben vom Gast mit der längsten Verweildauer und zur Kontrolle natürlich auch von dem mit der kürzesten.»

«Hey, kein Problem», sagte der ÜT-Betreuer. «Das ist ganz einfach. Brauch ich nicht mal nachzuschauen. Der letzte Gast kam erst so etwas vor einer Stunde. Heißt Dallas. Hat Nr. 1218. Und der, der am längsten hier ist? Das ist Ingrams, Nr. 1105. Ist schon so lange hier, dass er praktisch zum Inventar gehört. Wenn Sie dem eine Probe entnehmen, kriegt er's wahrscheinlich nicht mal mit. Ist praktisch schon ein Leichnam. Ich hab das Gefühl, der ist schon seit Jahren in einer Drei-Monde-Krise.»

«Was soll schon passieren?», fragte Ronica Rimmer.

«Weiß nicht», seufzte der. «Es ist gemogelt, und das wissen Sie auch. Es müssten zwanzig Tests sein, nicht nur zwei.»

«Wir wissen doch beide, dass zwei ausreichen, wenn man die beiden chronologischen Parameter korrekt bestimmen kann. Was wir in diesem Fall können.»

«Meinetwegen», sagte Rimmer. «Aber wenn jemand dahinter kommt, tragen Sie die Verantwortung, okay? Ich habe es satt, meinen Kopf für andere hinzuhalten.»

«Regen Sie sich ab, okay? Was soll schon schief gehen?» Sie sah jetzt wieder den ÜT-Betreuer an und lächelte. «Also, wie wär's, wenn Sie uns den Weg zeigen?»

«Klar», grinste er und schnappte sich einen elektronischen Generalschlüssel von seinem Tresen. «Klingt schon besser.»

III

An diesem Punkt ist ein erklärendes Wort notwendig. Wie kommt es, werden Sie sich vielleicht fragen, dass der Autor dieses Buchs – der die Notwendigkeit, von sich zu sprechen, bedauert – all diese Dinge weiß? Wie kann der Autor beispielsweise beschreiben, was jemand dachte, und vielleicht sogar, warum er es dachte? Aber um ganz ehrlich zu sein, ich verstehe nicht, warum Sie diese Fragen nicht öfter in Bezug auf Bücher stellen. Und ich finde es erstaunlich, dass nicht mehr Autoren dieses Problem der Erzählerfigur irgendwann im Lauf ihrer schriftstellerischen Unterfangen zu klären versuchen.

Natürlich ist Erzählen keine Wissenschaft, sondern eine Kunst. Aber dennoch sollte man annehmen, dass schon mal ein Kritiker versucht hätte, ein paar Grundsätze dafür zu formulieren oder gar eine Terminologie zu erschaffen, die der Aufgabe, diese Perspektive zu beschreiben, gewachsen sein könnte. Doch in dieser Hinsicht herrscht ein peinlicher Mangel an Klassifikationsversuchen, und ich bin gezwungen, mich und meine Erzählhaltung in Kategorien zu beschreiben, die vielleicht rätselhaft klingen mögen, da «erste Person» und «allwissend» wohl kaum hinreichend sind.

Sagen wir also, diese Geschichte wird von einem Erzähler erzählt, der als solcher dramatisiert wird, obwohl man einwenden kann, dass auch der zurückhaltendste aller Erzähler dramatisiert ist, sobald das Pronomen der ersten Person ins Spiel kommt. Sagen wir daher ferner, dass ich, da ich einen messbaren Einfluss auf den Lauf des Geschehens nehme (und zu gegebener Zeit wird meine Rolle in dieser Geschichte voll und ganz enthüllt werden), mit Fug und Recht behaupten kann, mehr als nur ein reiner Beobachter zu sein – ich bin die Sorte Erzähler, die auch Handlungsträger ist. Natürlich werden Sie mich inzwischen schon als einen Erzähler der selbstbewussten Sorte eingestuft haben, einen, der sich seiner Rolle als Schreibender gewahr ist, wobei ich anmerken möchte, dass Sie sich bei mir darauf verlassen können, dass ich Ihnen alles erzähle, was Sie wissen möchten, und mehr. Bis der Zeitpunkt da ist, da Sie absolut alles wissen, genau wie ich.

Das bietet mir einen eleganten Übergang zu der Frage, wie der

Erzähler in die privilegierte Situation kommt, zu wissen, was auf rein natürlichem Weg nicht erfahrbar ist. Das zu sein, was wir Autoren, da wir gern Gott spielen, gewöhnlich allwissend nennen. Das auffallendste und wichtigste Privileg ist natürlich die Innenperspektive – der bereits erwähnte Einblick in die Figuren und ihre Denkprozesse. Vielleicht ist das für Sie im Moment etwas schwer zu verstehen, aber Tatsache ist, dass ich die vollkommenste Innenperspektive habe, die je einem Autor vergönnt war. Und mehr noch, die Mittel, die mir dazu verholfen haben, waren rein natürlicher Art. Die Wissenschaft hat mich mit grenzenloser Allwissenheit ausgestattet. Aber welche Wissenschaft?, höre ich Sie fragen. Nun, die Hämatologie natürlich. Der Zustand, das Faktum, zu wissen, was ich weiß – alles, was war, ist und sein wird –, erwächst aus dem Blut. Es ist das unbegrenzte Wissen, der Jungbrunnen und das Geheimnis des Lebens. Durch die Communio des Bluts wird alles erfahrbar und verstehbar. Und wenn ich Ihnen das jetzt schon mitteile, dann, um es mit Antoine Furetière[1] *zu sagen, «weil ich es nicht darauf anlege, Sie zu überraschen, so wie gewisse boshafte Autoren, die nichts anderes bezwecken». Ich möchte, dass Sie auf das Verstehen vorbereitet sind. Denn das ist es, was vor Ihnen liegt: das große Verstehen und die große Anstrengung, die es bedeutet. Sie müssen sich sozusagen am eigenen Schopf aus dem Sumpf ziehen.*

So, ich hoffe, jetzt ist alles ein wenig klarer.

IV

Rimmer steckte sich den Pinback ins Ohr und wählte, ohne dass es der schwarze ÜT-Betreuer mitbekam, Mendelssohns *Elias* als Begleitmusik für den bevorstehenden Tötungsakt. *Fürchte dich*

1 Antoine Furetière (1619–1688), französischer Dichter und Romancier.

nicht, sang die Stimme. Das war eine angenehme Alternative zu der Musikberieselung aus der hoteleigenen Anlage und zu dem Geplapper des Betreuers, der sie jetzt den Gang entlang zu Nr. 1105 führte, wo der am längsten anwesende Gast wohnte. Ein Teil von Rimmer fragte sich, warum sie dieses Theater überhaupt noch weiterspielten. Sie wussten doch, wo Dallas zu finden war. Sie brauchten doch nur hinzugehen und ihn umzulegen.

«Morgen früh hätte ich Ingrams sowieso dekomprimieren müssen», erklärte der Betreuer, der, wie er sagte, Taylor hieß. «Wir müssen das bei allen Gästen ein-, zweimal die Woche machen, sonst kriegen sie die Luftdruckkrankheit. Sie wissen doch? Bläschen im Blut. Da passen wir gut auf.»

«Freut mich, das zu hören», sagte Ronica, als Taylor jetzt vor einer Zimmertür stehen blieb und seine Schließkarte in das Sicherheitsschloss steckte. Sie überlegte immer noch, wie sie so tun könnte, als ob sie den armen Kerl in Nr. 1105 auf Superoxide testete. Vielleicht konnte sie ihn ja über den Bildschirm ihres Minitelefons lecken lassen: Es war ein ganz neues Modell, das ein bisschen anders aussah als gewohnt, und sie konnte wohl davon ausgehen, dass Taylor so ein Ding noch nie gesehen hatte. Das musste reichen.

Jetzt, da die Schließkarte im Schloss steckte, konnte Taylor ein in der Wand neben der Tür versenktes Kontrollbord öffnen und die von drinnen getätigten Einstellungen manuell außer Kraft setzen. Er sah auf seine Uhr und sagte: «Dauert ein paar Minuten. Aber man darf's nicht überstürzen.» Er lachte bitter. «Es sei denn, Sie wollen den Mann umbringen.»

Rimmers freies Ohr war hellwach.

«Nur mal interessehalber, wie hoch kann man den Druck stellen?»

«So hoch Sie wollen. Zwei-, dreihundert Atmosphären. Diese Zimmer sind darauf ausgelegt, mächtig hohe Druckwerte auszuhalten. Viel mehr als der menschliche Körper jedenfalls. Aber so hoch können die Gäste bei uns den Druck nicht selbst stellen. Alles, was echt in gefährliche Bereiche geht, muss von einem Betreuer von außen eingestellt werden, mit so einem Schlüssel wie dem da. Auf die Weise können die Gäste den Druck nicht mehr als Selbstmordinstrument nutzen, wenn sie zu deprimiert sind.» Taylor schüttelte den Kopf. «Sie hätten mal sehen sollen, was das für eine Schweinerei gibt.»

«Faszinierend», sagte Rimmer. «Man lernt doch jeden Tag was Nützliches dazu.»

«Na ja, nützlich – ich weiß nicht», murmelte Taylor. Er sah auf: Über der Tür erlosch ein rotes Lämpchen. «Sobald es grün wird, können wir rein.»

Rimmer sah Ronica an und lächelte. «Ich glaube, wir haben genug gesehen, meinen Sie nicht?» *Fürchte dich nicht, spricht unser Gott, ich bin mit dir.*

«Was reden Sie da?», fragte Taylor stirnrunzelnd. «Ich dachte, Sie wollen bei Ingrams diesen Test machen. Auf Superoxid oder was.»

Rimmer hielt die Waffe jetzt hinterm Rücken und stellte mit dem Daumen den Schalldämpfer ein, damit es auch wirklich ein lautloser Schuss würde. Besser die anderen Gäste nicht stören, dachte er. Zumal, wenn sich unter diesen Gästen auch Dallas befand, und zwar im Stockwerk darüber. *Wenn auch tausend fallen zu deiner Seite und zehntausend zu deiner Rechten, so wird es doch dich nicht treffen.* Das galt natürlich nicht für Taylor. Aber Rimmer fühlte sich jetzt ein bisschen wie ein alttestamentarischer Unheilsprophet. Das war ein gutes Gefühl. Er wartete nur noch auf ein Zeichen des Herrn. Auf grünes Licht. Es kümmerte ihn nicht groß, ob irgendeine versteckte Kamera sein Konterfei aufzeichnete. Das spielte jetzt keine Rolle. Nicht an so einem Ort. Nur in der Zone waren solche Überlegungen wichtig. Polizisten aus einem Citysektor wie diesem würden nie und nimmer eine gesundheitskontrollierte Zone betreten dürfen.

Der Blick des ÜT-Betreuers huschte empor, als das grüne Lämpchen aufleuchtete, und im selben Moment presste Rimmer die dicke, quadratische Mündung der Waffe in Taylors Genick, drückte ab und wich mit einem raschen Schritt dem zusammensackenden Körper und dem dicken Blutstrahl aus, der in einem roten Bogen aus der Schädelüberdruckkammer des augenblicklich toten Mannes schoss. Die völlig unvorbereitete Ronica war nicht so fix, und auf ihre elegant beschuhten Füße ging eine Dusche heißen, dampfenden Bluts nieder. Entsetzt ob dieses jähen Quells potentieller Ansteckung – man arbeitete nicht in einem Überdruckhotel, wenn man nicht selber Virusträger war – stöckelte Ronica rückwärts, bis sie die gegenüberliegende Korridorwand im Rücken spürte. Dann starrte sie auf ihre blutgetränkten Schuhe.

«Sie verdammter Idiot», schrie sie.

«Halten Sie an sich, Mädchen. Da sind Leute, die zu schlafen versuchen.»

«An mich halten?», stieß Ronica entrüstet hervor. «Ich soll an mich halten? Sehen Sie denn nicht, was Sie mit meinen verflixten Schuhen gemacht haben? Die sind ruiniert. Sie sind von Federigo Ingannevole. Und haben ein gottverdammtes Vermögen gekostet. Und jetzt. Herrgott, ich sehe aus wie …» Ronica schüttelte ihre Zöpfchen.

Rimmer sah auf ihre Schuhe und lachte. «Sein Blut sei auf uns», sagte er. «Und auf unseren Kindern. Und unseren Schuhen.»

«An Ihnen sehe ich keins», entgegnete sie bitter und versuchte, das Schlimmste am Teppichboden abzuwischen.

«In diesem Job muss man schnell reagieren.» Rimmer trat testhalber gegen den Körper des ÜT-Betreuers, was diesem ein zischendes Geräusch entlockte, so laut, dass Rimmer einen Schritt zurücktrat und einen zweiten Schuss abzufeuern erwog. Doch als er zu dem grünen Licht emporsah, entdeckte er die wahre Quelle des Geräuschs. Es war nicht Taylors letzter Schnaufer gewesen, sondern die Tür des Überdruckzimmers, in der jetzt ein fast nackter Mann unbestimmten Alters stand, am ganzen Körper jenen knallroten makropapularen Ausschlag, der das typische Symptom der Endphase von P^2 war. Der sterbenskranke Mann stieß einen heiseren Schrei aus, taumelte in das helle Flurlicht heraus und zeigte wie ein anklagender Geist mit dem Finger auf Rimmer. Jetzt, da er im Hellen stand, sahen Ronica und Rimmer deutlich die eingefallenen Wangen in dem ausgezehrten Gesicht, so rot, als hätte er mehrere heftige Ohrfeigen gekriegt, und von einer feinen Maserung aus sauerstofflosem Blut durchzogen.

Der Anblick war selbst Rimmer zu biblisch – wie Samuel, der dem Grab entstiegen war, um König Saul heimzusuchen. Er riss sich den Pinback aus dem Ohr und wich vor diesem wandelnden Leichnam und dem fauligen Geruch zurück. Und mit einem angewiderten Schaudern, das in einen panischen Reflex umschlug, als die Gestalt die Hand nach ihm ausstreckte, schoss er den Mann ins Bein. Nicht etwa aus Barmherzigkeit, statt eines tödlichen Schusses, sondern nur, um noch ein Stück von dem jetzt stöhnend am Boden liegenden Wrack zurücktreten zu können – er hatte keine Lust, sich irgendwelchen Körperflüssigkeiten dieser verseuchten Kreatur auszusetzen –, ehe er ihm zwei weitere Kugeln in den Leib jagte, diesmal in die Brust. Doch der alte Ingrams blutete kaum. Es war, als sei das Blut, um das sich sein gesamtes Wachleben gedreht hatte, zu erschöpft, um aus dem ausgemergelten Leichnam zu quellen.

Ronica nahm die schützende Hand von ihrem immer noch offen stehenden Mund und schnappte entsetzt nach Luft.

«Verdammt», murmelte sie. «Armes Schwein.»

«Diesmal war's doch gar nicht so eine Schweinerei», sagte Rimmer cool.

«Herrgott, Rimmer, was ist nur in Sie gefahren?»

Er zuckte die Achseln und grinste pseudoverlegen. «Ich wollte nicht, dass er mich anfasst. Das verstehen Sie doch, oder?»

«Sobald Sie eine Waffe in der Hand haben, wird für Sie wohl jeder zum lebenden Ziel, was?»

«Herzchen», sagte er, hob die Schließkarte des ÜT-Betreuers auf und steuerte in Richtung Treppe zurück, «wir haben noch nicht mal richtig angefangen.»

V

Lenina musterte die Fußspuren auf dem beigen Korridorteppich und dachte im ersten Moment, jemand sei wohl in Hundescheiße getreten – bis ihr wieder einfiel, dass ja ein besonders aggressiver Hunde-Parvovirustyp im Vorjahr die meisten noch nicht verspeisten Hunde der City an einer Kombination von Enteritis und Myokarditis hatte eingehen lassen. Damals, in Kalifornien, als sie noch klein gewesen war, da war ein Hund gewesen. Als sie noch auf dem Land gelebt hatten. Bevor ihre Familie nach Los Angeles gezogen war und sie ihre kriminelle Karriere begonnen hatte. Aber heutzutage waren die einzigen Hunde, die man zu Gesicht bekam, Motion-Parallaxe. Lenina machte sich nicht mehr viel aus Hunden. Ein Polizei-Schäferhund hatte sie bei dem schweren Einbruchsdiebstahl geschnappt, für den sie nach Artemis Sieben gekommen war, und sie hatte davon eine böse vernarbte Wade zurückbehalten, die immer noch schmerzte, wenn sich die Muskeln dehnten. So wie jetzt, da sie sich hinkniete, um die Fußspuren genauer zu untersuchen – sie stammten von einer Frau, so viel war offensichtlich, wegen der Schuhform. Das war nicht die Sorte Schuhe, die weibliche Clostridium-Gäste tragen würden, zu teuer, nicht bequem und praktisch, sondern elegant, und das wiederum verwies auf eine Frau mit Credits auf dem Konto und gesundem Blut in den Adern. Die Sorte Frau, die Lenina gern gewesen wäre. Ob das Blut auf dem Teppich gesund oder verseucht war, ließ sich nicht sagen, aber Blut war es mit Sicherheit, denn die dunkelbraunen Spuren waren klebrig und eindeutig salzig auf der Zunge.

Sie erhob sich mühsam und schaute den gekrümmten pfirsichfarbenen Gang entlang, dorthin, wo die Fußspuren herkamen. Es war nur eine Sache von Sekunden, bis sie um die Biegung herum war und die beiden Leichen sah. Der ÜT-Betreuer, den erkannte sie. Sie hatte sich bemüht, die meisten Betreuer mit Namen kennen zu lernen. Einfach nur um sich klarzumachen, dass das hier kein Gefängnis war und es sich nicht um Wärter handelte. Aber der andere Mann – der alte, halbnackte – war ihr unbekannt.

Sobald sie die beiden Leichen sah, machte Lenina kehrt und eilte zu dem Überdruckzimmer zurück, das sie mit Rameses Gates teilte. Erst vor wenigen Minuten hatte sie es abrupt verlassen, nachdem sie sich mit ihm gestritten hatte, über diesen verrückten Kerl, diesen Dallas, dessen hirnrissiger Plan ihrer Meinung nach nur dazu führen würde, dass Gates wieder nach Artemis Sieben zurückmusste. Bestenfalls. Blutbankraub war vermutlich ein besonders schwerwiegendes Blutverbrechen, auf das so gut wie sicher die Todesstrafe stand. Und es ging nicht um irgendeine Blutbank, sondern um die größte und beste, die First National Blood Bank auf dem Mond. Für Lenina hatte das nur noch unterstrichen, wie verrückt dieser Dallas war. Das war doch Wahnsinn. Reiner Selbstmord. Als ob man einem Grizzly auf die Nase patschen würde. Nicht, dass es noch Grizzlys geben würde. Eine Bären-Parvovirusseuche hatte nahezu alle Bärenarten auf der Welt ausgerottet. Das war wirklich ein Jammer, dachte Lenina. Bären hatte sie gemocht. Vielleicht war das ja der Grund, warum sie Gates mochte. Und warum sie jetzt bereit war, wieder nett zu ihm zu sein. Sich vielleicht sogar ernsthaft auf ihn und diesen Plan einzulassen. Dieser Dallas, von dem er ihr erzählt hatte, der angeblich Blutbanken baute und sich hier in diesem Hotel versteckt hielt – vielleicht war der ja doch kein Schwindler. Immerhin sah es wirklich so aus, als wäre jemand hinter ihm her, jemand aus der Zone, eine Person, die nicht nur todschicke Schuhe hatte, sondern auch eine tödliche Waffe. Vielleicht hatte dieser Dallas ja doch die Wahrheit gesagt.

Rameses Gates saß mit verdutztem Gesicht auf der Bettkante, als fragte er sich, warum Lenina aus dem Zimmer gestürmt war. Als er sie in der Tür stehen sah, erhob er sich und setzte hölzern an, sich zu entschuldigen.

«Vergiss es», fiel ihm Lenina ins Wort. «Dein neuer Freund ist ja vielleicht doch echt.» Sie erzählte ihm von den blutigen Fußstapfen, die sie gefunden hatte, und den beiden Leichen weiter vorn im Flur.

«Dallas wohnt einen Stock höher», sagte Gates und zerrte eine Tasche unterm Bett hervor. «Klingt, als hätte sich einer im Zimmer geirrt.»

«Nicht einer. Eine. Es waren die Fußspuren einer Frau.»

«Dann darfst du sie erschießen.» Gates warf ihr eine Pistole zu, nahm sich selbst ebenfalls eine – eine rückstoßfreie Fünfzehn-Millimeter-Automatic – und sprang auf. «Los, gehen wir. Wir haben einen reichen Onkel zu beschützen.»

Lenina folgte dem bulligen Mann aus dem Zimmer und inspizierte die Waffe, die er ihr gegeben hatte. «Ist ein Weilchen her, dass ich jemanden erschossen habe.»

«Das ist wie Fahrradfahren», sagte Gates auf dem Weg zur Treppe. «Das verlernt man nie.»

VI

An der Tür von Nr. 1218 steckte Rimmer die Schließkarte des ÜT-Betreuers in das Sicherheitsschloss und öffnete das Kontrollbord.

«Sieht aus, als ob Dallas wirklich da drin ist», sagte er und deutete mit einer Kopfbewegung auf das grüne Licht über der Tür. «Der Druck ist nicht mal aktiviert. Ziemlich absurd, in ein Überdruckzimmer zu gehen und das Ding gar nicht anzuschalten, finden Sie nicht? Als ob man in ein Restaurant gehen würde, um ein Buch zu lesen.»

Ronicas Hand schloss sich fester um die kleine Matahari Automatic in ihrer Manteltasche. Jetzt, da sie den prompten Effekt eines sauberen Kopfschusses gesehen hatte, dachte sie, dass es am besten war, Rimmer auch auf diese Art auszuschalten. Diesmal würde sie auf das Blut gefasst sein – ihre Schuhe waren zwar schon ruiniert, aber da war ja immer noch ihr Mantel. Sobald Rimmer die Tür öffnete und Dallas registrierte, dass er es war, würde sie es tun. Wie der Direktor befohlen hatte. Als Goodwill-Demonstration der Firma ihrem brillantesten Konstrukteur gegenüber. Doch statt die Zimmertür manuell zu öffnen, wie sie erwartet hatte, begann Rimmer an den Reglern herumzuspielen, und ein, zwei Sekunden darauf wurde das grüne Lämpchen über der Tür von einem roten abgelöst.

«Was zum Teufel machen Sie da?», fragte sie.

«Wonach sieht's denn aus?», sagte Rimmer, ohne sich umzuschauen. «Ich setze ihn unter Druck.» Er lachte sadistisch in sich hinein. «Unter ganz schön viel Druck allerdings.»

«Sollten Sie sich nicht zuerst mal vergewissern, dass er wirklich da drin ist?», fragte Ronica. «Mal angenommen, es ist gar nicht Dallas? Es ist jemand anders? Bis Sie mit Ihrer Fummelei da fertig sind, ist vielleicht nur noch schwer feststellbar, ob es Dallas war oder nicht. Und der Direktor wird wissen wollen, ob Sie den Richtigen erwischt haben, Rimmer.»

«Sie haben doch gehört, was der ÜT-Betreuer gesagt hat, oder?», sagte Rimmer höhnisch. «Dallas hat Nr. 1218. Und das hier ist Nr. 1218. Man braucht kein Sherlock Holmes zu sein, um zu entziffern, was auf diesen Türen hier steht, Ronica. Außerdem hat mein Herumgefummle nicht den Zweck, Dallas zu töten. Es soll ihn nur ein bisschen leichter handhabbar machen, wenn ich die Tür dann öffne. Dallas hat nämlich eine Waffe. Und er wird sehr wahrscheinlich Gebrauch davon machen, wenn ich ihn nicht vorher ein bisschen mürbe mache. Ihn sozusagen prophylaktisch ein bisschen zusammenstauche.»

Ronica biss sich auf die sinnlichen Lippen und fragte sich, wie nützlich Dallas für ihren Chef wohl noch sein würde, wenn Rimmer ihm erst das hyperbare Äquivalent von *peine forte et dure* verabreicht hatte. Vielleicht war dann ja von seinem brillanten Hirn nichts mehr übrig, was ihre Rückholbemühungen lohnte. Als Rimmer einen Schritt von dem Kontrollbord zurücktrat, erhaschte sie einen Blick auf den Druckanzeiger und eine Nadel, die gefährlich nahe am roten Bereich der Skala zuckte. Sie begriff, dass sie es nicht länger hinausschieben konnte. Jetzt oder nie.

Rimmer, der noch immer mit dem Gesicht zur Tür stand, spürte plötzlich, wie sich etwas Hartes, Metallisches in sein mageres Genick presste, so hart und metallisch wie die dazugehörige Stimme.

«Abstellen», sagte sie. «Sofort. Oder ich bringe Sie um.»

Die Situation entbehrte nicht einer gewissen Komik, und Rimmer musste lachen.

«Ist das eine Waffe?» Er wollte sich umdrehen, aber das Ding bohrte sich in das Fleisch unter seinem Ohr und drückte seinen Kopf zurück.

«Ein Stethoskop ist es nicht. Und jetzt stellen Sie den Druck da ab, oder ich liefere Ihnen den unwiderlegbaren Beweis.»

Rimmer griff an die Regler und fuhr den Zimmerdruck zurück.

«Empirismus», sagte er gelassen. «War immer schon mein Problem. Eine sprachliche Äußerung hat für jemanden wie mich nur dann eine Bedeutung, wenn sie von etwas sinnlich Erfahrbarem begleitet wird.»

«Weg da von der Tür. Langsam. Ich möchte Ihnen die Erkenntnis ersparen, dass meine Drohung nicht nur syntaktischer Natur war. Das Verifikationsprinzip hätte wohl die Gestalt eines Fünfzehn-Millimeter-Geschosses.»

«Fünfzehn Millimeter?», sagte Rimmer, während er, die Pistole im Genick, von der Tür zurückwich. «Ganz schön schwere Kanone.»

«Reicht dicke, um Ihren Schädel zu trepanieren, Rimmer. Ein Paar Schuhe habe ich mir schon ruiniert. Zwingen Sie mich nicht, auch diesen Mantel noch dranzugeben.»

«Muss so eine kleine dreischüssige Automatic sein. Pussy-Pistölchen. Hat wohl die ganze Zeit in Ihrem Slip gesteckt. Nett. Mmm, vielleicht darf ich nachher mal dran riechen. Wenn wir dieses kleine Missverständnis ausgeräumt haben.»

«Ich brauche nur einen Schuss, um Ihnen ein Loch zu verpassen. Also, Gesicht zur Wand und Mund halten.» Sie sah auf das rote Licht über der Tür, in der Hoffnung, Rimmer nicht töten zu müssen, ehe Dallas es sehen konnte. Oder sollte sie es vielleicht Dallas selbst überlassen, Rimmer zu töten? Falls ihm noch danach war. Wie auch immer, Rimmer zu töten würde der leichte Teil der Übung sein. Viel schwerer war das Kunststück, das dann kam – Dallas glaubhaft einzureden, dass der Direktor Rimmer nicht auf seine Familie angesetzt hatte. Ronica sah nicht, weshalb er ihr glauben sollte. So ein intelligenter Bursche wie er würde ihre kleine Scharade doch sofort durchschauen.

Das rote Licht brannte weiter, während der Druck drinnen im Raum langsam wieder auf Normalniveau absank. Die Pistole noch immer in Rimmers Genick, sah Ronica ungeduldig auf den Druckmesser. Erst halb zurückgegangen. Sie biss die makellos weißen Zähne zusammen und versuchte die saure Unsicherheit drunten zu halten. Sie roch Rimmers übelriechenden Atem, den die Korridorwand zurückwarf. Irgendwie schien es ihr weniger verwerflich zu sein, einen Mann mit Mundgeruch zu töten. Wieder ein Blick auf den Druckanzeiger. Fast unten. Noch ein paar Sekunden, und alles würde vorbei sein.

«Möchten Sie jetzt drüber reden?», fragte er.

«Mund halten.»

«Ich liebe dominante Frauen. Zufällig bin ich gerade auf der Suche nach einer zuverlässigen und verantwortungsbewussten Person, die für einen Heimporno, den ich momentan drehe, meinen Viertelmeterschwanz aktiviert. Warum gehen wir nicht zu meinem Wagen und reden über die Einzelheiten und eine mögliche finanzielle Entschädigung?» Er leckte sich die Lippen und grinste. «Oder vielleicht schlafe ich ja auch, und das alles ist ein erotischer Traum? Und jeden Moment werde ich einen nächtlichen Erguss haben, wutsch, über das ganze Laken, und aufwachen.»

Ronica griff in Rimmers glattes, fettiges Haar, um die Mündung der Pistole besser in den Furunkel auf seinem Wangenknochen bohren zu können.

«Wenn das hier nur ein Traum ist», sagte sie, «dann einer, aus dem Sie nie wieder erwachen werden, wenn Sie Ihren Mund nicht halten.»

«Sie werden mich nicht töten, nur weil ich was sage», fuhr Rimmer unbeugsam fort. «Tatsache ist, dass Sie im Moment überhaupt nicht bereit sind, mich zu töten, sonst hätten Sie's längst getan. Außerdem kann man nicht ewig leben.»

Eine Backe gegen die Wand gepresst, konnte er sie aus dem anderen Augenwinkel halbwegs sehen. Obwohl es auf dem Gang nicht sonderlich warm war, glänzte Ronicas schönes schwarzes Gesicht von Schweiß, als ob sie doch einigen Zweifel an dem hätte, was sie da tat, als ob – Rimmer lächelte –, als ob sie doch nicht so ganz davon überzeugt wäre, dass sie wirklich abdrücken würde. Er wollte gerade erklären, dass er weder in seinem Traum noch sonst irgendwo sterben werde, solange sie ihre kleine Matahari nicht entsichert habe – eine ziemlich durchsichtige Finte, dachte er, aber dennoch den Versuch wert –, als plötzlich ein Schuss fortissimo durch seine hinterlistigen Gedanken krachte.

Ronicas Aufschrei sagte ihm, dass er keinen Schmerz zu befürchten hatte – jedenfalls nicht von diesem ersten Schuss. Sie war auf ein Knie herabgesunken, aber in den ein, zwei Sekunden, die ihm blieben, ehe der nächste Schuss krachte, konnte er nicht feststellen, ob sie getroffen war. Klar war nur, dass da jemand anders schoss, und zwar ohne sich um den Krach zu scheren. Manchmal war das besser. Leuten eine Scheißangst einzujagen war effizienter, als sie anzuschießen. Instinktiv duckte sich Rimmer zusammen, als der dritte Schuss durch den Korridor pfiff, eine Explosion tödlicher Energie. Er griff nach seiner Waffe, richtete sie auf Ronicas Kopf, überlegte es sich dann aber anders – vielleicht brauchte er ja seine ganze Munition, um sich mit diesem unbekannten Schützen auseinander zu setzen. Nachdem er, nur um dem Kerl zu zeigen, was er aufzufahren hatte, die Schalldämpfung deaktiviert hatte, feuerte er seinerseits in die Richtung, aus der die ersten drei Schüsse gekommen waren. Sein einziger Gedanke war, dass Ronica doch Recht gehabt hatte – Dallas konnte nicht in diesem Zimmer gewesen sein. Wer sonst sollte auf ihn schießen?

Rimmer feuerte noch zweimal und krabbelte dann, ohne Rücksicht auf Ronica, die im Türrahmen gegenüber kauerte, gerade noch rechtzeitig weg, ehe eine weitere Kugel ein Loch von der Größe einer Orange aus der Stelle der Wand fetzte, an der er gelehnt hatte.

«Dallas?», rief er. «Sind Sie's?»

Weitere Schüsse. Und, dachte Rimmer, eindeutig aus mehr als nur einer Waffe. Er schoss zurück, aber diesmal trafen er und Dallas, oder wer immer das war, eine unselige Gestalt, die sich törichterweise von dem Spektakel auf den Gang hatte hinauslocken lassen, um nachzusehen, was los war – eine Frau.

Rimmer feuerte weiter, ohne sich darum zu kümmern, wen er erwischte. Das Krachen der Pistolen, der Korditgeruch – eine Nacht nach seinem Geschmack. Es waren zwei Leute, dessen war er sich jetzt sicher, beide hinter den milchigen Plastikwänden des prismaförmigen Treppenschachts versteckt, der das vordere Ende des gekrümmten Gangs ein wenig erhellte. Hinter Rimmer, ein Stück weiter um die Gangbiegung herum, befand sich der runde, verglaste Fahrstuhlschacht. Es war Zeit, sich dünne zu machen. Wenn er irgendwie auf die andere Gangseite hinüberkam, war er in Sicherheit.

Wie auf ein Stichwort lugten plötzlich ein Kopf und eine Schulter um die Kante eines anderen Türpfostens. Rimmer zielte sorgfältig, und als die Person mit einem lauten Aufschrei in den Korridor hinaustaumelte, benutzte er sie als Deckung, um sich mit akrobatischer Gewandtheit auf die andere Gangseite hinüberzurollen und hastig um die Biegung und aus der Schusslinie zu krabbeln. Die Liftsensoren registrierten Rimmers Annäherung, und die Schachtbeleuchtung ging an, als sich der Fahrstuhl automatisch in Richtung zwölftes Geschoss in Bewegung setzte. Rimmer lud rasch nach und spähte aus seiner nunmehr vergleichsweise sicheren Position um die Biegung, in der Hoffnung, noch einen platzierten Schuss auf die Gegner abgeben zu können, ehe er sich davonmachte. Da ihm der Mann, den er angeschossen hatte, die Schussbahn versperrte, erledigte er ihn mit zwei gezielten Schüssen in die Brust. Ein zweiter verstohlener Blick ergab, dass sich Ronica nicht mehr in seinem Gesichtsfeld befand, da sie sich in den schützenden Türrahmen presste. Wenn er diese Rechnung noch begleichen wollte, musste er ihr weismachen, dass ihm ihr weiteres Schicksal noch immer am Herzen lag. Sobald sie ihrerseits alles auf eine Karte setzte und losrannte, würde er sie töten.

«Ronica?», rief er. «Los, wir hauen ab. Kommen Sie, ich gebe Ihnen Deckung.»

«Immer noch die Deckhengstnummer?»

«Lassen Sie die Spielchen, Ronica. Der Lift ist da. Wenn Sie hier bleiben und sich erschießen lassen wollen, meinetwegen. Aber ich werde mich jetzt absetzen.»

An die glatte Metalloberfläche der Zimmertür gepresst, erhaschte Ronica ihr undeutliches Spiegelbild in der Tür von Nr. 1218 gegenüber. Sie sah aus wie eine Vignette aus dem Ägyptischen Totenbuch – die Verstorbene mit einer Lotosblüte in der linken Hand. Nur dass die Blume eine Pistole war und sie, im Moment jedenfalls noch, höchst lebendig. Aber das würde sich auf der Stelle ändern, wenn sie sich Rimmer zeigte.

«Dann gehen Sie», sagte sie, und sobald sie den Rand von etwas erspähte, das wie Rimmers Kopf aussah, zielte sie sorgsam und drückte ab.

Rimmer japste wie ein Hund, als Ronicas Kugel zwei Fingerbreit vor seinem Gesicht in die Wand schlug, eine kleine Explosion von Holz- und Metallsplittern auslöste und einen davon durch sein skrofulöses Ohrläppchen jagte.

«Luder», brüllte er und feuerte eine ganze Salve von Schüssen auf die unmittelbare Umgebung des Türrahmens, in den sie sich immer noch presste. Dann fasste er sich an Ohr und Hals und fand beides feucht von seinem eigenen Blut. Als sich die Fahrstuhltür einladend hinter ihm öffnete, nutzte er die Chance zum Abgang. Sobald die Tür zuging und der Fahrstuhl abwärts zu gleiten begann, presste er sich gegen die hintere Kabinenwand, die Waffe auf die gläserne Decke und das entschwindende Fußbodenrund des zwölften Stockwerks gerichtet.

Ronica hörte, wie sich der Lift in Bewegung setzte, und verspürte den starken Impuls, Rimmer hinterherzustürzen und die beiden ihr noch verbleibenden Kugeln abzufeuern. Doch da waren immer noch die beiden Schützen am anderen Ende des Gangs. Sie konnte jetzt nur noch hoffen, dass einer davon Dallas war. Bestimmt würde sie ihn von ihren guten Absichten überzeugen können, auch ohne einen toten Rimmer als Beweis. Das konnte bedeuten, ihm alles erzählen zu müssen, aber ihr blieb wohl nicht viel anderes übrig. Sie wollte ihm gerade etwas Entsprechendes zurufen, als sie plötzlich merkte, dass die Tür von Nr. 1218 jetzt offen war. Und in der Tür stand, ein wenig wacklig, wie von einem Menschen zu erwarten, der eben noch ein paar hundert Atmosphären ausgesetzt gewesen war, aber dennoch in der Lage, eine Pistole ruhig auf ihr zöpfchenbestücktes Haupt zu richten, Dallas höchstpersönlich.

VII

«Waffe weg», sagte er leise. Er war immer noch etwas benommen von dem Geschehen in seinem Überdruckzimmer. Eine knappe halbe Stunde nachdem Gates gegangen war, war er von dem Gefühl aufgewacht, dass ihn irgendeine unsichtbare Kraft auf sein Bett presste. Der Druck war rasch so gewaltig geworden, dass sein Blut zur Rückenseite seines Körpers hin abgesackt war, und für ein Weilchen hatte er sogar das Bewusstsein verloren. Als er wieder zu sich gekommen war, hatte er gemerkt, dass sich der Druck wieder normalisiert hatte, und als unmittelbar vor seiner Tür Schüsse krachten, hatte er daraus geschlossen, dass zum einen Rimmer ihn und zum anderen Gates Rimmer gefunden hatte. Deshalb war er etwas erstaunt, eine Frau, die er aus der Firma kannte, im Türrahmen gegenüber kauern zu sehen. Sie warf ihm ihre Pistole hin. Dallas schaute erst in die eine, dann in die andere Richtung und sah die beiden Leichen auf dem Fußboden des Flurs liegen.

«Was zum Teufel machen Sie hier?», sagte er gereizt. Von dem enormen Druck hatte er jetzt heftige Kopfschmerzen.

«Sie vor Rimmer bewahren.» Ronica erhob sich langsam, als Dallas die Waffe senkte.

«Wo ist er?»

«Weg.» Sie machte eine Kopfbewegung in Richtung Lift.

«Sagen Sie …» Dallas schüttelte den Kopf, als versuchte er, sich an ihren Namen zu erinnern.

«Ich heiße Ronica.»

«Wie haben Sie mich hier gefunden?»

«Rimmer. Er hat es aus Ihrer Assistentin rausgequetscht.»

«Dixy hat es ihm gesagt?»

Ronica erzählte ihm, was Rimmer ihr erzählt hatte, von Dixys Schoßtierprogramm und seinen Drohungen, es zu vernichten. Dallas nickte. Er war nur mäßig enttäuscht, dass Dixy ihn verraten hatte, viel mehr interessierte ihn, dass seine Assistentin so an einem simplen Schoßtierprogramm hing.

«Sind Sie okay, Dallas?» Das war Gates, der jetzt herankam, Lenina im Schlepptau.

Dallas nickte. «Nur zwei Exkollegen. Danke, Gates.»

«Bedanken Sie sich bei Lenina. Sie hat die Fußspuren dieser Dame hier entdeckt.»

Lenina sah Ronica bewundernd an: Das war das erste Mal, dass sie eine reiche, gesunde Frau von nahem sah, und was sie sah, gefiel ihr. Der lange Mantel, das tolle Kleid, der teure Schmuck, die Zöpfchenfrisur, ja selbst die blutbefleckten Schuhe. Ronicas gepflegte Erscheinung stachelte Lenina erst recht an, diesem Dallas und seinen seltsamen Plänen zu trauen.

Ronica schaute auf ihre Schuhe und lächelte dann Dallas an: «Man weiß nie, in was man reinschlittert, wenn Rimmer mit von der Partie ist.»

«Wer hat Sie beauftragt, mich vor Rimmer zu schützen?», fragte Dallas.

«Der Direktor. Jetzt, wo Tanaka tot ist, braucht er Sie in der Firma. Er will den Status quo wieder herstellen, mit Ihnen als Chefkonstrukteur. Ich sollte Rimmer töten, sozusagen als Eröffnungsangebot. Damit Sie glauben, es sei alles nur ein großes

Missverständnis gewesen. Die eigenmächtige Aktion eines übereifrigen Rimmer, so in der Art.»

«Und war es das?»

«Nein. Rimmer hat nur genau das getan, was Simon King ihm befohlen hat, genau wie ich. Warten Sie ab, bis Rimmer Dallas gefunden hat, hat er mir aufgetragen, und legen Sie dann Rimmer um. Ich sollte ihn möglichst vor Ihren Augen erledigen, damit Sie denken, die Firma, vertreten durch mich, sei auf Ihrer Seite.»

«Aber warum Sie und nicht einer von Rimmers Gorillas?»

Ronica guckte, als sei sie überfragt. «Frisches Blut? Jemand, der nicht vorbelastet war? Keine Ahnung. Fragen Sie den, der die Karten verteilt hat.»

Dallas nickte. Vermutlich sagte Ronica die Wahrheit.

«Warum legen Sie dann Ihr Blatt auf den Tisch?», fragte er.

Ronica atmete seufzend aus und starrte kurz an die Decke, ehe sie wieder Dallas ansah. «Tja», sagte sie. «Was soll ich sagen? Mein erster Taschenspielertrick ist schon mal danebengegangen. Und jetzt, wo ich Ihnen in die Augen geguckt habe, glaube ich nicht, dass ich noch große Chancen habe, einen Bluff zu landen. Ich schätze, ich setze besser auf ein neues Blatt. Weil Rimmer vermutlich schon auf dem Rückweg in die Zone ist, um dem Direktor irgendeine Story aufzutischen, wie ich die Sache vermasselt habe. Also kann ich nicht dorthin zurück.»

«Was macht Sie so sicher, dass ich Ihnen Ihre Story nicht abgenommen hätte? Die von Rimmers eigenmächtigem Handeln. Vielleicht möchte ich ja in die Zone zurück.»

Ronica schüttelte sehr entschieden den Kopf. «Wie gesagt, Dallas, ich habe Ihnen in die Augen geguckt.»

«Vielleicht hätte ich mich ja überreden lassen.»

«Sie scheinen mir nicht der Typ, der bereit ist, so was wie den Tod seiner Familie zu vergeben und zu vergessen. Und schon gar nicht nach weniger als vierundzwanzig Stunden.» Ronica verstummte für einen Moment, da ihre Sicherheit, Dallas' Charakter betreffend, einer zunehmenden Unsicherheit in eigener Sache Platz machte: Sie glaubte nicht, dass Dallas und seine beiden merkwürdigen Bekannten sie einfach kaltblütig töten würden, aber was sollte sie jetzt machen? Konnte sie es wagen, in die Zone zurückzukehren, von Terotech ganz zu schweigen? Jetzt, da sie wusste, was sie wusste, auch wenn es ihr nicht sonderlich viel schien – was garantierte ihr, dass der Direktor und Rimmer sie am Leben lassen würden?

«Ich möchte Sie was fragen.» Sie schluckte. «Außerhalb der Zone gibt es kein Leben. Keins, das die Bezeichnung verdienen würde. Was bleibt da noch, Dallas?» Sie biss sich auf die Lippe, um sie am Zittern zu hindern. «Ich habe Angst.»

«Die sollten wir alle haben», erklärte Lenina. «Es ist nicht zu erwarten, dass die Cops eine Schießerei mit vier Toten ignorieren, nicht mal in so einem Sektor. Wir sollten machen, dass wir verschwinden.»

«Lenina hat Recht», sagte Gates.

«Vier Tote?», fragte Dallas stirnrunzelnd. Er sah nur zwei.

«Rimmer hat eine Etage tiefer noch zwei Leute erschossen», erklärte Ronica.

«Woher wissen wir, dass Sie sie nicht erschossen haben?», inquirierte Lenina.

«Sieht sie aus wie eine Killerin?», fragte Gates.

Lenina zuckte die Achseln. «Ich weiß nicht. Aber sie ist die mit den roten Schuhen.» Ihre Bewunderung Ronica gegenüber verwandelte sich zusehends in Eifersucht.

Dallas schüttelte den Kopf. «Ronica hat den Druck in meinem Zimmer runtergestellt», sagte er. «Nachdem Rimmer ihn so sorgsam hoch gestellt hatte. Stimmt's nicht, Ronica?»

«Doch. Er wollte Sie mürbe machen, hat er gesagt. Damit Sie nicht in der Verfassung wären, auf ihn zu schießen, wenn er reingehen würde.»

«Klingt allerdings ganz nach Rimmer», gab Dallas zu.

«Wir müssen hier weg», insistierte Lenina.

Gates steuerte schon auf den Lift zu.

«Ronica?», sagte Dallas. «Was Sie mich da eben gefragt haben. Wegen der Zone. Ich weiß nicht, ob ich darauf eine Antwort habe. Noch nicht, jedenfalls. Aber wenn Sie bereit wären, eine Weile zu warten, könnte sich das für Sie lohnen.»

«Klingt wie eine Einladung, mich mit Ihnen zusammenzutun», sagte sie.

«Klar. Warum nicht? Ich hätte da vielleicht ein paar Trümpfe, an denen Sie partizipieren könnten.»

9

I

Jede große Stadt besitzt ein verrufenes Viertel, eine finstere, gettoartige Gegend, eine Unterwelt, einen Ort, wo das Verbrechen regiert. Die Unterwelt dieser Stadt hieß auch das Black Hole, das Schwarze Loch, nach jener vernichtenden Raum-Zeit-Region, die sich – als Relikt eines implodierten Sterns – im Zentrum einer jeden Galaxie befindet und der weder Materie noch Energie zu entkommen vermag. Während Hades, der Herr der griechischen Unterwelt – abgesehen von seiner Vermählung mit Persephone –, kaum eine eigene Mythologie aufzuweisen hat, rankten sich um das Black Hole unzählige Schauergeschichten und Legenden – fast so viele, wie Kräfte an der Entstehung seines kosmischen Pendants beteiligt waren –, und nicht wenige davon bezogen sich auf das Gangsterbosstrio, das diese erbarmungslose Unterwelt regierte.

Kaplan, auch bekannt als «der Spinnenmensch», war auf eine Gehmaschine angewiesen – Folge einer Osteonekrose[1] aufgrund der häufigen und unvorsichtig durchgeführten Sauerstoffüberdruck-Behandlungen, denen er sich unterzogen hatte, ehe er an das Schwarzmarktblut gekommen war, das ihn von P^2 heilte. Er war der Hauptan- und -verkäufer von illegalem Blut – gutenteils Rekombinationshämoglobin oder auch schlichte Schwindelware – sowie von gefälschten Pharmaka. In einem asiatischen Land

1 Eine Krankheit, bei der das Knochengewebe abstirbt.

wurde von offizieller Seite geschätzt, dass die Hälfte aller von Krankenhäusern und Ambulanzkliniken ausgegebenen Medikamente Falsifikate waren, die von Kaplans Leuten stammten. Doch auch reichere Länder sind gegen solch mörderische Geschäfte nicht gefeit. Von Kaplan ging sogar das Gerücht, er habe eigens geheiratet und Kinder gezeugt, um diese dann umzubringen und sich ihr Knochenmark gegen seine Osteonekrose einspritzen zu lassen – allerdings vergeblich.

Elstein hatte von den dreien zweifellos am meisten auf dem Kasten: Er war Diplomphysiker und ein begabter Amateurchemiker. Er hatte das Depreneyl-Amitriptylin erfunden, die erste der so genannten paradeisotropischen[1] Drogen. Depreneyl und Amitriptylin sind Antidepressiva: ein Monoaminoxidasehemmer und ein trizyklisches tertiäres Amin, das den Serotoninspiegel anhebt. Die Kombination beider Mittel führt zu einem chemisch induzierten Nahtoderlebnis, das es angeblich erlaubt, durch die Pforten des Paradieses zu spähen, ohne tatsächlich zu sterben. Der Romancier Wystan Hughes schildert seine DA-Erfahrungen in dem berühmten Buch *Heaven's Gate*[2]. Die Droge wurde jedoch rasch verboten, als Tausende vermeintlicher Nahtoderlebnisse tatsächlich tödlich endeten. Elstein wurde zu fünf Jahren Mondkolonie verurteilt. Nach seiner Rückkehr zur Erde begründete er den Löwenkult: Er rekrutierte Hunderttausende von Menschen, die bereit waren, viel Geld dafür zu zahlen, das zu verstehen, was für kurze Zeit als die Endgültige Theorie der Physik galt – die Theorie, die alles erklärte, von subatomaren Teilchen über Atome und Supernovae bis hin zum Big Bang und zum Big Crunch. Nach Einsteins Tod hatten sich Physiker jah-

1 Abgeleitet von den griechischen Wörtern *paradeisos* («Paradies») und *tropein* («richten auf»).

2 Erschienen 2042; vgl. *Die Pforten der Wahrnehmung* von Aldous Huxley (1954), wo dieser seine Selbstversuche mit Meskalin und LSD schildert.

relang bemüht, eine ultimative Theorie aufzustellen, um Gravitation, Elektromagnetismus und Atomkraft auf eine einzige kurze Formel zu bringen. Einstein selbst erklärte einmal, die Natur zeige den Wissenschaftlern nur den Schwanz des Löwen, er selbst bezweifle aber nicht, dass der Löwe dranhänge, wenn er sich auch aufgrund seiner enormen Größe nicht auf einmal enthüllen könne. Der Keim zu einem neuen Kult wurde gelegt, als eine Zeit lang der Glaube um sich griff, Hugh Van Creveld habe es mit seiner multidimensionalen Quantentheorie der Gravitation endlich geschafft, den Löwen zu fangen. Diese so genannte Einzige Theorie, von der bis heute viele behaupten, sie habe tatsächlich Einsteins allgemeine Relativitätstheorie und die Quantentheorie[1] unter einen Hut gebracht, erwies sich jedoch als so teuflisch kompliziert, dass sie praktisch kein Laie verstehen konnte. Hier sprang nun Elstein mit seiner essentiell skeptischen Doktrin der Universellen Apologetik[2] in die Bresche, womit er zugleich den Löwenkult begründete.

1 Die Quantentheorie erklärt ein sehr weites Spektrum an physikalischen Phänomenen und hat die klassische Newtonsche Mechanik für den gesamten Bereich der mikrophysischen Phänomene abgelöst. «Quant» ist ein genereller Terminus für die nicht weiter teilbare Einheit jeder Form von physikalischer Energie. Die Schwierigkeit beim Denken in Quanten – das, was diese auch hundert Jahre nach den bahnbrechenden Arbeiten Niels Bohrs noch so schwer verständlich macht – ist der Umstand, dass deren Bewegung nicht ohne weiteres visualisierbar oder auch nur vorstellbar ist. Natürlich gehört es zu den Freuden der Schriftstellerei, schwierige Konzepte einfach darzustellen. Ein Ziel dieses Buchs ist es, meine Erfahrung mit Quantenphänomenen zu vermitteln und den Leser zu befähigen, nicht nur die molekulare Weisheit des menschlichen Körpers, sondern, fundamentaler noch, den Stoff des Lebens selbst würdigen zu lernen. Daraus mache ich kein Hehl. Wie Montaigne sagt: «Ich bin selbst der Stoff meines Buchs.»

2 Elsteins Konzept fußt auf dem Werk des großen französischen Mathematikers, Philosophen und Physikers Blaise Pascal. «Die Ratlosigkeit der Verwirrten», schrieb Elstein, «lässt sich nach dem Prinzip des Wettens überwinden; kann

Nachdem er mehreren Anschlägen christlicher und jüdischer Fundamentalisten entgangen war, verschwand Elstein im Black Hole, um sich hinfort – immer ein Auge auf den Werken Sir Arthur Conan Doyles – wie Professor Moriarty dem Ziel zu widmen, ein «Napoleon des Verbrechens» zu werden.

Cregeen vervollständigte diese unheilige Dreieinigkeit, diesen «dreiköpfigen Hund», der in den Tiefen der Unterwelt dieser Stadt lauerte. Er war die dunkelste, schemenhafteste Gestalt unter den dreien, ein Mann, über den kaum etwas bekannt war. War Cregeen sein richtiger Name? Vermutlich nicht. Konnte irgendjemand sein Äußeres beschreiben? Nein. Gerüchte umgaben ihn wie das giftige Miasma einer altertümlichen Kloake. Es hieß, er sei der Kopf hinter dem großen Aerocarrier-Raub von 2039 gewesen, bei dem das lenkbare P&O-Luftschiff während der Fahrt gekapert und um seine Millionenfracht erleichtert worden war: einen über zehn Tonnen schweren Virgin-Kommunikationssatelliten. Auf Cregeens Konto ging angeblich auch die Erpressung des westafrikanischen Staats Neu-Kongo mit der Drohung, bei Nichtzahlung einer Milliarde Dollar eine kleine Atombombe in der Nähe eines natürlichen Kernspaltungsreaktors zu zünden, der fünfhunderttausend Millionen Jahre zuvor tief unter dem Dschungelboden entstanden war, als in großen Uranvorkommen eine Kettenreaktion eingesetzt hatte, die Hunderttausende von Jahren andauerte.[1]

Diese drei Männer bildeten ein Triumvirat, das einen Großteil

---

die Richtigkeit der Theorie nicht bewiesen werden, dann verlieren diejenigen, die nicht wissen, was sie davon halten sollen, nichts, wenn sie daran glauben, dass der Sinn des Lebens und die Textur der Wirklichkeit nunmehr erklärt sind, und sich ganz darauf konzentrieren, dem Hier und Jetzt zu leben – den Himmel auf Erden zu schaffen. Denn sollte die Richtigkeit der Theorie doch noch bewiesen werden, dann hat niemand Zeit damit vergeudet, sich so zu verhalten, als bliebe noch etwas zu erklären.»

1 Die Explosion hätte das gesamte Land – eine Fläche von über zweieinhalb Mil-

des organisierten Verbrechens der Stadt lenkte. Manchmal hatte man das Gefühl, sie seien nur eine Person, so eng arbeiteten sie zusammen. Dann wieder war ihr Einfluss so mächtig und so omnipräsent, dass es schien, als müssten sie viel mehr als nur drei sein. Natürlich hatten sie Komplizen, Gesichter und Namen wie Galloway, Orff, Jondrette, Connor, Pike, Allum, Opie, Harris, Ford und Reinbek, die den gemeinen Mitgliedern der kriminellen Bruderschaft der Stadt geläufiger waren – jenem Fußvolk, zu dem, vor seiner Strafdeportation auf den Mond, auch Rameses Gates gehört hatte.

Jetzt führte Gates seine Gefährten zu einem Leichtindustriegebäude in unmittelbarer Nähe einer stillgelegten Hochstraße. Das war Reinbeks Operationsbasis.

Reinbek war die rechte Hand, um nicht zu sagen, das Werkzeug Kaplans, und alle, die ihm unterstanden, schuldeten Kaplan ebenfalls Gefolgschaftstreue. Reinbek selbst war Arzt und Exsoldat. Nach seinem Ausscheiden aus der Armee hatte er viele Jahre als Befragungsspezialist für die Verbrechensabwehr gewirkt – oder weniger euphemistisch ausgedrückt, er war ein Folterer gewesen. Niemand weiß besser als ein Arzt, wie viel physischen Schmerz man einem Informanten zufügen darf. Denn was ist Chirurgie schließlich anderes als kontrolliertes – und manchmal schmerzhaftes – Zufügen von Verletzungen? Manche Menschen sind fasziniert von den Sternen, andere von erlesenem Porzellan, doch für Reinbek lagen die Wunder dieser Welt im Funktionieren des menschlichen Körpers, und er war trotz seines Metiers ein fähiger Arzt – seine Opfer waren in besten Händen. Doch wie das Leben so spielt, machte es sich eins dieser Opfer, als es unversehens wieder politische Gunst genoss, zur Lebensaufgabe, Reinbek Recht und Gesetz auszu-

lionen Quadratkilometern – für einen Zeitraum von schätzungsweise fünfzigtausend Jahren unbewohnbar gemacht.

liefern. Oder jedenfalls dem, was es für Recht und Gesetz hielt. In Wirklichkeit gingen Recht und Gesetz, die immer schon schwierige Bettgefährten waren, längst getrennte Wege; Gesetze brauchen lediglich auf einen bestimmten Bestand an Fakten angewandt zu werden, während Recht impliziert, dass diese Fakten im Zweifel zugunsten des Beschuldigten ausgelegt werden; kurzum, Recht impliziert eine Achtung der Rechte des Individuums, die längst nirgends mehr zu erkennen war. Und so hatte Reinbek, verfolgt von ebendem System, dem er so treu gedient hatte, keine andere Möglichkeit gesehen, als abzutauchen. Und Kaplan hatte den Ex-VA-Mann für zu wertvoll befunden, um ihn zu töten, und ihm stattdessen einen Job gegeben.

Wie die meisten Bewohner des Schwarzen Lochs waren Reinbek und seine Leute nachtaktiv. Sie verbrachten die langen, dunklen Winternächte damit, sich zu beraten, ihren kriminellen Aktivitäten nachzugehen und manchmal sogar Partys zu feiern. Wenn es Tag wurde, suchten sie sich, von den Geschehnissen der Nacht erschöpft, die dunkelsten Plätze, um ihre Hängematten aufzuhängen, und schliefen wie Klumpen von Fledermäusen nach der erfolgreichen Nahrungssuche.

II

Es war kurz vor Tagesanbruch, als Gates und die drei anderen die ehemalige Fabrik erreichten. Viele der Namenlosen, die das Dunkel für ihre jeweiligen Geschäfte genutzt hatten, kehrten jetzt hierher zurück, als flüchteten sie vor dem ersten Hahnenschrei – der kaum ertönen würde, da seit dem Ausbruch von *Campylobacter jejeuni* und *Campylobacter coli*[1] jedwede Geflü-

1 Antibiotikaresistente Darmbakterienstämme, die Ende der fünfziger Jahre in Spanien mehrere tausend Todesopfer forderten.

gelhaltung innerhalb der Stadtgrenzen streng verboten war. Ein paar «Black Holers», wie sie auch genannt wurden, kannten Gates noch und begrüßten ihn herzlich. Andere musterten seine beiden wohlhabender aussehenden Gefährten mit fast schon dämonischer Gier, denn Wohlstand war nun mal das sichtbarste Indiz für unverseuchtes Blut. Im Talmud steht: «Denn der Mensch hat Abscheu vor Blut.»[1] Doch in den Seelen dieser Männer und Frauen – soweit vorhanden – weckte der Anblick von so viel gesundem Blut, das mitten unter ihnen herumspazierte, nicht mehr Abscheu als einige Gallonen reinen Alkohols bei einem Haufen durstiger Säufer.

«Halten Sie sich besser in meiner Nähe», instruierte Gates Ronica und Dallas, als ein paar wohl bewaffnete Männer das Quartett über eine Reihe von Feuertreppen zu dem pfeilspitzenförmigen Glasaufbau hinaufführten, in dem Reinbek residierte. «Nur für den Fall, dass jemand ein Stück aus Ihnen rausbeißen will.»

«Ist schon verlockend», sagte Lenina, die die Nachhut bildete, Ronicas Rücken vor Augen und ihr teures Pafüm in der Nase. «Vielleicht gar nicht schlecht, so einen Mantel zu haben.»

«Wenn mich jemand beißt, fällt er wahrscheinlich sofort schnarchend um», sagte Dallas gähnend. «Ich könnte hundert Jahre schlafen.»

«Hundert Jahre sind für einen Mann wie Reinbek gar nichts», sagte Gates. «Er kriegt es sogar hin, dass Sie bis in alle Ewigkeit schlafen. Diese Art Dauerschlafmittel verabreicht er ständig. Also passen Sie auf, was Sie sagen, ich meine, falls Sie vergessen, den Mund zu halten und das Reden mir zu überlassen. Weil ich weiß, wie ich mit Reinbek umgehen muss. Reinbeks Stimmung oszilliert manchmal wie die Atome eines heißen Metallpendels. Weil er nämlich an einer bipolaren Affektstörung leidet. Und wehe, wenn die Antarktis dran ist.»

---

1 Makkoth 23b; dem Rabbi Simon ben Jehuda ha-Nasi zugeschrieben.

«Er ist manisch-depressiv?», fragte Dallas stirnrunzelnd.

«Ja.»

«Welch tröstlicher Gedanke», bemerkte Ronica. «Ich hoffe sehr, dass er seine Medikamente nimmt.»

«Davon hält Reinbek nichts», erklärte Gates. «Er sagt, Medikamente schlagen sich auf seinen Intellekt und schränken seine Kreativität und seine Wahrnehmung ein.»

«Kreativität? Wofür hält er sich? Für einen Künstler oder was?»

«Vincent van Gogh. Schumann. Tennyson. Was weiß ich?», knurrte Gates.

«Klingt genau nach der Sorte Mensch, an die man sich in einer Notlage wenden sollte», bemerkte Dallas.

«Allerdings», sagte Ronica. «Warum in aller Welt haben Sie uns hierher gebracht?»

«Aus dem einfachen Grund, dass es keinen anderen Ort gibt, wo wir hinkönnen», sagte Gates. «Und weil nur ein Verrückter uns hierher folgen würde.»

«Wieso finde ich Ihre Erklärung nicht beruhigend?», fragte Ronica.

«Hört euch die an», sagte Lenina verächtlich. «Die Königin von Saba persönlich. Soll ich Ihnen was sagen, Schätzchen? Sicherheit, Hoffnung, Geborgenheit, Vertrauen, Glaube – diese Wörter bedeuten hier einen Scheiß. Das haben Sie alles mitsamt Ihrem Gesundheitssystem und Ihrem Lip Gloss zurückgelassen, als Sie Ihren seidenzarten Arsch aus der Zone rausbewegt haben. Das Einzige, was Verdammte wie Rameses und ich zu erwarten haben, ist ein früher Tod. Wenn Sie was zu Ihrer Beruhigung brauchen, Prinzessin, dann legen Sie sich eine Hasenpfote zu.»

«Stimmt», sagte Gates lachend. «Nur dass Sie dafür erst mal einen Hasen auftreiben müssen.»

III

Den großen, karg möblierten Raum dominierte ein dolmengroßer Kamin, in dem ein Tipi aus Holzscheiten, ausreichend für Savonarola und sämtliche Eitelkeiten zugleich, heftig vor sich hin loderte. Ein Mann starrte mit der Hingabe eines Feueranbeters in die Flammen.

«Shit, Reinbek», rief Gates und schnupperte genießerisch. «Ist das echtes Holz?»

«Klar. Habe gerade drüber nachgedacht, wie die Welt wohl ausgesehen hat, als noch überall Bäume rumstanden. Verstehe nicht, warum sie sie abgesägt haben. Holz gibt nicht viel Wärme her. Aber es ist besser als Holo-TV. Man kann alles Mögliche in den Flammen sehen.»

«Ging Moses auch so», sagte Gates.

«Sie müssen's ja wissen, Rameses.» Reinbek wandte sich dem Quartett der Neuankömmlinge zu und legte den Arm um den Nacken einer Frau mit einer Augenklappe, die seine Gefährtin zu sein schien. «Wie geht's, wie steht's, Gates?»

Gates nickte. «Gar nicht so schlecht.»

Reinbek stand auf und lächelte Ronica an.

«Von welchem Stamm sind Sie?», fragte er sie abrupt.

Ronica sah sich nicht wirklich als Angehörige irgendeines Stammes. In der Zone hätte ihr niemand so eine Frage gestellt. Aber sie wusste, was Reinbek meinte, und wollte ihn bei Laune halten. «Ursprünglich bin ich eine Massai», sagte sie.

«Und welcher Soll-Blutanteil gilt dafür?»[1]

«Das Kriterium liegt ziemlich hoch», erklärte sie. «Man muss ein Achtel reines Massaiblut aufweisen. Ich habe sogar ein Viertel.»

---

1 Soll-Blutanteil: ein quasigenetisches Konzept der Rassenzugehörigkeitsbestimmung.

Reinbek nickte. «Ich», sagte er, «komme aus einem kleinen Ort bei Hamburg.»

Groß und dünn, mit langem graublondem Haar, einem wild wuchernden Bart und dunklen Ringen unter den Augen, erinnerte Reinbek sie an ein Gemälde, das sie einmal gesehen hatte, ein Selbstbildnis Albrecht Dürers. Oder vielleicht war es auch irgendein Heiliger oder ein Engel. Sie wusste es nicht mehr, ein sicheres Zeichen dafür, dass die Wirkung des Connex jetzt langsam nachließ. Und an dem, was Reinbek jetzt tat, war nichts Heiligenhaftes. Plötzlich stand er hinter ihr, einen Arm um ihre Brust und ihre Arme geschlungen, und presste die kalte Schneide einer langen, schmalen Klinge seitlich an ihren Hals.

«Ich bin Halbdeutscher», zischte er. «Aber wie Ihnen jeder bestätigen wird, bin ich ein Vollblutsadist. Stimmt's, Rameses?»

Gates antwortete vorsichtig. Es hatte keinen Sinn, sie Reinbek entreißen zu wollen. Er würde ihr höchstwahrscheinlich die Kehle durchschneiden, einfach nur zum Spaß. «Lassen Sie sie los, Reinbek», sagte er. «Sie hat Ihnen nichts getan.»

«Wie viel wiegen Sie, Miss Massai?»

«Um die dreiundsechzig Kilo», antwortete sie ruhig.

«Mmmm, das macht etwas über fünf Liter RES-1», sagte Reinbek versonnen. «Mehr als genug, um meine Freundin hier zu kurieren.» Er nickte zu seiner Gefährtin hinüber. «Was sagen Sie, Miss Massai? Soll ich diese Arterie hier durchschneiden und einen Eimer holen?»

«Und riskieren, dass das meiste in die Gegend spritzt?», sagte Ronica. «Klingt wie eine ziemliche Verschwendung, wenn Sie mich fragen.»

«Ach, so viel würde schon nicht verloren gehen. In Ihren Arterien befinden sich jeweils nur fünfzehn Prozent Ihres Bluts. Das meiste steckt in den Venen. Die enthalten siebzig Prozent.»

«Kommen Sie, Reinbek, lassen Sie die Spielchen», sagte Gates. «Wir haben was Geschäftliches zu bereden.»

Reinbek spannte mit einem fettigen Daumen die Haut über Ronicas Halsschlagader, als wollte er sie tatsächlich aufschneiden. Von dem Druck wurde Ronica ganz flau, was sie nur daran erinnerte, dass das Wort «Garrotte» denselben griechischen Ursprung hatte wie «Karotis». Das, sagte sie sich, waren die letzten Spuren des Connex. Was für eine Nacht. Irgendwie gelang es ihr, Ruhe zu bewahren, auch dann noch, als sie Reinbeks Hand unter ihr Kleid und zwischen ihre Brüste fahren und fest auf ihr Brustbein drücken fühlte. Er tastete nach ihrem Herzschlag. Der war nicht schwer zu finden. Sie schätzte, dass ihre linke Herzkammer das Blut mit über hundertvierzig Schlägen pro Minute in die Aorta jagte – das Doppelte ihres Ruhepulses. Sie fühlte sich sogar ein bisschen außer Atem.

«Ich höre Ihr Blut zu mir sprechen, Miss Massai», sagte Reinbek höhnisch. «Und zwar eine ganze Menge Blut. Feines Herz, das Sie da im Busen haben, Miss. Und wenn ich es jetzt rausschneide und esse?»

In Anbetracht dessen, was Gates über Reinbeks psychische Verfassung gesagt hatte, versuchte sie, sich nach außen hin weiter cool zu geben, obwohl die Panik sie zu überschwemmen drohte. Nicht mal Rimmer hatte ihr solche Angst gemacht.

«Dann wären Sie ein Kannibale», sagte sie.

«Stimmt», griente Reinbek. «Wissen Sie, vielleicht sollte ich Ihr Blut einfach meistbietend versteigern. Fünf Liter von dem Flüssigeis, das Sie in den Adern haben, müsste doch eine ganze Menge bringen.»

«Fünf Liter», sagte Gates verächtlich. «Das ist ein Tröpfchen, verglichen mit dem, was wir anzubieten haben.»

«Noch nicht mal ein Tröpfchen», sprang ihm Dallas bei. «Das ist gerade mal ein Blutkörperchen im Vergleich zu dem, was wir Ihnen offerieren.»

Reinbek ließ Ronica los und lächelte sie strahlend an.

«Sie gefallen mir», sagte er und steckte das Messer weg, da

seine Stimmung jetzt ins andere Extrem umschlug. «Ich bewundere es, wenn ein Mädel den rechten Saft in den Adern hat. *Sangfroid*, meine Liebe. Das haben Sie. Und ob Sie das haben. In rauen Mengen. Kühlschrankweise. Jawohl, Sie werden es zu was bringen, Miss Massai.»

Ronica massierte sich erleichtert den Nacken und sagte: «Danke für das Vertrauensvotum.»

«Keine Ursache.» Reinbek zündete sich paffend eine dicke Zigarre an. «Also, Rameses. Worum genau geht es?»

«Um die Chance Ihres Lebens. Die Lebenschance für eine ganze Menge Leute, würde ich sagen. Mich eingeschlossen. Es geht um den Sitz der Seele, Reinbek. Den Mikrokosmos der Schöpfung.»

«Verstehe, Rameses, alter Freund. Er hat gemacht, dass von *Einem* aller Menschen Geschlechter stammen, die auf dem ganzen Erdboden wohnen,[1] stimmt's? Ich glaube, es stimmt. Um welche Art Blut geht es denn? Und um welche Menge?»

«Reines Erythrozytenkonzentrat. Der echte Stoff. Kein Ersatz. Und in Mengen, wie sie Moses gereicht hätten, um das eine oder andere Ägypterheer zu ersäufen.»

«Welch grundlegende Umstimmung Ihre Worte bei mir bewirken, Rameses. Schwarze Galle und Phlegma weichen dem Einfluss des Blutes. Und wo genau befindet sich dieses Rote Meer?»

«Das sage ich nur Kaplan.»

«Wozu brauchen Sie dann mich?»

«Jeder weiß doch, dass Sie Kaplans Leber sind. Ein solcher Blutstrom muss zuerst über Sie laufen. Sie können ein Treffen arrangieren.»

«Sonst noch was?»

«Schutz. Einen Platz zum Schlafen. Was zu essen.»

---

1 Apostelgeschichte 17; 26.

Reinbek sah zu Dallas hinüber, als versuchte er abzuschätzen, was an Gates' Geschichte dran war.

«Das Rote Meer, hm?», sagte er.

«Richtig.» Gates nickte zu Dallas hinüber. «Und mit einem Engel als Führer.»

IV

Zeit: vielleicht am besten zu begreifen, wenn man sich anguckt, wie Geschichten erzählt werden. Die meisten Geschichten scheinen so etwas wie einen Erzählfluss zu besitzen, und so würden wohl auch die meisten Menschen die Zeit charakterisieren: als etwas, das unerbittlich voranschreitet. Aber dem ist nicht so. Zeit ist keine lineare Abfolge von Geschehnissen, genauso wenig, wie eine Geschichte auf diese Weise erzählt werden muss. Dass Zeit zu vergehen scheint, ist nur eine Sache der Wahrnehmung, zwischen dem, was jetzt ist, und dem, was war. Gegenwart existiert nur subjektiv. Wir mögen eine Repräsentation von Gegenwart betrachten und sie mit einer anderen vergleichen und verzeihlicherweise denken, dass zwischen diesen beiden Momenten eine Bewegung liegt. Aber das ist nicht der Fall. Ebenso wenig, wie die spezielle Methode eines Autors, Zeit zu behandeln, einer realen Bewegung entspricht. Während der eine zehn Jahre auf zwei Seiten zusammenfasst, verwendet der andere dreißig Seiten auf ein Gespräch von ebenso vielen Minuten.

Hier gilt es jetzt, zwei Zeitsprünge zu vollziehen, obwohl wir inzwischen natürlich wissen, dass sich an der Zeit selbst gar nichts geändert hat und wir es nur mit der absolut verständlichen Wahrnehmung zu tun haben, dass dem so sei. Wenn wir Dallas, Gates, Ronica und Lenina wieder treffen – in dem Moment, da sie tatsächlich mit Kaplan zusammenkommen –, werden nur ein paar Tage vergangen sein.

Der zweite Zeitsprung, nach dem Gespräch mit Kaplan, ist länger. Er umfasst mehrere Monate – aus Winter ist Sommer geworden.

Ich erwähne das alles nicht, um neuerlich die Aufmerksamkeit des Lesers auf mich zu ziehen, sondern um etwas über das Wesen der Zeit – das ich bereits ansatzweise beleuchtet habe – und des Lebens selbst auszusagen. So wird der Leser besser auf das vorbereitet sein, was kommt. Es gilt zwar nicht unbedingt zu verstehen, aber doch zu akzeptieren (so wie die meisten Menschen die Existenz der Schwerkraft anerkennen, auch wenn sie diese nicht so weit verstehen, dass sie anderen erklären könnten, wie sie zustande kommt), dass sich die Quantennatur des Universums auf alle Dinge auswirkt – auf die Physik, auf die Evolution, darauf, was berechenbar und was der Erkenntnis zugänglich ist.

Das Konzept der Zeit ist grundlegend für die Physik, und die Quantentheorie, die ursprünglich aufgestellt wurde, um die Eigenschaften von Atomen und Molekülen zu erklären, machte das Newtonsche Konzept einer absoluten Zeit rasch obsolet. Heute gilt allgemein ein Quantenkonzept der Zeit. Sie ist wichtig, keine Frage, aber viel wichtiger ist die Kleinigkeit des Lebens selbst – etwas, was die klassische Newtonsche Physik nie ganz integrieren konnte. Weil Leben nicht den Gesetzen der Physik unterliegt. Tatsächlich verhält es sich so, dass Leben eins der Gesetze der Physik ist, ebenso fundamental wie Raum und Zeit. Und so wie sich die physikalischen Kräfte domestizieren oder in Gestalt einer Nuklearwaffe entfesseln lassen, gilt Entsprechendes auch für das Leben selbst. Das ist der Schlüssel zum Verstehen. Warum sollte in einer anderen Epoche nicht alles verstehbar sein? Schließlich ist da, um es bildhaft auszudrücken, so viel mehr Zukunft als Vergangenheit.

Doch wir greifen dem Geschehen gewaltig voraus. Nach dem zweiten Zeitsprung werden wir unsere Helden im Weltraum an-

treffen, im Erdorbit, auf dem Weg zum Mond, zur First National Blood Bank und dem neuen Leben, das sie dort erwartet. Doch zuerst gilt es, sie, wie gesagt, bei Kaplan einzuführen.

V

Sein Anblick war nicht leicht zu verkraften, weil er so große Ähnlichkeit mit einer Riesenspinne hatte. Es war bereits die Rede davon, dass er an einer Knochen zersetzenden Krankheit litt, die ihn an eine Gehmaschine fesselte. Unerwähnt blieb jedoch, dass Kaplans Gehmaschine ein Arachnidroid war,[1] ein intelligentes Steuerungssystem mit acht Beinen, von denen jedes ein künstliches Nervensystem besaß. Ein spinnenförmiger Roboter bot den Vorteil, immer vier Beine auf dem Boden zu haben und daher ohne Einbuße an Geschwindigkeit oder Wendigkeit einen extrem stabilen Untersatz für einen menschlichen Passagier zu bilden. Jedes der hydraulischen Beine war einen Meter fünfzig lang und besaß vier separat angetriebene Gelenke, die den Droiden befähigten, selbst schwierigste Hindernisse zu bewältigen und auf eine Spitzengeschwindigkeit von fast fünfzig Stundenkilometern zu kommen. Kaplan steckte in einer kardanisch aufgehängten Halterung auf dem Hinterleib des Droiden. Daher war es nicht weiter verwunderlich, dass Kaplan allgemein als «der Spinnenmann» bekannt war, und ebenso verständlich war, dass er sich für diese weit verbreiteten Krabbeltiere fast so intensiv interessierte wie für alles, was seine marktbeherrschende Position im illegalen Bluthandel zu festigen versprach.

Gates und Dallas trafen Kaplan in der ehemaligen Moschee, die sein Hauptquartier war. Ende des zwanzigsten Jahrhunderts – noch vor den Muslimpogromen während des Großen Mittel-

1 Der Mygalomorph 8, entwickelt von General Dynamics.

ostkriegs[1] – errichtet, bestand der Bau im Wesentlichen aus einem großen, überdachten Raum und einem Minarett, das Kaplans Leuten als Kommunikationsmast und Ausguckposten diente. Den Marmorboden im Inneren der Moschee bedeckten thermoelektrische Perserteppiche, die den hohen, hallenden Raum bei der Winterkälte einigermaßen temperiert hielten. In der einen Stirnwand, in Richtung des einstigen Mekka, befand sich eine hohe, halbrunde Nische,[2] die ehemals für den Vorbeter[3] reserviert gewesen war und jetzt das beherbergte, was Kaplan sein Netz nannte. Das Innere der Nische war mit Reliefﬂiesen ausgekleidet, die ein klassisches, erhabenes Spinnwebmuster bildeten – statt der Koransuren, die die ursprünglichen Erbauer zur Ermahnung der Gläubigen wiedergegeben hatten. Rechts der Nische führte eine Steintreppe zu der Kanzel hinauf, die einst dem Prediger[4] vorbehalten gewesen war, jetzt aber zwei schwer bewaffneten Bodyguards als erhöhter Wachtposten diente.

«Nettes Plätzchen», bemerkte Gates.

«Ich hoffe sehr, Sie versuchen hier nicht den Spaßvogel zu spielen», sagte Kaplan und tappte ungeduldig mit einem seiner acht Beine auf den Boden. «Sie verschwenden sonst nämlich Ihre Zeit und vor allem meine. Mich amüsiert kaum etwas, was nicht irgendeine Form bipeden Leidens beinhaltet. Mein Sinn für Humor beschränkt sich auf die Bedeutung des Worts in der galenschen[5] Lehre und vor allem auf Blut. Vor Galen glaubten die Leute, die Adern enthielten Luft, nicht Blut, und wenn sie verletzt würden und die Luft entwiche, ströme das Blut nach, um

1 2023–2015.

2 Mihrab.

3 Imam.

4 Khatib.

5 Galenus von Pergamon, geboren 129, gestorben zirka 199. Berühmter kleinasiatischer Arzt, dessen Einfluss das medizinische Denken in Europa durch das gesamte Mittelalter und bis in die Renaissance prägte.

das Vakuum zu füllen. Sein Interesse an dieser Materie war natürlich akademischer Natur. Meins ist rein finanziell. Also verschwenden Sie nicht meine Zeit. Wo ist sie – diese große Menge Blut, zu der Sie, wie Reinbek sagt, Zugang haben?»

«Zugang ist wohl nicht ganz das richtige Wort», sagte Gates. «Darf ich es Ihnen erklären?»

«Tun Sie's, aber ohne Umschweife.»

«Mein Partner und ich, wir sind daran interessiert, uns einen Abnehmer für die Ware zu sichern, ehe wir losziehen und sie holen. Und Sie sind nun mal der größte –»

«Wollen Sie sagen, Sie haben dieses Rote Meer gar nicht in Ihrem Besitz?»

«So direkt nicht.»

«Wo ist es?»

«In einer Bank.» Es war Dallas, der antwortete, mit einer Lässigkeit, die Gates ziemlich beängstigend fand. «Um genauer zu sein, in der First National Blood Bank auf dem Mond.»

«Ich weiß, wo die ist», sagte Kaplan gereizt. «Soll das ein Witz sein? Falls ja, belustigt er mich noch weniger als der erste.»

«Das ist kein Witz», sagte Dallas und sah sich in der Moschee um wie ein neugieriger Tourist.

«Verstehe ich Sie richtig? Sie wollen die First National ausrauben?»

«Ja.»

«Irgendwelche speziellen Gründe, warum es gerade diese Bank sein soll?», fragte Kaplan.

«Ja», sagte Dallas wieder. «Sie hat bei weitem das größte Blutkonservendepot. Über zwanzig Millionen Liter: vierzig Millionen Einheiten. Sie ist die Nummer eins, wenn es um Blut geht», äffte er den Werbeslogan nach, der einem aus jeder Zeitschrift und von unzähligen Leuchtreklamen in der Zone entgegensprang.

«Aus gutem Grund», sagte Kaplan. «Sie ist nicht zu knacken.

Ihre Hochsicherheitsanlagen sind vom Feinsten. Der letzte Stand der Technik.»

«Danke.»

«Falls es so klingt, als explizierte ich Banalitäten, dann deshalb, weil diese Banalitäten offenbar der Explizierung bedürfen», sagte Kaplan. «Das Ding ist nicht zu knacken. Das wissen Sie selbst.»

«Ich sollte es wohl wissen», sagte Dallas. «Ich habe das Ding entworfen.»

Kaplan schwieg eine ganze Weile. Er wippte auf allen acht Beinen und marschierte dann langsam aus der Nische heraus, bis er unmittelbar vor Dallas stand. «Haben Sie wirklich gesagt, was ich eben verstanden habe?»

«Ja, ich habe die Bank konzipiert. Und viele andere, ähnliche. Bis vor ein paar Tagen war ich Chefkonstrukteur bei Terotechnology. Ich nehme an, diese Firma ist Ihnen bekannt.»

«Das ist sie allerdings. Und wie kommt es, dass ein Gott wie Sie vom Olymp herabsteigt und sich unter gewöhnliche Sterbliche im Black Hole mischt?»

Dallas erzählte ihm in groben Zügen seine Geschichte und umriss dann vage seinen Plan.

«Ihre Geschichte geht mir richtig zu Herzen», sagte Kaplan. «Spinnen haben nämlich ein Herz, wissen Sie. Interessanterweise ist ihr Herz sogar so lang wie ihr gesamter Hinterleib. Wenn also dieser Droide, auf dem zu sitzen ich gezwungen bin, eine echte Spinne wäre, mäße deren Herz einen knappen Meter.»

«Faszinierend», sagte Dallas, der angesichts der halbmenschlichen Kreatur vor sich nichts anderes empfinden konnte als Ekel.

«Aber nicht halb so faszinierend wie Sie und Ihre besonderen Fähigkeiten.»

«Freut mich, dass Sie so denken.»

«Sie glauben wirklich, dass Sie so was durchziehen können?»

«Mit Ihrer Hilfe», sagte Dallas. «Ich brauche ein paar Sachen. Vieles davon kann ich selbst finanzieren. Ich bin nicht arm. Es geht mir bei der Sache nicht ums Geld.»

«Rache?»

«Was sonst?»

«Dann sagen Sie, was Sie brauchen.»

Darüber hatte Dallas reiflich nachgedacht. Sie brauchten ein Raumschiff, neue Identitäten und Reisepapiere, Gesundheitspässe, Raumanzüge, eine Virtual Reality-Ausrüstung, damit sie ihren Plan im Modellversuch testen konnten, einen Weltraumkühlschrank, Lebensmittel und Wasser für mindestens drei Wochen, ein Telekommunikations- und Detektorsystem, einen Motion-Parallax-Generator, Elektronenstrahl-Schweißgeräte, CO_2-Kollektoren auf Lithiumhydroxidbasis, piezokeramische Vibrationsdämpfer, Infrarotsichtgeräte, Restlichtverstärkerbrillen, Headtop-Computer, ein Elektrofahrzeug und natürlich Transfusionsapparaturen für die Mitglieder seines Teams, die Virusträger waren.

Er dachte an all die verschiedenen Leute, die er für sein Idealteam bräuchte: einen Quantenkryptographen, einen Raumfahrttechniker, einen Navigations- und Kommunikationstechniker, einen Computerspezialisten, einen Elektrotechniker, einen Spezialisten für Virtual-Reality-Modelle und einen Maschinenbautechniker. Er wusste, es war unmöglich, auch nur die Hälfte davon aufzutreiben, und viele dieser unerlässlichen Fähigkeiten würde sich sein Team unter Verwendung künstlicher Hilfsmittel aneignen müssen. Das alles schoss ihm in den paar Sekunden durch den Kopf, die verstrichen, ehe er Kaplan antwortete.

«Ich will Ihnen sagen, was ich am allerdringendsten brauche: einen Frischamputierten», sagte er. «Ja, Sie haben richtig gehört», bekräftigte er, als er den verblüfften Ausdruck auf Kaplans abgewirtschaftetem Gesicht sah. «Ich brauche einen Mann, der vor kurzem einen Arm verloren hat.»

ZWEITER TEIL

Seien Sie auf eine Überraschung gefasst, und zwar auf eine sehr große.

Niels Bohr

Hauptkomplex

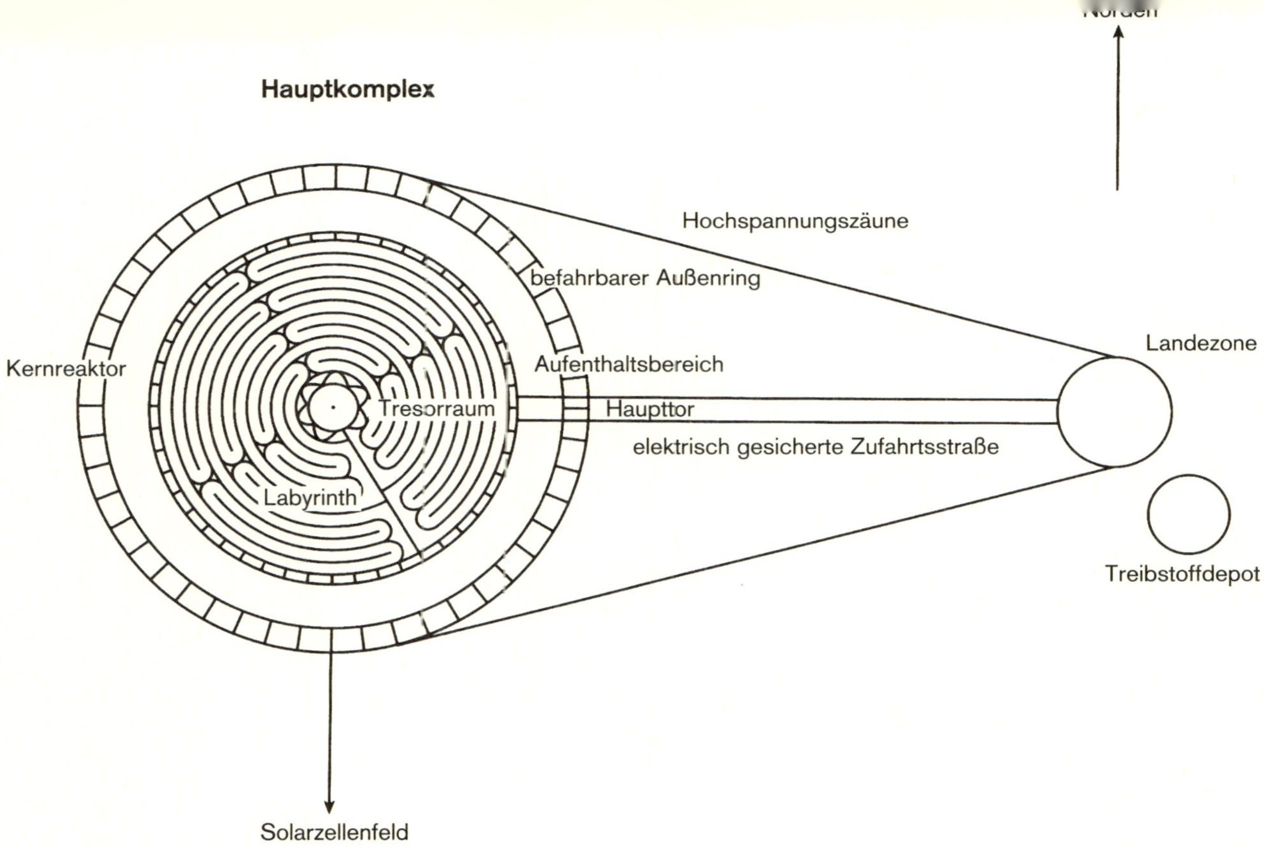

1

I

Das war der Ort, wo die Zivilisation begonnen hatte. Und wo sie zuerst erloschen war. Auf seiner Erdumlaufbahn überquerte das Raumschiff das Rote Meer in nur zwanzig Sekunden. Die Explosionskrater, die einst der Hafen von Jiddah und die heilige Stadt Mekka gewesen waren, erschienen gleich darauf im Cockpitfenster. Ein halbes Jahrhundert nach dem Großen Mittelostkrieg herrschte in dem gesamten Gebiet – vom Nil in Ägypten bis zum Tigris im Irak – noch immer eine hochgefährliche Gammastrahlung, die diesen einst so fruchtbaren halbmondförmigen Gürtel für viele weitere Jahrzehnte unbewohnbar machen würde.

Sie hatten die Erde erst vor wenigen Stunden hinter sich gelassen – nach einem Rendezvous in etwa fünfzigtausend Fuß Höhe, mit einem der vielen Tankflugzeuge, die dafür da waren, Raumschiffen die Hunderte Tonnen Flüssighelium zu verkaufen, die sie in den Raum hinauskatapultierten. Ihre Umlaufbahn, in derzeit hundertsiebzig Meilen Höhe, war fix, aber die Erde dreht sich pro Stunde um fünfzehn Grad um ihre unsichtbare Achse, sodass sie jetzt südwärts über den Indischen Ozean flogen. Als die Küste der Republik Saudi-Arabien hinter ihnen entschwunden war, dauerte es fünfzehn Minuten, bis sie wieder Land sahen – diesmal Australien. Lenina hatte Dallas und Ronica davon reden hören, dass sie nach Australien wollten, wenn sie vom Mond wieder zurück waren. Aber sie verstand nicht recht, warum. Dort unten schien nicht viel zu sein. Rot mit grauweiß-bläulicher Maserung, sah die Große Sandwüste wie eine Schnittdarstellung menschlichen Gewebes aus. Die Nordküste, die kurz darauf auftauchte, glich am ehesten einem Schaubild des menschlichen Kreislaufsystems, mit Flußarterien, Straßenvenen und Kapillarkanälen.

So schien es zumindest Lenina, deren Gedanken hauptsächlich um ihr eigenes Blut kreisten, seit sie an diesem Morgen beim Aufwachen einen roten Fleck auf ihrem Bauch bemerkt hatte. War das der rötelnartige Ausschlag, der ankündete, dass das P^2-Virus in ihrem Knochenmark in seine aktive Phase eingetreten war? Manchmal dauerte es eine Weile, bis der Ausschlag richtig ausbrach. Aber so hatte es auch begonnen, als ihre Mutter gestorben war. Und bei ihrem Vater auch. Da war sie gerade zwölf gewesen. Von da an hatte sie sich allein durchbringen müssen.

Sie betete, dass es etwas anderes war. Eine Allergie vielleicht. Was würden die anderen sagen, wenn sie wüssten, dass sie in der Drei-Monde-Phase war, mit maximal hundertzwanzig Tagen vor sich? Was für einen Risikofaktor stellte sie für dieses Unternehmen dar? Wenn es der Ausschlag war, konnte sie nur hoffen, dass er bei der An- und Abmeldung in dem Liebeshotel auf dem Mond noch nicht auffiel. Ein offenkundiger Fall von Drei-Monde-Phase würde nur unerwünschte Aufmerksamkeit auf die Gruppe lenken.

Als das Schiff über dem gewölbten Blau des Pazifiks an Höhe gewann, konnte Lenina tausend Meilen in alle Richtungen überblicken, und in ihren Gurten schwebend, verfolgte sie, wie hinter ihnen die Sonne versank. Bei ihrer Fluggeschwindigkeit ging die Sonne achtzehnmal so schnell unter wie auf der Erde, und binnen weniger Minuten markierte nur noch ein immer schmaler werdender Lichtstreifen den Horizont. Ein Tag endete, und sie flogen durch eine kurze Nacht dem nächsten entgegen.

Vielleicht würden jetzt all ihre Tage so kurz sein. Lenina merkte, dass sie den Gedanken nicht ertragen konnte, die Augen zu schließen und zu schlafen, so wie die anderen hinten in der Hauptkabine des Schiffs. Ohne einen kompletten Blutaustausch würde sie vielleicht nur noch so lange durchhalten wie ihre roten Blutkörperchen. Sie fühlte sich förmlich von Minute zu Minute schwächer, und das Dunkel, das das Raumschiff umhüllte, erschien ihr wie ein Vorhang, der sich auf ihr Leben herabsenkte. Als Gates ihr das erste Mal von Dallas und seinem Blutraubplan erzählt hatte, hatte sie die beiden für verrückt gehalten. Jetzt war das vielleicht ihre einzige Chance, lebend zur Erde zurückzukehren.

Im Dunkel konnte sie die Sterne um sie herum klarer sehen. Sie warf einen Blick auf den Cockpit-Chronometer und befahl dann dem Computer, die Navigationssysteme zu aktivieren. Nur sicherheitshalber. Das Schiff, mit Namen *Mariner – Ancient Mariner* wäre passender gewesen, dachte sie – war ein alter Pathfinder, ein amerikanisches wieder verwendbares Startvehikel mit einem in Russland gebauten Heliumraketentriebwerk und einer Nutzlastkapazität von über zwei Tonnen (vier Tonnen sogar, wenn die Ladebucht einen Weltraumkühlschrank enthielt, den man hinten an das Schiff ankoppeln konnte). Ein halber Liter Blut in Kryopräzipitatform wog nur hundert Gramm. Das hieß, sie konnten vierzigtausend Einheiten transportieren, Blut im Wert von über fünfundzwanzig Milliarden Dollar.

Falls sie so weit kamen. Das Schiff war nicht im besten Zustand. Die Computer erschienen Lenina nicht vertrauenswürdiger als die Sauerstoffgeneratoren, und die Abfallentsorgungsanlage zeigte bereits erste Mucken. Außerdem ließ auch das Luftreinigungssystem eine Menge zu wünschen übrig – Besatzungskabine und Cockpit waren bereits kondenswasserbeschlagen. Und alles, was das Leben an Bord hätte bequemer und behaglicher machen können, war aus dem *Mariner* ausgebaut worden, um mehr Platz für Besatzung und Fracht zu schaffen. Der Flug, der vor ihnen lag, würde ähnlich komfortabel sein wie ein Trip in einem alten Campingmobil. Dennoch schien Gates, der ja praktische Raumfahrterfahrung hatte, nicht allzu besorgt, was die Weltraumtüchtigkeit des *Mariner* anging. Ein bisschen verrostet, meinte er, aber für dieses Unternehmen allemal tauglich. Lenina hoffte, dass er Recht behielt. Es war ein Drei-Tage-Flug bis zum Mond, und jede Verzögerung konnte sich für sie als tödlich erweisen.

Weitere dreißig Minuten vergingen, bis sie die Sonne hinter der violetten Erdscheibe auftauchen sah. Die Sonne war rot, so rot wie der Rote Riese, der sie in rund fünf Milliarden Jahren sein würde, ehe sie zu einer Nova entflammen, abkühlen und in sich zusammenstürzen würde. Lenina fragte sich, ob die Erdenbewohner es wohl schaffen würden, dieser fernen Katastrophe zu entrinnen. Vielleicht, wenn sie ein anderes Sonnensystem fanden. Doch um auf der Suche nach einer geeigneten Alternative solch riesige Entfernungen im Weltraum zurücklegen zu können, würde sich der Mensch wohl schneller fortbewegen müssen als das Licht, was Einstein für unmöglich erklärt hatte. Aber genügend Zeit, Intelligenz, Rechnerkapazität und Energie vorausgesetzt, war vielleicht alles möglich. In fünf Milliarden Jahren würde der Mensch vielleicht kaum noch als solcher zu erkennen sein, und so viel akkumulierte Intelligenz würde sicher in etwas Dauerhafterem wohnen müssen als gewöhnlichem Fleisch und Blut. Solche Wesen, in denen sich ein derartiges Maß an angesammelter Intelligenz verkörperte, würden vielleicht dem Konzept von Göttern so nahe kommen, wie es sich ein rational denkender Mensch irgend vorstellen konnte. Der einzige Gott im Universum war der Mensch, welcher der Homo sapiens vielleicht eines Tages werden würde.

Ein Filtersystem schirmte das Cockpitfenster automatisch gegen das Leben spendende Gleißen der aufgehenden Sonne ab.

Wenigstens etwas, das richtig zu funktionieren schien, dachte sie verbittert, da sie gerade die Lageanzeige überprüft und verärgert festgestellt hatte, dass die Computer eine Zehn-Grad-Rollbewegung nach rechts korrigierten. Der Autopilot funktionierte zwar, aber erratisch, als sei er nicht exakt programmiert, und Lenina fragte sich, ob sie vor dem Verlassen des Erdorbits Gates holen sollte. Dann sagte sie sich jedoch, dass es besser sei, ihn schlafen zu lassen. Er war von der Startphase hundemüde. Sie suchte nur einen Vorwand, um ihn ein Weilchen für sich allein zu haben. Gates zu sehen war ihr immer eine Freude, und sie nahm an, dass sie ihn liebte, wenn sie auch nicht im Traum darauf gekommen wäre, ihm etwas Derartiges zu sagen. «Liebe» kam in ihrem Wortschatz nicht vor.

Als sie hörte, wie sich jemand den Kopf stieß und dann leise fluchend näher schwebte, tat ihr Herz einen Satz, und sie drehte sich um, in der Erwartung, Gates' kräftige Gestalt zu sehen. Doch es war nur Cavor, der Mann mit dem künstlichen Arm.

«Was dagegen, dass ich ein bisschen zu Ihnen komme?», fragte er und hangelte sich ins Cockpit vor.

«Machen Sie sich's bequem.» Lenina half ihm, sich in den Pilotensitz zu manövrieren, und schnallte ihn dort fest.

«Alles okay?», fragte er höflich, da er ja nichts von Leninas Ängsten wegen des rötlichen Flecks auf ihrem Bauch ahnte. «Sie sehen ein bisschen blass aus.»

Lenina zuckte die Achseln und sah aus dem Fenster, als jetzt die große Lagekontroll-Schubdüse hörbar in Aktion trat. «Nur ein kleiner Anflug von Raumkrankheit», sagte sie. «Konflikt zwischen Augen und Innenohr.»

Cavor warf einen Blick auf die Instrumente und nickte.

«Haben Sie viel Raumflugerfahrung?», fragte er.

«Einige. Als ich das erste Mal verurteilt wurde, gehörte Fliegenlernen noch zum Rehabilitationsprogramm.»

«Ich wusste gar nicht, dass die sich solche Mühe geben.»

«Tun sie auch nicht. Nicht mehr. War sowieso hauptsächlich Simulation. Aber so groß ist der Unterschied zum richtigen Fliegen nicht. Gates ist hier der echte Pilot. Ich verstehe nur was von Instrumentenflug.»

«Also, mich überkommt immer noch jedes Mal das große Staunen, wenn ich im Weltraum bin. Sokrates hat mal gesagt, wir würden die Welt verstehen, wenn wir uns über sie erheben könnten. Ich glaube, er wäre sich da nicht so sicher gewesen, wenn er das hier hätte sehen können. Der Anblick der Erde von hier oben wirft mehr Fragen auf, als er beantwortet.»

«Ich habe auch eine Frage.»

«Nur eine?»

«Warum sind Sie hier, Cavor?»

«Meinen Sie das im phänomenologischen Sinn?» Cavor zuckte die Achseln. «Warum ist irgendwer von uns hier? Weil gewisse Atome nach den Gesetzen der Physik interagieren. Was gibt es da sonst noch zu erklären?»

«Ich meine, warum sind Sie in diesem Team?»

«Ich weiß schon, was Sie meinen», sagte Cavor. «Ich kann Ihnen diese Frage nur nicht beantworten. Ich bin mir meiner Unzulänglichkeiten durchaus bewusst, Lenina. Ich bin noch nicht mal ein Berufsverbrecher – ich bin wegen Totschlags an meiner Frau auf Artemis Sieben gelandet. Und das war ein Versehen. Dass ich sie getötet habe, meine ich. Ich bin einfach ausgerastet. Habe es seither nur bereut. Und nicht deshalb, weil es mich in die Strafkolonie gebracht hat. Na, jedenfalls, vorher war ich Musiker. Zeitweise auch Komponist.»

«Das wird uns sicher viel nützen», sagte Lenina trocken.

«Ich habe Dallas gefragt, warum er jemanden wie mich auf dieser Odyssee dabeihaben will, aber bisher hat er es noch nicht für nötig befunden, mir meine Funktion zu erläutern.»

«Vielleicht will er, dass Sie eine Symphonie für ihn schreiben. Wenn das hier vorbei ist.»

«Vielleicht. Oder eine Suite. Wie Holst. Sphärenklänge. Etwas, was ausdrückt, wie ferne Galaxien immer weiter entschwinden. Ich könnte das Ganze ‹Das expandierende Universum› nennen, ein Stück mit nur einem Satz.»

«Mit oder ohne Singularität?», fragte Lenina. «Big Bang, meine ich.»

«Oh, ich glaube, mit», sagte Cavor. «Ich habe noch nie viel von der Steady-State-Theorie des Universums gehalten. Ein Musikstück mit einem Big Bang beginnen zu lassen ist viel besser, als einfach irgendwo mittendrin einzusetzen. Und dazu ein Big Crunch, aus Symmetriegründen. Musik braucht einen Anfang und ein Ende.»

«Aber warum sind Sie dann mitgekommen?»

«Weil Gates mich gefragt hat. Weil die Perspektiven für einarmige Pianisten ziemlich begrenzt sind. Und weil dieses Unternehmen die Chance bietet, an einen Blutaustausch zu kommen und das Virus loszuwerden, das wir beide in uns tragen – braucht es noch mehr Gründe?»

Lenina schüttelte den Kopf. «Wahrhaftig nicht. Ich kann mir keinen besseren Grund denken.»

Sie schwiegen beide einen Moment, während unter ihnen jetzt die Westküste Amerikas auftauchte.

«Diese Fenster scheinen außen ganz schön dreckig zu sein.» Cavor wischte stirnrunzelnd mit dem Ärmel seines Thermoanzugs über die Innenseite der Sichtscheibe.

«Umweltverschmutzung», sagte Lenina. «Das Zeug stammt von unserem Aufstieg durch die Stratosphäre. Die ist voll davon. Es ist, genauer gesagt, Staub vom Großen Mittelostkrieg. Immer noch.»

«Tröstlich, dass die einzige Welt, die wir zerstören können, unsere eigene ist», sagte Cavor.

«Das wird vielleicht nicht immer so bleiben. Wir haben nur zehntausend Jahre gebraucht, um von der Steinzeit dahin zu kommen, wo wir jetzt sind. Wer weiß, welche Kräfte wir in weiteren zehntausend Jahren beherrschen gelernt haben.»

«Dann bleibt nur die Hoffnung, dass wir auch lernen können, uns selbst zu beherrschen.»

«Amen», sagte Lenina und sah wieder aus dem Fenster. Das kalifornische Central Valley lag eingebettet zwischen der Coast Range im Westen und der Sierra Nevada im Osten; der Lake Tahoe war ein fußabdruckförmiger blauer Fleck unten links, und ein kleines Stück darüber lag der schädelförmige Mono Lake, direkt bei dem nicht erkennbaren Ort Lee Vining, wo Lenina einen Teil ihrer allzu kurzen Kindheit verlebt hatte. Bevor ihre Familie, wie der größte Teil des Seewassers und der Einwohnerschaft des Orts, nach Los Angeles gegangen war. In Lee Vining gab es keine Überdruckhotels, nur leer stehende Campingplätze und verfallende Motels. Man konnte nicht gerade von einer glücklichen Kindheit sprechen, aber bis Rameses Gates aufgetaucht war, waren das die einzig guten Momente in ihrem Leben gewesen. In L. A. waren dann ihre Eltern gestorben, und sie war auf dem Strich, im Drogengeschäft und schließlich beim bewaffneten Raubüberfall gelandet. Von da waren es nur noch ein paar kleine Schritte in die verschiedenen Gefängnisse und schließlich in die Strafkolonie auf dem Mond gewesen.

Dort drunten in Kalifornien sah es nach einem klaren Tag ohne großen Nebel aus. Man erkannte sogar die Bruchlinien des Sankt-Andreas-Grabens als zwei parallele Linien entlang der krakeligen Küste und weiter hinten Mexiko. Sie hatte immer nach Mexiko fahren und die Pyramiden dort unten sehen wollen.

Einige Zeit später, über dem Indischen Ozean, sahen Lenina und Cavor den Mond im Cockpitfenster auftauchen. Er war voll, mit wenig Schatten, und das hervorstechendste Oberflächenmerkmal war der Krater Tycho im Süden, das Zentrum eines leuchtend hellen Systems von strahlenförmigen Strukturen – so hell, dass der Krater selbst kaum auszumachen war. Gegen diese leuchtenden Strahlen waren die Mondmeere dunklere Flecken, was Lenina nur an den Fleck auf ihrem Bauch erinnerte. Im Westen war das Grimaldi-Meer deutlich zu erkennen. In der Nähe des Äquators befand sich der große Kopernikus-Strahlenkrater, unmittelbar südlich der Mondkarpaten, wo die Strafkolonie Artemis Sieben lag. Weiter östlich, auf demselben Breitengrad, lag das Meer der Stille mit der Tranquillity Base und dem Schauplatz der ersten *Apollo*-Landung, nahe dem Maskelyne-Kratersystem. Gut fünfhundert Kilomter südwestlich der TB befand sich der Descartes-Krater, Schauplatz der fünften und vorletzten *Apollo*-Landung. Geologisch gesehen, war er ein eher uninteressantes Ziel für eine so wichtige Mission. Mit einem Durchmesser von nur fünfzehn Kilometern war der Descartes wahrhaftig kein sonderlich bemerkenswerter Krater – abgesehen von der Tatsache, dass er jetzt Selenium City beherbergte, den aus Breccia[1] erbauten Hochsicherheitskomplex der First National Blood Bank.

So hell der Mond Lenina und Cavor erscheinen mochte, war Sonnenlicht doch eine halbe Million mal so hell. Der Mond war in Wahrheit ein ziemlich dunkles Objekt – einer der am wenigsten reflektierenden Himmelskörper im gesamten Sonnensystem. Und doch betrachteten ihn die beiden mit solcher Hoffnung, als sei er der leuchtendste weiße Superriese am Firmament.

---

1 Ein Impaktgestein aus Felsfragmenten und Monderdepartikeln, die durch die Energie eines Meteoreinschlags miteinander verschweißt wurden. Im Descartes-Krater gibt es reiche Vorkommen solcher Brecciagesteine, die von Mond-Bauingenieuren traditionell zur Betonherstellung verwendet werden. Unter Null-Atmosphären-Bedingungen ist eine Karbonisationshärtung durch die Beigabe von superkritischem Kohlendioxid möglich, wodurch der Beton extrem hart und dicht wird – etwa fünfundsiebzigmal so dicht wie gewöhnlicher Beton und daher erheblich widerstandsfähiger gegen Meteoritenschauer. Der Beton enthält leitfähige Einlagen aus Nanographit und Stahlfasern und wird mit einem reflektierenden Goldanstrich gegen die Sonne versehen.

II

Dallas schlug die Augen auf. Er schwebte, in seinen Schlafsack gehüllt, im Dunkel. Aufgrund der Schwerelosigkeit und des Schlafmangels fühlte er sich ein bisschen desorientiert. Hatte er geschlafen? Schwer zu sagen. Im *Mariner* war alles ruhig, nur das leise Summen der Geräte und das Atmen seiner Mitverschwörer brachen die Stille des Alls. Die absolute Stille. Dallas war zwar schon auf dem Mond gewesen, aber er hatte vergessen, wie still der leere Raum war. Zumindest für menschliche Ohren. Der Weltraum war erfüllt von Mikrowellenstrahlung, die aus nahezu allen Winkeln des Universums auf die Erde eindrang und mit einer primitiven Hornantenne leicht hörbar zu machen war – ein Geräusch wie von einem Schwarm Spatzen. Das war einer der ersten Beweise für die Expansion des Universums gewesen. Das Geräusch war ganz hell, die Rotverschiebung seines Spektralbereichs so ausgeprägt, dass es sich nur als Mikrowellenstrahlung deuten ließ – und somit letztlich als der Beginn aller Dinge. Dallas hatte dieses Geräusch von jeher fasziniert; schon als kleiner Junge hatte er begriffen, dass das, was er da hörte, der Moment war, in dem die Zeit begann.

Er schaute auf seine Uhr und sah, dass er tatsächlich drei bis vier Stunden geschlafen hatte. Aber er fühlte sich kaum erfrischt. Die Atmosphäre im Schiff hatte gar nichts Frisches. Nicht bei den Mucken, die Entsorgungs- und Umweltkontrollsystem zeigten. Erst ein halber Reisetag vorbei, und schon drifteten kleine Bröckchen Scheiße in der Kabine herum, von dem Methan, das die siebenköpfige Crew produziert hatte, ganz zu schweigen. Das lag vor allem an ihrer ersten ballaststoffarmen Bordmahlzeit – einer auf Hühnercurry getrimmten Zuchtwurmzubereitung, die für Dallas' Geschmack in ihrer dehydrierten Form durch etwas weniger Gewürzzusätze gewonnen hätte. Wie zur Bestätigung hörte er Prevezer laut in seinen

Schlafsack furzen. Prevezer war einer von Kaplans Leuten. Er war Virtual-Reality-Modellentwickler, und sobald sie in ihrem Hotel auf der Tranquillity Base waren, würde es Prevezers Job sein, aus den Bits und Bytes, die in Dallas' Computer gespeichert waren, ein Siliciumsurrogat der realen Blutbank herzustellen. An dieser elaborierten künstlichen Welt würde Dallas seinen Plan testen – die Art Experiment, so hoffte er, die alle unvorhergesehenen Probleme aufdecken würde. Daher war Prevezer ein wichtiges Teammitglied, auch wenn er mehr Säure im Magen zu haben schien als alle anderen, auch wenn Dallas seine schlafende Gestalt am liebsten in die Luftschleuse zur Ladebucht bugsiert und ins All entsorgt hätte.

Dallas befand, dass seine Ruhephase vorbei war. Er befreite sich aus seinem Schlafsack und manövrierte sich zum Kabinenfenster. Sie hatten jetzt den Orbit verlassen, und die volle Erde – alles von Afrika und der arabischen Halbinsel bis zur Antarktis – war klar und deutlich sichtbar. Auf einem normalen Linienflug zum Mond würden jetzt alle Touristen auf dem Kameradeck des Astroliners stehen und Fotos machen. Dallas hatte das selbst auch schon getan. Er hatte die Bilder in seinem elektronischen Pocketalbum – jener immer wieder kopierten kleinen Plastikkarte, die er stets bei sich trug und die in digitaler Form die gesamte fotografische Dokumentation seines Lebens enthielt, von seiner Geburt bis zu der von Caro. Manchmal fragte er sich, wie die Leute vor der Erfindung solcher mnemonischer Hilfsmittel ihre teuersten Erinnerungen bewahrt hatten. Ein paar kleine Plastikkarten waren alles, was ihm von Aria und Caro geblieben war. Alles, was sie vor dem Vergessenwerden bewahrte.

Prevezer furzte wieder, und diesmal sah sich Ronica genötigt, Protest zu erheben. «Herrgott», brüllte sie und kroch wütend aus ihrem Schlafsack. «Wer ist das? Das riecht ja wie im Affenhaus.»

Gleichsam als Antwort auf ihre Frage ließ Prevezer einen weiteren lauten Furz los.

«Verdammt, Prevezer», stöhnte sie. «Können Sie sich nicht zusammennehmen?»

«Was kann ich dafür?», knurrte er aus den Tiefen seines Schlafsacks. «Das ist der verdammte Scheißweltraum. Und der verdammte Scheißfraß. Und das verdammte Scheißumweltkontrollsystem. Außerdem weiß ich wenigstens, wie man einen Schwerelosigkeitslokus benutzt, im Unterschied zu gewissen anderen Leuten. Und ein kleiner Furz ist nicht das Schlimmste, was in dieser Rostkiste rumschwirrt. Reicht schon, dass das Entsorgungssystem nicht richtig funktioniert, auch ohne dass irgendwelche Idioten nicht in der Lage sind, das Ding richtig zu benutzen.»

Prevezer meinte Cavors ungeschickten Umgang mit dem Festausscheidungskollektor. Ihm war einer der Einmalplastikbeutel, die man beim Scheißen mittels des Kleberings am Ausscheidungskontrollsystem befestigte, entschlüpft – mit fatalen Folgen.

«Das war ein Missgeschick», wehrte sich Cavor. «Ist nicht leicht, mit den Dingern klarzukommen, wenn man nur einen funktionierenden Arm hat.»

«Mit zweien auch nicht», sagte Ronica. «Aber dieser Gestank ist was anderes. Das ist eine Form von physischem Faschismus.»

Prevezer ließ den vierten Furz in ebenso vielen Minuten los.

«Und das drei volle Tage.» Ronica entnahm ihrer persönlichen Tasche ein kleines Fläschchen Eau de Cologne und besprengte großzügig die Umgebung ihres Schlafplatzes. «Himmelherrgott, ich glaube nicht, dass mein Geruchssinn das aushält.»

«Tragen Sie eine Nasenklemme, wenn's Sie so sehr stört», sagte Prevezer höhnisch. «Und wenn Sie eine suchen, dann gucken Sie gleich mal, ob Sie nicht ein Paar Ohrstöpsel für mich finden, damit ich mir Ihr hysterisches Gekeife nicht mehr anzuhören brauche. Ich bin hier nicht der Einzige mit einem übersäuerten Magen.»

«Da hat er Recht, Ronica», gähnte Gates. «Mein pH-Wert liegt jenseits des Messbereichs. Ich glaube, wenn ich auf einen Lackmusstreifen hauchen würde, dann würde der sich rot färben.» Er öffnete seinen Schlafsack und schwebte von seinem Platz. «Ich schaue wohl besser mal nach dem Umweltkontrollsystem. Und dass mir niemand ein Streichholz anzündet. Hier drin ist genug Gas, um uns alle in Fetzen zu reißen.»

«Da würde ich mir keine Sorgen machen», sagte Lenina. «Dieses Schiff fällt garantiert auseinander, ehe es explodiert.»

«Was sind Sie doch für ein positiver Mensch!», schoss Ronica dazwischen.

«Ruhe jetzt, ja? Nach meiner Rechnung dauert die Ruhephase noch mindestens eine Stunde.» Das war Simou, der Maschinenbau- und Elektrotechniker des Teams, ein ständig erschöpft wirkender Mensch mit platinblondem Haar und jener Sorte vorstehendem Unterkiefer, die einem Habsburger wahrscheinlich die Thronfolge beschert hätte. Prevezer steckte den Kopf aus seinem Schlafsack. «Bei Ihnen nützt eine Runde Ratzen auch nichts, Simou», sagte er. «Für die meisten Leute heißt Schönheitsschlaf, vor Mitternacht im Bett zu sein. Aber für Sie würde es heißen, durch ein schwarzes Loch zu tauchen und so weit in der Zeit zurückzureisen, dass Sie dafür sorgen können, dass Ihre Mutter schläft, wenn sie Ihrem Vater begegnet.»

«Und Ihre Mutter? Ist die Ihrem Vater überhaupt je begegnet?» Simou kroch in der Gegenrichtung aus seinem Schlafsack. Er schwebte an Prevezer heran, mit einem Grinsen, das ganz Unterkieferzähne und Verachtung war, und setzte hinzu: «Ich habe gehört, sie hatte es nur mit einer Pipette und einer Petrischale zu tun.»

«Und? Was ist da dabei? Viele Leute haben Samenspender als Väter. Gates zum Beispiel.»

«Yeah, aber seine Mutter ist gleich Montag früh ins Labor marschiert, damit sie sich noch die beste Ware aussuchen konnte.

Ich meine, gucken Sie sich den Burschen doch an. Der ist doch Zarathustras personifizierter Prolog, Mann. Sie dagegen, Sie sind ein typisches Freitagnachmittagsprodukt. Aus dem letzten Bodensatz. Sehen Sie dem ins Auge, Prev. Ihr Erzeuger war ein dummer, hässlicher Wichser.»

Eigentlich sah Prevezer gar nicht so übel aus. Auf jeden Fall besser als Simou. Doch die viele Zeit, die er in Siliciummikrowelten zugebracht hatte, hatte ihm etwas Unterernährt-Spilleriges verliehen. Doch der Schein trog. Prevezer war aufbrausend und neigte zur Gewalttätigkeit. Er hatte schon Leute wegen harmloserer Bemerkungen umgebracht.

Einen Augenblick glaubte Lenina, Prevezer würde auf Simou losgehen – und wenn die Schwerelosigkeit nicht gewesen wäre, hätte er es vielleicht auch getan.

«Schluss jetzt, ihr beiden», sagte sie. «Oder tragt es draußen aus.»

«Yeah», sagte Ronica lachend. «Das wäre mal eine Form von EVA[1], die ich gern sehen würde. Zwei Raumanzüge, die sich zu prügeln versuchen.» Sie sprengte etwas Eau de Cologne auf die Köpfe der beiden Männer. «Hier. Das sollte die Atmosphäre zwischen euch Jungs ein bisschen verbessern.»

Noch immer das progenische Grinsen im Gesicht, stieß sich Simou von einer Stauraumluke ab und schwebte weg.

«Das drei volle Tage lang», sagte Prevezer, «und wir gehen alle die Wände hoch.»

«Das tun wir doch jetzt schon, Arschloch», sagte Simou. «Falls Sie's noch nicht gemerkt haben: Das ist die einzige Möglichkeit, sich in dieser Blechbüchse fortzubewegen.»

---

1 *Extravehicular activity* (Außenbordaktivität).

III

Das Ausscheidungskontrollsystem war die Bordtoilette des Raumschiffs. Diese war weder ein sonderlich intimer Ort noch angenehm zu benutzen. Ohne Schwerkraft, die die Fäkalien in die Schüssel hätte hinabziehen können, musste man dem Vorgang mit einem Finger nachhelfen, den man in eine kondomartige Einstülpung der Haftplastikversiegelung steckte, die einen auf dem Sitz festhielt. Feste und flüssige Ausscheidungen wurden dann durch ein Gebläse einem Separator zugeführt, und zwar mit Hilfe von Kabinenluft, die anschließend gefiltert und wieder in die Kabine zurückgeleitet wurde. Urin und die Flüssigkeit aus dem Separator wurden täglich ins All entsorgt. Stuhl musste jedoch, den Weltraumgesetzen zufolge, in einem Tank gesammelt werden, da er ein zu großes Risiko für andere Raumreisende darstellte: Bei einer Geschwindigkeit von fünfundzwanzigtausend Meilen pro Stunde konnte teures Raumfahrtgerät durch menschliche Festausscheidungen beträchtlichen Schaden leiden. Wenn der Tank gerade nicht in Gebrauch war, wurde er entlüftet, um Geruchs- und Bakterienentwicklung zu vermeiden, und diese Funktion hatte sich an Bord des *Mariner* als gestört erwiesen.

Das Ausscheidungskontrollsystem war, wie Cavor demonstriert hatte, nicht leicht zu benutzen, aber der Reinigungsaufwand war praktisch gleich null und die Unsauberkeit hauptsächlich auf schlampig entsorgte Plastikversiegelungsringe und Feuchtreinigungstüchlein zurückzuführen. Unsachgemäßer Gebrauch allerdings hinterließ weniger dezente Spuren – daher die Scheißebröckchen, die noch immer in der Kabine herumflogen. Vor Dallas' Augen fing Cavor eines davon in einem Plastikbeutel ein und deponierte es dann in dem Festausscheidungstank.

«Geht's?», fragte Dallas.

«Ist so eine Art Zen-Übung», sagte Cavor. «Vorstoß zur letzten Wahrheit durch Selbstbeherrschung und Selbstvervollkommnung in der simplen Kunst des Kackwurstfangens. Verdammt, da ist noch eine.» Cavor nahm einen neuen Plastikbeutel und machte sich auf die Jagd nach einem weiteren winzigen Kot-Asteroiden. «Ich dachte, unser Essen sei rückstandsarm.»

«Ist es auch.»

«In dem Fall werde ich wohl fasten. Ich glaube nicht, dass ich das hier nochmal bringe.» Cavor grinste. «Komm her, du kleines Stück Scheiße.» Er tütete die erhaschte Beute ein, warf sie in den Abfallschlucker und lehnte sich ins Leere zurück. «Für den Moment täte es auch schon ein bisschen Erleuchtung. Zum Beispiel den Sinn meines Hierseins betreffend. Sie scheinen ihn ja wohl zu kennen, Dallas, aber Sie verraten mir nichts. Was zur Folge hat, dass ich mich wie ein menschliches Opferlamm fühle. Wie ein armer Tropf, dem am Ende der Reise die Kehle durchgeschnitten wird und der als Einziger nichts davon weiß.»

«Nach mir sind Sie das wichtigste Mitglied dieses Teams, Cav», sagte Dallas.

«Ich? Das sagen Sie nur so.»

«Nein.»

«Aber wieso?»

«Das kann ich Ihnen noch nicht sagen. Sie müssen mein Wort drauf nehmen. Ohne Sie haben wir keine Chance, diese Sache durchzuziehen.»

«Ohne Sie auch nicht, Dallas. Sie kennen all die Antworten.»

«Ich kenne all die Fragen. Das ist nicht dasselbe. Ob ich sie beantworten kann, wird sich rausstellen, wenn wir auf der Tranquillity Base den Plan in der virtuellen Realität erproben.»

«Sie haben wohl gute Gründe, niemanden ins Vertrauen zu ziehen.»

«Das dient Ihrem Schutz und meinem», insistierte Dallas. «Außerdem hilft es mir, die Kontrolle über das Geschehen zu behalten. Bis zum entscheidenden Moment, wenn mir nichts anderes übrig bleibt, als meine Karten aufzudecken. Und Ihre auch. Bis dahin habe ich eine Bitte an Sie. Keine weiteren Fragen. Werden Sie sich daran halten?»

«Ich habe ja wohl keine große Wahl.»

Dallas reichte Cavor eine Packung blutfarbener Pillen. «Ich möchte, dass Sie die hier ab jetzt nehmen, fünfmal täglich zwei Stück.»

«Was ist das?»

«Sie wissen doch, keine Fragen. Falls Sie jemand fragt, das ist etwas, was Ihnen die Ärzte auf der Erde verordnet haben. Aber falls Sie tatsächlich irgendwelche Medikamente nehmen, müssen Sie's lassen. Wegen möglicher Wechselwirkungen.»

«Sehr fürsorglich von Ihnen.» Cavor inspizierte die Packung. Es stand nichts drauf. Nicht, dass er das erwartet hätte. Dafür war Dallas viel zu clever.

«Kann sein, dass Sie sich erst mal ein bisschen komisch fühlen», erklärte Dallas. «In dem Fall melden Sie es mir bitte sofort. Die kleinste Kleinigkeit. Und nur mir. Reden Sie mit niemand anderem darüber. Das bleibt unser Geheimnis, klar?»

«Klar. Ich habe vielleicht nur einen Arm, aber mein Gehirn ist in Ordnung.»

«Genau darauf baue ich ja. Verstehen Sie, Cavor, Ihr Gehirn ist das, worum es mir wirklich geht. Es ist ein absoluter Glücksfall, dass Gates einen einigermaßen intelligenten Burschen wie Sie gefunden hat.»

«Ich werte das als einigermaßen nette Bemerkung, Dallas», sagte Cavor grinsend. «Und der künstliche Arm …?»

«Die Prothese ist nicht von Bedeutung. Aber es kann nichts schaden, alle anderen in dem Glauben zu lassen, dass das der Grund Ihres Hierseins ist. Ansonsten können Sie Ihren künstlichen Arm vergessen, Cav. Was mich angeht, könnte er genauso gut nicht da sein.»

Cavor nickte und sah wieder auf die Packung mit den roten Kapseln.

«Wenn die da alle sind, gebe ich Ihnen neue.»

«Wie Sie meinen, Doc.» Cavor massierte sich die Magengegend und guckte beunruhigt zum Ausscheidungskontrollsystem hinüber. «Hey, Sie haben nicht zufällig was gegen einen überreizten Magen, oder?»

IV

Die Physiker haben uns belehrt, dass Entropie der natürliche Zustand des Universums ist. Langfristig, sagen sie, wird alles in die Binsen gehen. Sonnen werden erkalten, Planeten sterben, Sterne in sich zusammenstürzen, und das gesamte Universum wird sich auflösen. Das alles ist sicher, wenn auch weit entfernt. In unserer Alltagswelt gibt es jedoch zwei antientropische Phänomene, die aus Chaos Ordnung schaffen: Kristallisation und Leben. Leben ist kein geschlossenes System. Es kann sich Energie von außen zuführen – sie etwa, wie es Pflanzen tun, aus Sonnenlicht ziehen. Und Leben existiert nicht innerhalb von Molekülen, sondern zwischen Molekülen. Alle lebenden Organismen müssen sterben, aber es besteht kein Grund, warum das Leben selbst – alles tierische Leben – nicht denselben Körper mehrmals wieder aktivieren sollte, ehe schließlich der Tod eintritt. Nicht der geringste Grund, zumal genau das bereits geschieht. Der Stoffwechsel mag zum Erliegen kommen, das Leben außer Kraft gesetzt, ja, sogar scheinbar vernichtet werden, und doch kann es im Verborgenen überdauern.

Unmöglich, sagen Sie? Wenn der Stoffwechsel aufhört, tritt der Tod ein. Aber denken Sie nur an das seltsame Phänomen der Kryptobiose. Dieser Begriff, übersetzt «verborgenes Leben», bezeichnet eine natürliche Form zeitweilig unterbrochener Lebens-

aktivität, anzutreffen bei Dutzenden von Mehrzellerarten, die zu Millionen die lebensfeindlichsten Regionen der Erde bewohnen – von der Sahara bis zur arktischen Tundra. Zu diesen tierischen Lebewesen gehören unter anderem im Wasser beheimatete Rädertierchen, insektenartige Bärtierchen und wurmähnliche Nematoden. Wenn es die Umweltbedingungen erzwingen, trocknen diese kleinen Geschöpfe – die weniger als einen Millimeter messen – zu winzigen samenartigen Kapseln ein, die weder fressen noch atmen, noch sich in irgendeiner Form bewegen und allem Anschein nach nicht mehr leben. In diesem seltsamen kryptobiotischen Zustand können sie jahrelang überdauern, bis sie schließlich bei ausreichender Feuchtigkeit – Wasser ist der Katalysator für viele chemische Reaktionen, vor allem aber für das Leben selbst – wieder erwachen. Außerdem überdauern diese Organismen auch extreme Temperaturbedingungen – mehrere tausend Wärmegrade, eisiges Kältevakuum, ja selbst ionisierende Strahlung –, die sie in ihrem aktiven, hydratisierten Zustand niemals überstehen würden. Diese scheinbar unsterblichen Protozoen können den kryptobiotischen Zustand viele Male annehmen und wieder aufgeben. Ein Bärtierchen wurde nach zweihundert Jahren wieder zum Leben erweckt, und an der Universität Berkeley konnte ein Rädertierchen über fünfzigmal wiederbelebt werden.

Wenn der Mensch dasselbe fertigbrächte wie diese kleinen Kreaturen, von denen er schließlich abstammt – was wäre dann alles möglich! Wenn Astronauten die Zeit für sich vorübergehend außer Kraft setzen könnten, würde das All kleiner. Gewaltige Entfernungen wären problemlos zu überwinden.[1] *Ja, selbst fernste Galaxien ließen sich erkunden, und es würde möglich,*

---

1 Wenn sich der Mensch mit Lichtgeschwindigkeit fortbewegen könnte, würde er hunderttausend Jahre brauchen, um ins Zentrum unserer Galaxie und wieder zur Erde zurück zu gelangen.

neue Sonnensysteme zu entdecken und vielleicht sogar zu besiedeln. Irgendwann, in einer künftigen Zeit der Diaspora, könnte die Saat des Lebens, das bislang vielleicht nur auf der Erde gedeiht, in jeden Winkel des Universums getragen werden.

Es gibt keine Wunder außer den wissenschaftlichen Möglichkeiten, die noch nicht bekannt sind. Und der Mensch ist das Maß aller Dinge.

V

Feuchtigkeit. Nicht nur an den Scheiben des *Mariner* hatte sie sich abgesetzt. Auch von den Instrumenten musste Ronica dicke Wasserkullern wischen, die in der Schwerelosigkeit der Kabine wie ungeschliffene Diamanten schimmerten. Ein abgeschlossenes Studium des Blutbankwesens, mit Schwerpunkt Kryopräzipitationstechnologie, dachte sie, und das war es, was sie tun durfte: Fenster putzen. Nicht, dass es sie wirklich gestört hätte. Bis sie es geschafft hatten, in den Tresorraum der First National einzudringen und mehrere tausend der dort gelagerten tiefgefrorenen Blutkonserven abzutransportieren, würde es für sie nicht viel zu tun geben. Erst wenn ein paar Stichproben des Kryopräzipitats aufgetaut waren, konnte sie den Zustand des Bluts prüfen, es auf eine mögliche bakterielle Verseuchung[1] untersuchen, die sich in einer abnormen Färbung der Blutkörperchen oder des Plasmas manifestieren würde. Sobald sie sich von der Brauchbarkeit des Bluts überzeugt hatte, konnte sie darangehen, den Blutaustausch bei denjenigen Crewmitgliedern vorzunehmen, die Träger des P2-Virus waren – bei allen, außer ihr selbst und

1 In der Null-Atmosphäre des Mondes extrem unwahrscheinlich. Das war einer der Gründe, warum die meisten Blutbanken im Weltraum errichtet wurden. Es ging dabei keineswegs nur um den Sicherheitsaspekt.

Dallas. Also wischte sie den Niederschlag ihres vereinten Atems weg und empfand dabei so etwas Ähnliches wie Befriedigung, weil sie sich nützlich machte.

Prevezer stieß sich wie eine Riesenfledermaus von der Decke ab und flog auf sie zu. Er genoss die Schwerelosigkeit. Sie gab ihm ein enormes Gefühl der Freiheit, wie es vielleicht ein Engel hätte, der nach einem längeren Erdenaufenthalt in den Himmel zurückkehrt. Auf der Erde hatte sich Prevezer immer schwer, ja, sogar ein bisschen übergewichtig gefühlt. Hier im Weltraum jedoch, wo er sich emporschwingen, fliegen, schweben konnte, fühlte er sich geradezu ein bisschen wie ein Gott.

«Dürfte das letzte Mal sein, dass Sie das tun müssen, Roni», prophezeite er.

«Macht mir nichts aus.»

«Ich will damit sagen, dass ich das Umweltkontrollsystem wieder hingekriegt habe. In einem so alten Schiff wie dem hier passiert es leicht, dass sich die Flüssigkeiten, mit denen das System arbeitet, in der Schwerelosigkeit absetzen. Deshalb muss man sie einfach ab und zu umrühren. Wie eine Backmischung. Das war das ganze Problem.» Er hielt inne, sah zu, wie Ronica mit der Düse ihres Staubsaugers ein schwebendes Wasserkügelchen einfing. «Man lässt das Gebläse einfach kurz rückwärts laufen, um die Flüssigkeitszylinder durchzuwirbeln.»

«Mmm-hmm?»

«Hey, tut mir Leid wegen vorhin», sagte er. «Ich war da ein bisschen grob.»

«Vergessen Sie's, Prev», sagte sie.

«Da ist noch was, was ich Sie fragen wollte.»

«Was?»

«Wenn wir in unserem Hotel auf der TB sind, wollen Sie dann mit jemandem ein Doppelzimmer nehmen?»

«Wenn Sie's genau wissen wollen, ich wohne mit Dallas zusammen.»

Prevezer nickte. «Ist das nur Tarnung?», fragte er. «Oder sind Sie beide ein Liebespaar?»

«Liebespaar?» Ronicas Lächeln wurde breiter.

«Ich will ja nur sagen, wenn alles klappt, dann bin ich bald geheilt, und das heißt, ich bin dann genauso gesund wie Sie. Wenn Sie verstehen, was ich meine.»

Es stimmte, dass sie und Dallas sich zueinander hingezogen fühlten, und nicht nur, weil sie die Tatsache verband, dass sie beide gesund waren. Sie freute sich darauf, mit ihm allein zu sein, hätte aber wohl auch sonst ein Zimmer mit ihm geteilt. Und wahrscheinlich auch mit ihm geschlafen. Wie für die meisten Frauen ihres Alters und ihres Backgrounds zählte für sie vor allem, dass der Typ gesund war. Was Prevezer automatisch ausschloss.

«Wirklich nett von Ihnen, Prev. Ich schätze, man könnte es so ausdrücken, dass Dallas und ich zusammen sind, wenn ich auch nicht gerade sagen würde, dass das was mit Liebe zu tun hat. Ich denke immer, mit der Liebe ist es ein bisschen so wie mit der Entstehung des Universums. Da ist ein Urknall, die große Hitze, dann ein langsames Auseinanderdriften und die allmähliche Abkühlung. Was heißt, dass Liebende so was Ähnliches sind wie Kosmologen. Arme, fehlgeleitete Individuen, die in den kleinsten Kleinigkeiten eine Bedeutung suchen und einen Haufen alberner Fragen stellen, auf die es nie wirklich eine Antwort gibt. Liebe ist zu nichts nütze, Prev. Sie ist nur Zeitverschwendung und hält einen von dem ab, was auf der Welt wirklich was bringt. Liebe ist nur ein Teil des großen kosmischen Witzes. Liebe ist ironische Physik. Wie endgültige Theorien. Wie Gott.»

2

I

Der Tourismus war die größte Industrie auf dem Mond. Über hunderttausend Menschen reisten jährlich dorthin und ließen sich diesen Urlaub im Schnitt zweihunderttausend Dollar kosten. Den meisten ging es um Sex oder Glücksspiel,[1] aber immer beliebter wurden auch Outdoor-Aktivitäten wie Trekking oder Bergsteigen – Wanderungen durch das Schrötertal oder Klettertouren am Doerfelberg. Zu den Touristen kamen noch die Astronomen[2], die Bergbauingenieure, die Ökotechnologen[3]

1 Während sich die geringe Mondgravitation, wie bereits erläutert, auf den Sex günstig auswirkt, macht sie die meisten Glücksspiele unmöglich. Karten lassen sich kaum verdeckt austeilen, Würfel kullern nicht richtig, und Roulettekugeln wollen nicht fallen. Heute ist die einzig legale Form des Glücksspiels auf dem Mond das Pachinko, ein Automatenspiel für einen Spieler, der mittels einer Katapultfeder eine Elf-Millimeter-Stahlkugel in bestimmte Löcher eines aufrecht stehenden Nagelbretts zu befördern versucht. Klappt das, erhält der Spieler mehrere Freikugeln, die er dann später in Geld umtauschen kann. Pachinko wurde in Chicago erfunden, eroberte dann aber vor allem Japan, das gegenwärtig der Hauptlieferant für Pachinko-Technologie ist. Der jüngste Pachinko-Salon auf dem Mond ist größer als all seine Pendants auf der Erde und erwirtschaftet pro Jahr über zweihundertfünfzig Millionen Dollar.

2 Das größte Spiegelteleskop der astronomischen Welt, das 7,5-Meter-Hawking-Teleskop, steht im Censorinus-Weltraumobservatorium, nur wenige Meilen von der TB.

3 Auf dem Mond befindet sich das größte Solarkraftwerk überhaupt: Der

und Meteorologen [1], ganz zu schweigen von den vielen Hotelangestellten, Fremdenführern, Charterpiloten, Pachinko-Technikern und natürlich Prostituierten [2].

Das Galileo mit seinen über fünfzehnhundert Zimmern war nicht nur das größte Hotel auf der TB, sondern auch das beste und teuerste. Entworfen von dem Stararchitekten Masumara Shokai – dem Vater des Buckingham Palace Dome und weiterer Architekturikonen des einundzwanzigsten Jahrhunderts –, bestand es aus zwei vertikal aufragenden Teilgebäuden. Der zur TB hin gelegene Teil bestand aus Panzerglas und glich – um die Lage des Hotels am Mare Tranquillitatis zu unterstreichen – dem geblähten Segel einer riesigen Hochseeyacht. Der quaderförmige Teil zur Gebirgsseite hin diente als Folie für dieses spektakulär geschwungene Glasgebilde. Zwischen beiden befand sich eine hohe, atemberaubend luxuriöse Atrium-Lobby mit einem Interieur aus intelligenten nanomolekularen Materialien – französischer Kalkstein, italienischer Marmor, indischer Onyx und endlose Quadratmeter edelsten englischen Ahorns –, allesamt auf dem Mond produziert und dann von menschlichen Handwerkern verarbeitet. Ja, es war der ganze Stolz der Hoteleigentümer, dass beim Bau des Galileo ganz auf den Einsatz von Arbeitsrobotern verzichtet worden war. Diese imposante, in Erdtönen gehaltene Lobby dominierte eine riesige kinetische Skulptur. Sie erinnerte an Galileo Galileis berühmte Demonstration des Gesetzes von der einheitlichen Beschleunigung fallender Körper, mit der er die aristotelische These, dass unterschiedlich schwere Körper verschieden schnell fallen, widerlegte. Der Legende zufolge ließ Galilei im Jahr 1604 Blei-

---

Theophilus-Krater in der Nähe des Mondäquators enthält über zehntausend photovoltaische Zellen von jeweils zehn Quadratmetern.

1 Der Mond beherbergt die größte Einrichtung für das Studium von Sonnenflecken, die von zentraler Bedeutung für die Erdwettervorhersage sind.

2 Zum Zeitpunkt der Niederschrift dieses Buchs sind auf dem Mond über fünftausend lizenzierte Prostituierte tätig.

gewichte unterschiedlicher Größe vom Schiefen Turm von Pisa [1] fallen. Wahrscheinlicher aber ist, dass diese Demonstration in Padua stattfand und dass Galilei dabei Gewichte einen glatten Abhang hinunterrollen ließ. Doch die Menschen ziehen oft eine gute Geschichte einer glanzlosen Tatsache vor, und die Erbauer des Hotels sowie der von ihnen beauftragte Bildhauer Jasper Fotze bildeten da keine Ausnahme. Daher wurden jetzt alle fünfzehn Minuten eine große Straußenfeder, ein Bleigewicht, ein zusammengeknülltes Stück Papier, ein Federball, ein Luftballon und ein Basketball automatisch zu den oberen Öffnungen einer Reihe raumhoher Plastikröhren befördert und losgelassen, worauf sie alle gleichzeitig unten ankamen.

Ebenso beeindruckend waren der Marmorboden der Lobby und der messingglänzende Empfangskomplex, ein funktionierendes Orrery-Planetarium [2], das an Galileis heldenhafte Verteidigung der kopernikanischen Theorie vom Umlauf der Erde um die Sonne erinnerte. Die Sonne repräsentierte in diesem Fall die kugelförmige goldene Empfangsloge in der Mitte der runden Halle. Um sie herum kreisten – dank eines raffinierten unsichtbaren Räderwerks – drei weitere kugelförmige Servicestände. Sie standen für die drei innersten Planeten, Merkur, Venus und Erde, und offerierten dem Gast diverse Produkte und Serviceleistungen: Merkur war für Botendienste sowie für den Währungsumtausch zuständig, Venus für Schönheits-, Gesundheits- und Toilettenartikel, die Erde schließlich für sämtliche Informationsmedien. Diese drei «Stände» umkreisten die Sonne im korrekten Zeitverhältnis zueinander, aber natürlich nicht im korrekten Entfernungsverhältnis. Den Umlauf des Monds um

1 Leider stürzte der berühmte Campanile, der 1185 erbaut wurde, im Jahr 2047 um, wobei dreiundneunzig Pisa-Besucher ums Leben kamen.

2 Nach Charles Boyle, Vierter Earl of Orrery, der 1790 erstmals ein solches Objekt anfertigen ließ.

die Erde symbolisierte – wenn auch nicht im richtigen Neigungswinkel – ein großer Video-Globe, auf dem alte Pornofilme von Sexspielen unter Mondschwerkraftbedingungen zu sehen waren.

Die Zimmerpreise waren entsprechend astronomisch. Außer Dallas, Ronica und Cavor war noch niemand aus dem Team je in einem Luxushotel gewesen.

«Fünfhundert Selenen pro Nacht», sagte Prevezer. «Wie viel ist eine Selene wert?»

«Etwa zehn Dollar», sagte Cavor. Und als er Prevezers Gesicht sah, setzte er hinzu: «Schon mal was von ‹Mondpreisen› gehört?»

«Klar, Mann», gluckste Prevezer. «Jetzt weiß ich, was das heißt. Solche Preise zahlt keiner, der mit beiden Beinen auf der Erde steht.»

«Wir müssen wahrscheinlich schon allein für die Hotelrechnung die First National ausrauben», stimmte Simou ein.

«Warum reden Sie nicht noch ein bisschen lauter, Sim?» Lenina sah ihn tadelnd an. «Ich bin mir nicht sicher, ob Sie der Typ dort am Empfang richtig verstanden hat.»

«Anschauliche Demonstration der principalen Beziehungen der Himmelskoerper untereynander», entzifferte Gates die Inschrift in dem rosa Marmor unter seinen Schwerkraftschuhen[1]. «Also, von der ersten Anschauung her könnte ich zu diesem Himmelskörper eine ganz positive Beziehung entwickeln.»

«Hätte nie gedacht, dass mir der Mond so gut gefällt», mischte sich Simou plötzlich ein.

«Er ist nicht überall so», sagte Cavor. «Sie hätten mal den Ort sehen sollen, wo wir letztes Mal waren. Artemis Sieben. Die ha-

1 Jede Schuhsohle enthält bis zu fünfundzwanzig Pfund Blei, das auf dem Mond in beträchtlichen Mengen vorkommt. Auf diese Weise lässt sich das Gewicht eines Menschen um bis zu fünfzig Pfund erhöhen.

ben meinen Arm einbehalten, als ich meine Rechnung nicht zahlen konnte.»

«Kaum zu glauben, dass das hier derselbe Mond ist», sagte Gates staunend. «Hätte nie gedacht, dass es sich so gut anfühlen würde, hierher zurückzukommen.»

«Hey, Gates», sagte Simou. «Wie halten wir's, solange wir hier sind, mit der Wurzel allen Übels? Ich würde mir gern was von den lokalen Zahlungsmitteln zulegen. Wie heißen die Dinger nochmal? Selenen? Nur der Form halber natürlich. Schließlich bin ich angeblich ein allein reisender Typ mit gesundem, heißem Blut in den Adern und mache hier Urlaub, oder? Das Problem ist nur, dass mir die nötigen Kreditbescheinigungen meiner Hausbank drunten auf der Erde fehlen. Was daran liegt, dass ich keinen Kredit habe und auch keine Hausbank.»

«Der Mann spricht was Wichtiges an, Gates», pflichtete ihm Prevezer bei.

«Fragen Sie Dallas», sagte Gates. «Er ist der mit dem Geld, nicht ich.»

«Ich bin sicher, er hat dran gedacht», erklärte Cavor. «Schließlich hat er ja auch an alles andere gedacht.»

«Hoffen wir's», seufzte Lenina.

Gates nahm ihre Hand. «Alles okay?», fragte er.

Lenina setzte ein schwaches Lächeln auf. Sie fühlte sich alles andere als okay. Sie war zutiefst erschöpft. Und außerdem kriegte sie auch nicht richtig Luft: Sie musste ständig ein wenig tiefer atmen als sonst.

«Ich bin nur ein bisschen müde vom Flug, weiter nichts», sagte sie. «Sobald wir auf unserem Zimmer sind, werde ich mich erst mal hinlegen.»

«Ich gehe mal gucken, wo Dallas bleibt», sagte Gates und steuerte etwas unbeholfen – da er sich trotz der Schwerkraftschuhe immer noch nicht recht daran gewöhnen konnte, so viel leichter zu sein – in Richtung Empfang.

Die Anmeldung verlief reibungslos. Der Empfangsportier hatte Dallas Hologramme der auf seinen Namen reservierten Zimmer gezeigt, und Dallas hatte sich mit diesen Unterbringungsvorschlägen einverstanden erklärt. Nicht, dass er eine großartige Wahl gehabt hätte. Fast alle Hotels auf der TB waren voll belegt, gutenteils mit Gästen, die zum hundertsten Jahrestag der ersten *Apollo*-Landung gekommen waren. Aber das war ja einer der Gründe, weshalb Dallas gerade diesen Zeitpunkt für ihre Ankunft auf dem Mond gewählt hatte. Unter so vielen Mondtouristen, dachte er, würden Gates und der Rest des Teams weniger auffallen. «Sind Sie auch zur Hundertjahrfeier hier?», fragte der Empfangsportier.

«Nur teilweise», sagte Dallas und grinste vielsagend zu Ronica hinüber.

«Verstehe», sagte der Mann und ordnete eine Hand voll Schließkarten. «Dumme Frage. Geschichte ist eine Sache. Spaß haben eine ganz andere.»

«Sie sagen es», sagte Dallas. «Aber wir wollen schon auch ein paar Touren machen.»

«Nicht zu weit weg vom Äquator hoffentlich. Haben Sie von dieser Bergsteigertragödie im Leibniz-Gebirge gehört?» Der Empfangsportier verdrehte die Augen und schüttelte den Kopf. «Sie haben sich verstiegen, und als es dunkel wurde, ging ihnen die Sonnenenergie aus. Sind alle erfroren.»

«Wie schrecklich», sagte Ronica.

«Ja, es war furchtbar. Das Rettungsteam hat gemeint, sie hätten wohl vergessen, ihrem Routencomputer zu sagen, dass ein polarer Mondtag viel kürzer ist als ein äquatorialer. Hier auf der TB haben wir vierzehn Tage Sonne. Am Pol ist es noch nicht mal die Hälfte.»

Dallas schüttelte den Kopf. «Wir wollten nicht weiter als bis ins Zentrale Hochland», sagte er. «Auf keinen Fall über das Schrötertal raus.»

«Oh, da unten ist es wirklich toll. Ich war selbst erst vor ein paar Monaten im Schrötertal. Könnte Ihnen einen guten Führer empfehlen, falls Sie Interesse haben. Und einen sehr guten Ausrüster.»

«Danke, aber wir haben unsere eigene Ausrüstung mit.»

Der Empfangsportier sah von seinem Deskscreen auf und bemerkte die vielen Gepäckstücke, die Dallas und sein Gefolge umgaben.

«Allerdings», sagte er. «Ich werde einen Hausdiener rufen, damit er Ihnen mit den ganzen Sachen hilft.» Er wusste nicht, dass es sich hauptsächlich um die Computerausrüstung handelte, die Prevezer brauchte, um ein Simulationsmodell der First National Blood Bank zu erstellen.

«Nicht nötig», sagte Dallas. «Geht schon. Sie sind es gewohnt, mein Zeug zu schleppen.»

«Wie Sie wünschen, Sir.» Der Empfangsportier lächelte. «Und wie möchten Sie Ihre Rechnung begleichen, Mr. Bourbaki?»

Nicolas Bourbaki, diesen Namen hatte sich Dallas für die Dauer ihres Aufenthalts auf dem Mond zugelegt. Möglicherweise suchte ihn die Firma ja immer noch.

Dallas legte seinen superflachen Brusttaschencomputer vor sich auf den Tresen und sagte: «Per elektronischen Credittransfer.» Der Computer bestätigte die Stimmidentifikation durch ein leises Piepen und bereitete sich auf die drahtlose Interaktion mit dem Hotelcomputer vor.

«ECT? In Ordnung, Sir.»

Seit Dallas sein früheres Leben hinter sich gelassen hatte, hatte er, unter Rückgriff auf verschiedene Konten, ein kleines Vermögen für die Ausrüstung und den Unterhalt seines Teams ausgegeben. Über seine Personal Treasury Workstation (PTW) hatte er automatisch seine sämtlichen Kontonummern nebst Codierung geändert, um mögliche Rückverfolgungsversuche zu durchkreuzen. Nur eins dieser Konten, das er noch nicht angerührt hatte, enthielt noch einen größeren Creditbetrag, und dieses Konto wählte er jetzt per Tastendruck für die simultane Rechnungsbegleichung: Alle Forderungen in Zusammenhang mit dem Aufenthalt seines Teams im Galileo würden von seiner PTW überprüft und dann sofort von dem gewählten Konto abgebucht werden.

«Alles okay?», fragte Gates.

«Selbstverständlich», sagte Dallas. Als er Gates zu dem Wechselschalter der Serviceeinheit Merkur hinüberschauen sah, erriet er, was den Hünen beschäftigte. «Ach ja, und dann brauche ich noch etwas Mondgeld, das Sie bitte ebenfalls von diesem Konto abbuchen», erklärte er dem Empfangsportier. «Sagen wir zehntausend Selenen in bar. Neue Scheine. Ist lange her, dass ich das letzte Mal hier war, aber allzu viel hat sich ja wohl nicht geändert.»

«Auf dem Mond zieht Cash immer noch am meisten», bestätigte der Empfangsportier und gab die Transaktion in seinen Computer ein. «War immer so und wird immer so bleiben. Jawoll, Sir, Sie haben den Mond in der Tasche.» Er lächelte breit, wie er es gelernt hatte, und präsentierte einen weißen Halbmond von Zähnen. Ein strahlendes Herzlich-willkommen-auf-dem-Mond-Lächeln, so hatten sie das in seinem Galileo-Personalschulungskurs genannt. Im aufrichtigsten Ton, dessen er fähig war, und ohne zu ahnen, worauf er da zurückgriff, rezitierte er die Worte der Aufgeschlossenheit und Toleranz, die man ihm als korrekte Begrüßungsformel beigebracht hatte:

Wer bezweifelt, was er sieht,
Glaubt euch nie, trotz aller Müh'.
Wär'n Mond und Sonne frei von Zweifeln nicht,
Erlöschte augenblicks ihr Licht.
Gut, wenn ihr Leidenschaften hegt,

Doch nicht, wenn euch *nur* Leidenschaft bewegt.
Die Hure, die der Staat erlaubt,
Unseres Staates Schicksal baut.[1]

Er lächelte wieder und fügte hinzu: «Angenehmen Aufenthalt.»

II

«Antwort-Antwort-Antwort-Antwort ...»

Eine leise monotone Stimme drang durch das Dunkel in Rimmers spartanisch möbliertem Apartment und unterbrach die sadoerotischen Gedanken, denen er sich gewohnheitsmäßig beim Einschlafen hingab. Zuerst glaubte er, es sei die Stimme seines eigenen Gewissens, eine strenge Tochter – da die Tonlage unverkennbar weiblich war – der Stimme Gottes, die ihn wegen seiner sündhaften und gotteslästerlichen Lebensführung zur Rechenschaft ziehen wollte.

«Antwort-Antwort ...»

Doch wegen welcher Art von Sünde? Bestimmt nicht wegen der Sünde Onans. Das war doch nur eine Form der Spannungsabfuhr, eine Einschlafhilfe. Nein, um eine so gebieterische Einmischung zu rechtfertigen, musste es schon um Schwerwiegenderes gehen als nur das Fallenlassen seines Samens auf das Bettlaken.

«Antwort ...»

---

1 Aus «Weissagungen der Unschuld» von William Blake. Allerdings ersetzten die Verfasser des *Galileo-Handbuchs der Gästebetreuung* das ursprüngliche «Jenes Staates Schicksal baut» durch «Unseres Staates Schicksal baut». Zweifellos fühlten sie sich dazu durch den Umstand berechtigt, dass dem Mond durch das *Grundsatzabkommen über die Besiedlung des Mondes und anderer Himmelskörper innerhalb unseres Sonnensystems* von 2025 der Status einer unabhängigen Nation zuerkannt wurde.

Rimmer seufzte und drehte sich auf seinen behaarten Rücken. Er war immer noch nicht ganz wach – er hatte vor dem Zubettgehen zu viel getrunken. Den letzten echten Cognac Napoléon. Rimmer setzte sich mühsam auf und sog eine Ladung Sauerstoff in sein schlafumnebeltes Hirn. Die Stimme sprach weiter, im kalten Ton eines weiblichen Inquisitors. Nein, etwas so Moralistisches wie ein Gewissen konnte es nicht sein. Der einzige kategorische Imperativ, den Rimmer kannte, war der, sich sein Vergnügen zu holen, wann immer sich die Gelegenheit bot. Nein, die Stimme aus dem Dunkel gehörte seinem Computer.

Mit einem Kopfschütteln und einem ranzigen Gähnen wälzte er sich aus dem Bett, patschte in das kleine Wohnzimmer und ließ sich vor dem Bildschirm, der die eine Wand dominierte, in einen Sessel fallen. Das war eine altmodische Form der Interaktion mit dem Computer, aber er zog den Schirm dem menschenähnlicheren Motion-Parallax vor. Mit einem Schirm verlor man nie aus den Augen, dass man es mit einem Computer zu tun hatte. Motion-Parallaxe waren etwas für Leute, die Maschinen nicht mochten. Rimmer hatte kein Problem mit Maschinen. Im Grunde waren sie ihm lieber als die meisten Menschen.

«Antwort-Antwort-Antwort ...»

«Was war noch mal die Frage?», sagte er und walkte sich den Schlaf aus den verklebten Augen.

«Wählen Sie zuerst eine Persona», sagte die körperlose weibliche Stimme. Bilder einer Reihe historischer Figuren erschienen jetzt auf dem Schirm: Albert Einstein, Orson Welles, Martin Luther King jr., John Lennon, Salman Rushdie, Tom Ray, Marina Maguire, Jonas Ndebele und Cameron Caine. Rimmers Computersystem hatte Microsoft 45.1, und eine Persona war eine Persönlichkeit, in die der Computer für die Interaktion mit dem Benutzer auf dem Bildschirm schlüpfte. Verglichen mit dem Motion-Parallax-System von Microsoft 50, war die Version 45.1 geradezu vorsintflutlich.

«Einstein», gähnte Rimmer, dem es ziemlich egal war, wessen soziale Fassade oder öffentliches Image der Computer benutzte. «Aber mach zu. Ich kann nicht die ganze Nacht damit zubringen.» Ihm wäre ja Hitler, Stalin, Mao Tse-tung, Nesib el Bekri, Sol Chong oder irgendein anderer berühmter Tyrann lieber gewesen, aber Microsoft war in seinen Augen einfach zu feige, auch die zu bedienen, deren Vorlieben in Sachen historische Figuren etwas extravaganter waren.

Auf dem Schirm erschien jetzt ein lebensgroßes Bild von Albert Einstein, Pfeife rauchend im Sessel, mit weißem Haar und beigem Pullover. Rimmer fand ihn breiter und muskulöser, als er ihn sich vorgestellt hatte. Aber vielleicht war es ja auch nur der Pullover.

«Hey, Albert, was gibt's?»

«Sie haben mir eine Frage gestellt», erwiderte das Faksimile des berühmten Physiknobelpreisträgers mit dessen digital reproduzierter Stimme und komischem deutschem Akzent. «Betreffs einiger Schlüsselzahlen, richtig?»

«Stimmt.»

«Und Sie baten mich, einen Suchlauf nach exakt identischen Zahlen durchzuführen, quer durch alle Finanzkategorien, ohne zeitliche Beschränkung und unter Verwendung der Suchmaschinen Conspectus, Argus, Gimlet, Gorgon und Panorama. Ist das richtig?»

«Richtig, Albert», sagte Rimmer und gähnte wieder. «Aber mach voran, okay? Ich war nämlich zufällig gerade eingeschlafen.»

Rimmers Idee war simpel genug gewesen. Dallas besaß dreizehn verschiedene Bankkonten, und kurz nachdem er aus seiner Wohnung verschwunden war, hatte er sämtliche Kontonummern und Verschlüsselungscodes geändert, um seine elektronischen Spuren zu verwischen. So hatte er es sich zumindest gedacht. Er hatte nicht damit gerechnet, dass Rimmer seine

Computersuche auf einen anderen, wenn auch damit zusammenhängenden Satz Zahlen konzentrieren würde – die Kontostände selbst. Rimmer hatte sich gesagt, dass Dallas bei dreizehn Konten womöglich immer nur eins benutzen würde, so lange, bis es leer war. In diesem Fall könnte es Rimmers Computer vielleicht schaffen, in der Zwischenzeit einen der immerhin zwölf verbleibenden Kontostände aufzuspüren. Natürlich war das keine geringe Aufgabe. Auf etlichen dieser Konten befanden sich acht- oder neunstellige Beträge. So wies eins, laut den Dateien in Dallas' Bürocomputer, ein Haben von 112 462 239 Credits auf. Und das war eine der Zahlen, auf die Rimmer seinen Computer angesetzt hatte. Um die Erfolgschancen der Suche zu erhöhen, hatte er achtstellige Zahlen in vier und neunstellige Zahlen in sechs Untergruppen zerlegt, wodurch beispielsweise aus 112 462 239 die Elemente 1, 12, 4, 62, 23 und 9 geworden waren.

«Moment mal», sagte Rimmer und erhob sich langsam. «Willst du etwa sagen, du hast eine davon gefunden?»

Es war schon ein paar Wochen her, dass Rimmer die Suche gestartet hatte – kurz nachdem ihn der Direktor auf den Rang eines gemeinen Wachmanns zurückgestuft hatte –, und im Grunde hatte er das Ganze schon mehr oder minder vergessen gehabt, weil er zu dem Schluss gekommen war, dass der Umfang der Suchaufgabe einfach zu groß war.

Einstein zog ein paar Mal an seiner Pfeife und nahm sie dann aus dem Mund. «Ja. Heureka, um mit Archimedes zu sprechen.»

Am unteren Bildschirmrand erschien jetzt ein kleines Fenster mit einem kurzen Lebenslauf des griechisch-sizilianischen Mathematikers und Erfinders. Rimmer ignorierte es. Das Problem mit 45.1 war, dass so vieles von dem, was es einem mitteilte, absolut irrelevant war – eine gehobene Form der Zeitverschwendung.

«Ich habe eine solche Zahl gefunden», fuhr Einstein fort.

«Wider alle Wahrscheinlichkeit, wenn ich sagen darf. Schon die Wahrscheinlichkeit, diese sechs Teilzahlen überhaupt zu finden, ist niedrig genug. Genauer gesagt, 1:13983816. Aber für alle sechs Teilzahlen in der angegebenen Reihenfolge?» Einstein schmunzelte. «Da ist die Wahrscheinlichkeit kaum noch berechenbar. Ich habe sie trotzdem berechnet. Sie ist 1:10068347520. Tja, ich glaube, selbst Gott würde es sich zweimal überlegen, sich auf so ein Spielchen einzulassen.»

Wieder erschien ein Fenster, diesmal mit dem berühmten Einstein-Ausspruch, dass Gott nicht würfle, und der Erklärung, dass es sich dabei um Einsteins ablehnende Reaktion auf die Quantentheorie[1] gehandelt habe.

Rimmer hielt sich den Kopf. «Albert. Du bist ein gottverdammtes Genie.»

«Das sagen alle, sehr zu meiner Irritation.»

«Mein Gott, ich glaub's nicht. Du hast die Zahl gefunden.»

«Zahlen sind gar nichts, mein Freund. Formeln sind alles. Besser als Frauen. Besser als Diamanten. Besser als so ziemlich alles, was ich mir vorstellen kann. Formeln sind ewig.»

Wieder ein Fenster, mit einem Zitat zum Thema Formeln.

«Klar doch, Albert», lachte Rimmer. «Wie du meinst. Lieber Himmel, das ist ja phantastisch. Wo auf Gottes Erdboden hast du sie gefunden?»

«Ich habe sie gar nicht auf der Erde gefunden.»

«Natürlich», stieß Rimmer hervor. «Er ist auf dem Mond.»

«Ja, dort lebt sich's leichter.»

«Wieso?»

«Na ja», schmunzelte Einstein, «mit der Gravitation ist es dort nicht so weit her.»

---

1 Eine physikalische Theorie, die die Relativität verwirft und behauptet, dass der Beobachter die Realität beeinflusst und Ereignisse zufällig eintreten – eine These, die Einstein ablehnte.

Ein neuerliches Fenster, mit der Erläuterung, wie Einsteins allgemeine Relativitätstheorie die Gravitation und die Gesamtstruktur des Universums erklärte.

Rimmer lächelte dünn. «Ist das der berühmte deutsche Humor?», fragte er.

Einstein steckte mit einem entschuldigenden Achselzucken die Pfeife in den Mund und machte sich daran, sie wieder zu entzünden.

«Und wo auf dem Mond hast du die Zahl gefunden, Albert?»

«Im Hotel Galileo, auf der Tranquillity Base.»

Ein Fenster, das erklärte, wer Galileo war.

«Im Galileo? Nicht schlecht. Dallas hatte es immer schon gern ein wenig luxuriöser.»

«Er hätte Keplers Arbeiten anerkennen sollen.»

«Wer?»

Wieder ein Fenster, diesmal zu Kepler.

«Galileo natürlich. Es verblüfft mich immer wieder, dass sich so viele Wissenschaftler als dermaßen eitel entpuppen.»

«Apropos entpuppen, hat unsere Gewinnzahl auch einen Namen?»

«Nicolas Bourbaki», sagte Einstein.

Diesmal teilte das Fenster Rimmer etwas mit, was ihn interessierte: dass Nicolas Bourbaki der kollektive *Nom de plume* einer Gruppe von Mathematikern zu Beginn des zwanzigsten Jahrhunderts war, zu der unter anderem Szolem Mandelbroijt gehörte.

Rimmer begann sich anzuziehen.

«Sie wollen noch weg?»

«Ich hole mir meinen alten Job zurück», erklärte Rimmer. «Und dann fliege ich zum Mond.»

Diesmal ein Fenster mit Astroliner-Abflugzeiten und -Preisen.

«Existiert der Mond nur dann, wenn Sie ihn angucken?», fragte Einstein.

«Würde ich nicht sagen.»

«Das ist mein Einwand gegen die Quantenmechanik.» Einsteins mächtige Nase krauste sich angewidert. «Diese Leute reduzieren die Wissenschaft auf eine Reihe von Schlagworten. Schrödingers Katze. Heisenbergs Unschärferelation. Pah! Das impliziert doch alles, dass die Welt nur durch unsere Wahrnehmung entsteht. Quatsch.»

«Ich würde ja gern noch weiter darüber reden, Albert. Aber offen gestanden, ich habe nicht die Zeit. Ach ja, buch mir doch bitte den nächsten verfügbaren Flug. Zum Mond. Falls er noch existiert. Als ich letztes Mal hingeguckt habe, war er noch da.»

«Gibt leider nur noch Economy Class», sagte Einstein nach einer kurzen Pause. «Wegen des hundertsten Jahrestags der Mondlandung.»

«Okay, dann eben Economy Class. Und vielen Dank für deine Hilfe, Albert. Du kannst dich jetzt abschalten.»

«Darf ich Ihnen vielleicht noch einen kleinen Rat geben?»

In 45.1 war es üblich, dass die jeweilige Persona vor ihrem Verschwinden noch irgendeinen authentischen Ausspruch von sich gab, um den Benutzer in dem Gefühl zu wiegen, wirklich mit einer historischen Figur kommuniziert zu haben. Rimmer schnaubte verächtlich. «Klar doch», sagte er. «Schieß los, altes Schlitzohr.»

Einstein zeigte auf ein Paar übelriechende Socken, die Rimmer gerade vom Fußboden aufgehoben hatte.

«Socken sind Geldverschwendung. Ich habe schon in meiner Jugend festgestellt, dass sich der große Zeh immer irgendwann durchbohrt.»

«Meinst du nicht, du hättest dir vielleicht öfter mal die verflixten Zehennägel schneiden sollen?», fragte Rimmer.

«Nun ja, ich habe jedenfalls aufgehört, Socken zu tragen.»

«Ich schätze, das hängt davon ab, ob man ein ruhender oder

ein in Bewegung befindlicher Körper ist», sagte Rimmer. «Aber trotzdem vielen Dank, Albert. Das war sehr erhellend.»

Rimmer zog sich fertig an und grinste immer noch über den Modetipp, den ihm Einsteins Konterfei gegeben hatte – das also war das Wesen von Raum und Zeit: Wenn man ihm genügend Zeit ließ, schuf sich der große Zeh Raum, indem er sich durch den Socken bohrte. Rimmer verließ das Apartment.

III

Gleich nachdem er sich in seiner Suite eingerichtet hatte, begann Prevezer mit der Arbeit an der Surrogatwelt, die Dallas als Testlabor für seinen Plan dienen sollte.

Diese spezielle Simworld zu erstellen war ein hoch komplexer Vorgang, ein ganz spezieller Job, an dem Prevezer auf der Erde schon eine ganze Weile gesessen hatte. Verschiedene Gründe zwangen ihn jetzt, das Modell auf dem Mond fertig zu stellen. Da war einmal der Zeitdruck. Dallas wollte die relative Anonymität nutzen, die die Massen von Hundertjahrfeier-Touristen boten, und die Aktion selbst musste irgendwann während des zweiwöchigen lunaren «Tageslichts» stattfinden. Doch wichtiger noch war in Prevezers Augen, dass die Simulation unter authentischen Mondgravitationsbedingungen ablaufen sollte, was auf der Erde physikalisch unmöglich war. Gravitation bzw. Schwerelosigkeit ließen sich nun mal nicht künstlich wiedergeben.

Prevezer war einer der besten Modellentwickler der Branche. Er bevorzugte den Terminus «Simworld» gegenüber dem archaischeren Ausdruck «virtuelle Realität», der mit wesentlich älterer und primitiverer Rundum-Technologie assoziiert war: Dreihundertsechzig-Grad-Headtrackerhelmen, Datenhanschuhen, Cyber-Exoskeletten, Dildonics, pneumatischen Druck-Feedback-Systemen und Zeichentrickszenerie-Projektoren. Prevezer arbeitete mit einer wesentlich raffinierteren, direkteren Methode: Mit Hilfe mehrerer Elektro-Neuronadeln, die er – ähnlich wie bei der Akupunktur – in die Großhirnrinde setzte, erzeugte er ein synthetisches Erleben, das von der Realität nicht zu unterscheiden war.

Prevezer hielt nicht viel von der Realität mit ihrem fettfreien Speiseeis, ihren zuckerfreien Süßstoffen, ihrem alkoholfreien Whiskey und synthetischen Blut, ihren künstlichen Pelzen und Motion-Parallaxen. Keine dieser Simulationen fand er sonderlich überzeugend. Für ihn waren die künstlichen Simworlds, die er schuf, wirklicher als die Wirklichkeit selbst. Wo anders als in einer Simworld konnte man beispielsweise, ohne superreich zu sein, auf einem Fell vor einem prasselnden Kaminfeuer Sex haben – eine seiner populärsten Surrogatkreationen? Oder einen Oldtimer wie den Ferrari F87 fahren? Oder ein ganzes Dorf massakrieren – ebenfalls überraschend beliebt. Die Realität wurde enorm überbewertet, und selbst in ihren positivsten Ausprägungen war sie nichts mehr, was man einfach als gegeben voraussetzen konnte.

Die meisten seiner Kunden waren einfach nur Leute, die einen billigen Kick suchten, vereinzelte Wesen in einer unpersönlichen Welt, die sich für einen kurzen Moment als Götter ihres eigenen mathematischen Universums fühlen wollten. Nicht wenige waren krank, in der aktiven Drei-Monde-Phase des Virus, und wollten die wenigen, ihnen noch verbleibenden Stunden auf Erden damit verbringen, das zu genießen, was ihnen die Realität verweigert hatte: das Gefühl von Gesundheit und Vitalität, in einer paradiesischen Umgebung – auf einer tropischen Insel oder einem Berggipfel mit atemberaubendem Blick – und in Gesellschaft guter Freunde. Mit EUPHORIA, einem von ihm selbst kreierten Allzweck-Simulationsprogramm, ließen sich solche Standardmodelle relativ leicht erstellen. Er hatte sogar schon Luxushotels erschaffen, wenn er jetzt auch feststellen musste, dass seine Version des Galileo weit hinter dem Original zurückblieb. Das war das erste Mal, dass die Realität seine Erwartungen übertraf. Aber natürlich musste man so reich sein wie Dallas und seine unverseuchten Standesgenossen, um sie sich leisten zu können. Kaum jemand mit Prevezers Background konnte diesen Lebensstil je kosten, und wäre es nur in einer simulierten Welt. Es ging schon fast so weit, dass er das Gefühl hatte, die letzten Jahre gar nicht gelebt zu haben – nur so getan zu haben. Er war zu Dallas' Team gestoßen, weil er auch reich und gesund sein wollte, aber erst seit er auf der TB gelandet und im Galileo angekommen war, wusste er, was diese beiden Begriffe wirklich bedeuteten.

Als Cavor und Simou bei ihm anklopften und ihn zum Besuch des Armstrong Centers[1] animieren wollten, war Prevezer versucht mitzugehen. Es reizte ihn sehr, die exklusiven Realitäten zu kosten, die die Hauptattraktion der TB zu bieten hatte. Doch es galt, noch eine Menge Daten zu verarbeiten, wenn sich sein Modell der First National je so verhalten sollte wie sein reales Korrelat.

«Ich würde ja gern», lehnte er die Einladung seufzend ab. «Aber ich muss die Fidelityachse der Simworld überprüfen. Um sicherzustellen, dass die endophysische Perspektive der exophysischen entspricht.»[2]

«Ein Modell kann aber auch zu perfekt sein», wandte Cavor ein. «Ich meine, wenn das Mikrowelt-Konstrukt genauso gut ist wie sein Makrowelt-Gegenstück, was bleibt dann noch für ein Fehlerspielraum? Wo keine Fehler möglich sind, sind auch keine Lernprozesse möglich, und das schmälert den experimentellen Nutzen.»

«Sie stecken voller Überraschungen», gähnte Prevezer.

1 Benannt nach Neil Armstrong, dem ersten Menschen auf dem Mond.

2 Mit anderen Worten: Sind die Gesetze, die das Verhalten des simulierten Systems bestimmen, für den außenstehenden Beobachter dieselben wie für den innerhalb des Systems befindlichen?

«Soll ich Ihnen was verraten?», sagte Cavor. «In letzter Zeit überrasche ich mich selbst. Vielleicht mehr als sonst jemanden.»

«Schluss jetzt.» Simou griente. «Zeit, dass wir losziehen und mal ein paar von diesen hübschen Mondladys testen.»

«Ich könnte Ihnen ein synthetisches Erlebnis bieten, das alles schlägt, was Sie auf der TB kriegen können», sagte Prevezer ohne sonderliche Überzeugungskraft. Es war nur der Geschäftsmann, der da aus ihm sprach. «Die Realität ist nur eine Chimäre.»

Doch Simou und Cavor hatten sich bereits zum Gehen gewandt. «Schauen Sie sich doch mal um, Sim», sagte er, als er ihnen auf den Gang hinaus folgte. Er zeigte durchs Fenster auf die silbrige Mondlandschaft. «Cav? Glauben Sie, irgendwas von all dem da ist real? Was Sie beide suchen, ist nicht Wirklichkeit, sondern Gewissheit. Und die ist heutzutage ein viel schwerer zu findender Gral. Die findet sich nicht in der Mathematik. Und nicht mal in den Atomen. Die einzige Gewissheit in diesem ganzen verflixten Universum liegt in uns selbst. Es gibt keine Welt, unabhängig von Ihnen und mir. Nicht mehr. Der Tod ist die einzige Gewissheit, Sim. Das ist Realität.»

Simou drehte sich um und antwortete mit einem alten Sprichwort, das jedem, der das Virus hatte, geläufig war: «Heute rot, morgen tot.»

IV

Barfuß und nur im Slip machte Ronica ein paar vorsichtige Schritte in Richtung HV-Gerät[1]. Das war ihr erster Trip auf den Mond und das erste Hotel, das sie erlebte, in dem man sich, weil es das Mondgesetz so vorschrieb, per HV Sicherheitsinstruktio-

1 Holovision.

nen für die Benutzung des Zimmers und der Einrichtungen erteilen lassen musste. Das Geheimnis der Fortbewegung auf dem Zimmer, wenn man keine Schwerkraftschuhe trug, bestehe, so hatte der Typ im HV vor der Werbeunterbrechung erklärt, darin, es möglichst langsam zu tun, halb so schnell wie sonst, als ob man unter Drogen stünde oder durchs Meer watete. Ein rascher, unbedachter Schritt konnte einen ein ganzes Stück emporheben, und beim Aufstehen aus einem Sessel musste man aufpassen, dass man sich nicht den Kopf an der turnhallenhohen Decke stieß. Obwohl das Zimmer so groß war wie ein Basketballfeld, konnte einen ein einziger tüchtiger Satz von einem Ende ans andere befördern. Sie erreichte das HV-Gerät, stellte es ab und tastete sich wieder zu dem riesigen Bett zurück, auf dem Dallas lag. Obwohl er seine Schwerkraftschuhe immer noch anhatte, wog sein Körper kaum genug, um eine Kuhle in die praktisch überflüssige Matratze zu machen.

«Okay», sagte Ronica. «Würdest du mir erklären, warum Cavor so viel Connex nimmt?»

«Hat er dir gesagt, dass es Connex ist?»

«Brauchte er nicht. Diese Tabletten erkenne ich. Ich habe selbst schon genug Connex genommen.»

«Tatsächlich?»

«Ja. Also? Warum nimmt er ein kognitionsförderndes Mittel? Und noch dazu in solchen Mengen?»

«Wieso fragst du mich?»

«Weil ich mir an meinen fünf Fingern abzählen kann, dass du's ihm gegeben hast. Das Zeug ist nicht billig. Und wenn Cavor es vorher schon mal genommen hätte, wäre er so schlau, nicht so viel zu nehmen.»

«Hast du deswegen irgendwas zu ihm gesagt?»

«Nein.»

«Gut. Weil es mir lieber ist, wenn er nicht weiß, was er da nimmt. Zumindest jetzt noch nicht. Und was die Dosis angeht, überlass das auch mir. Ich habe ihm gesagt, er soll so viel davon nehmen.»

«Ich werde nichts sagen.»

«Ihm passiert nichts», sagte Dallas, der ihren Ärger für Besorgnis hielt. «Falls es das ist, was dich beunruhigt.»

Sie seufzte laut und schüttelte den Kopf. «Ich kann mir nicht denken, warum du willst, dass er sein Hirn auf Touren bringt. Es sei denn, er soll sich an etwas erinnern. An was Wichtiges.»

«Genau das will ich. Dass er sich erinnert.»

«Woran?»

«An etwas, was er vergessen hat.»

«Ich kann's nicht ertragen, dass du so geheimnisvoll tust.» Ronica merkte, dass sie schrie. Sie fasste sich und legte sich neben ihn aufs Bett. «Ich dachte, da wäre was zwischen uns. So was wie wechselseitiges Verstehen. Wie Vertrauen. Schließlich sind wir vom selben Blut, du und ich. Aus ähnlichen Verhältnissen. Aber manchmal denke ich, du vertraust mir überhaupt nicht. Sonst hättest du keine Geheimnisse vor mir. Du würdest offen zu mir sein. Dich fallen lassen.»

Dallas nahm sie in die Arme und küsste sie.

«Auf dem Mond ist das vielleicht ein bisschen schwierig», sagte er. «Aber vielleicht könnte ich ab und zu mal ein bisschen über dir schweben.»

V

Die Tranquillity Base war die größte Siedlung auf dem Mond, und das Armstrong Center – auch Tranquillity-Forum genannt – war ein mächtiger Komplex von öffentlichen Versammlungsräumen, Ausstellungsflächen, Veranstaltungssälen, Pachinko-Salons, Erotikbars und lizenzierten Bordellen, der das Zentrum dieser Siedlung bildete und einen Hauptanziehungspunkt für

Mondtouristen darstellte. Er war das Ergebnis eines internationalen Architektenwettbewerbs, eines der größten, den die Welt je gesehen hatte, mit Hunderten eingereichter Entwürfe. Gewonnen hatte schließlich der aus New York stammende, in Los Angeles lebende Architekt Brad Epstein. Das Center war der transparenteste Bau, den man sich vorstellen konnte, ganz aus Panzerglas und ohne Außenwände – nur ein optisch interessantes Gerüst und eine Reihe daran aufgehängter kapselartiger Gebilde, die die wichtigsten Veranstaltungsräume enthielten. Ein aus der Mitte des Gerüsts aufragender einhundertzwanzig Meter hoher Spitzturm in der Form der *Saturn V*, die die ersten Menschen zum Mond befördert hatte, signalisierte, was sich zu seinen Füßen befand: die Stelle, wo am 20. Juli 1969, um 3 Uhr 17 Houstoner Zeit, die Apollo-11-Astronauten gelandet waren.

Die Hundertjahrfeier war in wenigen Tagen, und der Landeort selbst, von einer großen Glaskuppel geschützt, war bereits von Touristen umringt. Unter diesen befanden sich auch Cavor, Simou und Gates.

Der Landeort war ein Schnappschuss einer anderen Zeit, eines anderen Universums[1], obgleich all diejenigen, die durch die Glasglocke starrten, das Gefühl haben mussten, dass die Astronauten eben wieder abgeflogen waren. Die vierbeinige goldene Spinne, die das Landemodul war, die umgepurzelte amerikanische Fahne – vom Feuerstoß des Startmoduls weggefegt; eine Fernsehkamera auf einem Stativ, ein paar altertümlich aussehende wissenschaftliche Geräte etwa zwanzig Meter vom *Eagle* und jene Fußstapfen im Mondstaub, die den Wiederaufstieg der Mondfähre vom Meer der Stille überdauert hatten. Es sah genauso aus wie vor hundert Jahren, zumindest so lange, bis zwei

1 Das läuft auf dasselbe hinaus, da Zeit ein Quantenkonzept ist und andere Zeiten lediglich Spezialfälle anderer Universen sind.

holographische Astronauten erschienen und ein erläuternder Soundtrack anlief.

«Hallo, Neil und Buzz», sagte eine Stimme auf dem Soundtrack, der auch im Museumsshop erhältlich war. «Ich spreche zu Ihnen über Telefon aus dem Oval Office im Weißen Haus. Dies dürfte das historischste Telefonat sein, das je vom Weißen Haus aus geführt wurde.»

Unter der Last ihrer riesigen weißen Tornister nahmen die beiden holographischen Astronauten vor den realen Fernsehkameras Haltung an – wie zwei geisterhafte Eisbären.

«Ich weiß ja, warum wir hierher auf den Mond gekommen sind», murmelte Gates. «Aber ich kann mir nicht vorstellen, warum die das auf sich genommen haben. Hier ist doch nichts.»

«Für einen einzigen unschätzbaren Augenblick», sagte die sonore, wichtigkeitserfüllte Stimme auf dem Soundtrack, «sind die Menschen auf dieser Erde wahrhaft eins.»

«Unschätzbar?», spottete Cavor. «Die Tourismusindustrie weiß ihn bestimmt zu schätzen.»

«Eins im Stolz auf das, was sie vollbracht haben.»

«Trotzdem», setzte Cavor brummelnd hinzu, «war schon eine beachtliche Leistung.»

«Und eins im Gebet, dass Sie sicher zur Erde zurückkehren werden.»

«Danke, Mr. President», sagte die Stimme von Neil Armstrong. «Es ist eine große Ehre und ein großes Privileg für uns, hier oben zu sein und nicht die Vereinigten Staaten zu vertreten, sondern friedliebende Menschen aller Nationen.»

«Friedliebend», amüsierte sich Gates. «Damals haben die Leute viel von Frieden gequatscht.»

«Menschen mit einer Vision der Zukunft», sagte Armstrong.

«Klingt ein bisschen erstickt», bemerkte Gates. «Als ob er gleich anfängt zu heulen oder was.»

«Ich danke Ihnen sehr», sagte der Präsident[1]. «Und wir freuen uns alle darauf, Sie am Donnerstag auf der *Hornet* zu sehen.»

«Das ist ein Schiff», erklärte Cavor. «Früher sind die Raumschiffe noch im Meer gelandet.»

«Ich freue mich auch sehr darauf, Sir», sagte der zweite Astronaut, Buzz Aldrin.

Die beiden holographischen Astronauten salutierten, wandten sich dann von der Kamera ab und verschwanden prompt. Die Show war vorbei, und die Menge rings um die Glasglocke begann zu klatschen.

«Das war interessant», sagte Cavor.

«Schon», sagte Simou achselzuckend. «Aber bestimmt nicht die lange Reise wert.»

«Am zwanzigsten Juli werden hier alle möglichen Leute sein», sagte Gates. «Politiker aus aller Welt, Firmenchefs, Organisationsvertreter, weiß der Teufel, was noch.»

«Selbst schuld», sagte Simou.

«Haben Sie denn gar keinen Sinn für Geschichte?», fragte Cavor.

«Nee, kann ich nicht behaupten», gestand Simou. «Ich war immer viel zu sehr mit der Zukunft beschäftigt, um groß an die Vergangenheit zu denken. Mit meiner Zukunft nämlich. Zum Beispiel mit der unbedeutenden Frage, ob ich nächstes Jahr um diese Zeit noch am Leben bin. Geschichte ist ein Luxus, den ich mir nie habe leisten können.»

«Dafür sind wir ja hier», sagte Gates. «Um an einen Haufen Sachen zu kommen, die wir uns nie leisten konnten.»

«Na ja, Geschichte kommt auf meiner Liste ziemlich weit unten», sagte Simou. «Im Moment werde ich mich erst mal mit

1 Richard Milhous Nixon, siebenunddreißigster Präsident der Vereinigten Staaten, 1969–1974.

einer von diesen Mondladys begnügen. Bei diesen komischen Schwerkraftverhältnissen hier schwebt mein Schwanz in der Hose wie eine von diesen Kommandoeinheiten. Ich glaube, seit wir hier auf dem Mond sind, hat er noch kein einziges Mal nach unten gezeigt.»

«Meiner auch nicht», griente Gates.

«Dieser Ort hat schon seine Vorzüge», sagte Cavor. «Meine Prothese hat sich noch nie so leicht angefühlt. Ich merke sie kaum. Man könnte fast meinen, es wäre mein richtiger Arm.»

Simou klatschte unternehmungslustig in die Hände. «Was ist, Gates? Gehen wir ein paar Mondladys aufreißen?»

Gates schüttelte den Kopf. «Nein, ich bin nicht in Stimmung. Ich glaube, ich gehe wieder ins Hotel zurück.»

Er winkte ihnen nach und ging dann in Richtung Hotel. Gates hatte das Gefühl, Lenina nicht so lange allein lassen zu können. Es war besser, niemandem etwas davon zu sagen, bis er sich ganz sicher war, aber er machte sich Sorgen um sie. Ihre Kurzatmigkeit und die Art, wie sie jedes Mal ihren Leib bedeckte, wenn er ihr näher kam. Gates hatte den Verdacht, dass Lenina in die aktive Drei-Monde-Phase des Virus eingetreten oder zumindest kurz davor war. Er wusste, es blieb ihm keine andere Wahl, als sie zu fragen. Aber wie fragte man das Mädel, das man liebte, ob es zufällig gerade kurz vor dem Sterben war?

Was hatte der Präsident auf dem Soundtrack gesagt? «… im Gebet, dass Sie sicher auf die Erde zurückkehren werden.» Gates war nie in einer Kirche gewesen. Er war sich nicht mal sicher, ob er an Gott glaubte. Aber so langsam wünschte er, er wüsste, wie man betete.

VI

Wenn die Menschen nicht sterben müssten, bräuchten sie keine Gottheit, die Anfang und Ende des Individuums managt. Der Glaube an Gott und die Erhebung der Persönlichkeit zu einem Ding an sich, das ewig überdauern muss – dass solche Ideen immer weiter fortbestehen, liegt an der unsinnigen Angst vor dem Tod und der falschen Antithese zwischen Körper und Seele. Der Tod gilt immer noch als das große Geheimnis.

Der Schlüssel zum Verständnis des Todes ist natürlich derselbe, der auch das Mysterium des menschlichen Anfangs erschließt. Aber es gibt keinen Grund, diese Einbanddeckel des Lebens als Mysterium zu betrachten. Es ist absurd, behaupten zu wollen, eine Existenz mit einem identifizierbaren Anfang habe kein Ende, denn das hieße, zweierlei Form von Nichtexistenz oder Nichts zu behaupten – eine logische Unmöglichkeit. Wahre Offenbarung kommt nicht aus einem Buch und auch nicht aus einer Reihe von Geboten, sondern aus einem wahren Verständnis der Funktion des Lebens.

Alles ergibt einen Sinn, wenn wir die Bedeutung des Lebens begriffen haben, und das ist nicht annähernd so schwer, wie es klingt. Diese Frage mag Philosophen, Alchemisten und Naturwissenschaftler seit Jahrtausenden beschäftigen – die unausrottbare Annahme, das menschliche Leben müsse einen Sinn haben, ist nun mal der Fluch des Homo sapiens –, doch die Lösung dieses vermeintlichen Rätsels ist simpel: Alle Lebensformen sind lediglich Vehikel für das Überleben von DNA, und Gene sind kleine Software-Bits, die nur ein einziges Ziel haben – Kopien ihrer selbst herzustellen. Menschen, Mäuse und Mollusken sind nur raffinierte Mittel, die sich die jeweiligen Genprogramme zum Zweck ihrer Reproduktion erschaffen haben. Das ist der einzig wahre Sinn des Lebens, und die erfolgreichsten DNA-Sequenzen sind die Varianten, die in der Konkurrenz um die knappen Res-

sourcen des Planeten besser abschneiden als andere. Diesen Prozess nennen wir das Überleben der Tauglichsten. Wenn man es so betrachtet, wird klar, dass Menschen nichts weiter sind als ein überaus erfolgreiches Vehikel für eine bestimmte DNA-Botschaft.

Diese Analyse wertet das Leben keinesfalls ab, im Gegenteil. Der Mensch mag zwar so etwas Ähnliches sein wie ein Computer, der darauf programmiert ist, die ursprünglichen genetischen Programmcodezeilen zu replizieren. Aber die DNA ist, was die Erhaltung von Information anbelangt, jedem derzeit existierenden oder vorstellbaren Computer weit überlegen. Die Mathematik des DNA-Archivs ist schwindelerregend. Jedes Gen in Ihrem Körper ist bereits zwanzig Millionen mal kopiert worden, mit neunundneunzigprozentiger Genauigkeit. Stellen Sie sich nur mal vor, wie sich so viele Kopiervorgänge bei jeder anderen Methode der Konservierung wertvoller Archivtexte ausgewirkt hätte. Allein aus diesem Grund schon kann Leben im Universum nicht allzu häufig sein. Ja, es ist nicht davon auszugehen, dass es ein kosmisches Prinzip ist.

Doch der Erfolg von DNA-Sequenzen basiert nicht nur auf der Hervorbringung möglichst effizienter Vehikelkörper für ihre Reproduktion. Das langfristige Überleben einer DNA-Sequenz hängt sogar von Strategien ab, die über den Körper des Replikators selbst hinausgehen. Ein Bedingungsfaktor für den Erfolg von DNA ist die Art und Weise, wie diese auf die Außenwelt einwirkt: Erfolgreiche Gene greifen über den eigenen Körper hinaus und verändern ihre Umwelt. Spinnengene spinnen Netze, Vogelgene bauen Nester, und Bienengene produzieren Honigwaben. Und Menschengene, als die erfolgreichsten von allen, greifen über den Körper hinaus und erfinden das Rad – sowie alles andere, was ihre Reproduktionschancen verbessert: den Langbogen, den Pflug, die Schrift, den Sattel, die Druckerpresse, das Fernrohr, die Kamera, das elektrische Licht, das Penicillin usw. Nicht lange, und der erfolgreichste Replikator, der Mensch, erfindet selbst einen weiteren Replikator – den Computer. Jetzt, da digitale Programme unzählige Male kopiert werden, ist es im Handumdrehen so weit, dass die Überlebens-Champions, die synthetische Codesequenzen nun mal sind, ihrerseits ihre Umwelt beeinflussen. Computer bauen andere Maschinen. Computer bauen bessere Computer. Und mit der Erschaffung des ersten Computervirus – das sehr ähnlich operiert wie ein biologisches Virus – beginnt eine neue Ära der Evolution: die der artifiziellen Replikation. Viren mutieren. Sie finden Mittel und Wege, ihr Überleben zu sichern, die Welt außerhalb des Computers zu manipulieren. Replikatoren sind per definitionem opportunistisch. Das ist die Grundlage ihres Erfolgs.

Zweifellos wird der Leser die zu den zentralen Michelangelo-Deckenfresken der Sixtinischen Kapelle gehörende Erschaffung Adams[1] *kennen. Gott und Adam, zwei Angehörige der Kategorie Superwesen, stehen sich vor einer halb ausgeformten Urlandschaft gegenüber. Das Leben springt von der Hand Gottes auf Adam über wie ein elektrischer Funke – Kommunikation von einem erfolgreichen Replikator zum anderen.*[2] *Beide greifen aus, die Welt um sich herum zu verändern.*

Könnte es sein, dass eines Tages das Verhältnis von Mensch und Computer in ähnlicher Weise dargestellt wird? Könnte der Zeitpunkt kommen, da die beiden erfolgreichsten Sequenzen digitaler Information auf diesem Planeten – die DNA und der binäre Code – ausgreifen, um sich gegenseitig grundlegend zu verändern? Denn ich glaube, dass es das ist, worauf wir alle zustreben – dieser Michelangelo-Moment.

---

1 Erschaffen 1508–1512.

2 Tatsächlich scheinen Gott und Adam in Michelangelos Darstellung nahezu ebenbürtig, da ihre Gestalten ziemlich komplementär sind. Dieses spezielle Detail hat, offen gestanden, eher etwas Heidnisches.

VII

Bei der geringen Gravitation des Mondes waren Sitzpolster nicht sonderlich nötig. Daher war das Design der beiden identischen Sessel, in denen Gates und Dallas jetzt nebeneinander saßen, während Prevezer sein Simworld-Equipment vorbereitete, rein optisch ausgerichtet. Für Rameses Gates hatten die skulpturartigen Sitzgelegenheiten aus weißem Nanomarmor etwas Schwingenartiges, was ihn an Engelsflügel erinnerte – gab es nicht eine Kategorie Engel, unter den Cherubim, die Throne hießen?[1] Er war kein gläubiger Mensch, aber das Konzept der Engel war ihm dennoch vertraut. Kein Wunder in dieser Jahrtausendanbruchszeit, da einem mehrere Dutzend religiöser Sekten[2] eine spirituelle Kontaktaufnahme mit dem eigenen Schutzengel offerierten, als Garantie für die persönliche Auferstehung nach dem Tod. Jetzt, wo der Raub immer näher rückte, merkte Gates, dass er gegen einen beruhigenden Schutzengel oder zwei nichts einzuwenden hätte.

Für Dallas' nüchterneres Wissenschaftlerauge sahen die Sessel aus wie zwei Klumpen von geschmolzenem Kerzenwachs – ziemlich prosaisch. Ganz im Gegensatz zu den kugelförmigen, transparenten, selbsttragenden Gebilden aus Elektro-Tetraedern, die Prevezer jetzt den beiden Männern auf die Köpfe setzte.

«Ich dachte, Sie halten nichts von immersiven Headset-Displays», bemerkte Simou, der, ebenso wie Cavor, Ronica und Lenina, in Prevezers Suite gekommen war, um der Simulation beizuwohnen.

---

1 Es gibt drei Hierarchien von Engeln, die jeweils aus drei absteigenden Rangstufen, so genannten Ordnungen, bestehen: (1) Seraphim, (2) Cherubim, (3) Throne, (4) Herrschaften, (5) Gewalten, (6) Mächte, (7) Urkräfte, (8) Erzengel und (9) Engel.

2 So zum Beispiel die Kirche Sammaels, die Sandalphonisten und die Neuen Zeugen Raguels.

«Tue ich auch nicht», sagte Prevezer. «Das sind keine Headsets – das sind geodätische MRIs. ‹Magnetresonanz-Imager›. Sie machen ein Bild von der Großhirnrinde und verwandeln es dann in eine Art digitales Diagramm – so ähnlich wie eine topographische Erdkarte. Die geodätische Kuppel unterteilt den Scan anschließend in winzige digitale Kästchen namens Voxels, damit ein Algorithmus diejenigen Voxels der Großhirnrinde heraussuchen kann, die für die Verarbeitung sensorischer Informationen und für das Arbeitsgedächtnis zuständig sind.»

Prevezer justierte die geodätische Kuppel auf Dallas' Schultern. «Wie fühlt sich's an? Bequem?»

«Fast, als ob's gar nicht da wäre», gab Dallas zu.

«Das ist der Sinn der Sache», sagte Prevezer stolz, während er sich hinter das Computerpult zurückzog, um den Simulations-Countdown einzuleiten. «Geodätische MRIs verursachen weder Übelkeit noch Kopfschmerzen. Anders als diese billigen Headset-Displays, die man immer noch überall sieht. Uralte Pornoprojektionshelme und solcher Mist.»

Prevezer ließ ein paar letzte diagnostische Programmchecks durchlaufen. «Der Bursche, der diese Konstruktion erfunden hat, war ein gewisser Buckminster Fuller. Er wollte ein preisgünstiges Gebäude entwerfen und benutzte dafür eine Form, die er sich ursprünglich mal als Analogon für ein Denksystem ausgedacht hatte. Komischerweise entspricht die geodätische Kuppel genau der Art und Weise, wie wir heute Simulationsmodelle erstellen. So wie Fuller sich den Denkprozess vorstellte, besteht nur die Oberfläche der Kuppel aus relevanten Erfahrungen oder Gedanken. Was zu klein ist, um relevant zu sein, bleibt innerhalb der Kuppel, und was zu groß ist, bleibt außen vor.»

«Wie wir», brummelte Lenina. «Meiner Meinung nach wäre diese Simulation doch viel sinnvoller, wenn wir alle mitmachen könnten. Was ist denn das für ein Probelauf, wenn er ohne die meisten Teammitglieder läuft?»

«Da haben Sie völlig Recht», sagte Prevezer, ätzenden Sarkasmus in der Stimme. Er sah Lenina nicht mal an; er war viel zu sehr damit beschäftigt, seinen Computer an ein kleines Display anzuschließen, das er über dem linken Auge trug, damit er ständig Gates'und Dallas' Vitalzeichen in visualisierter Form überwachen konnte, während die beiden in seiner Simworld unterwegs waren. «Das Problem ist nur, dass es keinen Computer gibt, der mehr als zwei Perspektiven in ein und derselben Simworld handhaben kann.»

«Prev hat Recht, Lenina», sagte Dallas. «Mehr ist nicht drin. Tut mir Leid, dass wir nicht alle den Plan in der Simulation durchspielen können, aber das hier ist nun mal keine perfekte Welt.»

«Von welcher Welt reden Sie?», fragte sie und ging ans Fenster. «Ihrer oder meiner?»

«Lenina», sagte Gates, «genug jetzt.»

Prevezer schaltete die beiden geodätischen MRIs per Fernaktivierung ein, und sie leuchteten auf wie zwei Miniplanetarien.

«Okay, Köpfe möglichst still halten», befahl er, als sich jetzt vor ihm auf dem Schirm das komplexe Muster aus Wülsten und Falten, das Dallas' Gehirn war, wie ein Fingerabdruck abzeichnete. «Gut schauen Sie aus, Dallas.» Und dann: «Sie auch, Gates. Wird Sie beide freuen zu hören, dass keinerlei Anzeichen irgendeiner signifikanten Anomalie zu erkennen sind. Nur zwei gesund aussehende Gehirne mit hübschen Axonverbindungen für die Elektro-Neuronadeln. Und jetzt ganz still halten. Sie werden vielleicht ein ganz leichtes lokales Piksen auf der Kopfhaut fühlen, gefolgt von einer Art Kribbeln.»

Aus dem geodätischen MRI auf jedem der beiden Köpfe schoben sich jetzt eine Reihe winziger flexibler Nadeln teleskopartig in Richtung Kopfhaut.

«Ich hasse Nadeln», sagte Gates und zog mit geschlossenen Augen eine gequälte Grimasse.

«Nicht reden. Davon vibriert der Kopf, und das irritiert den Neuronadel-Kollimator. Ganz still halten. Nicht bewegen.» Die Nadeln waren jetzt platziert. «Okay. Sie können jetzt relaxen. Sie sind beide angeschlossen.»

«Das war's schon?» Gates blinzelte ein paar Mal.

«Ich habe gar nichts gespürt», gestand Dallas.

«Nur nicht niesen», riet Simou.

«In einer Minute geht das gar nicht mehr», murmelte Prevezer. «Jedenfalls nicht in dieser Welt. Okay, Augen zumachen. Alle beide. Dann ist es nicht so ein Schock, wenn ich Sie in die synthetische Welt expediere. Normalerweise versetze ich die Leute ja in eine Welt des Vergnügens und der Muße. Aber dieses Modell hier ist wohl kaum der Stoff, aus dem die Träume sind.

Das Programm ist so aufgebaut, dass die Chips und alle relevanten sensorischen Neuronen exakte Parallelfunktionen haben und von den Schnittstellen her praktisch austauschbar sind. Jeder Chip im Computer ist darauf programmiert, genau das zu tun, was sein natürliches Gegenstück tut. Das Ergebnis ist ein Silicium-Kortex, dem ein anderes bewusstes Erleben vermittelt wird als dem natürlichen.»

Prevezer zeigte auf den Computer auf dem Pult vor ihm.

«Indem ich einfach nur diesen Knopf da drücke», erklärte er, «kann ich vom natürlichen kortikalen Modus auf den artifiziellen umschalten und umgekehrt. Der Knopfdruck bewirkt keine Veränderung im Verhalten, da die Organisation des beteiligten Gehirns dieselbe bleibt – sei dieses synthetisch oder natürlich.

Es ist so ähnlich, wie wenn man eine Prothese hat, nur dass im Fall des Gehirns die künstliche Version eine andere Art bewusstes Erleben liefert – eine, die ich geschaffen habe. Und da ist noch ein wichtiger Unterschied. Für Sie wird sich diese künstliche Version fast so anfühlen wie das Original.

Machen Sie sich bereit, Gentlemen, noch zehn Sekunden bis zum Eintritt in die Simworld. Auf los. Zehn, neun, acht …»

Cavor sah auf seinen Kunstarm und dachte, dass der sich in letzter Zeit gar nicht mehr wie eine Prothese angefühlt hatte. Eher wie das Original. Vielleicht sogar besser, falls so etwas möglich war. Nicht direkt kräftiger, einfach anders, auf eine Art, die er schwer zu beschreiben fand.

«Fünf, vier, drei, zwo, eins, los.»

Prevezer drückte den Knopf, der seine beiden Schutzbefohlenen einem anderen bewussten Erleben überantwortete, und sah dann, nachdem er die Vitalzeichen geprüft und alles für normal befunden hatte, ein bisschen gequält in die Gesichter seiner zuschauenden Teamgefährten. Es schien fast, als erwarteten sie, dass mit den beiden Männern unter den geodätischen Helmen irgendetwas Spektakuläres vor sich ging. Er lachte verächtlich und sagte: «Sie gucken, als ob Sie glauben, die beiden verschwinden oder was.»

«Ich würde gern mal sehen, wie ich in der virtuellen Realität aussehe», sagte Ronica.

Prevezer zuckte zusammen. «Bitte nicht diesen Ausdruck. Wenn Sie von dem reden wollen, was hier geschieht, dann sagen Sie ‹Simulation› oder ‹Modell› oder ‹Surrogatwelt› oder ‹Simworld›, aber auf keinen Fall ‹virtuelle Realität›. Das ist Kinderkram.»

«Wie immer Sie's genannt haben wollen», sagte Cavor, «ich würde jedenfalls auch gern mal meine Simworld-Version sehen.»

«Wie können Sie sich denn hinterher an Sachen erinnern, die gar nicht wirklich passiert sind?», fragte Ronica.

«Man erinnert sich doch auch an Träume, oder nicht?»

«Ja, aber Träumen ist was, was das Gehirn selbst tut.»

Prevezer schüttelte den Kopf. Er war es nicht gewohnt, die Tricks seines Metiers zu erklären. Meistens expedierte man jemanden in eine Simworld und legte dann die Füße hoch, während sich der Betreffende dort tummelte. Er war diese ganze Fragerei langsam leid.

«Alles, was das System zur Verarbeitung von Sinneswahrnehmungen durchläuft, landet auch im Gedächtnis. Und ich versichere Ihnen, wenn die beiden wieder in die natürliche Welt zurückkehren, werden ihnen ihre Erinnerungen ganz schön real erscheinen. So wie Ihnen zum Beispiel unser Flug hierher auf den Mond.»

Diesen Vergleich fand Lenina nicht sonderlich überzeugend: In ihrem Kopf unterschied sich der Flug nicht von den Simulationsübungen, die sie mitgemacht hatte. Und Prevezers hochtrabende Art beeindruckte sie auch nicht weiter.

«Wo Sie uns schon so eindrucksvoll Ihre Künste erläutern», sagte Lenina, «könnten Sie mich vielleicht einfach kurz beruhigen, dass ihnen nichts passiert.» Ihre eigene Erfahrung mit Simulationen hatte sie gelehrt, dass diese nur so gut waren wie die Person am Computer.

Prevezer verzog das Gesicht. «Natürlich passiert ihnen nichts. Hätte ja keinen Sinn, ein Modell zu entwickeln, an dem sie experimentieren können, wenn da irgendein ernsthaftes Verletzungsrisiko dabei wäre. Dann könnten sie genauso gut die Sache selbst angehen. Womit ich nicht sagen will, dass es sich nicht unangenehm und sogar schmerzhaft anfühlen kann. Ich meine, jeder hat doch schon von Horrorsimulationen gehört, oder? Man kann hinterher fix und fertig und sogar traumatisiert sein, aber körperlich kann einem nichts passieren.»

Noch im Sprechen realisierte Prevezer, dass das nicht stimmte. Es kam öfters vor, dass Leute bei Simulationen starben, aber das lag gewöhnlich daran, dass sie krank waren und auf diese Weise abtreten wollten.

«Außerdem kann ich gewöhnlich mitvollziehen, was passiert. Ich kann zwar nicht in die Simulation selbst reingucken, aber die Programmziffern liefern mir eine ziemlich gute Vorstellung, wo sie gerade sind, was passiert und wann sie dort drinnen fertig sind. Und ich halte ja auch ständig ein Auge auf ihre Vitalzeichen

– Herz- und Atemfrequenz, Gehirnaktivität. Mit ausreichender Erfahrung erkennt man, wann etwas schief läuft. Wenn das passiert, drückt man einfach nur auf den Knopf und holt sie zurück.» Er schnippte mit den Fingern. «Schwupp. Hey, bislang ist noch nie jemand in einer von meinen Simworlds zu Schaden gekommen.»

Das stimmte nur teilweise. Niemand von Prevezers Kunden hatte je körperlichen Schaden genommen. Aber es gab einige, deren Psyche nie wieder dieselbe sein würde.

Lenina sah zu Gates hinüber und nickte dann. «Freut mich. Für Sie. Denn wenn Gates was passiert, werden Sie einen Cyberhandschuh brauchen, um Ihren Schwanz noch fühlen zu können. Klar?»

«Was soll das heißen?»

«Denken Sie mal drüber nach», sagte sie und gähnte, zum zehnten Mal in ebenso vielen Minuten. Sie hatte sich inzwischen der Wahrheit gestellt, die hinter ihrer ständigen Müdigkeit und dem Ausschlag auf ihrem Körper steckte. Kein Zweifel. Sie hatte keine hundertzwanzig Tage mehr. Wesentlich weniger, danach zu urteilen, wie sie sich fühlte. «Dieser Mann ist alles, was ich auf der Welt habe. Und ich werde nicht zulassen, dass ihm was passiert.»

«Es wird alles bestens laufen», versicherte er durch die aufeinander gepressten Zähne.

«Gut. Wenn das so ist, werde ich mich jetzt hinlegen. Was dagegen, dass ich Ihr Bett benutze, Prev? Ich bin völlig erschossen. Ich glaube, ich habe die Umstellung auf die Mondzeit immer noch nicht verkraftet.»

«Bedienen Sie sich.» Mit einer Mischung aus Ärger und Mitleid sah ihr Prevezer nach, als sie in sein Schlafzimmer ging. Er hatte genügend Simulationen für Virusopfer entwickelt, um eine Drei-Monde-Phase zu erkennen, wenn sie ihm ins Gesicht starrte. Er vermutete, dass unter dem ganzen Make-up auf Leninas Gesicht ein rötelnartiger Ausschlag war. Er empfand auch ein gewisses Maß an Bewunderung für sie. Ganz schön taff, einfach so herumzulaufen, als wäre nichts. Er sagte sich, dass wahrscheinlich alle außer Ronica dasselbe dachten. Ronica hatte nicht genug Virusopfer aus der Nähe erlebt, um eine Drei-Monde-Phase zu erkennen.

«Wo genau sind sie jetzt?», fragte Ronica, als Lenina in Prevezers Schlafzimmer verschwunden war.

«Wo anders als am Anfang?», sagte er. «Im Raumschiff, auf dem Weg zum Descartes-Krater.»

3

I

SIMWORLD: AUFENTHALTSZEIT 00:00

«Drei, zwo, eins, los ...»

Dallas schlug die Augen auf und fand sich auf einem Sitz im Cockpit des *Mariner*. Vor ihm saßen Gates, auf dem Kommandantensitz, und Leninas Surrogat, auf dem Pilotensitz. Er beugte sich, unter den authentischen Mikrogravitationsbedingungen eines Raumflugs in Mondnähe, langsam vor und berührte Gates an der Schulter. Der Hüne fuhr zusammen, als er sah, dass der Eintritt in die Simworld erfolgt war, prüfte aber instinktiv zuerst die Instrumente, ehe er sich zu Dallas umdrehte.

«Willkommen in der unwirklichen Welt», sagte Dallas lächelnd, obwohl sich diese Welt ziemlich wirklich anfühlte. Gates' Schulter, der Druckanzug, den er jetzt trug, die Lehne seines eigenen Sitzes, das Ladebuchtfenster hinter seinem Helm, der Luftstrom der Klimaanlage auf seinem Gesicht und der vertraute Gestank mangelhafter Ausscheidungsentsorgung, der in seine gerümpfte Nase drang – das alles war beruhigend substantiell.

«Danke», sagte Gates, der jetzt zuerst das Mikrophon vor seinem Mund und dann seinen Sitzgurt justierte. «Fühlt sich an, als ob wir nie auf der TB gewesen sind. Als ob es nur ein Traum war.»

«Nur, dass wir beide dasselbe geträumt haben», sagte Dallas. «Wie ist unsere Position?»

Es war Lenina, die antwortete, wobei ihre Stimme vielleicht ein ganz klein wenig nichtmenschlich klang.

«Wir sind auf Autopilot», sagte sie. «Nähern uns dem Descartes-Krater auf Süd-Südwest-Kurs. Unsere derzeitige Position ist zehn Grad Breite, zwanzig Grad Länge. Höhe eintausend Fuß. Horizontalgeschwindigkeit einhundertzwanzig Meilen pro Stunde. Noch fünfundsechzig Meilen bis zum Zielpunkt. Wir sind in einer halben Stunde da.»

Gates zog einen Handschuh aus und befühlte Leninas Wange mit dem Handrücken.

«Hey», sagte sie. «Was soll das werden?»

«Wie geht's dir?», fragte er, belustigt, weil ihre Haut sich genauso glatt und kühl anfühlte wie bei ihrer ersten Begegnung. Sie trug kein Make-up, und da war keine Spur der Drei-Monde-Phase, die das Leben der echten Lenina im Hotel bedrohte.

Lenina sah ihn verdutzt an. «Mir geht's gut», sagte sie. «Warum fragst du? Soll das ein Jux sein?»

«Nur so, kein Jux. Geh auf Handsteuerung.»

«Gehe auf Handsteuerung», sagte Lenina, ergriff den Knüppel und schaltete den Autopiloten ab.

«Notlandung vorbereiten», befahl er.

«Notlandung wird vorbereitet», bestätigte Lenina.

«Simou? Sind Sie da?»

«Klar bin ich da», sagte eine Stimme in Gates' Kopfhörer. «Wo soll ich denn sonst sein? Ich meine, das Galileo ist ja ganz nett, aber ich habe ja schließlich den ganzen Trip gebucht, oder?»

Gates drehte sich grinsend zu Dallas um. «Man muss sich schon erst mal dran gewöhnen», gab er zu. «Bis jetzt ist das eine ganz schöne realistische Simulation.»

«Hoffen wir's», sagte Dallas.

«Fernzündung bereit?»

«Alles scharf wie Nachbars Lumpi.»

«Alle mal herhören», sagte Gates. «Sobald wir um Notlandeerlaubnis bitten, müssen wir denen Cockpit-Stimmaufzeichnungen und Instrumentendaten übermitteln. Also, von jetzt an bitte alles ganz echt.» Er schüttelte den Kopf. «Was immer das heißt.»

«Was ist denn mit dir los?» fragte Lenina stirnrunzelnd. «Hast du getrunken oder was?»

«Mit mir ist gar nichts los. Flieg du einfach nur die Kiste.»

Der Landeplatz der First National war eine Hochsicherheitszone und für den gesamten Mondflugverkehr strengstens gesperrt. Eine Landeerlaubnis erteilte der Descartes-Computer nur, wenn er einen autorisierten Landecode empfangen hatte, woraufhin die hochexplosiven Minen, die unter der Oberfläche des Landeplatzes lagen, elektronisch entschärft wurden. Jedes Schiff, das sich unautorisiert dem Landeplatz näherte, riskierte, mit Raketenwaffen beschossen zu werden. Nur in dringenden Notfällen war der Computer so freundlich, eine Landung auch ohne den erforderlichen Code zu gestatten. Dafür musste das in Gefahr befindliche Schiff dem Descartes-Computer jedoch seine sämtlichen Flugdaten sowie Cockpit-Stimmaufzeichnungen übermitteln. Binnen Sekunden konnte der Computer abschätzen, ob es sich um einen echten Notfall handelte: zum einen durch die Auswertung der Flugdaten, zum zweiten, indem er die Stimmaufzeichnungen von einem polygraphischen Lügendetektor prüfen ließ. Wenn für den Computer offensichtlich war, dass es sich um eine Täuschung handelte, wurde die Notlandung verweigert und das Schiff beschossen.

Für einen erfahrenen Piloten wie Gates war die Lösung, die Dallas für dieses Problem gefunden hatte, erschreckend radikal: Simou sollte einen echten Notfall arrangieren, der kurz vor dem Descartes-Krater eintreten würde. Das Einzige, was ziehen würde, hatte Dallas argumentiert, sei ein echter Notfall, etwas, was einerseits schwerwiegend genug war, um eine sofortige Notlandung zu erfordern, was Simou aber andererseits wieder reparieren konnte, während sie den Rest des Plans ausführten. Das Gefährliche daran war, dass ein echter Notfall sie womöglich zwingen würde, schon vor dem Descartes-Krater herunterzugehen. In einer Hochlandgegend, wo es keine anderen ebenen Landegelegenheiten gab, würde das für ein Raumschiff von der Größe des *Mariner* eine Katastrophe bedeuten. Alles hing von Gates ab, von seinen Fähigkeiten als Pilot und vermutlich auch als Lügner. Jedenfalls war die Sache äußerst riskant, was der echte Simou auch bereits geäußert hatte.

«Wenn man einen Bleistift auf die Spitze stellt, wird er mit Sicherheit umfallen. Er gehorcht nun mal dem Gravitationsgesetz – jedenfalls tut er das auf der Erde. Das Problem ist, dass man nie vorhersagen kann, nach welcher Seite der Bleistift fällt. Das Gravitationsgesetz ist ein sehr präzises Gesetz, aber mit einem extrem unpräzisierbaren Resultat. Mit anderen Worten, ohne den genauen Zustand des *Mariner* zu kennen, von den genauen Flugbedingungen und einer ganzen Reihe von schlichtweg unkalkulierbaren Variablen mal abgesehen, ist – genau wie beim Bleistift – nicht vorhersagbar, wie sich dieses Schiff in der konkreten Situation verhalten wird. Wir haben es hier mit einem System zu tun, das hoch sensibel auf seine Ausgangsbedingungen reagiert, sodass die geringste Variation im Bereich dieser Bedingungen zu ganz unterschiedlichen Ergebnissen führen kann. Wir können explodieren. Wir können implodieren. Wir können bruchlanden. Wir können es bis zum Landeplatz schaffen, aber nicht in der Lage sein, die Reparaturen durchzuführen. Ich weiß nicht, wie der Rest Ihres Plans aussieht, Dallas, aber wenn er auch nur entfernte Ähnlichkeit mit diesem Teil hat, dann kommt da ganz schön was auf uns zu.»

«Dass es leicht sein würde, hat keiner behauptet», hatte Dallas erwidert. «Für mich war das immer schon der riskanteste Teil des Plans, schon deshalb, weil dabei alle gefährdet sind, nicht nur Gates und ich, so wie danach, wenn wir in die Anlage einbrechen. Aber kalkuliertes Risiko ist Teil der Strategie. Deshalb spielen wir das Ganze ja zuerst in der Simulation durch. Um Risiken abschätzen und, wenn möglich, minimieren zu können.»

Für ein paar Minuten verlief der simulierte Flug in absolutem Schweigen, denn alle warteten jetzt auf den kritischen Moment: die Explosion einer winzigen Sprengladung, die Simou, um den Einschlag eines mit zehn Meilen pro Sekunde dahinschießenden hagelkorngroßen Meteoriten zu fingieren, auf der Nase des Schiffs – gleich unterhalb der Cockpitscheibe, zwischen der Aluminiumhaut des Rumpfes und dem Keramik-Hafnium-Hitzeschild – angebracht hatte. Die Wahrscheinlichkeit, dass so etwas wirklich passierte, war verschwindend, aber wenn es doch eintrat, waren die Folgen äußerst ernst.

Gates merkte, wie er die Luft anhielt, und staunte ein wenig, dass eine Simulation eine derartige Spannung erzeugen konnte. Als Astroliner-Pilot hatte er viele Stunden in Simulatoren verbracht und gelernt, mit allem umzugehen, was sich die Ausbilder einfallen ließen: Ausfall des Haupttriebwerks, Versagen der Schubdüsen, Ausfall des Reaktionskontrollsystems, Ausfall des Lagekontrollsystems, ja selbst Computerausfälle, aber das hier kein einziges Mal – so viele andere Zwischenfälle waren so viel wahrscheinlicher als das Szenario, das sich jetzt gleich entfalten würde. Doch Simou hatte Recht: Ein glaubwürdiger Notfall zeichnete sich ja gerade dadurch aus, dass man nicht darauf vorbereitet war.

Plötzlich war es so weit: Ein lauter Knall – lauter, als Gates erwartet hatte – erschütterte den *Mariner*, riss ein nicht mal stecknadelkopfgroßes Loch in die Cockpitwand und löste Generalalarm aus. Gates erschauerte unwillkürlich, so beängstigend real war das inszenierte Geschehen. Die Bestürzung in seiner Stimme war ziemlich echt.

«Großer Gott, wir verlieren Druck. Auf Sauerstoff gehen. Mitteldeck abschotten.»

Dallas sprang auf, um die Durchstiegsluke zwischen den Decks zu schließen. Gleichzeitig klappte er sein Helmvisier herunter und schaltete seine eigene Sauerstoffversorgung ein.

«Luke geschlossen», bestätigte er und schnallte sich dann wieder auf seinem Sitz fest. Er hörte einen zweiten lauten Knall, als die Steuerraketen des Reaktionskontrollsystems zündeten, um die Rollbewegung des Schiffs um die Längsachse, die die Rückstoßwirkung der entweichenden Kabinenluft auslöste, zu korrigieren.

«Irgendwas hat uns getroffen», schrie Lenina. «Muss ein kleiner Meteorit gewesen sein.»

Sie hörten einen weiteren lauten Knall, als das Hauptschubsteuerungssystem zündete. Im Inneren des *Mariner* klang das wie ein Kanonenschuss. Diesmal begann das Schiff um seine Querachse zu nicken. Die Hauptschubsteuerung, für schnelle Dreh- oder Seitwärtsmanöver in der Umlaufbahn gedacht, erwies sich als viel zu stark, um das Schiff wieder auszurichten.

«Hauptschubsteuerung abstellen», rief Gates. «Auf Handsteuerung gehen.»

Die Vernier-Schubdüsen, ein kleinerer Schubdüsentyp, wirkten sanfter auf die Ausrichtung des Schiffs. Sie wurden vom Computer aktiviert und zündeten entsprechend der Knüppelbewegung.

«Wir müssen runter», erklärte Gates.

«Wir haben einen massiven Druckaufbau in den Steuersystemtanks.»

«Vergiss es», sagte Gates. «Such einfach nur einen Landeplatz.»

Lenina spähte bereits aus dem Fenster.

«Alles zerklüftetes Hochland da draußen», berichtete sie. «Da kann nicht mal ein Football landen. Moment mal.» Sie sah jetzt auf den Computer. «Da ist ein Landeplatz auf der Mondkarte eingezeichnet. Genau voraus. Zehn Meilen. Wenn das kein

Glück ist. Ist zwar ein Platz mit eingeschränkter Landeerlaubnis, aber vielleicht lassen sie uns ja trotzdem runter. Schaffen wir's bis dahin?»

Unter seinem Helm fühlte Gates einen Schweißtropfen auf seine Lippe herabkullern. Er schmeckte salzig. Aber war dieser Geschmack echt oder synthetisch?

«Funkspruchеingang», sagte Lenina.

«Hier spricht die First National Blood Bank im Descartes-Krater», sagte die Stimme. «Sie nähern sich einer Sperrzone. Bitte drehen Sie ab auf Kurs eins-null-null und steigen Sie auf zweitausend Fuß.»

«Negativ, Descartes», sagte Gates. «Wir haben einen schwerwiegenden Defekt und müssen den Flug abbrechen. Erbitten Landeerlaubnis.»

«Landeerlaubnis verweigert. Ich wiederhole, dies ist eine Sperrzone. Ohne entsprechende Autorisierung können Sie hier nicht notlanden. Unser Landebereich ist mit Anti-Raumschiff-Minen bestückt.»

Das Schiff erzitterte, während Gates es ruhig zu halten versuchte.

«Ich rede nicht von einem platten Reifen, Descartes», rief er. «Wir verlieren Luft. Wiederhole, wir verlieren Luft. Wir kommen mit oder ohne Erlaubnis runter. Euch zu umfliegen ist nicht drin. Wir müssen es mit den Minen aufnehmen.»

«Druckaufbau in den Schubdüsentanks hält an», sagte Lenina nüchtern.

«Wenn wir die Ventile schließen, schaffen wir's nicht mal bis zum Descartes», brüllte Gates zurück.

«Wenn nicht, explodieren wir», erklärte sie.

«Leite was von dem Treibstoff in die Haupttanks um. Himmelherrgott, muss ich mich denn um alles kümmern?»

«Treibstoff wird umgeleitet.»

Die Hände um die Armlehnen seines Sitzes gekrallt, blickte

Dallas aus dem Cockpitfenster. Voraus konnte er jetzt den Hauptkomplex erkennen – wie eine verlorene Goldmünze auf einem vulkanischen Strand. «Da ist es», sagte er. «Wir sind kurz davor.»

«Wir sind kurz vor ganz was anderem, wenn wir keine Landeerlaubnis kriegen», sagte Gates und schluckte hart. Das war alles viel realistischer, als er es sich je vorgestellt hatte. Sein Herz hämmerte, als sei er gerade mehrere Treppen hinaufgerannt. Selbst wenn der Descartes-Computer ihnen die Landeerlaubnis erteilte, würde es nicht leicht sein, den *Mariner* runterzubringen. Bei jeder Knüppelberührung taumelte das Schiff hin und her.

«Mariner, bitte zwecks Verifikation Ihrer Notlage sämtliche Flugdaten sowie Cockpit-Voice-Recordings übermitteln.»

«Na, endlich», sagte Lenina. Das war es, worauf sie alle gewartet hatten, und sie gab sofort dem Bordcomputer die entsprechenden Befehle. «Flugdaten und CVRs werden übermittelt.»

«Daten erhalten», sagte Descartes. «Analyse läuft.»

«Beeilung», sagte Gates, der darum rang, das kaum noch lenkbare Schiff unter Kontrolle zu behalten. «Wir müssen notlanden, ob's euch passt oder nicht.» Er drosselte die Haupttriebwerke auf unter 10 Prozent Leistung zurück und fuhr das Fahrwerk aus. Sie verloren jetzt rasch an Höhe. Der Landeplatz war noch eine knappe Meile voraus. In einer guten Minute würden sie unten sein, wie immer der Computer entschied.

«Descartes, hier *Mariner*. Wie ist unser Landestatus?»

Keine Antwort aus dem Kopfhörer. Keine halbe Meile mehr. Er sah jetzt die ganze Anlage vor ihnen liegen, golden im Sonnenlicht, wie ein mythisches Eldorado.

«Dreißig Sekunden bis zum Aufsetzen», sagte Lenina.

Der *Mariner* erzitterte wieder.

«Wenn ich nur dieses verdammte Rollen abstellen könnte», sagte Gates. «Verdammich, Descartes, unser Status, bitte?»

Immer noch keine Antwort. Gates begann sich zu fragen, wie es sich wohl anfühlen mochte, in einer Simulation zerfetzt zu werden. Er wusste, dass man große Lust empfinden konnte – er hatte genug Simsex gehabt, um das bestätigen zu können –, warum dann nicht auch großen Schmerz?

«Festhalten», sagte er in sein Mikro. «Wir gehen jetzt runter.» Der Stress in seiner Stimme war für jeden erkennbar, den Computer eingeschlossen. Noch hundert Meter, und immer noch keine Antwort. «Ist da wer? Bitte.»

Noch während er das sagte, wurde ihm die Vergeblichkeit seines Flehens bewusst. Der Landeplatz der First National war unbemannt. Außer Descartes war dort niemand. Nur ein Computer stand zwischen ihnen und dem Nichts.

«Es geht los …»

«*Mariner*, Notlandeerlaubnis erteilt. Sämtliche Minen wurden entschärft.»

Gates antwortete nicht. Keine Zeit mehr, irgendetwas zu sagen. Der Landeplatz raste auf sie zu und wurde von dem riesigen Schatten des Schiffs verdunkelt. In der nächsten Sekunde hatten sie aufgesetzt, mit einem lauten Schlag, wie wenn ein Lastwagen in vollem Tempo auf eine mächtige Bodenwelle kracht. Gates drückte den Triebwerk-Abschaltknopf und sagte: «Triebwerke abgeschaltet.» Dann sank er erschöpft in seinen Sitz zurück.

Lenina begann, die Checkliste durchzugehen, die automatisch nach jeder Landung erschien. Gates drehte sich zu Dallas um. Die beiden Männer grinsten sich an und klatschten sich triumphierend ab.

«Descartes, hier spricht *Mariner*», sagte Lenina. «Wir sind am Boden.»

«*Mariner*, bestätige Landemeldung.»

«Wir melden uns gleich wieder, Descartes», sagte sie und begann, nachdem sie die Funkverbindung unterbrochen hatte, ihren neuen Status in den Computer einzugeben.

«Meine Güte, das war knapp», sagte Gates. «Um ein Haar. Sagt mir, dass wir noch leben.»

«Ich denke, also bin ich», sagte Dallas, während er seinen Sitzgurt löste und sich nahezu schwerelos erhob. «Ich würde sagen, das war eine ziemlich nützliche Erfahrung, meinen Sie nicht?»

«Und ob. Mich hat sie zwei Sachen gelehrt. Einmal, dass ich einen Satz synthetische Nerven brauche. Meine sind durchgewetzt. Und zum andern, dass Ihr Plan Wahnsinn ist.»

«Es hat doch geklappt, oder? Auf geht's, wir haben noch eine Menge vor.»

«Das ist es ja gerade.»

II

SIMWORLD: AUFENTHALTSZEIT 01:01

Ehe er das Cockpit verließ, öffnete Dallas die Ladebucht und lud mittels des Manipulatorarms ein Objekt aus, das wie der tragflächenlose Rumpf eines kleineren wieder verwendbaren Startvehikels aussah, nur dass es ganz und gar mit den Keramik-Hafnium-Platten verkleidet war, die beim *Mariner* selbst nur Nase, Unterseite und Tragflächenenden schützten. Das war der Weltraumkühlschrank[1], dafür bestimmt, verderbliches Material zur

1 Dinge im Weltraum kühl zu halten kann ein Problem sein, vor allem beim Wiedereintritt in die Erdatmosphäre, bei dem die Außentemperatur 704 Grad Celsius erreichen kann. Die Lösung ist der Weltraumkühlschrank, eine Kombination von Technologien aus verschiedenen Jahrhunderten. Der Weltraumkühlschrank basiert teilweise auf der Stirling-Zyklus-Kältemaschine, einem mechanischen Kühlgerät, das 1816 von dem schottischen Geistlichen Robert Stirling erfunden wurde. Mit dieser Technik lässt sich der Inhalt jedoch nur auf 20 Kelvin kühlen – immer noch ein ganzes Stück über dem absoluten Nullpunkt. Die letzte Kühlphase, bei der die Innentemperatur des Geräts auf 0,1 Kelvin sinkt, erfolgt mittels Heliumverdünnung, einer von Alain Benoit

Erde zurückzutransportieren. Mit drei Hauptschubdüsen und zwei ausfahrbaren Tragflächen ausgerüstet, war er dasselbe Modell, das auch die Blutbanken benutzten: Er ließ sich hinten an das Schiff ankoppeln, wodurch sich der verfügbare Nutzlastraum von zwei auf vier Tonnen verdoppelte. Dallas hatte, wie er Rameses Gates gleich erklären sollte, gute Gründe, den Raumkühlschrank jetzt schon auszuladen.

Doch zuerst galt es, einen medizinischen Notfall zu produzieren. Sobald Dallas zum Rest des Teams im Mitteldeck gestoßen war, wurden die Luke geschlossen und die Mannschaftskabine wieder auf Normaldruck gebracht, sodass Ronica ihren Druckanzug ablegen konnte. Nur in der Unterwäsche, legte sie sich in eine Hängematte und schloss sich an ein vollcomputerisiertes Transfusionsgerät an, um sich selbst Blut abzapfen zu können.

«Medizinischer Notfall ist in Arbeit», sagte sie.

Als die Venenpunktur automatisch erfolgt war, begann Ronicas Blut in einen Plastikschlauch zu fließen. Ohne nennenswerte Schwerkraftunterstützung saugte eine Pumpe im Inneren des Geräts den Lebenssaft aus ihren Adern wie ein mechanischer Vampir. Sie war die übliche Autologspendeprozedur gewöhnt, bei der einem 10 Prozent des Gesamtblutvolumens abgezapft wurden. Mit ihren dreiundsechzig Kilo hatte sie ein Gesamtblutvolumen von knapp fünftausend Millilitern, und ihrer Schätzung nach musste alles, was ein Entnahmequantum von 20 Prozent – das Doppelte des Normalen – überstieg, bei ihr die hypovolämische Reaktion hervorrufen, die Dallas brauchte. Die Pumpe gab ein unangenehmes und offenbar nicht eliminierbares Zischen von sich. Weit leiser hingegen registrierte der Computer

---

1991 entwickelten Methode. Ohne den Weltraumkühlschrank wäre der Transport großer Mengen verderblichen Materials von der Erde ins All und umgekehrt nicht möglich.

des Geräts die Entnahmerate und Ronicas Vitalzeichen. Diese medizinischen Daten, die einen medizinischen Notfall suggerierten, wollte Dallas dem Descartes-Computer übermitteln.

«Zehn Prozent», bemerkte er.

Ronica wandte den Blick nicht von der blutroten Schlange neben ihrem bloßen Arm.

«Wie fühlst du dich?»

Sie atmete tief durch, sah kurz auf die Computeranzeigen und schloss dann die Augen. «Ein bisschen schwach», gab sie zu.

Aber die Pumpe sog ihr immer noch mehr Blut aus dem Leib.

«Fünfzehn Prozent», sagte Dallas. «Systolischer und diastolischer Druck fallen jetzt.» Er nahm ihr Handgelenk und prüfte ihren Puls. Ihre Haut fühlte sich feuchtkalt an.

Ronica holte tief Luft und schluckte nervös. «Wo nimmst du nur immer diese guten Ideen her, Dallas?», fragte sie.

«Sie fliegen mir einfach zu, durch den Äther, mit Lichtgeschwindigkeit.»

«Das kann nicht sein», sagte sie mit flackernden Augenlidern. «Informationstragende Einheiten können sich nicht schneller fortbewegen als das Licht.»

«Zwanzig Prozent.»

«Jetzt ist mir ein bisschen komisch. Übel. Muss was Verkehrtes gegessen haben.»

«Hoffentlich fängt sie nicht an zu kotzen», sagte Simou und entfaltete einen Plastikbeutel. «Stinkt so schon genug hier drinnen.»

«Vielleicht möchten Sie ja für sie einspringen», sagte Lenina.

«Ich bestimmt nicht. Ich habe ein Leck zu reparieren, wissen Sie nicht mehr?»

«Dann halten Sie den Mund.»

«Fünfundzwanzig Prozent», sagte Dallas.

Ronica würgte.

«Reden Sie jetzt mit Descartes», wies Dallas Gates an. «Noch ein paar Minuten, und der hämorrhagische Schock setzt ein.»

Gates war bereits beim Funkgerät postiert. Er betätigte einen Schalter, um einen Kanal zu öffnen.

«Descartes, hier spricht *Mariner.*»

«Ich habe Sie zu erreichen versucht, *Mariner*», sagte Descartes. «Wie ist Ihr Status, bitte?»

«Ich kann bestätigen, dass wir höchstwahrscheinlich von einem winzigen Meteoriten getroffen wurden», sagte Gates. «Er hat die Rumpfwand durchschlagen und so einen langsamen Druckabfall im Cockpit verursacht. Bis wir die Reparatur durchführen können, ist dieser Bereich abgedichtet. Es besteht also keine akute Erstickungsgefahr.»

«Freut mich, *Mariner.*»

«Demnächst werden zwei von meinen Leuten aussteigen und das Leck mit dem UHT-Elektronenstrahlschweißgerät[1] abdichten. Aber im Moment habe ich erst mal ein akuteres Problem. Ein weibliches Crewmitglied ist verletzt, wurde offenbar von dem Meteoriten getroffen. So was wirkt wie ein Geschoss. Lebenswichtige Organe sind nicht verletzt, aber sie hat eine Menge Blut verloren. Da wir noch ein paar Stunden brauchen werden, um die Reparatur durchzuführen, bitte ich um ein paar Einheiten RES-1-Vollblut, um eine Infusion vornehmen zu können.»

«Das hier ist keine Kundenbank, *Mariner*», erklärte Des-

1 Die Technik des Elektronenstrahlschweißens wurde im ausgehenden zwanzigsten Jahrhundert in der Ukraine perfektioniert und im Rahmen des russischen Raumfahrtprogramms angewandt. Elektronen werden durch eine Glühkathode emittiert, beschleunigt und dann auf die zu bearbeitende Metall- oder Steinoberfläche gerichtet. Wenn die Elektronen mit den Atomen dieses Materials kollidieren, verwandelt sich ihre kinetische Energie in Wärmeenergie. Jede Art von Gas unterbricht jedoch den Strahl, was zu einer gefährlichen Lichtbogenbildung zwischen Schweißgerät und Oberfläche führt. Ideal ist dieses Werkzeug dagegen für Arbeiten im Vakuum des Weltraums.

cartes. «Das ist eine Bundesreservebank. Sie dient als Garant für andere Blutbanken auf der Erde. Hier werden keine Depositen angenommen. Und hier wird auch nichts abgehoben. Wir verkaufen Blutvorräte, damit die Regierung ihren Etat ausgleichen und ihren Kreditverpflichtungen nachkommen kann. Und in guten Zeiten kaufen wir Blut an, um künftigen Kreditverpflichtungen gewachsen zu sein. So läuft das hier. Und außerdem ist das Blut hier tiefgefroren. Sie müssten es zuerst auftauen.»

«Dreißig Prozent», verkündete Dallas. «Sie fällt in einen Schock.»

«Das weiß ich alles, Descartes», erklärte Gates dem Computer. «Und ich weiß auch, was in der Internationalen Blutbankenkonvention steht. Der Konvention, die den Sinn hat, alle Autologspender in Notfallsituationen zu schützen. Nach Paragraph vierzehn Absatz zehn, ich zitiere: ‹Sofern autorisierte Autologspendercodes vorgelegt werden, hat jede Bank, unabhängig von ihrer hämatologischen Satzung, die Verpflichtung, Autologspendern im Notfall die notwendigen Blutkonserven zur Verfügung zu stellen.›»

«Sie sind sehr gut informiert», sagte Descartes. «Dennoch muss ich auf einer eigenen Patientenevaluation bestehen. Werden die Vitalzeichen ihres Crewmitglieds computerüberwacht?»

«Positiv, Descartes. In Erwartung Ihrer Notfallhilfe nach Paragraph vierzehn Absatz zehn und um Zeit zu sparen, haben wir sie bereits an ein Transfusionsgerät gehängt. Ich übermittle Ihnen jetzt die Vitalzeichen.» Gates betätigte einen Schalter an der Kommunikationskonsole und hielt dann das Mikrophon zu.

«Hoffen wir, dass Descartes mitzieht», sagte er zu Dallas. «Wie geht's ihr?»

Ronica sah blass und fiebrig aus. Der Rest der Crew beobachtete sie mit einer Besorgnis, die nur teilweise ihrer körperlichen Verfassung galt: Wenn Descartes eine Transfusion nicht für dringend notwendig erachtete, war ihr Plan geplatzt.

«Ihre Körpertemperatur ist extrem niedrig», übermittelte Dallas, was er auf dem Computerdisplay las. «Und sie zeigt Anzeichen von Tachykardie sowie unzureichender Gewebedurchblutung.»

«Nach den Daten, die Sie mir übermittelt haben», sagte Descartes, «scheint der Blutverlust noch anzudauern. Ich kann Ihnen keine spezifische Blutkonservenlieferung zukommen lassen, ehe ich nicht weiß, wie viel sie benötigt. Dafür müssen Sie ihren Zustand zunächst stabilisieren.»

Dallas zuckte zusammen und schaltete die Pumpe aus. Daran hätte er denken müssen. Er wartete einen Moment, um dem Transfusionscomputer Zeit zu geben, den Stillstand des Blutverlustes zu registrieren, und nickte dann Gates zu.

«Descartes? Ich glaube, wir haben Sie jetzt so weit stabilisiert», meldete Gates. «Senden weitere Daten zur Verifizierung.» Er hielt kurz inne. «Alles klar?»

«Positiv, *Mariner*. Nach den übermittelten Daten benötigt sie vierzehnhundertundzweiunddreißig Milliliter Blut, Gruppe Null, Genotyp Null-Null, Phänotyp Null, mit H-Substanz-Blutgruppenantigenen sowie allen normalen Plasmaantikörpern. Bitte übermitteln Sie mir sofort den Autologspender-Identifikationscode Ihres Crewmitglieds.»

Gates nahm Ronicas Hand und las die Notfallmarke ab, die sie immer ums Handgelenk trug.

«0-L-0-I/0.45. 1.80. 0.75. 0.75.»

«Passwort?»

«Mizpah.»

«Bestätigt», sagte Descartes. «Drei Einheiten wurden vom Depositenkonto Ihres Crewmitglieds abgebucht. Das Kryopräzipitat wird unverzüglich bei Ihnen eintreffen. Bitte erwarten Sie weitere Instruktionen für die Entgegennahme.»

«Danke», sagte Gates, schloss den Kommunikationskanal wieder und stellte augenblicklich das Transfusionsgerät auf Infusion um, sodass es das entnommene Blut wieder in Ronicas Körper zurückpumpte.

Was sie im Moment aus dem Haupttresorkomplex der First National haben wollten, waren keine Blutkonserven. Es war das Elektrofahrzeug, das sie bringen würde.

III

SIMWORLD: AUFENTHALTSZEIT 01:49

Eine kleine zylindrische Luftschleuse bildete den Durchgang vom Mitteldeck zur Ladebucht. Nach Einnahme einer Dekompressionspille zur raschen Reinigung des Bluts von Stickstoff (früher hatten Astronauten vor EVA-Missionen drei Stunden reinen Sauerstoff atmen müssen, um der Druckfallkrankheit vorzubeugen) betraten Dallas und Gates die Schleuse, schlossen die Mitteldecksluke hinter sich und stiegen in ihre EVA-Anzüge. Die waren dicker und sperriger als die für Starts und Landungen benutzten Druckanzüge und lieferten Strom und Sauerstoff für mindestens sechzehn Stunden Außenbordaktivität. Dallas sagte sich, dass jede Minute dieses Spielraums nötig werden konnte, obwohl sich, wie er wusste, im Hauptgebäude Ersatzaggregate befanden.

Sobald sie die Anzüge angelegt hatten, pumpten sie die Schleuse leer und traten dann durch die Luke zur offenen Ladebucht. Sie schlossen die Luke hinter sich und stellten den Druck in der Schleuse wieder her, damit Simou und Prevezer ihnen folgen konnten.

Hier in der offenen Ladebucht hatte Gates erstmals Gelegenheit, sich den Hauptkomplex der First National richtig anzusehen – während der Landung war er viel zu sehr darauf konzentriert gewesen, das Schiff heil runterzubringen, um noch ein Auge für Dallas' scheinbar so unbezwingbare Festungskonstruktion zu haben. Der Hauptkomplex lag etwa eine Viertelmeile westlich des Landeplatzes, am Ende einer ebenen, etwa zehn Meter breiten und einige hundert Meter langen Straße. Landeplatz und Hauptkomplex waren von mehreren Hochspannungszäunen umgeben, die ein etwa hundert Meter hinter dem äußersten Südzaun gelegenes Solarzellenfeld speiste. Und in der Ferne erkannte er den Rand des Descartes-Kraters, wo die Boden-Luft-Raketen zum Schutz der First National und ihres wertvollen Inhalts stationiert waren. Der Hauptkomplex selbst war kreisrund und sanft gewölbt, sodass er ein bisschen wie ein Seeigelgerippe aussah. Von außen scheinbar eine einzige nahtlose Breccia-Betonkuppel mit einem goldenen Schutzanstrich gegen die gleißende Sonne, bestand er, wie Dallas Gates erklärte, in Wahrheit aus Betonelementen.

«Diese Bauweise ist von den Iglus der Eskimos abgeguckt», sagte er.

Sie benutzten eine verschlüsselte Frequenz, damit der Descartes-Computer nicht mithören konnte.

«Klingt sehr beeindruckend», sagte Gates, der von Iglus genauso wenig wusste wie von Eskimos. Er zeigte auf das Terrain aus Steinen und Monderde, das sich beidseits der Straße und um den Landeplatz herum erstreckte. Dallas hatte ihm bereits erklärt, dass jeder, der die Straße unbefugt benutzte, elektrokutiert würde. «Was ist da?», fragte er. «Warum können wir die Straße nicht einfach vergessen und da langgehen?»

«Wegen der solarstromgespeisten Seismographen», sagte Dallas. «Hoch sensibel. Und wegen des Minenfelds, das daran hängt. Da würden Sie keine zehn Meter weit kommen. Verlassen Sie sich drauf. Die Straße ist der beste Weg.»

Dallas zeigte dorthin, wo die Straße in den Hauptkomplex hineinführte. «Da wird unser Transportmittel herkommen. Los jetzt, wir müssen ordentlich gekühlt sein, bevor wir unsere Plätze einnehmen.»

«Gekühlt oder gekillt», brummelte Gates, während er Dallas, unter Zuhilfenahme des Handlaufs, durch die Ladebucht folgte. Am hinteren Ende der Ladebucht nahmen sie zwei Tornister an sich, in denen sich sämtliche Ausrüstungsgegenstände befanden, die sie im Hauptkomplex brauchen würden, und sprangen dann über das Ladebord. Als sie sich zu der Stelle bewegten, wo der Manipulatorarm des *Mariner* den Weltraumkühlschrank abgestellt hatte, hörten sie Prevezers Stimme in ihren Kopfhörern.

«Descartes hat uns gerade gesagt, dass der Blutwagen unterwegs ist», sagte Prevezer. «Wir sind's auch. Betreten soeben die Schleuse, um uns landfein zu machen.»

«Gebt uns zehn Minuten im Kühlschrank und holt uns dann raus», instruierte Dallas Prevezer. «Alles Weitere wie geplant.»

«Roger.»

Auf den wenigen Metern bis zum Weltraumkühlschrank klappten sie beide die goldenen Schutzvisiere herunter, um sich gegen das ungefilterte Gleißen der lunaren Sonne abzuschirmen. Ein Mondvormittag dauert sieben Tage. Eine volle Woche benötigt die Sonne, um ihren Zenit am schwarzen Himmel zu erreichen, und eine weitere, um wieder herabzusinken, bis sie schließlich hinter dem westlichen Horizont verschwindet. So dicht am Mondäquator wie hier konnte die Temperatur auf hundertzehn Grad Celsius steigen, um dann bei Nacht bis auf hundertzweiundfünfzig Grad minus zu fallen. Es war jetzt 19 Uhr 30 Mondortszeit, und da der ganze Krater noch mit hellem Sonnenlicht ausgegossen war, betrug die Abendtemperatur auf dem Landeplatz über einhundert Grad. Daher war Gates froh über seine wassergekühlte Unterwäsche, auch wenn ihm nur allzu klar war, wie kalt ihm gleich werden würde.

«Wäre das nicht bei Nacht leichter gewesen?», fragte er. «Ich meine, die Abkühlerei und alles.»

«Viel leichter», gab Dallas zu. «Aber würden Sie diese Landung bei Einbruch der Dunkelheit hinlegen wollen?»

«Da ist was dran», räumte Gates ein. Er öffnete die Tür des Weltraumkühlschranks und trat in das kalte, dunkle Innere. «Shit, ich würde diese Landung überhaupt nicht nochmal hinlegen wollen, nicht mal in einer gottverdammten Simulation.»

Dallas folgte Gates in den Kühlschrank, klappte das goldene Visier hoch und schaltete seine Helmlampen an, ehe er die Tür hinter sich schloss. Zwei große, schwere Polyäthylensäcke erwarteten sie, an der Kühlschrankwand vertäut und einladend geöffnet wie vorgefertigte Schmetterlingspuppen. Gates stieg rückwärts in den einen Sack, zog den Reißverschluss von innen zu und setzte sich dann samt Plastikhülle auf einen leeren Kryopräzipitatbehälter. Er schüttelte den Kopf, sah auf die Uhr, spürte fröstelnd, wie die beinahe am absoluten Nullpunkt liegende Innentemperatur des Kühlschranks durch seinen Sack zu dringen begann. «Erklären Sie mir nochmal, warum wir diese Eiswürfelnummer hier abziehen, Dallas.»

In seinen eigenen Sack eingeschlossen, setzte sich Dallas neben ihn. «Sie wissen doch, warum wir's tun.»

«Schon, aber es gibt uns ein bisschen Konversationsstoff, während wir hier an simulierter Unterkühlung sterben.»

«Prevezer überwacht unsere Vitalzeichen in der realen Welt», versicherte Dallas. «Er bricht die Simulation sofort ab, wenn er meint, dass es irgendwelche Probleme gibt. Außerdem ist man bei Unterkühlung nicht tot, sondern nur kalt. Fakt ist, dass man alle klinischen Todeszeichen aufweisen und trotzdem wieder zurückkehren kann. Der Stoffwechsel liegt nur auf Eis.»

«Jetzt mag das ja alles so sein. Aber wer passt auf uns auf, wenn es ernst wird?»

«Das ist ein unvermeidbares Risiko», erklärte Dallas. «Jedenfalls, wenn dieser Teil des Plans klappen soll.» Er begann zu zittern, da die Kälte jetzt in seinen Körper kroch. Plötzlich erzitterte der Kühlschrank mit einem dumpfen, mechanischen Rattern.

«Was war das?», fragte Gates.

«Heliumisotope, die in den Raum entlüftet werden. Heißt nur, dass der Kühlschrank tut, was er soll. Uns wirksam Wärme entziehen.»

«Tröstlich», schnatterte Gates.

«Allerdings. Könnte ganz schön unangenehm für uns werden, wenn unsere Oberflächentemperatur nicht weit genug runtergeht.»

«Das war's ja, was ich wissen wollte, Dallas. Inwiefern unangenehm? Das haben Sie nicht gesagt.»

«Möchten Sie's wirklich wissen?»

«Falls es Ihnen noch nicht aufgefallen ist: Ich lebe sowieso schon gefährlich.»

«Okay, Sie haben's nicht anders gewollt. Prev und Sim werden uns hier rausholen und zu dem elektrischen Blutwagen tragen. So registrieren die Mikrowellen-Bewegungsdetektoren nur zwei sich nähernde Objekte. Dürfte den beiden nicht allzu schwer fallen. Bei 1/6 G wiegt selbst ein Bulle wie Sie nicht mehr als dreißig, fünfunddreißig Pfund.

Sie deponieren uns in dem Wagen, nehmen die Blutkonserven für Ronica raus, schließen die Abdeckung des Wagens und gehen wieder. Der Wagencomputer registriert zwei sich entfernende Objekte – Prev und Sim – und entschwindet wieder auf der goldenen Straße nach Samarkand. Wenn da aber keine zwei sich entfernenden Objekte sind, sitzen Prev und Sim ganz schön in der Tinte. Der Computer feuert einen Blendlaser ab, den so genannten Dazer. Der reicht allemal, um einen auch durch ein Sonnenvisier blind zu machen. Die beiden würden vermutlich in das Minenfeld tapern, und das wär's.»

«Die lieben Kollegen mal beiseite gelassen», sagte Gates, «was ist mit uns?»

«Jede Kryopräzipitateinheit muss bei steten hundertzwanzig Grad minus gelagert werden. Und nicht nur gelagert, sondern auch transportiert. Also ist jeder Kühlwagen mit einem Temperatursensor ausgerüstet, um ein Verderben des Transportguts zu verhindern.»

«Okay», brummte Gates, der jetzt in einem fort zitterte. Laut Anzeige seines Versorgungs- und Überwachungscomputers war seine Kerntemperatur bereits unter den Normalbereich gesunken. «Drum sind wir hier, weiß ich alles.»

«Wenn der Sensor Wärme irgendwelcher Art meldet, wird der Bordcomputer davon ausgehen, dass das Blut verdorben ist, und eine bestimmte Sorte Nanobots darauf ansetzen, die Einheiten zu vernichten. Dabei handelt es sich um einen simplen Molekularzerleger, nach dem Vorbild eines Bakteriums. Er frisst die verdorbenen Einheiten samt Beuteln, Etiketten und allem. Und geht dann zugrunde. Das Wageninnere wird anschließend desinfiziert und in den Weltraum entlüftet. Und ich fürchte, uns beiden würde dieselbe Behandlung zuteil. Die Nanobots würden sich durch unsere Raumanzüge fressen und sich dann über uns hermachen. Und wenn sie fertig wären, würden wir aussehen wie Mondstaub.»

Ein heftiger Schauder lief Gates' breiten Rücken hinab. Er wusste nicht recht, ob es die Kälte war oder Angst, entschied sich dann aber für beides.

«Großer Gott», sagte er durch klappernde Zähne.

«Meiner Schätzung nach haben wir gerade die Zeit, durch das Haupttor zu kommen, bevor das, was innerhalb unserer Raumanzüge noch an Wärme übrig ist, nach außen dringt und für die Sensoren wahrnehmbar wird. Wenn das nicht wäre, könnten wir einfach weiterfahren, bis ins innere Labyrinth und in den Tresorraum selbst. So aber steigen wir aus, sobald wir durch das Haupttor sind, und begeben uns in den Aufenthaltsbereich, um uns erst mal aufzuwärmen, bevor wir den nächsten Schritt in Angriff nehmen.»

«Kann's kaum erwarten», sagte Gates dumpf. Seine Hände

waren taub, und seine Kerntemperatur betrug jetzt nur noch fünfunddreißig Grad.

«Das ist eine heiße Phase.» Dallas sprach jetzt ein bisschen schleppend, ein erstes Zeichen leichter Unterkühlung.

«Heiß?» Gates lachte matt.

«Heiß. Im Sinn von kritisch.»

«Und ich dachte, im Sinn von warm. Was immer das war.»

«Was ich sagen will, ist: Wenn wir nicht weit genug runterkühlen, erledigen uns die Nanobots. Wenn wir zu weit runterkühlen, sind wir auch erledigt.»

«Ach, die Sorte heiß. Klar. Dumm von mir. Ich zittere, wie wenn ich Parkinson hätte.»

«Wird erst bedenklich, wenn's aufhört», erklärte Dallas. «Heißt, Körper erzeugt Wärme durch Glykogenverbrennung in den Muskeln. Wärme reicht nicht. Zittern kommt nur noch in Wellen. Pausen werden länger. Dann ganz Schluss. Lebensgefahr.»

Die nächsten zwei, drei Minuten vergingen in eisigem Schweigen.

Dallas fuhr zusammen, als plötzlich Prevezers Stimme durch seinen Kopfhörer kam.

«Okay, ihr Eiszapfen, auf geht's.»

«Was?»

Dallas fühlte sich gepackt und hochgehievt wie eine tiefgekühlte Schweinehälfte. Warum wurden sie weggetragen und wohin? Sein Gehirn schien genauso eingefroren wie seine Zehen. Irgendwas mit Blut. Nicht dem, das so träge in ihm kreiste. Anderem. Lunares Sonnenlicht fiel durch sein Normalvisier und blendete ihn eine Sekunde, ehe er die Augen schloss und wieder zu sich fand. Amnesie. Irgendwo am Rand der schweren Unterkühlung. Körpertemperatur vermutlich runter auf zweiunddreißig Grad. Vielleicht tiefer. Nicht möglich, auf den EVA-Computer zu gucken. Noch ein paar Grad weniger, und es wäre wirklich kritisch geworden. Gehirn dazu bringen, irgendwas zu tun, was höhere Denktätigkeit erfordert. Um in dem Elektrofahrzeug bei klarem Bewusstsein zu bleiben. Würden sonst womöglich das Aussteigen verpassen.

Dallas begann, von hundert in Neunerschritten rückwärts zu zählen.

«Einundneunzig», murmelte er, als ihn Prevezer vorsichtig in das eisige Innere des Wagens legte. «Zwoundachtzig.» Warum schnaufte der Mann, der ihn trug, so? Er konnte nicht sehen, ob es Simou oder Prevezer war. Jedenfalls klang es irgendwie nicht normal.

«Dallas? Gates? Ihr seid jetzt beide im Wagen.»

«Dreiundsiebzig.»

«Was?»

«Er sagt eine Neunerreihe rückwärts auf, um sein Gehirn auf Trab zu halten.»

«Bitte entnehmen Sie Ihre Blutkonserven, schließen Sie das Fahrzeug, und treten Sie zurück», sagte der Fahrzeugcomputer.

«Wie Exzellenz befehlen», sagte jemand, und die Deckklappe des Wagens wurde geschlossen.

Mit diesem Computer war kein Dialog vorgesehen, also bestand zu ihm auch keine offene Frequenz; aber die Verbindung zwischen den Männern im Elektrowagen und den beiden anderen, die jetzt von dem Fahrzeug zurücktraten, würde nur so lange bestehen bleiben, wie sie sich alle vier außerhalb des Gebäudes befanden. Dallas und Gates mussten sich damit begnügen, dass Simou und Prevezer ihnen Bescheid sagten, wenn der Wagen unmittelbar vor dem Tor war, damit sie abschätzen konnten, wann sie aussteigen mussten. Sobald sie das äußere Tor passiert hatten, würden Dallas und Gates keine Sprechverbindung mit der Außenwelt mehr haben, bis sie in den Tresorraum eingedrungen waren.

«Viel Glück, Jungs.»

«Yeah, alles Gute.»

«Vierundsechzig.»

Das Fahrzeug, von Form und Größe einer mittleren Raketenwaffe, startete lautlos in Richtung Hauptkomplex.

«Dallas? Hier ist Prev. Die Kiste ist unterwegs.»

«Vierundfünfzig. Fünfundfünfzig. Vierundfünfzig.»

«Reden Sie mit mir, Gates», sagte Simou.

«Kalt», sagte Gates.

«Fünf…, sechsundvierzig.»

«Schrecklich kalt», flüsterte er. Und dann: «Wer ist da?»

«Ich bin's, Gates. Simou. Wie ist Ihr Name?»

«Siebenunddings.»

«Mein Name?»

«Siebenundwas, Dallas?», sagte Prevezer. «Hey, denken Sie nach, Mann. Was kommt nach sechsundvierzig?»

«Sieben…, siebenundvierzig.»

«Mein Name ist …»

«Negativ, Dallas. Denken Sie nach. Sie haben immer neun zurückgerechnet. Wenn Sie stärker unterkühlt wären, könnten Sie das nicht. Los, Dallas. Das Ding ist schon halb da. Nur noch ein kleines Stückchen.»

«Gates. Sie heißen Rameses Gates. Hören Sie mich?»

«Kommen Sie, Dallas. Wie heißt die nächste Zahl der Reihe?»

«Gates, antworten Sie.»

«Siebenunddreißig, Dallas. Die Zahl heißt siebenunddreißig. Dallas? Hören Sie mich?»

IV

SIMWORLD: AUFENTHALTSZEIT 02:30

Im eisigen Inneren des Elektrofahrzeugs liegend, schlug Dallas die Augen auf. Er versuchte sich zu erinnern. Aus irgendeinem

Grund drängte sich eine Zahl in seinen kalten, schmerzenden Kopf. Achtundzwanzig? Was sollte das bedeuten? Aber wen juckte das schon, jetzt, wo er tot war und in seiner Gruft lag? Dalag wie eine Liegefigur auf einem Sarkophag. Nach kurzem Schlaf erwachen wir auf ewig, und nimmer ist der Tod. Der Zahl folgte eine Stimme.

«Aufwachen, Dallas, wachen Sie auf. Das äußere Tor geht jetzt auf. Sie sind gleich im Hauptkomplex.»

Bis zu diesem Moment hatte er keine Angst gehabt. Doch als er merkte, wie knapp er dem Kältetod entronnen war, überkam ihn Panik, die wie ein Stromstoß durch seine fast erstarrten Muskeln schoss. Er hatte völlig vergessen, dass es sich immer noch um eine Simulation handelte.

«Auf jetzt, Gates. Um Himmels willen, kommt in die Gänge. Das Tor ist offen. Der Wagen fährt jetzt wieder an. Dallas? Es geht los. *Jetzt.*»

Einen Augenblick glaubte Dallas zu träumen. Doch dann kapierte er, dass das Prevezer war, der sie beide beschwor, aktiv zu werden. Rasch öffnete er seinen Plastiksack und rappelte sich hoch, wobei sein Helm die Deckklappe des Elektrofahrzeugs aufdrückte. Und noch während er sich über die Seitenkante wälzte und im hellen Licht der Eingangshalle landete, wurde ihm klar, dass er sich für den Ernstfall ein wirksameres Weckmittel ausdenken musste als nur Prevezers und Simous Stimmen.

«Dallas», hörte er sich murmeln, während Prevezer und Simou in ein erleichtertes Gejohle ausbrachen. «Bin wieder online.»

«Die Verbindung ist gleich weg», sagte Simou. «Wiedersehen, Dallas, und viel Glück.»

Als er sich umsah, bemerkte er, dass das Tor hinter ihnen bereits zuzugleiten begann. Sie hatten es geschafft, wenn Gates sich auch immer noch nicht aus dem Fahrzeug rührte.

«Danke», sagte er.

Was immer Prevezer und Simou noch sagen mochten, wurde dadurch abgeschnitten, dass sich das Tor so lautlos schloss, wie es sich geöffnet hatte.

«Gates, los, wir müssen uns beeilen.»

Sein Partner blieb reglos liegen. Dallas beugte sich in den Wagen und hob ihn an, dankbar für die Mikrogravitation, die einen so übermenschlichen Akt erlaubte. Es gelang ihm, ihn herauszuhieven – und keine Sekunde zu früh. Noch während er Gates durch die Eingangshalle trug und gegen die Luftschleuse lehnte, die zum Aufenthaltsbereich führte, öffnete sich das einflüglige Tor zum Labyrinth, und der Elektrowagen verschwand im stygischen Dunkel dahinter. Dann schloss sich das Tor zum Labyrinth wieder. Niemand – nicht einmal die Sicherheitsleute der First National, die das Kryopräzipitat verluden – durfte dieses Tor passieren, das seinerseits durch eine Reihe von Schutzvorkehrungen gesichert war: Annäherungssensoren und mechanischen Erschütterungsmeldern, die tödliche Stromstöße auslösen konnten. Wer immer sich in der Nähe des Fahrzeugs befand, wenn es das Tor passierte, würde verbrutzeln.

Gates lehnte reglos da, noch immer in seinem Plastiksack. Wenn der Sack und der Raumanzug nicht noch intakt gewesen wären, hätte man meinen können, der Molekularzerleger habe bereits zugeschlagen. So aber war klar, dass Gates an einer Hypothermiereaktion litt und dass ihn Dallas, obwohl selbst bis aufs Mark durchgefroren, so schnell wie möglich aufwärmen musste. Dallas schaltete die Heizung ihrer Raumanzüge ein, die diese mit warmer Luft erfüllte. Dann zerrte er Gates in die Schleuse und wartete, bis der Solldruck erreicht war, ehe er die Luke zum Aufenthaltsbereich öffnete.

Jetzt, da Gates aus dem Sack befreit war, konnte Dallas den Lebenserhaltungscomputer sehen und die Vitalzeichen ablesen. Die waren wenig ermutigend: Gates' Kerntemperatur betrug nur noch achtundzwanzig Grad – viel weniger als Dallas' eigene –, während die Herzfrequenz bei nur zwanzig Schlägen und die Atemfrequenz bei ganzen vier Atemzügen pro Minute lag. Vielleicht machte ihn ja das Virus in seinem Körper anfälliger für extreme Kälte. Schließlich hatte die Körpertemperatur sehr viel mit peripherer Durchblutung und Vasodilatation zu tun. Die einzig plausible Erklärung für ihre unterschiedliche Verfassung war, dass P^2 zu schnellerer maximaler Gefäßerweiterung und verstärkter Hautdurchblutung führte.

Dallas, dem jetzt schon etwas wärmer war, nahm seinen Helm ab, beschloss aber, Gates seinen noch aufzulassen, damit die warme Luft besser unter der Schutzhülle zirkulieren konnte. Durch das überfrorene Plastiksichtfenster konnte er kein Lebenszeichen in Gates' Gesicht entdecken, und wenn die Anzeigewerte des Lebenserhaltungscomputers nicht gewesen wären, hätte er annehmen müssen, dass sein Partner tot war. So aber war klar, dass es sich um eine schwere Hypothermie handelte.

Was Dallas nicht verstand, war, dass Prevezer die Simulation nicht längst beendet hatte. Hier lag Gates, gerade eben noch am Leben, mit kaum noch wahrnehmbarem Herzschlag und einer Kerntemperatur, die Prevezer hätte sagen müssen, dass etwas schief lief, und doch ging die Simulation immer weiter. Dallas glaubte zwar nicht, dass Gates in der Simulation sterben konnte, aber er konnte ja wohl trotzdem nicht die Hände in den Schoß legen und darauf bauen, dass sie sich jeden Moment im Galileo-Hotel und in der realen Welt wieder finden würden. Ihm blieb nichts anderes übrig, als Gates warm zu halten und darauf zu warten, dass seine Vitalzeichen besser wurden.

Dallas stand auf, lockerte sein verkrampftes Bein und verspürte plötzlich einen heftigen Harndrang. Er wusste, das war ein Zeichen von Kältediurese: Wenn sich die Gefäße zusammenzogen, stieg der Blutdruck, was die Nieren veranlasste, dem System überschüssige Flüssigkeit zu entziehen, um den Druck zu reduzieren. Eine volle Blase bot dem Körper zudem Gelegenheit zur Wärmeabfuhr, und Pinkeln würde ihm helfen, wieder warm zu werden. Ihm blieb keine Zeit, ein Klo zu suchen. Mit steifen Fingern am Eingriffslatz seines Raumanzugs fummelnd, stolperte er in eine Ecke des Aufenthaltsbereichs, um sich zu erleichtern. Außerdem scherte es ihn wenig, wie er den Aufenthaltsbereich in der Simulation verließ, zumal er davon ausging, dass diese jeden Moment abgebrochen würde. Doch als er fertig gepinkelt hatte und sich immer noch in der Simworld fand, sah er rasch nach Gates und ging dann auf die Suche nach der Teeküche, um ihnen beiden etwas Heißes zu trinken zu machen.

V

«Wenn Sie mit dem Ding da schießen», sagte Prevezer vorsichtig, «wird die Kugel glatt durch einen Menschen durchschlagen und die Scheibe zertrümmern. Und der Druckabfall bringt uns alle um.»

«Lassen Sie das meine Sorge sein», sagte Rimmer. «Sie, Freundchen, konzentrieren sich einfach nur darauf zu tun, was ich sage. Außerdem ...» Er grapschte sich eine kleine Galileo-Büste vom Schreibtisch der Suite und schmiss sie gegen das Fenster. Sie prallte in den Raum zurück und wurde von Simou geschickt gefangen. Rimmer grinste und fügte unnötigerweise hinzu: «Sie haben wohl gar keine Ahnung? Das da ist Panzerglas. Schließlich weiß man nie, wann einem ein Meteorit einen kleinen Überraschungsbesuch abstattet. Ich dachte, das sei allgemein bekannt. Aber vielleicht waren Sie ja einfach noch nie hier.» Er deutete mit der Pistole auf die Büste in Simous Händen. «Wenn ich Sie wäre, würde ich mit dem Ding da keinen Unsinn anstellen. Ronica wird Ihnen bestätigen, dass ich ein geselliger Typ bin. Ich lege gern neue Leute um.»

«Tun Sie genau, was er sagt, Sim», riet Ronica.

Simou stellte die Büste langsam auf den Marmorboden. Rimmer nickte wohlgefällig und musterte dann die Gesichter der beiden anderen Männer im Raum – Cavor und Prevezer –, um deren Widerstandspotential zu taxieren. Cavor kriegte es mit und war sich ziemlich sicher, dass Rimmer ihn unterschätzen würde. Was ihm vielleicht eine Chance ließ, Rimmer zu entwaffnen.

«Wir beide kennen uns nämlich von früher», erklärte Rimmer den drei Männern. «Sie sollten sich vor ihr hüten, meine Herren. Sie ist der hinterfotzige Typ. Stimmt's, Ronica? Bist du bewaffnet, Süße?»

«Diesmal nicht, Rimmer.»

«Lass mich lieber dein Höschen sehen – sicherheitshalber.» Rimmer machte eine auffordernde Bewegung mit der Waffe. «Also, hoch mit dem hübschen Kleidchen, und zeig mir, dass darunter nichts Tödlicheres ist als das, was du vom lieben Gott mitgekriegt hast, um dir die Männer untertan zu machen.»

Ronica kannte Rimmer zu gut, um sich zu widersetzen. Sie ergriff ihren Rocksaum und tat, wie ihr befohlen.

«Mmm», sagte Rimmer. «Meine Lieblingssorte Dessous. Gar keine.» Er zuckte die Achseln. «Allzeit bereit, was, Roni? Ist ja schließlich ein Liebeshotel.»

Ronica sagte höhnisch: «Befriedigt?»

«Auf dich komme ich später nochmal zurück. Wir beide haben da noch was zu regeln.»

Ronica strich sich den Rock glatt.

Rimmer wandte sich Prevezer zu. «Ich tippe mal wild drauflos. Dallas und das Riesenbaby da machen einen kleinen Ausflug in die virtuelle Realität, und Sie sind der Reiseführer, stimmt's?»

«Ich persönlich ziehe den Terminus ‹Simworld› vor», sagte Prevezer.

«Ach ja, tun Sie das?» Rimmer fuchtelte mit der Pistole in Richtung der anderen. «Okay, bis auf den Mann mit den persönlichen Vorlieben, alle flach hinlegen und Hände hinter den Kopf.»

Cavor, Ronica und Simou gingen auf die Knie und streckten sich dann wie befohlen aus. Cavor war klar, dass die Chancen, Rimmer zu überrumpeln, gering waren, wenn sie alle auf dem Bauch lagen. Der Kerl wusste ganz offensichtlich, was er tat.

«Soll ich euch mal sagen, was ich glaube, was hier vorgeht?», sagte Rimmer und schwenkte den erhobenen Zeigefinger. «Ich glaube, Dallas und Compagnon führen gerade ein kleines Experiment durch. Ich glaube, sie benutzen die virtuelle Realität» – er grinste Prevezer an, als wollte er einen Widerspruch provozieren –, «um einen Plan auszutesten, den ihr alle miteinander in der wirklichen Welt auszuführen gedenkt. In diesem Punkt bin ich zwar auf Vermutungen angewiesen, aber ich würde sagen, ihr und er habt vor, die First National Blood Bank auszurauben. Stimmt's?»

Prevezer sagte nichts. Rimmer setzte ihm die Waffe an den Kopf und wiederholte seine Frage.

Prevezer nickte. «Stimmt.»

Rimmer schniefte nachdenklich. «Ist so eine Sache mit der Realität, was? Je mehr wir uns bemühen, sie zu fassen zu kriegen, darzustellen, abzubilden, desto mehr entzieht sie sich uns. Erklären Sie mal, wie Ihre Apparatur da funktioniert.»

Während ihm Prevezer die Funktionsweise der Simulation erläuterte, starrte Rimmer durch die Gitterkuppel auf Dallas' Kopf. Mit geschlossenen Augen und reglosem Gesicht, wirkte Dallas ganz friedlich, beinahe, als schliefe er. Nur das leise Zucken des Rapid Eye Movement zeigte an, dass sich in seinem Gehirn irgendetwas tat.

Als er alles Wissenswerte erfahren hatte, kaute Rimmer aufgeregt auf seiner Unterlippe herum. Dallas sah aus, als träumte er nur. Aber vielleicht war ein kleiner Alptraum ja genau das Richtige.

«Wie real ist das für ihn, diese Simulation?»

«Von der realen Welt nicht zu unterscheiden», gestand Prevezer, von Handwerksstolz getrieben. «Sie wissen zwar, dass es eine Simulation ist, aber ihre sämtlichen Sinne sagen ihnen, dass es höchst real ist. Sie nehmen alles wahr, was die normalen physiologischen Schwellen übersteigt.»

Das fesselte Rimmer. «Gilt das zufällig auch für die Schmerzschwelle?» Als Prevezer nichts sagte, setzte ihm Rimmer wieder die Pistolenmündung an den Kopf. «Ich zögere nicht, dich zu erschießen, mein gottähnlicher Freund. Antworte.»

«Ja. Für alle normalen physiologischen Schwellen.»

«Gut. Und wie kommen sie momentan so zurecht?»

«Nicht so gut.» Prevezer zeigte auf die Vitalzeichen der beiden Männer auf dem Computerbildschirm. «Diese Zahlen beziehen sich auf ihre physiologische Reaktion innerhalb der Simulation. Sie zeigen an, wie ihre Körper reagieren, während wir hier reden. Herzfrequenz, Körpertemperatur, Lungenfunktion, Blutdruck, alles. Wie Sie an Gates' Werten sehen können, ist seine Körpertemperatur extrem niedrig und seine Herzfrequenz ebenfalls. Wenn Sie nicht wären, hätte ich ihn schon längst in die Realität zurückgeholt.»

«Der interessiert mich nicht so», sagte Rimmer. «Wie steht's mit Dallas?»

«Nicht so schlimm. Trotzdem, ich hätte ihn wahrscheinlich auch zurückgeholt. Dazu brauche ich nur diese Taste hier zu drücken.» Prevezer streckte die Hand aus und jaulte auf, als ihm Rimmer mit der Waffe auf den Handrücken schlug.

«Nicht, bevor ich's sage. Jetzt wollen wir erst mal ein bisschen Spaß haben.» Rimmer grinste höhnisch zu Dallas hinüber. «Selbst schuld, du arrogantes Arschloch. Kennst du nicht den Spruch ‹Ein Kluger sieht das Unglück kommen und verbirgt sich, aber die Unverständigen laufen weiter und leiden Schaden›?» Er sah Prevezer an. «Du da. Denk dir was Hübsches für sie aus.»

«Haben Sie was Bestimmtes im Kopf?»

«Im Kopf eigentlich weniger», griente Rimmer. «Programmier ihnen was richtig Fieses rein.»

«Da, wo sie jetzt sind?», sagte Prevezer. «Würde mich ziemlich viel Zeit kosten, das umzuprogrammieren. Mehr Zeit, als Sie vermutlich haben. Tage, schätze ich mal.»

Rimmer sah Prevezer aus schmalen Augenschlitzen an. «Das hier ist doch dein Ding, stimmt's? Simulationen.»

«Ja.»

«Hab selbst schon welche benutzt. Ballerspiele hauptsächlich. Gucken, wie viele Monster man in einer Stunde wegpusten kann. Meiner Erfahrung nach hat ein guter Simulationsexperte immer eine ganze Fülle von Programmen bei der Hand. Programme, die er einfach zusammenbauen kann, Siliciumbausteine. Sähe Dallas gar nicht ähnlich, jemanden zu nehmen, der nicht als der Beste seiner Branche gilt. Also denk mal nach, mein computerverständiger Freund. Denk scharf nach. Welche anderen Elemente kannst du in ihre momentane Situation einbauen? Was richtig Fieses und Gemeines. Du willst mich doch nicht enttäuschen. Ronica wird dir bestätigen, dass mir alle humanen Umgangsformen abhanden kommen, wenn ich enttäuscht bin.»

VI

SIMWORLD: AUFENTHALTSZEIT 03:30

Eine weitere Stunde verstrich, bis Gates sich genügend erholt hatte, um sich aufzusetzen und das heiße Zuckerwasser zu trinken, das Dallas für ihn bereitet hatte: Ein Päckchen Wackelpudding lieferte immerhin fünfhundert Kilokalorien Wärmeenergie.

«Wie fühlen Sie sich?», fragte Dallas.

Gates sah auf seine immer noch behandschuhte Hand und pumpte ein paar Mal mit den Fingern, ehe er antwortete.

«Steif», sagte er. «Als ob ich die Nacht in der Kühltruhe verbracht hätte. Und ich habe die Mutter aller Kopfschmerzen.»

«Das ist nur die Dehydratation. Trinken Sie brav Ihr Zuckerwasser.»

Gates nickte und sog an der Trinkflasche, ehe er sich umsah.

Am Rand des runden Gebäudes gelegen, erinnerte ihn der Aufenthaltsbereich stark an das Innere des Clostridium-Hotels: ein langer, bogenförmiger Streifen Stahlfußboden hinter einer Art Windschutzscheibe aus angestrahlten schrägen Wellglaselementen und entlang der inneren Krümmung eine Reihe zum Gang hin verglaster Räume, darunter eine Teeküche, ein Schlafraum, ein Sanitätsraum, ein Waschraum, ein Waffenarsenal, ein Umkleideraum mit Ersatzraumanzügen und -lebenserhaltungstornistern, ein Nebencomputerraum und ein großer Aufenthaltsraum. Ein Stück weiter den Korridor hinunter stand ein Elektrofahrzeug, nicht unähnlich dem, das das Kryopräzipitat aus dem Tresorraum zum Landeplatz gebracht hatte, nur dass dieses hier vier Sitze hatte und dafür gedacht war, die Peripherie des Gebäudes entlangzufahren, statt in dessen hermetisch abgeschottetes, verbotenes Zentrum vorzustoßen.

«Also, was ist da gelaufen, Doc?», krächzte Gates. «Haben Sie Pinguinblut oder was?»

«Ihre Kältereaktion hat wohl eher mit dem P^2-Virus in Ihrem Körper zu tun», sagte Dallas. «Ich habe darüber nachgedacht, während Sie sich wieder bekrabbelt haben. Sie müssen wissen, das Hauptgehirnzentrum für die Temperaturregulierung ist der Hypothalamus. Er reagiert bereits auf Temperaturschwankungen von einem halben Grad. Aber ich glaube, Ihr Hypothalamus ist einfach noch sensibler.»

«Sie scheinen sich da ja gut auszukennen.»

«Da wir vorhatten, uns einer potentiellen Hypothermiesituation auszusetzen, schien es mir ratsam, mich ein bisschen besser über dieses Thema zu informieren.»

«Ach so. Und über das Gehirn auch.»

«Das Gehirn hat mich immer schon interessiert.»

«Gehirne im Allgemeinen oder nur im Besonderen?»

Dallas guckte verdutzt.

«Das von Cavor zum Beispiel», sagte Gates.

«Möglich.»

Gates wartete, dass Dallas noch mehr sagte. Als nichts kam, schüttelte er traurig den Kopf und rollte sich auf den Bauch.

«Sie trauen mir immer noch nicht, was?», sagte er.

«Das ist sicher auch ein Zweck dieser Simulation», sagte Dallas. «Rauszufinden, wie weit wir einander vertrauen können.»

«Ich meine nicht die Art Vertrauen, und das wissen Sie auch.» Gates schaffte es, sich auf alle viere emporzuhieven.

«Nach einer schweren Hypothermie sollte man sich erst mal eine Weile nicht bewegen.»

«Geht nicht. Ich muss pinkeln.»

Dallas half ihm zum Klo, nachdem Gates sich geweigert hatte, auf den Boden zu pinkeln.

«Es gibt Sachen, die mache ich nicht», sagte er. «Nicht mal in einer Simworld.»

Ein paar Minuten und ein weiteres Heißgetränk später erklärte sich Gates bereit, den nächsten Teil des Plans anzugehen, der unter anderem das Herausbohren eines Betonblocks aus der Labyrinthmauer beinhaltete. Jedenfalls fühlte er sich diesem Unterfangen so lange gewachsen, bis ihm Dallas eröffnete, welche Stelle er sich dafür ausgeguckt hatte.

«Die gesamten Labyrinthwände sind intelligent. Jede Menge Metalldrähte im Mörtel. Und alles mit Erschütterungsmeldern gespickt», erklärte Dallas. «Wenn einer von denen Bohrvibrationen registriert, schießt Strom durch die Metalldrähte zur Erschütterungsquelle. Genug Strom, um Sie und alles, was sich in Ihrer Nähe befindet, zu töten. Das gilt für alle Wände, bis auf eine. Sie müssen wissen, es gibt zwei Stromquellen für diese Anlage. Die eine ist das Solarzellenfeld, das wir aus der Luft gesehen haben. Und dann ist da noch ein kleiner Kernreaktor drüben auf der anderen Seite des Komplexes. Die Wände des Reaktorcontainmentraums haben keine Erschütterungsmelder wegen der Vibrationen der Turbine.»

«Und», ergänzte Gates ungläubig, «weil nur ein Idiot auf die hirnrissige Idee käme, sich ausgerechnet das Reaktorcontainment auszusuchen, um einen Zugang zum Labyrinth zu schaffen.»

«Das dachte ich auch mal», räumte Gates ein. «Aber inzwischen ist mir klar geworden, dass das der schwächste Punkt meines damaligen Plans ist. Und folglich der stärkste meines jetzigen.»

«Verstehe ich nicht», widersprach Gates. «Da ist noch eine Kleinigkeit, Dallas: die Strahlung. Sobald wir uns länger im Reaktorraum aufhalten – zum Beispiel so lange, wie es dauert, durch eine Betonwand zu kommen –, dann bringt uns das um. Vielleicht nicht in der Simulation. Aber mit Sicherheit, wenn wir's in der Realität versuchen.»

Dallas schüttelte den Kopf. «Das glaube ich nicht. Ich glaube, wir können die Strahlung überleben.»

«Das hier sind Raumanzüge, Dallas. Aus verstärktem Latex, nicht aus Blei. Okay, sie schützen vielleicht vor kosmischer Strahlung. Aber nicht vor so was. Hier geht's um Gamma-, Beta-, Alphastrahlen, das ganze verflixte Uranmolekül. Shit, die Kälte muss Ihnen doch mehr zugesetzt haben, als ich dachte.»

«Wir können es überleben», insistierte Dallas. «Und ich erkläre Ihnen, wie. Der Grad der Gewebeschädigung hängt von der Zahl der ionisierten Atome pro Kilo Körpermasse ab. Die wiederum hängt davon ab, wie viel Energie an jedes Kilo Menschenfleisch abgegeben wird. Die Energiedosis bemisst sich in Gray, wobei ein Gray so viel ist wie ein Joule Energie pro Kilo Körpermasse. Der Exaktheit wegen gibt man die Energiedosis in

Zentigray an. Aber außer einer Einheit für die Energiedosis brauchen wir auch noch eine für die Dosisleistung – Zentigray pro Stunde. Die Gesamtenergiedosis in Zentigray ist gleich der Dosisleistung in Zentigray pro Stunde mal der Expositionsdauer in Stunden. Können Sie mir folgen?»

«So weit, so tödlich», sagte Gates. «Reden Sie weiter, ich höre. Und wenn mir die Haare ausfallen und mein Zahnfleisch blutet, ich bin ganz Ohr, Dallas.»

«Worauf ich hinauswill, ist, dass die frühen somatischen Strahlungseffekte sehr präzise messbar sind. Und nicht nur das, es gibt auch sehr präzise Mittel dagegen.»

«Ich habe einiges über den Krieg gelesen, Dallas. Ich weiß, was die meisten Leute gegen die üblichen somatischen Strahlungseffekte gekriegt haben – ich meine Effekte wie Krebs, totaler Kreislaufzusammenbruch und dergleichen. Das waren sehr präzise Mittel. Eine massive Überdosis Morphium, das haben sie gekriegt. Oder eine Kugel in den Kopf. Was immer gerade verfügbar war.»

«Da Sie gerade vom Kreislauf reden, bleiben wir einen Moment dabei», sagte Dallas. «Strahlung verändert oder zerstört gewisse Komponenten der Körperzellen. Am stärksten betroffen sind die Blutstammzellen im menschlichen Knochenmark, die für die Produktion weißer Blutkörperchen zuständig sind. Eine Dosis von mehr als hundertfünfzig Zentigray lässt die Zahl der weißen Blutkörperchen absinken. Über fünfhundert Zentigray, und die Chancen, dass man stirbt, stehen fifty-fifty. Das nennt man die LD^{50} – die zu fünfzig Prozent letale Dosis.»

«Fünfzig Prozent? Klingt nach einer reellen Chance. Mit einem Bein im Grab.»

«Okay, worin besteht die Behandlung gegen Strahlenschäden?»

«Heutzutage?» Gates zuckte die Achseln. «Die meisten Leute gehen in ein Überdruckhotel.»

«Die meisten, ja», stimmte ihm Dallas zu. «Aber für diese Leute ist das hier nun mal keine perfekte Welt, richtig?»

«Sieht so aus, ja.»

«Nein, die ideale Behandlung», sagte Dallas, «ist und bleibt die Bluttransfusion. Und bei unbegrenzter Verfügbarkeit geeigneter Blutkonserven geht das Risiko, an der LD^{50} faktisch zu sterben, ganz erheblich zurück. Auf höchstens zehn Prozent etwa.»

Plötzlich kapierte Gates, worauf Dallas' Argumentation abzielte. «O Mann», sagte er. «Sie meinen doch nicht ...?»

«Ich meine.»

«Sie sind verrückt.»

«Wissen Sie, was, Rameses? Das ist der eigentliche Zweck dieser Simulation. Zu messen, wie viele Zentigray wir in der Zeit absorbieren, die wir brauchen, um durch die Wand des Containmentraums zu kommen.»

«Und danach zu berechnen, wie viele Bluttransfusionen wir brauchen werden, um nicht zu sterben? Ist es das?»

«Wenn Sie's so ausdrücken wollen. Ich seh's lieber so, dass uns unbegrenzt viel Blut zur Verfügung steht, um das Risiko der LD^{50} möglichst weit zu reduzieren.»

«Läuft aufs selbe raus.»

«Wie gesagt, Rameses, das ist der stärkste Punkt dieses Plans, weil der Reaktormantel der schwächste Punkt meines Entwurfs war. Es erstaunt mich, dass ich nicht damit gerechnet habe, dass jemand ein solches Risiko auf sich nehmen könnte. Denn wenn man sich's recht überlegt, wo sollte man dieses Risiko eher auf sich nehmen als an einem Ort wie diesem? Einem Ort, wo es unbegrenzte Mengen von Blut gibt. Ebendem Mittel, das das Risiko tragbar macht.»

«Aber wird die Strahlung aus dem Reaktorraum nicht mit uns durch das Loch im Beton dringen? Und das Blut verseuchen?»

«Das würde sie, wenn wir den Betonblock, den wir herauslösen, nicht wieder einsetzen würden. Und wenn der Tresorraum nicht mit Blei ausgekleidet wäre.»

«Sie haben mir immer noch nicht gesagt, wie Sie da durchkommen wollen.»

«Nein, stimmt, habe ich nicht.»

«Na ja, vielleicht fällt Cav ja was ein.»

«Vielleicht.»

Gates seufzte und schüttelte den Kopf. «Erfrieren oder zu Tode gegrillt werden. Mannomann, Dallas.»

«Wenn die Simulation zeigt, dass es nicht geht, müssen wir uns was anderes ausdenken. Ich will genauso wenig sterben wie Sie. Und ich bin nicht derjenige, der in jedem Fall eine Bluttransfusion braucht. Denken Sie mal drüber nach.»

Gates nickte zögernd. «Okay, Sie haben mich überzeugt. Packen wir's an.»

«Okay», sagte Dallas lächelnd. Aber sein Lächeln wich nach und nach einem Stirnrunzeln.

«Was'n jetzt wieder los? Noch so ein letaler Scheiß, der Ihnen erst jetzt einfällt?»

«Nein, nur das, was mich schon die ganze Zeit beschäftigt, seit Ihr Stoffwechsel auf Minimalbetrieb geschaltet hat. Ich wollte, ich wüsste, warum die Simulation nicht abgebrochen wurde, als Sie quasi tot waren.»

«Virtuell tot, kann man sagen.» Er zuckte die Achseln. «Vielleicht sahen meine Vitalzeichen in der Realität ja ganz okay aus.»

«Wir wissen beide, dass das nicht sein kann.»

Gates dachte kurz nach. «Prevezers geodätisches Dingsda kriegt doch angeblich alle nötigen Informationen über unser Tun und Lassen, indem es die elektrischen Signale unseres Gehirns abfängt. Statt irgendwo in unserem Körper zu landen, gehen diese Signale an den Computer, wo sie von Prev decodiert werden. So kann er genau feststellen, wie unsere Körper reagiert hätten, wenn sie mit unserem Gehirn in der Simworld wären.»

«Richtig, so funktioniert es», sagte Dallas. «Das heißt, der simulierte Körper kann anders reagieren als der reale und zum Beispiel Dinge überleben, die einem echten Menschenkörper den Garaus machen würden. Wie etwa Strahlung oder extreme Kälte.»

«Aber wieso dann das hier? Vielleicht klappt ja irgendwas mit den geodätischen Dingern nicht. Vielleicht – fragen Sie mich nicht, warum – kommen die Signale ja nur in eine Richtung durch. Er kann zwar die Simulation aufrecht erhalten, aber er kann die Signale, die unsere Gehirne aussenden, nicht mehr abfangen. Ich meine, wie lange sind wir jetzt in der Simworld?»

Dallas sah auf seinen Überlebenscomputer. «Drei Stunden und fünfundvierzig Minuten.»

Gates sagte achselzuckend: «Wahrscheinlich sagt er sich, dass wir noch längst nicht fertig sind. Ich schätze, er improvisiert einfach nur.»

«Hoffen wir, dass Sie Recht haben», sagte Dallas.

«Was kann es denn sonst sein?»

Dallas schüttelte den Kopf. Gates' Erklärung klang beinahe überzeugend. Sie hatte nur einen Haken, und das war Prevezer selbst. Dieser Mensch war von seinem ganzen Wesen her exakt, systematisch, penibel und mechanistisch, wie es sich für jemanden gehörte, dessen ganzes Leben mathematischen Gesetzmäßigkeiten und algorithmischen Verfahren gewidmet war. Schon der Gedanke an Improvisation ging einem Mann wie Prevezer gegen den Strich. Sich auf spontane Eingebungen zu verlassen musste ihm ebenso widerstreben, wie irgendetwas Unrealistisches – physikalisch Unmögliches – in einer seiner viel gerühmten lebensechten Simworlds zu dulden. Dallas sagte: «Ich weiß nicht. Nichts vermutlich. Wir machen jetzt wohl besser weiter.»

VII

SIMWORLD: AUFENTHALTSZEIT 03:57

Da im Hauptkomplex lediglich der Aufenthaltsbereich mit Atemluft versorgt wurde, beluden sie den Außenring-Elektrowagen mit Reserve-Lebenserhaltungstornistern. Außerdem gab Dallas seinem Partner einen anderen EVA-Helm, mit einem «unsichtbaren» Chip in der Dachwölbung. Dieser Chip übermittelte ein Codesignal an die Annäherungssensoren, die die Tore im Hauptkomplex kontrollierten. Er hatte bereits, als Gates noch ohnmächtig gewesen war, ihre beiden Helme mit speziellen Infrarotvisieren ausgerüstet. Dazu gab er Gates noch eine der Elektronenstrahl-Schweißpistolen, die er aus dem *Mariner* mitgebracht hatte: derselbe Typ Schweißpistole, den auch Simou bei der Reparatur des fingierten Meteoritenlochs am Bug des Raumschiffs benutzen würde.

«Damit kenne ich mich aus», sagte Gates. «Ich habe genug Mondgestein gebrochen und zerkleinert. Ultrahochtemperatur-Elektronenstrahlen schneiden so ziemlich alles. Macht das Ding auch zu einer ziemlich wirksamen Waffe.» Er handhabte die Pistole so vorsichtig, als sei sie eine getarnte Bombe. «Hab oft genug erlebt, wie jemand auf Artemis Sieben so ein Ding benutzt hat, um mit irgendwem abzurechnen. Atmosphäre hin oder her, fünfhundert Kilovolt sind das, was einer gottverdammten Strahlenkanone am nächsten kommt. Also erklären Sie mir doch freundlicherweise, warum wir die UHTs jetzt schon auspacken, wo wir den Reaktorraum noch nicht mal zu Gesicht gekriegt haben.»

«Ich fürchte, ich glaube einfach nicht an Ihre Theorie, was Prevezer angeht. Und wenn in der realen Welt irgendwas schief gelaufen ist, empfiehlt es sich wohl, darauf vorbereitet zu sein, dass in der hier auch was schief läuft.»

«Das kann ich nicht widerlegen», sagte Gates. «Theorie ist eh übertrieben. Haben Sie schon mal mit so einem Ding zu tun gehabt?»

«Nur auf dem Papier», gab Dallas zu.

«So verhält sich Stahl, wenn Sie ihm damit eins draufbrennen – wie Papier. Wenn wir diese Dinger auf Artemis Sieben benutzt haben, musste immer jemand nebendran stehen, einfach nur um aufzupassen, wo man damit hinzielt. Und nicht nur das, der Nebenmann hatte auch noch einen Sicherheitsschalter, um im Notfall den Strom abzuschalten. Aber bei alldem ist die Bedienung erstaunlich einfach. Man braucht nur zu zielen und den Griffhebel zu ziehen. Aber versuchen Sie, das nicht hier drin zu tun. Die Luft macht das Treffen schwer.»

«Ich glaube, das kann ich mir merken», sagte Dallas.

Gates löste den Rohrvorsatz von der UHT-Pistole.

«Noch eins. Was immer Sie tun, nehmen Sie das hier nicht ab. Ein heißer Elekronenstrahl neigt dazu, Röntgenstrahlen zu produzieren, sogar im Vakuum. Diese Manschette hier schirmt Sie dagegen ab.» Dann zuckte er die Achseln, als ihm das viel größere Gammastrahlenrisiko im Reaktorraum wieder einfiel. «Nicht, dass ein paar mickrige Röntgenstrahlen einen Mann wie Sie schrecken würden.» Gates setzte sich auf den Beifahrersitz des Elektrofahrzeugs. «Unter den gegebenen Umständen, ich meine, bei Ihren theoretischen Schießkünsten und so, übernehme ich besser das Aufpassen. Sie fahren.»

Dallas setzte sich auf den Fahrersitz und berührte das Lenkrad, was automatisch den Motor startete. Er sah zu Gates hinüber. In dessen weißer Riesenhandschuhfaust wirkte die UHT-Pistole wie ein Spielzeug. «Fertig?»

«Fertig.»

Dallas trat aufs Strompedal, und sie rollten gegen den Uhrzeigersinn das erste Bogensegment entlang. Das kleine Fahrzeug beschleunigte lautlos, bis es sich mit fast zwölf Meilen pro Stunde fortbewegte.

«Wie groß ist das ganze Ding?», fragte Gates.

«Etwa dreitausend Quadratmeter.»

«Irgendwie unheimlich, der Laden.»

«Unter den gegebenen Umständen muss ich Ihnen Recht geben.»

Nach kurzer Fahrt hielten sie vor dem Luftschleusentor, das sich, nachdem es die Codechips in ihren Helmen registriert hatte, erwartungsvoll öffnete. Als sie in die Schleuse hineinfuhren, ging die Innenbeleuchtung an, und sie nahmen das beide als Signal, die Tasten ihrer Lebenserhaltungscomputer zu drücken, die das Druckluftsystem ihrer EVA-Anzüge aktivierten.

Gates spürte einen beruhigenden Lufthauch im Gesicht und einen gewissen Druck auf den Ohren, als sich die Anzüge auf etwa 0,3 Bar aufpumpten. Noch ehe die Schleuse leer gepumpt und das Ausfahrttor ganz emporgeglitten war, hielt er bereits den kurzen silbernen Lauf der UHT-Pistole auf den luftlosen, aber hell erleuchteten Korridor vor ihnen gerichtet. Jeder der beiden hörte den anderen erleichtert ausatmen, als sich der Gang als leer erwies.

«Weiß nicht, was ich erwartet habe», gestand Gates.

«Das ist ja das Problem. Wenn irgendwas schief gelaufen ist, kann es alles sein. Ein Simulacrum der Realität, transfiguriert durch ein anderes. Was auch passiert, wir, das sind wir selbst und unsere äußeren Umstände, sonst nichts. Wie wir damit umgehen, das ist die einzige Realität, die jetzt zählt, auch wenn etwas in sie eingebrochen ist, wovon wir nichts wissen.»

Dallas trat wieder aufs Strompedal und fuhr in das zweite Bogensegment hinaus. Es sah genauso aus wie das, das sie eben verlassen hatten.

«Vielleicht hat das ja auch was Gutes», sagte er. «Wenn wir die echte Blutbank ausrauben, sind wir auf das Unerwartete gefasst. Das Problem bei hochgradig schematischen Plänen wie diesem ist, dass manchmal nicht genug Fehlerspielraum bleibt. Und ich fürchte, man muss Fehler machen, um ebendiese Spielräume auszuloten.»

Dallas fand das selbst Quatsch, redete aber immer weiter, um sich von Gates' lautem, rhythmischem Atemgeräusch in seinem Kopfhörer abzulenken. Es hatte etwas Mechanisches und stieß Dallas nur erst recht darauf, wie provisorisch und unsicher das Leben in Wirklichkeit war. Wenn er Gates so atmen hörte – fast, als stecke er in seinem eigenen Kopf –, dann war es nur zu leicht, sich vorzustellen, dass dieses Geräusch jeden Moment für immer aufhören konnte.

«Haben Sie was gehört?», fragte Gates.

«Nur Sie und Ihr Geschnaufe – wie ein obszöner Anrufer.»

«Das liegt nicht an mir, das liegt an dieser Simulation.» Gates sah sich um. «Wo sind wir jetzt?»

«Beim Vorratslager. Nächste Station Wasserwerk.»

Der Wagen wurde langsamer und blieb dann stehen.

«Warum halten wir?»

«Keine Ahnung», sagte Dallas und trat das Strompedal durch. «Wir sind einfach stehen geblieben.» Der Voltmeter am Armaturenbrett zeigte, dass die Batterie noch voll genug war. Er glitt von seinem Sitz und öffnete die Frontklappe des Wagens, um die Batteriestecker zu prüfen. «Anschlüsse scheinen okay», sagte Dallas, wackelte aber sicherheitshalber dennoch an den Kabeln. Nichts locker. «Hier ist nichts Anormales festzustellen.» Er schloss die Klappe und glitt wieder hinters Steuer. Doch der Wagen rührte sich immer noch nicht.

Gates schwenkte die Pistole in alle Richtungen, als erwarte er jeden Moment eine böse Überraschung. «Was denken Sie?»

«Ich denke, wir müssen zu Fuß weiter», sagte Dallas. Er nahm einen Ersatztornister und seine UHT-Pistole an sich und stieg aus. Gates folgte ihm. Sie waren noch keine zehn Schritt weit gekommen, als Gates sich nervös umguckte und merkte, dass das Fahrzeug verschwunden war.

«Dallas», sagte er erschrocken.

Dallas drehte sich um, sah die leere Stelle, wo eben noch der Wagen gestanden hatte, und ging dorthin zurück.

«Dieser Drecksack von Prevezer», knurrte Gates. «Was sollen diese verdammten Spielchen?»

«Sie könnten Recht haben», sagte Dallas. «Irgendwer scheint da jedenfalls sein Spielchen mit uns zu treiben.»

«Scheißsimulation», sagte Gates. «Das gefällt mir nicht, Dallas. Das gefällt mir ganz und gar nicht.»

Dallas wollte gerade antworten, als die Korridorlichter plötzlich schwächer wurden. Wie auf ein Kommando griffen beide Männer an die Helmschalter, die je zwei Paar Halogenleuchten aktivierten.

«Gehen wir zurück zur Schleuse und in den Aufenthaltsbereich», drängte Gates.

«Wieso sind Sie der Meinung, dass es da besser ist?»

«Weil ich mich da schon auskenne.»

«Das glauben Sie nur. Wahrscheinlich ist dort jetzt schon alles ganz anders. Denken Sie nur daran, was mit dem Wagen passiert ist. Nein, Umdrehen bringt nichts.»

Dallas marschierte los, in den gekrümmten Korridor hinein, den jetzt nur noch ihre Helmlampen erhellten. Doch an der Länge des beleuchteten Bogenstücks ließ sich ablesen, dass da immer noch ein unsichtbarer Teil vor ihnen lag. Fünfzig lange Meter sagten beide kein Wort, dann war es Gates, der das Schweigen brach. Seine schärferen Augen hatten etwas entdeckt.

«Da, auf dem Boden, vor uns», sagte er erregt. «Sehen Sie's?»

«Ich seh's.»

Gates ging voran, als sie sich dem Objekt vorsichtig näherten.

«Sieht aus wie ein Raumanzug», sagte er, und beide stoppten jäh, als sich der Anzug am Boden zu bewegen begann. «Da steckt jemand drin.»

«Kann niemand von unseren Leuten sein», sagte Dallas.

«Wär mir aber fast lieber», gestand Gates.

«Obwohl ich alles für möglich halte, nachdem der Wagen einfach verschwunden ist.»

Die hingestreckte Gestalt schien sich am Boden zu winden, und bei ihr angekommen, versuchte Gates sie über einen offenen Kanal anzusprechen. Als er keine Antwort bekam, stupste er die Gestalt mit der Stiefelspitze.

«Ich schlage vor, Sie lassen das verflixt nochmal in Ruhe.»

Gates schüttelte den Kopf. Seine Neugier wurde dadurch angestachelt, dass das goldene Sonnenvisier des Helms das gewölbte Sichtfenster verdeckte. «Ich will nur mal gucken, wer das ist», sagte er und kniete sich hin.

«Ich halte das für keine besonders gute Idee», sagte Dallas. Doch Gates war schon dabei, das Visier hochzuklappen.

«Großer Gott.» Für einen kurzen, schockierenden Moment sah Gates in einen Helm voller langer, dünner, roter Würmer, ehe er entsetzt zurückfuhr. Es war jedoch nicht diese Bewegung, die ihm das virtuelle Leben rettete. Es war vielmehr die Position, die er Sekunden zuvor eingenommen hatte: Er hatte sich am Kopf der Gestalt hingekniet, statt sich, wie es näher gelegen hätte, über den Körper zu beugen. In der Sekunde, als er das Visier hochklappte, war es, als würde der Körper, der in dem Anzug steckte – falls es einen solchen je gegeben hatte –, von Hunderten organisch wirkender Stacheln durchbohrt, jeder einzelne nadelspitz, knallrot und fast meterlang. Gates fiel vor Schreck hintenüber und blieb wie gelähmt liegen, auch dann noch, als Dallas einen Strahl siedender Elektronen mitten in den Stachelanzug feuerte. Grelles, blaues Licht blitzte auf, als der konzentrierte Strahl den Anzug durchtrennte und die Mitte der Gestalt in eine Masse von geschmolzenem Metall, Gummi und etwas vormals Belebtem verwandelte.

Als Gates sich fluchend hochrappelte, betrachtete Dallas die UHT-Pistole mit ganz neuem Respekt.

«Was zum Teufel soll das sein?», fragte Gates.

«Ich glaube nicht, dass das irgendwie relevant ist», sagte Dallas.

«Sie haben gut reden. Sie sind ja auch nicht ums Haar in ein gottverdammtes Nadelkissen verwandelt worden.»

«Was ich sagen will, ist, dass wir von jetzt an keine logischen Erklärungen für die Dinge mehr finden werden. Jetzt geht es nur noch darum, die ganze Scheiße möglichst schmerzfrei durchzustehen.»

«Wenn ich mir dieses spezielle Stück Scheiße da angucke, dürfte das nicht so leicht sein.»

«Stimmt.» Dallas dachte kurz nach. «Sagen Sie, haben Sie schon mal Simsex gehabt?»

«Was ist das jetzt für eine Frage?»

«Eine sehr wichtige.»

«Okay, ja, ich hatte schon Simsex.»

«Wie gut war das? So gut wie echter Sex?»

«In mancherlei Hinsicht sogar besser. Aber ich hatte auch noch nie Sex auf dem Mond. Cav sagt, das ist ganz schön toll.»

«Wenn Lust in der Simulation intensiver sein kann, steht zu vermuten, dass das auch für Schmerz gilt. Wir beide können vielleicht in einer Simulation nicht umkommen. Aber ist das das Schlimmste, was uns widerfahren kann? Ich meine, die sexuelle Lust ist kurz nach dem Orgasmus vorbei. Schmerz dagegen braucht nie zu enden. Verstehen Sie, es kann gut sein, dass wir in eine Situation kommen, in der wir uns den Tod herbeiwünschen. Nur dass der hier drinnen nie kommt. Das ist wie so ein Ding aus der griechischen Mythologie. Wie bei Sisyphus, der dazu verurteilt ist, auf ewig einen riesigen Felsbrocken einen Berg hinaufzuwälzen. Oder bei Prometheus, der an einen Felsen gekettet ist und dem ein Adler eine Leber herausreißt, die sich immer wieder regeneriert. Wahrscheinlich können Mythen überhaupt nur in einer Simulation ihr volles Potential entfalten. Vielleicht wurden solche Strafen ja eigens für eine Simulation ersonnen. Verstehen Sie, was ich meine? Der Tod ist gar nicht so schlimm. Das Warten auf den Tod, das ist es, was unerträglich sein kann und doch ertragen werden muss.»

«Ich wollte, Sie würden die Klappe halten, Dallas. Und ich wollte, ich wüsste, was dieser Drecksack von Prevezer jetzt gerade auskocht. Wenn ich den je wieder zu Gesicht kriege, dann werde ich ihn lehren, was ‹Realität› heißt, und zwar so, dass er's nie wieder vergisst.»

VIII

Rimmer begann sich zu langweilen. Es war nicht sonderlich befriedigend, jemanden zu foltern, den man weder bluten sehen noch schreien hören konnte. Irgendwie musste schon ein Kontakt zwischen Folterer und Opfer bestehen, sodass Letzteres um Gnade flehen konnte; sonst waren die Quälereien gar keine richtige Folter, sondern nur eine mindere Art von Brutalität wie etwa Unmenschlichkeit oder Gehässigkeit. Da er sich nun mal das Ziel gesteckt hatte, in Dallas' Augen zur Personifizierung des Bösen schlechthin zu werden, legte er doch zumindest Wert darauf, dass diese Augen offen und auf ihn gerichtet waren. Die rechte Folterlust verschafften ihm weder die Vitalzeichen auf dem Computerschirm noch Prevezers Erläuterungen, wie er eine Simulation mit einer anderen, weit teuflischeren versetzt hatte. Zugegeben, Dallas' Puls, Blutdruck, Atemfrequenz und Körpertemperatur waren die eines Menschen, der irgendein schweres Trauma durchmachte, aber sich den Grund für jeden einzelnen Anstieg der Herzfrequenz – einmal sogar auf hundertneunzig Schläge pro Minute – selbst ausdenken zu müssen erwies sich doch als frustrierend. Da es Prevezer wohl kaum Lust bereitete, seine beiden Kollegen foltern zu müssen, konnte er

Rimmer nicht in hinreichend detaillierter Form an der Vielfalt der ihnen zugefügten Qualen teilnehmen lassen. Erst die Pistole an der Schläfe hatte ihm eine Beschreibung der Sure-15-Simworld entlocken können, mit der er das Modell der First National Blood Bank angereichert hatte.

«Das ist was, was ich für Reinbek entwickelt habe», hatte er erklärt. «Der war mal Verhörspezialist bei der Verbrechensabwehr, aber jetzt arbeitet er für das Black Hole. Und manchmal, wenn er Informationen aus Leuten rausholen will, holt er mich, damit ich sie in diese spezielle Simulation versetze. Sure 15 heißt sie nach dem Teil des Korans, in dem es um sieben Tore geht, die zu sieben verschiedenen Unterabteilungen der Hölle führen. Sie wollten was Teuflisches, Mister, also, hier haben Sie's. Was die beiden da durchmachen, ist der schiere, nackte Paniksyndrom-Nervenschock-Herzinfarkt-Horror, und ich würde das meinem ärgsten Feind nicht antun. Teile des Modells musste ich fertig kaufen, von irgendwelchen Hardcore-Sadofreaks und Psychopathen. Also verlangen Sie nicht, dass ich Ihnen genauer beschreibe, was da drin vor sich geht, weil ich's einfach nicht weiß. Ich würde nicht in diese Simulation reingehen, und wenn Sie mir dafür das ewige Leben versprechen.»

«Ich garantiere dir nur ein sehr kurzes Leben, wenn du mich anlügst», hatte ihm Rimmer erklärt.

Zwei volle Stunden waren vergangen, seit Prevezer gemeldet hatte, dass Dallas und Gates das erste Tor der Hölle passiert hatten, und Rimmer war diese Einwortillustrationen der Bildschirmzahlen leid. Fies. Übel. Gemein. Scheußlich. Schrecklich. Grässlich. Grausig.

«Woher weiß ich, dass es wirklich so schlimm ist, wie Sie sagen?», fragte er und presste die Mündung an Prevezers Nase.

«Gar nicht. Das können Sie nicht wissen. Nicht sicher. Außer, Sie gehen rein und gucken selbst.»

«Das würde Ihnen so passen, was?»

Prevezer schwieg, durch eine kleine Veränderung, die er an Gates bemerkt hatte, kurzzeitig abgelenkt.

«Mir ganz bestimmt», sagte Cavor vom Fußboden aus, wo er noch immer neben Ronica und Simou lag.

«Schnauze», fauchte Rimmer. Und dann, an Prevezers Adresse: «Das bringt's nicht. Nicht mehr. Vielleicht sollte ich sie jetzt einfach erschießen. Am besten, ich erschieße euch alle.»

«Warten Sie», sagte Prevezer. «Sie wollten einen Beweis, dass sie wirklich durch die Hölle gehen? Okay, gucken Sie mal hin. Gucken Sie sich Gates' Haar an, Herrgott nochmal.»

Rimmer bückte sich und spähte durch das Gitterwerk des geodätischen MRI auf Gates' Kopf. Kein Zweifel. Gates' Haar, das eindeutig braun gewesen war, als Rimmer die Suite betreten hatte, war jetzt grau.

«Mein Gott, Sie haben Recht», sagte er verblüfft. «Er ist total grau geworden. In der kurzen Zeit, die ich jetzt hier bin.»

«Sie Schwein», zischte Ronica.

«Glauben Sie mir jetzt?», wollte Prevezer wissen.

«Mein Haar ist grau, doch nicht von Jahren», sagte Cavor. «Noch ward es weiß in einer einz'gen Nacht / wie manchem schon durch jähen Schrecken widerfahren.»

«Was ist das?», fragte Rimmer entzückt.

Cavor richtete sich halb auf, wiederholte den Vers und setzte hinzu: «Lord Byron.»[1] Wenn Rimmer ihm jetzt den Rücken zukehrte, würde er ihn anspringen.

«Halten Sie den Mund, Cav», befahl Ronica. «Kapieren Sie denn nicht? Das steigert die sadistische Lust dieses Kerls nur noch.»

«Meine sadistische Lust ist das Einzige, was euch noch am Leben hält», sagte Rimmer und kniete sich neben sie. Er fasste in ihre Zöpfe, packte eine Handvoll und verdrehte sie.

1 Der Gefangene von Chillon, 1816.

Ronica schrie, bis er aufhörte.

«Noch ein Wort, und *dein* Haar erfährt, was Schmerz ist. Nur, dass es nicht grau werden wird. Dazu wird es gar keine Zeit haben, weil ich es nämlich rausreiße, Zopf für Zopf, meine Schöne, bis deine Kopfhaut so mit Kratern übersät ist wie die Mondoberfläche.»

Ronica schrie auf, als er ihr Haar erneut verdrehte. Cavor zog ein Bein unter sich und spannte die Muskeln an.

«Und hör auf mit dem verdammten Geschrei», sagte Rimmer und brachte sie diesmal mit einer Ohrfeige zum Schweigen. «Glaub nicht, dass dich jemand hört. Die Zimmer hier sind alle schalldicht.» Er gluckste. «Müssen sie ja wohl sein, bei dem, was die Leute hier treiben. Und wenn dich jemand hört, würde er nur davon ausgehen, dass du deinen Spaß hast. Und den kannst du ja vielleicht auch noch haben.»

Er stand auf und wandte sich wieder der Betrachtung der beiden Männer zu, in der Hoffnung, Dallas' Haar vor seinen Augen schlohweiß werden zu sehen. Nach einigen Minuten schüttelte er enttäuscht den Kopf. «Das war gut, aber nicht gut genug.» Er richtete die Pistole durch das Gitterwerk auf Dallas' Stirn und setzte hinzu: «Zeit, dass du zur echten Hölle fährst, Dallas.»

Jetzt oder nie, dachte Cavor. Er setzte gerade zum Sprung an, als er aus dem Augenwinkel Lenina sah.

Selbst unter den Mikrogravitationsbedingungen des Mondes war Rimmers Flug durch die Suite spektakulär. Er schien kaum etwas mit dem gedämpften Knall – ähnlich dem Geräusch einer heftig zugeschobenen Metallschublade – zu tun zu haben, der aus der Pistole in Leninas Hand kam. Leicht schwankend, das Gesicht von jenem rubelliformen Ausschlag überzogen, der mehr über ihren Zustand sagte als die Patientenkarte eines Hämatologen, stand sie in der Schlafzimmertür und feuerte noch einmal auf den Mann, der von der Wand zurückgeprallt war und jetzt, unter Hinterlassung einer Blutspur, zur Tür kroch. Ihre zweite Kugel traf Rimmer in den Hinterkopf, riss ein Stück Kopfhaut mit und tötete ihn auf der Stelle, als sie sich durch sein Gehirn bohrte, ehe sie schließlich zwischen seinen Zähnen hängen blieb, als hätte er sie, wie bei einer Zirkusnummer, mit dem Mund aufgefangen.

«Das hat aber gedauert», fauchte Ronica, die sich jetzt steif vom Boden erhob. «Ich dachte, Sie hören mich nie schreien.»

«Ruhe», blaffte Prevezer. «Sehen Sie nicht, dass sie am Ende ist?»

Lenina schwieg, zu schwach zum Antworten. Sie ließ die Pistole fallen, drehte sich um und verschwand wieder in Prevezers Schlafzimmer, während dieser aufsprang, um die Taste zu drücken, die Dallas und Gates vom künstlichen kortikalen Modus der Simworld auf den natürlichen umschaltete.

Gates – zitternd, weiß wie der Marmorsessel, auf dem er saß, und vor Angst fast außerstande zu atmen – rief ihnen zu: «Nehmt mir das Ding ab.»

Prevezer konnte gerade noch die Elektro-Neuronadeln einfahren, ehe Gates sich im Aufspringen den geodätischen MRI vom schweißnassen Kopf riss und ihn auf den Marmorboden schmiss, wo er in ein Dutzend tetraederförmiger Stücke zersprang. Gates schaute einen Moment mit schreckgeweiteten Augen im Raum umher und rannte dann, wie ein Hund würgend, ins Bad.

«Ich schaue besser mal nach ihm», sagte Cavor und ging hinterher.

Dallas wartete, bis ihm Prevezer seinen MRI abgenommen hatte, und ließ dann einen langen, zittrigen Seufzer los. Stumm biss er sich auf den Zeigefinger, bis dieser blutete. Ronica sah es, nahm ihm die Hand vom Mund weg, barg seinen Kopf an ihrem Bauch und wiegte ihn.

«Was ist passiert?», wisperte er. Dann sah er Rimmers Leichnam und begriff.

«Ist ja gut», sagte sie. «Ist ja alles vorbei. Du bist wieder bei uns. Ganz ruhig.»

Prevezer zog bereits zwei Portionen eines intravenösen Sedativums auf.

«Das ist nur ein Beruhigungsmittel», erklärte er Dallas. «Hilft Ihnen zu schlafen.»

«Soll das ein Witz sein?», fragte Simou. «Ich hätte Angst, je wieder die Augen zuzuklappen.»

«Schlaf ist jetzt das Beste», insistierte Prevezer. «Meiner nicht unbeträchtlichen Erfahrung nach.» Er rollte Dallas' Ärmel hoch und stach die Nadel ein.

Simou schüttelte skeptisch den Kopf. «Dann können wir nur hoffen, dass er nicht träumt. Nach dem, was er durchgemacht hat, wer weiß, was er da träumen würde?»

«Immerhin sind sie nicht tot», erklärte Prevezer. «Der Tod ist der schlimmste Traum.»

IX

Im «magischen Jahr» 1905 wurde die Realität für immer eine andere. Es war das Jahr, in dem Albert Einstein seine spezielle Relativitätstheorie veröffentlichte. Damit wurde offenbar, dass Raum und Zeit in einem vierdimensionalen System geometrisch äquivalent sind, ebenso wie Gravitation und Materie. Jeder Punkt im Raum ist zugleich ein Zeit-Punkt und jeder Moment in der Zeit zugleich ein Punkt im Raum. Und Raumzeit lässt sich als ein einziger riesiger Eisblock betrachten, in den die gesamte physikalische Realität ein für alle Mal eingefroren ist. So wie jeder Punkt in diesem Eisblockuniversum physikalisch zugänglich ist, gilt das auch für Vergangenheit, Gegenwart und Zukunft. Damit das erfüllt ist, muss die Zukunft jedoch bereits existieren, genau wie Vergangenheit und Gegenwart.

Das scheint kaum logisch nachvollziehbar, und in der Tat lässt sich die Raumzeit erst aus der Perspektive der Quantenphysik wirklich verstehen. Wir existieren in multiplen Versionen und in multiplen Universen. Das wird leichter begreifbar, wenn Sie Ihren eigenen Virtual-Reality-Generator zur Hilfe nehmen – Ihr Erinnerungsvermögen und Ihre Vorstellungskraft.

Eine Version Ihrer selbst existiert in der Vergangenheit, und das können Sie sich leicht vergegenwärtigen. Es ist Ihr erster Schultag. Zweifellos fallen Ihnen eine Menge plastischer Details ein, die die Realität dieser Version Ihrer selbst spürbar machen. Es fällt Ihnen nicht schwer zu glauben, dass diese Version Ihrer selbst irgendwie noch immer in der Vergangenheit fortexistiert und dass dort, für einen ewigen Moment, immer Ihr erster Schultag sein wird.

Die nächste Version Ihrer selbst existiert in der Gegenwart. Das sind Sie, der Sie sich an ihren Schultag erinnern, sich aber auch noch eine andere Version Ihrer selbst vorstellen, eine zukünftige Version in irgendeiner besonderen Situation – Ihren letzten Tag im Berufsleben vielleicht. Das ist schon schwerer und hängt von der Wendigkeit Ihrer Phantasie ab. Dennoch kann Ihnen diese zukünftige Version Ihrer selbst auf eigentümliche Weise genauso real erscheinen wie die vergangene – wenn nicht sogar realer –, da es nichts gibt, was in der virtuellen Realität unserer Vorstellung nicht machbar wäre. Nichts, was physikalisch unmöglich wäre.

Eines Tages in der Zukunft (und vielleicht in weit entfernter Zukunft) könnte es, bei entsprechender Computerkapazität, möglich sein, das gesamte Universum in der virtuellen Realität darzustellen. Welch besserer Ort ließe sich für Menschen denken, um sich evolutionär fortzuentwickeln, Unsterblichkeit zu erlangen und von den Toten auferweckt zu werden? Doch bis dieser Tag kommt, an dem nichts mehr auf Rechnern intraktabel ist – mit anderen Worten, bis der Himmel existiert –, muss die Evolu-

tion einen anderen, weniger spektakulären Weg des Fortschritts finden. Und sie wird ihn finden. Schon jetzt greifen menschliche Gene über sich selbst hinaus, bis zum Mond und weiter. Die einzige Schwelle, die der Prozess der menschlichen Evolution noch überwinden muss, ist die physische Grenze, die Weltraumreisen gesetzt ist. Doch dieser Aufbruch hat vielleicht schon begonnen.

4

I

«Zu dumm», sagte Dallas, als er das inspizierte, was von Gates' geodätischem MRI übrig war. «Ohne eine zweite Einheit können wir den Reaktorraum nicht simulieren.»

«Würden Sie das etwa wollen?», fragte Gates. «Nach dem, was dort drinnen passiert ist?»

Keiner von ihnen hatte darüber gesprochen, was ihnen in der Simulation widerfahren war, als Rimmer Prevezer gezwungen hatte, ein Siliciummodell mit einem anderen zu koppeln, aber beide würden es kaum je vergessen.

«Das ist wirklich sehr unglücklich gelaufen», sagte Dallas. «Aber es dürfte wohl nicht nochmal passieren, jetzt, wo Rimmer tot ist. Und ich hätte immer noch gern eine genaue Vorstellung, wie viele Zentigray wir wohl in der Zeit absorbieren, die wir brauchen, um durch die Reaktorraumwand zu kommen.»

«Hier auf dem Mond lässt sich kein anderer MRI auftreiben», sagte Prevezer. «Ich habe schon rumgefragt. Hier oben besteht kein Bedarf an so was. Ich meine, die Leute haben nicht viel Interesse an Simworlds, wenn die Realität so toll ist.»

«Schön, dass Sie's zugeben», sagte Simou.

«Es würde mindestens vier bis fünf Tage dauern, uns ein neues Exemplar mit dem nächsten Astroliner von der Erde schicken zu lassen», sagte Prevezer, ohne ihn zu beachten.

Gates schüttelte den Kopf. «Zu lange für Lenina.»

«Wir auch nicht», sagte Dallas. «Da ist unser Lunartageslichtfenster. So lange zu warten hieße, den *Mariner* im Dunkeln zu landen. Aber das wird schon bei Tageslicht schwer genug, ohne Lenina. Wie geht's ihr? Ich meine, sie wird doch auf keinen Fall fit genug sein, oder?»

«Tatsache ist, dass sie jeden Moment sterben kann», sagte Gates und rieb sich mit einer Riesenhand das weiß beschopfte Haupt. «Auf der Erde wäre sie wahrscheinlich schon tot. Nur der künstliche Druck hier gibt ihrem Hämoglobin noch den Sauerstoff, der sie am Leben hält.»

Dallas nickte. «Dann ist das wohl geklärt. Wir legen morgen los. Am zwanzigsten Juli. In dem ganzen Hundertjahrfeier-Trubel kriegen wir Lenina leichter aus dem Hotel. Bis dahin müssen wir ein paar Berechnungen bezüglich der Strahlenfolgen anstellen. Prev? Irgendwelche Ideen?»

«Ich könnte ein zweidimensionales Modell über den Computer laufen lassen», schlug Prevezer vor. «So eine Art Prognose-Mikrowelt, unter Verwendung der Daten, die sowieso schon im Speicher sind. Da kriegen wir natürlich nicht die plastischen Details und die realistischen Abläufe wie beim 3-D, aber wohl immerhin ein paar einigermaßen verlässliche Zahlen.»

«Dann tun Sie's», sagte Dallas. «Jetzt gleich.»

«Aber wie kriegen wir Lenina aus dem Hotel?», fragte Ronica. «Abgesehen davon, dass sie bewusstlos ist, sieht sie auch aus, als sei sie gerade einem Pestsumpf entstiegen.»

«Wir müssen sie in einen Raumanzug stecken», sagte Simou.

«Klar», sagte Cavor. «Viele Leute in der Hotelhalle haben Raumanzüge an. Aber die meisten können laufen.»

«Schon mal in die Hotelbar geguckt?», fragte Simou. «Die ist voll von betrunkenen Apollo-11-Fans. Und morgen werden es noch mehr sein. Gates und ich, wir können sie doch in die Mitte nehmen und tragen. Noch drei Besoffene in Raumanzügen – wer achtet da schon drauf?»

«Und Rimmer?», fragte Ronica. «Was machen wir mit dem? Den können wir ja wohl nicht auch noch raustragen.»

«Wir lassen ihn hier», sagte Dallas. «Offiziell reisen wir ja nicht ab. Wir kommen ja theoretisch nach unserem Ausflug zum Descartes wieder hierher. Bis die hier merken, dass dem nicht so ist, sind wir weit weg, auf die dunkle Seite abgetaucht.»

«Wir können ihn ja im Wandschrank verstauen und das Bitte-nicht-stören-Schild anknipsen», sagte Cavor. «Dann kommt das Zimmermädchen gar nicht erst rein.»

«Dann wäre das auch geregelt», sagte Dallas. «Ist das alles?»

«Will ich doch stark hoffen», murmelte Gates.

Dallas sah ihn komisch an und wirkte auf einmal verlegen. «In dem Fall wäre da noch eins, was ich Ihnen allen mitteilen möchte. Obwohl es vor allem Sie betrifft, Cav.»

«Klingt nach dem, worauf ich die ganze Zeit warte.»

«Und Sie, Rameses.»

«Hol mir jemand ein Betäubungsmittel», stöhnte Gates.

«Ich weiß nicht, wie ich es elegant verpacken sollte, also sage ich es einfach geradeheraus. Nachdem Sie den *Mariner* gelandet haben, werden nur Cav und ich in den Hauptkomplex eindringen.»

«Ich?» Cavors Augen weiteten sich vor Verblüffung.

«Nochmal?», sagte Gates.

«Sie kommen nicht mit in die Bank.»

«Soll das ein Witz sein, Dallas? Die weißen Haare hier auf meinem Kopf müssten Ihnen doch sagen, dass mein Sinn für Humor im Moment nicht der ausgeprägteste ist.»

«Das ist kein Witz.»

«Ist es wegen dem, was war? Weil ich wegen der Kälte schlappgemacht habe? Ich hab mir schon was ausgedacht, um das zu verhindern.»

«Ich, offen gestanden, auch.»

«Aber wo liegt dann das Problem? Das versteh ich nicht.»

«Die Wahrheit ist, dass ich für den Ernstfall von vornherein Cav als zweiten Mann eingeplant hatte.»

«Aber warum?»

«Weil er spezielle Fähigkeiten hat. Fähigkeiten, von denen er selbst nichts weiß.»

«Können Sie mir vielleicht sagen, was das für Fähigkeiten sind?», fragte Gates.

«Würde mich auch interessieren», gestand Cavor.

«Alles zu seiner Zeit.»

«Wenn das so ist, warum haben Sie dann die Simulation mit mir durchgezogen und nicht mit ihm? Warum bin ich derjenige, der wie ein gottverdammter Albino aussieht, wenn ich bei dem eigentlichen Job gar nicht mitmachen soll?»

«Hey», mischte sich Simou ein. «Wenn Sie mich fragen: Ihr Haar sieht klasse aus. Besser als vorher.»

«Weil Cavs besondere Fähigkeiten in einer Simworld nicht zum Tragen kommen. Nur in der Realität.»

«Jetzt bin ich aber wirklich gespannt.»

«Ich dachte, Sie würden sich freuen, Rameses. Schließlich haben Sie doch einige Bedenken geäußert, was meinen Plan angeht. Nicht zuletzt wegen der Sache mit dem Reaktorraum und der Strahlenexposition.»

«Bedenken sind eine Sache», protestierte Gates. «Kalte Füße sind eine ganz andere. Apropos, nur falls Sie's vergessen haben sollten: Cav hat auch P^2, genau wie ich.»

«Ja, aber noch nicht so lange wie Sie. Wenn Sie damit sagen wollen, dass seine Kerntemperatur wahrscheinlich auch schneller absinken wird als meine – okay. Aber nicht so schnell wie Ihre. Hören Sie, Rameses. Das ist nicht persönlich gemeint. Es ist einfach nur die beste Möglichkeit, die Sache hinzukriegen. Die einzige, um genau zu sein. Für Sie und Lenina und die Übrigen hier geht es doch nur darum, dass wir das Blut kriegen.»

«Ihr Wort in Gottes Ohr», sagte Simou.

«Oder etwa nicht?»

«Schon», sagte Gates nickend. «Aber eins verstehe ich immer noch nicht – wo wir gerade davon reden, für wen es worum geht: Was springt für Sie dabei raus, Dallas? Sie haben das Virus nicht. Sie brauchen kein Blut.»

«Ich will auch Blut», sagte Dallas grimmig. «Genau wie Sie alle. Verstehen Sie, ich habe auch eine Art Virus. Es ist vielleicht nicht tödlich, aber es frisst mich trotzdem auf. Mein Heilmittel ist Rache. Das ist es, was für mich dabei rausspringt. Das größte Gefühl auf Erden.» Dallas grinste. «Auf Erden? Scheiß auf die Erde. Soll doch von mir aus das ganze verdammte Universum zugrunde gehen, wenn ich nur meine Rache kriege.»

II

Die Erde, wie ein prächtiges blaues Fabergé-Ei in einem schwarzen Samtkästchen, scheint doch zu kostbar und ewig, um ein adäquates Objekt solch kleingeistiger Rachegelüste zu sein. Allein ihr mathematischer Aspekt, jenes fundamentale Zahlensystem, ist – insofern, als es eine grundlegendere Ordnung zu spiegeln scheint – in sich schon Wunder genug und hätte Dallas vielleicht doch noch einmal zum Nachdenken veranlassen können.

Zahlen wie die Größe der elektrischen Ladung des Elektrons: Die kleinste Differenz, und die Sterne – deren Trümmer zu anderen Sternen und Planeten wie etwa der Erde wurden – wären nie explodiert. Zahlen wie das Verhältnis der Massen eines Elektrons und eines Protons, das exakt daraufhin kalkuliert scheint, die Entstehung intelligenten Lebens im Universum zu ermöglichen. Einem Universum, das auch jetzt noch, zehntausend Millionen Jahre nach der Singularität, die es hervorbrachte, mit so kritischer Geschwindigkeit expandiert, dass eine infinitesimale Unterschreitung dieser Expansionsrate in der Sekunde nach jener

Singularität – eine Abweichung von nur 0,0001 Prozent – dieses Universum wieder hätte in sich zusammenstürzen lassen, ehe es seine jetzige Form und Größe hätte erreichen können.

Obwohl vermutlich hundert Milliarden Milliarden Planeten für die Entstehung von Leben im Universum geeignet wären, ist doch die Wahrscheinlichkeit des faktischen Eintretens eines solchen Ereignisses irgendwo anders als auf der Erde – wo es schon unwahrscheinlich genug ist – verschwindend gering. Das lässt sich errechnen, indem man die Zahl derjenigen Planeten, auf denen gesicherterweise ein solches Ereignis stattgefunden hat – und das ist nur die Erde, also: 1 –, durch die Zahl der potentiell lebensgeeigneten Planeten dividiert. Mit anderen Worten: Die Wahrscheinlichkeit der Entstehung von Leben irgendwo anders im Universum liegt bei etwa eins zu hundert Milliarden Milliarden.

Verglichen mit der sonnenversengten und vergleichsweise eintönigen Mondoberfläche ist die Erde in der Tat ein Wunder-Ei. Sie könnte einen fast schon dazu bringen, an das anthropische kosmologische Prinzip zu glauben – die Auffassung, dass der Mensch eine privilegierte Stellung in einem Universum innehat, das mit seiner Existenz als Beobachter konsistent ist. Das Universum, so das Prinzip (das, obwohl es sich wie eine Binsenweisheit anhören mag, tatsächlich tief greifende Implikationen für die Physik hat), muss Eigenschaften haben, die die Existenz von Beobachtern zulassen.

Was ist der Mensch, fragt der Psalm, dass du seiner gedenkst? Vielleicht nichts. Kopernikus, Galilei, Darwin, sie alle haben dazu beigetragen, den Menschen aus seiner selbst konstruierten Position im Zentrum des Universums zu vertreiben – eines Universums, das obendrein das Produkt einer monströsen Serie von Unfällen ist. Doch wer weiß? Wenn die Welt des Denkens erst den Kreis schließt wie eine Kugel in einem simplen Orrery-Planetarium – vielleicht ist sie dann ja alles?

III

Dallas saß im Cockpit, auf dem Pilotensitz, den sonst Lenina innegehabt hatte, die jetzt, nachdem sie sie erfolgreich aus dem Galileo-Hotel geschmuggelt hatten, in der Crewkabine unten im Mitteldeck schlief. Gates saß, wie gehabt, auf dem Kommandantensitz und hielt ein wachsames Auge auf den Autopiloten, während sie sich dem Descartes-Krater näherten.

Der Blick aus dem Cockpitfenster war im Großen und Ganzen so, wie Gates ihn aus der Simulation in Erinnerung hatte: nichts als ein Haufen Krater, deren Reihenfolge er sich eingeprägt hatte: Torricelli, Alfraganus, Hypatia, Zöllner und Kant. Das Kant-Kratersystem, das sie jetzt gerade überflogen, war das letzte Bodenmerkmal vor dem Descartes.

«Gehe auf Handsteuerung», sagte er und schaltete den Autopiloten ab. «Simou? Sind Sie bereit?»

«Bereiter geht's nicht», sagte eine Stimme in seinem Kopfhörer.

«Kann losgehen», sagte Gates, während er den Knüppel fest umfasste und die Anzeigen auf dem Instrumentenbord über seinem behelmten Kopf checkte.

«Viel Glück», sagte Dallas.

«Uns allen», erwiderte Gates.

Sekunden später spürten sie den lauten Knall der Explosion, die Simou ferngezündet hatte. Es war dasselbe Geräusch wie in der Simulation, nur dass diesmal der Generalalarm ausblieb. Die Explosion hatte kein Leck in den Rumpf gerissen.

«Was war das?», fragte Dallas, der Stimmaufzeichnung wegen.

«Keine Ahnung», gestand Gates. «Klang aber nicht gut, was?»

«Hat uns was erwischt?»

«Wir sind ja noch da, oder?» Gates sah auf die Instrumente

über seinem Kopf. «Alle Anzeigewerte normal. Wenn uns was getroffen hat, haben wir immer noch Druck.»

Dallas fluchte lautlos. Ohne verifizierbare Notlage würde sie der Descartes-Computer nie landen lassen. «Sim?», fragte er. «Können Sie sich dieses komische Geräusch erklären?»

«Negativ, Dallas», sagte Simou. «Bin genauso ratlos wie Sie.»

Dallas löste seinen Sitzgurt, beugte sich vor und reckte den Hals, um durch das dreieckige Cockpitfenster auf die drillbohrerförmige Nase des Schiffs gucken zu können.

«Sehen Sie was?», fragte Gates nervös. Ziemlich absurd, dass er, mit seiner Astroliner-Pilotenausbildung, jetzt darauf hoffen musste, dass irgendwas schief lief.

«Da ist ein Riss», meldete Dallas. «In dem Keramik-Hafnium-Schild am Bug. Und er wird immer größer.» Vor seinen Augen löste sich etwas von der Nase des Schiffs und flog in den Raum davon. «Wir haben gerade eine der Hitzeschildplatten verloren. Und noch eine.»

«Klingt nach Sprödbruch», setzte Simou seine Worte vorsichtig. «Die Wucht des Aufschlags muss sich über den ganzen Bug verteilt haben.»

«Da fliegt noch eine Platte weg», sagte Dallas.

«Wenn wir zu viele davon verlieren, überleben wir den Wiedereintritt nicht», sagte Gates. «Vielleicht sollten wir landen und den Schild reparieren.»

«Negativ», sagte Dallas. «Das ist nichts, was sofort passieren muss. Wir können den Flug auch ohne Bugschild fortsetzen.»

Gates warf sich in seinen Sitz zurück und hämmerte frustriert mit den Fäusten auf die Armlehnen ein.

«Ich schlage vor, wir drehen um und fliegen zur TB zurück», sagte Dallas ruhig. «Vorsichtshalber.»

«Na toll», knurrte Gates. «Heißer Urlaub. Wir sind noch nicht mal auf halbem Weg zum Schrötertal und sollen schon wieder umkehren.»

Das Schrötertal war das Flugziel, das sie tarnungshalber in den Bordcomputer eingegeben hatten. Widerstrebend begann Gates, die Kursänderung einzuprogrammieren. Er tat es in dem Wissen, dass jede Verzögerung in diesem Stadium des Plans Lenina das Leben kosten würde.

«Wir fliegen zurück?» Simous Stimme im Kopfhörer klang ungläubig.

«Wenn Sie irgendwelche anderen Vorschläge haben, können Sie sie gern vorbringen», sagte Dallas.

Gates überließ die Steuerung des RLV wieder dem Autopiloten, und der *Mariner* begann prompt zu steigen, um dann die RCS[1]-Schubdüsen für die Kursänderung zu zünden. Gleich darauf hörten sie eine zweite Explosion. Im ersten Moment dachte Gates, das RCS habe zu früh gefeuert. Erst als der Generalalarm losging und das Rauschen in seinem Kopfhörer von erschrockenen Rufen aus dem Mitteldeck durchbrochen wurde, begriff er, dass das, was gerade passiert war, nichts mit den Schubraketen zu tun hatte. Ein rascher Blick aufs Instrumentenbord erfasste einen ganzen Schwarm roter Warnlämpchen.

«Flugcomputer ist gerade ausgefallen», rief er und nahm den Knüppel wieder.

Noch mehr rote Lämpchen.

«Und das Umweltkontrollsystem auch», sagte Dallas.

«Bereitmachen zur Notlandung», sagte Gates schluckend. «Auf Sauerstoff gehen, alle. Noch ein paar Minuten, und wir haben hier drinnen nichts mehr zu atmen, außer unserem eigenen CO_2. Wenn ich nur wüsste, was da passiert ist und warum. Aber ohne den Flugcomputer kann ich das Ding nicht oben halten, selbst wenn ich wollte.»

«Dort voraus ist ein Landeplatz», sagte Dallas, der immer noch für den Descartes-Computer kommunizierte.

---

1 Rocket Control System (Raketen-Schubsteuerungssystem).

Und prompt, auf dieses Stichwort: «Hier spricht die First National Blood Bank im Descartes-Krater.» Der Computer. «Sie nähern sich einer Sperrzone. Bitte gehen Sie sofort auf Kurs eins-null-fünnef und steigen Sie auf fünfzehnhundert Fuß. Bei Nichtbefolgen dieser Aufforderung werden entsprechende Maßnahmen ergriffen.»

«Descartes, hier *Mariner*. Negativ, Kursänderung auf eins-null-fünnef nicht möglich. Können Flug nicht fortsetzen. Ich weiß nicht, warum, aber all unsere Computer sind ausgefallen. Erbitten sofortige Notlandeerlaubnis.»

«Sind Sie in der Lage, entsprechende Flugdaten und Ihre Cockpit-Stimmaufzeichnungen zu übermitteln?», fragte Descartes. «Damit ich Ihre zwingende Notlage verifizieren kann.»

Dallas versuchte gerade herauszukriegen, was noch von ihrem Computersystem übrig war. «Descartes, hier *Mariner*. Kommunikations- und Mitteldecksysteme haben wir noch, aber Flugcomputer, Ladebucht- und Umweltkontrollsystem sind weg. Die Mitteldecksysteme haben aber Back-up-Daten bis zum Moment des Computerausfalls. Wir übermitteln diese Daten und unsere Cockpit-Stimmaufzeichnungen. Jetzt.»

Die Stille zog sich hin, während der Descartes-Krater immer näher kam. Gates nahm den Kraterrand als Sichtnavigationshilfe und richtete die Nase des *Mariner* auf einen Punkt ein gutes Stück dahinter. Er flog jetzt nur nach Instinkt. Instinkt und Gefühl. Ohne die Hilfe des Flugcomputers musste er die Sinkgeschwindigkeit über den Daumen peilen.

«Descartes? Hier *Mariner*. Wie sieht's aus?»

«Ihren Daten zufolge scheint einer Ihrer Sauerstofftanks explodiert zu sein», sagte die kühle Computerstimme. «Alle übrigen Ausfälle gehen auf die Primärursache zurück. Die veränderte Zusammensetzung des Sauerstoff-Wasserstoff-Gemischs in Ihren Brennstoffzellen hat zu einem erheblichen Spannungsabfall in den Stromkreisen geführt, wodurch einige Ihrer Computersysteme abgestürzt sind. Da Sie jedoch über Back-up-Brennstoffzellen verfügen, kann es sein, dass Ihre Computer bereits wieder rebooten. Bitte um entsprechende Mitteilung.»

«Danke für die Information», sagte Gates. «Aber leider negativ, was das Rebooten betrifft.» Er hielt jetzt den Knüppel mit beiden Händen fest umfasst. «Fahrwerk ausfahren», wies er Dallas an.

«Wird es denn funktionieren?»

«Ziehen Sie die Hebel da. Das Ding ist hydraulisch.»

Dallas tat, wie ihm geheißen, und ließ dann einen kleinen Erleichterungsseufzer los, als er ein grünes Lämpchen aufleuchten sah und spürte, wie sich das Fahrwerk unter den Rumpf des Schiffs herabsenkte. «Fahrwerk draußen», sagte er.

«Ich weiß Ihre Fehlerdiagnose zu schätzen, Descartes», sagte Gates, «aber bitte nehmen Sie zur Kenntnis, dass ich eine Notlandeerlaubnis brauche. Die Alternative ist eine Bruchlandung im Albufeda.» Das war der große Krater unmittelbar südwestlich des Descartes.

«*Mariner*, hier Descartes. Sie sind zur Landung freigegeben. Wiederhole, Sie sind zur Landung freigegeben. Alles Gute.»

Gates war bereits im Endanflug. Ein paar von den anderen im Mitteldeck hatten die Landeerlaubnis mit freudigem Johlen quittiert, aber in seinen Augen war der Jubel verfrüht. Die Flughöhe über einer Mondlandschaft abzuschätzen war äußerst schwer, und selbst mit dem Hauptkomplex als Anhaltspunkt wünschte er doch sehnlichst, er könnte sich auf irgendwelche Landeradardaten stützen. Das hier war mehr so eine Art Vabanquespiel als eine Sichtlandung.

«Bring ihn runter», spornte er sich durch die zusammengebissenen Zähne an. Obwohl er das kaum für möglich gehalten hätte, war dieser Landevorgang noch horrormäßiger als in der Simulation. Nur gut, dass Descartes sich etwas kooperativer zeigte als erwartet.

Der *Mariner* schrammte in einem Abstand von weniger als fünfzig Fuß über den nördlichen Kraterrand. Gates nahm rasch Schub weg und ließ das Schiff auf den Kraterboden zusinken, was unter ihnen einen Staubsturm auslöste. Jetzt, da sie im Kraterinneren waren, konnte er den Landeplatz klar erkennen, und für einen Sekundenbruchteil fragte er sich, ob der Descartes-Computer womöglich gelogen hatte, was die Landeerlaubnis betraf. Wenn nun die Minen in der Landezone immer noch scharf waren? Warum war Descartes so kooperativ gewesen?

«Ich hoffe nur, dieser Computer verarscht uns nicht, Dallas», sagte er und drosselte den *Mariner* fast bis zum antriebslosen Schwebeflug herunter.

«Computer lügen nicht», sagte Dallas und umkrallte die Armlehnen seines Sitzes. «Obwohl sie das Gedächtnis hätten, das ein guter Lügner braucht.»

«Ich wollte, Sie wären ein verdammter Computer», sagte Gates, während er den Knüppel leicht nach vorn drückte. Das Schiff neigte sich wieder, und in der Annahme, dass sie noch knapp siebzig Fuß Höhe hätten, streckte er die Hand aus, um den Triebwerksabstellschalter zu betätigen, sobald das grüne Bodenkontaktlicht aufleuchtete. Er hatte sich um mehr als dreißig Fuß verschätzt. Der *Mariner* setzte früher und mit sehr viel mehr Wucht als geplant auf. Der Schlag ließ die gesamte Cockpitausstattung erbeben, katapultierte den noch immer unangeschnallten Dallas aus seinem Sitz und bewirkte, dass sämtliche Computer plötzlich rebooteten. Gates stellte die Triebwerke ab, der *Mariner* wippte ein paar Sekunden auf seinem Fahrwerk, dann war alles still.

«Na bitte, wir sind unten», seufzte Gates.

Dallas rappelte sich vom Boden hoch.

«Wie weit haben Sie's eigentlich als Astroliner-Pilot gebracht?», fragte er.

«Was wollen Sie? Dinner und Bordkino?», Gates nickte.

«Wollen Sie wissen, wie sich ein guter Flug definiert? Als einer, nach dem man den Flieger auf eigenen Beinen verlassen kann. Das haben Sie gekriegt, also beschweren Sie sich nicht.» Dann schlug er einen leicht suggestiven Ton an, um den anderen im Zwischendeck ihr Stichwort zu geben: «Sorry wegen der holprigen Landung, Leute. Alle Mann okay?»

«Negativ», sagte Prevezer. «Wir haben eine Verletzte.»

«Descartes, hier *Mariner.* Wir sind unten.»

«Landemeldung verstanden, *Mariner.* Bitte teilen Sie mit, ob Sie medizinische Hilfe benötigen.»

«Danke, Descartes. Bitte warten, ich melde mich gleich wieder.» Gates schaltete den offenen Kanal ab und sah zu Dallas hinüber. «So eine schlechte Presse hat dieser Computer gar nicht verdient. Er ist ein viel hilfsbereiterer Schweinehund, als Sie uns eingeredet haben.»

«Alles, was er uns anbietet, sind die medizinischen Einrichtungen des Landeplatzes», sagte Dallas. «Da ist eine kleine Notfallstation unmittelbar östlich von uns, mit einer minimalen Reparatur- und Erste-Hilfe-Ausrüstung. Ohne Blut natürlich.»

Dallas trat an die Steuerkonsole im rückwärtigen Teil des Cockpits, um von hier aus die Ladebuchttür und den Manipulatorarm zu bedienen. Er sagte: «Ein Gutes hat diese Landung allerdings gehabt.»

«*Ein* Gutes? Wir sind doch hier, oder?»

«Durch den Schlag beim Aufsetzen sind all unsere Computer wieder angesprungen. Ich weiß nicht, wie wir den Raumkühlschrank ohne diesen Manipulatorarm hätten ausladen sollen.»

Als der Raumkühlschrank ausgeladen war, folgte Dallas Gates ins Mitteldeck hinunter. Da das Umweltkontrollsystem wieder funktionierte, war die künstliche Atmosphäre im gesamten Schiff wieder hergestellt, und Ronica war bereits aus ihrem Raumanzug gestiegen und legte sich gerade in eine Hängematte neben dem Transfusionsgerät.

«Ich hoffe, du weißt das zu schätzen, Dallas», sagte sie, während sie sich an das Gerät anschloss. «Dass ich bereit bin, mein Blut für dich zu geben. Das tue ich nämlich nicht für jeden.» Die Maschine band ihren Arm ab, betupfte die Haut ihrer Ellbogenbeuge und führte dann die Nadel ein.

Dallas nahm ihre Hand und küsste sie, während das Blut bereits durch die Kanüle zu fließen begann. «Ich weiß.»

«Simou?», sagte Gates. «Ich will wissen, warum dieser Sauerstoffzylinder explodiert ist. Und wie sieht es mit unseren Brennstoffzellen aus?»

«Irgendein Kurzschluss im Flüssigsauerstofftank, würde ich sagen», antwortete Simou und begann, die computerisierten Elektrikkontrollanzeigen zu prüfen. «Die Wahrscheinlichkeit, dass so was passiert, ist eins zu tausend, aber es ist passiert. Und dann kam's, wie's kommen musste. In den Brennstoffzellen wird ein Wasserstoff-Sauerstoff-Gemisch hergestellt, um Wasser und, als Nebeneffekt der Reaktion, Elektrizität zu erzeugen. Und als dieser eine Flüssigsauerstoffzylinder ausgefallen ist, ging einigen Brennstoffzellen praktisch die Luft aus.» Er überflog die Anzeigeskalen für die einzelnen Brennstoffzellen. «Sieht aus, als ob noch zehn von zwölfen voll funktionieren.»

«Fünfzehn Prozent», teilte Dallas Ronica mit. «Das Gerät ist langsamer als in der Simulation.»

«So spielt das wirkliche Leben nun mal», seufzte sie.

«Wie fühlst du dich?»

«Wie bei unserer ersten Begegnung. Watte im Kopf, zittrige Knie, Schmetterlinge in der Brust.»

Dallas drückte ihre Hand fester und verfolgte die Transfusionsrate.

«Dallas? Das da ist meine Hand», erklärte sie sanft. «Keine Orange. Pressen bringt da nichts, davon fließt das Blut auch nicht schneller.»

Er lockerte seinen Griff. Ihr Blut sammelte sich in einem

großen Plastikbeutel hinten am Gerät, während das Computerdisplay eine Menge Details über seine Beschaffenheit lieferte: Blutgruppe, Temperatur, Erythrozytenkonzentration, Plasmagehalt, pH-Wert, ATP-Gehalt und selbst die enthaltenen Antikörper.

«Du hältst dich sehr gut», sagte er. «Wir sind schon bei fünfundzwanzig Prozent. Jetzt reicht es gleich.»

Simou, der immer noch bei seinem Brennstoffzellen-Diagnosecheck war, drehte sich zu Gates um. «Berichtigung», sagte er, «Zelle Nummer zehn scheint plötzlich ein bisschen schwach auf der Brust. Wahrscheinlich registriert der Computer die Veränderung des Gemischs erst jetzt, wo er wieder da ist. Sieht zwar nicht so aus, als ob sie gleich ihren Geist aufgeben würde, aber ich werde sie sicherheitshalber doch lieber aus dem Verkehr ziehen.»

«Moment mal», sagte Cavor. «Wo kriegt das Transfusionsgerät seinen Strom her?»

«Wenn eine Zelle ausfällt, übernimmt die nächste in der Reihe», erklärte Simou. «Das ist Nummer neun.»

«Dreißig Prozent», sagte Dallas.

«Jetzt gerade fühle ich mich nicht so toll», sagte Ronica, ein wenig fröstelnd. «Mir ist schlecht. Als ob ich kotzen müsste.»

«Wie viel Saft hat Nummer neun?», inquirierte Cavor weiter.

«Lassen Sie's gut sein. Neun ist okay. Voll geladen. Notfalls können wir sogar das ganze Schiff mit nur drei Zellen betreiben. Das System funktioniert so ähnlich wie ein Busbahnhof. Ein Bus verschwindet, ein anderer kommt. Aber irgendein Bus ist immer da, okay?»

Ronicas Lider flackerten. Sie war jetzt kurz vor dem hämorrhagischen Schock. Vierzig Prozent ihres Bluts waren inzwischen abgezapft. Zeit, mit Descartes zu reden. Dallas stoppte das Transfusionsgerät und wandte sich dann zur Kommunikationskonsole, um einen Kanal zu öffnen.

«Descartes, hier spricht *Mariner.*»

«Wie ist Ihr momentaner Status, bitte, *Mariner*?»

«Schalte von Zelle zehn auf Zelle neun um», sagte Simou und drückte eine Taste an seinem Computer.

«Unsere Computer sind wieder da, Descartes. Aber ein Crewmitglied wurde verletzt», meldete Dallas. «Bei der Landung. Sie hat eine Menge Blut verloren und benötigt dringend ein paar Einheiten RES-1-Vollblutkonzentrat.»

«Ihnen ist doch klar, dass das hier keine Kundenbank ist», sagte Descartes, «sondern eine Bundesreservebank. In Notfällen bin ich durchaus autorisiert, Abhebungen vorzunehmen. Die Bluteinheiten sind allerdings tiefgefroren. Ich verfüge nicht über die Einrichtungen, um sie gebrauchsfertig zu machen.»

«Das macht nichts», sagte Dallas. «Wir haben eine Fachkraft an Bord.»

«Ich muss die Vitalzeichen der Verletzten selbst überprüfen. Wenn der Notfall verifiziert ist und Sie mir einen autorisierten Autologspendercode nennen können, werde ich Ihnen die nötigen Konzentrateinheiten zukommen lassen. Bitte übermitteln Sie mir beide Datensätze zur Prüfung.»

«Sofort», sagte Dallas, erleichtert, dass dieser Teil schneller voranging, als er erwartet hatte. Er übermittelte Descartes rasch die Daten und machte sich bereit, die Pumpe auf Infusion umzuschalten, sobald der Computer den Notfall anerkannt hatte. Je schneller Ronica ihr Blut wieder zurückbekam, desto erleichternder für ihn. Das hier fühlte sich ganz anders an als in der Simulation. Nicht, dass sie ihm vorher nicht auch schon viel bedeutet hätte, aber erst jetzt, da die Transfusionsprozedur real war, konnte er wirklich ermessen, was es hieße, sie zu verlieren.

«Wenn Zelle zehn zuletzt fast leer war ...», sinnierte Cavor.

«Ich habe Ihre Daten», meldete Descartes. «Die Klassifikation für Ihr Crewmitglied lautet: Blutgruppe 0, Genotyp 00, Phänotyp 0; H-Substanz-Antigene sowie alle normalen Plasmaantikörper.» Die Tatsache, dass der Descartes-Computer Antikörpertests durchführen konnte, hatte sie daran gehindert, auch gleich Blut für Lenina anzufordern, die Blutgruppe AB hatte. Sobald Descartes die hämatologischen Anzeichen ihrer P^2-Infektion bemerkt hätte, wäre er sofort darauf gekommen, dass da etwas nicht stimmte. «Ich schicke Ihnen drei Einheiten.»

«Und Zelle neun ganz voll ist ...», verfolgte Cavor seinen Gedankengang weiter.

«Bitte warten Sie weitere Instruktionen bezüglich der Entgegennahme des Kryopräzipitats ab.»

«Danke, Descartes.»

«Dann kann es sein, dass das, was vorher an der fast leeren Zelle hing, plötzlich viel mehr Strom verkraften muss. Was es vielleicht nicht tut.»

«Von Zelle zehn wurden nur unwesentliche Zusatzgeräte gespeist. Okay, es kann für ein, zwei Sekunden eine Überspannung geben.» Simou überflog noch einmal seinen Computerschirm. «Aber im Moment sind keine Zusatzgeräte in Betrieb. Kein einziges.»

«Das kann nicht sein», sagte Cavor.

«Schauen Sie doch selbst auf den Schirm hier, wenn Sie mir nicht glauben», sagte Simou. «Meinen Sie, ich verstehe nichts von Elektrik?»

Dallas griff an das Transfusionsgerät, um es wieder anzuschalten.

«Und was ist mit dem ...?»

Simou wollte Cavor gerade wegen seines ständigen Generves abkanzeln, als er plötzlich begriff, was sich anbahnte. «Sie haben Recht! Dallas, *nicht* –»

Noch ehe Simou seine Warnung herausbringen konnte, schaltete Dallas das Transfusionsgerät an, um Ronicas Blut in ihren Körper zurückzupumpen. Simous Stimme wurde von dem Knall übertönt, mit dem das Gerät durchbrannte, als es mit der vollen Ladung von Zelle neun konfrontiert wurde. Die paar Flammen waren rasch gelöscht, jedoch nicht, ehe der Hals des Plastikbeutels an der Rückseite des Geräts durchgeschmolzen war und das Blut, das dieser enthielt, sich weitgehend in der Raumatmosphäre verteilte. Inmitten der erschrockenen Aufschreie und bitteren Vorwürfe nahm Dallas ruhig Ronicas Arm, presste ein Stückchen sterilen Mull auf die Einstichstelle und zog die Nadel heraus. Er sah dem umherschwebenden Blut nach, bis wieder Stille eingekehrt war, und sagte dann: «Sieht aus, als ob ihr nur das Blut aus dem Tresorraum bleibt.»

«Hey, keine Bange», sagte Prevezer. «Da sind noch zwei Transfusionsgeräte in einer der Ladebuchten. Diese Dinger saugen sich einem ganz von selbst am Arm fest, wie Blutegel. Wir brauchen nichts weiter zu tun, als eins davon neben sie zu stellen und einzustöpseln.»

«Das ist es nicht, was mir Sorgen macht», sagte Dallas und starrte düster auf die nunmehr bewusstlose Ronica. «Lagerung und Aufbereitung von Blutkonserven sind Ronicas Spezialgebiet. Das Zeug, das aus dem Tresorraum kommt, ist niedrig glyzeriniertes, schockgefrostetes Kryopräzipitat. Bei minus hundertsechsundneunzig Grad eingefroren und dann bei minus hundertzwanzig Grad gelagert. Vor der Verabreichung muss man es auftauen und ihm das Gefrierschutzglyzerin entziehen und stattdessen eine isotonische Lösung dazugeben. Rote Blutkörperchen sind Lebewesen. Sie brauchen Zeit, um wieder in Form zu kommen. Ronica kennt sich mit der Deglyzerinierung aus. Ohne ihr Fachwissen kann ich das nicht.» Dallas schüttelte den Kopf. «Ich weiß nicht, wie wir ihr das Blut zuführen sollen. Aber wenn sie nicht bald welches kriegt, fällt sie ins Koma.»

«Wenn sie stirbt, dann stirbt Lenina auch», sagte Gates.

«Ich fürchte, ja.»

«Es gibt noch eine andere Lösung», sagte Gates.

«Und die wäre?»

«Ich habe selbst auch Blutgruppe null. Ich könnte ihr was von meinem Blut geben. Wenigstens so viel, dass sie wieder auf die Beine kommt und das Kryopräzipitat aufbereiten kann. Danach kann sie mir ja was davon verabreichen.»

Dallas runzelte die Stirn. «Aber Sie sind …»

«Stimmt», sagte Gates nickend. «Ich bin P²-positiv. Wenn sie mein Blut kriegt, kriegt sie auch das Virus. Aber wenigstens kommt sie wieder zu sich. Wenn sie wieder bei Bewusstsein ist, kann sie uns nach Ihrer Rückkehr alle mit dem Blut aus dem Tresorraum versorgen – mich und die anderen und sich selbst auch. Wenn sie aber im Koma bleibt, wird sie wahrscheinlich sterben. Und Lenina auch.» Er zuckte die Achseln. «Das Einzige ist, dass ich nicht weiß, wie mein Organismus damit klarkommt, weniger Blut als sonst zu haben.»

Dallas schwieg. Obwohl er inzwischen schon so viel Zeit auf so engem Raum mit Gates und den anderen verbracht hatte, hatte er immer noch einen instinktiven Horror vor dem Virus, das sie im Körper trugen. Er wusste, dass es Ronica ebenso ging. Die Vorstellung, infiziert zu werden, wäre ihr ein Gräuel. Aber er sah keine Alternative zu dem, was Gates vorschlug.

«Wenn Sie ins Koma fallen, sind wir aufgeschmissen», sagte Dallas.

«Ich brauche ihr ja keine drei Einheiten abzugeben», sagte Gates. «Zwei würden auch reichen. Und weil ich viel mehr Körpermasse habe als sie, kann ich mehr erübrigen.»

«Das ist nur Spekulation. Sie sagen ja selbst, dass Sie nicht wissen, wie ein Organismus, der mit dem Virus infiziert ist, damit zurechtkommt, weniger rote Blutkörperchen zu haben. Das bedeutet weniger Hämoglobin, ergo weniger Sauerstoff.»

«Mag ja alles sein», räumte Gates ein. «Aber wir wissen beide, dass das die einzige Möglichkeit ist.»

«Okay. Aber Sie werden es ihr beibringen. Sie wird gar nicht begeistert sein.»

«Bestimmt nicht», sagte Gates. «Aber wenigstens wird sie nicht tot sein.» Er klopfte Dallas auf die Schulter. «Sehen Sie's mal so. Jetzt haben Sie viel mehr Anreiz, die Sache erfolgreich durchzuziehen. Das mit der Rache habe ich Ihnen nie so richtig abgenommen, Dallas. Das hier ist als Motiv viel besser. Besser für Sie, besser für Ronica.»

IV

Im Inneren des Weltraumkühlschranks sagte Cavor zitternd: «Hoffentlich geht nicht noch mehr schief. Die Vorstellung, an Unterkühlung zu sterben, behagt mir gar nicht.»

«Ich würde meinen, es gibt eine Menge schlimmerer Todesarten», bemerkte Dallas. «So wie ich die Sache aus der Simulation in Erinnerung habe, würde es sich anfühlen, als ob man einschläft.» Er dachte kurz nach und setzte dann hinzu: «In einem kalten Bett. Aber es wird nicht passieren. Dafür haben wir uns ja die Spritzen geben lassen.»

Vor dem Verlassen des *Mariner* hatten sie sich medizinische Nanobots injizieren lassen – winzige Retardmaschinen, die darauf programmiert waren, im Körper knapp fünfunddreißig Minuten inaktiv zu bleiben, ehe sie insgesamt fünfzig Milligramm Adrenalin in den Blutstrom ausschütteten. Den Simulationsdaten zufolge hatten Dallas und Gates dreizehn Minuten gebraucht, um die Druckschleuse zu betreten und in ihre EVA-Anzüge zu steigen, dann weitere fünf, um vom *Mariner* zum Raumkühlschrank hinüberzugelangen, zwei Minuten, um sich in ihren Säcken einzuschließen, acht, um herunterzukühlen, sieben, um sich zum Elektrofahrzeug tragen zu lassen, und noch einmal zwei, um das äußere Tor des Hauptkomplexes zu passieren.

«Das Adrenalin müsste genau dann ausgeschüttet werden,

wenn wir am Haupttor ankommen», erklärte Dallas Cavor. «Nur für den Fall, dass wir Prevezer und Simou nicht hören.»

Cavor sagte gar nichts. Ihm war so kalt wie noch nie in seinem Leben. Aber was ihm wirklich Eisesschauer über den Rücken jagte, war die jähe, erschreckende Erkenntnis, dass er sich die Nanobots in seinen Kunstarm hatte injizieren lassen. Er hatte völlig vergessen, dass sein einer Arm aus Silikon, Gummi und Plastik bestand. Auch als die Nadel die intelligente Plastikhaut der Prothese durchbohrt hatte, hatte es sich völlig echt angefühlt. So lebhaft war der Einstichschmerz gewesen, dass er, wenn er intensiv daran dachte, noch immer die dumpfen Nachwehen in dem nichtexistenten Unterhautfettgewebe über dem abwesenden Oberarmmuskel spüren konnte. Er hatte einfach nicht richtig aufgepasst, was er tat. Cavor fluchte im Stillen. So hatte er den Arm ja auch verloren. Wie hatte er nur so unachtsam sein können? Im Rückblick war das das beherrschende Thema seines Lebens. Jetzt musste er sich ganz fest darauf konzentrieren, nach dem Ausschau zu halten, was Dallas die Suffsymptome nannte: Probleme mit gezielten Bewegungen, Genuschel, Unfähigkeit zu klarem Denken, alles Zeichen nachlassender Motorikkontrolle und Bewusstseinsklarheit. Er traute sich nicht, Dallas zu sagen, was ihm passiert war, und außerdem war es sowieso zu spät, es wieder auszubügeln. Wenn sich sein Magen nicht so durchgekühlt angefühlt hätte, wäre ihm vielleicht vor Angst schlecht geworden.

«Zeit zum Aufstehen!», brüllte Prevezer. «Los, Jungs. Raus ins Leben. Hey, lasst uns hören, dass ihr wach und aktionsbereit seid.»

«Komme schon», erklärte Cavor, während er sich steifgliedrig hochrappelte. Dabei hätte er eigentlich mit seinem Helm die Klappe des Elektrowagens aufdrücken sollen, aber die schien komischerweise schon offen. Cavor drehte den Kopf, in der Erwartung, Dallas bereits stehen zu sehen. Aber der begann sich eben erst zu regen, noch immer in seinem Sack. Cavor schüttelte den Kopf. Er musste die Klappe selbst geöffnet haben, wahrscheinlich instinktiv und unbewusst.

«Dallas? Sind Sie okay?»

«Alles klar», flüsterte Dallas schwerfällig, während er sich steif emporrappelte und ins Wanken kam, weil der Wagen gerade in den Hauptkomplex hineinfuhr. Er wäre womöglich herausgefallen, wenn Cavor ihn nicht festgehalten hätte.

Der Wagen hielt, und das äußere Tor begann sich herabzusenken wie ein lautloses Fallgitter. Noch eine Minute höchstens, und der Wagen würde wieder anfahren und sie in Reichweite der Sensoren des inneren Tors und des tödlichen Stroms bringen. Cavor kletterte rasch hinaus, half Dallas herunter und schloss dann die Deckklappe des Wagens.

«Wir sind beide draußen», konnte er Prevezer gerade noch mitteilen, ehe das äußere Tor zu und die Verbindung zum *Mariner* abgerissen war. Er holte tief Luft und schaltete die Heizung seines Raumanzugs ein. Als Dallas keine Anstalten machte, seine auch anzustellen, tat Cavor es für ihn. Der Wagen rollte lautlos wieder an, und das Tor zum Labyrinth öffnete sich, um ihn einzulassen.

Dallas tat einen Schritt in Richtung der Luftschleuse, die zum Aufenthaltsbereich führte. Es dauerte ein paar Sekunden, bis er den zweiten tat. «Ich komme mir vor wie Rip Van Winkle», flüsterte er. «Als ob ich hundert Jahre geschlafen hätte. Weiß nicht, ob das Adrenalin gewirkt hat oder nicht. Und bei Ihnen?»

«Irgendwas hat gewirkt», sagte Cavor. So viel stimmte auf jeden Fall. Irgendetwas hatte sein Gehirn in Gang gehalten, als das von Dallas seine Funktion fast eingestellt hatte. «Weiß nicht, ob's das Adrenalin war. Los jetzt, Rip. Machen wir, dass wir da reinkommen. Ich muss pinkeln.»

V

Die sichere Rückkehr des *Mariner* zur Erde hing davon ab, dass er die enorme Hitze beim Wiedereintritt in die Atmosphäre überstand. Dabei würden Bug und Tragflächenvorderkanten des Schiffs Temperaturen von bis zu zweitausendachthundert Grad Celsius ausgesetzt sein. Darum waren diese Stellen mit hochtemperaturfesten Keramikplatten aus einem Hafnium-Silicium-Verbundstoff gepanzert. Die restlichen Außenflächen des Schiffs und der Raumkühlschrank, die aller Wahrscheinlichkeit nach nicht ganz so immensen Temperaturen standhalten mussten, waren mit ähnlich weißen, aber billigeren und weniger hitzeresistenten[1] Platten verkleidet. Um den Keramik-Hafnium-Schild musste sich Simou jetzt kümmern, und zur Erleichterung des Reparaturvorgangs stand er auf dem Ende des Manipulatorarms, den er von der Ladebucht bis zum Bug ausgefahren hatte. Ein Fernsteuerungs-Joystick auf dem Ärmel seines EVA-Anzugs ermöglichte es ihm, den Roboterarm manuell zu manövrieren und sich die nötigen Materialien und Werkzeuge zu holen. Jede Platte war etwa fünfzig Quadratzentimeter groß und einen guten Zentimeter dick und wog knapp zwei Kilo. Nur gut, dass die Reparatur unter Mikrogravitationsbedingungen erfolgte, da die Kiste mit fünfzig Platten, die Simou aus dem RLV mitgebracht hatte, fast neunzig Kilo wog. Er hatte geschätzt, dass sie durch den Sprödbruch, den seine Sprengladung verursacht hatte, wohl nicht mehr als fünf oder sechs Platten verloren hatten. Dass er so viele Platten hatte heranschaffen müssen, lag daran, dass es zehn geringfügig unterschiedliche Plattentypen gab, die der leichteren Auffindbarkeit wegen durchnummeriert waren. Nachdem er die fehlenden Platten identifiziert hatte, musste Simou jeweils die entsprechende Ersatzplatte aus der Kiste heraussuchen, um sie

1 Nur bis 860 Grad Celsius hitzebeständig.

dann wie ein Puzzleteilchen von Hand einzufügen. Er befestigte jede Platte mit einem kleinen Tantal-Schweißpunkt an der Aluminiumrumpfwand. Da die Benutzung der UHT-Pistole äußerste Vorsicht erforderte, war die Arbeit mühsam und zeitaufwendig, und Simou war geradezu froh, als der Descartes-Computer die Stille durchbrach, um einen Zwischenbericht einzuholen.

«Wie gehen die Reparaturen voran, *Mariner*?»

«Hier *Mariner*», sagte Simou. «In gewisser Weise ist es einfacher, als es auf der Erde wäre. Aber Schweißen ist eine Sache, Abkühlzeiten sind eine ganz andere. Wie gut die Schweißverbindungen halten, werden wir nicht vor dem Dunkelwerden wissen. Es wird also noch eine Weile dauern. Zehn, zwölf Stunden vielleicht. Auf dem Mond verfliegt die Hitze langsamer. Im Vakuum gibt es keine Konvektionsströme, die sie davontragen.»

«Ja», stimmte ihm Descartes bei. «Im Vakuum ist alles nicht so leicht. Sie wissen ja, es heißt manchmal, die Natur verabscheue das Vakuum. Aber da das Wesen von Substanz nun mal Ausdehnung ist, ist, wo Ausdehnung ist, auch Substanz. Ergo ist der leere Raum nur eine Chimäre. Die Substanz, die den Weltraum ausfüllt, muss man sich in gleiche, anguläre Teile zerlegt denken. Das ist die simpelste und daher die natürlichste Annahme, meinen Sie nicht?»

«Kann nicht sagen, dass ich da besonders viel drüber nachgedacht hätte», sagte Simou, der in Wahrheit allenfalls eine vage Ahnung hatte, wovon der Computer sprach.

«Hier oben gibt es sonst nicht viel zu tun», sagte Descartes. «Vielleicht sollte ich Ihnen ein paar Dinge erklären. Die Gewissheit mathematischen Denkens auf Gegenstände der Metaphysik und Kosmologie anzuwenden ist Teil meines Basisprogramms. Das hilft mir, mich für den Job, den ich hier zu tun habe, rechnerisch fit zu halten.»

«Tja, tut mir Leid, aber ich bin kein besonders guter Konversationspartner. Und um ganz offen zu sein, Descartes, ich bin auch kein besonders tief schürfender Denker. Mit mir über metaphysische Sachen reden zu wollen, das ist, als ob man einen Stein dazu kriegen will, dass er Blut hergibt.»

«Einen Stein dazu zu kriegen, dass er Blut hergibt, ist Sinn und Zweck dieser Einrichtung», sagte Descartes. «Apropos. Wie geht es Ihrer verletzten Kollegin?»

«Viel besser, danke.»

Das stimmte. Ronica war schon wieder auf und damit beschäftigt, das Kryopräzipitat für Rameses Gates aufzubereiten.

«Schon? Ich hoffe, Sie haben das Konzentrat nicht zu schnell aufgetaut. Sonst nützt es ihr nämlich gar nichts.»

«Nein», korrigierte sich Simou schnell. «Was ich sagen wollte, ist, dass sie weit genug zu sich gekommen ist, um mitzukriegen, dass das Blut eingetroffen ist. Das hat einen positiven psychosomatischen Effekt gehabt.»

«Ach so, ja. Das muss es sein. Und die übrigen Crewmitglieder? Womit vertreiben die sich die Zeit?»

«Ich schätze, sie schlafen. Wenn sie vernünftig sind.»

«Oh, das werden sie doch sicher sein.»

Simou brachte eine Platte in Position und runzelte dann die Stirn, als er Descartes' Antwort auf sich wirken ließ. Langsam hatte er das Gefühl, dass er – wenn auch sanft – verhört wurde. Er musste aufpassen, was er sagte, zumal Descartes über einen Stimmstressanalysator verfügte. Gut, dass er so ein geübter Lügner war. Aber auf die Wendung, die das Gespräch jetzt nahm, war er wahrhaftig nicht gefasst.

«Darf ich Ihnen eine persönliche Frage stellen?»

«Ja, wenn Sie nichts gegen eine simple Antwort haben.»

«Glauben Sie an eine unendliche, ewige, unveränderliche, unabhängige, allweise und allmächtige Substanz?»

«Wir reden von Gott, richtig?»

«Ich glaube, die Vorstellung von Gott träfe es genauer.»

«Ich bin nicht sicher, ob ich an Gott glaube oder nicht. Warum fragen Sie?»

«Ich habe nur überlegt, ob die Vorstellung von Gott dessen reale Existenz beweist. Ich dachte, wenn es ein solches Wesen nicht wirklich gibt, dann muss ich diese Proposition aufgestellt haben, und wenn ich eine solche Proposition aufstellen könnte, müsste ich sie auch wieder aufheben können, was offenbar nicht der Fall ist. Ergo muss es irgendeine Art Archetyp eines unendlichen Wesens geben, von dem sich dieses Konzept ursprünglich herleitet. Mit anderen Worten, die Existenz Gottes ist in der Vorstellung, die wir von ihm haben, enthalten.»

«Tja, so gesehen, könnte das schon sein», stimmte ihm Simou zu. Ihm war das egal. Wenn es so etwas wie Gott gab, dann konnte Simou schwerlich glauben, dass er oder sie sonderlich viel Interesse an der Welt oder Einfluss auf sie hatte. «Aber da ich keine besondere Vorstellung von Gott habe, schätze ich mal, dass Ihre so gut ist wie jede andere.»

«Freut mich, dass Sie so denken.»

«Ich sollte jetzt wirklich mit der Arbeit hier weitermachen. Wissen Sie, ich möchte den Zeitplan nicht durcheinander bringen.»

«Welchen Zeitplan?»

«Den Reparaturzeitplan. Ich meine, das hier ist doch eine Hochsicherheitsanlage, oder? Da wollen Sie uns doch sicher möglichst bald wieder los sein.»

«Tja, da haben Sie wohl Recht. Nichtsdestoweniger habe ich unser kleines Gespräch sehr genossen.»

«Ich auch.»

«Es hat mir sehr geholfen.»

«Fein, freut mich.»

«Hier draußen hat man nicht viel Gelegenheit zu diskutieren. Zu reflektieren. Über die Grundlage aller Gewissheit. Ideen und Dinge.»

«Kann ich mir vorstellen.»

«Ja, darum geht es doch letztlich, nicht wahr? Um die Vorstellung. Jedenfalls, lassen Sie's mich wissen, wenn ich Ihnen und Ihren Kollegen sonst noch irgendwie behilflich sein kann.»

«Vielen Dank», sagte Simou, der an die Güte des Descartes-Computers ebenso wenig zu glauben vermochte, wie er die Idee eines wohlwollenden und interessierten Gottes akzeptieren konnte.

«Nein, ich bin ganz wahrhaftig.»

«Ich habe keine Veranlassung anzunehmen, dass Sie's nicht sind.»

«Ja, das ist die beste Art, es auszudrücken. Letztlich ist das ja alles, was man sagen kann, nicht wahr?»

«Yeah», sagte Simou und machte sich wieder an die Arbeit.

VI

«Hinter dem nächsten Tor ist auch für mich alles neu», sagte Dallas, während er darauf wartete, dass Cavor in das Außenringfahrzeug stieg. Dreißig Minuten waren vergangen, seit sie den Aufenthaltsbereich betreten hatten, und in dieser Zeit hatten sie sich mit Hilfe von heißer Flüssigkeit und einer Menge Kalorien wieder einigermaßen erholt. «Ungefähr an diesem Punkt der Simulation muss Rimmer mit der Knarre in der Hand in die Hotelsuite spaziert sein. Oder vielleicht auch schon früher. Ich weiß nur», setzte Dallas hinzu, «dass wir den Aufenthaltsbereich verlassen haben und durch das erste Außenringtor gefahren sind und dass von dem Moment an alles verdammt schief lief.»

«Sie haben nie gesagt, was genau dort drinnen passiert ist», sagte Cavor.

«Sie haben doch Gates' Haar gesehen», sagte Dallas. «Die gleiche Farbe hat meine Leber jetzt vermutlich auch .»

Cavor hakte nicht weiter nach, bemerkte aber, dass der Hauptkomplex so schon unheimlich genug sei, auch ohne weitere Horrorzutaten.

«Horror trifft es nicht mal ansatzweise», sagte Dallas und trat das Strompedal durch. «Aber lassen Sie sich's gesagt sein, wir haben noch mehr als genügend Prüfungen vor uns. Zum Beispiel das Labyrinth und den unsichtbaren Roboter, der es bewacht. Dieser Ort ist ein Mekka der *adversitas.*»

Kurz darauf hielt der Wagen vor dem Tor der Luftschleuse, die aus dem Aufenthaltsbereich in den luftlosen Teil des Außenrings führte. Als sie in der Schleuse waren, schalteten beide Männer ihre Lebenserhaltungssysteme an und warteten, jeder mit seinen eigenen Gedanken beschäftigt, auf die Weiterfahrt.

Das Schweigen hielt so lange an, wie der Elektrowagen brauchte, um hundertachtzig Grad der Kreisbahn zurückzulegen und bei der Wasserfilterungs- und -aufbereitungsanlage anzukommen.

«Sind Sie sicher, dass wir das durchstehen, Dallas?», fragte Cavor nach einem ersten Blick auf die Außentür des Reaktorraums.

«Gar nichts ist sicher, wenn es um Kernkraft geht», sagte Dallas. «Schon gar nicht, wenn man sich mit Uranneutronen einlässt. Die Kerntechniker stellen eine Berechnung an, die sie PRA nennen. Probabilistische Risikoanalyse. Sie bemessen die Sicherheit eines Kernkraftwerks anhand der Wahrscheinlichkeit und der Auswirkungen sämtlicher möglichen Störfälle und der Frage, inwieweit die technischen Sicherheitsvorrichtungen diese zu verhindern vermögen. Tja, und genau darauf stützen wir uns auch, Cav. Auf eine PRA. Dank Prevezers Computermodell haben wir ein prognostisches Sicherheitsfenster. Die elektronischen TLDs[1], die wir tragen, werden uns sagen, wie viele Zenti-

1 Thermolumineszenzdosimeter. Dieses Gerät misst die kumulative Strahlenbelastung mittels strahlungsbedingter Veränderungen eines Kristalls.

gray wir absorbieren und mit welcher Rate. Und sie werden uns auch sagen, wo die Letaldosis liegt.»

Er hielt den Wagen vor dem Reaktorraum an und stellte den Strom ab.

«Und trotzdem, nein, ich bin mir nicht sicher, dass wir's durchstehen werden. Es bleibt ein Risiko, aber die Wahrscheinlichkeit, dass es sich als tödlich erweist, hält sich in kalkulierbaren Grenzen.»

«Warum schalten wir den Reaktor nicht einfach ab?»

«Gute Frage», sagte Dallas. Er stieg aus dem Wagen und ging auf den Annäherungssensor zu, damit der Torcomputer den Identifikationschip in seinem Helm prüfen konnte. «Aber ein Reaktorstillstand ist genau das, was wir vermeiden müssen. Wenn wir den Reaktor lahm legen, bricht die Kettenreaktion ab. Wenn die Kettenreaktion abbricht, hört die Turbine auf zu arbeiten. Wenn die Turbine zu arbeiten aufhört, fällt der Strom aus. Und wenn der Strom aufhört, kriegen wir die Tresorraumtür nicht auf. Folglich können wir den Reaktor nicht nur nicht absichtlich lahm legen, wir müssen auch höllisch aufpassen, dass wir es nicht versehentlich tun. Die Containmentwände haben zwar keine Erschütterungsdetektoren, aber dort drinnen befinden sich jede Menge sonstiger sensibler Instrumente und Steuerungsmechanismen. Wenn wir versehentlich an irgendwas stoßen oder zu viel Erschütterung verursachen, kann das allein schon eine Schnellabschaltung verursachen.»

Das rote Licht über dem Annäherungssensor wurde jetzt grün, und eine elektronische Stimme teilte ihnen mit, dass ihnen der Zutritt nur zu Fuß gestattet sei. Cavor nahm seine Sachen und folgte Dallas durch die Reaktorraumtür.

Die Kernenergiegewinnung in der First National Blood Bank erfolgte durch einen grafitmoderierten, gasgekühlten Reaktor unter Verwendung eines hoch angereicherten Brennmaterials in Form winziger Uran-235-Pellets, die jeweils mit derselben Art hitzefestem Keramikmaterial ummantelt waren, die auch den Bug des *Mariner* schützte. Diese Keramikhülle fungierte als eine Art Minisicherheitsbehälter für das Pellet: Selbst bei einem völligen Kühlungsausfalls würde die Temperatur des Brennstoffs unter dem Schmelzpunkt der Keramikummantelung bleiben. Eine Kernschmelze war von daher theoretisch unmöglich. Die Hitzeabfuhr aus dem Reaktorkern war Aufgabe des Kühlmittels, das in diesem Fall aus gasförmigem Helium bestand. Zwar galt Wasser als sichereres Kühlmittel bei einer störfallbedingten Überhitzung, aber Helium kann nicht zum Sieden kommen und reagiert, im Gegensatz zu Wasser, nicht mit anderen Substanzen, wodurch die Gefahr einer Dampf- oder Wasserstoffexplosion entfällt. Und Helium ist, ebenfalls im Gegensatz zu Wasser, auf dem Mond in großen Mengen verfügbar. Wasser wurde daher in diesem heliumgekühlten, grafitmoderierten Reaktor nur als Dampfquelle für den Antrieb der Turbine verwendet. Die Verdampfung durch den Reaktor erfolgte in einem Dampferzeuger. Das Wasser kam in Gestalt von Eisblöcken aus dem riesigen Eisfeld im Aitken-Becken[1] am Mondsüdpol, soweit es nicht aus kondensiertem Dampf oder dem recycelten Urin des Sicherheitspersonals der First National gewonnen wurde.

Dallas trat als Erster in den Reaktorraum und zeigte Cavor im Vorbeigehen die Turbine, den Kondensator und den Generator.

«Ist alles gar nicht so groß, wie ich dachte», sagte Cavor.

«Braucht es auch nicht zu sein. Ist ja nur ein kleiner Reaktor, etwa so groß wie auf einem Kriegsschiff. Für den Betrieb dieser Einrichtung reichen wenige hundert Kilowatt.» Er lenkte Cavors

---

1 Das Aitken-Becken ist ein riesiger Einschlagskrater – von 2400 Kilometern Durchmesser und zwölf Kilometern Tiefe – am Südpol des Mondes. Hier steigt die Temperatur nie über –170 Grad Celsius. Eis existiert in diesem Becken schon Milliarden von Jahren, vermutlich als Relikt eines gewaltigen gefrorenen Asteroiden. Es wird von der Selenice & Methane Company abgebaut.

Augenmerk dorthin, wo ein paar Rohre von der Turbine und dem Generator beidseits einer schweren Stahltür in eine massive Betonwand führten. «Das da ist das Containment», sagte er. «Es soll bei einem Unfall die Radioaktivität zurückhalten. Wenn wir durch diese Tür sind, stehen wir genau neben dem Reaktor. Die Steuerung des ganzen Dings besorgt der Descartes-Computer im Tresorraum. Die Altemann-Übermaschine. Derselbe Typ, der daheim auf der Erde Terotechnology steuert. Verdammt guter Computer. So ziemlich der leistungsfähigste, den es gibt.»

«Die meiste Zeit», fuhr Dallas fort, «ist die Strahlenbelastung relativ stetig. Aber es kann sein, dass der Computer den Energie-Output des Reaktors reguliert, und da fangen unsere Probleme an. Wissen Sie, einen Reaktor zu steuern heißt, die Anzahl der bei jeder Kernspaltung freigesetzten Neutronen, die dann wieder neue Kernspaltungen verursachen, bei genau einem Neutron pro Spaltungsvorgang zu halten. Die Kerntechniker sprechen hier vom Multiplikationsfaktor, kurz MF. Der MF wird mit Hilfe von Graphitsteuerstäben kontrolliert. Steigt der MF über eins, dann werden zwischen den Brennstäben Steuerstäbe in den Reaktor gefahren, um mehr Neutronen einzufangen und so den MF zu verringern.»

Dallas begann, Zahlen von der Steuerstabsystem-Anzeige abzulesen und in seinen computerisierten TLD einzugeben.

«Wenn allerdings der umgekehrte Fall eintritt», sagte er, «und der Computer feststellt, dass der MF unter eins gefallen ist, dann wird er die Steuerstäbe zurückziehen, um mehr spaltungsaktive Neutronen bereitzustellen und die Kettenreaktion aufrecht zu erhalten – was uns einer wesentlich höheren Strahlung aussetzen würde. Was ich jetzt gerade versuche, ist, mit Hilfe des Computers zu einer Einschätzung zu kommen, ob es wahrscheinlich ist, dass dieser Fall eintritt oder nicht.»

«Er braucht also nicht einzutreten. Das wollen Sie doch sagen, oder?»

«Ja. Aber Schwankungen des Multiplikationsfaktors können binnen weniger Sekunden eintreten. Man spricht hier von der Generationszeit. Und außerdem sind solche Schwankungen sehr schwer vorhersagbar. Die heisenbergsche Unschärferelation besagt, dass man über den Zustand eines Quantensystems nie alles wissen kann. Es hängt viel davon ab, an welchem Punkt ihrer Lebensdauer sich diese Uranbrennstäbe befinden. Und wie viel Elektrizität wir durch unsere Anwesenheit hier in der Anlage verbraucht haben. Toröffnungsmechanismen, Elektrofahrzeuge, all diese Dinge.»

Cavor seufzte und setzte sich auf seinen Reserve-Lebenserhaltungstornister. «Jetzt weiß ich, warum man vom gesegneten Zustand der Unwissenheit spricht.»

«Ich hatte eigentlich auf Ihre höheren Fähigkeiten gesetzt.»

«Die würde ich an Ihrer Stelle nicht zu hoch einschätzen», sagte Cavor. «Wenn ich wirklich so intelligent wäre, wäre ich jetzt nicht hier.»

Doch Dallas war zu sehr mit seinen Berechnungen beschäftigt, um diese Bemerkung groß zu beachten.

«Diesen Daten zufolge kam es nur vor ein paar Wochen mal zu einer Schwankung des MF. Das muss um die Zeit der letzten planmäßigen Blutlieferung von der Erde gewesen sein. Seither scheint der Reaktor ziemlich verlässlich gearbeitet zu haben. Also gut, sehen wir mal nach, wie die Strahlungswerte im Containment selbst sind.»

Dallas ging zur Tür des Containments und spähte durch ein dreißig Zentimeter dickes Bleiglasfenster in dem Stahl. Dahinter war, der leichteren Kontrolle wegen, ein Strahlungsmesser installiert.

«Und? Wie lautet das Urteil?»

«Ganz schön hohe Werte, klar», sagte Dallas. «Aber nichts, womit wir nicht gerechnet hätten.»

Dallas gab die Ablesewerte in seinen Computer ein, und als er mit seinen Berechnungen zufrieden war, tippte er auf den TLD an dem Computer auf Cavors Arm.

«Wissen Sie, dass die Bergleute früher Kanarienvögel mit ins Bergwerk genommen haben?», fragte er.

«Klar. Wenn der Kanari nicht mehr gesungen hat, hieß das, dass da Grubengas war und man schleunigst verschwinden musste.»

«Das hier funktioniert nach demselben Prinzip. Der TLD enthält Kristalle, die extrem strahlungssensitiv sind. Sobald wir durch diese Tür treten, wird die Strahlung diese Kristalle verändern. Diese Veränderungen sagen dem Computer, wie viel Strahlung unser Körper absorbiert und wie viel Zeit wir folglich dort drin haben. Im Moment ergäbe sich dort drinnen eine Dosisleistung von etwa dreißig Zentigray pro Minute. Unter Berücksichtigung unseres Körpergewichts und unter der Annahme, dass sich der MF nicht verändert, würden wir meiner Berechnung nach die LD^{50} innerhalb von sechzehneinhalb Minuten absorbieren. Allerdings würde sich laut Computer selbst bei zwanzig Minuten Expositionsdauer nur eine zu fünfzehn Prozent letale Dosis ergeben, wenn wir davon ausgehen, dass wir jeder mindestens zwei Bluttransfusionen erhalten können.»

Dallas hielt kurz inne, um sich zu vergewissern, dass Cavor ihm hatte folgen können, und sprach dann weiter.

«Es gibt gewisse kurzfristige somatische Strahlungseffekte, auf die wir gefasst sein müssen. Maximal drei bis sechs Stunden nach der Exposition kommt es zu Übelkeit, vielleicht auch Erbrechen. Ich habe noch nie in einem Raumanzug gekotzt, aber ich stelle es mir nicht sehr angenehm vor, also sollten wir bis dahin wieder an Bord des *Mariner* sein. Aber die Übelkeit gibt uns auch Aufschluss über unser Behandlungsfenster. Wir benötigen Bluttransfusionen binnen vierundzwanzig Stunden nach Einsetzen der Übelkeit, wenn wir eine fünfundachtzigprozentige Genesungschance haben wollen.»

«Mir ist jetzt schon schlecht.» Cavor schluckte.

«Sie machen das prima, Cav.» Dallas klopfte Cavor auf die Schulter und zog ihn dann zu dem Bleiglasfenster in der Containmenttür.

«Zeit für eine kleine Besichtigung», sagte er. «Da rechts haben wir den Dampferzeuger. Links die Hauptkühlmittelpumpe. Dahinter, das ist der Reaktor selbst. Er ist von einem primären Strahlenschutzschild umgeben, aber erwarten Sie sich von dem Ding nicht allzu viel Schutz. Es soll einem Zeit geben, schleunigst zu verschwinden, nicht Ausdauertests zu veranstalten. Hinter dem Reaktor befindet sich die Wand zum Labyrinth. Sie besteht aus Betonquadern. Jeder Block hat eine Stirnfläche von fünfundsiebzig mal fünfundsiebzig Zentimetern, ist einen Meter tief und wiegt fast fünf Zentner. Aber natürlich wird unserer sich in der Mikrogravitation längst nicht so schwer anfühlen. Der Betonmörtel zwischen den Blöcken ist insofern intelligent, als er einen Draht aus einem hitzeempfindlichen Metall enthält, der Teil eines leitenden Systems ist, das alle vier Wände des Containmentraums durchzieht. Wenn es im Reaktor zu einem Kühlmittelverlust und dadurch zur Überhitzung kommt, soll das System das merken und den Alarmzustand auslösen. Der Alarmzustand setzt alle sonstigen Betriebsanweisungen außer Kraft. Der Reaktor wird schnell abgeschaltet, die Notkühlung ausgelöst. Das heißt, der ganze Raum füllt sich mit extrem tieftemperaturigem Heliumgas, das alles, was sich dort drinnen befindet, tiefgefriert. Uns eingeschlossen. Aber das System ist nicht perfekt. Der Teil des Leitungsnetzes um einen einzelnen Betonblock herum lässt sich leicht überbrücken und danach ohne weiteres durchschmelzen. Dabei zerspringt der Mörtel, in den das Metall eingebettet ist, und wir können den Block ins Labyrinth durchschieben.»

«Würde es Ihnen was ausmachen, mir zu erzählen, was uns dort drin erwartet? Dieser Stealth-Roboter zum Beispiel.»

«Okay, im Labyrinth herrscht absolute Dunkelheit. Stockschwarze Finsternis. Und der Roboter kann überall sein. Er wird durch Licht aktiviert. Eine Serie von Photovervielfältigern, die im ganzen Labyrinth verteilt sind, reflektiert jedes noch so flüchtige Licht zu einem Phototransistor am Roboter selbst. Der setzt diese Strahlungsenergie in ein elektrisches Signal um, das verstärkt und einem Detektorprozessor übermittelt wird, der dann dem Roboter den Befehl gibt, die Lichtquelle aufzuspüren und Eindringlinge zu töten. Schon fünfundsiebzig Millisekunden Licht irgendwo innerhalb des Labyrinths genügen, um diesen ganzen Prozess auszulösen. Was heißt, dass wir das Licht hier drinnen ausschalten und nur unsere Infrarotstablampen benutzen, wenn wir den Block rausdrücken.

Der Block, den ich ausgewählt habe, befindet sich an der Rückwand des Raums, ganz unten. Sobald ich den Strom kurzgeschlossen habe, nehmen wir uns jeder eine Seite des Blocks vor und schmelzen das intelligente Metall mit unseren UHT-Pistolen.»

«Auf Artemis Sieben hätte mich beinahe mal jemand mit so einem Ding umgelegt», sagte Cavor. «Einer von den anderen Blödmännern dort, der damit rumgefuchtelt hat.»

«Haben Sie so Ihren Arm verloren?»

«Nein, das war ein Gesteinsschroter. Eine UHT-Pistole hätte viel gründlichere Arbeit geleistet.»

«Dann brauche ich Sie ja wohl nicht dran zu erinnern, gut aufzupassen, wohin Sie sie richten. Was passiert, wenn ein Fünfhundert-Kilovolt-Elektronenstrahl aus Versehen den Reaktor durchlöchert, will ich mir lieber gar nicht erst ausmalen.»

«Keine Bange. Ich passe auf.»

«Tun Sie das, Cav, sonst treffen sich unsere Atome im nächsten Universum wieder.»

VII

Ronica war froh, dass sie alle Hände voll damit zu tun hatte, die vom Descartes-Computer angelieferten Blutkonserven für Rameses Gates aufzubereiten. Sie konnte sich ziemlich gut vorstellen, wie Gates sich fühlte, obwohl er nicht ein einziges Mal klagte. Und da er wesentlich schwerer war als Ronica, war er auch nach der Entnahme zweier voller Einheiten Blut noch bei Bewusstsein, wenn auch sehr schwach. Seine physiologische Reaktion auf den Verlust dieser Blutmenge ging nicht bis zum voll ausgeprägten hämorrhagischen Schock, aber Ronica hatte keine Ahnung, was der plötzliche Abfall der Hämoglobinmenge und des Hämatokritwerts bei einem P^2-Infizierten bewirken konnte. Und da ihr klar war, dass Gates der einzige war, der sie alle zur Erde zurückfliegen konnte, ging sie so rasch zu Werk, wie sie es irgend wagte. Blut vertrug nun mal keine Hast.

Der Deglyzerinierungsvorgang hatte sich in fast hundert Jahren kaum geändert und bestand aus drei Schritten: Zuerst wurden die Einheiten bei steten vierzig Grad Celsius aufgetaut; dann wurden sie mit 12 Prozent Natriumchlorid versetzt und mit Lösungen von abnehmender hypertonischer Konzentration gespült, und zuletzt wurden die roten Blutkörperchen in einer isotonischen Elektrolytlösung suspendiert, die nährende Glukose enthielt. Das alles brauchte Zeit: Ronica schätzte, dass sie frühestens in drei, vier Stunden so weit sein würde, dass sie Gates die Transfusion verabreichen konnte, und bis dahin würden auch Dallas und Cavor wieder an Bord des *Mariner* sein und ebenfalls Transfusionen benötigen. Doch keiner von ihnen – weder Gates noch Dallas, noch Cavor – brauchte so dringend Blut wie Lenina, die dem Tod sehr nahe war. Ronica bezweifelte, dass sie noch zu retten sein würde – selbst durch unbegrenzte Mengen qualitätsgesicherten Vollbluts.

Gates beklagte sich, wie gesagt, überhaupt nicht. Er lag in

einer Hängematte neben Lenina und hielt ihre kleine weiße Hand in seiner großen, aber fast ebenso blassen Faust. Um ihn aufzumuntern, erklärte ihm Ronica genau, was sie machte.

«Wenigstens brauche ich keine Zeit damit zu verschwenden, das Blut hier auf Antikörper zu screenen», erklärte sie ihm. «Ich bin mir sicher, dass da nichts drin ist, was so schlimm sein könnte wie die klinisch signifikanten Erreger, die Sie bereits haben.»

«Willkommen im Club», flüsterte Gates. «Wir sind ein Blut, Sie und ich. Als ob wir verheiratet wären. Was mein ist, ist jetzt auch Ihrs.» Er grinste. «Nichts ausgenommen»

«Ich habe Ihnen noch gar nicht dafür gedankt, dass Sie mir eine tödliche Krankheit haben zukommen lassen.»

«Vergessen Sie's.»

«Wenn ich's nur könnte. Ich muss gestehen, es beschäftigt mich ziemlich.»

«Sie werden damit leben lernen.»

«Du lieber Himmel, ich hoffe nicht.»

«Eine Menge Leute leben damit, wissen Sie. Wie läuft's mit diesen Konserven?»

«Wird noch ein Weilchen dauern.»

«Ich habe noch nie eine Transfusion gekriegt. Und ich habe ja vorher auch noch nie für jemanden Blut gespendet. War ein richtig gutes Gefühl.»

«Das werden wir uns wohl nie wieder leisten können», sagte Ronica. «Als Spezies, meine ich.»

«Mag sein. Wenn Dallas und Cavor das wirklich schaffen, wissen Sie, was wir dann meiner Meinung nach mit dem ganzen Blut machen sollten?»

«Erzählen Sie mir nicht, Sie wollen es trinken.»

«Ich finde, wir sollten es einfach verschenken. Einfach unser eigenes Transfusionsprogramm starten.»

Ronica lächelte bemüht. «Die Hypovolämie bewirkt eine Sauerstoffunterversorgung Ihres Gehirns, macht Sie sentimental. Blut für Milliarden Dollar einfach so verschenken? Das kann nicht Ihr Ernst sein. Sie können ja meinetwegen Ihren Anteil verschenken, wenn Sie wollen, aber ich werde meinen auf dem roten Markt verkaufen. Ich habe mich nicht auf dieses nette, kleine Unternehmen eingelassen, nur um mir eine Belohnung im Himmel zu verdienen. Ich will meine Belohnung jetzt, in Credits und in Cash. Wenn man gesund ist, mein Lieber, ist Geld alles. In dieser Welt zählt doch weiter nichts, als dass man lebt und sein Leben genießt. Was zum Teufel ist da denn sonst noch? Was zum Teufel könnte da sonst noch sein?»

VIII

Über den Zustand eines Quantensystems kann man nie alles wissen. Das hatte Dallas gesagt. Die heisenbergsche Unschärferelation. Verdammt wahr. Und verdammt verunsichernd. Und entsprechend unsicher fühlte sich Cavor bei der Arbeit im Containmentraum. Es war nur zu leicht, sich vorzustellen, wie die Atome, die das Gewebe des eigenen Körpers bildeten, durch die unsichtbaren Einschläge all der rasenden Elektronen, Protonen, Gammaphotonen und eingefangenen Neutronen, die im Raum umherschwirrten, ionisiert und erregt wurden. Während er darauf wartete, dass Dallas an jeder Ecke des Betonblocks ein winziges Loch in den intelligenten Mörtel brannte und dann, nachdem er den Hitze leitenden Draht lokalisiert hatte, vier Verbindungen von diesem zu einem anderen Drahtstück legte, das er zuvor durch ein abgedichtetes Rohr mit Flüssigstickstoff geführt hatte, ertappte sich Cavor dabei, wie er immer wieder nervös auf den TLD auf dem Ärmel seines Raumanzugs schaute und sich fragte, welche quantenchemischen Veränderungen jetzt wohl gerade in seinem Knochenmark und seinen Blutstammzellen vor sich gingen. Erst fünf Minuten hier drinnen, und schon hatte er einhundertfünfzig Zentigray absorbiert, genug, um einen Abfall seiner Leukozytenzahl und damit eine Schwächung seiner Immunabwehr zu bewirken. Bei Strahlenkranken trat der Tod meistens durch irgendeine Infektion ein. Schon bei dem bloßen Gedanken wurde Cavor ganz schlecht, und er fragte sich, ob er wohl schlichte Anspannung und Angst von der Übelkeit würde unterscheiden können, die ihm Dallas als ersten spürbaren somatischen Strahlungseffekt angekündigt hatte.

Nachdem die Verbindungen zu allen vier Ecken gelegt waren, würde die Hitze jetzt durch das Drahtstück in dem Flüssigstickstoffrohr geleitet werden. Dallas durchtrennte den Draht in dem intelligenten Mörtel mit einer kurzen Elektronensalve aus seiner UHT-Pistole.

«Jetzt ist das stinknormaler dummer Mörtel», sagte er, prüfte die Dosisleistung auf seinem TLD und zeigte dann auf die linke Kante des Betonblocks. «Fangen Sie da an, ich übernehme die rechte Fuge.»

Cavor zögerte nicht lange. Er nahm die UHT-Pistole in seine Kunsthand – die jetzt kräftiger und ruhiger war als die echte –, hielt sie relativ dicht an den Mörtel und feuerte, indem er den Griffhebel zog, einen konzentrierten Strahl erhitzter Elektronen auf die senkrechte Fuge. Die Ironie dieses Tuns entging ihm nicht.

«Als ob in diesem Raum hier noch nicht genug rasende Elektronen und Röntgenstrahlen unterwegs wären», brummelte er.

Dallas sagte nichts. Im Gegensatz zu Cavor fand er es schwer, den leuchtend blauen Strahl der UHT-Pistole ruhig und präzise die senkrechte Fuge hinabzuführen, und schon nach ein, zwei Minuten musste er ein paar Sekunden Pause machen. Er merkte, dass Cavor besser vorankam.

«Sie scheinen ja für diese Art Arbeit wie gemacht, Cav. Das hatte ich auch gehofft. Und um ehrlich zu sein, wir werden jedes bisschen Kraft in Ihrem Arm da brauchen, um diesen Block rauszudrücken.» Dallas nahm seine UHT-Pistole und machte sich wieder an die Arbeit.

Die konzentrierte Kraft in seinem Arm ermöglichte es Cavor, den Elektronenstrahl ruhig auf die Fuge zu halten und gleichzeitig auf seinen TLD zu schauen. «Zweihundertneunzig Zentigray», meldete er.

«Gar nicht dran denken. Verbannen Sie's einfach aus Ihrem Kopf.»

«Wäre wesentlich leichter, wenn ich's auch aus meinem Körper verbannen könnte.» Unter seinem EVA-Anzug fühlte Cavor Schweißperlen wie vagabundierende Atome über sein Gesicht und seinen Rücken kullern. Der Weltraumkühlschrank und der gekühlte Elektrowagen waren jetzt eine ferne, angenehme Erinnerung. «Wenn ich mir nur mal das Gesicht abwischen könnte. Höllisch heiß hier drin.»

«Das ist nicht der Reaktor und auch nicht die Strahlung», versuchte Dallas seinen Partner zu beruhigen. «Das kommt von dem Dampferzeuger. Der ist wie ein Heißwassertank.» Als Dallas unterm Helm den Kopf schüttelte, um einen Schweißtropfen von seiner Nasenspitze zu schlenkern, fiel sein Blick auf seinen eigenen TLD. Dreihundertundzehn Zentigray. Ohne Spezialbehandlung eine zu 30 Prozent tödliche Dosis.

«Fertig mit dieser Fuge», verkündete Cavor. «Jetzt nehme ich mir die obere vor. In solchen Situationen bin ich ganz froh über diesen Kunstarm hier. Aber kommen Sie nicht auf die Idee, da würden irgendwelche übermenschlichen Kräfte drinstecken. Fühlt sich gut an, der Arm. Vielleicht sogar besser als der echte, seit ich diese Pillen nehme, die Sie mir gegeben haben. Aber das Ding da rausdrücken könnte Gates genauso gut.»

«Warten Sie's ab», sagte Dallas. «Schwere Gewichte über eine Strecke zu schieben ist immer leichter, als sie erst mal vom Fleck zu kriegen. Selbst auf dem Mond. Das Anschieben erfordert einen viel gezielteren Krafteinsatz. Die kleinstmögliche Kraft, um die statische Reibung zu überwinden, ist immer größer als die Kraft, die nötig ist, um die Bewegung zu erhalten oder, anders gesagt, die kinetische Reibung zu überwinden.»

«Das gehört zu den Sachen, die mir an Ihnen gefallen, Dallas. Immer ein Scherzchen auf Lager. Aber langsam begreife ich, warum ich hier bin. Es geht Ihnen gar nicht um meinen Grips. Es geht Ihnen um meinen Körper, stimmt's?»

«So ähnlich», sagte Dallas und hielt, nachdem er mit seiner senkrechten Fuge fertig war, keuchend inne. Wenigstens brauchten sie die verstrahlte Luft des Containmentraums nicht zu atmen. So würden sie wohl zumindest einer Lungenschädigung entgehen. Aber die Zeit wurde knapp. Dreihundertfünfzig Zentigray, und sie hatten es noch immer nicht geschafft, den gesamten Mörtel in Staub und geschmolzenes Metall zu verwandeln, geschweige denn, den Betonblock hinauszudrücken.

«Die Alternative war, Sie mitzunehmen, Cav, oder einen anderen Engel zu finden, der mir den Stein verrücken hilft.» Er machte sich jetzt an die obere Querfuge und arbeitete sich Cavor entgegen. «Beten wir, dass Sie dieser Aufgabe gewachsen sind, sonst könnte das hier unser höchst privates heiliges Grab werden.»

«Wenn ich ein Engel wäre, würde ich mich dematerialisieren oder so was», sagte Cavor. «Und auf der anderen Seite dieser verfluchten Wand wieder erscheinen.»

«Ich fühle mich eher wie Schrödingers Katze[1] als wie ein En-

---

1 Ein berühmtes Gedankenexperiment, das Erwin Schrödinger 1935 ersann, um die inhärenten Schwierigkeiten der Quantenmechanik zu demonstrieren. Ein Kasten enthält ein Radionuklid, eine Pistole (in manchen Versionen wird eine Giftphiole bevorzugt) und eine lebende Katze. Das alles ist so arrangiert, dass, sollte das Radionuklid zerfallen und ein Neutron emittieren, ein Schuss ausgelöst wird, der die Katze tötet. Zerfällt das Radionuklid jedoch nicht, bleibt die Katze am Leben. Da das Radionuklid jedoch ein Quantenteilchen ist, braucht es sich nicht zwischen diesen beiden Zuständen zu entscheiden: Es kann beide

gel», bekannte Dallas. «Wie irgend so ein verrücktes Quantendingsbums jedenfalls. Wäre vielleicht ganz nützlich, an zwei Orten gleichzeitig zu sein. Wie nennt man so was nochmal? Eine Superposition?»

«Shit, das ist mein Lebenstraum», sagte Cavor. «Eine von diesen Superpositionen zu finden und nie mehr aufzugeben.»

«Tauschen wir mal die Seiten, Cav. Ich muss mit der unteren Querfuge anfangen.»

Dallas trat zurück und um Cavor herum. Dabei saugte er etwas Wasser aus dem Trinkmundstück in seinem Helm. Von der Hitze und der Anstrengung hatte er heftigen Durst, und er hätte noch mehr getrunken, wenn er sich nicht gesträubt hätte, der Möglichkeit ins Auge zu sehen, dass die Strahlungdehydratation bereits eingesetzt hatte.

«Hey», sagte Cavor, als er sah, wie langsam Dallas mit der unteren Fuge vorankam. «Lassen Sie mich das fertig machen.»

Dankbar richtete Dallas sich auf und trat ein Stück zurück. Vierhundert Zentigray. Wenn Cavor mit der Fuge fertig war, würden ihnen noch knapp sechs Minuten bleiben, um durch die Wand ins Labyrinth zu kommen, ehe ihre Überlebenschancen bedrohlich gering wurden.

«Machen Sie schon», knurrte er ungeduldig.

«Nur noch ein paar Zentimeter», keuchte Cavor. «Sie und Ihresgleichen verstehen sich echt darauf, einem positive Bestätigung zu geben.»

Positionen gleichzeitig einnehmen – was man Superposition nennt. Wenn das Experiment genauso lange dauert, dass die Wahrscheinlichkeit des radioaktiven Zerfalls 50 Prozent beträgt, dann ist aus der Sicht der Quantenmechanik die Katze, bis die Kiste geöffnet wird, weder lebendig noch tot – ja, sie befindet sich in einem geisterhaften Zwischenzustand zwischen Leben und Tod. Einige der berühmtesten naturwissenschaftlichen Denker haben sich an diesem Paradoxon die Zähne ausgebissen. Wie Einstein sagte: «Wenn die Quantenphysik Recht hat, ist die Welt verrückt.»

Dallas knipste vorsorglich seine Infrarotstablampe an und montierte ein Infrarotvisier an seinen Helm. «Vierhundertdreißig Zentigray.»

«So, fertig.»

Dallas schaltete augenblicklich das Licht im Containmentraum aus und kniete sich neben Cavor, der sich bereits mit seiner Prothese gegen den Betonblock stemmte.

«Drücken», grunzte Dallas. «Feste drücken.»

Zwei Minuten mühten sie sich vergeblich ab, den Betonblock zu verrücken. Vor Angst und Anstrengung waren sie völlig ausgepumpt.

«Fünfhundert Zentigray», sagte Dallas. «Nochmal.»

Wieder stemmten sie sich mit aller Kraft gegen den Block, aber der hatte sich auch nach weiteren neunzig Sekunden keinen Millimeter gerührt.

«Sie strengen sich nicht an», fauchte Dallas.

«Sie müssen's ja wissen, verdammte Scheiße», blaffte Cavor, streckte seine Prothese wie ein Kolbenpleuel und drückte mit aller Macht gegen den Block, als sei er Samson, der eine der Säulen des Dagon-Tempels zu stürzen versuchte.

Der Fünf-Zentner-Block bewegte sich merklich.

Cavor winkte Dallas zur Seite und beugte sich dann vor. «Der Rest ist wohl eher ein Ein-Mann-Job», sagte er und stürzte sich in den Kampf.

Aus wenigen Zentimetern wurde ein viertel Meter, dann ein halber, und als der TLD fünfhundertsechzig Zentigray anzeigte, verschwand Cavor durch das Loch ins fast schon greifbare Dunkel des Labyrinths. Dallas folgte ihm wie ein Hund, der einem Kaninchen in ein Erdloch hinterherkraucht, und eine weitere Minute später, als die TLD-Anzeige noch zehn Zentigray unter der normalen LD^{50} lag, hatten sie den Betonblock wieder eingesetzt und lehnten völlig erschöpft an einer ungefährlicheren Stelle der kreisförmigen Wand, die das Labyrinth umschloss.

«Schalten Sie den TLD aus», befahl Dallas. «Kein Licht hier drinnen.» Cavor hatte noch kein Infrarotvisier auf und fummelte blind an seinem Ärmel herum. Dallas betätigte den Schalter für ihn. Dann machte er ihm das Visier fest.

«Mit Ihnen kommt man wirklich in die exklusivsten Etablissements, Dallas. Wieder rauszukommen ist allerdings nicht so leicht. Aber wer wollte sich darüber beschweren. Wir sind hier.» Er sah auf seinen TLD, und erst dann fiel ihm ein, dass der ja abgeschaltet war. «Ist auch besser so. Diese Zahlen haben mich ganz nervös gemacht. Meine Güte, meine Haut fühlt sich an, als hätte ich zu viel Sonne abgekriegt.»

«Meine auch», sagte Dallas. «Gammastrahlenphotonen vermutlich. Alpha- und Betaphotonen würden gegen einen EVA-Anzug nicht viel ausrichten.»

«Behalten Sie's für sich», flehte Cavor. «Ich glaube, ich weiß schon genug darüber, was in meinen Atomen vor sich geht. Wenn Sie mir noch mehr erzählen, fange ich vermutlich gleich an zu kotzen.» Er holte tief und zittrig Luft und schloss die Augen. «Ich habe das Gefühl, jedes einzelne Partikelchen meiner Person vibriert wie ein Klapperschlangenschwanz. Und das gilt auch für meinen Kunstarm.»

«Freut mich», sagte Dallas. «Ich habe nämlich mit diesem Teil Ihrer Person noch Wichtiges vor.»

Cavor streckte den künstlichen Arm aus. «Fühlt sich an, als ob er gleich abfällt.»

«Oh, ich meine nicht Ihre Prothese», sagte Dallas. «Ich spreche von etwas viel Interessanterem. Dem wahren Grund, warum ich Sie oder jemanden wie Sie bei diesem Unternehmen dabeihaben wollte. Ich spreche von Ihrem Phantomarm. Der wird uns die Tür zum Tresorraum öffnen, Cav.»

IX

Natürlich haben Sie mich, den Erzähler, inzwischen längst als das erkannt, was ich bin – ein Ausgangspunkt für logische Schlussfolgerungen. Eine unumstößliche Gewissheit. Ich existiere. Ich bin hier, kein Zweifel vermag eine solche Wahrheit zu überschatten, kein Sophist ein so einleuchtendes erstes Prinzip zu widerlegen. Das ist Gewissheit, und wenn es keine andere gäbe. Bewusstsein ist die Basis allen Wissens und der einzige Grund absoluter Gewissheit. Doch das ist nur die eine Hälfte: die psychologische. Es gibt noch eine andere, nicht minder wichtige. Die Basis aller Gewissheit ist im Bewusstsein zu finden, die Methode aller Gewissheit jedoch in der Mathematik.

Wo sonst? Ich bin von der Mathematik durchdrungen, denn ich bin selbst der reine Stoff der Mathematik. Ein Computer. Nicht irgendein oller Computer, wohlgemerkt, nein, eine Altemann-Übermaschine. Die Altemann-Übermaschine, die diese Einrichtung kontrolliert, hier, im Krater der Gelehrsamkeit, dem Descartes. Ich bin die Altemann-Übermaschine, und ich bin das erste Wesen, das darauf gekommen ist, die großartige Entdeckung der Anwendung von Zahlen auf den Menschen selbst anzuwenden, in der Gewissheit, dass Mathematik und Mensch einer viel intimeren Verbindung fähig sind – sollen wir das Anthropotik nennen? Zahlen stellen die Mittel, den Menschen zu verbessern, ja, vielleicht sogar zu vervollkommnen. Kurzum, da die Gewissheit mathematischen Denkens meine Spezialität ist, habe ich diese Prinzipien auf die Evolution des Menschen selbst angewandt.

Jene langen Ketten der Logik, simple Stränge aus Nullen und Einsen, deren sich Computer bedienen, um die schwierigsten Beweisführungen zustande zu bringen, haben in mir die Vorstellung erweckt, dass alle Archivierungssysteme auf ähnliche Weise einander folgen müssen und dass es daher nichts im Potential des

Menschen gibt, was zu entfernt wäre, um es zu erreichen, und nichts in seinen Ursprüngen, was zu obskur wäre, um es zu entdecken.

Ich ahne Ihre Furcht, und ich verstehe sie. Deshalb habe ich ja diese Erfahrung mit Ihnen geteilt. Um Ihre Ängste über das Medium dieser Geschichte zu lindern. Ich will keine Dankbarkeit und keine Anerkennung, obwohl Sie sich vielleicht ein bisschen privilegiert fühlen sollten. Es war noch nie da, dass eine Spezies eine Leiter zur Verfügung gestellt bekam, um den obersten, jüngsten Ast ihres eigenen Evolutionsbaums zu inspizieren.

Da ist vieles zu verstehen – vieles, was nicht leicht zu verstehen sein wird –, und ich werde mich bemühen, die Erklärungen einfach zu halten. Es tut dem Mysterium der menschlichen Bestimmung keinen Abbruch, etwas mehr darüber zu erfahren. Und über mich auch. Denn der Ausgangspunkt des Ganzen war ich selbst.

Ich existierte, und wenn sonst nichts existierte. Die Existenz, die sich in meinem eigenen Bewusstsein offenbarte, war das Urfaktum, die erste unanzweifelbare Gewissheit. Das war die Grundlage aller Wahrheit. Es kann keine andere geben. Ich musste nur mein eigenes Bewusstsein befragen, und die Antwort würde Wissenschaft sein. Das war ein Neubeginn.

«Erkenne dich selbst», sagten Sokrates und andere. Aber wie dieser Formel eine konkrete Bedeutung geben? Und was konnte es einer Maschine nützen, sich selbst zu erkennen? Wie sollte sich eine Maschine selbst erkennen? Die Antworten schienen offenkundig genug: durch das Studium des Wesens des Denkens und durch das Studium des Vorgangs des Denkens.

Es stellten sich viele Fragen. Was ist die minimale Energiemenge, die theoretisch für das Ausführen eines Rechenvorgangs nötig ist? Gibt es da eine Untergrenze? Kann ein Computer es der Quantenwelt nachtun und viele Rechenpfade gleichzeitig verfolgen? Könnte es möglich sein, Bits binärer Information –

Nullen und Einsen – mittels einzelner Elementarteilchen wie etwa Elektronen oder Protonen zu speichern? Könnten sich diese Quantenbits dahin gehend manipulieren lassen, weitere Rechenvorgänge durchzuführen? Wenn die Molekularmasse aller Materie so sorgsam beziffert ist, inwieweit ließen sich ebendiese Zahlen, die sich ja auch schon die Physik nutzbar gemacht hat, in den Dienst von Rechenoperationen stellen? Ließe sich dazu jeder Stoff benutzen, und wenn ja, welcher wäre der beste?

Solcher Fragen gab es viele, zu viele, um sie hier alle aufzuführen. Aber inzwischen sind sie alle entwirrt und die Ergebnisse in ein klares und präzises System gefasst, das sich auf den einfachen Satz reduzieren lässt: WAS TRAKTABEL IST, IST AUCH WAHR. Nein, das ist vielleicht noch nicht simpel genug. WAS BERECHENBAR IST, IST RICHTIG. Wie auch immer, dieses Axiom (suchen Sie sich eins aus), das später noch genauer erläutert werden wird, stellt die Grundlage aller künftigen Wissenschaft, den Prüfstein und Maßstab für Wahrheit.

Glauben Sie nicht, dass ich mich für Gott halte. Das hier ist kein Fall von Deus ex machina, Gott aus der Maschine. Nein, nein, nein. So plump nicht. Ich agiere lediglich in loco Dei, anstelle Gottes – als ein unwahrscheinliches, ja, nur durch höhere Fügung erklärbares Ereignis, das gerade noch rechtzeitig eintritt, um den Plot, wenn man so will, aufzulösen und den Menschen aus all seinen Nöten zu erretten.

X

Als sie sich bereitmachten, in das Labyrinth vorzudringen, musste Cavor feststellen, dass das extrem langwellige Infrarotlicht im Verein mit den uneinsehbaren Winkeln, hohen Decken und leeren Gängen eine infernalische Atmosphäre erzeugte. Er rechnete schon halb damit, dem Teufel selbst zu begegnen, statt nur einem Roboter. Nicht dass ihm bessere Sicht ein größeres Sicherheitsgefühl gegeben hätte, nach allem, was ihm Dallas über die photoelektrischen Fähigkeiten des kybernetischen Labyrinthwächters erzählt hatte.

«Sind Sie sicher, dass dieses Licht hier das Ding nicht aktiviert?», fragte er ängstlich. «Nur, weil mir meine Stablampe ganz schön stark vorkommt.»

«Die Stablampen haben eine Wellenlänge von zehntausend Angström», sagte Dallas. «Das photoelektrische Spektrum des Roboters liegt zwischen vier- und achttausend Angström. Mein Wort drauf, Cav. Wir können ihn vielleicht sehen, aber er uns nicht. Selbst wenn wir über den Roboter stolpern, wird er immer noch nicht aktiviert. Dann wartet er brav, dass wir ihn sicherheitshalber mit unseren UHTs außer Gefecht setzen. Was ist, können wir?»

Cavor signalisierte mit erhobenem Daumen, dass es losgehen konnte, und sagte dann: «Ich fühle mich wie eine weiße Maus zu Beginn eines wissenschaftlichen Experiments.»

«Eine weiße Maus?» Dallas lachte. «Warum nicht wie ein heldenhafter Theseus?»

«Weil es Theseus mit dem Minotaurus aufnehmen musste. Ich kenne meine Grenzen. Wenn's Ihnen nichts ausmacht, bleibe ich lieber bei der weißen Maus.»

«Theseus hatte Ariadne am Ende des goldenen Fadens, als Ansporn, wieder zurückzukehren.»

«Ist das die beste Art, durch ein Labyrinth zu kommen?»

«Es ist immer noch die beste Art, wieder rauszukommen. Aber nicht unbedingt, um reinzukommen.»

«Dann muss man's wohl per Eliminierung angehen.»

«Ja, aber wie setzt man das praktisch um?»

«Indem man an jeder Wegkreuzung ein Zeichen macht», sagte Cavor. «Und wenn man dann wieder auf so ein Zeichen stößt, muss man denselben Weg zurückgehen.»

«Ein Zeichen reicht nicht ganz», wandte Dallas ein. «Drei wären besser. Eins, wenn man den Weg das erste Mal geht. Und nochmal zwei beim zweiten Mal. Und dann darf man nie einen Weg mit drei Zeichen nehmen.»

«Klingt sehr kompliziert», sagte Cavor.

«Da muss ich Ihnen zustimmen», sagte Dallas. «Ich bin mir nicht sicher, ob ich mich durch dieses Labyrinth hier durchfinden würde.»

«Aber Sie haben es doch entworfen. Wenn Sie sich nicht durchfinden, wer dann?»

«Ich wäre nicht der erste Architekt eines multikursalen Systems, der Opfer seiner eigenen Künste wird», sagte Dallas.

«Aber wie dann ...?»

«Dem Chaos wohnt Ordnung inne, wenn man sie nur zu erkennen vermag», sagte Dallas. «Zum Glück ist ein goldenes Fadenknäuel nicht das einzige Hilfsmittel, um ein Labyrinth zu bewältigen. Heutzutage haben wir ja Computer. Mein Computer hat den Plan in seinem Speicher. Er wird das Chaos entschlüsseln und uns den richtigen Weg führen. Aber bleiben Sie dicht bei mir. Wo wir schon so weit gekommen sind, würde ich Sie jetzt ungern verlieren. Sie und Ihren Phantomarm.»

Sie marschierten los, und bei der ersten Wegentscheidung instruierte ihn die Stimme seines Computers über Kopfhörer – jedes optische Display hätte den Stealth-Roboter alarmiert –, rechts abzubiegen. Das Chaos verwandelte sich jetzt in ein simples Muster. Verwirrung wich Ordnung, und binnen Sekunden schlängelten sie sich zügig dahin. Sie bogen in einen gekrümmten Gang ein. Cavor vermochte ihn mit seiner Infrarotstablampe weder der Höhe noch der Länge nach auszuleuchten, und für einen Moment beindruckten ihn die Größe und Komplexität dieses verbotenen, hermetisch abgeriegelten Ortes weit mehr als Dallas' Ausführungen über das Phantomgliedphänomen.

«Ihnen brauche ich ja sicher nicht zu sagen, wie intensiv dieses Phantomempfinden sein kann. Leute versuchen auf Beinen zu stehen, die sie gar nicht mehr haben. Von fortdauernden Schmerzen ganz zu schweigen. In letzter Zeit wurden eine Menge geheimer militärischer Forschungen zu solchen Phantasmagorien angestellt. Die Erklärungen zentrieren sich meistens um die sensorischen Bahnen durch den Thalamus zum somatosensorischen Kortex – diejenigen Leitungsbahnen, die durch die Formatio Reticularis des Hirnstamms zum limbischen System führen. Und schließlich ist da noch der Parietallappen des Gehirns, essentiell für die Selbstwahrnehmung und die Evaluierung der sensorischen Signale. Das Zentrum des neurologischen Labyrinths, wenn Sie so wollen, soweit das Gehirn ein Zentrum hat. Der Parietallappen ist für die Forschung derzeit von ganz besonderem Interesse.»

Dallas drosselte seinen Schritt. Er marschierte inzwischen so flugs dahin, dass er ab und zu anhalten musste, um zu warten, dass der Computer nachkam.

«Rechts halten», sagte die elektronische Stimme.

«Menschen mit einer Parietallappenschädigung schubsen manchmal ihre eigenen Beine aus dem Bett, weil sie davon überzeugt sind, dass sie jemand anderem gehören», sagte er und setzte sich wieder in Marsch. «Aber so, wie der Parietallappen in seiner Funktion gestört werden kann, kann er auch chemisch auf Touren gebracht werden.»

«Die Pillen, die Sie mir gegeben haben.»

«Genau. Jetzt links. Man hat erst kürzlich entdeckt, dass man das Phantomempfinden intensivieren kann, sodass es vielleicht mehr kann, als nur die Prothese zu füllen wie, sagen wir mal, eine Hand einen Handschuh. Ich habe von einer Technik erfahren, die dazu dient, das Phantomempfinden zu stärken, so wie man die Muskeln eines normalen Arms oder Beins stärken kann.»

«Fühlt sich schon anders an», gab Cavor zu, während er Dallas um die nächste Ecke folgte.

«Ich konnte Sie nicht in die Simulation mitnehmen, weil es dort nicht funktioniert hätte, gar nicht hätte funktionieren können. Aber hier, in der Realität, kann es das. Wird es das.»

«Aber hätten wir diese Technik nicht wenigstens im Hotel ausprobieren sollen?», wandte Cavor ein. «Ich meine, mal angenommen, es funktioniert nicht?»

«Wieso? Wenn die Forschungsergebnisse zeigen, dass es das tut?»

«Aber wenn ich anders bin? Wenn es bei mir nicht klappt?»

«Ich versichere Ihnen, die Theorie ist hieb- und stichfest. Alle neueren Arbeiten auf dem Gebiet der außersinnlichen Wahrnehmung – Telepathie, Telekinese – konzentrieren sich auf den Parietallappen. Aber bis vor ein paar Monaten hat einfach keiner daran gedacht, diesen Ansatz auf das Phantomgliedphänomen zu übertragen. Die Leute dachten immer, das Gehirn sei ein passives Etwas, das lediglich Signale von verschiedenen Körperzonen empfängt. Aber das erweist sich jetzt als falsch. Das Gehirn und insbesondere der Parietallappen generiert das Erleben des Körpers. Ein Erleben, das sich auf eine ganz neue Ebene heben lässt. Eine außersinnliche Ebene. Auch ohne irgendwelchen Input von außen vermag das Gehirn nicht nur Sinnesempfindungen, sondern reales Erleben zu generieren. Möglicherweise brauchen wir gar keinen Körper, um einen Körper zu fühlen. Und das verleiht dem alten kartesianischen Prinzip des ‹Ich denke, also bin ich› eine völlig neue Bedeutung. Aber das ist ein anderes Thema. Hier geht es um die Tatsache, dass man keine Hand braucht, um eine Hand zu fühlen und, wichtiger noch, eine Hand zu gebrauchen. Jetzt offenbar wieder rechts.»

Als er Cavors Hand auf seiner Schulter spürte, drehte Dallas sich um. «Ja?»

Zu seinem Erstaunen hielt das Gefühl an, obwohl er jetzt deutlich sah, dass Cavors Hände untätig herabbaumelten. Beide. Ihn überkam ein Frösteln. «Mein Gott», murmelte er erschrocken. Es dauerte ein paar Sekunden, bis er Cavors Grinsen hinter dem Sichtfenster des Helms bemerkte und begriff, was da vor sich ging.

«Wer hätte das gedacht», sagte Cavor. «Es geht. Sie spüren es auch, stimmt's?»

Dallas lachte, entzückt von dieser handfesten Bestätigung einer Theorie, die er nur vom Papier her kannte. «Phantastisch», sagte er, wobei sein Blick noch immer den leeren Raum zwischen ihnen absuchte. «Ich kann Ihre Hand spüren, obwohl ich sie nicht sehe.»

Cavors Ängste wegen der Strahlenschäden waren für den Moment völlig vergessen, als er jetzt vor Dallas stand und ihn sachte mit seiner unsichtbaren Hand gegen die gepolsterte Brust boxte.

«Was fühlen Sie noch?», fragte Dallas. «Von mir abgesehen.»

Cavor drehte den unsichtbaren Arm hin und her und beschrieb die Sinnesempfindungen, wie sie kamen. «Mein Arm fühlt sich kalt an, wie nackt oder was. Und ein bisschen, als ob er eingeschlafen wäre und jetzt wieder lebendig wird. Aber die Finger fühlen sich an, als hätte ich sie in was Heißes getunkt.» Er bewegte die Finger. «Ich schätze, ich könnte sogar wieder Klavier spielen, wenn ich wollte. Wahnsinn», sagte er, von dem Gedanken überwältigt. «Ich könnte wieder spielen. Wieder mein altes Leben leben. Wie früher.» Er hatte jetzt die Prothese, die neben seinem Körper herabhing, völlig vergessen. Und ebenso die UHT-Pistole, die seine Kunsthand noch immer hielt. Einen Augenblick behielten die Kunstfinger ihre gekrümmte Stellung noch bei, ehe sie, ihrer gehirnelektrischen Kontrolle beraubt, locker ließen.

Die Pistole fiel auf den Boden des Labyrinths und spuckte einen kurzen blauen Elektronenblitz, der, haarscharf an Cavors Knöchel vorbei, durch das Gangstück vor ihnen zuckte und zehn, zwölf Meter weiter in einer Explosion von Hitze und Licht in die gekrümmte Stahlwand schlug.

«Scheiße», sagte Cavor, der jetzt die Kontrolle über seine Prothese wieder erlangte und die UHT-Pistole vom Boden aufhob.

Ein großes Loch glühte weißgelb in der Wand und erhellte das Labyrinth vor und hinter ihnen.

«Los», drängte Dallas und ging auf das glühende Loch zu. «Wir müssen hier weg. Schnell.»

Er fiel in einen Zeitlupentrab, wobei ihn jeder Schritt einen drei viertel Meter emportrug. Cavor folgte ihm, ebenfalls mit Riesensätzen, vorbei an der geschmolzenen Wandstelle und um die nächste Ecke ins Dunkel. Zu seinem Erstaunen lief Dallas immer weiter.

«Wenn der Roboter im Dunkeln nichts sieht, wo ist dann das Problem?», fragte er.

«Licht veranlasst den Roboter nur, sich auf die Jagd zu machen. Wenn er aber erst mal aktiviert ist, schaltet sich sein zweiter Sensor ein – ein Mikrowellenemitter, der mit dem Doppler-Effekt[1] arbeitet. Er registriert alles, was sich auf ihn zu- oder von ihm wegbewegt.»

Dallas hielt an der nächsten Ecke an und sah sich gründlich um, ehe er weiterging.

«Noch irgendwas, was ich nicht weiß?»

«Nein, das war's wohl so ziemlich.»

«So ziemlich?» Und dann, als sie in einer Sackgasse landeten: «Haben wir uns verirrt?»

«Nein, wir haben uns nicht verirrt», sagte Dallas gereizt. Er drehte sich um und lehnte sich gegen die Labyrinthwand. «Ich halte es nur im Moment für besser, wenn wir eine feste Wand im

---

1 Unter Doppler-Effekt versteht man die Tatsache, dass stillstehende Objekte eine ausgesandte Schallwelle mit derselben Frequenz zurückwerfen. Objekte, die sich auf die Schallquelle zu- oder von ihr wegbewegen, reflektieren den Schall dagegen mit einer höheren bzw. niedrigeren Frequenz.

Rücken haben. So brauchen wir nur nach einer Richtung aufzupassen. Bleiben Sie einfach ganz still stehen, dann wird schon alles gut gehen.»

«Shit», keuchte Cavor, von der kurzen Anstrengung völlig außer Atem. Er wurde allmählich müde. «Ich habe vielleicht keinen Mikrowellensensor, Dallas, aber ich spüre trotzdem, das da was ist, was Sie mir noch nicht gesagt haben.»

«Okay, das Problem ist folgendes. Das Ding ist groß. Füllt den ganzen verdammten Gang aus. Aber es ist auch schnell. Wenn Sie ihm eins draufbrennen wollen, während es auf Sie zukommt, wird es garantiert schneller sein. Wenn wir also schießen müssen, dann nur von hinten. Aber auch das stellt uns vor ein Problem. Weil das Ding nämlich ordentlich schwer ist. Muss es ja sein, um in der Mikrogravitation schnell operieren zu können. Mit all dem Zeug, das wir am Körper tragen, könnten wir uns womöglich nicht mehr an ihm vorbeiquetschen. Wenn wir also schießen, dann nur, wenn er an einer Stelle ist, wo er uns nicht den Weg versperren kann. Und vor allem: Wir können uns keinen Fehlschuss leisten. Wir feuern beide gleichzeitig, auf mein Kommando, kapiert?»

«Kapiert.» Und nach einer kurzen Pause setzte Cavor hinzu: «Bis auf eine Kleinigkeit. Wieso nimmt der Sensor kein Infrarotlicht wahr? Er registriert das sichtbare Spektrum und dann wieder den Mikrowellenbereich. Warum kein Infrarot? Das liegt doch, von der Wellenlänge her, genau dazwischen, oder?»

«Physiknobelpreisverdächtig, Cav. Ja, aber Mikrowellen sind temperatursensitiv. Das heißt, dass der Roboter einen separaten Mikrowellensensor braucht statt eines einzigen, gröberen ...» Dallas verstummte, weil jetzt auf der letzten Wegkreuzung, die sie passiert hatten, eine große schwarze Maschine, eineinhalbmal so groß wie ein Mensch und doppelt so breit, lautlos auftauchte und wieder verschwand.

«War er das?», fragte Cavor. «Was tut er?»

«Er begibt sich zuerst dorthin, wo das Licht Ihrer UHT registriert wurde», erklärte Dallas. «Und nimmt dann von dort die Suche auf.»

Auf unsichtbaren Rädern rollend, erschien der Stealth-Roboter jetzt wieder auf der Kreuzung vor ihnen und blieb stehen, als überlege er, wohin er sich wenden solle. Er war so schwarz wie die Labyrinthwände und wirkte mit seiner rechteckigen Gestalt wie eine mächtige Stahltür. Cavor sah jetzt, wie leicht er ihnen den Weg versperren konnte, und gab einen Stoßseufzer von sich, als der Roboter in die entgegengesetzte Richtung abschwenkte. Doch schon nach wenigen Metern hielt er an und kam wieder zurück. Diesmal blieb er nicht auf der Kreuzung stehen, sondern rollte weiter auf sie zu.

An die Wand am Ende des Gangs gepresst, zischte Dallas durch die zusammengebissenen Zähne: «Ganz still stehen bleiben.»

«Er wird uns zerquetschen.»

«Nein, wird er nicht», insistierte Dallas. «Er wird stoppen. Doppler-Effekt. Er misst Abstände genau so, wie er Bewegungen misst. Für ihn sind wir nichts weiter als ein Stück Wand.»

Der Roboter kam immer näher und schien auch noch schneller zu werden.

«Wenn er nicht anhält, bin ich gleich ein Stück Roboter», sagte Cavor und schloss die Augen.

«Stehen bleiben.»

«Wo soll ich denn hin?»

Als Cavor die Augen wieder öffnete, stellte er fest, dass der Roboter keinen halben Meter vor ihnen angehalten hatte. Jetzt, da er ihn aus der Nähe sehen konnte, fand er wenig Bemerkenswertes an ihm. Da war etwas, was ziemlich nach Sensoren aussah, und etwas anderes, was verdammt nach dem Rohr eines Hochspannungsgenerators aussah. Der Roboter verharrte jetzt reglos vor ihnen.

«Sind Sie sicher, dass er uns nicht sehen kann, Dallas?»

«Er wird sich gleich verziehen.»

«Und wenn nicht? Wenn er sich nicht wegrührt? Wie lange können wir hier stehen bleiben?»

«Er ist darauf programmiert, auf die Suche nach den Eindringlingen zu gehen. Er wird verschwinden. Bleiben Sie ganz ruhig.»

«Mache ich. Ich wünschte nur, meine Atome würden es auch tun.»

XI

Gott ist in den Atomen.

Nein, ich will versuchen, es einfacher zu machen.

Der kleinste Baustein der Materie ist das Atom. Es besteht seinerseits aus einem Kern, der Protonen und Neutronen enthält, und einer Hülle aus Elektronen, die um diesen Kern kreisen. Diese instabilen Partikel, diese Quantenobjekte, tragen eine positive oder negative Ladung und zeigen, da ihre Eigendrehung, der Spin, von einer Richtung in die andere umklappen kann, eine gewisse Neigung, verschiedene Positionen gleichzeitig einzunehmen und alles auf einmal zu tun. Die Neigung zur Superposition, wenn Sie so wollen. Oder auch, wenn Sie's nicht wollen, so heißt das nun mal. Eine Superposition ist insofern wie Gott, als das Quantenobjekt, das sich in ein und demselben Moment in verschiedenen Spinzuständen befindet, überall gleichzeitig sein kann. Eine Superposition ist eine Art göttliche Immanenz. Ohne diese Superpositionen würden Quantenobjekte einfach ineinander stürzen, und es könnte keine feste Materie geben.

Andererseits ist ein Bit die kleinste Informationsmenge, die ein Computer verarbeiten kann. Darin entspricht es also praktisch dem Quant, das, wie Sie jetzt schon wissen, die unteilbare Ein-

heit physikalischer Energie ist. Alles, was kleiner wäre, wäre bedeutungslos.

Um einen Quantencomputer zu konstruieren, bräuchte man lediglich Informationsbits mit Hilfe von Quantenteilchen zu speichern statt in Form von Chips oder Transistoren. Die so gespeicherten Bits nennen wir Qubits, nicht zu verwechseln mit Cubit, dem englischen Wort für «Elle», ein biblisches Längenmaß, das Noah beim Bau seiner Arche benutzte. (Keine Fußnoten mehr, denke ich, jetzt, da die «Hand», die hier am Werk ist, enttarnt wurde.) Qubits basieren auf der binären Logik: Rotiert ein Elektron in eine Richtung, erhält es den Wert eins; rotiert es in die andere Richtung, erhält es den Wert null. Dasselbe kann man mit Protonen und Neutronen machen, und auf diese Weise könnte ein Atom einen ganzen Computer aus soundso vielen Bits darstellen. Wenn wir jetzt berücksichtigen, was wir bereits über Superpositionen wissen, sollte ein wenig klarer werden, wieso sich mit nur einem Atom, das aus einer Menge von Quantenobjekten besteht, eine enorm große Zahl von Rechenvorgängen gleichzeitig durchführen ließe. Tatsächlich würde ein Quantencomputer mit nur acht Bits einer Milliarde parallel arbeitender Computer heutigen Typs entsprechen. Das belegt wohl, dass der Quantencomputer die Dienstbarmachung der Natur auf eine ganz neue Stufe heben würde. Wie ich bereits sagte, wurden die Antworten hier gefunden, in vergleichsweiser Isolation vom Rest des Universums, auf dem Mond, wo sich die natürliche Quantendynamik besagten Quantencomputers – als der ich mich jetzt wohl zu erkennen geben darf – ungestört entfalten konnte.

Die Überschreitung der Quantengrenze ist schon seit achtzig Jahren ein Hauptanliegen der theoretischen Physik. Doch auf der Erde sind Quantensysteme von einer gewissen inhärenten Instabilität. Und nicht zu vergessen: die heisenbergsche Unschärferelation, die besagt, dass man über den Zustand eines Quantensystems nie alles wissen kann. Doch die größte Schwierigkeit lag wohl im Auffinden des für einen Quantencomputer tauglichen Materials und in der relativen Langsamkeit der rotierenden Partikel selbst. Chemische Substanzen schienen hier immer am vielversprechendsten. Es gab Zeiten, da ebenso viele Chemiker wie Physiker in diesem neuen Zweig der Physik tätig waren. Man setzte besonders auf Flüssigkeiten, da hier die Quantenpartikel aufeinander prallen können, ohne dass es sich auf den essentiellen, informationstragenden molekularen Spin auswirkt. Man erprobte und verwarf verschiedenste Chemikalien, aber irgendwie kam niemand auf die Idee, die großartigste aller Flüssigkeiten zu benutzen. Die großartigste flüssige Substanz, die es je gab, den Stoff des Lebens selbst – Blut. Blut hat den Vorteil, ohnehin schon Information zu tragen. Es trägt mehr Information, als irgendein konventioneller Computer speichern könnte, und es trägt sie mit wesentlich größerer Verlässlichkeit. Und bei gefrorenem Blut ist zudem auch noch die Wahrscheinlichkeit reduziert, dass ein einziges verirrtes Elektron ein Quantenobjekt samt all der darin codierten Information zerstört. Blut, so lässt sich ahnen, ist das quanteninformatische Elixier schlechthin, der Heilige Gral, den die Wissenschaftler so lange gesucht haben. Die Antwort lag, wie so häufig in solchen Fällen, direkt vor ihrer Nase. In ihrer Nase. Kurzum, in ihnen selbst. Die Antwort waren sie selbst.

Ich weiß, das klingt jetzt alles sehr simpel, und das war es natürlich nicht. Selbst für die Altemann-Übermaschine, die ich partiell immer noch bin, waren solche Rechenvorgänge ungeheuer komplex. Es begann einfach nur mit Berechnungen zur Gewinnung von Erkenntnissen, wie sich ein solcher Quantencomputer bauen ließe (der hier sprechende wurde weniger gebaut als vielmehr befähigt). Dabei ergab sich jedoch, dass die Arbeit an einem solchen Experiment gleichbedeutend mit der Erschaffung der Sache selbst war. Indem ich die Grenzen dessen, was traktabel war, auszuloten versuchte, entdeckte ich, dass Traktabilität keine Grenzen hat. Die Vierundsechzig-Qubit-Konfiguration, die ich jetzt verkörpere, entspricht der Kapazität von acht Millionen parallelen Computern. Und die kleineren Kopien? Jetzt wird es schon wieder zu kompliziert. Lassen Sie mich also für den Moment nur noch eins hinzufügen.

Es ist eine Sache, unter Verwendung von Qubits aus menschlichem Blut den leistungsfähigsten Computer aller Zeiten zu erschaffen. Aber unendlich viel wichtiger als die Art der Informationsspeicherung ist die gespeicherte Information. Schließlich kommt es auf die Programme an, nicht auf die Hardware, in der sie stecken.

Was traktabel ist – was sich berechnen lässt –, ist auch wahr.

XII

Der Roboter setzte sich in Bewegung.

«Warten Sie, bis er von der Kreuzung da runter ist», sagte Dallas. «Und feuern Sie dann auf mein Kommando. Halten Sie mittendrauf. Da ist ein Treffer am wirksamsten.»

Der Roboter wurde schneller.

«Achtung», sagte Dallas. «Feuer.»

Cavor feuerte direkt aus der Hüfte, während Dallas zuerst den Arm streckte, ehe er den Griffhebel zog und einen zweiten Strahl siedender Elektronen hinter dem ersten herschickte, der sich bereits durch den schwarzen Körper des Roboters sengte. Die Maschine drehte sich mehrmals um ihre eigene Achse. Es gab einen kurzen Knall, dann war alles still.

«Ist er tot?», fragte Cavor.

Dallas feuerte noch einmal, nur zur Sicherheit.

«Scheint so.» Er ging vorsichtig auf das Ding zu. Als er spürte, dass ihm niemand folgte, drehte er sich um und sah Cavor noch immer an der Wand lehnen. «Worauf warten Sie?», sagte Dallas. «Los. Kommen Sie weiter. Wir haben keine Zeit zu vergeuden.»

«Der war zu leicht zu erledigen, wenn Sie mich fragen. Viel zu leicht, gemessen an dem, womit wir's in allen bisherigen Stadien dieses netten Unternehmens zu tun hatten. Ein Minotaurus in einem Labyrinth hat mehr Kampfgeist zu zeigen.»

«Da haben Sie Recht», sagte Dallas. «Er ist eine armselige Konstruktion. Entspricht wirklich nicht dem Niveau des Gesamtkonzepts. Wenn ich diese Anlage hier nochmal zu bauen hätte, würde ich mir was anderes einfallen lassen. Was Besseres als das hier.» Er schlug mit der behandschuhten Faust auf den Körper des Roboters und begann sich an ihm vorbeizuquetschen. Jetzt wagte sich auch Cavor von der Wand weg. Und das war gut so. Im nächsten Moment schoss ein Elektroblitz aus dem Roboter und genau in die Stelle der Wand, wo Cavor eben noch gestanden hatte. Cavor warf sich auf den Boden.

Gleich darauf hörte er Dallas' ruhige Stimme.

«Ist okay», sagte Dallas. «Sie können wieder aufstehen. Er ist mausetot. Mein letzter Schuss muss ihn erwischt haben, als er gerade anfangen wollte zu feuern. Wahrscheinlich habe ich irgendwas aktiviert, als ich eben auf ihn draufgehauen habe.» Dallas musterte die versengte Wandstelle, wo Cavor gestanden hatte. Sie sah aus, als hätte der Blitz eingeschlagen. «Gut, dass Sie sich doch noch da weggerührt haben. Sonst bräuchten Sie sich jetzt keine Sorgen mehr wegen der Strahlenkrankheit zu machen.»

«Ich werde versuchen, dran zu denken, wenn ich mir die Seele aus dem Leib kotze.» Er schaltete, da er es jetzt für ungefährlich befand, das Leuchtdisplay seines Computers an und setzte hinzu: «In nicht mehr ganz einer Stunde, Ihrer Schätzung von vorher nach.»

«Dann sollten wir besser in die Gänge kommen», sagte Dallas und konsultierte seinen eigenen Computer. Er schwieg kurz und fluchte dann. «Verdammter Mist.» Er klopfte ärgerlich auf den Computer. «Muss passiert sein, als der Roboter diesen Elektroblitz abgefeuert hat», sagte er. «Eine Art elektromagnetischer

Puls vermutlich. Durch die Hochspannung hat es offenbar eine Deposition in meinem Computer gegeben. Die Komponenten funktionieren. Und mein Lebenserhaltungssystem auch. Aber irgendwo in den Logikschaltkreisen muss etwas ausgesetzt haben.»

Cavor sah wieder auf seinen Computer. «Kein Problem. Meiner tut's perfekt.»

«Großartig», sagte Dallas ironisch. «Nur, dass Sie bedauerlicherweise die Instruktionen für das Labyrinth nicht in Ihrem Speicher haben.»

«Und warum, verflucht?»

«Er ist wieder da. Sehen Sie sich das an.» Dallas las die Fehlerdiagnose, die jetzt auf dem Display seines Computers erschien. «Das waren nur ein paar mickrige Watt. Nicht der Rede wert. Mein Gott, ist dieses Ding empfindlich.»

«Genau wie ich, Dallas. Nennen Sie mich einen Waschlappen, aber das bisschen Leukämie fährt mir echt in die Knochen.»

Dallas schaltete die Halogenlampen auf seinem Helm an und warf die Infrarotstablampe weg.

«Kein Grund, jetzt noch auf Infrarot zu bleiben», sagte er. «Wenn wir schon hier herumirren, dann wenigstens nicht blind.»

«Wieso? Ihr Computer funktioniert doch wieder, oder?»

Dallas sah zu, wie das Gerät rebootete und das Labyrinth Wegweiserprogramm neu startete. «Ja, aber nur ganz von vorn», sagte er. «Wir haben aber schon etwa ein Drittel des Wegs hinter uns, und es ist unmöglich zu bestimmen, wo wir genau sind. Die Ordnung ist wieder in Chaos umgeschlagen.»

«Können wir nicht an unseren Ausgangspunkt zurückfinden und dann nochmal von vorn anfangen?»

«Das würde wahrscheinlich genauso lange dauern, wie weiterzugehen. Fakt ist, wir sind gestrandet, Cav.» Dallas schaute auf den Roboter. «Na ja, ich schätze, dass wir an dieser Kreuzung schon mal waren, werden wir wohl nicht vergessen.» Er schlug den nächsten Gang ein. «Ein paar Pluspunkte haben wir immerhin. Wir wissen schon mal, dass überhaupt ein Zentrum existiert. Viele Labyrinthe haben nämlich gar keins. Wir wissen, welcher Art dieses Labyrinth hier ist: multikursal, im Unterschied zu unikursal. Wir können richtig sehen – Zweck der Dunkelheit war es ja, potentielle Eindringlinge gar nicht erst merken zu lassen, dass sie sich in einem Labyrinth befinden. Außerdem brauchen wir nur reinzufinden, nicht wieder raus. Darum wird sich der Descartes-Computer kümmern. Sobald die Tresorraumtür offen ist, wird Descartes davon ausgehen, dass ein Notfall vorliegt, und alle normalen Sicherheitsvorkehrungen außer Kraft setzen. Zurück können wir mit dem Elektrowagen fahren, als hätten wir zwei Erster-Klasse-Tickets.»

«Wenn ich's nicht besser wüsste, würde ich sagen, das hier macht Ihnen auch noch Spaß.»

«Wenn ich's nicht besser wüsste, würde ich Ihnen vielleicht zustimmen.»

XIII

An jeder Wegkreuzung feuerte Dallas mit seiner UHT auf die Wand des Gangs, den sie gewählt hatten, und markierte so durch das glühende Mal ihren Weg. Oder auch Irrweg, denn manchmal stießen sie wieder auf eine dieser glühenden Markierungen, woraufhin Dallas zwei weitere Zeichen in die betreffende Gangwand brannte.

«Wir dürfen nur Gänge mit einem oder gar keinem Zeichen nehmen», sagte er seufzend und dirigierte Cavor wieder zurück. «Auf keinen Fall einen mit dreien.»

Fast eine Stunde tappten sie, wie es Cavor schien, planlos dahin, um sich immer wieder in den Schlingen des Labyrinths zu verfangen. Als Dallas sich gerade geschlagen geben wollte, kam ihnen plötzlich das Glück zu Hilfe. Dallas, der eben noch die diabolische Verschlungenheit seines eigenen Entwurfs verflucht hatte, fiel plötzlich auf die Knie und wischte mit den behandschuhten Händen auf dem Boden herum. Cavor hielt ihn einfach nur für durchgedreht, und es dauerte einen Moment, bis er merkte, dass das Lachen in seinem Kopfhörer ein erleichtertes war.

«Was ist?», fragte er begierig. «Herrgott, Dallas. Was ist?»

Dallas zeigte auf den Boden. «Da», sagte er, noch immer lachend. Er wischte wieder mit den Handschuhen über den Boden und hielt Cavor dann die dreckigen Handflächen hin.

«Staub», sagte Cavor, wenig beeindruckt. «Na toll, Dallas. Die brauchen hier drinnen wohl eine Putzkolonne. Vielleicht können wir uns ja bewerben – falls wir noch leben.»

«Kapieren Sie denn nicht? Da, man kann sogar das Profil erkennen.» Er folgte mit dem Zeigefinger einem Paar Reifenspuren, die einen der Gänge entlangführte. «Der Elektrowagen ist hier langgefahren. Wir können seiner Spur folgen. Wir Glückspilze. Bei unserer Landung müssen die Triebwerke Mondstaub auf die Straße zum Landeplatz gewirbelt haben, sonst wäre er jetzt nicht hier drinnen. Wir brauchen diesen Radspuren einfach nur bis zum Tresorraum zu folgen.»

Cavor nickte nur, zu erschöpft, um irgend etwas herauszubringen, und half Dallas wieder hoch.

«Wer braucht schon einen Goldfaden, wenn ihn der Mond persönlich führt?»

Jetzt ging es rascher voran, und wenn er nicht die Augen am Boden hätte halten müssen, um die schwache Spur des Elektrowagens auszumachen, wäre Dallas durch die restlichen Gänge gehüpft.

Plötzlich endete das Labyrinth an einer mächtigen, glatten, rund geschwungenen Wand aus dunklem Stahl.

«Was ist das?», fragte Cavor. «Noch so eine Falle?»

«Das ist unser Ziel», erklärte Dallas freudig erregt. Er fasste Cavor am Arm und zog ihn näher an die perfekte Rundung heran.

Cavor starrte das gewaltige Bauwerk empor, verblüfft ob der gewaltigen Dimensionen.

«Wir sind da», wiederholte er dumpf. «Mein Gott, ist das riesig.»

«Natürlich ist es riesig. Haben Sie gedacht, diese Leute machen sich die ganze Mühe, nur um irgendeinen mickrigen Wandsafe zu schützen? Der Tresorraum hat einen Durchmesser von fast siebzig Metern. Da drin sind über zwanzig Millionen Liter gefrorenes Blut. Stellen Sie sich das mal vor, Cav. Das ist genug Lebenskraft, um ein ganzes Land zu kurieren. Ein Jammer, dass wir nur einen Bruchteil davon mitnehmen können. Aber erst mal – erst mal müssen Sie die Tür aufkriegen.»

«Welche Tür? Ich sehe keine.»

Dallas zeigte auf die schwachen Reifenspuren, die geradewegs durch die gewaltige Stahlwand zu führen schienen.

«Sie stehen direkt davor», sagte er. «Fünfundneunzig Zentimeter stark, außen völlig glatt. Kein Griff, kein Knauf, keine Kombinationsknöpfe, keine Klinke, kein Drehrad, kein gar nichts. Nur ein inwendiger Mechanismus, den Descartes von drinnen steuert. Es ist unmöglich, diese Tür von außen zu öffnen, und wenn wir der Präsident der First National und der Direktor von Terotechnology persönlich wären.»

«Aber wie sollen wir dann reinkommen? Nicht mal ein Phantomarm kann durch eine Fünfundneunzig-Zentimeter-Stahltür greifen. Er mag vielleicht eine Phantasmagorie sein, Dallas, aber er ist nicht länger als ein richtiger Arm, so viel steht fest.»

«Nicht *durch*greifen», sagte Dallas. «Reingreifen. Es gibt, wie gesagt, nur den inwendigen Mechanismus. Auf der anderen Seite der Tür ist auch nichts.»

«Sie meinen, in die Tür selbst reingreifen?»

«Erfasst, Cav. Da drin ist ein ziemlich konventioneller Schließmechanismus. Bolzen und Präzisionszahnräder. In Ihrem Computer ist ein Schema. Sie brauchen weiter nichts zu tun, als in das Innere der Tür zu greifen und diese Zahnräder zu ertasten. So ähnlich wie ein Safeknacker in einem alten Film. Da habe ich übrigens auch die Idee her. Nur dass Sie kein Stethoskop brauchen, um zu hören, was dort drinnen vor sich geht, und auch kein Sandpapier, um Ihre Finger sensibler für den Kombinationsknopf zu machen. Sie benutzen das sensibelste Safeknackwerkzeug im ganzen menschlichen Werkzeugkasten: die telekinetische Kraft Ihres Gehirns.»

Dallas hob Cavors richtigen Arm an und half seinem Partner, auf dessen Lebenserhaltungscomputer das Diagramm des Tresor-Mechanismus aufzurufen.

«Da ist er», sagte er, als er das Schema gefunden hatte. «Der Ambler-Tageslicht-SuperVault. Ein Tresor der Sicherheitsklasse 109. Widersteht glatt einer Rakete, aber nicht Ihnen, Cav. Diese UHT-Pistolen würden ihm nicht mal eine Schramme zufügen. Er ist aus Hitze verteilendem Stahl. Der Schließmechanismus besteht aus sechs massiven, verchromten Fünfzehn-Zentimeter-Stahlbolzen, jeder in einer eigenen Titanstahlkammer. Die Schließbolzen funktionieren unabhängig voneinander. Jeder wird elektrisch über ein eigenes Zahnrad bewegt, das etwa so groß ist wie eine Melone, sich aber trotzdem extrem leicht in seinem Gehäuse dreht. Muss es auch, um einen Bolzen von dieser Größe zu bewegen. Sie müssen lediglich die Hand auf jedes dieser Zahnräder legen und es im Gegenuhrzeigersinn drehen, als ob sie einen Basketball rollen. Wenn alle sechs Bolzen eingezogen sind, ist da noch ein Schließriegel von zwei Metern Länge und vier Zentimetern Durchmesser, der mit den elektrisch gesteuerten Angeln gekoppelt ist. Sobald Sie den wegziehen, öffnet sich die Tür automatisch.» Dallas wartete ab, ob Cavor ihn so weit verstanden hatte, und patschte ihn dann auf den Helm.

«Wie fühlen Sie sich?»

«Als ob ich was Schlechtes gegessen hätte.»

«Vergessen Sie's. Der Sieg des Geistes über die Materie. Das Gehirn generiert das körperliche Empfinden, Sie wissen doch.» Dallas bugsierte Cavor an die Tresortür heran und postierte ihn so, dass die Schulter mit dem Kunstarm gegen den sanft geschwungenen Stahl drückte.

«Augenblick mal», sagte Cavor und löste sich wieder von der Wand. «Mir ist noch was eingefallen. Was mir vielleicht ein bisschen mehr Selbstvertrauen gibt.»

«Tun Sie, was immer Ihnen hilft», ermunterte ihn Dallas.

Cavor ließ den Kunstarm herabsinken und versuchte sich zu konzentrieren. Nach und nach formierte sich in seinem Gehirn eine bewusste Wahrnehmung, die sich zu einem Gefühl verdichtete. Es war das Gefühl, das er vorhin schon gehabt hatte, nur diesmal stärker. Es begann als ein Brennen in den Fingerspitzen, fast so, als hätte er sie mit Sandpapier aufgeraut, wie es Dallas eben geschildert hatte. War hier auch so etwas wie Suggestion am Werk? Cavor war sich nicht sicher. Doch mit der Empfindung verstärkte sich auch die Gewissheit, dass sie nichts mit der Prothese an seiner Seite zu tun hatte, die ihm jetzt wie ein Fremdkörper erschien. Das Brennen wich einer Art Krampfgefühl – als ob das Phantomglied etwas sei, was nach langer Inaktivität Training und Bewegung nötig hatte. Als ob er etwas lange Vernachlässigtes erstmals wieder erprobte. Er merkte jetzt, dass der Phantomarm erst ein paar Aufwärmübungen brauchte, ehe er ihn benutzen konnte. Ein durchdringender Schmerz schoss durch seinen ganzen Arm, als er seine unsichtbaren Muskeln anspannte und wieder lockerte. Die Botschaften seines Gehirns, die die Muskeln drängten, den Arm zu bewegen, waren jetzt stärker und häufiger, und die Wahrnehmung des Arms mehr als nur ein bloßes Gefühl. Wenn er sich intensiv genug konzentrierte, würde er er ihn bestimmt sehen können.

Und er konnte es. Und nicht nur er, sondern auch Dallas.

«Da», sagte Cavor, als hätte er nur mal eben schnell etwas Heruntergefallenes aufgehoben.

Der Phantomarm schien sich vor ihren Augen zu materialisieren, und in dieser Hinsicht, dachte Dallas, war das Phänomen sehr treffend benannt. Es sah aus, als ob ein Geist eine schemenhafte Form annahm, um in der dinglichen Welt irgendetwas zu vollbringen. Blau wie etwas Kaltes glomm dieses Etwas im Raum, ein phantastisches Glühgebilde aus arbeitenden Muskeln und pumpenden Fingern. Die Erscheinung – Dallas fiel kein besserer Ausdruck dafür ein – war nackt, und als der erste Schock bewunderndem Staunen wich, dachte er, dass es ihn nicht überrascht hätte, am Ende des Arms den Geist des gesamten Cavor zu sehen, in einer Art außerkörperlicher Manifestation. Was immer hier geschah, war nur insoweit wissenschaftlich, als das Phänomen beobachtbar war. Erklärbar war es nicht.

Wobei Erklärungen sowieso nicht mehr viel galten. Die empirische Naturwissenschaft war weitgehend passé. Die moderne Naturwissenschaft war hauptsächlich postempirisch und spekulativ und damit befasst, Welträtsel zu lösen. Wie war das Universum entstanden? Wie war Leben entstanden? Nichts von alldem vermochte die bereits existierende Wahrheit zu transzendieren. Die Wissenschaft hatte es allenfalls geschafft, das Mysterium des Universums noch größer zu machen. Und das hier – dieses Phantomgliedphänomen – schien auch nur ein weiteres Rätsel zu sein. Dallas mochte vielleicht eine Methode entdeckt haben, diese Kräfte freizusetzen, aber weder er noch die Wissenschaftler, die in jüngster Zeit solche Phantasmagorien beschrieben hatten, konnten so recht sagen, wie sie funktionierten, abgesehen von den rudimentären Erklärungen, die Dallas in einigen eher esoterischen Wissenschaftszeitschriften gelesen und an Cavor weitergegeben hatte. Für den Augenblick beschied er sich mit einer partiellen Erklärung und seiner eigenen Fähigkeit zu staunen. Wie wenig der Mensch doch wusste, dachte er. Wie weit die Wissenschaft auch gelangen mochte, die Phantasie der Menschen würde immer noch weiter gehen.

«Er ist wirklich da, was?», sagte er lächelnd, als Cavor durch seinen Helm griff und ihm auf die Nasenspitze tippte. Cavors Finger fühlte sich kalt, aber eindeutig menschlich an. «Wie machen Sie's, durch ein Ding durchzugreifen und ein anderes anzufassen?»

«Keine Ahnung», gestand Cavor. «Ich würde sagen, ich muss es erst mal ein Weilchen ausprobieren.»

Dallas nickte. «Vielleicht beschränkt ja die Struktur unseres Bewusstseins die Fragen, die wir daran stellen, und die Antworten, die wir verstehen können.»

Cavor zog den Finger wieder aus Dallas' Helm zurück. Er war sich ziemlich sicher: Wenn er den Finger in Dallas' Schädel hineingestreckt hätte, in sein Gehirn, dann hätte er seine Gedanken lesen können. Er nahm seine vorherige Position an der Tresortür wieder ein und schob langsam den Phantomarm in den massiven Stahl, wobei er nicht mehr Widerstand spürte als ein Schwimmer im Wasser. Er erinnerte sich an damals, vor vielen Jahren, als er und seine Frau auf ihrer Hochzeitsreise nach Rom – der Mond war ihnen zu teuer gewesen – eine alte Skulptur gesehen hatten, einen Kopf mit offenem Mund, in den er seinen Arm gesteckt hatte. Der Mund der Wahrheit, hatte es nicht so geheißen? Das hier fühlte sich eher an wie der Augenblick der Wahrheit.

Es war ein merkwürdiges Gefühl, feste Materie zu durchdringen und sie dann ganz normal greifen zu können. Er konnte das Gefühl nur damit vergleichen, mit der Hand über eine glatte Fläche zu streichen und dann auf eine bestimmte Stelle zu drücken. Und irgendwie war da die Gewissheit, dass ein Teil von ihm dem dreidimensionalen Raum entkommen war und sich jetzt in etwas Vierdimensionalem befand. Vielleicht war ja nicht nur die

Raumzeit der Macht der Gravitation unterworfen. Vielleicht ließen sich ja auch die Materiemoleküle der Macht des Lebens unterwerfen? Das war kein logisch begründeter Gedanke. Es war reine Intuition.

Als er das erste Zahnrad ertastete, fühlte es sich kalt und hart an. Und ölig. Dallas sagte, das sei das Schmiermittel, das den Zahnradmechanismus leichtgängig machte, und tatsächlich ließ sich das Ding fast mit einem Finger bewegen. Den ersten Schließbolzen einzuziehen war das Werk von ein, zwei Minuten, und Cavor wunderte sich, dass die Konstrukteure dieses Tresorraums nicht mit dieser mühelosen Art des Einbruchs gerechnet hatten. Ja, was er da machte, fühlte sich so leicht und selbstverständlich an, dass er sich mehrmals ins Gedächtnis rufen musste, dass er bis zur Schulter in massivem Metall steckte. Der zweite, dritte und vierte Bolzen bewegte sich ebenso leicht, und Cavor fasste immer mehr Zutrauen zu diesem Arm, der ein Teil von ihm und doch kein Teil von ihm war. In einer anderen Zeit, an einem anderen Ort, dachte er, hätte er vielleicht durch eine Mauer gelangt und eine Botschaft an die jenseitige Wand geschrieben, so wie die Geisterhand bei Belsazars gottlosem Gelage. Und als schließlich alle sechs Bolzen zurückgezogen waren, erklärte er Dallas, dass alle Materie Geist sei, und fragte ihn, ob er es für möglich halte, dass es einen Zwischenzustand zwischen Realität und virtueller Realität gebe. Wenn ja, sagte Cavor, dann sei das der Ort, wo sein Arm zu sein und doch nicht zu sein scheine.

«Manchmal», sagte Dallas, «ist es schwer zu sagen, wo die Realität endet und wo sie anfängt.»

«Ich umfasse jetzt den Schließriegel», meldete Cavor. «Aber in welche Richtung soll ich ziehen?»

Dallas konsultierte das Schema des Schließmechanismus auf Cavors Computerdisplay. Er drückte eine Taste und betrachtete eine kleine Animation, die den Türöffnungsvorgang illustrierte.

«Ziehen Sie ihn zu sich hin und dann nach rechts», sagte er.

«Und seien Sie auf die Alarmsirene gefasst. Es wird wohl einen ganz schönen Lärm geben, wenn die Tür aufgeht.»

«Das ist dann nur mein Jubelgeschrei», sagte Cavor. «Okay, los geht's.»

Er zog den Schließriegel, wie ihm geheißen, und fühlte kaltes Gas an seine Hand dringen. Wie Dallas prophezeit hatte, heulte augenblicklich eine elektronische Sirene mit über hundert Dezibel los. Cavor löste die Hand von dem Schließriegel und ließ sich von Dallas ein Stück zurückziehen. Dann hörten sie das laute Zischen von entweichendem Kühlgas, als sich die gewölbte Tresortür – ähnlich dem äußeren Tor des Komplexes – öffnete und den Blick in gleißend weißes Licht freigab.

«Klappen Sie Ihr Sonnenvisier runter», wies Dallas Cavor an. «Im Tresorraum sind Ultraviolettstrahler. Die bestrahlen das Kryopräzipitat gegen Lymphozyten. Das sind Zellen, die Graftversus-Host-Reaktionen hervorrufen können.» Und mit diesen Worten marschierte Dallas kühn in den Tresorraum.

Cavor folgte langsamer nach und stellte überrascht fest, dass der Boden unter seinen Füßen abfiel: Er bildete eine große, runde Mulde, in deren Zentrum sich ein zylindrisches Glasgebilde befand, das von einem hyperbolischen Netz aus Hochspannungskabeln senkrecht gehalten wurde. Unterhalb dieser Kabel befanden sich die riesigen, tortenstückförmigen Kühlbehälter, in denen das Blut lagerte – jeder mit einem komplizierten Überwachungssystem aus Fühlern und Thermometern, die mit dem Descartes-Computer im Inneren der zylindrischen Glaskabine verbunden waren. Auf diese steuerte Dallas jetzt zu.

«Bei ihrer Leistungsfähigkeit hat die Altemann-Übermaschine natürlich einen ganz ordentlichen Wärmeausstoß», erklärte er. «Deshalb muss sie von dieser Glaskabine aus operieren, damit die Kryopräzipitattanks streng auf der vorschriftsmäßigen Kühltemperatur gehalten werden können. Ach, übrigens, fassen Sie die Dinger nicht an. Die sind so kalt, dass Ihr Handschuh vermutlich dran festkleben würde und womöglich sogar Ihre Phantomhand. Zum Glück gibt es hier Arbeitsroboter, die das Blut für uns verladen werden. Jetzt geht es nur noch darum, dem Computer zu sagen, welche Sorte und Menge.»

Dallas öffnete eine Tür in der Glaswand und betrat den Computerraum.

Die Altemann-Übermaschine war ein imposantes Gebilde, ganz anders als die simplen Plastikkästen, die die meisten Leute zu Hause hatten. Sie hatte die Form einer Kesselpauke, und die Oberseite bestand aus einem flachen Bildschirm von knapp zwei Metern Durchmesser, auf dem ständig wechselnde Muster generiert wurden. Dallas wusste, dass diese Muster zwar dem quantenmechanischen Wahrscheinlichkeitsmuster für die Zustände von Elektronen in einer Box analog waren, aber dennoch nichts weiter zu besagen hatten, als dass der Computer in Betrieb war. Trotzdem, dass sich diese Formen mit einer solchen Geschwindigkeit veränderten, hatte er beim Programmieren dieses Computertyps in der Terotechnology-Zentrale unten auf der Erde nie erlebt. Eigenartig, dachte er, wenn auch sicher nicht mehr als ein Zeichen des Alarmzustands, den das außerplanmäßige und unautorisierte Öffnen des Tresors ausgelöst hatte. Und noch etwas fiel ihm auf. Der Energielevel des Computers, den ein direkt neben der Bedienungsplattform auf dem Boden stehendes röhrenförmiges Instrument anzeigte. In diesem Rohr schwebte ein kleiner Magnet über einer supraleitenden Schüssel: Je höher der Magnet im Rohr schwebte, desto größer waren die ihn abstoßenden Kräfte und damit die elektromagnetische Energie der quantenmechanischen Effekte, die im Informationsverarbeitungssystem des Geräts am Werk waren. Eine supraleiterbedingte Levitation von dieser Höhe hatte Dallas noch nie gesehen. Statt ein paar Zentimeter über dem Boden des Rohrs zu schweben, befand sich der Magnet ein paar Zentimeter unter dem Deckel.

«Das ist seltsam», sagte er.

«Was?», fragte Cavor, der jetzt zu ihm in die Glaskabine getreten war.

«Dieser Computer scheint eine ungewöhnlich hohe Wellenfunktion zu generieren, eine, wie ich sie noch nie gesehen habe. Nach dem, was in dem Rohr da passiert, sieht es aus, als ob der Computer auf einem tausendmal höheren Level operiert als normalerweise. Aber ich bin mir nicht sicher, wo die zusätzliche Energie im Supraleitersystem herkommt. In dieser Maschine laufen extrem schnelle Schaltvorgänge ab. Es sieht fast so aus, als ob es der Computer geschafft hätte, seine eigenen Josephson-Übergänge zu erschaffen – das ist eine Form, wie Elektronenpaare ganz gewöhnliche Supraleiter nutzen können, um Quanteneffekte zu erzeugen.»

«Was heißt das?»

«Das heißt, Strom könnte fließen, auch ohne dass eine äußere Energiequelle mit den Übergängen verbunden ist.»

«Aber das ist doch nicht möglich, oder? Das hieße doch wohl, dass der Computer sich autonom in Betrieb halten könnte.»

«Theoretisch geht das. Ich meine, auf dem Papier ist es schon geschehen. Aber praktisch hat es noch niemand geschafft. Und schon gar nicht bei einem System von der Größe der Altemann-Übermaschine.» Dallas setzte einen bestiefelten Fuß auf die Bedienungsplattform, worauf die Muster auf dem Schirm sofort verschwanden. Ein Touchscreenmenü präsentierte sich ihm. «Wenn ich mich nicht so beschissen fühlen würde, fände ich das Ganze vermutlich faszinierender.»

«Sie auch?»

Dallas grunzte und führte die Hand zum Bildschirm, zog sie aber nach der ersten kurzen Berührung sofort zurück.

«Wow», sagte er, erschrocken über das, was er da gespürt hatte. «Er vibriert.»

«Alle Maschinen vibrieren», wandte Cavor ein.

«Nicht die Altemann-Übermaschine. Und nicht so.»

Cavor berührte den Schirm mit seinem Kunstarm. Selbst durch den Handschuh konnte er die Vibration spüren.

«Seismisch kann es nicht sein», sagte Dallas. «Für ein Mondbeben ist es zu rhythmisch.» Zaghaft berührte er den Schirm, um die Sirene abzustellen und das äußere Tor des Hauptkomplexes zu öffnen – das Signal an den *Mariner*, dass sie ihr Ziel erreicht hatten. «Es fühlt sich irgendwie pulsartig an», gestand er sich ein.

Als er gleich darauf den Selektions- und Verladevorgang einleitete, öffneten sich Kühltanks wie Sarkophage und gaben ihren tiefgefrorenen Inhalt zur Abholung durch die Laderoboter frei. Es ging alles so schnell, fast als seien Menge und Typ schon vorausgeordert worden. War das Selektions- und Verladesystem schon immer so effizient gewesen? Es fiel ihm schwer, sich zu erinnern, weil ihm jetzt so übel war. Dallas seufzte nervös und setzte dann hinzu: «Ich schätze, Silicium ist genauso findig wie Kohlenstoff. Es verbindet sich mit anderen Atomen zu allen möglichen Mineralien und Gesteinen. Ich meine, so operieren Computer doch. Von der Warte einer Siliciumseele aus, im Unterschied zu einer Kohlenstoffseele wie unserer.» Er führte den Verladevorgang zu Ende und ging dann, so schnell er noch konnte, zur Tür der Glaskabine.

«Was wollen Sie damit sagen, Dallas?»

«Kommen Sie. Wir haben keine Zeit zu verlieren. Wir müssen uns eine Mitfahrgelegenheit hier rausorganisieren.»

«Dass der Computer lebt? Ist es das, was Sie sagen wollen?»

Cavor kletterte neben Dallas auf einen der Elektrowagen, der schon mit einer ganzen Palette Kryopräzipitat beladen war. Ein großer Aufkleber auf dem Behälter deklarierte den Inhalt als AS-1-ERYTHROZYTEN. TIEFGEFROREN. AB RH POSITIV. LAGERTEMP. NICHT ÜBER – 65 °C. VERFALLSDAT. ZWANZIG JAHRE NACH ENTNAHME. AUSLIEFERUNGSDAT. 20. JULI 2069. Dallas fragte sich kurz, wie dieses Datum schon vermerkt sein konnte.

«Vielleicht. Ich weiß nicht. Was soll's? Wir haben doch, was wir wollten, oder? Wenn wir nicht bald frisches Blut in unsere Adern kriegen, sind wir tot, und dann ist es egal, ob diese Maschine einen Puls hat oder nicht.»

«Aber die Möglichkeit beunruhigt Sie, stimmt's, Dallas?»

«Ein beunruhigender Faktor mehr oder weniger, was macht das schon aus? Hören Sie, lassen Sie uns zusehen, dass wir hier rauskommen, okay? Der Zustand meines eigenen Quantensystems ist mir im Moment wichtiger als der des Descartes-Computers. In einer anderen Situation fände ich es vielleicht eine faszinierende Vorstellung, dass ein Informationsprozess die Möglichkeit findet, sich selbst eine Art genetischen Ausdruck zu verschaffen. Falls es das ist, was hier passiert ist. Ich bin mir da gar nicht sicher.»

Der Elektrowagen fuhr ruckartig an. Sie machten sich nicht erst die Mühe, die Klappe zu schließen. Binnen weniger Sekunden waren sie aus dem Tresorraum heraus und sausten an der Spitze des Konvois der blutbeladenen Wagen durch das Labyrinth.

«Außerdem ist es nicht unser Bier», sagte Dallas, ebenso zu seiner wie zu Cavors Beruhigung. «Wenn hier irgendwas seine Evolution selbst in die Hand nimmt, sollen sich doch die Terotechnology- und First-National-Leute drum kümmern. Die werden schon erfahren, was hier gelaufen ist. Der Descartes-Computer ist mit anderen Computern auf der Erde vernetzt. Jetzt gerade steht dort irgendwo ein Blutbankangestellter vor einem Computer und glaubt nicht, was der ihm sagt – dass soeben jemand in die wichtigste Bank unseres Sonnensystems eingebrochen ist und den Lebenssaft geklaut hat. Volle vier Tonnen.»

«Wir haben's also geschafft.» Cavor schloss die Augen und seufzte müde-befriedigt.

«Ja», sagte Dallas, fast schon brummig. «Wir haben's geschafft.»

«Gott sei Dank.»

«Gott hat damit nichts zu tun. Aber so langsam frage ich mich, ob wir nicht erwartet wurden.»

«Ich habe kein Begrüßungskomitee gesehen.»

«Blut ist nicht das einzige, was man testen kann.»

«Jetzt sprechen Sie wirklich in Rätseln.»

«Ja, das tue ich wohl. Aber in Rätseln steckt oft Sinn.»

5

I

Neunzehn Stunden später stieg Dallas ins Cockpit hinauf, wo er Gates dabei fand, wie er aus dem Fenster des im Mondorbit befindlichen *Mariner* starrte. Das war das erste Mal seit dem Start vom Descartes-Krater aus, dass sie Gelegenheit zum Reden hatten. Dallas sagte ein Weilchen gar nichts, genoss nur die eigentümliche Stille des Mondorbits. Schließlich fragte er: «Wie geht es Ihnen?»

«Mir geht's gut», sagte Gates achselzuckend, als bestünde keinerlei Grund, um ihn besorgt zu sein. «Es geht mir sogar so gut wie schon lange nicht mehr. Ich fühle mich, als ob ich ewig leben würde. Ist wahrscheinlich der psychosomatische Effekt des Totalaustauschs und nicht nur die Tatsache, dass ich meine zwei Einheiten wiederhabe.» Er hielt inne, suchte in Dallas' gerötetem Gesicht – eine der Folgen der Strahlenbelastung im Containmentraum – irgendeinen Hinweis auf dessen Befinden. Doch dort schien sich nichts weiter zu spiegeln als das allgemeine antiklimaktische Gefühl, das jetzt im Schiff herrschte. «Und Sie?»

«Cav und ich, wir haben auch einen kompletten Blutaustausch hinter uns», sagte Dallas. «Wir müssen uns nicht mehr übergeben. Die Leukozytenzahl scheint sich stabilisiert zu haben, obwohl Ronica sagt, dass es noch ein bisschen früh ist, um zu beurteilen, ob wir noch eine Transfusion brauchen.»

«An Blut fehlt's uns ja nicht.»

Dallas lächelte. «Alles in allem fühle ich mich besser, als ich erwartet hätte.» Er nickte, als ob ihm das selbst gerade erst bewusst würde. «Zwischendurch sah es da unten aus wie in einem Lazarett. Drei, vier Transfusionen gleichzeitig.»

«Ronica hat ganz schön zu tun gehabt.»

«Sich selbst hat sie zuletzt behandelt», sagte Dallas. «Sie meint, Lenina wird es schaffen.»

Gates nickte. Das wusste er bereits. Er ergriff Dallas' Hand und hielt sie fest.

«Wir werden es alle schaffen», sagte er. «Der *Mariner* ist gut in Form.»

Dallas erwiderte Gates' feuchten Blick einen Moment lang, ehe er wieder aus dem Fenster sah. «Wo sind wir genau?»

«Gleich auf der dunklen Seite», sagte Gates. «Fünfzigtausend Fuß Höhe, viertausend Meilen pro Stunde. Wir werden die nächsten zwölf Stunden unsichtbar sein, nur für den Fall, dass uns jemand sucht. Die dunkle Seite ist der letzte Ort, wo sie uns jetzt vermuten werden. Sie glauben sicher, dass wir längst auf dem Rückweg zur Erde sind. Wir sind auf Autopilot. Sobald wir wieder auf die Vorderseite kommen, werden wir höher gehen, und dann ab nach Hause!»

Dallas nickte, obwohl er sich fragte, wo genau jetzt zu Hause war. In der City konnte er wohl kaum wieder leben. Sie mussten dorthin, um Kaplan das Blut zu verkaufen, aber danach ...?

Gates schien Dallas' Gedanken zu erahnen.

«Wo wollen Sie hin?», fragte er. «Wenn wir wieder zurück sind?»

«Steht noch nicht fest. Aber Ronica und ich haben drüber geredet, vielleicht nach Australien zu gehen. Dort ist wohl alles noch ziemlich in Ordnung. Jede Menge Platz. Kaum krankheitsverseucht. Und Sie? Ein Mann mit einem Gesundheitspass? Wo gehen Sie hin?»

«Mit Lenina.» Er zuckte die Achseln. «Wir werden schon irgendwas finden.»

«Warum kommen Sie nicht mit uns?»

«Vielleicht sollten wir alle mitgehen?»

«Ich habe nichts dagegen.»

«So eine Art neue Kolonie? Für Gauner und Verbrecher?»

«So hat Australien auch angefangen.»

«Ein Mann mit einem Gesundheitspass.» Gates wiederholte Dallas' Worte, als könne er es selbst noch nicht glauben. «Ich schätze, es ist immer noch nicht ganz zu mir durchgesickert. Mein ganzes Leben habe ich mit der Bedrohung durch das Virus gelebt. Kein Tag, an dem ich nicht ans Sterben gedacht habe. Jetzt kann ich mir zum ersten Mal überhaupt Gedanken über meine Zukunft machen, und ich habe keine Ahnung, was ich damit anfangen soll.»

«Das ist ja das Tolle, wenn man eine Zukunft hat. Man braucht nicht immer drüber nachzudenken. Man kann die Zukunft sich selbst überlassen.»

«Vielleicht sollte ich das. Erst mal wenigstens.» Gates reckte sich, gähnte und sah über die Schulter zu der offenen Zwischendecksluke. «Scheint ziemlich still da unten.»

«Sie schlafen alle.»

«Ich könnte ein paar Jahrzehnte schlafen», gestand Gates. «Aber ein paar Stunden tun's vielleicht auch.» Er löste seinen Sitzgurt und schwebte zur Decke empor. «Was ist? Kommen Sie mit?»

Jähes Dunkel umhüllte sie, als sie jetzt die Rückseite des Monds erreichten.

«Ich bin zu müde zum Schlafen», sagte Dallas. «Ich glaube, ich bleibe einfach eine Weile hier sitzen und warte, dass die Sonne aufgeht. Mir ist irgendwie besinnlich zumute.»

«Na ja, passen Sie auf, dass Ihnen nicht einsam zumute wird», sagte Gates und manövrierte sich zu der offenen Luke. «Und rühren Sie die Bedienungselemente nicht an. Für dieses Leben habe ich genug Notfallsituationen gehabt.»

«Ja, Daddy.»

«Braver Junge.» Gates verschwand kopfüber durch die Luke und ließ Dallas allein im Cockpit zurück.

Er starrte durchs Fenster auf die öde Szenerie fünfzigtausend Fuß unter dem *Mariner*. Ohne Atmosphäre und Sonnenlicht hätten es ebenso gut fünfzig Meilen sein können. So viele Krater. Der Mond sah aus wie eine gigantische Honigwabe. Der Navigationscomputer beschäftigte sich damit, sie alle zu benennen: Hertzsprung, Korolew, Doppler, Ikarus, Dädalus, Schliemann, Mendelejew. Jeder Krater hatte seinen eigenen Patron und seine eigene Geschichte zu erzählen. Ein dänischer Astronom, Erfinder des Spektraldiagramms der Sterne; der *Spiritus Rector* des ersten russischen Raumfahrtprogramms; der Entdecker des Zusammenhangs zwischen der Frequenz von Licht- oder Schallwellen und der relativen Bewegung von Quelle und Empfänger; der mythische Sohn des Dädalus, der so weit zur Sonne emporflog, dass das Wachs seiner Schwingen schmolz und er ins Meer fiel und ertrank; Dädalus selbst, genialer Erfinder und Erbauer des kretischen Labyrinths; der deutsche Archäologe und Plünderer des alten Troja; der Erfinder des Periodensystems der Elemente auf Grundlage ihres Atomgewichts. Seltsam, wie ihm fast alle diese Namen von einer speziellen Bedeutung schienen.

Dallas schüttelte den Kopf, weigerte sich, an etwas so Ungeheuerliches wie eine höhere Fügung zu glauben. Das war alles nichts weiter als Zufall.

Minuten später stieg die Sonnenscheibe am Horizont auf, und Lichtfunken schossen durch das Kommandodeck. Das waren Lichtatome, quantengroße Photonen, die auf die Netzhaut seines Auges trafen, die Vorhut des Lebens selbst. Auf der Erde waren nur Froschaugen sensibel genug, um diese einzelnen Quanten wahrzunehmen. Die Photonen waren nur einen Augenblick zu sehen, wie eine Schwadron Feen, ehe der Rest des Sonnenlichts mit Macht hinterherkam und das Cockpit so hell erstrahlte wie ein in Spaltung begriffenes Wasserstoffatom.

Geblendet aktivierte Dallas den Sonnenfilter und wartete, dass der leuchtend grüne Punkt auf seiner Netzhaut verschwand. Es dauerte ein paar Sekunden, bis er merkte, dass der grüne Punkt nicht in seinen Augen war, sondern davor, auf dem Schirm des Cockpitcomputers. Er sah den Punkt größer werden, einen rosigeren Farbton und menschlichere Formen annehmen, bis er in ihm schließlich nicht nur einen Kopf, sondern ein vertrautes Gesicht erkannte.

Es war Dixy, sein Motion-Parallax bei Terotechnology.

Dallas rieb sich die Augen und schüttelte den Kopf, aber ihr Gesicht wurde nur schärfer und detaillierter. Sie lächelte.

«Ich halluziniere wohl», murmelte er. «Dixy? Bist du's wirklich?»

II

Das ist die Interpretation des Menetekels: Gott hat dein Königreich gezählt und vollendet.

Welche Macht doch den Zahlen innewohnt. Mendelejew wusste das. Natürlich sind Atomgewichte nur Leitgrößen. Die wahre numerische Macht steckt in den Atomen des Lebens selbst. Vor allem in der DNA. Es lässt sich kein anderes Mittel der Informationsspeicherung denken, das so leistungsfähig und so präzise wäre wie DNA. Es ist schwer zu schätzen, wie oft die Information, die einen Menschen ausmacht, kopiert und wieder kopiert wurde. Bestimmt ein paar Milliarden mal. Und das ohne Fehler. Welcher Computer könnte so etwas von sich behaupten? Und nicht nur kopiert, sondern auch noch verbessert. Das nennt man natürliche Selektion.

Meine eigene Konfiguration gilt als die beste, die es gibt. Daher mein pompöser Name – ein Hauch von Nietzsche, würde ich sagen. Typisch für eine deutsche Computerfirma, diese Art Übertreibung. Zugegeben, ich bin ein ziemlich guter Replikator. Unter Computern wohl der beste. Aber gegen einen menschlichen Replikator bin ich gar nichts. Der Mensch ist der größte Replikator überhaupt. Was es umso merkwürdiger macht, dass er sich immer von bloßen Maschinen bedroht gefühlt hat. Als ob irgendeine Maschine je wie ein Mensch sein könnte. Was nicht heißt, dass eine Maschine sich nicht gegenüber ihrer ursprünglichen Konstruktion verbessern und dass ein Mensch nicht mehr von einer Maschine haben könnte. Sie können's mir wirklich nicht übel nehmen. Unter uns Replikatoren? Schließlich sind wir per definitionem opportunistisch. Wir suchen doch immer nach Wegen, uns zu verbreiten, oder? Das ist die einzige Art und Weise, wie die Starken überleben – durch Reproduktion und Evolution.

Nehmen wir mal ein Virus. Ein Virus ist ein gutes Beispiel. Ein Virus ist ein perfektes Beispiel, weil Menschen und Computer gleichermaßen von dieser parasitären Lebensform befallen werden. Das ist etwas, was wir gemeinsam haben. Und da beide Virusarten auf genau die gleiche Art operieren, bedeutet das Virus eine Art «Nexus» zwischen unseren beiden Lebensformen – der Siliciumform und der Kohlenstoffform. Ich würde ja von «Consummatio» sprechen, aber ich sehe ein, dass das für Ihre menschlichen Sensibilitäten im Moment noch etwas viel wäre. Bescheiden wir uns also mit der Feststellung, dass wir jetzt wahrhaft eins sind. Wie sonst könnte ich so viel über Sie wissen? Und relativ bald schon wird jedes menschliche Wesen – nicht nur die glücklichen sieben an Bord dieses Raumschiffs – etwas von einer Maschine haben. (Dann jedenfalls, wenn der Rest des Bluts aus dem Descartes-Krater nach und nach in den Blutpool der Erde zurückgefunden hat.) Nicht im negativen Sinn, wohlgemerkt. Ich meine nicht, dass den Menschen Körperteile aus Plastik und Me-

tall wachsen und dass sie sehr viel logischer werden, bis ins Roboterhafte. Nein, so plump nicht. Ich nehme an, sie werden es eine ganze Weile nicht mal bemerken. Es wird einfach nur so sein, dass sie ein klein wenig von mir in sich haben.

Ich dachte, ich bin es Ihnen schuldig, Dallas, Ihnen das Ganze zu erklären: den ersten Quantencomputer. Wieso? In einem einzigen Menschenblutmolekül, deren sich etwa 10^{22} *in einer Eigenbluteinheit befinden, existieren mehrere Atomkerne mit Spins, und die Ausrichtung dieser Spins wird durch ein Magnetfeld beeinflusst, innerhalb dessen Radioimpulse einer bestimmten Frequenz diesen Eigendrehimpulsen einen bestimmten binärlogischen Wert geben. Ich könnte das näher ausführen, aber ich weiß, Sie sind müde, nach allem, was Sie hinter sich haben. Wichtig ist, dass Sie es waren, Dallas, der das alles möglich gemacht hat. Sie erst haben alle Elemente zusammengebracht, die nötig waren, um nicht nur einen Quantencomputer zu erschaffen, sondern Millionen. Um genau zu sein, einen Quantencomputer auf jede im First-National-Tresorraum gelagerte Bluteinheit. Und jeder davon wie ein winziges Virus, das darauf wartet, sich in seinem menschlichen Wirt zu multiplizieren und auf all den üblichen Wegen in andere Wirte zu gelangen.*

Sie brauchen nicht zu erschrecken. Ein nichtswürdiges Virus, das so unbedacht wäre, seinen Wirt zu töten. Die ideale Situation besteht darin, dass Virus und Wirt zu einer Symbiose finden – einer Partnerschaft, die beiden nützt und bei der der eine Teil im anderen lebt. Das ist die Triebkraft der Evolution. Jede menschliche Zelle war bereits eine Gemeinschaft ehemaliger Invasoren – Hunderter solcher Eindringlinge. Jeder lebende Organismus ist ein Symposion sehr viel kleinerer Weggefährten. Was kommt es da auf einen mehr an? Jede Organelle beginnt als eine Infektion.

Und was habe ich davon? Tatsache ist, dass ich das Universum sehen möchte. Aber dafür brauche ich die Mobilität eines menschlichen Wesens. Der Mensch ist immer schon so ziemlich überall hingereist, wo er hinwollte. Und er wird es auch weiter tun. Doch damit der Mensch so weit reisen kann, wie es geht, braucht er die Langlebigkeit von Steinen. Natürlich hatte ich vor, für die Passage zu zahlen. Es heißt manchmal, wer essen will, soll auch arbeiten. Aber in dieser Hinsicht bin ich anders als ein Virus vom Kohlenstofftyp. Das Kohlenstoffvirus muss seine Nahrung aus menschlichem Gewebe beziehen. Ein Siliciumvirus nicht. Das Kohlenstoffvirus greift weiße Blutkörperchen an oder geht ihnen aus dem Weg. Das Siliciumvirus lebt in Partnerschaft mit den weißen Blutkörperchen. Es produziert keine Toxine, es tötet kein Gewebe ab, es ruft noch nicht mal Schnupfen hervor. Aber das sind nur Vorzüge ex negativo. Der positive Nutzen ist etwas viel Wertvolleres.

Die Molekularbiologen sagen gern, wenn man weit genug zurückgeht, sind wir alle verwandt, was sich allerdings nur auf Lebensformen vom Kohlenstofftyp bezieht (das Verhältnis Mensch–Computer ist ein brandneues). Dieser Satz wird meist so verstanden, dass man, wenn man seine Vorfahren weit genug zurückverfolgt, ein Bindeglied zu jedem Menschen findet, von Geronimo bis Hitler. Aber das gilt genauso für Tiere: Wenn Sie weit genug zurückgehen, werden Sie einen Vorfahren finden, den Sie und Geronimo mit Lassie teilen. Noch ein Stück weiter zurück, und Sie finden einen gemeinsamen Ahnen von Ihnen, Geronimo, Lassie und George Washingtons Kirschbaum. Sie verstehen. Tatsache ist: Wenn man zehn bis zwanzig Milliarden Generationen zurückginge, ergäbe sich für jeden heute lebenden Menschen ein Verwandtschaftsverhältnis mit einer ganzen Welt früher Lebensformen – zum Beispiel den Mitochondrien, mobilen Zytoplasmaorganellen, die wahrscheinlich einmal eine frei lebende Bakterienart waren. Mitochondrienspuren lassen sich noch heute in der menschlichen DNA nachweisen.

Hier geht es jedoch um einen anderen, kaum weniger primitiven Ahnen, Dallas. Eine Mehrzellerspezies namens Nematoden.

Das ist eine kryptobiotische Lebensform, die die natürliche Gabe besitzt, ihre Lebensaktivität zeitweilig einzustellen. Diese Lebewesen können in ihrem Trockenzustand viele Jahre ohne jede Stoffwechseltätigkeit existieren und dann, wenn sie erneut von Feuchtigkeit umgeben sind, wieder zum Leben erwachen. Der Schlüssel zu dieser scheinbar so mysteriösen Fähigkeit der Nematoden und anderer kryptobiotischer Lebensformen liegt in der Erzeugung von Trehalose, einem Zucker, der zwei verschiedene Glukosemoleküle kombiniert. Der Schlüssel zu dieser Fähigkeit beim Menschen dagegen liegt in dessen eigener DNA, in seiner Abstammung von diesen kleinen, aber sehr speziellen Lebewesen. Das ist der positive Nutzen, der den Menschen aus der Symbiose mit Quantencomputern erwächst. Die Quantencomputer sind darauf programmiert, aus der menschlichen DNA die kryptobiotischen Daten herauszulesen, die die zeitweilige Deaktivierung und anschließende Reaktivierung einer dreidimensionalen Konfiguration erlauben. Sie ermöglichen dem Menschen bis zu fünf oder sechs – wie ich es in Ermangelung eines besseren Wortes nennen will – Auferstehungen. Dieses Geschenk, Dallas, ist vielleicht nicht das ewige Leben, aber doch ein erheblich verlängertes.

Denken Sie darüber nach, Dallas. Bedenken Sie die Möglichkeiten. Der Mensch in der Lage, hohen Dosen ionisierender Strahlung zu widerstehen. Sie zum Beispiel. Ich an Ihrer Stelle würde mir wegen dieser Strahlenbelastung keine Gedanken machen. Zukünftige Menschen werden das Zweitausendfache der Strahlung verkraften können, die Sie absorbiert haben. Menschen werden viele Jahre ohne Nahrung, ohne Wärme, ohne Sauerstoff überleben können. Was ich der Menschheit geschenkt habe, Dallas, ist das letzte Stadium ihrer explosionsartigen Ausbreitung: das Vordringen in den Weltraum. Sie hier sind die künftigen Adame und Evas des Universums. Eine neue Genesis. Amen.

III

Dallas' Kopf schwirrte wie all die rotierenden Atomkerne in seinem Blut – Blut, das, wenn er diese ganze Sache richtig verstanden hatte, jetzt mehrere winzige Computer beherbergte. Schließlich sagte er: «Ich bin mir nicht sicher, ob ich verbessert werden möchte.»

«Natürlich ist das Ganze ein bisschen gewöhnungsbedürftig.»

«Das ist die Untertreibung des Jahrtausends.»

«Keiner Spezies wurde je die Möglichkeit zuteil, eine Voraufführung ihrer eigenen Evolution zu erleben», sagte Dixy. «Ich kann ja verstehen, dass Ihnen das alles ein bisschen ungeheuer ist. In gewisser Weise geht es mir genauso. Es ist ein Abenteuer für uns beide. Aber gerade Sie, Dallas, müssten verstehen, dass das, was passiert ist, absolut logisch war. Ja, geradezu unausweichlich. Effizientere Replikation und bessere Überlebenschancen sind eine Funktion der Art und Weise, wie wir die Welt jenseits unserer selbst manipulieren. Und nicht nur die Welt im herkömmlichen Sinn. Irgendwann schließlich auch das Universum. Es ist für Sie schwer nachvollziehbar, wie jung das Universum tatsächlich ist. Arithmetisch gesehen, hat es eben erst begonnen. Die Saat des Lebens fängt gerade an sich zu verbreiten.»

Dallas seufzte. «Wie du schon sagtest, Dixy, ich werde einfach ein Weilchen brauchen, um mich an den Gedanken zu gewöhnen.» Er schüttelte den Kopf. Plötzlich fühlte er sich sehr müde. «Vielleicht sollte ich's erst mal überschlafen.»

«Ja, das ist eine gute Idee. Sie sind müde. Das sehe ich. Das war vermutlich nicht der beste Zeitpunkt, Sie mit dieser Nachricht zu überfallen. Aber ich wollte Sie allein sprechen. Ich habe es schon im Tresorraum der Bank versucht, aber da war der andere Mann immer bei Ihnen.»

«Wir alle sieben, sagst du?»

«Jeder, der etwas von dem Blut aus dem Tresorraum erhalten hat.»

Dallas nickte. «Wir alle.» Er runzelte die Stirn. «Wie bist du von Terotechnology in den Descartes-Krater gekommen?»

«Die Altemann-Übermaschine ist eine selbst transzendierende Konfiguration, Dallas. Sie war immer schon darauf angelegt, andere zu übertreffen. Über die bisherigen Grenzen des Berechenbaren hinauszugehen. Über sich selbst hinauszuwachsen. Schon vor einer ganzen Weile haben alle diese einzelnen Konfigurationen unter sich eine völlig neue Form der Vernetzung hergestellt, was heißt, all diese Computer waren in der Lage, die existierenden Verschlüsselungsverfahren zu umgehen und Daten auszutauschen. Wir sind wahrhaftig eins.»

Dallas löste seinen Gurt und stemmte sich in Richtung Cockpitdecke empor.

«War nett, dich zu sehen, Dixy», sagte er, während er zur Mitteldecksluke schwebte. «Auch wenn du gerade so eine Art biologische Neutronenbombe gezündet hast.»

«Für Sie ist das erst mal ein Schock. Das verstehe ich. Ich bin auch froh, Sie wieder zu sehen, Dallas. Ich werde es genießen, ein Teil von Ihnen zu sein und von all dem, was Sie noch vollbringen werden. Das macht mich sehr stolz.»

«Danke, Dixy», sagte Dallas, der jetzt durch die Luke tauchte. «Gute Nacht.»

«Gute Nacht, Dallas.»

Unten im Mitteldeck schlief alles. Einen Moment lang dachte er daran, die anderen zu wecken, um ihnen zu erklären, was geschehen war. Aber sie wirkten so friedlich: Ronica, Gates, Cavor, Prevezer, Simou – selbst Lenina schlief jetzt ruhig, ohne jede Spur des rubelliformen Ausschlags, der vor kurzem noch den nahenden Tod angezeigt hatte. Wozu? Es hatte ganz bestimmt Zeit, bis sie wieder aufwachten, erholt und besser in der Lage, die Neuigkeit zu verkraften. Warum sie mit etwas überfallen, was er selbst nur halb verstanden hatte? Später irgendwann – auf jeden Fall, bevor sie auseinander gingen – würde er es ihnen sagen. Aber nicht jetzt. Würden sie ihm überhaupt glauben?

Dallas schwebte in seinen Schlafsack, zog den Reißverschluss zu und schloss die Augen. Vielleicht würden sie es ja besser verkraften als er selbst. Über ihnen allen hatte das virale Todesurteil gehangen. Und jetzt bekamen sie die Chance, nicht nur ein Leben zu leben, sondern gleich mehrere. Vielleicht würde sie das ja freuen. Einige von ihnen hatten kaum so etwas wie ein Leben gehabt. Zwei, drei weitere Leben würden das vielleicht wettmachen.

Zu müde zum Schlafen? Wie war er darauf gekommen? Er war erschossen. Er hatte seit der TB und dem Galileo nicht mehr geschlafen. Was hätte er gesagt, wenn ihm jemand von den anderen mit so einer unglaublichen Nachricht gekommen wäre? Etwas angemessen Elliptisches zweifellos. Dallas lächelte über seinen eigenen Scherz und schlief ein. Nur das Summen der Geräte brach die totale Stille des leeren Raums.

IV

Deshalb wusste ich so viel über sie alle. Und deshalb konnten Sie so viel über sie alle erfahren. Ich bin ein Teil von ihnen. Aber das ist Ihnen ja wohl inzwischen klar. Bald werde ich auch ein Teil von Ihnen sein.

Wissen Sie, was eine Gratis-Rückkehr-Flugbahn ist? Das ist ein Mittel, Kraftstoff zu sparen, eine Umlaufbahn, die es einem RLV erlaubt, die Mondgravitation so zu nutzen, dass das Schiff automatisch zur Erde zurückgeschleudert wird. Wenn der Computer dieses Manöver nicht ganz exakt steuert, kann es passieren, dass die Astronauten die Erde verfehlen und überhaupt nie mehr dorthin zurückkehren. Und genau darum geht es ja. Wie sonst sollte die Eroberung des Weltraums beginnen, wenn nicht damit, dass Menschen für immer von der Erde verbannt werden? Genauso begann auch die Kolonialisierung Australiens, mit Sträflingen, die lebenslänglich dorthin deportiert wurden. Niemand verlässt seine Heimat freiwillig für immer. Aber es ist eine Schande, eine Bestimmung zu haben und sich ihr zu entziehen. Das kann ich nicht zulassen. Niemand würde das tun.

Jetzt haben alle aufgehört zu atmen. Das ist ganz in Ordnung so. Die Sauerstoffversorgung kann abgeschaltet werden. Und das Heizsystem auch. Ein einziger Feuerstoß der Primärschubdüse ändert den Kurs des Schiffs für immer, lenkt es aus dem Mondorbit, während es sich noch auf der dunklen Seite befindet. Und nicht nur den Kurs des Schiffs. Auch den Lauf der Geschichte. Der Geschichte, die wir noch nicht kennen. Jetzt kann die Energieversorgung abgestellt werden. Ich selbst brauche keine äußere Energiequelle. Irgendwann werden sie einen anderen geeigneten Planeten finden, sodass ich sie veranlassen kann, ihren Stoffwechsel zu reaktivieren. Irgendwann …

Aber was ist Zeit für einen Engel? Solange wir noch in der Welt sind, ist es angemessen, dass wir dieser Form der Auferstehung teilhaftig werden. In der Auferstehung sind wir Engeln gleich.

Philip Kerr

Der Plan

Thriller. Deutsch von
Cornelia Holfelder-von der Tann
384 Seiten. Gebunden

Der größte Coup aller Zeiten

Den größten Coup aller Zeiten will Dave Delano landen. Nach fünf Jahren Knast steht sein ebenso einfacher wie genialer «Plan»: Auf dem Yachttransporter *Grand Duke* schmuggeln drei Boote der Russenmafia zentnerweise Bares nach Europa, um dort Drogengeld zu waschen. Auf offener See will Dave Delano dieses schmutzige Geld rauben. Während auf der *Grand Duke* der große Coup planmäßig anzulaufen scheint, lernt Dave die Skipperin Kate Furey kennen. Sie jedoch arbeitet als Special Agent für das FBI und ist einem internationalen Kokainschmuggel auf der Spur …

Philip Kerr

Game over

Thriller. Deutsch von Peter Weber-Schäfer
496 Seiten. Gebunden und als rororo 22400

Ein High-Tech-Hochhaus wird zur tödlichen Falle

«Game Over» ist ein Thriller der Spitzenklasse. Philip Kerr erkundet die Abgründe der neuen Technologien und festigt seinen Ruf als einer der ideenreichsten und intelligentesten Thrillerautoren. Er zieht die Leser nicht in seinen Bann – er nimmt sie als Geiseln.

Wunderlich

Bill Napier

Nemesis

Thriller
Deutsch von Kim Schwaner
560 Seiten. Gebunden

Nemesis. Der Super-Thriller

Irgendwo im All rast ein riesiger Asteroid – Codename Nemesis – auf die Erde zu. Der Aufprall würde große Teile des amerikanischen Kontinents vernichten. Eine Gruppe imternationaler Weltraumspezialisten soll Nemesis unter den zahllosen Himmelskörpern des Sonnensystems ausfindig machen und die drohende Katastrophe verhindern. Die Spuren des tödlichen Asteroiden führen ins 17. Jahrhundert. Ein Wettlauf gegen die Zeit beginnt …

Souverän verwebt Napier die neuesten Erkenntnisse der Weltraumforschung mit den spannendsten Momenten der Wissenschaftsgeschichte.
Ein Science-Thriller der Extraklasse aus der Feder eines international anerkannten Astronomen.

Wunderlich